KB254138

자기경영대사전

커뮤니케이션 / 멘토 / 리더 / 습관 / 성공마케팅 / 대화법

자기경영
대사전

| 자기경영연구소 엮음 |

씽크북

멘토

리더

습관

성공

이 책은 자신을 컨트롤하고 현재의, 미래의 리더가 되기 위해 자기경영에 필요한 반드시 알아야 할 소중한 지침들을 정리했다. 일시적이지 않고 지속 가능한 자기경영을 하기란 쉽지 않다. 자기경영을 위해서는 여러 가지 문제들을 해결해야 할 뿐만 아니라 자신만의 독특한 생각과 소양, 그리고 좋은 습관을 길러야 한다. 아울러 적극적인 삶을 살아야만 가장 훌륭한 성공을 거둘 수 있음을 이 글을 통해 깨닫게 될 것이다.

또한 지혜로운 리더가 되기 위해 꼭 필요한 수많은 당근의 방법, 요령, 조언 등을 활용하기 쉽게 정리하였다. 하루에 한 가지씩 읽고 긍정의 힘을 적절히 사용한다면 더욱 탄탄한 작업 환경을 구축할 수 있는 리더, 그래서 직원들로 하여금 자리를 지키며 당신이 수립한 목표에 전념하게 만드는 그런 리더가 될 것이다.

이 책에 수록된 글들은 짧지만 강렬한 메시지가 담긴 이야기를 통해 우리의 마음에 따뜻한 지혜를 선물한다. 깊이 있는 사고와 명민한 지혜가 자연스럽게 녹아 있는 이야기들은 바쁘다는 핑계로 너무 쉽게 스쳐 지나온 시간들을 되돌아보게 할 것이다.

미국의 저명한 심리학자 윌리엄 제임스는 이렇게 말 했다.

생각이 바뀌면 행동이 바뀌고
행동이 바뀌면 습관이 바뀌고
습관이 바뀌면 성격이 바뀌고
성격이 바뀌면 운명까지도 바뀐다.

삶에서 일어나는 모든 일에 항상 적극적인 태도로 임하는 습관을 가진 사람만이 인생에서 성공의 영광을 누릴 수 있다. 이 모든 습관의 최종 목적지는 실천에 있음을 기억하라.

지혜로운 리더가 되기 위해서는 스스로의 습관을 돌아보고 나쁜 습관은 걸러내서 좋은 습관으로 만들어가야 한다. 자기경영은 생각만으론 변화를 만들 수 없다. 실행에 또 실행을 해야 비로소 내 것이 될 수 있는 것이다.

미리 준비하는 자에겐 이 책이 밤하늘에 겸손하게 빛나는 별이나 온순한 산천의 맑은 기운을 따라 여행하는 나그네의 마음과 같은 여유와 평화를 가져다줄 것이다. 또한 자신의 능력을 향상시키고 현실을 지혜롭게 대처할 수 있는 보고寶庫가 되었으면 하는 마음 간절하다.

자기경영연구소

자 기 경 영 대 사 전　커뮤니케이션

개인이 조작과의 관계를 맺을 때 가장 중요한 위치를 차지하는 것은 바로 그 조직의 리더이다. 그러므로 조직의 멤버에게 리더가 매력적으로 느껴진다면 조직과의 관계도 좋게 맺을 수 있는 것이다.

이 글은 바로 이런 리더가 되고자 하는 이들을 위한 글이다. 그렇다고 이 글에서 리더의 이상적인 모습만을 설명하는 것은 아니다. 이 글에서 중심이 되는 것은 일상에서 흔히 일어나는 일들이다.

우리들은 사람을 움직이게 하려 할 때 무심결에 훈계하려고 한다. 하지만 이럴 때는 상대방이 오히려 말을 잘 듣지 않는다. 차라리 반대로 상대의 이야기를 차분히 들어줄수록 상대는 자신의 뜻에 따라 움직여 주는 것이다. "내가 먼저 들어주면 부하도 들어준다. 나의 말을 듣게 하려면 오히려 듣지 않는다." 이와 같이 이 글은 생활 속의 이야기를 통해서 매력적인 리더가 되게 하는 힌트집이다.

커뮤니케이션이나 마케팅 세계에서는 말에 의해 사람의 적나라한 모습이 그대로 나타나곤 한다. 그래서인지 영업사원들은 말이라는 것에 의해서 살아나기도 하고 말 때문에 의욕을 잃기도 하는 일이 허다하다.

이 글은 직장에서 작은 고민을 갖고 있는 사람, 리더로서의 역할에서 어려움에 부딪쳐 있는 사람, 영업에서 의욕을 잃은 사람, 앞으로 리더가 되려는 사람들을 위한 글이다.

여기에 수록된 글들을 잘 활용해서 자기 자신을 잘 경영하면 많은 도움이 되리라 생각된다.

이해력 부족

과학 만국박람회에서 줄기 하나에 무수한 토마토가 달려있는 도깨비 토마토를 본 적이 있다.

'생명은 환경에 의해 성장을 방해받고 있다. 그 장애물을 제거하면 생명은 얼마든지 성장한다.'

이런 생각이 도깨비 토마토의 재배를 성공시켰다고 한다. 그렇다면 토마토의 성장을 방해하는 요인은 무엇일까. 바로 토양이라고 한다. 토양을 제거하면 토마토는 얼마든지 성장한다는 뜻이다.

사람이 만든 조직 속에도 이런 장애물이 있다. 멤버(부하)의 사기를 저해하는 것, 그것을 제거하면 멤버들은 비약적으로 성장한다. 그것은 무엇일까. 나는 인간에 대한 이해력 부족이라고 생각한다. 조직에 있어서 두려운 것은 리더의 이런 이해력 부족이다. 이것은 때로는 조직이 갖고 있는 힘을 반감시키기도 한다.

MEMO

일요일과 평일의 차이

사람에 대한 이해가 얼마나 중요한가를 가르쳐주는 일화가 있다.
니시보리 에이사부로 씨는 남극 탐험대의 대장이었다. 남극 생활
에 얼마쯤 익숙해졌을 때 한 대원이 그에게 건의했다.

'일요일은 휴일답게 쉬는 게 어떨까요?'

'이곳이 일본인줄 아나! 이곳은 남극이다! 바보 같은 소리 하
지 마!'

하지만 대원들의 강력한 건의에 니시보리 씨는 한발 물러설 수밖
에 없었다. 그렇게 쉬기로 한 첫 일요일이 왔다. 일요일은 쉬기로
했기 때문에 니시보리 씨는 늦잠을 자고 천천히 숙소에서 나왔다.
하지만 여느 때와 똑같이 일을 하고 있는 대원들을 보고서 화가
났다.

'일요일은 쉬기로 했잖은가!'

대원들은 입을 모아 말했다.

'대장은 사람을 모르시는군요. 평일날 하는 일은 우리가 하지 않으
면 안 되는 일이죠. 게으름피면 당연히 야단을 듣는 일이구요. 하지
만 일요일에 하는 일은 내가 좋아서 하는 일입니다. 게으름을 부리
던 무엇을 하던 내 자유란 말입니다.'

이 말을 듣고 니시보리 씨는 끄덕이며 반성했다고 한다.

불가사의한 힘을 내뿜는 것, 의지

다른 사람이 아닌 오로지 자신만의 의지로 행동할 때 사람은 아무리 힘든 일을 해도 피곤하지 않다. A씨의 얘기는 이런 사실을 가르쳐주고 있다.

사이가 나쁜 이웃과 1Km 걷는 것과 인연과 10Km를 걷는 것, 어느 쪽이 피곤할까. 답은 명확하다.

KNOW YOUR MEN

미국의 생보회사 연수회에 참가했을 때 들은 중요한 말이 하나 있다.

know your men.

know your men.

know your men.

육군사관학교의 교훈이라고 한다. 미국에서도 '먼저 부하의 마음을 아는 것이 상사'라고 가르치고 있다. 사람에 대한 이해력을 갖춰야 하는 리더의 덕목을 말한 것이다.

인간을 아는 5개의 키워드

인간을 알기 위해서는 무엇을 공부하면 좋을까. 아마도 뇌의 역할이 아닐까 하고 생각한다. 뇌의 활동은 인간의 행동과 사고의 원점이다. 뇌의 역할을 아는 것은 인간을 이해하는 것과 밀접하게 연관지어진다.

또 뇌를 블랙박스라고 하기도 한다. 밝혀지지 않은 것이 많아서 붙여진 말이다. 혹자는 "뇌를 연구하면 할수록 신을 믿고 싶어진다."라고 말할 정도다. 그러나 현재 알려진 것만으로도 인간을 이해하는 열쇠 몇 가지를 찾아볼 수 있다.

첫째, 인간은 외로운 존재
둘째, 인간만이 얻을 수 있는 기쁨
셋째, 인간에게만 있는 상냥함
넷째, 인간은 모순투성이의 존재
다섯째, 습관에 약한 신경세포

비교는 인간의 선함을 퇴색시킨다

'인간을 아는 다섯 가지의 키워드'에서 인간 특유의 '상냥함'에 대해서 말했다. 인간에게는 본래 '착한 마음이 있다'라는 얘기다. 이 '착한 마음'은 실은 경쟁에 약하다. 거센 '상대 비교의 세계'에 놓이면 금방 퇴색한다. 특히 아시아권은 태어나면서부터 '상대 비교의 세계'와 접하게 된다. '옆의 아기는 태어날 때 3kg이었는데 너는 2.8kg이었어'라며 비교가 시작된다.

주변 세계도 제대로 알기 전에 아이는 유명 유치원에 들어가기 위해 공개 모의 테스트도 받는다. 특히 요즘은 영재교육에 대한 열기가 뜨거워서 대학 수험에 견줄 정도로 경쟁률도 높다. 어릴 때부터 비교를 당하며 자란 부모는 다시 그 세계에서 아이를 기른다. 초등학교, 중학교, 고등학교도 상대 비교 일색이다.

대학에서 그 세계가 없어졌나 싶다가도 사회인이 되면 다시 '승진, 능력', '이겼다, 졌다', '위냐 아래냐' 등 비교의 세계가 계속된다. 그 결과 인간의 '착한 마음'은 점점 퇴색한다. 이것은 어느 틈에 '타인의 불행은 나의 행복'이라는 마음가짐을 부르고 자기의 가게가 번창하면서 옆의 가게가 망하기를 바라기도 한다.

최고의 금메달감

바르셀로나 올림픽 여자 마라톤에서 아리모리 요우코 선수가 은메달을 땄다. 그녀는 결승점이 멀지 않은 곳에서 구 소련의 에고로와 선수와 사투를 벌일 정도로 한발 한발이 아쉬웠지만 물 마시는 곳에서 물을 마신 후 그 컵을 애써 쓰레기통에 버리러 갔다.

또한 골인 직후, 에고로와 선수에게 가서 그의 우승을 칭찬했다. 그리고 양친이 준 꽃다발의 하나를 에고로와 선수에게 나눠졌다.

금메달 이상의 금메달감인 장면이었다. 그녀는 '이겼다, 졌다' 이상으로 아름다운 세상이 있는 것을 우리에게 가르쳐 주었다. 미국의 방송사에서 그녀를 칭찬하는 방송을 했다고 들었다.

MEMO

승부에 대한 집착

현대인은 주변의 작은 일에도 '승부'에 너무 구애를 받는다.
골프장에서도 쉽게 볼 수 있다. 같은 친구 사이라도 골프를 칠 때는
상대의 스코어가 잘 나오지 않기를 빈다.
그러다 상대방이 실수라도 하면 손뼉을 치며 기뻐한다.
서로 자신이 잘났다고 하다가 경기가 끝난다.
운동 후의 기분 좋은 느낌보다 분함만 남게 되는 것이다.
한 골프장에서 실제로 있던 일이다.
골프를 치러왔던 대기업의 중역 한 사람이 이런 부탁을 했다.
'점수판 아래에 꼭 내기 칸을 준비해 주시오' 라고.

행복한 직업인

남들이 하기 힘든 일을 하면서
기뻐하는 사람을 행복한 직업인이라고 한다.

그러나 한 가지 조건이 더 붙는다.
그런 직업은 바로 출세와 별로 관계없다는 사실이다.
예를 들면 봉사정신이 투철해야 하는 간호사의 일.

이상한 말의 결과

부하의 성적이 나쁠 때 상사가 질책한다.
'일을 할 생각이나 있는 거야?'
그러나 이상한 말이다.

누구에게나 머릿속의 '새로운 뇌'에는 '의욕의 자리'가 있다.
누구라도 어떤 일을 할 맘이 있는 것은 당연하다.

문제는 상사와 할 맘이 생기는가 어떤가다.
상사가 마음에 들지 않으면
부하가 의욕을 내는 것은 오로지 술자리에서 뿐이다.

MEMO

말의 힘

'조금만 일할 맘을 내면……' 이것도 이상한 말이다.

어떤 일을 하고자하는 마음은 자신의 의지만으로 가능한 것일까.

때로는 주위와의 관계에 따라 나오는 것은 아닐까.

영화 '록키' 의 테마곡이 흐를 때 복서가 이상하게 힘이 나는 것처럼 말이다.

그러므로 부하가 어떤 일을 할 마음이 없다면 비단 본인의 책임만은 아니다. 상사는 부하를 꾸짖기 전에 부하의 의욕을 끌어낼 수 있는 환경을 만들지 못한 것을 반성해야 할 일이야.

의욕을 불어넣어 주는 말

나는 30년 이상 조직생활을 해왔다. 그 경험에서 사람에게 의욕을 불어 넣어주는 네 가지의 말을 알게 되었다.

물론 앞서 언급했던 '인간을 아는 5가지 키워드' 가 기본이다.

1. 듣는다.

2. 맡긴다.

3. 알린다.

4. 인정한다.

멤버의 사기를 진작시키는 방법
첫 번째, 듣는 것

'인간을 아는 다섯 가지 키워드'에서 인간의 최대 욕망은 바로 집
단욕이라고 했다. 이 욕망을 만족시키지 않으면 인간은 삶의 희망
을 잃는다. 그러면 이 욕망을 만족시키는 최선의 방법은 무엇일까.
그것은 그 사람의 말을 잘 들어주는 것이다. 조직 안에서 멤버가 자
신의 말을 귀 기울여 들어주길 바라는 사람은 리더다. 리더가 자기
의 말을 들어줄 때 멤버는 고독감으로부터 해방되며 조직 내에서
내가 없어서는 안 될 존재라는 확신을 갖게 된다. 이에 생기가 넘치
고 실력을 발휘하게 되는 것이다.

1. '그래서 어떻게 됐는데?'

라콩떼·모아라는 불어가 있다. '그래서 어떻게 됐는데?'라는 의
미다. 리더가 라콩떼 모아를 자주 입에 올리게 되면 조직은 생기가
넘치게 된다.

두 사람이 대화를 하고 있다. 한 명이 일방적으로 계속 말하고 있
다. 이것이 2분 이상 계속되면 다른 한 쪽은 짜증이 나기 시작해 끼
어들고 싶어진다. 하지만 꾹 참고 가만히 귀를 기울인다. 상대는 한
바탕 떠들고 나서 한숨을 쉰다. 그때 짜증을 참던 쪽은 웃는 얼굴로
한마디 한다. '그래서 어떻게 됐는데?' 이 사람이 자신의 말에 귀
를 기울이고 있었구나 하는 생각에 상대는 기분이 좋아진다. 듣는
쪽과 말하는 쪽이 상사와 부하의 관계라면 어떻게 될까. '이 상사

밑에서라면 최선을 다해야지' 라고 마음속으로 맹세하지 않을까.
라콩떼 · 모아는 부하를 살아 움직이게 하는 마법의 말이다. 그러
나 간단하면서도 쓰기 힘든 것이 라콩떼 · 모아라는 말이다.

2. 태어나서 지금까지 내 얘기를 오랜 시간 들어준 사람이 있나요?
구로야나기 테츠코 저 '창가의 돗토군' 은 500만부 이상이 팔린 세
기의 베스트셀러다. 그 책의 서두에는 구로야나기 씨가 초등학교
1학년 때 전근하신 교장 선생님에게 바치는 서문이 있다. 전에도
후에도 그 분만큼 자기 얘기를 열심히 들어준 사람은 없었기 때문
에 구로야나기 씨는 그 교장 선생님을 평생 잊지 못한다고 한다.
본문의 일부를 소개한다.

선생님은 돗토군의 앞에 있는 빈 의자를 보고 와서 앉았다. 그리고 마
주 보면서 말했다.
"자, 아무거나 나한테 말해보렴. 말하고 싶은 것 전부"
"말하고 싶은 것이요?"
돗토군은 의아했으나 내심 기뻐하면서 말하기 시작했다. 순서도, 말하
는 법도 엉망진창이었으나 자신의 생각을 열심히 말했다. 아침에 타고
온 전차가 빨랐다는 것, 역 개찰구의 아저씨께 부탁했지만 표를 주지
않은 것, 전에 다니던 학교의 담임선생님은 얼굴이 예뻤다는 것, 그 학
교에는 제비집이 있었다는 것, 또 아빠는 수영을 잘해서 다이빙도 할
수 있다는 것도 말했다. 돗토군은 쉬지 않고 자신의 이야기들을 말했
다. 선생님은 웃기도 하고, 고개를 끄덕이기도 하고 반문도 하면서 돗
토군의 이야기를 들어주셨다. 그리고 드디어 할 얘기가 없어진 돗토

군은 입을 다물고 다음 할 얘기를 생각했다. 그때 선생님이 한마디하
셨다.

"또 없니?"

돗토군은 가슴 찡한 마음이 들었다. 태어나서 오늘까지 이렇게 긴 시간
자기의 얘기를 들어 준 사람은 없었기 때문이었다.

- 구로야나기 테츠코 저 '창가의 돗토' 에서

3. 정신과 의사의 라이벌

후쿠오카 영업장으로 있을 때 사원들로부터 '매력적인 리더' 에 대
한 설문조사를 한 일이 있다. 제일 많았던 답은 '자신의 애기를 들
어주는 사람' 이었다. '들어주는 사람' 이었지 결코 '들려주는 사람'
은 아니었다.

여기서 한 요리집의 주인 아주머니 애기를 해볼까. 그녀는 미인도
아니고, 그 집 요리 자체가 그다지 맛있는 것도 아니었다. 그렇다고
술이 특별히 좋은 것도 아니었다. 그런데도 저녁이 되면 많은 샐러
리맨들이 그 가게에 들리곤 하여 가게는 항상 북적댔다. 그 인기의
비결은 바로 주인 아주머니였다. 그 아주머니는 손님들의 이야기
를 항상 잘 들어주었다. 젊은 샐러리맨이 우울한 얼굴을 하고 카운
터에 앉는다.

"어머나, 어떻게 된 거야? 힘이 없군. 또 과장에게 혼났어?"

아주머니는 맥주를 따르며 그의 얼굴을 들여다본다. 수긍해주며
어리석은 애기를 계속 들어준다. 실컷 들은 뒤에 한마디 위로의 말
을 해준다.

“그래, 하지만 참는 게 중요해요. 과장도 이제 슬슬 전근할 때잖아.”

이 말 한마디로 샐러리맨은 만족한다.

“아아, 알아주는 사람이 있구나.”

맥주를 한 입에 마시고 힘차게 집으로 돌아간다. 포장마차 아저씨나 요리집 아주머니나 손님의 이야기를 잘 들어주는 사람이 많다. 정신과 의사의 라이벌은 바로 이들이 아닐까.

4. 세 개의 스피커

젊은 사람의 대화는 언제나 자기중심적이다. 언젠가 삿포로 행 비행기에 탔을 때였다. 내 뒷좌석에 20세 안팎의 젊은 여자가 3명 탔다. 그 중 한 명이 갑자기 ‘어제 기분 나쁜 일이 있었어’ 라고 말하기 시작했다. 다른 두 사람은 들어주고 있나보다 하고 생각했는데 실은 그게 아니었다. ‘어머, 나도 그래’ 한마디를 한 후 세 사람은 서로 서로를 무시하고 오로지 ‘자기에게 어떤 기분 나쁜 일이 있었는가’ 만을 떠들어댔다. 한참을 떠들어댄 후 세 사람은 한숨을 쉬었다. 이것은 대화는 아니다. 세 개의 스피커가 맘대로 울리고 있을 뿐이다. ‘귀 기울인다’ 라는 말을 젊은이들은 알지 못한다.

5. 상사가 ‘모모’ 가 된다면

미카엘 엔더 작 ‘모모’ 라는 동화가 있다. 시간 도둑과 빼앗긴 시간을 되찾으려는 여자아이의 신비스런 동화다. 그 아이의 이름이 바로 제목인 ‘모모’ 로 세계 각국에서 번역되어 베스트셀러가 되었다. 그 내용 중에 ‘듣는 일’ 의 중요함과 대단함을 가르쳐주는 대목이 있다. 여기서 인용한다.

모모가 있는 곳에는 많은 이들이 찾아왔습니다. 모모 옆에는 항상 누군 가가 모모 옆에 앉아 열심히 얘기하고 있습니다. 볼일이 있어 모모를 찾아올 수 없는 사람은 자기의 집에 와달라고 연락을 하기도 했습니다. 그리고 어려워하는 사람들이 있으면 모두가 이렇게 말해 주었습니다. "모모에게 가봐."
동네사람들은 이 말을 즐겼습니다. '안녕하십니까' '잘 먹었습니다.' '어머, 대단하네' 등등의 말을 정해진 때에 사용하듯이 사람들은 무슨 일이 있으면, '모모에게 가봐' 라고 말했습니다.
왜 그럴까요? 모모가 머리가 좋아 상담을 하면 좋은 생각을 가르쳐줬 기 때문일까요? 위로가 필요한 사람에게 마음에 스며드는 말을 해줬기 때문일까요? 무엇에 대해서도 현명하고 바른 판단을 내려줬기 때문일 까요? 아닙니다. 이런 일들에 대해서는 '모모' 도 다른 아이와 같은 수 준일 뿐이었습니다. 그렇다면 모모는 사람의 마음을 즐겁게 해주는 장 점이 있었기 때문일까요? 예를 들면 특별히 노래를 잘한다든가, 악기 연주를 잘한다든가 하는 일 말입니다. 아니요, 그것도 아닙니다. 마법 을 할 줄 알았을까요? 어떤 고민과 괴로움도 날려버릴 수 있는 불가사 의한 주문을 알고 있었을까요? 상대를 점쳐준다든가, 미래를 예언한다 거나 할 수 있기 때문일까요? 그것도 아닙니다.
작은 모모가 할 수 있었던 일은 바로 상대의 얘기를 듣는 것이었습니 다. 뭐야, 그런 일이라니라고 여러분은 말하겠죠. 얘기를 듣는다니 누 구라도 할 수 있는 일이잖아. 그러나 그것은 대단한 일입니다. 정말로 잘 들어줄 수 있는 사람은 별로 없습니다. 모모는 다른 사람에게 없는 그런 훌륭한 재능을 갖고 있었던 것입니다. 모모가 얘기를 들어주면 아무리 멍청한 사람일지라도 생각이 정리되어 떠오릅니다. 모모가 그런 생각을 끌어낼 수 있도록 말하기도 하고 질문하기도 하고 하기 때문이 아닙니다. 모모는 단지 꼼짝 않고 앉아서 주의 깊게 듣고 있을 뿐입니다. 그 큰 눈은 상대를 가만히 응시하고 있습니다. 그러면 상대는 자기에게 그런 능력이 잠재해 있었는가하며 놀랄 정도의 생각이 떠오르는 것입니다. 모모가 들어주고 있으면 어떻게 하면 좋을지 몰라 헤매던 사람에게 자기의 의지가 확실해집니다. 갑자기 눈앞이 열리고 용기가 생깁니다. 불행한 사람, 고민하는 사람에게 희망과 따뜻함이 용솟음칩니다. 예를 들어 볼까요? "나의 인생은 아무 의미도 없고, 깨진 항아리나 다름없어. 다른 항아리가 금세 내 자리를 채울 뿐이야. 살아도 죽어도 별 차이가 없는거야."라고 생각하는 사람이 있다고 해 봅시다. 이 사람이 모모에게 그 생각을 말했다고 하면 그 사람은 말하는 도중 자기가 틀렸다는 것을 깨달을 것입니다.

"아냐, 나는 아냐, 세계의 인간 중에 나라는 사람은 한 사람밖에 없어. 그러니까 나는 나름대로 이 세상에서 중요한 존재인 거야."

자, 사람의 말에 귀 기울이는 것이 대단한 일이 아니라고 생각할 사람이 있습니까. 그런 사람은 모모처럼 할 수 있는지 한번 시험해보십시오.

조직 내에 '모모' 처럼 되고자 노력하는 사람이 있다. 그런 상사를 모시고 있는 부하는 필시 행복한 사람들이다.

6. 인간의 다섯 종류
인간은 다섯 종류로 나뉠 수 있다고 한다.

첫째, '없어서는' 안 되는 사람
둘째, '있는 편'이 좋은 사람
셋째, '있어도 없어도' 좋은 사람
넷째, '없는 편'이 좋은 사람
다섯째, 빨리 '없어지는 게' 좋은 사람

어떤 인간이라도 이 다섯 가지 종류 안에 들어간다는 것이 재미있다. 가정에서는 '없어서는' 안 되는 아빠이지만 직장에서는 어떨까. 문제는 직장에서 부하가 자기 자신을 어떤 분류에 넣고 있는가다. 자기를 '없어서는' 안 되는 존재라고 확신한다면 뇌의 '의욕의 자리'가 활기를 띠어 생기 있게 일을 하며, 실력 이상의 일도 하게 될 것이다. 그러면 부하에게 그런 생각을 하게 할 수 있는 가장 좋은 방법은 무엇일까. 여러 번 언급했듯 부하의 애기에 자주 귀를 기울여 주는 것이다.

7. 대화를 양보할 때 진정한 대화가 통합니다
할머니 두 명이 길에서 만났다. 한쪽에서 먼저 손자에 대한 자랑을 시작한다. 한바탕 떠든 후 상대방에게도 손자가 있었다는 생각에 물어본다.
"그런데 댁은 손자였던가요? 아니면 손녀?"
상대는 기다렸다는 듯이 "아~우리 손자도 유치원에서……"라고 자랑한다.

이렇게 짧은 질문으로 대화를 상대에게 돌려줄 수 있다. 이런 사람을 나는 진정 대화를 이끄는 사람이라고 생각한다. 생기있고 밝은 직장. 자신도 그 생기있는 분위기의 한 사람이 되고 싶다. 이런 직장의 분위기를 관찰하다보면 리더가 상대에게 대화를 돌리는 사람인 경우가 많다. 그는 짧은 질문을 실로 솜씨 좋게 쓰고 있다. 예를 들어 "어려운 일이군요. 베테랑인 A씨 의견이 아니면 안 될 것 같아요. A씨, 당신이라면 어떻게 하겠소?", "이런 때는 젊은 사람의 생각을 듣고 싶은데 신입인 B씨는 어떻게 생각해요?" 같은 것이다.

8. 상대의 넋두리를 따라하고 공감해주세요

대화를 양보하는 제일 쉬운 방법은 바로 상대의 말을 되풀이하는 것이다. 이를 앵무새 반응이라고도 한다. 내 경험을 소개해 본다. 후쿠오카에서 지사장을 할 때의 얘기다. 어느 날 한 여사원이 울면서 그만두고 싶다고 말하러 왔다. 알아보니 그녀는 우수한 실적을 자랑하는 사원이었다. 나는 순간 '왜?' 라고 묻고 싶었다. 하지만 이때 '왜?' 라고 물었다면 그녀의 대답은 뻔할 수밖에 없다. '수입이 나쁘기 때문입니다.' 그러면 나는 또 이렇게 말했겠지. '작년 8월에 입원했을 때 2개월 쉬었죠? 그때도 월급이 나갔잖아요. 지금 그때 받은 월급에 상당하는 일을 한다고 생각하세요. 힘을 내서 말이죠.'

이런 대화로도 그녀는 알아들은 얼굴을 하고 귀가할지도 모르지만 그때 나는 '왜?' 라고 묻는 대신 상대의 말을 되풀이했다. '나도 지사장을 그만두고 싶습니다' 라고. 그녀는 정색을 하지만 또 넋두리를 늘어놓는다.

'저번 달 월급은 100만 원 밖에 되지 않았습니다.'

나는 또 따라한다. '100만 원 밖에 안 됐다고요.' '그래서 시어머니로부터 돈을 빌려 생활하고 있어요' '어머니에게서 빌려 쓴다구요?' '그렇습니다. 남편도 그만두라고 말합니다.' '남편께서도 그렇게 말씀하신단 말이죠.' 이정도 같은 말을 되풀이하고 있으면 나도 점점 상대와 같은 기분이 된다. '이렇다면 나라도 그만두고 싶어지겠지.' 라는 생각이 들기 시작하는 것이다. 공감한다는 것은 이런 것이다. 자신의 이야기를 한참 하던 그녀는 천천히 기색이 변해갔다. 거꾸로 나를 위로하기 시작한 것이다. '지사장님, 저 이제 괜찮습니다. 전에 골절로 입원했을 때 일하지 못했기 때문에 지금 좀 힘들다는 생각이 드는군요. 염려마세요. 괜찮아요. 앞으로 힘을 내서 하면 돼요.' 나는 전혀 설득하지 않았지만 상대는 후련한 얼굴을 하고 방에서 나갔다. 내가 자신의 괴로움을 알아주었다는 것만으로 충분했던 것이다. 그리고 떠들고 있는 사이에 '문제는 자신에게 있다' 라는 생각도 들기 시작했을 것이다.

9. 3시간을 비워두세요

"지사장님, 드릴 얘기가 있습니다."

이럴 때 나는 가능한 한 '내일 2시에 와주시오' 라고 한다. 그리고 마음속으로 정한다. 3시간은 비워두자고. 하지만 내가 갖고 있는 시간은 3분 뿐이다. 나머지 2시간 57분은 상대방이 갖고 있다. 첫 3분을 써버리면 나는 말하지 못한다. 상대의 말에 반론할 시간은 전혀 없다. 잠자코 들을 수 밖에 없는 것이다. 약속한 당일이 되었다. 나는 각오가 되어있다. 처음부터 듣겠다는 자세로 바라본다. 일방적으로 말하는 상대에게 때때로 '이런 일이군요' 라고 말하는 정도다. 보통의 경우 1시간 전후로 이야기는 끝난다. 상대는 들어줬다, 알아줬다라는 만족감에 돌아간다.

MEMO

1. 헛갈린다면 단언해 버리세요

부하는 상사에 대해서 언제나 불만을 갖고 있다.

'상사는 과연 나를 믿고 있는 것일까.'

그런 부하에게 '자네에게 맡기네' 라는 한마디는 엄청난 효과를 가져다준다. 말의 불가사의한 효과다.

말에는 분절성이 있다고 말한다. 자를 수 없는 것을 자르는 힘이 있다는 것이다. 자연 속에 산과 삼림이 있다. 어디까지가 산이고 어디까지가 삼림인지 구분하기가 힘들다. 실제로 선을 그을 수도 없는 일이다. '산' 이라는 말은 산을 삼림과 따로 존재시킨다. 젊은 여성의 마음도 마찬가지다. 이 남자가 친구인지, 연인인지 짐작하기가 힘들다. 그러나 일단 '저 사람은 내 연인이야' 라고 선언해 버리면 그 말에 매이게 되어 그 후에는 연인답게 행동하게 된다. 말은 이렇게 그 후의 행동까지 규제해 버리기도 한다.

말의 분절성을 이용해서 부하의 기를 살리는 것이 '맡긴다' 라는 말이다. 상사가 '맡겼다' 라는 말을 하면 상사 자신도 부하를 '믿었다' 라는 기분이 된다. 그 결과 부하도 상사도 의욕적으로 일하게 되는 것이다.

2. 맡길 줄 아는 함장

젊은 사관이 처음으로 군함을 조종하게 됐다. 거친 파도에 군함이 흔들리고 좀처럼 항구에 정박하기가 힘들다. 마치 사고가 날 것 같지만 함장은 입을 꾹 다문 채 사관의 행동을 보고만 있다. 오로지 믿고 기다리는 것이다. 간신히 항구에 정박한 후 함장은 안도한다. 문득 쓴 맛이 나 거울을 보니 아랫입술에 이빨자국이 생겨 피가 새어 나오고 있었다.

3. 고등동물일수록 기다릴 줄 압니다

쥐는 기다리지 못한다. 고양이도 그렇다. 그에 비교하면 개는 20초, 원숭이는 1분, 침팬지는 5분 동안을 기다릴 수 있다고 한다. 고등동물일수록 기다릴 수 있는 시간이 길다.

4. 맡기고, 기다리세요

부하에게 일을 맡겼건만 기대한 만큼 일은 진전되지 않는다. 점차 초조해지고 대신해서 내가 해버릴까 하는 생각조차 든다. 모든 것이 헛갈리기 시작한다. 그럴 때 나는 언제나 생각해내는 말이 있다. 한 어린 형제의 이야기이다.

형은 지체부자유자였다. 엄마는 형의 장래를 걱정했다. 자기가 있는 동안은 괜찮지만 죽은 후에는 누가 아들을 돌봐줄까가 언제나 걱정이었다. 이에 엄마는 매일 동생에게 말했다.

'형은 몸이 아프니까 착하게 대해야 한다'

하지만 동생은 개구쟁이였다. 엄마의 이런 부탁을 무시라도 하듯 형에게 난폭하게 굴었다. 엄마는 타이르고 혼내고 원망도 했다. 하지만 동생은 전혀 이해하려고 하지 않았다. 그즈음 명절날이 되었다. 친척들이 모두 모이자 형은 들떠 돌아다니며 친척 어린애들의 머리를 두드리며 다녔다. 친척 아이들은 그런 형을 놀리듯 과장해서 아픈 척했다. 그때였다. 동생이 방에서 뛰어 들어왔다. 아이들이 형을 놀리는 것을 본 동생은 몸을 부들부들 떨면서 아이들에게 호통을 쳤다.

"형한테 그렇게 대하지마!"

동생의 눈에는 커다란 눈물방울이 맺혀 뚝뚝 떨어져 내렸다. 순간 엄마는 동생을 꽉 껴안으며 '고맙다, 고맙다, 고맙다' 만을 되풀이했다.

엄마는 동생에게 상냥한 마음은 없다고 생각하고 있었다. 거의 단념하고 있던 차에 동생의 마음에는 엄마의 가르침이 확실히 자라고 있었던 것이다. 리더도 부하가 알아주지 않으면 단념하고 싶어질 때가 있다. 그러나 계속 말하고, 계속 호소하고, 계속 믿어주고, 그리고 기다리면 대개의 경우 부하는 이쪽의 기대에 응해주게 된다. 나는 어린 형제의 이야기에서 그것을 배웠다. 리더가 멤버에게 '맡긴' 이상 '기다리는' 마음이 중요한 것이다.

MEMO

멤버의 사기를 진작시키는 방법
그 세 번째, 알리는 것

1. 모두에게 상황을 알려주세요

5명이 필사적으로 골대에 볼을 집어넣으려는 농구시합. 그들은 왜 하나가 되어서 필사적으로 볼을 쫓는 것일까. 나는 득점판에 그 비밀이 있다고 생각한다. '몇 대 몇'이라는 득점 상황이 5명의 눈에 동시에 들어오기 때문이다. 그렇기 때문에 '이제 1점차, 조금 더 힘내자'라는 생각이 모두에게 동시에 들게 된다. 만약 다른 4명은 득점 상황을 일절 모른 채 주장에게만 득점을 가르쳐 준다면?

'지금 몇 대 몇이지?'

'글쎄, 모르겠어. 주장만 알고 있어.'

'지고 있나?'

'그런 것 같아.'

이래서는 열심히 볼을 쫓을 마음이 생길 리 없다.

2. 이 일을 할 수 있는 것은 지금 당신뿐입니다

인간에게는 측은지심이 있다고 앞서 언급한 적이 있다. 어린아이가 강에 빠질 것 같은 모습을 보고 누구라도 구하러 뛰어드는 모습. 이것이 측은히 여기는 감정이다. 그러나 이런 상냥함이 발휘되기 위해서는 그 나름의 전제가 있다. 즉, 도울 수 밖에 없는 상황을 '보게 된 것'과 주위에는 '자기 한사람 밖에는 없다는 것'이다. 옛날에 이런 신문기사를 읽은 적이 있다. 한 공무원의 이야기다.

한 공무원이 비번인 어느 날, 그는 5층의 자기 방에서 비스듬히 누워 TV를 보고 있었다. 그러다 문득 창밖으로 시선을 옮겼다. 멀리 떨어진 늪에 어린아이가 빠진 모습이 보였다. 순간 그는 벌떡 일어나 맨발로 계단을 고꾸라지듯이 달려 내려갔다. 그리고 깊이도 확인하지 않은 채 옷을 입은 채로 늪에 뛰어들어 어린아이를 구했다.
이 공무원은 왜 무아지경이 되어 어린아이를 구했을까. 이유는 두 가지다. 첫째는 늪에 빠진 어린아이를 보았다는 것. 둘째는 도울 수 있는 사람이 자기 이외에 아무도 없었다는 것이다.
조직의 멤버도 조직이 지금 해야 할 일을 잘 알고 있다. 그리고 그 일을 할 수 있는 것은 이 세계에 자기뿐이라고 알 때 능력과 의지를 발휘하는 것이 아닐까.

3. 능숙하게 부탁하는 방법
상사가 부하에게 돌연 워드를 쳐 줄 것을 부탁한다. '이것 빨리 쳐 줘' 하지만 이래서는 아무리 상사의 부탁이라도 할 마음이 생기지 않는다.
"오후에 임시회의가 있는데 그때에 맞추고 싶어. 부탁해."
이 정도면 아직 괜찮다. 하지만 조금 더 정중하게 이렇게 말해보자.
"오늘 임시회의가 있을 텐데 회사에 있어서 중요한 회의야. 어떻게 해서든지 이 자료를 시간에 맞추고 싶어. 빨리 칠 수 있는 것은 자네 밖에 없어서…… 갑작스레 미안하지만 부탁해요."
이 말을 듣는다면 부하도 '나 밖에 없구나' 하는 마음이 들어 기분 좋게 컴퓨터 앞에 앉아줄 것이다.

4. 일의 전반을 알려주는 것이 의욕을 살립니다

한 디자이너가 단골고객의 양복을 만들게 되었다. 단지 옷단만 담당한 사람도 처음부터 참가하게 했다.

'입을 사람은 이런 부인입니다.'

패션 잡지도 함께 들여다보고 옷감도 함께 사러간다. 이런 식으로 처음부터 동료 대우를 받으면 단지 옷단만 담당한 사람일지라도 심혈을 기울여 바늘을 움직이지 않을 수 없다. 만약 누가 입을지도 모르고, 어떤 모양으로 디자인될 지도 모른다면 단지 옷단만을 줄일지라도 하려는 의욕이 생기지 않을 것이다.

5. KISS

알리는 것에는 KISS가 중요하다고 한다. KISS는 Keep It Short and Simple의 줄임말이다. 바로 알리는 요령은 짧고, 알기 쉽게 하라는 뜻이다.

6. 당신은 무엇을 위해서 일하고 있습니까?

1960년대 초에 처음 만들어진 NASA의 슬로건은 지금까지 슬로건의 걸작으로 알려져 있다.

'우리는 이십년 내에 인류를 달세계에 보낸다'

이렇게 알기 쉬운 슬로건으로 NASA는 건물의 청소부들에게도 자기들이 무엇을 위해서 청소하고 있는가를 알게 했다. 그들이 걸레를 든 두 손에는 정성이 깃들게 되었다.

7. '알리는' 문장의 요령

'간결하고, 요령있고, 마음이 들어있고, 품격이 있는 문장' 나는 이것이 '알리는' 문장의 요점이라고 생각한다.

8. '프로'는 긴 말을 하지 않습니다

잠실구장에 야구를 보러 가면 지금도 암표상을 많이 발견할 수 있다. 입구를 향한 행렬에 역행해 암표상이 서있다. 그들은 어떻게든 갖고 있는 표를 팔려고 소리 지른다. 그런데 그 말들이 무척이나 재미있다. 프로정신이 물씬 느껴지는 것이다. "표 없는 사람, 좋은 자리 있어요."라고 하지 않는다. 말을 길게 하면 손님을 놓치기 십상이다. 그들은 긴 경험으로 알게 된 극히 짧은 말을 쓰고 있다. "없는 사람!", "없는 사람!"

9. 사랑에 긴 말은 필요 없습니다

남극탐험대의 남편에게 아내가 전보를 쳤다. 그것을 본 대원들은 일순 말을 잃었다. 그 전보에는 단지 두 글자만이 적혀 있었다. '여보' 라고.

10. 상대방이 언제 사용할 지를 생각해보세요

무엇을 알리는 것에는 '상냥한 마음'도 중요하다. 어떤 사람이 어떤 상황에서 읽을지를 충분히 염두에 두고 쓰는 '상냥한 마음'이 필요한 것이다. 일례가 약의 사용법이다. 작은 종이 안에 '효능, 용법, 용량, 주의'가 깨알같이 쓰여 있다. 두통약의 경우, 한 중년남성이 밤중에 머리가 아파 약을 찾는다고 하자. 약병을 손에 잡고 가장 먼저 읽는 것은 약의 용량이다. 시력이 나빠진데다가 주위는 어두워 글씨는 좀처럼 보이지 않고 짜증이 난다.

'뭐야, 좀 큰 글자로 쓰지'

원망스런 마음에 제약회사에 충고를 한다면 이런 답이 돌아올 것이 분명하다.

'좁은 지면 안에 필요한 것을 전부 써야 하기 때문에 그렇습니다.'

그러나 정말로 읽는 사람을 생각한다면 '성인 1회 3알' 정도는 큰 글자로 써 줄 수도 있는 일이다. 이런 약을 보면 누구라도 회사의 '상냥한 마음'에 감격할 것이다.

11. 모든 것을 솔직히 보여주면 상대의 마음도 움직입니다

알리는 데는 '성실한 마음'도 중요하다. 성실함이 따르지 않은 알림은 알리는 것이 아니라고까지 생각해 본다. 1900년, 런던의 샤클톤이라는 사람은 남극탐험대의 대원모집 구인광고를 냈다. 이 광고는 근대적 구인광고의 효시라고 일컬어진다. 탐험대원 구함. 극히 힘든 여행. 약간의 보수. 극한 추위와 암흑의 긴 날, 위험, 생환 보증무, 성공하는 때에는 명예와 칭찬을 얻음. 그는 대담하게 '생환의 보증이 없다'까지 썼다. 샤클톤은 한 사람의 응모자도 없을 수 있다고 생각했다. 하지만 결과는 반대였다. 영국의 모든 남자가 응모한 것은 아닐까하는 생각이 들 정도로 큰 반향이 있었다. '성실한 알림'에는 용기가 필요하다. 그 용기는 인간에 대한 '상냥한 마음'이 있어야만 생긴다. 상대의 마음을 배반하기도, 상대를 곤란하게 하고 싶지 않아 일의 단점을 알리지 않는다면…… 이 '상냥한 마음'으로 용기를 내어보자.

멤버의 사기를 진작시키는 방법 그 네 번째, 인정하는 것

〈주위와의 관계〉로 멤버는 생존한다. 주위와의 관계에서 가장 중요한 것이 리더의 존재다. 그런 만큼 리더가 멤버의 솜씨를 칭찬한다면 그대로 멤버에게 강한 자극으로 전달된다. 결과 멤버는 더욱 의욕을 불태우게 된다. 상사가 인정하는 일에 명인이 될 때 부하가 자라는 것이다.

1. 반대로 생각하면 혼낼 일도 칭찬할 일이 됩니다

대학 총장을 지내신 A선생으로부터 이런 얘기를 들은 적이 있다. 선생이 젊을 때의 얘기다. 당시 선생의 아들은 성적이 조금 나빴다. 스포츠에 열중한 때문이었다. 부인은 아들을 꾸짖으라고 말했지만 선생은 성적표를 보며 거꾸로 칭찬을 했다.

'그렇게 놀면서도 이런 성적을 받다니…… 너는 대단한 애야. 나보다 훌륭하다'

2. 칭찬을 듬뿍 해주세요

요네자와 구니오가 쓴 '인생 손바닥 차이'에 나오는 이야기다. 추운 겨울, 요네자와 씨가 집에 돌아가니 부인과 초등학교 1학년짜리 아들이 모로 누워 있었다. 어디 아프기라도 하느냐고 묻자 부인은 아무 말 없이 아들의 성적표를 내밀었다. 국어, 산수로부터 시작해 음악, 체육은 말할 것도 없고 생활태도에 이르기까지 전반적으로 뒤떨어져 있었다. 100점 만점에 20점 정도의 수준이었다. 그러나 요네자와 씨는 큰 소리로 웃으며 말했다.

'잘했다, 대단해. 전부 똑같은 점수로 고르게 나올 수 있는 것은 좀처럼 할 수 있는 일이 아니야'

혹자는 반문을 할지도 모르지만 설교조보다 오히려 아들에게 큰 영향을 미친 말이라고 생각한다. 아이에게는 아무리 칭찬해도 도가 지나치지 않는다.

3. 무슨 일이든지 칭찬 먼저

프로야구 경기에서 있었던 이야기이다. 한 신인선수가 1군에서 처음으로 시합에 나갔다. 어찌된 일인지 4회 연속 에러를 범했다. 그는 벤치로 불려나와 축 처진 채 힘없이 늘어져 있었다. 그것을 본 코치가 웃으며 말했다.

'어이, 힘내. 뭐가 어찌됐든 신기록 아냐?'

4. 조금만 관찰하면 다른 면이 보입니다

엄마가 아이에게 해서는 안 되는 말이 있다. 예를 들면 다음과 같은 말이다.

'너는 천성이야. 아버질 닮아서 정말로 굼뜨다니까.'

왜인지 엄마들은 헐뜯기는 잘하지만 칭찬하는 데는 서툴다. 비방하려는 말도 아이를 관찰하려는 마음만 가지면 금방 칭찬으로 바뀔 수 있을 것이다. 예를 들면 '너는 결단력이 없어' 는 '넌 신중한 애구나' 로, '싫증을 잘 낸다' 는 '다재다능하구나' 로 말이다. 이렇게 엄마가 아이의 가능성을 믿는 마음이 있다면 꾸중은 칭찬으로 바뀔 것이다.

- 수다스럽구나 - 표현력이 풍부하구나
- 좋고 싫음이 너무 심하구나 - 선택력이 있구나
- 불량스럽구나 - 진보적이구나
- 난폭하구나 - 맺고 끊음이 확실하구나
- 화를 잘내는구나 - 순간을 중요시하는구나
- 겁쟁이구나 - 주의가 깊구나
- 칠칠치 못하구나 - 사소한 일에 얽매이지 않고 대범하구나

엄마의 말은 무섭다. 아이의 재능을 퍼내기도 하지만 매몰시키기도 한다.

5. 길게, 열심히 상대방을 보아주세요

입으로 붓을 물고 그림을 그려 화집을 낸 호시노 도미히로라는 사람이 있다. 그는 대학을 졸업하고 중학교의 체조선생이 되었지만 체육수업 도중 목뼈가 부러졌다. 9년간의 투병생활에도 신경세포는 움직이지 않았다. 그러나 호시노 씨는 좌절하지 않았다. '아름다움에 감동하는 마음만 있으면 그림이라도 그릴 수 있다' 라며 붓을 입에 물고 그림을 그리기 시작했다. 당시 자원봉사 활동을 하던 와다나베라는 젊은 여성은 토요일마다 병원에 와서 호시노 씨의 시중을 들어주었다. 그림을 시작하던 초기 호시노 씨는 붓을 입에 물고 필사적으로 선을 그으려고 했으나 잘 되지 않았다. 그것을 보고 와다나베 씨가 말했다.

"아무거나 좋으니까 일주일동안 그린 것을 전부 보여주세요."

와다나베 씨는 토요일마다 호시노 씨의 그림을 감상하기 시작했

다. 그리고 한 줄의 선이지만 그것을 뚫어져라 보면서 감탄한 듯 말
했다.

"좋아졌네요. 깨끗하고 훌륭해요 대단하군요."
이 격려로 구필화가 호시노 씨가 탄생한 것이다. 상대방을 인정해
주는 데는 아무리 단순해도 길게, 그리고 열심히 보여주는 마음이
중요하다.

6. 칭찬할 때만큼은 비교하는 마음을 버리세요
등교거부증의 고교생이 있었다. 그는 방에 틀어박혀 학교에 가지
않고 가족과도 얼굴을 마주치지 않았다. 대문 밖에도 나가려 하지
않았다. 그리고 카운셀러에게 오랜 시간 상담을 받은 후 겨우 대문
밖에 나가게 되었다. 어느 날 그 학생은 카운셀러에게 전화를 했다.
"선생님, 오늘 동네에 있는 책방에 갔었어요."
"그래."
생각지도 않게 목이 메인다. 카운셀러는 의뢰인에게 감정이입을
해서는 안 된다고 알고 있지만 이때는 아무리 해도 눈물을 멈출 수
가 없다. 카운셀러는 전화에 대고 소리쳤다.
"대단해, 훌륭해, 해냈구나. 선생님은 너무 기뻐!"
이런 감동적인 얘기도 '상대비교'가 시작되면 그 의미를 잃어버
린다.
"뭐라고 하는거야, 넌 고교생이잖아. 우리 옆집 애는 초등학교 일
학년인데도 책방에 가서 책을 산다구!"

7. 하루 동안 일어난 일들을 들어주세요

택시 기사가 하루 동안의 수입만으로 그 날을 평가 당하면 불만이 생긴다. 하루 동안에 택시 기사에게는 여러 가지 일이 일어난다. 취객이 털썩 주저앉으며 행선지를 말한다. 택시기사는 행선지로 달리면서도 취객이 주정을 하는 것은 아닌가 싶어 불안해진다. 겨우 행선지에 도착하여 손님을 깨우면 술이 깬 손님이 엉뚱한 곳이라며 소리친다. 이런 일 뿐만이 아니다. 돈이 집에 있다며 집 앞에서 내린 손님을 30분이 넘게 기다려도 나타나지 않는다. 사기 당했다는 생각에 화가 치밀지만 이미 도망가 버리고 없다. 반대로 거동이 불편한 노인을 도울 일도 있다. 노인을 위해 신중하게 운전하고 함께 집도 찾아 주었다. 덕분에 수입은 적지만 손님에게 기쁨을 주었다는 기분에 충만감까지 느껴진다. 택시기사의 이런 하루 일을 정중히 들어주는 관리자가 있다면 그 택시 회사의 기사들은 모두 즐겁게 일할 것이고 회사의 수입도 긴 안목으로 볼 때 반드시 늘어날 것이다. 회사에서도 마찬가지다. 멤버에게 일어난 '하루의 개인사'를 숫자적성과 이상으로 인정하는 직장이라면 멤버들은 생기 있게 일하게 될 것이고 능률도 올라갈 것이다.

8. 그 자리에서 만족하게 해 주세요

옛날부터 훈장은 가슴에 단다. 등 쪽이 넓으니 그 곳에 장식해도 나쁘지 않을 텐데 말이다. 하지만 훈장을 가슴에 다는 이유는 다른 사람이 가슴의 훈장을 보고 '이 사람은 훌륭한 사람이구나' 라는 생각을 하며 감동하는 얼굴을 보며 만족하기 위해서 인지도 모른다. 이에 등에 달린 훈장은 무의미한 것이다.

9. 상대의 의도를 파악하며 인정하세요

B교수의 책에서 읽은 글이다. 노인이 서재에서 안경을 잃어버리고 열심히 찾고 있다. 유치원생 손자가 할아버지와 함께 안경을 찾는다. 손자가 먼저 안경을 찾고서는 '할아버지, 여기 있어요!' 라고 소리친다. 할아버지가 고맙다고 한다.

'고맙구나, 정말로 도움이 되었다.'

이렇게 솔직하게 기뻐하는 것이 좋을텐데 할아버지는 무심코 '착한 아이구나' 라고 칭찬한다. 칭찬 받은 손자는 기분이 약간 착잡해진다.

'나는 칭찬 받으려고 찾은 것이 아닌데'

자기가 일을 한 의도와는 틀리다면 칭찬을 받는다 하더라도 다음에 이 일을 할 의욕은 줄어들게 된다.

MEMO

우리는 말이 너무 많은 게 아닌지……

마르셀 마르소의 판토마임을 보러갔다.
2시간 정도의 무대였는데,
당연하게 한마디의 대사도 없었건만
관객들을 완전히 매료시켰다.
무대를 보며 나는 세일즈맨으로서 반성했다.
우리는 말을 너무 많이 한다.

저는 당신 편입니다

'나는 당신 편이다.'
'나는 당신의 적이다.'

인간에 대한 인간의 메시지는
이 두 가지 밖에 없다고 한다.
상대방이 '이 사람은 내 편이구나' 라고
느끼게 하려면 어떻게 해야 할까?
그 최고의 방법은
상대의 얘기를 잘 듣는 것이다.

계단 오르기

긴 계단을 앞에 두고 모두가
'어휴, 저길 어떻게 올라가?' 라며 불평했다.

그 중의 한 사람이
'이렇게 하면 반 밖에 안 된다고' 라며
두 계단씩 올라가기 시작했다.

또 만나고 싶어지는 사람

누가 '당신이 듣고 싶은 최고의 찬사는?' 이라고 물으면
나는 '또 만나고 싶어지는 사람' 이라고 대답한다.
지사장 시절에도, 판매 숫자를 쫓기 전에
'한 번 더 만나고 싶다는 말을 듣는 나' 를
먼저 만들자고 마음에 새겼다.

많은 고객들로부터
'한 번 더 만나고 싶어지는 세일즈맨' 이라는 말을 듣는다면,
성공은 틀림없을 것이라고 믿었기 때문이다.

간호사의 마음가짐

'간호사의 마음가짐은
지금까지 경험하지 못했던 일을
감지할 수 있는 감성을 갖는 것이다.'

근대 간호 제도를 확립한 나이팅게일은 이렇게 말했다.
이것은 자신이 병에 걸린 경험이 없다 하더라도
환자의 고통을 함께 느낄 수 있는
마음이 중요하다는 것을 가르쳐 주는 말이다.

세일즈맨의 마음가짐도
나는 제일 먼저 '타인의 고통을 아는' 상냥함을 든다.

MEMO

정어리의 장례식

어떤 책을 통해 가네꼬 미스즈라는 동요 작가를 알게 되었다. 그녀는 일본의 동요 전성기에 혜성처럼 나타났다가 1930년, 26세의 젊은 나이에 스스로 생명을 끊었는데 너무나 짧고 정열적인 작가 활동 때문에 환상의 시인이라고 일컬어진다. 그녀의 작품 중에 '대어' 라는 시가 있다.

아침노을, 작은 햇살이다.
풍어다
정어리
풍어다
해변가는 축제
분위기지만
바다 속에서는
몇 만 마리
정어리들이 장례식을
올리고 있을까.

이 시를 읽고 문득 이런 생각이 들었다. 모든 사람들이 시인의 감성을 지닌 것은 아니므로 정어리의 장례식까지 걱정할 필요는 없지만 적어도 직장 내에서는 상대의 아픔을 이해하는 인간이 되고 싶다고.

친구란

전 영국 주일대사였던 휴 코탓치 경은
친구의 조건으로 다음 두 가지를 들었다.

첫째, 자신이 곤란한 일을 당했을 때 의지가 되는 사람.
둘째, 자신의 심정을 제대로 이해해 주는 사람.

이런 친구를 여러 명 갖고 있다면
인생이 얼마나 든든할까?

진짜 세일즈맨이란 고객을 위해
이런 친구가 되려는 노력을 멈추지 않는 사람이라고
나는 믿고 있다.

MEMO

장미에 벌레라뇨?

A씨가 파리에 살 때 옆집의 부인이
장미를 한 번 길러보라고 권했다고 한다.
그러자 A씨는 '장미는 보살피기가 어렵잖아요.
벌레도 많고……' 라며 탐탁지 않아 했다.

하지만 부인은
'벌레요? 무슨 벌레? 장미에 벌레라뇨?' 라며
크게 웃었다고 한다.
유럽에서는 공기가 건조하기 때문에 장미에 벌레가 붙지 않는다.

이 이야기는 자신의 경험만으로
사물을 판단하는 것이 얼마나 무서운가를 가르쳐준다.

MEMO

기울어진 고개

'어떤 기업의 중견 간부가 돌연 고개가 오른쪽으로 기울어져
더 이상 돌릴 수 없게 되었다.
싫어하는 후배의 책상이 왼쪽에 있어서
그를 피하려는 생각이 신체에까지 미친 것 같다.'

이것은 어느 신문의 칼럼에 실린 이야기다.
정말일까라는 의심이 들 정도로 무서운 이야기다.

우리들도 '고개를 옆으로 돌린 채'로 살아가고 있는 것은 아닐까?
좋다, 싫다는 느낌만으로 고객을 택하는 것은 아닐까.
좋다, 싫다 만으로 취급하는 상품을 만들어내는 것은 아닐까.

당신이 가진 그물의 길이는?

'사람은 자기가 갖고 있는 그물의 길이만큼만
우물의 깊이를 잴 수 없다.' 라는 격언이 있다.
우리들 세일즈맨도, 결국 자기가 알고 있는 상품 밖에
세일즈하지 못하고 있을지도 모른다.

두부와 쨈

미국인들이 두부를 접한 것은 비교적 최근이다.
새하얀 두부에 새빨간 쨈을 발라서 먹거나
요구르트처럼 으깨서 샐러드에 섞어 먹기도 한다.

우리 입장에서는 요즘 말로 '엽기적' 이라고 밖에 할 수 없다.
그러나 우리가 어떻게 생각하든
두부는 미국에서 꾸준히 판매가 늘고 있다고 한다.

세일즈맨들도
'이 신상품은 비싸서 팔릴 리가 없어' 라고
단정지어 버리는 것은
'미국인이 아무 맛도 나지 않는
두부 따위를 먹을 리가 없어' 라고
생각하는 것과 마찬가지다.

MEMO

백 번 만나면 안 될 일이 없다

1940년대 미국의 애기다. 시골 고향에서는 아무리 해도 두각을 나타내지 못하는 한 청년이 있었다. 그는 답답한 마음에 뉴욕으로 나가 새로운 직업에 도전하기로 했다. 하지만 고향에서 사귀던 여인이 있었다. 2년만 기다리면 꼭 성공해서 데리러 오마하고 단단히 약속을 하고 청년은 고향을 떠났다. 청년은 고향에도 가지 않고 2년간 열심히 일하며 여인에게 매일 편지를 보냈다. 2년 후, 청년은 사업에 성공해 떳떳하게 사랑하는 애인과 결혼하려고 고향으로 돌아갔다. 그러나 청년 앞에는 깜짝 놀랄 일이 기다리고 있었다. 바로 며칠 전, 그녀는 다른 사람과 결혼을 한 것이다. 그녀와 결혼한 사람은 바로…… 그녀의 집에 매일 편지를 배달하던 우편 배달부였다.

오전을 잘 사용하면……

로마 시대의 철학자 세네카는
"인생은 사용 방법을 알면 깊다." 라고 말했다.
우수한 성적의 세일즈맨은
"오전을 잘 사용하면 하루가 길다." 라고 말한다.

세일즈맨의 고민 해결

세일즈맨의 고민은
고객과의 만남을 통해 해결해야 한다.

가능성 있었던 고객이 무너졌을 때
그 고민의 해결책은
지체없이 다른 고객을 방문하는 것이다.

그 외의 방법은 없다.

$3 \times 0 = 0$

'3×0이 왜 제로가 되는 것일까?'
'15×0이 왜 제로가 되는 것일까?'
아이에게 이것을 알기 쉽게 가르치려 할 때
배꼽없는 개구리의 예를 든다.
'배꼽이 없는 개구리 몇 마리 모아도 배꼽은 제로지?' 라는 것이다.
알기 쉽게 가르치는 것의
어려움, 재미, 심오함을 깨닫게 하는 말이라고 생각한다.

신출내기 박씨

스스로에게 '신출내기 박씨' 라는 별명을 붙이고 다니는 사람이 있었다. 생각하기 전에 행동을 먼저 해버리기 때문에 붙인 별명이라고 한다.

그런데 어느 날 아침, 신출내기 박씨는 TV를 보다가 어느 도시에 혼자 사는 할머니가 온천을 팠다는 뉴스가 눈에 들어왔다.

그 순간 벌떡 일어나 그 도시로 달려갔고 저녁나절에는 그 할머니와 면회할 수 있었다.

영업의 세계에서 성공하는 것은 '신출내기 박씨' 같은 사람일 것이다.

아침 회의 끝나고, 차 한 잔 마신 후에 자 어디로 갈까.

그 집은 지금 비어있지, 그 사장은 기분 나쁜 일이 있는 게 틀림없어, 웬일인지 오늘은 일할 기분이 나지 않아…….

아침부터 이런 생각을 하며 꾸물꾸물 행동하는 세일즈맨치고 우수한 성적을 내는 사람을 본 적이 없다.

실행하지 않으면 결과는 없다

'하루 종일 강물을 들여다보고 있어도
물고기는 잡히지 않는다.' 라는 격언이 있다.

보험일도 방문 활동을 하지 않으면, 절대로 실적을 올릴 수 없다.
마찬가지로 사지 않으면, 복권도 절대로 당첨될 수 없다.

행동 중에 발견하는 아이디어

'행동 중에 발견한 아이디어는
책상에서 찾아낸 아이디어보다 우수하다' 라는 가르침이 있다.

판매의 세계에서는 특히 수긍이 가는 교훈이다.
고객을 방문해서 만나고 설명하는 중에
좋은 아이디어가 솟아오른다.

아침 10시가 넘도록 사무실에 앉아 있어서는
좋은 아이디어가 생길 리가 없다.

실연 치료법

내 친구 A씨는 화려한 연애 경력을 갖고 있는 사람이다.

그런 만큼 그의 실연 치료법은 매우 간단하다.

자신이 가진 것 중 제일 예쁜 옷을 입고

명동 거리를 자신만만하게 걸어가는 것이라고 한다.

'행동 후에 마음이 따라온다' 라는 것을 아는 사람의 지혜다.

마지막에 열심히 일하는 것

미국 어떤 보험 회사의 사장은

세일즈의 비결로 다음 네 가지를 꼽았다.

첫째, 폭넓은 지식

둘째, 풍부한 인간성

셋째, 성실한 인품

넷째, 그리고, 마지막에 열심히 일하는 것

어떤 영업에서도 '그리고, 마지막에 열심히 일하는 것' 을 잊는다면,

내일의 번영은 없다.

상사가 없는 직장

방문처의 현관을 나오며 시계를 본다.
4시 반, 여기서 우리들은 다음 두 가지 행동 중 하나를 선택한다.

한 곳 더 돌까, 아니면 회사로 돌아갈까?

그때는 눈을 번뜩이는 상사가 없다.
어떤 행동을 취하든 완전 자유다.
이럴 때 영업은 어렵지만 재미가 있다.

두 종류의 일

일에는 '명령받은 일' 과 '명령받지 않은 일', 두 종류가 있다.

부여된 일로 아무리 수고를 해도 '노력했다' 라고는 하지 않는다.

자진해서 한 일에만 '노력했다' 라는 표현을 쓴다.
자진해서 일하지 못하고
일생을 끝내는 사람을 불행한 사람이라고 한다.

희망과 절망

'비가 오면 세탁물이 마르지 않는다.

날씨가 좋으면

우산이 팔리지 않는다' 같은 이야기라도

보는 시각을 다음과 같이 바꿔보면 밝은 얘기가 된다.

'비가 오면 우산이 팔리고,

날씨가 좋으면 세탁물이 잘 마른다.'

절망적으로 보이는 일이라도,

의욕과 지혜로 희망적인 일로 바꿀 수 있다.

이것이 세일즈의 재미있는 면일 것이다.

MEMO

불행 중 다행

스미도모 생명의 아라이 마사아끼 명예회장은 1939년의 사고로 오른쪽 다리를 잃었다. 그 당시 작가인 요시가와 에이지 씨로부터 마사아끼 씨의 아버지 앞으로 문안 편지가 왔다. '마사아끼 씨의 부상도 생명에는 지장이 없는 것 같습니다. 불행 중 다행이라고 생각하시고 마음을 진정시키시길 바랍니다' 라는 내용이었다.

잃은 것을 탄식해도 소용없다. 생명을 잃지 않은 것은 불행 중 다행이라고, 에이지 씨는 도리어 밝게 위로했다. 인생을 달관한 사람이라는 말을 듣고 있는 요시가와 에이지 씨 다운 문안 편지다.
이처럼 어떤 일이 있어도 밝게 사물을 생각하는 것이 특히, 영업의 세계에서 중요한 일일 것이다.

MEMO

세일즈맨은 행복한 직업인

골다공증은 뼈에서 칼슘이 빠져나가 뼈에 구멍이 뚫려 부러지기 쉬워지는 병이다. 65세의 노인 중 세 명에 한 명 꼴로 걸려있고, 젊은 여성 다섯 명 중 한 명은 예비 환자라고 말하는 사람도 있다. 골다공증의 원인은 칼슘 부족이라기보다 운동 부족이다. 뼈에 적당한 부담을 주지 않으면 칼슘이 빠져나간다는 이론이다.

그러므로 이 병을 예방하려면 걷는 것이 최고라고 한다. 이처럼 뼈를 사용하지 않으면 퇴화하는 것처럼 뇌세포도 마찬가지다. 뇌를 쓰지 않으면 뼈처럼 구멍이 숭숭 뚫려 노화가 진행된다.

그럼 뇌를 활발하게 하는 제일 좋은 방법은 무엇일까. '말하기 거북한 사람과 말하는 것'은 아닐까 하고 생각해본다.

'매일 걷고', '매일 다른 사람과 긴장해서 만나는' 일을 계속하고 있는 우리들은 일하며 노화 방지를 하고 있는 '행복한 직업인'이다.

MEMO

늙기 힘든 직업 베스트 1

어떤 사람에게서 퇴직 후 가장 늙기 쉬운 직업 BEST 3의 얘기를 들었다.

제대로 말하자면 Worst 3라고 말해야 하는 건지도 모르겠다.

1위는 경찰, 2위는 교장 선생님, 3위는 세무서 직원이라고 한다.

이들 직업의 공통점이라면

하나의 단단한 틀 속에서 인생을 보내는 사람들이라는 것이다.

그런 까닭에 정년 이후 그 틀에서 갑자기 내보내지면 당혹감이 남보다 심한지도 모른다.

그에 비교하면 판매의 세계는

매일 변화가 풍부해 늙기 힘든 직업 베스트 1위일지도 모르겠다.

MEMO

인생에서 최고의 선물

'인생에서 최고의 선물은?' 이라고 묻는다면,
'기회를 주는 일' 이라는 말이 있다.

아무리 유명한 프로야구 투수라도
은퇴하고 나면 마운드에 올라갈 기회는 없어진다.
가히 외로운 일이다.

하지만 다행히 영업의 세계에는
'판매 대회' 라는 무대가 있다.
회사와 모든 동료들이 주목하는 가운데
판매 수완을 경합할 기회를 갖게 되는 것이다.
세일즈맨에게는 행복한 일이다.

MEMO

공허한 일

옛날이야기 하나를 해보자.

어느 해변에 오염물 배출이 심한 공장이 있었다. 어민들은 공장 폐수 때문에 생선이 팔리지 않으니 보상해 달라며 항의했다. 공장에서는 바다가 깨끗해질 때까지 시장가격으로 생선을 사주기로 했고, 어민들은 이선에서 물러섰다.

이튿날부터 어민들은 잡은 생선을 트럭에 가득 싣고 공장으로 운반했다. 돈을 받은 어민들은 만족했다. 하지만 어민들이 직접 잡은 생선이 눈앞에서 버려지는 광경이 몇 주일간 계속 되자 그들은 점차 생기와 웃음을 잃어가기 시작했다.

어민들은 깨달았다. 아무리 수입이 있다 해도 의미 없는 일을 하고 있는 것이 얼마나 공허한 일인가. 지금까지는 생선을 맛있게 먹어주는 사람들이 있어서 즐거웠는데……

MEMO

짧게, 짧게, 더 짧게

케네디 대통령 이래 미국의 대통령은 모두 이름이 짧다.

존슨, 닉슨, 포드, 레이건, 부시 등.

공화당 대통령 후보였던 하워드 씨도 본래는 하워드 펜스라는 이름이었다.

하지만 정치가를 꿈꾸며 젊을 때부터

하워드로 이름을 줄여 부르기 시작했다.

짧은 것이 좋은 시대라는 것을 생각하게 하는 얘기다.

자신의 세일즈 언어는 긴가?

짧은가?

지금 그것을 재검토할 필요가 있는 것은 아닐까?

MEMO

Simple is the Best

미국의 한 판매 회사 사장이 한 얘기다.

"S사의 복사기 설명서는 겨우 한 페이지였다.

이에 라이벌인 K사의 자사 제품 설명서를 15페이지로 늘렸다.

당시 S사의 세일즈맨이었던 나는 이 한 페이지의 심플한 설명서를

세일즈의 최대 무기로 삼았다."

작은 선물로 큰 기쁨을 주려면

세일즈맨에게 고객을 접대한 일은 허다하다. 하지만 선물을 줄때면 언제나 고민이 된다. 고객의 부인이 선물 상자를 열어보고 '와아' 라고 즐거워할 수 있는 선물이 최고다. 고혈압인 사람에게 염분이 많은 식품을 선물하거나, 노부부만 살고 있는 집에 커다란 케이크 박스를 건네거나 하는 감각으로는 영업을 잘할 리가 없다.

A씨는 아는 사람에게 떡을 선물했다. 그런데 '약소하지만 이렇게 떡을 보내드립니다. 잘 씻으신 후에 얇게 잘라 석쇠에 얹어 구우시고 부풀어 오르지 않도록 젓가락으로 쿡쿡 찔러 주십시오. 아무 것도 찍지 말고 그냥 드시는 것이 가장 맛이 좋습니다.' 라는 편지가 함께 들어 있었다. 떡이 제 구실을 한다는 것을 느끼게 하는 이야기다.

메일을 받고 싶으세요?

'매일 한 통 이상의 메일을 보내면, 당신도 3일에 한 번은 메일을 받아볼 수 있을 것이다.' 이것은 필자의 경험에서 우러난 말이다.

요리의 요령

요리의 요령으로 다음 다섯 가지를 든다.

첫째, 맛있는 것.

둘째, 영양이 풍부할 것.

셋째, 비싸지 않을 것.

넷째, 신속할 것.

다섯째, 시각적으로도 아름다울 것.

상품 설명의 요령은 다음의 다섯 가지다.

첫째, 강요하지 않을 것.

둘째, 듣기를 우선시할 것.

셋째, 정확할 것.

넷째, 알기 쉽게 설명할 것.

다섯째, 품위있게 말할 것.

사람은 말로 죽고 말로 산다

한 지점장이 문제투성이인 작은 지점으로 발령을 받았다.

누가 보아도 좌천됐다고 밖에 할 수 없는 상황이었다.

지점장은 '내 실적이 그 정도로 밖에 평가되지 않았나' 라며 억울해
했다.

빈말이라도 상사가 "그 지점을 살릴 사람은 자네밖에 없네."라고
말해주길 바랐다.

그날 밤 지점장은 아내를 앞에 두고 푸념을 했다.

평소 말수가 적은 부인은 조용히 웃으며 말했다.

"그 지점이 최악의 상황이라면, 이제 나아질 것만 남은 거 같아요."

부인의 이 한 마디에 지점장은 다시 살아났다.

최고의 찬사

고등학생인 아들이 학교에서 돌아왔다.

아들은 엄마에게 빈 도시락을 건네주며 한마디 했다.

"엄마 오늘 도시락 맛있었어요."

'맛있었다' 라는 말은 엄마에게는 바로 최고의 찬사다.

홍차를 맛있게 우려내는 법

홍차를 맛있게 우려내는 법

영국인들에게 '홍차를 맛있게 우려내는 법'을 물으면,
공통적으로 '끓인 물을 사용할 것'이라고 답한다.

우수한 세일즈맨들에게 '세일즈의 요령'을 물으면,
공통적으로 '불타는 열정'이라고 하지 않을까?

나는 할 수 있다

인생의 교훈 중에 이런 것이 있다.
마음의 그릇 속에 '할 수 없어'라는 물이 고여 있다면,
그 곳에 '나는 할 수 있어'라는 작은 돌을 꾸준히 던져 넣어라.

머지않아 '할 수 없어'라는 물은 마음 바깥으로 흘러나오고
당신의 마음속엔 '나는 할 수 있어'라는 작은 돌로 가득찰 것이다.

세일즈맨의 세계도 똑같다.
20억, 30억의 고액계약은
마음속의 '할 수 있어'라는 생각으로부터 비롯되는 것이다.

정열을 잃지마라

골프의 제왕 잭 니클라우스는 오랫동안
함께 일한 안젤로라는 캐디를 해고한 일이 있다.
그리고 그 이유를

'안젤로는 정열을 잃었다.
그로부터 흥분되는 악동을
더 이상 끌어낼 수 없게 되었다.' 라고 밝혔다.

우리들도
'내일에 도전하는' 정열만은 잃어서는 안 된다.

저 사람과 나

우리는 가끔은
'저 사람은 할 수 있는데, 왜 나는 할 수 없지?' 라고
자신에게 꾸준히 묻는 일이 중요하다.

5분과 2시간

베테랑 세일즈맨 H씨가 20억의 계약을 땄다.
계약자는 의사, 의사는 계약을 결정하는데
단 5분도 걸리지 않는다.

그리고 일주일 후.
같은 H씨가 한 젊은 남자에게서 6000만 원의 계약을 땄다.
하지만 이번에는
설득하는데 2시간이나 걸렸다고 한다.

H씨는 '20억도 고객, 6000만 원도 고객 아닙니까?' 라며
웃으며 보고했다.

인류의 가장 위대한 발견

인류의 가장 위대한 발견은
'자신의 마음가짐을 바꾸면,
인생을 바꿀 수 있다' 는 것을
깨닫게 된 것이라 한다.

먼저 단점부터 알려 주세요

우수한 세일즈맨인 I씨는
어느 날 새로운 보험 상품의 강습을 받았다.
강습자는 반복해서 이 상품의 매력을 말하고 있었다.

I씨는 손을 들고 질문했다.

"먼저 단점부터 알려 주지 않겠습니까?"

하자 상품 세일

어느 백화점이 '하자 상품 세일' 이라는 이벤트를 연 적이 있다.
조금씩 결점이 있는 물품들에 꼬리표를 붙이고 결점에 당당하게
도면까지 넣어서 판매했다. 직조 불량, 바느질 불량, …… 등.
이 이벤트는 상당한 호평을 받았다고 한다.

보험의 경우도 '하자상품 세일' 을 하면 어떨까.
'이럴 때는 지불하지 않습니다.'
'이럴 때는 손해봅니다.' 라는 말로 시작하는 것이다.

고객이 귀가하거나 귀가하기 전에……

'대부분의 세일즈맨은 하지 않지만,
나만 하는 일이 하나 있다.
세일즈는 물건을 팔기 전이 아니라
판매한 후에 시작되는 것이라는 신념을 실행하는 일이다.
나는 고객이 귀가하거나 귀가하기 전에
'구입해 주셔서 감사합니다' 라는 사례 메일을 쓴다.'
이것은 미국 최고의 판매왕 자리를
11년간이나 지킨 올린 자동차 세일즈맨의 말이다.

최초의 세일즈맨이 좋았다면……

'나는 지금까지 33대의 자동차를 샀지만,
유감스럽게도 33인의 다른 세일즈맨에게서 샀다.'
이것은 미국의 유명한
생명보험 세일즈맨이었던 후랑크 베드거의 말이다.
'최초의 한 사람에게서 33대의
자동차를 샀더라면 더 좋았을텐데……' 라는 뜻이다.
최초의 세일즈가 얼마나 중요한지를 알려주는 말이다.

딸을 시집보내는 마음으로
상품을 팔아라

이것은 상품 판매의 귀신으로 불리는

D씨의 말이다

'그렇게 생각하면

그 상품이 고객에게 도움이 되고 있는지

어떤지 가끔 보러 가고 싶어진다' 는 뜻이다.

'After Service' 의 중요함을 가르쳐 주는 명언이다.

MEMO

K씨 없이는 안 된다

K씨는 보험 세일즈를 한지 18년이 된다. 항상 '고객 중심'으로 일을 해온 성실한 세일즈맨이다. 그 K씨가 어느 약품 회사로부터 기업 연금 계약을 따게 됐다. 교묘한 말로 세일즈를 해서도 아니고, 강력한 입김이 있어서도 아니었다. 물론 인정에 매달려서도 아니었다.

사장의 한마디 말로 계약은 결정됐다.

K씨는 그 회사에 출입하기 시작한 이래, 18년간 비오는 날도 바람 부는 날도 꾸준히 방문 활동을 계속했다. 그 사이 K씨의 팬들이 생겼고, 많은 종업원들이 K씨와 계약을 맺었다. K씨의 성실성과 좋은 애프터서비스는 사장에게도 높은 점수를 받을 수 있었다. 일에 엄격한 사장도 평소 그의 모습에 감동받았다는 것이다.

기업 연금 계약은 "K씨 없이는 안 된다."라는 사장의 한 마디에 결정됐다.

매일 지각하는 그녀

그녀는 매일 지각했다. 조례 시간이 끝나면 뛰어 나갔고 저녁에도 서류 정리가 끝나면 뒤도 돌아보지 않고 퇴근했다. 동료들과 차를 마시는 일도 거의 없었다. 잡담으로 흥을 돋우는 일도 없었다. 그녀는 우수한 세일즈맨이었다. 성적은 언제나 지사의 베스트 10에 들어갔다.

'성적이 좋으니까 고고하게 군다' 며 흉도 들었다. 아이가 다 커서 육아는 신경쓰지 않아도 된다, 가사에는 손도 대지 않는다, 집도 가깝다 등 그녀가 우수한 실적을 올리는 데 대해 여러 가지 소문도 있었다. 그런 그녀가 돌연 퇴직을 했다. 근속 8년이었다.
지부장이 전원에게 그 이유를 말했다.

입사 전부터 누운 채 일어나지 못하는 부친이 계시는데 출근 전에 밥을 먹여 드리고 대소변까지 보살펴야만 했다고……. 낮에도 일하는 중에 집에 돌아가서 식사를 해드렸다. 욕창을 예방해야만 했던 그녀의 시아버지 상태가 더 악화되어서 퇴직하게 되었다고 지부장은 담담하게 말했다.

합장 화가

미인화를 그리는 B씨는 어릴 때 큰 화상을 입었다.
그래서 열 손가락을 제대로 쓸 수 없게 되었다.
대신 테이이 씨는 말을 듣지 않는 양손에 화필을 끼워 그림을 그렸다.
결국 '합장 화가' 라고 불리며 당대 최고의 화가가 되었다.

인간이란 '할 수 없다' 거나 '내게는 무리야' 라고
단정지을 수 없는 존재이다.

기쁨도 9배입니다 - 동료의 매력

마라톤 선수 S씨가 역전 마라톤에 출전한 적이 있다.
결승점에 일등으로 골인한 후 인터뷰에서 그는 이렇게 말했다.

"마라톤과 비교해서 오늘 우승은 어떻습니까?"
"네, 9명이 달렸기 때문에 기쁨도 9배입니다!"

정말 명답이다.

꾸준함이 요령

이것은 J씨의 이야기다.

J씨는 어느 회사를 매일 방문했다. 꾸준히, 그리고 열심히 다녔으나 성과는 오르지 않았다. 그런데도 멈추지 않고 더욱 열심히 다녔다. 그러던 중 건강이 나빠져 두 달 정도 쉬게 되었다. 퇴직을 심각하게 고려하던 바로 그때 자택으로 전화가 걸려왔다.

"모범생, 살아 있나?"

J씨가 열심히 방문하던 회사 사람이었다. J씨는 다시 그 회사를 방문했고 그 회사에서 제1호 계약을 했다. 그 이튿날 방문하니 연속으로 두 사람이 계약을 하겠다고 요청했다. 이틀간 세 건.

"그런데 참 이상합니다. 꾸준히 다닐 때는 한 건도 계약하지 못했는데……."

그 얘기를 듣고 나는 대답했다.

"영업에 기적은 절대 없습니다. 꾸준히 방문하는 모습이 숨겨진 J씨의 팬을 만들었던 것이죠."

내가 모르던 나

이것은 U라는 어떤 여성 소장의 얘기이다. 그녀는 입사 전에 겨우 38Kg의 체중으로 약을 거의 달다시피 하며 살았다. 집에서 조금 떨어진 곳도 혼자서는 가지 못할 정도로 몸이 허약했던 것이다.

그러다 그녀는 혼자 일어설 결심을 하고 세일즈 일을 시작했다. 그리고 근속 6년째, 드디어 소장이 되었다. 문득 약과는 인연이 없어져 버린 자신을 깨달았고 제충도 58Kg으로 건강한 몸이 되어 있었다.

우수한 실적을 올리는 소장이 된 U소장은 "인간에게는 자신이 모르는 자신이 있더군요. 집에서 일을 그만 둘까? 하고 농담을 하면, 아이들이 오히려 당황해서 '그만두면 안 돼요. 다시 병에 걸려요'라고 말한답니다."라고 웃으며 말한다.

MEMO

아이들에게 지고 싶지 않다

'나는 주부이며, 아내이며, 엄마라는 것을 언제나 잊지 않으려고 한다.

나는 언제나 열심히 해야지라고 자각하고 싶다.

내가 좌절한다면 남편도, 두 살, 네 살 된 애들도 볼 면목이 없어지는 것이다.

아이들도 보육원에 다니며 건강하게 성장하고 있다.

나는 아이들에게 지고 싶지 않다.'

세일즈 경험 5개월째 된 S씨의 글이다.

S씨는 아이들의 눈은 결코 속일 수 없다는 것을 알고 있다.

MEMO

가장 존경할 수 있는 사람

순박한 베테랑이라고 하면 I씨가 생각난다.

항상 상쾌하게 웃는 I씨는 언제나 지사 전체의 열 손가락에 들 정도

로 성적이 우수한 세일즈 레이디였다.

그녀의 딸은 어느 TV 방송국에서 리포터로 활동하고 있었다.

캐리어 우먼인 그 딸이 어떤 사람에게 자기 어머니를 이야기하며

이렇게 소개했다.

'어디에 내놔도 부끄럽지 않은 엄마.

내게 있어 가장 매력적인 사람. 가장 존경할 수 있는 직업인……'

진정으로 엄마를 존경하는 따뜻한 딸의 마음이 드러난 소개였다.

MEMO

누구나 나의 선생님

불교, 유교, 노자, 장자 등 동양 사상에
통달한 교수였던 A선생이 생전에 딸에게 이렇게 물었다.

'애야, 텐치 신리가 뭐지?'

저명한 학자인 선생도 모르는 일이 있었던 모양이다.
딸은 아버지에게 글자를 써주며 크게 웃었다.

'뭐예요, 아버지, 천지진리란 뜻이에요.'

물어 보는 것은 결코 부끄러운 일이 아니다.

MEMO

당신은 뛰어난 '무엇' 이 있는가?

감나무는 7개의 뛰어난 장점이 있다고 한다.

첫째, 장수한다.

둘째, 무성하고 그늘이 두텁다.

셋째, 새가 집을 짓지 않는다.

넷째, 벌레가 붙지 않는다.

다섯째, 서리낀 잎을 즐길 수 있다.

여섯째, 좋은 열매가 열린다.

일곱째, 낙엽이 엽차로 만들어진다.

당신은 세일즈맨으로써 뛰어난 '무엇' 이 있는가?

바보스러운 질문

지사장 시절, 하루 한번은

바보스러운 질문을 하자고 말한 일이 있다.

특별히 아는 척 하지 않고, 초보적인 상품의 지식이라도 부끄러워

하지 않고 질문을 하게 되니 이상하게도

직장 분위기가 밝아지고 직원들 간의 의사소통도 원활해졌다.

그리고 공부하는 분위기까지 생겨났다.

실패를 지우지 말자

'요즘의 수학 교육에서 무엇보다 우려되는 일은,

답이 틀렸다는 것을 알게 되면 풀어온 과정 전부를 지워버리는 학

생들이 늘어나고 있다는 사실이다'

수학자 M씨의 지적이다.

인간은 틀릴 수도 있고, 헤맬 수도 있다.

중요한 것은 어디서 헤매고, 어디서 틀렸는가를 깨닫고 극복하는

힘을 키우는 일이다.

틀린 해답과 과정을 전부 지워 버리면 영원히 답을 찾지 못한 채 헤

매게 된다.

우리들이 하는 일도 똑같다.

실패해도 실패를 모두 지워 버리지 않고,

그 실패로부터 배워서 앞으로 잘해보자는 태도가 중요하다.

용기를 주는 말

"첫 실패는 경험이다."

GENTLEMAN

영국 공원의 쓰레기통에는 이런 말이 써있다.

GENTLEMAN WILL, OTHERS MUST.

신사라면 쓰레기를 자발적으로 쓰레기통에 버릴 것이고
신사가 아닌 사람은 그렇지 않을 것이라는 의미다.

직장에 있어서
신사와 그렇지 않은 사람과의 차이는 무엇일까.

자기의 의지(WILL)로 자진해서 창조적인 일을 하는 사람을
GENTLEMAN,
반대로 명령을 통해서,
즉 MUST(하지 않으면 안 돼)라는 말을 듣고
겨우 움직이는 사람들을 OTHERS(신사 이외의 사람들)라고 할 수 있
을 것이다.

새로 시작하는 게 많은 사람

샹송 가수 이벳트 지로가 긴자에서 개인전을 열었던 적이 있다.
그녀는 66세부터 그림을 그리기 시작했다.

이에 대해 그녀는
'음악을 알게 되었을 때와 똑같이 새로운 세계가 열렸다.' 며
'그림의 세계에서는 아직 세 살짜리 어린애일 뿐.' 이라고 수줍게
말하였다.

프랑스어를 처음 배우기 시작한 사람에게
'프랑스어 0세' 라는 표현을 쓴다고 앞서 말했다.

조직도, 사람도,
이제 새로 시작한 0세짜리 일들이
많은 사람이 바로 젊게 사는 사람이다.

시대는 흐른다

20년 전의 얘기
어머, 댁의 남편은 이해심이 많으신가봐요.
집안일을 지금처럼 100% 한다면 일하러 나가도 된다고 했단 말이
죠?

10년 전의 얘기
당신 남편 정말 멋지네요.
일을 시작하면 가사의 반을 돕겠다니!

요즘 얘기
역시 현대를 사는 남편이시군요.
일하는 것은 대찬성, 가사는 지금처럼 공동 작업.
그 대신 즐겁게 일하는 것이 조건이라니…….
부인이 일을 하면 생기 넘치고 젊어진다는 것을 아는 분이네요.

걸으면 어디나 길

식물 열매를 채집하는 사람들은 '걸으면 어디나 길' 이라고 말한다.

세일즈맨에게도
'방문하면 어디든지 고객이다' 라고 말할 수 있다.

나비 인간과 두더지 인간

유명한 물리학자 아인슈타인은
인간의 타입을 나비와 두더지로 나누었다고 한다.
나비 인간의 관심은 이곳저곳으로 옮겨 다닌다.
두더지 인간은 한 가지 일에만 집중한다.
우리들의 활동도 이렇게 둘로 나눌 수 있다.
'이 곳 저 곳을 돌아다니는 나비형' 이 좋을까,
'한 가지 집중의 두더지형' 이 좋을까?
스스로에게 물어 깨달을 일이다.

내가 싫어하는 얼굴

하나, 관리된 얼굴
지시를 기다리고 있는 얼굴.
말하는 것을 기다리는 얼굴.
말하기까지 결코 움직이지 않는 얼굴.

둘, 자기중심적인 얼굴
신입일 때 남에게서 도움을 받은 일을 잊어버린 얼굴.
조직이 있으므로 자신이 존재한다는 것에 신경쓰지 않는다는 얼
굴.

셋, 판매 기반이 없는 얼굴
기반을 만들려고 하지 않는 얼굴.
기반을 중요히 여기지 않는 얼굴.

먼저 방문한 세일즈맨

작년 8월 즈음, 어느 소장이 작은 사무실에 티슈를 돌리기 시작했다.

하지만 그는 보험도 권유하지 않고 티슈에 이름도 넣지 않았다.

먼저 출입하고 있던 세일즈맨의 자리를 뺏고 싶지 않았기 때문이다.

그러면서도 티슈 배포는 계속됐다.

4개월째에 사무소 사람이 처음으로 말을 걸었다.

"저는 H라고 합니다만 당신의 성함은?"

"예, 명함을 드리죠."

"내년에는 꼭 당신에게 가입해야겠다고 생각하고 있었어요……"

해가 저무는 12월 29일의 일이었다.

성공의 비밀은 '고맙습니다.'

I씨는 성적이 좋은 세일즈맨은 아니었고 그다지 조직에도 협력적이지 않았다. 상사에게 있어서는 다루기 힘든 부하이기도 했다. 그런 I씨가 조직의 리더 자리를 맡게 되었다. 그 성격에 무리가 아닐까 하며 주위에서는 염려하는 기색이 역력했다. 그리고 십 수 년 후, 우수 지부장 표창식에서 I씨를 만났다. 그는 35명의 부하를 거느린 당당한 지부장이 되어 있었다. 의아한 마음에 그에게 성공의 비밀을 물었더니 대뜸 "'고맙습니다' 입니다."라고 말했다.

"예?", "남편의 덕택입니다."

그 내막은 이렇다. I씨가 조직의 리더가 된 직후 남편이 병으로 쓰러졌다. 생명은 건졌지만 지금도 입원 중인데 남편이 간호사, 도우미, 병문안 오는 사람, 같은 병실을 쓰는 사람들에게 부자유스러운 입으로 '고맙습니다' 를 되풀이하는 그 모습이 무척이나 감동적이었다고 한다. 자신도 남편에게 배워 부하에게 '고맙습니다' 를 되풀이하는 중에 사원이 늘기 시작했다고…….

'고맙습니다' 가 바로 성공의 비밀이었던 것이다.

나도 신경을 쓰지 않으면······

'음침하고 어두운 얼굴을 한 사람이 있다.

언제나 투덜투덜 불평하는 사람,

주위 사람들의 험담을 하는 사람,

동료의 비밀을 이곳저곳에 퍼뜨리는 사람,

이런 사람이 한 사람이라도 있다면 그 방은 어두워진다.'

이것은 어느 유명한 종교인의 충고다.

신경을 쓰지 않으면

어느 샌가 나도 그렇게 되겠지라는 생각에 조심스러워진다.

우리가 사는 보람

'지상에 천국은 만들 수 없다.

끊임없이,

그곳에 가까이 가려는 노력만이 인간의 사는 보람이다.'

어느 신문에서 읽은 말이다.

좋은 사람들의 모임

A 이사장은 새 제자가 생기면
꼭 '다섯 가지의 마음' 부터 가르친다고 한다.
그 '다섯 가지의 마음' 이란 다음과 같다.

첫째, '네' 라고 하는 솔직한 마음.
둘째, '미안합니다' 라고 반성하는 마음.
셋째, '덕분에……' 라고 하는 겸허한 마음.
넷째, '내가 하겠습니다' 라는 봉사의 마음.
다섯째, '감사합니다' 라는 감사의 마음.

이런 '다섯 가지의 마음' 을 갖고 있는
사람들의 모임이 진정 좋은 사람들의 모임이 아닐까?

고개를 굽히시오

집안에만 박혀있는 사람은
고개를 굽힐 줄 모르게 된다.
다른 사람이 고개를 굽혀서
이쪽이 말하는 것을 들어주기만을 바랄 뿐이다.

조직 안에서는 그렇게 제멋대로 구는 것은
결코 용서되지 않는다.
조직에서 일하는 가치는 바로 거기에 있다.

불안을 극복하는 방법

심리학자들이 불안을 극복하는 방법을 연구했다.
결론은 '불안을 사람들과 서로 나누어 가져라' 였다.

판매의 세계에서는 상호 불안을
서로 나누어 갖기 위해 조직이 존재한다.

라인에 걸린다

로얄 아카데미 회화전은 영국의 권위 있는 전람회의 하나다.

이 전람회에는 일등상, 이등상 또는 특선이라는 상들이 없다.

전시실 중앙에 전시되는 것이 유일한 상인 셈이다.

제일 눈에 띄는 곳에 걸리는 것이 상 그 자체라는 의미다.

그래서 그 곳에 전시되는 것을 '라인에 걸린다' 며 최고의 명예로

쳐준다.

우리들도 훌륭한 성적을 올렸을 때

호화스런 상품을 받는 것이나 온천에 초대를 받는 것보다,

주위로부터 인정받는 것이 기쁜 것은 아닐까?

서로 일하는 모습에 관심을 갖고

아낌없이 칭찬하는 직장을 만들면 어떨까?

장난꾸러기상

어느 상사의 과장과 상담을 나눌 기회가 있었다.
그는 파리 근무 6년째라고 하며 프랑스에서의 추억을 들려주었다.
그가 한 유치원 졸업식에 참가했을 때의 일인데
재미있는 것은 표창을 받는 것이 성적이 우수한 아이만이 아니라
는 것이었다.

유머상, 싱글벙글상, 스포츠상, 친절상, 인내상, 청결상 등등 갖가
지 상이 나왔다.
특히 장난꾸러기상을 줄 때는 우레와 같은 박수가 나왔다고 한다.

아이들의 개성을 관찰하고 애정을 갖고 아이들을 대할 때 나올 수
있는 상들일 것이다.

얘기를 들으며
판매의 세계에서도 이런 표창을 만들면 어떨까 생각했다.

1초만 칭찬하라

ABC 라디오의 야구 방송은 아나운서 덕분에 무척이나 감칠맛이
난다.
누구를 소개하든 그 아나운서는 단순히 '해설자는 A씨……' 라고
는 하지 않는다.

항상 한마디를 앞에 붙인다.
'해설자는……' 여기서 말에 힘을 준다.
'삼천 개 안타의…… A씨입니다' 라고 하는 것이다.
해설자가 B씨일 때는 또 다르다.
'오늘 해설자는 원조 포크볼의 B씨입니다.' 다.

옆에서 듣고 있는 해설자 본인으로서는 무척이나 듣기 좋은 말
이다.
이에 방송의 분위기도 활기차고 순조로운 해설을 하게 되는 것
이다.

불과 1초간의 칭찬하는 것이다.
하지만 그 여부가 상대의 마음을 움직인다.
이것이 바로 칭찬의 힘이다.

정말……

한 절의 입구에 이렇게 써 있었다.
화내도 하루.
웃어도 하루.
'정말……'
이란 말이 절로 나왔다.

누구없나?

여사원이 의욕을 잃게 되는 한마디가 있다.
오후 5시가 넘어 사장에게서 전화가 걸려온다.
입사 5년째의 여사원이 전화를 받자
사장은 내심 짜증을 내고 있는 것 같다.
긴급한 용무일 것이다.
"사장님이십니까?"
말도 채 끝나기 전에 심한 말이 돌아온다.
"어이, 누구 없나?"
여사원은 전화를 끊고 곰곰이 생각한다.
전화를 받은 나는 도대체 누구란 말인가.

이런 상사라면……

한 부장이 과장의 인사고과표를 보고 있었다.

과장은 내심 부끄러웠다.

전혀 내세울 것이 없는 인사고과표였기 때문이었다.

풀죽은 과장을 보고 부장이 한마디했다.

"그때 상사는 사람 보는 눈이 없었군."

과장은 깜짝 놀랐고

너무나 감격스러워 절로 이런 생각이 들었다.

'이 부장이라면 어디라도 따라가야지'

이것은 스미도모 생명의 아라이

명예회장이 말하는 과장 시절의 추억이다.

부하 직원의 생애를 결정한 소중한 상사의 말이다.

귀에 거슬리는 말 한마디

한 교사가 유명인을 가리키며 한 말이다.

"쟤는 내 제자야."

뒤의 '한 마디'

커피를 좋아하는 친구에게서 이런 얘기를 들었다.

대기업의 간부 사원인 그 친구는 즐겨 다니는 커피숍이 몇 개 있는데 그 중에 유난히 자주 가는 단골 가게가 하나 있다.

그 집을 즐겨 찾는 이유는 웨이트레스의 '한마디 말' 때문이란다.

커피를 가져온 후 '기다리셨습니다. 맛있게 드세요' 라고 말하는 것은 여느 가게와 똑같지만 뒤의 한 마디가 틀리다는 것이다.

바로 '천천히' 다.

친구는 정말로 천천히 있어도 되는구나 라는 생각에 또 오고 싶어진다고 한다.

커피숍은 고객의 회전에 신경쓰이는 장사.

어느 가게도 '천천히' 오래 있는 고객은 곤란할 것이다.

그러나 이 가게는 고객의 입장에서 '천천히' 라는 말을 꼭 붙여준다.

그렇다고 해서 다른 가게보다 결코 손님이 많은 것은 아닌데 말이다.

말할수록 듣기 좋은 뒤의 한마디, '천천히' 다.

행복한 7번 우드

선배뻘 되는 골프동료 한 사람이 입원했다. 병문안을 하러 가야 하는데 병문안 선물로 적당한 것을 찾느라 한참 헤맸다. 위장병이라 음식물은 피하고 싶고 꽃은 너무 흔할뿐더러 금방 시든다. 시들어가는 꽃을 병실에서 보는 것도 쓸쓸하겠지. 그렇다고 현금은 친한 사람으로서 할 선물이 아니다.

헤매던 끝에 옛날 어느 책에서 읽은 얘기가 생각났다. 문안 선물은 건강해졌을 때의 모습을 떠올리며 장만하라. 그때 기뻐할 무언가를 선물하는 것이 제일이다. 예를 들면 오동나무로 만든 부부세트의 신발을 선물한다면 받은 이는 병이 나았을 무렵 아내와 이 신발을 신고 산보하는 자신의 모습을 상상하며 기뻐할 것이다.

이 이야기를 힌트로 삼아 급히 골프숍으로 나갔다. 퇴원하면 곧 그린에 서고 싶겠지. 하지만 병상에서 금방 일어난 몸이라 근력은 떨어져 있고, 아이언의 솜씨도 나쁠 거야. 그 사람이 편안히 샷을 날릴 수 있도록 7번 우드를 찾았다. 물론 6번이 아니라 LUCKY SEVEN의 7번이다. 그 헤드에 노란 손수건을 감아서 병실로 보냈다.

선배는 눈을 빛내며 몇 번이나 클럽을 움켜쥐고 감촉을 즐겨주었다. 이 '행복한 7번 우드' 덕분일까, 그는 예정보다 한 달이나 빨리 퇴원했다. 그리고 지금은 골프 생활을 남보다 한층 더 즐기고 있다.

그런 '녀석'

낚시하러 갔다. 고기는 한 마리도 잡지 못했다.
그러나 '녀석'과 갔기 때문에 즐거웠다.
이런 말을 들을 수 있는 사람.
바로 그런 '녀석'이 나는 되고 싶다.

제가 불편한 것은……

그녀는 두 개의 소나무 지팡이를 써야
걸을 수 있는 지체부자유자였다.
한 사람이 측은한 마음에 그녀에게 물었다.
"매일매일 생활하면서 제일 곤란한 것이라면요?"
그녀의 대답은 의외로 매우 밝고 경쾌했다.
"데이트할 때 손을 잡을 수 없는 일입니다."

칭찬하는 사람 한 명에
헐뜯는 사람 두 명

강연하거나 책을 내거나 하면 칭찬해주는 사람이 있다.

그런 사람들에게는 참으로 고맙다는 생각이 든다.

그러나 칭찬하는 사람이 한 사람 있으면,

뒤에서 헐뜯는 사람은 두 사람 있다고 생각하기로 했다.

자만하지 않기 위해서다.

'귀에 들리는 것은 맵다'

경계해야 할 것은 언제나 옆에 있다.

MEMO

약자에 대한 배려

어느 잡지에 '영국신사, 이래야 한다' 는 기사가 실렸다.
소개할 만한 가치가 있다 생각하여 아래에 싣는다.

1. 정정당당할 것.
2. 정직할 것.
3. 약자를 배려할 것.
4. 언행일치 할 것.
5. 여성에게 친절할 것.
6. 용감할 것.

최근 현대인에게 결여되어 있는 것은
약자를 향한 배려는 아닐까.

MEMO

택시기사의 '버려 둘 수 없는 마음'

40년 경력의 한 베테랑 택시기사에게 40년 동안 제일 기억에 남는 일이 무엇이냐고 물어봤다. 그는 추억에 잠긴 듯 잠시 생각하다가 이런 이야기를 하기 시작했다.

"아주 오래된 일이었죠. 그날 밤은 비가 세차게 내렸어요. 늦은 시간이라 피곤하고 졸리기도 했죠. 그런데 낡은 아파트 앞에서 어떤 남자가 필사적으로 손을 들고 있었어요. 우산도 쓰지 않고 말이죠. 내 앞에 먼저 가던 택시는 본체만체 하며 남자를 지나치더군요. 차를 멈추니 20세 될까말까 한 젊은 청년이었어요. 청년은 숨을 헐떡이며 아내가 진통을 시작했다고, 급하다며 어떻게든 S병원까지 데려다 달라고 하더군요. 할 수없이 청년을 따라 아파트 계단을 올라가서 부인을 안고 내려와 차에 태웠어요.

전에도 후에도 그렇게 열심히 달린 일은 없었죠. 양수 냄새까지 났기 때문에 무척 당황했어요. 신호라는 신호는 모두 무시하고 냅다 달렸지요. 병원에 차를 대고 간호사에게 임부를 건넬 때는 다리까지 후들거리더군요. 하지만 그때 젊은 남편이 기뻐하는 얼굴을 평생 잊을 수가 없어요."

마치 어제 저녁 일어난 일처럼 초로의 택시기사는 흥분해서 말해주었다. 그리고 마지막에 한마디 덧붙였다.

"그 이후 나는 승차 거부를 한 일이 없지요."

택시기사의 '버려 둘 수 없는 마음'이 무척이나 정겹게 느껴져 나는 다시 한 번 그의 얼굴을 쳐다보았다.

좋은 선생님, 나쁜 선생님

좋은 선생님은 아이와 함께 웃는다.
나쁜 선생님은 아이만 웃게 한다.
좋은 영업 담당자는 판매처와 함께 번창한다.
나쁜 영업 담당자는 판매한 곳을 다시 방문하지 않는다.
방문에는 메일이라는 훌륭한 방법도 있는 데도 불구하고.

프로 택시기사

손님이 택시 안에 큰돈을 놓고 내렸다.
정직한 택시기사는 곧 경찰에 신고했다.
매스컴에서는 미담이라며 크게 보도했다.
그러나 본인은 오히려 부끄럽다며 한마디 했다.
"손님이 내릴 때 잊으신 물건이 없는지
한번이라도 물어보았다면
이런 일은 일어나지 않았을 것입니다."
손님이 물건을 잊고 내리지 않도록 하는 것.
진정한 프로 택시기사가 아닐 수 없다.

'한 줄'로도 효도를

여름휴가로 한 젊은이가 해외여행을 떠난다.
젊은 만큼 대담하여 가는 곳곳마다의 계획이 거창하다.
하지만 고향의 부모님들은 걱정이 태산이다.

'어디서 뭘 하고 있는지,
사고 없이 잘 지내고는 있는지……'

해외에서 사고가 보도될 때마다 부모님의 마음엔 걱정뿐이다.
걱정하시는 부모님에게 효도하고 싶다면?
생각보다 간단한 방법이 있다.
가는 곳곳에서 그림엽서를 산 후 한 줄 써서
우체통에 넣는 것이다. 바로 이렇게.

'지금 이곳에 와 있답니다'

나는 싫은 사람과 만난 적이 없다

I NEVER MET A MAN I DID NOT LIKE.

이것은 미국의 유명한 희극 배우의 대사이다.

싫은 사람과 만난 일이 없다.

뒤집어 생각하면

누구도 자신을 싫어하지 않았다고 생각할 수도 있다.

또한 누구도 자신을 싫어하지 않았다는 것은

어떤 사람과도 좋은 인간관계를 만들 수 있는 능력이 있다는 것이다.

누구나 부러워할 만한 능력이다. 물론 나 역시 그렇고.

MEMO

사람들과 사이좋게 되는 능력

인간이 갖고 있는 최고의 능력은?
바로 '사람들과 사이좋게 되는 능력'이 아닐까.

'사이좋게 되는 요령' 그 첫 번째

물건을 부탁하면 '감사합니다'
일을 부탁하면 '감사합니다'
간단하다.
고맙다는 말을 되풀이하는 것만으로도 사람들과 사이좋게 될 수가
있다.
다른 사람이 내게 베풀어주는 어떤 행동에도 고맙다는 말을 하는
것이다.
'담배 좀 집어 줘',
'차 좀 태워줘',
'커피 좀 부탁해'란 말 이후 '고마워'란 말만 붙이면 된다.
이것을 되풀이하면
사춘기의 딸과 아버지도 사이가 좋아질 수 있다.

'사이좋게 되는 요령' 그 두 번째

상대의 이름을 불러주어라.

아무리 간단한 대화에도 상대의 이름을 붙이는 것이다.

예를 들면 시어머니와 며느리 사이에도

'어머니, 오늘 비가 올까요?',

'슈퍼에 가도 될지 모르겠네요, 어머니',

'어머니, 이 양복 너무 화려한가요?'

이름을 불러주는 사람에게 호감을 가지게 되는 것은

오래전에 밝혀진 연구결과이다.

다정하게 어머니라고 불러주는 며느리를 보면

시어머니의 얼굴에는 자연 미소가 떠오르고

그 미소에 며느리도 시어머니가 좋아진다.

이것은 비즈니스 세계에서도 쓰는 요령이다.

당신도 명의名醫

뉴욕에 살고 있는 사람이 걸리는
가장 무서운 병은 무엇일까?

그것은 '고독'인 것 같다.
아마 서울에서도 마찬가지 일지도 모른다.

당신 주위에 있는 많은 사람도
'고독'이라는 병에 걸려 있을지 모르는 일이다.
'고독'을 치료하는 최선의 방법은 얘기를 듣는 일이다.

이 방법으로 당신은 언제든지 명의가 될 수 있다.
단지 '듣는 귀'만 있으면 되기 때문이다.

MEMO

말하기는 쉽고, 듣는 것은 어렵다

'상대의 말을 듣는 것. 그것이 사람과 사람을 연결하는 통로이다.'

작가 S씨의 말이다.

그리고 이것은 반복해서 내 자신에게 하고 있는 말이기도 하다.

반복하고 있다는 것은 그만큼 실행이 어렵다는 것이다.

말하는 것은 쉽지만 듣는 것은 참으로 어려운 작업이다.

듣는다는 것의 5가지 이점

사람의 말을 듣는 일은 참으로 중요하다.

그 '듣는' 일에는 5개의 이점이 있다고 한다.

1. 상대로부터 호감을 얻는다.

2. 상대를 알 수 있게 된다.

3. 정보를 얻으면서 자연히 공부가 된다.

4. 상대가 기뻐하며 그만큼 자기의 마음 또한 즐거워진다.

5. 상대를 분석할 수 있다.

특히 '상대를 분석할 수 있다' 는 표현이 재미있다.

단 한 줄의 메일

사내에서 영업 담당자에게 메일의 중요함을 말한 적이 있다.

어느 날 저녁, 단골 거래처의 사장을 방문했다.

자리가 길어져 술자리로 이어졌다.

일차, 이차, 삼차…… 이튿날은 숙취였다.

머리를 감싸면서 메일을 보냈다.

쓴 것은 단 한 줄이었다.

'오늘 아침은 최고의 숙취입니다'

곧 사장에게서 전화가 걸려왔다.

"재미있는 메일 고맙습니다."

회사 바깥에서 친구 사귀기

사격선수인 A씨는 올림픽 금메달리스트로 멕시코, 뮌헨, 몬트리올, 로스앤젤레스 대회에 참가했다.

A씨가 한 말 중 "한 명의 외국인 친구를 만드는 것은 한 개의 메달을 따는 것에 필적할 만큼 멋있는 일이다."라는 말이 있다.

돌이켜 생각해보라.

내게는 회사 바깥의 친구가 몇 명이나 있는 것일까.

영업의 요령

내가 생명보험회사의 지사장을 한 것은 약 14년 정도이다.
그동안 사원들에게 말했던 '영업의 요령'은 다음 한마디다.

"무엇이든 꾸준히."

한마디의 차이

미국의 한 잡지에서 읽은 얘기다.
공원에서 한 소년이 꽃을 팔고 있었다.
꽃은 매우 잘 팔리는 듯 손님이 끊이질 않았다.
소년은 손님들에게 한마디씩 하며 꽃을 팔고 있었다.
'뭐라고 하는 것일까'
젊은 남자는 궁금한 마음에 소년의 가까이에 갔다.
마침 초로의 부부가 지나갔다.
꽃 파는 소년은 웃으며 그들에게 말을 건넸다.
"젊은 약혼자에게 꽃 한 송이 어떻습니까?"
백발이 성한 노인은 환하게 웃으며 소년에게서 꽃을 샀다.

베테랑이란……

등반가들 사이에서는
'등반을 하다 도중에 내려온 경험'이 많은 사람을
등산의 베테랑이라고 한다.
판매의 세계에서도 마찬가지다.
'방문해서 거절당한 경험'을 많이 갖고 있는 사람이
바로 영업의 베테랑인 것이다.

시시한 세일즈맨

"인간관계가 좁으면 시시한 인간이 되어 버립니다. 가족끼리 운영
하는 백화점 경영자 가운데 다른 세계에 통용되는 사장이란 그리
없어요."
이상은 A사장의 말이다.
이것은 그대로 세일즈맨에게 적용할 수 있는 말이다.
'인간관계가 좁으면 시시한 세일즈맨이 되어 버린다.'
샐러리맨에게도 마찬가지다.
'매일 밤 단골 가게에서 언제나 같은 동료와 술을 마시고 있으면
시시한 인간이 되어 버린다.'

안정도 해가 된다?

백세의 쌍둥이 자매. 언니나 동생이나 이들은 변함없이 건강하다.

어느날 TV에서 동생을 보고 깜짝 놀란 적이 있다.

이불을 올리고 내리는데 그 나이에도 스스로 하고 있었다.

일상적인 일이라고 한다.

그 모습에서 새삼스럽게 안정도 해가 될 수 있구나 하는 생각이 들었다. 신체도, 머리도 역시 쓰지 않으면 안 된다. 극단적인 표현일지도 모르지만 '안정이 제일 위험'인 것이다.

MEMO

스무 살이 네 명

전국적으로 인기를 끌고 있는

백세의 쌍둥이 자매가 나란히 온천에 초대받았다.

그 모습이 TV에서 방영되고 있었다.

온천이 맘에 드느냐는 리포터의 질문에 언니가

"그래, 스무 살이 된 것 같군."이라며

주위를 시끌벅적하게 웃겼다.

그러자 옆에서 동생이 곧 나무랐다.

"그건 너무 과장이잖아. 최소한 예순 살 정도 됐다고 해야지."

이 대화를 보며 생각난 일이 있다.

여든이 넘은 노인에게 한 사람이 "참 젊으시군요."라고 말했다.

노인은 웃으며 유머로 맞받아쳤다.

"네, 스무 살이 네 명 있으니까요."

젊음의 비결은 역시 명랑함일까.

마음의 잡초를 뽑아라

세익스피어의 희곡에 좋아하는 대사가 있다.

'생기 넘치는 움직임이 멈추면, 사람의 마음에도 잡초가 자란다.'

채플린

문장을 어느 정도 간략하게 줄일 수 있는가에 대해
 이런 도전을 해 본 적이 있다.

어느 영화 평론가가 찰리 채플린에게 물었다.

"지금까지 많은 영화를 만들었습니다만,

가장 내세울만한 작품이 있다면 무엇입니까?"

채플린은 질문을 받자마자 즉석에서 대답했다.

"그것은 다음에 만들 작품입니다."

이 대화를 가능한 한 간략하게 줄이면 다음처럼 된다.

"당신 최고의 작품은?"

찰리 채플린이 대답했다.

"NEXT ONE."

언젠가 아무 생각 없이 왼쪽 콧구멍에 손가락을 넣었다. 연골 쪽에 이물질이 있는 것 같았다. 신경이 쓰였지만 그대로 놔둔 채 한 달 정도가 지났다. 또 손가락을 넣어 보았다. 전번과는 달리 이물질이 확실히 느껴졌다. 큰 병이 아닐까 하는 걱정에 직장과 가까운 병원에 달려갔다. 왼쪽 콧구멍을 본 여의사는 한마디했다.

"이거요? 괜찮습니다. 다음에 또 이상한 것이 느껴지면 와서 말해 주세요."

안심은 되었지만 내심 납득이 안 됐다. 그 후 잊고 있다가 다시 손가락으로 좌우 코를 관찰해보았다. 역시 느껴지는 이물질. 불안은 이상한 물건이다. 품고 있으면 점점 커지는 것이다. 결심하고 다른 병원으로 갔다. 젊은 남자 의사였다. 역시 왼쪽 콧구멍만 보던 의사는 말없이 연고를 발랐다. 그러고선 차갑게 한마디 덧붙였다.

"일주일 지나도 낫지 않으면 조직을 떼어 검사해 보겠습니다."

심장이 덜컥 내려앉았다. 정말로 큰 병인가? 이래선 안 되겠단 생각에 알고 지내왔던 J대학 병원의 이비인후과의 교수를 찾아갔다. 교수는 나의 기나긴 불평을 참을성 있게 들어주었다. 그리고 좌우 뺨의 뼈를 부드럽고 따뜻한 손으로 몇 번이나 치켜올렸다. 그리고 코의 양옆을 양손으로 끼듯이 반복해서 눌렀다. 그리고는 왼쪽과 오른쪽 코를 천천히 살펴보았다. 진찰이 끝나고 선생은 메모지를 들어 코의 그림을 그리고는 나에게 보여주면서 설명해 주었다.

"보통 사람들은 코의 좌우 구멍이 같다고 생각하지만 실제로는 다

르답니다. 당신의 경우, 오른쪽에서 왼쪽으로 연골이 이렇게 눌려
서 나와 있습니다. 오른쪽과 왼쪽의 방을 나누고 있는 부분이 여기
서 약간 눌린 모양입니다. 큰 병은 아니니 아무 염려할 필요 없습니
다."
"코의 구멍은 좌우가 틀린 것이 보통입니다……."
선생의 이 한마디로 나는 유쾌하게 집에 올 수 있었다.

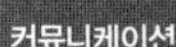

MEMO

나라도 틀림없이……

의학교수의 부인이 병이 들었다.
수술을 했지만 6개월 시한부 인생을 선고받았다.
교수는 슬퍼하면서도 한 가지 결심을 하고서는
병동 책임자에게 머리를 숙이며 부탁했다.

"처를 내 방 옆 병실로 옮겨주셨으면 합니다.
소등시간도, TV도, 면회시간도 관대히 보아주시길 바랍니다."

부인은 남편이 따뜻한 간호를 받고 숨졌다.
부인의 장례 후 교수는 학부장에게 가서 사표를 제출했다.
학부장은 그것을 돌려주며 상냥하게 말했다.

"나라도 틀림없이 똑같은 일을 했을 거네."

MEMO

부정은 이제 그만

재미있는 얘기를 들은 일이 있다.

진위여부는 알 수 없지만

부정어의 무서움을 가르쳐주는 이야기다.

마루하나라는 벌이 있다.

이 벌은 몸집은 크지만 날개는 매우 작다.

이에 한 물리학자가 계산했다.

날개가 너무 작아 부력이 부족하다.

날 수 있을 리가 없다. 그러나 날고 있지 않은가.

도대체 어떻게?

그것은 바로 아무도 벌에게 얘기하지 않았기 때문이다.

'넌 몸이 너무 커서 날 수가 없어.' 라고.

MEMO

잘난 사람은 필요 없다

이런 문장을 읽은 적이 있다.

'기업은 꿈과 젊음을 실은 배다.

키를 잡은 사람, 노를 젓는 사람, 모두 평등하다.

각각 자립심을 갖고, 능력대로 즐겁게 일하면,

기업은 저절로 자란다.

직장에 잘난 사람은 필요 없다.'

즐겁게 일하면 이라…… 끌리는 말이다.

잘난 사람 필요 없더라…… 대단히 매력적인 말이다.

다섯 가지 타입

부하에는 다섯 가지의 타입이 있다.

1. 말하기 전에 안다.

2. 말하면 안다.

3. 말해도 모른다.

4. 말하면 반발한다.

5. 처음부터 들으려고 하지 않는다.

(4)와 (5)는 사실 리더의 타입인지도 모르겠다.

세 가지 말

'에도의 번성 방법'이라는 책이 있다. 이 책의 내용을 한마디로 말하자면 '사람에 대한 배려 모음집' 정도라고 할 수 있을 것 같다. 에도시대, 이백여 년간에 걸쳐 에도 사람들은 평화로운 시대를 살았다. 그 사이 완성된 '공생의 지혜'가 '에도의 번성 방법'이라고 이 책은 말하고 있다.

이 책은 조직에서 사람을 활용할 때에도 참고가 된다. 특히 리더들에게 강력히 추천한다. 이 책 속에는 항상 신경 쓰지 않으면 안 되는 세 가지의 말이 들어있다.

1. 자귀 말

자귀는 대패의 일종으로 나무를 벗겨낼 때 쓴다. 자귀 말은 사람이 할 수 있는 가장 거친 말로 원만한 생활을 원한다면 피해야 할 말이다.

이 책은 '자귀 말을 상대에게 들었다면, 자기도 자귀 말을 썼기 때문이라고 생각하라'라고 경고하고 있다.

2. 찌르는 말

이 말은 사람의 감정을 건드리는 말, 상대가 건드리고 싶지 않은 일을 찌르는 말로 역시 사람과 사이좋게 지내기 위해서는 써서는 안 될 말이다.

하지만 이 책에서는 찌르는 말을 들어도 거꾸로 웃으며 듣고 흘려

버리는 도량을 '에도 방법'이라고 말하고 있다.

3. 문닫는 말

상대가 자신과는 다른 의견을 말하려고 할 때, 마음의 문을 닫고 받아들이지 않겠다고 하는 말을 뜻한다. 예를 들면, 직장에서 상사가, 또는 가정에서 엄마가 쓸 만한 말 중에서

"자네는 언제나 같은 말을 하는군."

"또 그런 말을 해."

"알았다, 알았어. 하지만……."

"그런 벌써 듣고 있어……."

"그렇다 해도 말이야……."

우리가 자주 사용하는 문닫는 말을 열거하자면 끝이 없을 정도다.

MEMO

듣는 태도

사람이 말을 걸어온다.
상대가 아무리 젊은 부하일지라도
흐트러진 자세에서 들으면 안 된다.
항상 몸을 앞으로 내밀고 진지한 자세로 경청해야 한다.
이것도 '에티켓의 방법' 중 하나라고 한다.

상대의 말에 흥미가 없다.
더구나 장황하게 길기까지 하다.
빨리 결론을 말하라고 내심 혀를 차고 싶어진다.
의자 등에 기대어 단정치 못하게 듣고 있는 나의 자세……

한 번쯤 반성해 볼만한 일이다.

MEMO

지사장 시절. 천여 명의 영업 사원이 있었다.

언젠가 전원에게 설문조사를 한 적이 있다.

'상사에게 바라는 일이 무엇인가' 라는 질문이었다.

가장 많은 답은

바로 '들어주길 바란다' 였다.

'들어주길 바란다' 이지

'들려주길 바란다' 는 결코 아니었다.

MEMO

명령 〈 다수결 〈 합의

조직에서 일을 하다보면 명령보다 다수결,
다수결보다 합의 쪽이 효율적이라고 생각하게 된다.

상사에게 명령을 받고서야 일하는 조직보다
다수결로 목표를 정하고 일하는 조직이
보다 일을 잘하는 것은 당연하다.

그러나 언제나 다수결에 불복종하는 사람이 있게 마련이다.
이에 그 이상의 토론과 합의가 필요하다.

조직원들끼리 충분히 의견을 교환한 후
전원의 합의를 얻어 목표를 정하고 일하는 것이 중요하다.
바로 이럴 때 조직은 '매력적인 집단'으로 변모하게 되며
소속된 개개인도 자신이 갖고 있는
최고의 능력을 발휘하게 되는 것이다.

우리를 더욱 빛나게 하는 세 가지의 말

음악가인 A씨는 80세의 나이에도 가요 콩쿠르의 심사위원으로 활약하는 등 노익장을 과시했다. 콩쿠르에서의 A씨의 비평은 날카로우면서도 상대방을 배려하는 마음이 배여 있었다.

참가자에게 A씨가 먼저 하는 말은 찬사다.

"듣고 반할 수가 없을 만큼 멋진 목소리였습니다."

그 다음은 따끔한 지적이 이어진다.

"그러나 2절의 시작은 이런 식으로 노래하는 쪽이 낫지 않았을까요?"

마지막으로 참가자에게 따뜻한 격려를 한다.

"가수의 소질이 있군요. 노래 연습 열심히 하세요."

참가자는 A씨의 비평에 모두 자신을 얻어 무대를 내려갔다.

우리를 더욱 빛나게 하는 세 가지의 말, '찬사, 지적, 격려'는 직장에서도, 가정에서도 그대로 쓰일 수가 있다.

MEMO

부하의 머리 위

"부하의 머리 위는 언제나 푸른 하늘……
이런 생각으로 언제나 부하 직원에게 신경을 쓰고 있습니다."

이것은 우리 회사 제일선의 리더, A지부장의 말이다.
상사인 자신이 어두운 구름이 되어
부하의 능력을 발휘하지 못하게 하지 않겠다는 뜻인 듯하다.

'머리 위를 언제나 푸른 하늘로……'
솔직 담백한 멋진 표현이 아닐 수 없다.

아이의 머리 위에서 언제나 푸른 하늘인 엄마.
학생의 머리 위에서 언제나 푸른 하늘인 선생.
이런 엄마와 선생을 좋은 엄마,
좋은 선생이라고 할 수 있는 것이다.

이 모든 것은 아이, 학생, 부하를
믿지 않고서는 할 수 없는 일이다.

네모난 사과

나는 가사를 아내와 분담해서 하며
사이가 더욱 좋아졌다.
나 스스로 가사에 꼼꼼한 편이라고 잘난체 하지만
솔직히 썩 잘하는 편은 아니다.

둥근 사과도 내가 껍질을 벗기다 보면 사각이 된다.
하지만 아내는 결코 트집 잡지 않고
'도와줄까요?' 하며 살포시 웃는다.
또한 내가 감자 껍질을 벗기다 보면
크기가 3분의 1정도로 작아져 버린다.
그러나 아내는 '고마워요. 능숙해졌네' 라며
또 한 번 웃어준다.

아내의 이런 웃음과 격려 덕분에
요즘에는 네모난 사과도 둥글게 되었다.

오늘은 그 팀 성적이 어땠어?

O군은 회사 후배다.

유난히 술을 좋아하는 그는 취한 채

밤늦게 집에 들어가는 것이 한두 번이 아닐 정도다.

그런데도 부인과 사이가 좋은 것이 의아해 요령이 뭐냐고 물어보았다.

O군은 대뜸 '질문하는 겁니다.' 라고 한다.

O군의 부인은 야구광으로 어떤 팀의 팬이라고 한다.

O군은 아무리 늦게 들어가도 부인에게 물어본다.

"오늘은 그 팀 성적이 어땠어?"

이 한마디로 부부의 대화가 10분 정도 지속된다.

이것이 바로 원만한 부부관계의 비결이라고 한다.

자기의 관심사에 함께 관심을 기울여주는 것.

그런 사람은 누구라도 좋아지게 되는 것이다.

젊어서 고민은 금물

'젊을 때에는 고민하지 말고
좋다고 생각하는 일을 빨리 시작하시오.'

옛날 모셨던 상사의 가르침이다.

천국과 지옥

신상품을 개발한 한 회사에서 개발 기념 세일 행사를 열었다.
판매지마다 상품 설명회가 열렸을 때
이것을 듣는 세일즈맨들의 태도는 대체로 다음 두 가지다.

1. '또 팔아야 하는 상품이 나왔구나.'
2. '회사가 나를 위해 만들어준 나의 상품이다.'

실로 엄청난 차이가 아닐 수 없다.
이렇게 발매일 이후의 매일은 천국과 지옥으로 갈린다.

1미터만 더……

전기공 사업을 하는 사장과 명함을 교환했다.
명함의 뒤에는 특이하게도 이런 말이 쓰여 있었다.
 '1미터만 더 파라'
궁금한 마음에 인사도 하는 둥 마는 둥 하고 사장에게 물었다.
"특이하군요. 무슨 뜻입니까?"
"영업의 암호랍니다."
"네?"
"미국의 교훈입니다."
사장은 짧은 얘기를 꺼냈다.

서부개척시절, 금광을 파는 사람이 있었다. 그는 긴 세월동안 커다란 산만을 팠다. 하지만 금은 나오지 않았고 매일 밤이 절망일 뿐이었다. 하지만 그는 멈추지 않았다. 나이가 들고 체력이 다할 때까지 그는 파고 또 팠다. 팔 기운조차 없이 여력이 다하자 그는 결국 금광을 포기하고 초연히 고향으로 향했다. 귀향길에 만난 한 청년에게 자신이 일생을 바쳤던 산에 관해 얘기해주었다.
청년은 눈을 빛내며 그 얘기를 듣더니 그 산의 권리를 자신에게 양도해 달라고 매달렸다. 그는 쓸데없는 일이라고 생각하면서도 청년의 정성에 권리를 넘겼다. 산에 도착한 청년은 즉시 삽을 들고 파기 시작했고 그렇게 1미터정도 팠을 때였다. 청년은 놀랄 정도로 반짝이는 금광맥이 발밑에서 미소 짓는 것을 볼 수 있었다.

절망이란……

내가 세일즈맨을 시작한지도 40년이 다 되어 간다.

그러나 부끄럽지만 지금도

일이 자신 없어지고 때론 절망을 느낄 때도 있다.

이럴 때 나는 이 두 명언으로 자신감을 얻는다.

'절망이란 어리석은 자의 결론이다.'

'나는 숨을 쉬고 있는 동안은 희망을 품는다.'

신상품이 좋아, 좋아, 좋아

신상품이 나오면 꼭 트집을 잡는 영업 담당자가 있다.

이 신상품이 왜 팔기 어려운가

그 이유를 시시콜콜 들면서 언제나 불평한다.

자기가 파는 물건을 믿지 못하고 어떻게 판매할 수 있을까.

'신상품이 좋아, 좋아, 좋아.'

바로 이 생각으로부터 우리들의 판매는 시작된다.

강풍이 불지 않으면……

이렇게도 저렇게도 하지 못할 상황에 처하면
내 자신의 불행을 탄식하고 싶어지는 일이 있다.
그럴 때 내가 자주 인용하는 말이 있다.

'강풍이 불지 않으면, 연도 뜨지 않는다.'

멋진 것은 현재

20대 때부터 언제나 멋진 것은 현재라고 하며,
지금 50대가 된 여성이 있다.
서울에서 '나는 행복해, 지금도, 옛날에도, 지금부터도……' 라는
전시회를 연 A씨가 바로 그 사람이다.

미국의 어느 생명보험 세일즈맨은 언제나
"지금부터 좋은 일이 있을 것입니다." 라고 말하고 다녔다.
예상대로, 실적이 매우 좋은 사람이라고 한다.

즐겁게 일하고 싶다면……

개인이 직장에서 마음대로 바꾸기 어려운 것이 있다.

첫째는 일 그 자체요, 둘째는 상사다.

그래서 언제나 즐겁게 일을 하고 싶다면
먼저 바꿔야 할 것은 마음의 각오다.
일례로, 언제나 이러한 각오로 운전하고 있기 때문에
매일이 즐겁다고 말하는 택시기사가 있다.
57세인 이 택시기사는 사실 세 개의 회사를 직접 경영했었던 사장
이다.

'운전을 직업이라고 생각하지 않고 있습니다.
단지 드라이브하고 있다고 생각하죠.
나는 서울의 거리를 좋아하고
모르는 곳을 찾아가는 것에 즐거움을 느낍니다.
이런 곳이 있었나 하고 생각하면 세상이 더욱 재밌어져요.'

'마음의 각오를 바꾸면, 인생이 바뀐다' 는 말을
실감나게 해주는 이야기이다.

긍정적인 방향

A씨가 유명세를 타기 전의 얘기다.
그녀가 스트립 극장에 출연하고 있을 무렵
한 댄서가 A씨의 눈을 가만히 응시하며 말했다.

"배우는 옛날부터 눈빛이 관건인데
당신 눈엔 그런 눈빛이 없군요.
배우는 포기하는 것이 낫겠어요."

A씨는 이 말에 거꾸로 더욱 분발하게 되었고
덕택에 지금은 당당히 일류 배우가 되어 있다.

무슨 일이라도 부정적인 쪽보다
긍정적인 방향을 보는 것이 중요하다.

한마디 충고

젊은 여사원이 퇴사하겠다며 왔다.

상사는 아쉽다고 말하며 상대의 눈을 보았다.

여사원은 이 일이 자신의 적성에

맞지 않는 것임을 말하기 시작했다.

상사는 수긍하며 조용히 들었다.

그리곤 한마디 충고했다.

"적성에 맞지 않는 것이 아닙니다.

일에 소극적인 것입니다."

개는 대답해 주거든요

부모님을 향해 '다녀왔습니다' 라고 하지는 않는다.

하지만 기르고 있는 개에게는 꼭 다녀왔다는 인사를 한다.

이런 젊은 여성이 생각보다 많다고 한다.

회사 여직원에게 어째서 그러느냐고 물어보았다.

대답은 짤막했지만 상당히 의외였다.

엄마는 대단해

젊은 여직원에게서 이런 얘기를 들은 적이 있다.

그녀에게는 5살 위의 오빠가 한 명 있다.

그녀가 어릴 때, 딸이 하나뿐이어서 부모님은 그녀를 애지중지하며 키웠다.

초등학교 5학년 때, 그녀는 친구와 멀리 놀러가기로 약속했다.

전차를 타고 가는 여행이었다.

아이들끼리 전차를 탄다면 엄마는 호되게 꾸중을 하실 터였다.

그녀는 고민하면서도 집에 돌아가서 어머니께 놀러가고 싶다고 말했다.

하지만 대답은 의외였다.

"네가 알아서 결정해라."

그녀는 다행이다 싶으면서도 엄마가 너무나 무정하단 생각이 들었다.

하지만 지금 생각하면 대단한 엄마라는 생각이다.

딸이 혼자 설 기회를 자율적으로 주신 엄마였다.

그리고 단 한마디로 '혼자 결정하는' 법을 가르쳐 주었다. 역시 대단한 엄마다.

이상적인 5명

이상적인 5명

집단으로 무언가 창조적인 일을 하려고 할 때 가장 효과적인 사람의 수는 6±2명이다. 이유는 다음과 같다.

1. 서로 타인처럼 되지 않는 사람 수
2. 외롭지 않은 사람 수
3. 한순간에 서로의 마음을 알 수 있는 사람 수
4. 자신의 존재감이 항상 드러나는 사람 수
5. 목표를 공유하기 쉬운 사람 수
6. 개인의 성과가 그대로 집단의 성과로 연결되기 쉬운 사람 수
7. 목표 달성을 전원이 함께 기뻐할 수 있는 사람 수
8. 인정받고, 인정해 주는 관계가 되기 쉬운 사람 수
9. 서로 격려하기 쉬운 사람 수
10. 다투기 쉽지만 곧 사이를 개선하기 쉬운 사람 수
11. 가끔 자신이 회화의 주인공이 되기 쉬운 사람 수
12. '한 사람이 말하면 다른 전부가 듣는' 습관이 만들어질 수 있는 사람 수
13. 고독한 사람을 만들지 않는 사람 수
14. 흥이 깨지기 어려운 사람 수
15. '악의 없는 관심'을 서로 기울이기 쉬운 사람 수

거꾸로 말하자면 10명으로는 '마음을 합해 힘을 모으는' 일을 하는 것이 어렵다는 얘기다. 팀을 만들 때는 8명 이하가 효과적이다. 최적의 팀은 5명이다.

이상적인 팀

'서로 얼굴을 마주하는 것이 즐겁다.'
생명보험사 시절, 이런 사람들의 모임이 되자고 동료들에게 말하곤 했다.
이를 위해 다음이 먼저 실행되어야 한다고 말하기도 했다.

1. 자신들이 현상을 분석한다.
2. 자신들이 과제를 발견한다.
3. 해결책을 생각해 낸다.
4. 그 결론에 따라 자신들이 적극적으로 행동을 일으킨다.
5. 힘을 모은다. 마음을 하나로 한다. 도중에 좌절하지 않는다.
6. 과제를 훌륭하게 해결하고 모두 기뻐한다.
7. 주위로부터 칭찬 받는다.
8. 새로운 과제를 발견해 나간다.

새로운 감각의 스터디

입시 1년 전후의 신참 영업사원이 신상품 설명회의 발표를 하고 있다. 발표가 끝난 후 그 사원은 베테랑 두 명을 지명하며 말했다.
"내일 조례에서 오늘 공부한 것을 두 분이 복습해서 보여주십시오."
선배 두 명은 깜짝 놀라면서도 순순히 수긍했다.
이런 것을 새로운 감각의 스터디라고 할 수 있을 듯 싶다.

부모 마음, 어른 마음, 아이 마음

'교제의 심리학'을 읽었다. 거기에는 친한 친구를 만드는 요령이 써 있다. 바로 부모 마음, 어른 마음, 아이 마음을 상시 사용할 줄 아는 것이라고 한다. 부모 마음은 돌보고, 감싸주는 '상냥한 마음'과 질타, 격려, 명령 등을 내리는 '엄격한 마음'이다.
어른 마음은 말해서 좋거나 나쁜 일, 해서 되거나 안 될 일을 '분별하는 마음'이다. 아이 마음은 '천진난만함'과 '순수한 마음'을 말한다. 이 세 가지의 마음을 경우에 따라 구별하여 쓸 줄 아는 사람이 되면 친한 친구를 만들 수 있을 뿐만 아니라 조직도 매력적으로 만들 수 있을 것이다.

동양이나 서양이나

국내선을 탔다. 기내에서 배포되는 '날개의 왕국' 이란 잡지를 손에 들었다.
어느 오래된 가게의 얘기가 실려 있다.
기사를 읽던 중 이런 말이 눈에 들어왔다.

'정직하게, 좋은 물건을 팔라. 그러면 사업은 번창한다.'

예전에 방문한 한 외국의 가게에도 이런 글이 써 있었다.

'손님이 기뻐하면 주인도 기쁘다.
이것이 바로 바른 장사다.'

고객을 중심으로 생각하는 것은 동양이나 서양이나 똑같다.

MEMO

약점부터 알려라

우리 회사가 현재 하고 있는 것은 리스 업무다. 최근 영업 안내서를 새로 만들기로 했다. 안내인 이상, 고객에게 알려야 될 일을 먼저 알리는 팸플릿을 목표로 했다. 그래서 먼저 언급하기로 한 것이 리스의 약점. 맨 앞 페이지에 큰 글씨로 리스의 결점을 열거했다.

- 리스의 이자는 책임질 수 없습니다.
- 중도해약은 원칙적으로 불가능합니다.
- 리스 기간이 만료되어도 물건은 고객의 것이 되지 않습니다.

안내서 작성을 담당한 것은 7명의 여직원이다. 이유는 '고객 감각'에 가장 가깝게 다가가는 것이 남자보다 여자이기 때문이다. 이 안내서를 보고 영업 담당자는 상당히 당황하는 빛을 보였다.
'손님이 도망가 버리겠군. 누가 리스를 이용하겠어?'
나는 그런 담당자에게 '불리한 것을 제일 먼저 알리는 것이 영업 아닌가, 알려야 될 일을 먼저 알리는 친절함과 용기를 가져보세' 라고 되풀이하여 말해준다. 하지만 인식의 변화에는 많은 시간이 걸리는 것이 사실이다. 1년이 걸리든, 2년이 걸리든 이런 인식은 정착되어야 한다.

암묵의 룰

우리 회사에는 암묵의 룰이 있다.

담배를 도로에 함부로 버리는 사람은

영업담당 자리를 물러나는 것이다.

이유는 간단하다.

청소하는 사람의 입장이 되지 못하는 사람이

'상대의 입장에 서는 영업'을 할 수 있을 리가 없기 때문이다.

멋지게 늙으려면

깊은 연륜과 통찰력을 지닌 노인을 만났다.

그와 헤어진 뒤 '저런 식으로 나이를 먹고 싶군' 하고 무심코 말이

나왔다.

하지만 그런 노인은 하룻밤에 탄생하는 것이 아니다.

젊은 시절부터의 삶의 방법이 중요하다.

알리는 마음

전원생활을 하려는 사람들이 많아지고 있다.

전국 농업 회의소에 전업을 상담하는 사람들이 점차 많아지고 있다.

그런 사람들의 8할은 샐러리맨이다.

상담 책임자는 희망자의 얘기를 들은 후 농업이 얼마나 힘든 것인지 천천히 설명하기 시작한다.

'농사는 힘든 일입니다. 도시에 비해 노동 시간이 훨씬 늘어나죠. 밤 시간을 뺏기는 것은 일반적이고 가족여행 따위는 생각할 수도 없습니다. 그리고 지금부터 농사를 지으신다면 2년간은 수확할 수 없기 때문에 수입이 없는 채로 살아가셔야 합니다……'

이 말을 듣고서 질색하여 전원생활을 포기하는 사람들도 많다.

그런데도 상담원은 있는 그대로 설명한다.

'처음부터 심한 말을 하는 것은 괴롭지만 감추는 것이 더욱 불친절한 것이다.' 라는 생각에서다.

우리들도 고객에게 알리는 마음으로 알리는 용기를 가져야 한다.

도서관이 없어졌다

어느 날 TV에서 잊혀져 가는 격언을 소개했다.
'한 노인의 죽음은 한 개의 도서관이 타서 없어진 것과 똑같다.'
지혜의 연륜을 존경하는 훌륭한 격언이다.

아침이 좋다

"늦잠을 자는 사람은
남은 하루를 계속 뛰어다녀야만 한다."

벤쟈민 프랭클린의 말이다.
어느 여대의 학장도 이런 말을 한 적이 있다.

"나는 태양과 인사를 하기 위해 아침 5시에 일어납니다."

인생의 짧은 교훈

'백미러에 미래는 비치지 않는다.'

인간의 행복

덴마크어로 HYGGE는 다음과 같은 것을 뜻한다.

바로 '마음이 통하는 사람과
기분 좋은 장소에서 말을 하거나,
느긋하게 쉬거나, 식사를 하거나,
마음을 훈훈하게 하는 시간을 갖는 일' 이라는 것이다.

인구 500만 명의 나라 덴마크.
인간의 행복이 어디에 있는지,
또 무엇에 있는지를 잘 알고 있는 국민인 것 같다.

그래서 홈런왕

'어제의 홈런왕으로 오늘의 시합은 이길 수 없다.'

미국의 전설적인 야구선수 베이브 루스의 명언이다.
과거를 돌아보지 않고 자만하지 않는다는 뜻이다.
그래서 베이브 루스는 한 시즌 60개의 홈런을 치는 대기록을 세웠다.

10개와 65개

전문가들은 모나리자의 미소를 짓는 방법은
얼굴 근육 가운데 7개를 움직이면 가능하다고 한다.
어느 책에서 세느강변의 낙서에 대한 기사를 보았다.

'화내는 데는 65개의 근육을 사용한다.
웃는 데는 10개로 충분하다. 근육을 너무 혹사하지 말자.'

신부의 아버지와 신부의 아버지

한 집안의 외아들이 연애를 했다. 상대는 3살 연상의 여인이었다. 두 사람은 결혼을 결심하고 부모를 만났다. 하지만 여자의 아버지는 남자가 어리다는 이유로 완고하게 반대했다.

"그렇게 결혼하고 싶다면 데릴사위가 되게."

두 사람은 곤혹스러웠다. 남자는 결국 자신의 아버지에게 도와달라고 부탁했다. 남자의 아버지는 말이 매우 서투른 사람이었지만 아들을 위해 여자의 아버지를 만나러 갔다. 두 아버지가 마주한 두 시간동안 남자의 아버지는 댁의 따님을 며느리로 달라는 말을 한 번도 하지 않았다.
단지 1년 전, 딸을 시집보낼 때의 그 쓸쓸함을 나직하고 작은 목소리로 어눌하게 말했다. 딸의 아버지는 이 아버지의 말에 감동해 둘의 결혼을 승낙했다.

받은 친절, 베푼 친절

신입사원 Y씨는 입사한 지 얼마 안 되어 회사의 분위기에 제대로 적응하지 못하고 있었다.

점심시간이 되자 모두 점심을 먹기 위해 일어섰지만 Y씨는 쭈뼛쭈뼛했다.

그때 선배인 S씨가 말을 걸어 주었다.

"밥 먹으러 가지."

Y씨는 입사한 후 8년이 지난 지금도 이 한 마디를 잊지 못한다고 한다.

S씨는 그 일을 기억하지 못하지만 Y씨는 어느 가게에서 점심을 했는지도 기억하고 있었다.

친절을 베풀어라.

작은 친절이지만 받은 쪽은 똑똑히 기억하고 있다.

가장 쉽게 화해하기

"내가 어리석었어."

'고마워요' 한마디가 부르는 인간관계

C씨는 대인관계가 매우 원만한 사람이다.
그는 사람을 싫어한 일이 없다고 단언한다.
요령은 대화의 시작에 있다고 한다.

바로 언제나 '대단히 고마워요' 부터 시작하는 것이다.
그러면 상대도 상냥한 말로 응해 준다.

이에 서로의 마음이 통하기 시작한다고 한다.

편지가 받고 싶다면

어느 책에서 읽은 말이다.

- 사랑받고 싶으면 사랑하면 된다.
- 친구가 필요하면 친구가 되면 된다.
- 그리고 편지가 받고 싶으면 편지를 하면 된다.

기러기 이야기

기러기는 V자형으로 편대를 이루어 하늘을 난다.

한 마리가 피곤하면 다른 기러기들이 피곤한 기러기의 곁에 붙어
난다고 한다.

그런 동료애 때문인지 기러기들은 한 마리가 혼자 나는 것보다
V자로 날 때 비행거리가 7할 이상 늘어난다고 한다.

직장도 마찬가지다.

좋은 동료가 있으면 성적은 올라간다.

그러나 좋지 않은 동료가 있으면 성적은 떨어진다.

이것이 기러기의 세계보다 조금 더 복잡한 부분이다.

두 종류의 친구

친구를 크게 다음의 둘로 나눌 수 있다.

좋은 날씨의 친구.

비바람 치는 거친 날의 친구.

좋은 날씨의 친구는 인생이 순조로울 때의 친구다.

영어에도 "A FINE WEATHER FRIEND"라는 말이 있다.

비바람 치는 거친 날의 친구는 힘들 때의 친구다.

진정한 친구라고도 한다.

물론 어느 날씨의 친구를 많이 갖고 있는 것이 문제는 아니다.

자신이 어떤 날씨의 친구인가가 중요한 것이다.

패스가 좋았습니다

미국 NBA의 슈퍼스타 매직 존슨은

화려한 덩크 슛으로 많은 팬들을 매료시켰다.

은퇴 후, TV에서 선수 생활의 추억을 얘기했다.

그 속에 짧지만 빛나는 말이 있었다.

"패스가 좋았습니다."

송곳과 위턱

한 스승이 건방진 제자를 향해 주의를 주었다.
"세상은 서로 도우며 살아가는 것이다.
한 손만을 사용해 송곳으로 구멍을 뚫을 수 있나."
2, 3일 지나 제자가 항변하러 왔다.
"한 손으로 됐습니다."
스승은 당황하지 않고 되받아쳤다.
"그러면 이번에는 위턱만으로 음식을 씹어 봐라."

미움 받는 사람

만날 때마다
상대로부터 미움 받는 사람이 있다.
바로 자기 말만 떠드는 사람이다.

나도 매일 반성하고 있다.

만국 공통

D씨는 뉴욕, 로스앤젤레스, 자카르타 등 세계 각지에서 근무했다.
그는 그 경험에서 우러난 재미있는 일들을 자주 말하곤 한다.

'미움 받는 사람은 미국에서도,
유럽에서도, 아시아에서도 미움을 받는다.
거꾸로 호감을 받는 사람은 어디에 가도 호감을 받는다.'

3세와 63세

우리 옆집에는 3살짜리 남자아이가 산다.
보람이는 이름을 가진 아이다.
이 아이는 나와 얼굴을 마주칠 때마다
'김현진 할아버지' 라고 부른다.
'옆집 할아버지' 보다 훨씬 기쁘고 듣기도 좋다.

그 쪽은 3세, 이쪽은 63세.
그러나 보람의 '김현진 씨' 는 언제 들어도, 몇 번 들어도 기쁘다.
이름이란 이상한 것이다.

남에게 기억 당하게 하자

B씨가 부장으로 있던 당시의 이야기다.

당시 그는 회사를 출입하던 은행원에게 감탄했다.

인사를 할 때마다 자신의 이름을 되풀이하는 것이었다.

'안녕하십니까, A신탁의 C입니다.'

'식사하셨습니까, A신탁의 C입니다.'

'축하합니다, A신탁의 C입니다.'

'죄송합니다, A신탁의 C입니다.'

출입한 지 1년이 넘어도

그는 변함없이 자신의 이름을 인사 뒤에다 붙였다.

드디어 사원 모두가 그의 이름을 기억하게 됐다.

이름을 기억하고 보니 모두 C씨의 팬이 되어 있었다.

C씨는 '기억했다기보다 기억당했다가 옳겠죠.' 라며 웃었다.

MEMO

런던에서의 따뜻한 말

젊지만 내가 진심으로 좋아하고 존경하는 친구가 있다.

T씨다.

그가 생보 회사에서 런던의 주재원을 하고 있을 때의 일이다.

영어가 자신 없었던 그는

런던에 부임하면서부터 계속 기가 죽어 있었다.

그것을 안 동료 영국인이 말을 걸어 주었다.

"YOUR ENGLISH IS BETTER THAN MY KOREAN

(당신의 영어가 내 한국어보다 훨씬 나아요)."

T씨는 10년이 된 지금도

그때 그 따뜻한 말을 잊지 못한다고 한다.

MEMO

샌프란시스코에서의 명랑한 말

샌프란시스코에서 유학 중인
한 여성으로부터 편지를 받았다.

근처에 'DELI' 라는 가게가 있습니다.
'DELICATESSEN' 의 약어입니다.
거기선 과일, 술, 스낵, 신문 등을 팔죠.
거리 이곳저곳에서 흔히 볼 수 있는 가게랍니다.
그 곳의 아저씨는 언제나 제게 명랑하게 말을 걸어 준답니다.

"HI, YOUNG LADY, MAY I HELP YOU?"

이 말을 들으면 필요없는 물건까지
사고 싶을 정도로 기분이 좋아집니다.

MEMO

말의 상처

'혀가 자아내는 말은 아무리 날이 예리한 칼보다도,
맹독을 바른 화살보다도 강하다.'

고대 격언에서 인용한 것이다.
말로 받은 상처는 낫지 않는다.

말은 하기 나름

아내와 오스트레일리아 여행을 갔다.
기내에서 앉은 채로 긴 여행을 해야 하기에 아내가 괴로워했다.
아내의 피로도 풀어줄 겸 어깨를 두드려 주었다.
아내는 시원하다기보다 아파하는 것 같았다.
하지만 '힘이 너무 세요' 라고는 말하지 않았다.
단지 '애정이 지나친 거 아니에요?' 라고 했다.

아버지의 한 마디

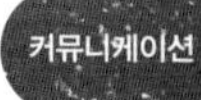

O씨의 술버릇이 좋아 친구들이 좋아한다.

O씨는 이것을 아버지의 덕택이라고 하며 그 추억을 애기해 주었다.

O씨가 중학생이 되었을 때, 처음으로 술을 마시게 되었다.

아버지는 '15세이면 성인이다.

오늘만은 허락하니 술을 마셔라' 고 했다.

2홉 병의 소주를 건네받은 O씨는

그것을 모두 비워버리고 3일간 고생했다.

그때 아버지는 조용히 충고했다.

"이제 알겠지?

술에는 고삐가 중요하단다."

O씨는 아버지의 이 한 마디가

귀에 남아 평생 잊을 수 없다고 말한다.

O씨는 지금 58세로 우리 회사의 상무를 하고 있다.

어머니의 승리

1994년 미스 아메리카 헤더 화이트스톤 씨는 청각 장애인이었다.
아름다운 얼굴, 밝은 미소, 세련된 행동.
모든 사람을 매료시킨 그녀가
청각 장애인이 된 것은 약의 부작용 때문이라고 한다.
하지만 그녀의 어머니는 슬퍼하지도 그녀를 동정하지도 않았다.
그리고 기회 있을 때마다 아이를 향하여 말했다.

"괴로운 일이 있으면
AMERICAN의 끝에 있는 4글자를 생각해라.
‘I CAN’ 을 보면 용기가 용솟음 칠거야.”

TV에서 이것을 보고 장애인 직장 복귀 운동을
영국에서 시작했을 때의 슬로건이 생각났다.

중요한 것은 잃어버린 능력이 아니다.
남겨진 능력이다.

황금의 말

자상하게 마음을 쓰는 것은 비즈니스 세계에서 '황금의 말'이다. 인품 자체가 좋지 않으면 '자상하게 마음 쓰는 일'은 할 수 없다. 예를 들면 '전화메모' 정도다.

저녁, 외출에서 돌아온다. 책상에 메모가 있다. 고객으로부터의 전화다. '전화부탁'이라고 써있다. 고객의 전화번호를 찾으려고 하니 메모에 그것이 써있다. 메모한 동료가 만약을 위해 적어준 것이겠지. 새삼스럽게 그 '자상함'에 감사한다.

일상생활에서도 '자상하게 마음 쓰는 일'은 '황금의 말'이 된다. 최근 경험한 일을 소개한다.

결혼식 피로연에 초대를 받았다. 회사 관계는 아니지만 같은 테이블에 앉은 사람들이 신경이 쓰였다. 그때 신랑으로부터 메모가 왔다. 테이블에 앉은 사람들의 간단한 소개다. 서먹하지 않겠다는 생각에 기뻐했고 젊은 신랑의 자상함에도 감탄했다.

이런 간단한 예에서도 알 수 있듯이 '자상하게 마음 쓰는 것'은 언제 어디서나 '황금의 말'이 된다.

다섯 가지의 말

직장을 밝게 하는 다섯 가지의 말이 있다.
모두 다 어렵지 않게 쓸 수 있는 평범한 말이다.

1. 아침, 처음 눈을 마주쳤을 때의 '안녕하세요'
2. 저녁, 돌아갈 때의 '먼저 실례합니다'
3. 영업사원이 회사에 돌아왔을 때의 '다녀왔습니다' 와 '다녀오셨
   습니까'
4. 도움을 받았을 때의 '고맙습니다'
5. 손님을 발견했을 때의 '어서 오십시오'

회사 직원 전원이 이런 말을 쓴다면 직장이 얼마나 명랑해지겠
는가.

이상적인 직장이란

누구든지 느낀 일을 두려움없이 말할 수 있는 직장.

당신은 회사에 필요 없다

'언제나 누군가에게 찬성하고 있기만 한다면
당신은 이 회사에 필요 없다'

어떤 회사의 슬로건이다.
과연 당연하다고 생각했지만 잠시 후에 생각이 달라졌다.
그렇다면 반대만 하고 있는 사람은?

사장의 당부

'회사 안에서 일어난 일은
전부 자기의 일이라고 생각해 주길 바랍니다.
그러기 위해서는 대여섯 명의 동료와
회사를 만들었다고 생각하십시오.
그리고 자신은 그 대여섯 명 가운데
한 사람이라고 생각하기 바랍니다.'

어쩌면 황당한 요구인지도 모르겠지만
모든 회사의 사장이 공통적으로 바라고 있는 일은 아닐까.

빨간 구두

고전명화 '빨간 구두' 에는 감동적인 장면이 있다.
하지만 멍청하게 보고 있으면 못 보고 넘길 수도 있다.

발레단이 파리 공연에 가게 되었다. 그러나 무대가 매우 좁아 발레리나 전원이 참가할 수 없었다. 감독은 고민하다가 파리에 갈 수 없는 발레리나만 모아 정중하게 설명했다.

'너희들은 능력이 없어서 못 가는 것이 아니라 그쪽 사정 때문에 부득이하게 못 가는 것이다.'
이것으로 그녀들은 기분 좋게 납득했다.
이 이야기는 D씨가 편지로 가르쳐 주었다. 그리고 한마디 덧붙였다.

'회사에서도 회합에 전원을 출석시킬 수 없으면 누구를 참석시킬까를 신중히 결정해야 합니다. 준비를 불명확하게 하면 뭔데 그녀석이 나가고, 나는 안 부르는 거야 하는 일이 흔히 있습니다.'

상대를 이해하는 격려

명배우 A씨가 교통사고를 당했다.
목숨은 건졌지만 한쪽 눈을 실명하게 되었다.
연기생활을 지속할 수 있을 지 고민하고 있을 때
주위 사람들은 그를 격려했다.

친구인 B씨는 '한 쪽 눈 안 보이는 배우가
한 명 쯤 있어도 괜찮아' 라고 위로했고
딸 역시 '아빠, TV만 무대가 아니에요.
라디오가 있잖아요' 라고 격려했다.

MEMO

좋은 말은 쓰고 볼 일

약 2년 쯤 전에 한 택시 회사에서 기사들을 상대로 강연을 한 적이 있다. 강연을 하면서 한 이야기의 일부분이다.

해외여행을 매우 좋아하지만 미국만은 싫어하는 여성이 있었다. 하지만 피치 못할 사정으로 결국 미국을 방문하게 되었다. 놀랍게도 귀국할 때는 완전히 미국에 반해 있었다. 한 친구가 그 변심에 놀라 이유를 물었다. 그녀는 대답했다.

'미국에서 쇼핑을 했어. 이런저런 물건을 고르다가 30분이나 지났지. 하지만 여자 점원은 불평하는 기색없이 친절하게 이것저것 설명해 주었어. 하지만 아무리 봐도 맘에 드는 게 없는 거야. 미안하지만 그냥 나올 수 밖에. 난 내 등 뒤로 그들이 욕을 할 줄 알았지. 그런데 이렇게 말하는 거야. "HAVE A NICE DAY!" 정말 반할 수 밖에 없었어.'

최근 그때 강연을 했던 택시회사의 택시를 타게 되었다. 때마침 기사가 이 얘기를 기억하고 또한 들려주었다.

'강연을 듣고 참 감동받았습니다. 그래서 언젠가 외국인에게 써보리라 생각했죠. 저번 달인가, 아침 일찍 하버드 대학의 교수 부부를 공항까지 맞이하러 간 일이 있었어요. 그들을 호텔까지 데려다 주고 결심하고 말했죠. "HAVE A NICE DAY"라고. 교수는 얼굴을 빛내며 기뻐해 주더군요. 그리고 교수가 서울에 있는 동안 계속 이용해 주었답니다.'

기사는 얘기 끝에 '좋은 말은 써 볼일입니다' 하며 감탄했다.

한 마디의 말로

A씨의 영화 해설은 언제나 즐겁다. 그리고 인간적이다.
그래서인지 나를 포함한 많은 팬들을 확보하고 있다.
그 A씨가 한 잡지에서 멋진 말을 소개한 적이 있다.

한 마디의 말로 싸우고,
한 마디의 말로 화해하고,
한 마디의 말로 인사하고,
한 마디의 말로 울게 했다.
한 마디의 말은 각각
한 개의 마음을 갖고 있다.

이 문구는 A씨가 한 승려로부터 배운 것이라고 한다.
영화감독인 B씨도, A씨로부터 이 말을 듣고
마음에 들어 자신의 영화에 사용했다고 한다.

MEMO

바른 말은 사양하듯이

하네다 전 수상의 방에는 시인인
요시노 히로시 씨의 말이 걸려 있다고 한다.

'바른 말을 할 때에는 약간 사양하는 듯이 하는 것이 좋다.'

직장에서도 바른 일은 그저 주장하기만 하면 되는 것은 아니다.
설득은 가능할지 몰라도 진정 납득하지 않으면
사람은 움직이지 않기 때문이다.

꾸짖을 때는 30초간

상사가 부하를, 선생이 학생을, 부모가 자녀를 꾸짖는다.
일상에서는 여러 꾸짖음이 있기 마련이다.
그러나 거기에는 공통점이 있다.
바로 꾸짖는 쪽이 꾸짖음을 당하는 쪽보다
항상 말이 많다는 것이다.
꾸짖는 것의 무서움은 여기에 있다.
그래서 나는 '꾸짖을 때는 30초간만' 을 맹세하고 있다.

두 번째의 결점을……

G씨로부터 '꾸짖을 때의 지혜'를 배웠다.

부하를 꾸짖을 때는
그 사람의 두 번째나 세 번째 결점을 꾸짖으시오.
첫 번째의 단점은 본인 자신이 가장 잘 알고 있습니다.
이 교훈은 누군가를 꾸짖으려고 하는
순간에 생각해내면 효과적이다.

'이 결점은 이 부하의 몇 번째의 단점일까.'

이렇게 생각하는 동안에 상대를
한 번 더 보는 여유가 가능하기 때문이다.
엄마가 아이를 꾸짖을 때도 마찬가지다.

MEMO

수다스런 엄마에 과묵한 아이

아동문화 연구가인

D씨가 선생 시절에 있었던 추억담이 재미있다.

아이는 엄마를 닮는다.

그래서 학교에 온 엄마를 보면 아이가 누군가를 곧 알았다.

침착하지 못한 아이의 엄마는 침착하지 못하다.

그러나 수다스러운 엄마의 경우는 반대다.

아이는 과묵하다.

아이가 말할 시간이 없어서임에 틀림없다.

직장에서 의견을 말하지 않는 부하가 있다.

수다스러운 상사가 있기 때문이다.

내 존재로 인해……

"우리 회사는 이미 거래하는 곳이 있어요.

그 회사에 비교해서 당신의 회사가 더 좋은 점이 있습니까?"

방문처 사장에게서 이런 질문을 받고 영업사원은 재빨리 대답

했다.

"그것은 제가 있는 것입니다."

톰은 언제나 톰

S상사의 사장인 D씨는 해외에서 오랫동안 생활했다.

그의 미국 경험담 중 하나다.

미국인은 결코 하는 일이나 지위로

사람을 판단하거나 태도를 바꾸지 않는다.

나는 처음부터 톰이라고 불렸지만,

부장이 되어도 톰, 사장이 되어도 톰이었다.

톰은 언제나 톰이었다.

세일즈란……

아서 헤일리의 '스트롱 메디슨'을 읽었다.

제약회사의 세일즈우먼이 30년 후에

사장의 자리에 오르는 이야기다.

그 속에 세일즈 시절의 인상적인 대사가 있었다.

상대에게는 항상 사실만을 전한다.

설령 그것이 회사에 불리한 사항일지라도……

'세일즈란 사실을 전하는 용기'라고 생각한다.

과장이나 부장. 사장이라 해도 그 직함이 인간의 가치를 나타내는 것은 아니다. 직함은 어디까지나 업무 수행을 위한 표식인 것이지, 인품이 뛰어나다거나 아부를 해야 한다거나 하는 것은 절대 아니다. 경력도, 학력도, 직함도 관계없이 문제는 회사를 위해서 어떻게 공헌했는가다. 인물 평가의 근본은 이 단 하나로 끝난다.

이상은 혼다 소이찌로 씨의 어록에서 발췌한 것이다.

우리 회사에서는 사장이나 부장이라고 부르지 못하게 한다. 모두 ‘씨’만을 붙이게 하는 것이다. 직함은 어디까지나 업무 수행을 위한 표식이라는 개념에 철저하다. 하지만 주제넘게 말하면 한군데 잘못된 곳이 있다.

‘문제는 회사를 위해 어떻게 공헌했는가다. 인물 평가의 근본은 이 단 하나로 끝났다.’ 라는 곳이다. 나라면 ‘회사를 위해 어떻게……’ 보다 ‘고객을 위해 어떻게 공헌했는가’ 라고 했을 것이다. 물론 혼다의 경우 ‘회사를 위해’ 가 그대로 ‘고객을 위해’ 로 연결된다는 자신이 있었기 때문이었겠지만.

어느 쪽이든 지금은 ‘회사가 잘돼라’ 만으로는 부하를 움직이기 힘들다.

노인이 세 분 있습니다

'우리집에는 아버님, 어머님, 할머님 이렇게 노인이 세 분 있습니다. 그래도 좋으면 결혼해 주십시오. 나는 당신을 진정으로 사랑합니다.'

이것은 H씨가 연인에게 보낸 편지로 두 사람은 2년 후에 결혼했다. 나는 이 편지를 읽고 감탄했다. 이유는 정직하기 때문이다.

어느 시대에서나 젊은 여성은 두 사람만의 신혼 생활을 꿈꾼다. 그 마음을 거스르기라도 하듯 '노인이 세 분 있습니다. 그래도 좋다면……' 이라고 말을 시작하고 있다.

이 정직함이 상대를 움직이게 한 것은 아닐까.

프로의 얼굴

불황이다.

물건이 팔리지 않고 한 치 앞을 내다볼 수 없다.

최악의 상황이다.

이런 때 비즈니스의 세계에서도 프로와 아마추어의 차이가 난다.

그 차이는 바로 프로는 밑을 보지 않는다는 것이다.

프로는 '불황이기 때문에 내가 있다.' 라는 생각을 갖고 있다.

무엇을 팔고 있는 것입니까?

D제약의 회장으로부터 배운 얘기다.

침대 세일즈맨이 회장의 자택에 방문을 하러왔다.
만나러 오는 사람은 누구라도 응하는 것을 신조로 삼고 있는 회장
은 만나서 느닷없이 질문을 했다.

"무엇을 팔고 있는 것입니까."
"네, 침대입니다."
"그러니까, 무엇을 팔고 있는가 묻고 있는 것이요."

세일즈맨은 잠시 생각하고 대답했다.

"편안한 잠을 팔고 있습니다."

회장은 감탄하여 상대를 격려했다고 한다.
이 세일즈맨은 이 한마디에 눈을 뜨게 되어 좋은 영업성과를 올리
게 되었다고 한다.

지도자의 얼굴

위성방송에서 신년 콘서트를 열었다.

비엔나음악협회 홀로부터의 생중계다.

옆에서 아내가

"오케스트라 연주는

지휘자의 얼굴만 보고 있어도 좋아요."라고 말했다.

맞는 이야기다.

마지못해 하는 얼굴을 하면서 지휘를 하고 있는 지휘자를 본 적이 있는가.

바로 자기가 자진해서 지휘대에 올라가 있기 때문일 것이다.

마음을 씻는다

'사람을 만나 마음을 씻는다.'

나는 매일 이런 기분으로 고객을 방문하고 있다.

젊은 직원에게서 재미있는 애기를 들었다.

바람처럼 왔다 바람처럼 사라지는 세일즈 우먼이 있다.
겨우 십여 명의 사무실이라 오면 전원이 안다.
그녀가 오면 직원들은 인사하고 애기하지만 오고가는 대화는 짧
다.

왜 그렇게 바람처럼 왔다 사라질까 하는 생각을 하다가 깨달았다.
그녀는 보험을 팔기 위해서만 오는 것이 아니었다.
바로 환기를 시키러 온 것이다.
사무실에 들어오면 그녀는 창문을 휙하니 연다.
그리고 환기를 시킨 후 휙 돌아간다.
이런 이유로 직원들이 그녀를 좋아하는 것이다.

젊은 직원은
"나도 생보 세일즈 우먼으로
전직하고 싶어질 정도였습니다." 라고 말했다.

장사 요령

보험 세일즈를 하는 Y씨는 근속 이십여 년,

성적은 매년 베스트 20위에 들어가는 우수 세일즈 우먼이다.

언젠가 '판매 요령'을 물으니 이렇게 대답했다.

"요령같은 것은 없습니다.

매일 사람에게 좋은 기분을 선사하려 하고 있을 뿐입니다."

상대를 생각하는 마음이 좋은 인간관계를 만든다.

그것이 좋은 비즈니스로 연결된다.

이것이 바로 장사다.

낚시를 좋아하는 사람

"고기가 낚이는 것도 낚시라면,

고기가 낚이지 않는 것도 낚시다."

낚시를 좋아하는 친구로부터 배운 말이다.

"좋은 때도 있고, 나쁜 때도 있다."

이렇게 깨닫고 있다면, 인생은 언제나 즐겁지 않을까.

"신발을 가지런히 해 놓을 줄 모르는 사람이 무엇을 할 수 있을까."

이것은 도원 선사의 말이다. 나도 신발 벗는 것에 신경 쓰는 쪽이
다. 생보 지사장 시절, 직원들을 위해 이런 글을 쓴 적이 있다.

단체로 여행을 간다. 연회가 시작된다. 우르르 회의장에 들어가면
벗어던진 슬리퍼가 입구에 겹쳐서 산을 이루고 있다. 이것을 보면
나는 슬퍼진다. 두 번 다시 이런 사람들과 여행하고 싶지가 않아
진다.

일류 영업사원이라면 결코 이렇게 벗는 짓은 하지 않을 것이다.
처음부터 신발을 뒤를 향해 나란히 벗는 것.
이것을 할 수 없다면 어떻게 일류 직업인이 될 수 있다는 것일까

MEMO

와아, 맛있다

신혼집의 첫 저녁식사. 새색시가 다소 어색한 손놀림으로 요리를 했다. 남편이 먼저 된장국을 한 숟가락 뜬다. 새색시는 긴장한다. 된장국이 남편의 입에 맞을지 어떨지 걱정이다. 그녀는 불안하게 상대의 표정을 살핀다. 이럴 때 남편의 반응은 다음 세 가지다. 칭찬하거나, 트집 잡거나, 가만히 있거나.

한 직원의 경우를 소개한다. I씨는 결혼한 지 일 년이 된 신혼이었다. 점심식사를 함께 하며 이런 이야기를 했다.

"결혼하고 처음으로 한 요리가 무엇입니까?"

"된장국입니다."

결혼식 후 신혼여행을 다녀와서 처음으로 저녁식사를 만들게 되었을 때였다. 반찬을 사러 나갈 시간도 없고 해서 된장국과 구운 생선으로 끼니를 때우게 되었다.

남편이 자신의 음식솜씨에 어떤 반응을 보일까 내심 불안했지만 남편은 된장국을 한 입 먹고서는 너무 맛있다며 환하게 웃어서 너무 기뻤다.

그리고, 그 맛있다는 한마디 덕분에 다음부터는 요리를 건성으로 할 수 없었다고 한다.

97세의 지혜

A씨로부터 편지를 받았다.
편지 속에 좋은 말이 있었다.

'97세의 언니가 매일 입에 올리는 말이 있습니다.
다음의 네 개입니다.

'고마워',
'미안하군',
'덕문에……',
'잘 오셨습니다'
……

이 네 가지 말 덕택에 언니는 주변 사람들로부터
언제나 상냥한 대우를 받고 있습니다.'

직장에서는 한 가지 말로도 충분하다.
상사의 '고마워'로 주위는 활기를 띠게 된다.
가정에서도 남편의 '고마워'로 아내는 충분히 행복해진다.

가장 좋은 혼수

부모는 자식을 시집보낼 때면 혼수 걱정을 하게 된다.
그러나 무엇이 가장 좋은 혼수일까.
프랑스의 한 어머니는 이렇게 말했다.

"그것은 딸이 몸에 익힌 아름다운 언어입니다."

무심한 한 마디

무심한 한 마디도 듣는 사람에 따라서는 최고의 선물이 된다.
한 택시 회사 전무의 얘기가 있다.

'한 TV 드라마에서 기쁜 말을 들었다.
일을 하고 밤늦게 퇴근하는 여성에게
전화로 어머니가 해 주는 말이었다.
"위험하니까 택시타고 오너라." 라고.
택시라면 안전하다는 뜻이 아니겠는가' 라고 한다.

업계 사람이 아니면 놓쳐버릴 한 마디였을 것이다.

솔직한 야채 장수

근처에 트럭으로 오는 야채 장수가 있다.

길거리 장사이지만 소탈한 성격으로

근처의 주부들에게 인기가 좋다.

어느 날 아내에게 야채 장수가 사과를 권했다.

'요즘은 맛이 안 좋아서……' 라며 아내는 거절했다.

하지만 야채장수는 굳이 부정을 하지 않는다.

먼저 '그렇지요' 라고 수긍한 후

'약이라고 생각하고 먹어요' 라고 천연덕스럽게 말했다.

이 정직함에 끌려서일까, 아내는 사과를 사왔다.

원기元氣도 전염된다

한 제약회사로부터 엽서를 받았다.

내용은 내 책에 대한 독후감이다.

마지막에 덧붙인 한 마디가 기억에 남는다.

'병도 전염되지만, 원기元氣도 전염된다.'

문득 이런 생각이 들었다.

'그래서 리더는 언제나 원기 왕성해야 하는구나'

명랑함은 미덕

G씨가 96년 6월, 98세의 나이로 타계했다.

항상 힘차게 세상을 살아왔던 G씨의 말들은 우리들에게 용기를 준다.

"나는 행복하다, 지금도, 옛날도, 이제부터도."

"명랑함은 미덕. 음울함은 죄악."

"행복은 행복을 부른다."

"나, 왠지 죽지 않을 것 같은 기분이 듭니다."

"언제나 좋은 쪽으로 믿어 버린다." 등.

그리고 장수의 비결을 묻는 질문에 이렇게 대답했다.

"순간순간을 몰두해서 살아온 것뿐입니다.

새처럼, 벌레처럼, 꾸밈없이."

G씨는 단순히 '삶의 명인' 이었던 것이 아니다.

'명랑한 삶의 명인' 이었던 것이다.

좌절했을 때의 친구

언젠가 큰 시합에 진 V감독이 우리에게 이 말을 들려주었다.

"모두 잊어라.
다음 목표를 향해, 내일부터 스타트하면 된다.
실패했을 때 오는 친구야말로 진정한 친구다.
이겼을 때는 많은 친구가 온다.
그러나 진 후의 친구야말로 진정한 친구다."

이 말을 평생 기억한다고 추억하고 있다.
회사생활에서도 좌절할 때가 있다.
그럴 때 배려하는 말로 부하의 사기를 살리는 상사가 있다.

"나도 당신과 완전히 똑같은 실패를 했다.
그러나 생각해보면
사기가 떨어졌을 때가 가장 성장하고 있는 시기야."

좌절했을 때 가깝게 느끼는 상사가 진정한 상사가 아닐까.

이 기쁨, 알지 모르겠네

얼마 전, 생보회사의 여성 리더 두 명과 점심식사를 할 기회가 있었다. M씨는 내년이 정년, H씨는 후년이다. 이들과 만난지도 30년이 된다. 그런 만큼 허심탄회한 이야기를 잘 나누곤 한다. 그 중에 둘의 대화가 특별히 기억에 남는다. 평범하지만 생각할만한 대화였다.

M씨가 중얼거리듯이 말했다.

"꼭 30년 지나갔죠. 올 4월부터 고객이 매월 한 명은 만기에요. 내가 개인적으로 세일즈할 때의 고객이지만……."

H씨도 고개를 끄덕이며 혼잣말처럼 대답했다.

"계약자 본인과 나에게도 만기의 고지서가 오겠죠. 정말 고마운 일이에요. 아, 저 손님도 착실하게 계속해주셨구나 하는 생각에 말이죠."

M씨가 한 마디 덧붙였다.

"이런 기쁨, 젊은 세일즈맨들이 알지 모르겠네."

MEMO

최선의 열쇠

인생을 전쟁에 비교한다면 거기서 쓰는 최선의 무기는 무엇일까.
나는 '성실함'이라고 생각하고 싶다.
또 문제를 해결하며 살아가는 것이 인생이라 한다면
그것을 푸는 최선의 열쇠는 무엇일까.
나는 역시 '성실과 솔직'이라고 생각한다.

열 명 중 아홉 명은……

결점을 보기 시작하면 어린이는 자랄 수 없다.
결점을 지적당하면 더욱 열심히 하려는 아이도 있지만
대체로 열 명 중 아홉 명까지는
장점을 칭찬 받을 때 좋은 방향으로 발전한다.
이것도 어느 베테랑 교육자에게 들은 얘기다.
비즈니스의 세계에서도 마찬가지다.

선생님의 한마디

초등학교 선생은 말 한마디 한마디를 조심해야 한다. 이것은 최근 들은 이야기다.

졸업식을 앞두고 졸업식 노래를 며칠이나 연습했다. 드디어 내일은 졸업식날. 총연습도 끝났다. 그때 선생님이 한 학생에게 말했다.
'너는 내일 아무 소리 내지 말고 입 모양만 내면 돼.'
이 얘기를 회사의 동료에게 소개했더니 그 역시 초등학교 시절에 선생님으로부터 들은 말을 얘기해 주었다.
'내일 연주회때 너는 피리를 입에 물고 있기만 하면 돼. 아무 소리도 내지마.'
말한 선생님은 그 말을 잊었겠지만 들은 학생은 평생 기억하고 있다. 물론 들은 학생이 피해만을 입는 것은 아니다.
선생님의 한마디로 인생을 개척한 사람도 많다.

MEMO

대답하는 용기

교실에서 선생님이 학생에게 질문을 한다.

"아는 사람은?"

네, 네 하며 많은 어린이들이 손을 든다.
A군도 손을 들고 있다.
언제나 성적이 나쁜 아이이기에 희한한 일이다.
걱정하면서도 선생님은 A군을 지적했다.
역시나 답은 틀렸다. 하지만 선생님은 꾸짖지 않았다.

"답이 맞고 틀린 건 중요하지 않다.
대답하는 용기가 대단한 거야."

선생님은 이렇게 말하며 A군을 칭찬했다.
어느 초등학교의 교장선생님으로부터 배운 이야기이다.
이것이 바로 '선생님이 학생을 칭찬하는 요령' 이다.

전학생

기업 내에서도 왕따가 있다.
이 말에 문득 A씨의 시가 떠올랐다.

전학생
다른 데서 온 아이는 귀여운 아이,
어떡하면 친구가 될까.
쉬는 시간에
벚나무에 기대어 있는 그 아이
다른 데서 온 아이는 다른 말,
어떤 말로 말할까.
돌아가는 길에 문득 보니까,
그 아이는 친구가 생겨 있었다.

'어떡하면 친구로……',
'어떤 말로……' 가 인상깊다.

상대를 살펴보고 사귀는 것이 아니라
이쪽에서 먼저 가까워지려고 한다.
이런 마음이 있으면 학교나 기업의 왕따는 없을 것이다.

곤란한 친구

악의는 없지만 왠지 대하기가 곤란한 친구가 있다.
가능하면 피하고 싶은 사람이다.
예를 들어 심장이 이상한 것 같아 병원을 방문했다고 하자.
걱정되어 병원에 가지만 의사는 아무 이상이 없다고 한다.
기쁜 마음에 사무실로 돌아와 동료에게 그 사실을 말해준다.
그러면 뽐내는 얼굴로 찬물을 끼얹는 동료가 있다.

"심장은 적어도 24시간은 검사받지 않으면 몰라."

고마운 충고라고는 생각하지만
이쪽 기분을 생각해준다면 잘 됐다는
한마디 정도는 건넬 수 있는 일이다.

직장에도 이런 상사가 있다.
부하가 최고의 계약고를 올려 보고를 하는데
느닷없이 이런 말을 하는 상사다.

"고객들이 제때 입금은 하고 있겠지."

신혼 이래의 웃는 얼굴

경영자를 위한 강연에서 이런 얘기를 한 적이 있다.

‘‘가까운 가족’을 자기편으로 할 수 없다면, ‘가까운 타인(부하)’을 움직일 수는 없습니다. 가족을 내 편으로 만드는 최선의 방법은 ‘고마워’라는 말입니다. 여러분은 하루 몇 번 아내에게 ‘고마워’라고 말하고 계십니까?

강연 후에 여러 사람에게 편지를 받았다.

매일 아침 아내의 운전으로 역까지 갑니다. 강연회의 이튿날, 내릴 때 처음으로 ‘고마워’라고 말했습니다. 아내는 순간 놀라는 얼굴을 했지만 곧 신혼 이후 가장 행복하게 웃는 얼굴을 보여 주었습니다. 저녁식사 때 아내에게 밥을 더 달라고 했습니다. 가득 찬 밥그릇을 받으며 불쑥 ‘고마워’라고 했습니다. 아내는 깜짝 놀랐지만 어쩐지 매우 기뻐하는 것 같았습니다.

강연에서 돌아가 집사람에게 ‘고마워’라고 하니까 ‘무슨 일 있었어?’라며 놀라는 표정을 했습니다. 제가 먼저 노력하는 것이 문제겠지요.

이런 편지는 정말로 기쁘다. 내가 말한대로 실행해 주었다는 것이니까 강연자로서 더없는 기쁨이다.

한 친구로부터 ‘좋은 강연의 다섯 가지 조건’을 들었다.

첫째, 듣는 사람이 즐거울까.
둘째, 듣는 사람에게 신선한 정보일까.
셋째, 듣는 사람이 납득할까.
넷째, 듣는 사람이 감동할까.
다섯째, 듣는 사람이 행동을 일으킬까.

말이 없는 생활

시골로 여행을 하면서 아내와 이틀간 민박을 했다.
저녁식사 때 그곳 대학의 교수 부부와 합석하게 됐다.
도시 출신의 교수지만 시골에서 조용하게 살고 있는 사람이었다.
부인과 둘이 생활하는 그 교수는
밤의 조용함이 무엇보다도 좋다고 했다.
언젠가 부인이 요통으로 입원했을 때
교수가 잠시 혼자 생활한 적이 있었다.
그 사이 교수는 저녁을 먹으러
우리가 묵은 민박집에 종종 들렀다고 한다.
민박집 주인이 '선생님은 식사 준비가 귀찮아서
저희 집에 오신 것은 아닙니다.' 라고 웃으며
그 이유를 가르쳐 주었다.
'말할 사람이 없어서죠.'

신이 기뻐한다면……

생보 시절 유난히 유능한 직원을 길러내는 여성 리더가 있었다.
언젠가 부하에게서 그 비밀을 들었다. 매우 인상적인 대답이었다.

"그녀는 평사원이었을 때 월평균 20, 30건의 계약을 올린 사람입니다.
영업의 천재라고도 할 만한 그 사람이 작은 계약을 겨우 한건 올리고 온 나를 보고 너무나 기뻐해 주는 것입니다.
그녀가 그렇게 기뻐하는 모습을 보면 마치 큰 계약을 따낸 것 같은 기분이 됩니다."

A감독에게도 이런 비슷한 모습이 있었다.
A감독은 미국 메이저리그 감독을 거친 대단한 사람이었다.
선수에게 있어서 신 같은 존재였다.
그 감독은 선수들이 좋은 플레이를 할 때마다 만면에 웃음을 띄우며 크게 기뻐했다.
그 웃는 얼굴에 선수들은 대단한 일을 해낸 것 같은 기분이 드는 것은 아닐까.
안타깝게도 감독은 1년 만에 해임 당했다.
구단 관계자는 신의 웃는 얼굴을 잃은 것이다.

생일, 축하해

어느 생보 회사의 지사에서 강연을 했다. 강연장에서 지사장이 맞이해 주었다. 그와 함께 엘리베이터에 타는데 중년의 여성 영업사원이 급히 뛰어 들어왔다. 지사장은 재빨리 말을 걸었다.

"A씨, 생일 축하해요."

상대는 깜짝 놀라며 밝게 웃었다. 지사의 영업 직원은 600명에 가깝다. 그 가운데 생일을 기억하다니 정말 대답했다. 나는 감탄해서 대기실에서 물었다.

"어떻게 기억을 하십니까?"

지사장의 대답은 간단했다.

"생일에는 전원에게 엽서를 보내고 있기 때문입니다."

금년 들어서 다른 생보 회사의 두 개의 지사에서도 강연을 했다. 그 때도 우연이지만 양 지사장 모두 부하의 생일에 엽서를 보내고 있다고 들었다. 그 중 한 사람은 '내용도 한 장 한 장 다릅니다. 엽서를 동료와 나누어 보기도 하기 때문입니다. 덕분에 손가락 근육은 이렇지만요.' 라며 손가락을 보여 주었다.

힘든 상황 속에서 세 지사 모두 발군의 성적을 올리고 있다. 전원의 생일에 축하장을 보낸다는 것. 언뜻 보면 평범한 일인지도 모른다. 하지만 평범한 일도 계속하면, 사람은 움직이게 되어있다.

손가락이 움직였다!

교실에서 선생님이 아이들에게 질문을 한다. 아이들의 반응은 각각이다. '네, 네,'라고 즉시 반응을 하는 아이, 한 템포 늦는 아이, 손부터 먼저 들고, 나중에 생각하는 아이 등. 그 중에는 답은 알지만 가만히 있는 아이도 있다. 그런 아이는 새끼손가락을 아주 조금 움직인다. 선생은 그것을 재빨리 발견하고 그 아이를 지목한다. 아이는 기쁜 듯이 일어나 대답한다.

이상은 아는 교감선생님으로부터 들은 이야기다. 어느 베테랑 선생님의 수업 풍경이었다는 것이다.

이 말을 듣고, 사내의 회의도 비슷하다는 느낌이 들었다. 좋은 회의는 끝날 때 모두가 다시 모이고 싶다는 얼굴을 하고 있다. 그 비밀은 리더가 능숙하게 발언을 재촉하는 것이다.

"이것은 고참사원이 말할 차례요, A씨는 어떻게 생각합니까?"

"젊은 사람은 어떻게 생각하죠? 젊은 측 대표. B씨 자아─, 어서."

"곤란할 때는 C씨에게 부탁해야죠. C씨 자아─, 어서."

"여성의 감각도 중요하죠. D씨 사양하지 말고 말해보세요."

"E씨가 좋은 생각이 있을 때 볼펜을 만지작거리죠? E씨의 얘기를 들어봅시다."

아무거나 좋다. 그 사람의 특징을 파악하고는 발언을 재촉한다. 결과적으로 모든 사람이 회의의 주역이 되고, 만족한다. 직장의 리더도 새끼손가락을 움직이는 사람을 놓치지 않는 감성이 중요한 것이다.

잊을 수 없는 크리스마스

박현웅 씨는 직함이 아닌 '박현웅 씨'로 항상 불렸던 사람이었다.

"아직 안 돌아가? 여직원들은 벌써 모두 돌아갔는데."

박현웅 씨의 목소리였다. "그냥요. 약속도 없고……."

내가 중얼대듯 말하니까 박현웅 씨가 크리스마스 트리나 보러가자고 한다.

"부인이 기다리고 있지 않겠어요? 크리스마스인데……."

"괜찮아."

우리는 시내에 서 있는 그림같은 크리스마스 트리를 보기 위해 영하의 추운 날씨에 30분 동안 걸었다. 나는 이곳에서 심란한 마음을 떨쳐낼 수 있었다. 다음해 4월, 박현웅 씨는 전근했다. 그때의 쓴 엽서에, '올해도 크리스마스 트리를 보러 가자구요' 라고 썼다. 하지만 박현웅 씨는 건강이 나빠져 크리스마스까지 병원에 입원해야만 했다. 그리고 이듬해 봄이 오기 전에 세상을 떠나 버리고 말았다.

이 글은 회사의 사보에서 읽은 것이다. 쓴 사람은 평범한 사무직원. 생각해보니 박현웅 씨와 만난 일이 있었던 것 같다. 수수하지만 성실했고 맡은 바 책임을 다하는 사람이었다.

우리들은 비즈니스의 세계에 살고 있다. 당연한 일이지만 조직에의 공헌도는 업적 중심으로 잴 수 밖에 없다. 하지만 박현웅 씨가 아무 생각 없이 젊은 부하의 침울한 기분을 바꿔준 것처럼 표면에 나타나지 않아도 조직을 적극적이 되게 해주는 사람의 존재를 우리는 결코 잊어서는 안 된다. 조직은 메말라 있어서는 안 된다.

이런 것이 상사

옛날에 들은 이야기이다.

한 훌륭한 상사가 이런 말을 했다고 한다.

부하가 중요한 고객을 잃을 지도 모르는 큰 실수를 했다.

그는 사직을 각오하고 과장에게 말했다.

하지만 과장은 그를 격려하며 말했다.

"안심해, 내가 해결할 테니.

이럴 때를 위해 상사가 있는 거야.

자네, 오늘은 일찍 돌아가.

가끔은 부인에게 잘해 드리게."

맛있게 요리를 먹는 법

유명한 요리사 V씨가 설명한

맛있게 요리를 먹는 법을 소개한다.

"요리가 나오면 바로 잡수십시오."

사람을 칭찬하는 요령도 비슷하다.

'그 자리에서 곧' 이 중요하다.

주위가 문제

학생들의 자살이 세간을 시끄럽게 하고 있다. 어떤 학자가 어린이 자살의 원인으로 다음 세 가지를 들었다.

첫째, 가족인 부모에게 터놓고 말할 수가 없었다.

둘째, 도와주는 친구가 없었다.

셋째, 도움이 될 만한 책과 마주치지 못했다.

그리고 아이를 보는 것이 아니라, 아이의 주위를 보라고 충고하고 있다.

직장에서도 효과 있는 교훈이다. 문제가 많은 부하가 있다. 그럴 때는 그 부하만을 보는 것이 아니라 부하에게 영향을 끼치고 있는 주위를 보아야 한다. 그 결과 해결의 실마리를 찾게 된 경험도 나에게 많았다.

예를 들어 인사를 잘 하지 않는 젊은 여직원이 있다. 그 여직원의 주위를 살피다보면 부하가 '먼저 실례합니다' 라고 말해도, 대답하지 않는 상사가 있는 것을 깨닫게 된다. 인사에 서툰 집단에 인사에 서툰 젊은이가 생긴다고 생각할 만하다.

대사 부인에게 배울 것

B대사 부인인 조안 몬델 씨의 훌륭한 얘기를 신문에서 읽었다.

95년 4월, 대사공관의 개조 공사가 끝났다. 대사 부부는 즉시 파티를 개최했다.

그때 초대장을 보낸 곳이 특이하다.

바로 목수, 도장공, 석수, 배관, 전기 배선에 종사한 사람들이었다. 공관을 직접 완성해 준 사람들에게 먼저 사례의 말을 하고 싶었기 때문이라고 한다. 게다가 대사와 상의해서 부인동반으로 개최하기로 했다.

한국에서는 부인 동반의 파티가 거의 없기 때문에 아내가 남편의 직장을 보는 것은 서로 간의 이해를 깊게 한다. 당일은 100명 가까운 부인들이 참가했다. 모두가 대사내외와 감격의 악수를 나누었다. 그러나 부인은 '나야말로 기뻤다'며 좋아했다. 부인들은 남편이 만든 것을 보며 남편이 하는 일을 실감했고 남편은 아내에게 자신이 만든 것들을 설명했다. 부인들에게 있어서는 아마도 일생일대의 화려한 무대였을 것이다. 마음이 따뜻해지는 광경이 아닐 수 없다.

직장에서도 무엇인가를 완수했을 때, 그 완성에 관련된 사람들에게 상사가 배려하는 마음을 가지는 것이 중요하다. 그것이 그 후의 부하의 의욕을 좌우한다.

나, 대기업의 간부

한 경영 전문학교의 사무국장으로부터 웃을 수 없는 이야기를 들었다.

큰 상사회사로부터 처음으로 학생을 받았다. 생도의 평균 연령은 45세 전후. 수업내용은 부기와 회계다. 중소기업 등에 나갈 때 도움이 되기 위해서다. 주 1회의 야간수업이 있었다.

처음 수업을 시작하고 3개월이 지났을 때다. 무심코 그 교실을 들여다 본 순간, '이래선 안 되겠다' 하는 생각이 들었다.
모두가 똑같은 얼굴을 하고 있었다. 모두가 '나는 대기업의 중역'이라는 얼굴을 하고 있었던 것이다.
그런 얼굴로 12, 3명 규모의 회사에 나가서 어떻게 주위와 융합될 수 있겠는가. 긴 시간 몸에 붙인 '직장문화'를 탈피하는 것이 얼마나 중요한가를 깨달았다는 것이다.
확실히 이 '직장문화'는 무섭다. 이유는 두 가지다.
하나는 '직장문화'에 물들어 있는 자신을 느끼지 못하는 것이다.
다른 하나는 만일 깨닫는다 하더라도 간단히 탈피할 수 없다는 것이다.

자신의 단점

'부하를 헐뜯어서는 안 된다. 칭찬해야만 한다.'

이것이 입버릇인 과장이 있다.

그런 그가 언젠가 부하인 계장을 비방하고 있었다.

'당신은 부하를 칭찬하지 않는군.

왜 헐뜯기만 하지?

그래서는 안 돼.

부하의 단점에는 눈을 감는 거야.

당신은 칭찬에 너무 약해. 그것이 당신 단점이라구.'

세계에서 제일 짧은 연설

제2차 세계 대전 중에

영국의 처칠 수상이 학생에게 강연을 부탁 받았다.

그는 "NEVER GIVE UP"을

세 번 반복하고, 그 자리를 떠났다.

세계에서 제일 짧은 연설이었다.

하지만 그 연설은 50여년 지난 지금도

많은 사람의 기억 속에 남아있다.

감춰진 정신과 의사

지사장 시절 있었던 이야기다.

여성 영업사원 15, 6명의 조직에 새 리더를 임명했다. 새 리더는 영업사원들을 차례차례 관찰한 후 성적이 그다지 좋지 않을뿐더러 60대 중반으로 나이가 매우 많은 여성을 발견했다. 인품은 좋은데, 혼자만 나이가 많아 적응할 수 있을지 걱정이 되었다.

신임 리더는 조직의 활성화를 위해서라며 부임 즉시 그 여성을 그만 두게 했다. 그리고 1년 지났다. 그 사이 한 명, 두 명 그만 두었고 조직은 마침내 10명을 밑돌았다. 리더도 자신을 잃고 사직을 청했다.

나는 남은 직원으로부터 그 사정을 듣고 놀랐다. 사직 당한 연배의 여성은 모든 직원들의 고민을 상담해주는 '감춰진 정신과 의사' 로 젊은 사람들의 마음의 지주였던 것이다. 말하자면 조직의 열쇠를 쥔 사람이었다.

이 경험 이래, 나는 '사람 보는 눈을 갖고 있다' 고 가볍게 입 밖에 내지 않게 되었다.

말의 온화한 맛을……

상사가 부하를 야단칠 때,
비아냥거리며 하는 사람이 있다.
거꾸로 온화하게 감싸는 사람도 있다.

예를 들어 '너 정도 되는 녀석이
무엇을 하고 있는 거야' 라는 말을 한다면
부하는 야단맞고 있어도
'너 정도 되는 녀석' 에
은근히 온기를 느끼고 있음에 틀림없다.

상사의 주머니

'선생님의 주머니에 언제나 넣어놓지 않으면
안 되는 말이 있습니다.
그것은 '과연' 입니다'

이것은 B선생님에게서 배운 '선생님의 마음가짐' 이다.
부모나 상사의 주머니에도 이 말이 필요한 것이 아닐까.

잔소리가 아니다

'이것은 잔소리가 아니다.' 라며
잔소리를 하는 상사나 부모가 있다.

그러나 '잔소리일까 조언일까' 를 정하는 것은
듣는 쪽이지,
말하는 쪽이 아니다.

똑같지만 똑같지 않다

A과장의 밑에 있던 자신.
B과장을 섬기는 자신.
모두 똑같은 자신이지만 결코 똑같지는 않다.

많은 비즈니스맨이
보통 이런 생각을 품고 있음에 틀림없다.
그래서 더욱 부하는
좋은 상사와의 만남을 언제나 마음에 바라고 있다.

언젠가 나도……

신문에서 프랑소와즈 모레샹 씨의 기사가 눈에 띄었다.
눈 상태가 나빠 한국의 병원에 갔다. 의사는 나이 때문이라며 한마디 덧붙였다.

"갱년기 증상입니다. 지금부터 점점 더 피곤해지거나 약해질 것입니다."

의사에게 악의가 없는 것은 알지만 너무나 부정적인 말이다. 그녀는 정신적 충격으로 즉시 고국으로 갔다. 그 곳에서 다시 진찰을 받았다.
하지만 프랑스 의사의 대답은 대조적이었다.

"지금 시대에 이 정도는 아무 것도 아니에요."

이렇게 말한 후 보충요법을 제안해 주었다고 한다.
한국의 의사가 언제나 이렇다고 프랑스의 의사는 언제나 저렇다고 생각하지는 않는다. 그러나 모레샹 씨가 끝맺는 말은 이상하게도 마음을 때린다.

"언젠가 나도 저렇게 될 것이라는 생각을 왜 못합니까?"

아름다운 마음입니다

95년 NBA의 매직 존슨이 은퇴를 결심했다. 이유는 에이즈감염 때문이었다. 그 고백은 전 세계에 충격을 주었다. 그의 은퇴식은 TV에서 중계되었다. 그 가운데 그가 한 말이 인상적이라 인용해본다. 에이즈 감염이 무섭지 않습니까?

"언제까지나, 넘어진 그대로 있을 수는 없습니다."

시합에 나갈 수 없어서 가장 괴로운 일은?

"공통의 목적을 갖고 싸우는 12명의 동료와 헤어지게 된 일입니다."

어머니에게서 계속 받고 싶은 것은?
식장에 있던 어머니는 눈물을 흘리고 있었다. 그 모습을 보면서 세계의 슈퍼스타는 짧게, 그리고 자랑스러운 듯이 말했다.

"그녀의 아름다운 마음입니다."
96년, 매직 존슨은 다시 NBA에 복귀. 변함없는 마술같은 경기로 관객을 매료시켰다.

보통의 인간입니다

3단 넓이 뛰기의 세계적인 선수 조나단 에드워즈는 95년 세계육상 대회에서 18m 29cm를 뛰어 꿈의 세계기록을 세웠다. 에드워즈 선수가 인터뷰 때에 한 이야기가 인상적이다.

"보통 사람인 내가 해냈습니다. 그래서 누구나 할 수 있는 것입니다."

30세였던 에드워즈 선수는 결혼을 한 상태였다. 그 후에 계속된 말도 강하게 인상에 남았다.

"크리스천, 남편, 그리고 두 아이의 아버지. 경기자로서의 자신은 그 후에 있는 것입니다."

상쾌하게 웃는 얼굴이 맑은 에드워즈 선수. 애틀랜타 올림픽에서 패자가 되었을 때도 그는 승자에게 분함 없는 박수를 보내고 있었다.

승부에 사로잡히지 않아도 좋다. '보통 사람' 인 채로도 1인자가 될 수 있다. 에드워즈 선수는 이것을 증명해 주었다.

영업의 세계에서도 똑같다.

'판매에 사로잡힌 자' 는 아니지만, 최고의 성과를 내고 있다. 그런 '보통 사람' 이 주위에 많다는 사실을 나는 알고 있다.

임신 중에 여성은 임산부들에게 눈이 간다.
아이가 태어나면 눈이 가는 곳은
갓난아기를 데리고 있는 여성으로 바뀐다.

이것이 바로 인간의 심리다.

그렇기 때문에 임신 중인 여성과 친구가 되고 싶으면
그가 현재 할 수 없는 일을 화제에 올려서는 안 된다.

엄마의 입버릇

'현관에 구두를 세 켤레 이상 놓아서는 안 된다'

이것은 한 직원으로부터 들은 '엄마의 입버릇' 이다.
이 '엄마의 입버릇' 덕분에
그 직원의 책상은
언제나 완벽할 정도로 정리정돈이 되어 있다.

두 명의 아버지

A 전 기수의 장남인 D 기수는 19세지만 천재기수라 불릴 정도로 실력이 대단하다. 그는 낙마 사고로 기수 생명이 끊긴 아버지의 재활훈련을 보면서 자랐다. 그러면서도 그는 아버지와 같은 길을 택했다. 96년, 경마 학교를 졸업하고   3월에 중경 경마장에서 데뷔하여 그날 멋지게 2연승을 올렸고 이튿날도 5연승을 거두었다. 그리고 인터뷰한 내용이다.

'첫 승리를 한 기분은?'

 - 말이 잘 달려 주었다. 나는 단지 올라타고 있었을 뿐이다.

'아버지에게 한 마디'

 - 좋은 말에 태워주신 덕분이다. 지금부터 주위 사람들에게 감사의 마음을 잊지 않겠다.

'아버지를 능가할 수 있을까?'

 - 나에게는 두 분의 아버지가 계시다. 기수인 아버지와 재활훈련 중인 아버지다. 가령 경마로 아버지보다 좋은 성적을 내도, 재활과 싸우는 아버지는 능가할 수 없다. 그렇기 때문에 나는 일생 아버지를 뒤쫓아 갈 뿐이다.

부모, 선생, 상사가 이런 진지한 자세를 지닌다면…… 이것은 시대를 초월해서도 변하지 않는 중요한 자세가 아닐까.

언제나 청춘

이런 문구를 들은 적이 있다.

'내일을 꿈꾸지 않는다. 이제 너무 늙었다 라며 침대에서 일어나지 않으려고 하는 노인이 있다. 그러는 중에 그 노인은 영영 침대에서 일어나지 못하게 된다.'

아내 친구의 어머니는 이 반대다. 그 분은 언제나 '내일은 이것을 해야지, 저것을 해야지' 라고 말하고 계신다고 한다. 게다가 자신의 일은 언제나 자신이 한다. 그래서일까 대단히 정정하고 명랑한 분이였다고 한다. 그 분이 말년에 자주 입에 올린 말이 또 재미있다. 아침에 일어날 때 몸이 좀 불편하다 싶으면 이런 걱정을 했다는 것이다.

'지금부터 이러면 늙어서는 어쩐담.'

이 말은 89세로 천수를 다할 때까지 계속됐다고 한다.
세계적으로 알려진 100세의 쌍둥이 자매도 광고 출연료를 노후를 위해 저축하고 있다는 말이 사실일까.

언덕길은 힘들어도……

A씨는 자전거로 남북 아메리카, 유럽, 아시아, 아프리카, 오스트레
일리아의 80개국을 주파한 엄청난 자전거 애호가다.

주행거리는 13만7천KM로 총 6년 반이 걸렸다고 한다.

그가 집에 무사히 돌아왔을 때 기자들에게서 여행의 감상에 대해
질문 받았다. 그때의 한마디가 우리에게 용기를 준다.

"자전거에서 힘든 것은 언덕길입니다.

언덕길은 힘들지만 정상은 반드시 있습니다."

어부니까

96년의 일이다. 46일간 표류하다

기적적으로 구조된 어부가 있었다.

당시 67세였던 어부는 가벼운 탈수증이었지만,

생명에는 별이상이 없었다.

기자들의 질문에 담담하게 말한 대답이 인상적이다.

"또 고기 잡으러 나가실 겁니까?"

어부는 아무렇지도 않은 듯 대답했다.

"당연하죠. 나는 어부니까."

가사일은 가끔 하고 있습니까?

8할 이상이 여성 세일즈맨인 어떤 세일즈맨 대회에서 한 남자 직원이 이런 짓궂은 질문을 한 일이 있다.

"집에서 가사일을 하십니까?"

그러면 으레 상대방은 당혹해서 눈을 내리고 입으로 웅얼웅얼 대답한다.

"가끔 거들고 있습니다."

그러자 나는 대회장 쪽을 향해 큰 소리로 외쳤다.

"여러분, 가사일은 가끔 하고 있습니까?"

이 한 마디에 대회장에서 큰 박수가 나왔다. 가사는 종료의 벨이 울리는 일이 아니기 때문에 더욱 힘든 일인 것이다. 더욱이 가사는 서로 분담하는 것이지 결코 거드는 일은 아닌 것이다. 이런 정도도 모르는 남성은 여성과 함께 직장에 다닐 자격이 없다.

중간 괄호 넣기

미국 초등학교의 교과서에
이런 문제가 있다고 한다.

오른쪽에 '환자' 라고 써 있고,
왼쪽에는 '건강한 사회인' 이라고 써 있다.

그렇다면 그 중간에 있는
괄호 안에는 무슨 말을 넣어야 할까?

이 문제의 정답은 '병원' 이다.

우측에 '신입사원' 이라고 써 있고
좌측에 '우수 실적자' 라고 써 있다.
당신이라면 그 중간 괄호에 무슨 말을 넣겠는가?

책임자와 낙오자

유명한 수필가 A씨는
다음과 같은 프랑스의 교훈적 소설을 소개했다.

'어린 아이가 도둑질을 했다.
아버지는 아무 말도 하지 않았다.
그 아이가 또 도둑질을 했다.
아버지는 역시 꾸짖지 않았다.
아이는 이윽고 도벽이 붙었고 성장하면서 전과가 쌓여갔다.
드디어 그는 사형선고를 받았다.
형을 집행하기 전, 사형수는 아버지를 만나고 싶어 했고,
사람들은 모두 감격했다.
그리운 부친과 껴안는 순간 아들은
"어이, 당신 때문이야, 나쁜 놈!"이라며
부친의 귀를 물어뜯었다.'

'부자'의 관계를 '책임자'와 '낙오한 신입사원'의
위치에 바꿔놓고 생각하면 어떨까.

신이 제일 먼저 물어보는 것

우리들이 천국을 방문했을 때
신이 제일 먼저 물어보는 것은,
'할 수 있었는데 하지 않은 일이 무엇인가?
배울 수 있었는데 배우지 않은 것은 무엇인가?' 이다.

우리가 두려워해야 할 것

판매 촉진 기간이 다가왔다.
처음으로 1억의 계약에 도전하는 사람도 많을 터이다.
'지금까지 1억을 돌파한 일이 없어.
점점 나이만 더 들어가고……' 라고 말하는 사람이 있다.
그런 말을 들을 때마다
나는 '얼마나 아까운가' 라고 생각한다.
과거에 할 수 없었다고 해서
왜 지금도 할 수 없다고 생각하는 것일까.
물리적인 나이를 두려워 할 것이 아니다.
'얼굴의 주름' 보다 '마음의 주름' 을 두려워해야 할 일이다.

내일 날씨에 신경을 쓰시나요?

고릴라와 3세 미만의 어린이의 공통점은 무엇일까?
바로 '내일 날씨를 신경 쓰지 않는다.'는 것이다.
고릴라의 대뇌에는 '의욕의 자리'가 없고,
3세 미만의 어린이는 그것이
아직 발달하지 않았기 때문에 당연한 일이다.

내일을 향해 의욕적으로 살려고 하지 않으면,
날씨는 전혀 신경 쓰이지 않는다.
당신은 과연 내일 날씨를 신경 쓰고 있는가.

불가사의한 나이

50세가 되면 갑자기 늙는 사람이 있고,
거꾸로 못 알아볼 정도로 젊어지는 사람도 있다.
50세는 불가사의한 나이다.
'벌써 50살, 이제 새삼……'이라고 생각하는 것과
'아직 50살이야, 이제부터……'라고 생각하는 것의
차이는 여기에서 나온다.

인생을 틀에 박지 않는 사람

'나와 동년배인 어떤 사람은 지금 이맘때면
'추워져서 싫군요' 라고 말하지만 나는 반대로 겨울을 기다립니다.'
72세부터 승마를 시작한 한 할머니에게서 들은 말이다.
할머니가 승마를 시작하게 된 동기는
남편이 근처에 생긴 승마클럽에 가보면
어떨까라고 말했기 때문이라고 한다.
이 할머니는 스키도 잘 탄다.
겨울마다 가는데 더구나 혼자다.
작년에는 용평까지 갔다고 한다.
역시 '인생을 틀에 박지 않는' 것이 젊음을 지키는 비결이다.

천 번 넘어지다

인간은 일생 동안 천 번은 넘어진다고 한다.
넘어지면 아프지만 그 대신 일어설 때마다 새로운 지혜가 생긴다.
그러나 지혜란 일어서서
앞으로 걸으려고 하는 사람에게만 생기는 법이다.
고개를 숙이고 뒷걸음질 치는 사람에게는 후회만 생긴다.

30대 할머니

희곡 '햄릿'에는 이런 장면이 있다.
햄릿이 묘를 파는 사람에게 묻는다.

"인간은 흙 속에서 몇 개월 정도면 썩는가?"

상대는 답한다.

"보통은 수개월 정도지만,
살아있을 때부터 썩어있는 인간도 꽤 있습니다."
"인간은 몇 살부터 멍청해지는 걸까?"
"보통은 80세 정도지만
사람에 따라서 30대에 멍청해지기도 합니다."

멍청해지지 않기 위해 세일즈맨에게는 판매 경쟁이라는 것이
있다.

제일 먼저 나이를 먹는 것은?

그리스 격언 중에
'제일 먼저 나이를 먹는 것은
감사의 마음이다.' 라는 것이 있다.

우리 직장에서 제일 먼저 나이를 먹으면
곤란한 것은 무엇일까?
그것은 당연히 '의욕' 일 것이다.

그림을 보는 요령

A씨는 갤러리에서
그림을 볼 때 이런 생각을 한다고 한다.

'훔칠 기회가 있다면 이것을 훔치자'

이런 생각으로 그 그림은 기억 속에 남는다.

짓궂은 전화를 물리치는 방법

짓궂은 전화를 물리치는 간단한 방법이 있다.
전화가 왔을 때 이렇게 말하는 것이다.
"헬로우!"
그리고 아무 영어나 해댄다. 또 이런 말은 어떨까.
"나무아미타불, 나무아미타불."

세일즈의 마음가짐

한 증권 회사의 세일즈맨으로부터
세일즈의 첫 번째 마음가짐을 들었다.

'방문할 때마다 상대가 납득할 만한
정보를 하나씩만 주고 오는 것입니다.'

사장의 얼굴과 평사원의 얼굴

B씨의 이야기를 소개한다.

'경마를 해보면 '인간은 모두 똑똑하지 못하다' 라는 것을 깨닫게 된다. 집, 명예, 가문, 성별, 연령, 경력에 관계없이 경마를 하고 있는 한, 그 사람의 인생은 빗나가게 된다. '나도 너도 바보였다' 라는 사실, 즉 빗나간 마권 앞에서 사람은 평등하다는 사상이야말로 경마를 지탱하는 가장 중요한 기본이념인 것이다.'

골프도 똑같다.

사장들끼리 플레이를 한다.

시합 초기에 그들은 모두 사장다운 얼굴을 하고 있다.

하지만 그럭저럭 하는 사이에 '앗, 안 돼. 또 보기다' , '또, 셌다' , '했다! 슬라이스!' 라며 모두 평사원의 얼굴로 바뀌어 간다.

옛날이나 지금이나……

'일이 즐거우면 인생은 극락이다.'

'일이 의무라면 인생은 지옥이다.'

고리키의 '바닥' 에 나오는 대사다.

옛날이나 지금이나 통용될 수 있는 말이다.

너한테만 비가?

지금도 인상적으로 남아 있는 말이 있다.

'시합에 진다. 선수들이 각자 핑계를 댄다. 비가 왔기 때문에, 바람이 너무 셌기 때문에, 날씨가 너무 추웠기 때문에, 또는 더웠기 때문에…… 모든 것이 이유가 된다. 조명의 명암, 태양의 위치, 관중의 떠드는 소리, 숙소의 생활, 음식, 교통 사정 등.'

어떤 선수가 비 탓을 했을 때 A씨는 엄하게 되받는다.

'비는 우리한테만 왔나? 상대는 마른 잔디 위를 달리고, 이쪽만 젖은 그라운드를 달렸기 때문이라는 거야?'

판매 세계에 오래 있으면 가끔 약해질 때가 있다.
그럴 때 자신을 격려하기 위해서 자주 이 말을 생각해냈다.

불쾌한 기분 떨쳐내기

소설가 B씨는 젊은 시절 연애 경력이 화려했던 분이다. 그 B씨가 어느 잡지에서 인터뷰를 하게 되었다.

"연애하던 상대방이 갑자기 네가 싫어졌다라고 말하면 어떻게 했습니까?"

B씨는 시원스럽게 대답했다.

"그럼 깨끗하게 포기합니다. 좋아하는 상대를 끈질기게 쫓아다니는 사람이 있다고 합시다. 그는 상대가 자신을 좋아해주지 않는다고 비난하지요. 이상한 일이에요. 싫어지는 원인은 바로 자신에게 있는데……."

시원스럽게 '원인은 내게 있다' 라고 반성하고, 과거를 끊는 것이 B씨의 지혜다.

생보의 영업 시절, 나는 이 지혜를 자주 빌렸다. 매일 여러 손님과 만난다. 가끔 만나자마자 불쾌하게 가라는 말을 듣는 일도 있다. 내가 무엇을 그렇게 잘못했길래. 일순 불쾌한 기분이 든다. 그때 자신을 돌이켜본다. 방문 시간은 적절했는가. 말을 시작한 목소리는 밝았는가. 너무 쭈뼛거리지 않았는가, 반성할만한 재료는 제법 있다. '원인은 자신에게 있다' 라고 반성하면 불쾌한 기분이 시원하게 사라지기 때문에 놀라웠다.

달의 돌

한 박람회에서 전시된 달의 돌을
구경하려고 많은 사람들이 왔다.
하지만 일부러 두 번이나 보러 가는 사람은 없었다.

이것은 세일즈맨에게 있어서 대단히 중요한 경고다.
신선한 면이 없는 세일즈맨은
고객을 두 번이나 만나고 싶어 하지 않는다.

M부장이 좋아하는 말

"사람에게 의지하지 마라.
혼자서 한다고 생각지 마라."

우리 회사의 M부장이 항상 즐겨하는 말이다.
비단 영업만이 아니라 사무직에서도 통용되는 것은 아닐까.
모순되지만 깊은 맛을 느낄 수 있는 말이라고 생각한다.

세상의 양면

'세상은 양면을 지녔다.
아무리 나쁜 일이 있어도 그 이면에는 좋은 일도 있다.'
실적이 좋지 않을 때 내가 자주 생각해 내는 말이다.

시작하고 7분

D씨의 얘기 중에서 인용한다.
'아버지는 평생 돌만 만진 석수장이다.
일이 끝나면 공구의 날을 깨끗이 갈아서 정돈하고,
풀무에 새 물을 준비했다.
그리고 작업장도 언제나 깨끗이 청소했다.
마지막으로 우물가에서 몸도 깨끗이 씻었다.
'일은 시작하고 7분이 중요하단다' 라고 하는 것이
아버지의 입버릇이었다.'

나는 영업의 세계도
'시작하고 7분' 이 중요하다고 생각하고 있다.

제멋대로인 과묵형 인간

가만히 있고 싶을 때는 가만히 있고,

말하고 싶을 때만 말한다.

이런 사람을 '제멋대로의 과묵'이라고 하는 것 같다.

이 '제멋대로의 과묵'은 인간관계를

가장 나쁘게 하는 요소 중의 하나라고 한다.

그래서 '제멋대로의 과묵'을 즐기는 사람이

한 사람이라도 있다면 그 팀은 명랑함을 잃는다.

서로가 조직인인 이상, '제멋대로의 과묵'은 피해야 한다.

만남

어린 아이의 타고난 행복은 무엇일까?

훌륭한 사람이 되려고 노력하는 엄마를 만나는 일이

그 어린 아이 생애 최대의 행복이다.

일류 기업이 되려고 함께 노력하는 조직을

만나는 일이 신입 사원에게는 최대의 행복이 아닐 수 없다.

멋지게 웃을 줄 아는 얼굴

어느 신문의 칼럼에 뛰어난 예술가는

'멋지게 웃는 얼굴' 을 갖고 있다는 말이 나왔다.

당연히 '뛰어난 세일즈맨도

멋지게 웃는 얼굴을 갖고 있다' 라고 할 수 있겠다.

그러나 그 웃는 얼굴이 갑자기 만들어지는 것은 아니다.

평소의 행동이 중요한 것이다.

조직 속에 있을 때

당신은 멋지게 웃는 얼굴을 만들고 있는가?

동시에 당신은 멋지게 웃는 얼굴에 둘러싸여 있는가?

포기하면 안 된다

S씨가 TV에서 한 얘기에서 배운 것이다.

초등학교의 미술 시간. 도르래를 만들다가 선생님이 실패했다.

선생님은 얼굴을 찡그리며 '오늘은 안 돼' 라고 말했다.

그러자 한 아이가 엄한 얼굴로 말했다.

"선생님, 포기하지 마세요. 할머니가 그러셨어요."

푸념하지 말자

'당신은 조직에 어떤 도움을 주십니까?' 라는
설문조사를 한 적이 있다.

눈에 띄는 대답의 하나로
'푸념하지 않는다' 라는 것이 있었다.
그 대답의 뒤를 읽어보니
푸념을 줄줄 흘리는 사람이 옆에 있는 게
참을 수 없을 정도로 싫다는 것이다.

'회사의 공기를 나쁘게 하는 것은,
투덜대는 한 사람이면 충분하다.' 라고 하는
어느 종교가의 말도, 이것을 증명해준다.

서로가 조직인인 이상
'투덜투덜 푸념하지 말기' 를 실행하자.

로즈 케네디 부인

케네디 전 대통령의 모친인 로즈 케네디 부인은
푸념하지 않는 사람으로 유명하다.
9명의 자녀를 키웠지만,
그 중 네 명은 그야말로 비운의 최후를 맞이했다.
장남은 전사, 2남, 3남은 암살. 2녀는 사고사.
그리고 장녀는 정박아였다.
그런데도 그녀는 주변 사람들에게
푸념 한 번 하지 않았다고 한다.
푸념은 인생을 후퇴시킬 뿐이라는 것을
알았기 때문일 것이다.

말은 유전된다

부모가 함께 '고마워', '미안해' 를 자주 말한다.
그러면 그 아이도
'고마워' 와 '미안해' 를 자주 말하게 된다.
유전자와는 관계없이 유전하는 것이 말.
그래서 무섭다.

조직의 발전이 나의 발전

인간의 행동 과학 중에는
'개인이 혼자 변화하는 것보다 집단의 변화와 함께
변하는 것이 수월하다.' 라고 가르치는 것이 있다.
팀이 우수한 실적의 집단이 되면
개인도 우수한 실적자가 된다는 것이다.
때문에 우리들은 마음과 힘을 합해
자신이 속한 조직을 우수한 조직으로 만들면
나 역시 우수한 개인이 되는 것이다.

말하지 않은 것에서 배운다

우리는 많은 사람을 인터뷰하지만 중요한 것은
상대의 애기를 선입관 없이 듣는 일이다.
그러나 나중에 깨닫는 일이지만, 말하는 사람이 말한 것보다
말하지 않은 것에서 배우는 것이 훨씬 많다.
이것은 CNN 뉴스의 간판 캐스터의 이야기이다.
'말하지 않은 것에서 배운다' 라는 것은
우리들에게도 시사하는 바가 많은 말이라고 생각한다.

1년에 1인치

영국 해군에

'1년에 1인치(ONE YEAR ONE INCH)' 라는 말이 있다.

군함이 오랜만에 항구에 닿으면 병사들은 제각각 물건을 갖고 돌아온다.

그러다 보니 화물이 점점 많아져서 군함은 1년에 1인치씩 가라앉는다.

그리고 결국에는 전쟁도 하지 못하고 침몰해 버린다는 이야기다.

'나 하나 정도야',

'이 정도는 괜찮겠지' 하는 생각이 조직을 파괴해 버린다는 무서움을 가르쳐 준다.

MEMO

우체부 아저씨다

D씨가 생전, 거실에서 손자와 시간을 보내고 있었다. 현관에서 초인종이 울리자 손자가 '우체부 아저씨다.' 라고 소리 지르며 뛰어나갔다.

'어떻게 초인종만으로 우체부 아저씨인지 알지?'

D씨는 이상하다고 생각했다. 그러나 현관 앞의 대화를 듣고 그 비밀을 깨달았다. 겨우 10초 정도의 짧은 대화였다.

"안녕, 아가야, 속달우편이란다. 유치원의 운동회 어땠었니?"
"릴레이에서 2등 했어요."
"대단한걸. 그럼 이만. 빠이빠이."

이것뿐이다. 그렇지만 아이가 제일 듣고 싶어하는 말을 들려주었다. 손자가 초인종만으로 우체부라고 아는 것도 무리는 아니다.

누구든지 자기의 관심사에 신경을 써주면 상대를 좋아하게 된다.

어른의 지혜

G씨의 에세이에서 읽은 이야기다.

'나의 어머니는 쓸데없는 참견을 잘 하셨다.

근처의 집에서 무슨 다툼이 일어나면
하고 있던 세탁도 멈추고 가서 싸움을 말리고 오는 것이다.
거기서 어떻게 했는지,
또 무슨 일이 있었는지 물어도 별 말 하지 않았다.'

보아도 못 본 척하고, 알아도 모르는 척하는 것.
성숙한 어른의 지혜와 친절함을 드러내는 이야기라고 생각한다.

MEMO

힐라리와 텐진

1953년 힐라리와 텐진이
세계 최초로 에베레스트 등정에 성공했다.
사람들은 그 위업에 갈채를 보냈다.
동시에 먼저 최고봉에 선 것이 힐라리인지 텐진인지가 화제가 되
었다.
하지만 두 사람은 그에 대해 별 말이 없었다.
그 후 그들의 '등정기'가 출판되었다.
많은 사람은 그 대답을 이 책으로 알게 되기를 기대했다.
하지만 그 책에는 이 말 밖에 없었다.

'눈에 덮인 능선이 정상으로 이어져 있었다.
우리들은 이 굳은 눈에 몇 번이나 미끄러지면서
드디어 정상에 도달했다.'

태도를 먼저 바꾼다

예상외로 간부가 된 한 여사원이 있었다. 그녀는 그런 기대에 부응하기 위해 일에 매달렸다. 밤 10시까지 혼자 남아 잔업을 했고 일의 개선안도 여러 차례 제출했다. 하지만 일의 능률은 오르지 않았고 상사로부터도 월권이라며 무시당했다. 자신을 응원해주는 사람은 아무도 없고 일은 점점 더 허무해졌다. 그녀는 그런 기분을 호소하며 내게 엽서를 보냈다. 나는 이렇게 답장을 썼다.

'일은 최고로 잘 할 필요는 없습니다. 관리직으로서 역부족이라고 생각해도 자신을 책망할 필요는 없습니다. 그런 나를 임명한 사람이 나쁘다고 생각하면 됩니다. 자신이 아무리 초조해해도 세상은 돌아갑니다. 그 움직임에 자신을 내맡기는 겁니다.'

세계는 터무니없이 크고 넓다. 그 세계에서 이 회사는 아주 작은 존재다. 이 회사에서의 고민은 세계에 비해 얼마나 작은 것인가 하고 생각하면 생각은 달라진다.
태도를 먼저 바꾸면 된다.

자 기 경 영 대 사 전　　멘토

이 글은 짧지만 강렬한 메시지가 담긴 이야기를 통해 우리의 마음에 따뜻한 지혜를 선물한다. 깊이 있는 사고와 명민한 지혜가 자연스럽게 녹아 있는 이야기들은 바쁘다는 핑계로 너무 쉽게 스쳐 지나온 시간들을 되돌아보게 할 것이다. 또한 밤하늘에 겸손하게 빛나는 별이나, 온순한 산천의 맑은 기운을 따라 여행하는 나그네의 마음과 같은 여유와 평화를 가져다줄 것이다.

이 글은 많은 고전을 담고 있다. 고전이란 작품의 권위를 말한다. 각각의 이야기가 담고 있는 사상은 인류 발전의 필연성을 보여주고 있다. 어제가 그랬고 오늘도 그렇고 내일도 마찬가지일 것이다. 또한 어느 곳에서나, 누구에게나 공감을 줄 수 있다. '토끼와 거북이' 이야기가 오랜 세월 우리 가슴속에 남아 있는 것도 고전의 이런 성격 때문일 것이다.

이 글을 읽는 것은 마치 명민한 지혜와 덕망을 겸비한 현인의 말을 경청하는 것과 같다. 생명의 소중함, 존재의 가치 등이 자잘한 삶의 물방울들을 지혜의 바다로 흐르게 할 것이며, 그로 인해 한줄기 눈부신 빛이 당신의 삶 전체에 쏟아질 것이다.

당신이 리더라면 한 번쯤 이 글을 음미해보기 바란다. 음미할수록 더 깊은 혜안이 생길 것이다. 마치 곰탕을 끓이듯이 마음의 가마솥에 넣고 끓이고 또 끓여보라. 진국이 될 것이다.

사과의 힘

혼자서 사막을 횡단하던 여행객이 길을 잃어버렸다. 엎친 데 덮친 격으로 갑자기 폭풍이 휘몰아치더니 음식과 물을 담아둔 배낭을 쓸어가버렸다. 옷 주머니를 샅샅이 뒤져서 찾아낸 것은 푸른빛이 도는 사과 하나뿐이었다.

"아! 그래도 사과가 있어서 천만다행이야."

심한 배고픔과 갈증 때문에 몇 번이나 쓰러질 것 같았지만 그는 사과가 있다는 희망 하나로 끝이 없어 보이는 사막을 헤맸다. 입술은 말라서 부르텄고, 걷기조차 힘들었다. 그러나 그는 손에 든 사과를 바라보며 마지막 힘을 내어 계속 걸어갔다. 쉬지 않고 걸으면서 그는 마음속으로 계속 되뇌었다.

'내게는 하나의 사과가 있어. 내게는 하나의 사과가 있어.'

그렇게 꼬박 3일을 헤매어 마침내 사막을 횡단했다. 그는 기쁜 마음으로 주머니 속에서 그때까지 먹지 않았던 사과를 꺼냈다. 하지만 그는 사과를 한 입도 먹을 수 없었다.

3일 동안 한 번도 입에 대지 않았던 사과가 바싹 말라비틀어져 있었기 때문이다.

MENTOR 사람은 누구나 수많은 좌절과 실패를 맛보게 된다. 살다가 인생이라는 끝없는 사막의 한가운데 혼자 버려진 것 같은 기분이 든다면 당신의 손에 쥐여진 '사과'를 떠올려보자.

장미와 긍정, 그리고 부정

쌍둥이 자매가 엄마와 함께 화원에 갔다.

여러 가지 꽃을 구경하던 아이들은 장미꽃을 발견하고는 그 앞에 한참을 서 있었다.

큰 아이가 쪼르르 달려와 엄마에게 말했다.

"엄마, 여기는 안 좋은 곳이에요!"

갑작스러운 아이의 행동에 놀란 엄마가 물었다.

"왜 그러니?"

"여기에 있는 꽃은 전부 가시가 있으니까요."

엄마는 아이에게 어떤 말을 해줘야 할지 몰라 잠시 망설이고 있는데 이번에는 둘째가 달려와 말했다.

"엄마, 여기는 참 좋은 곳이에요!"

"왜 그러니?"

아이는 밝게 웃으며 대답했다.

"가시 수풀 사이에 꽃들이 있으니까요."

두 아이의 말을 들은 엄마는 잠시 화원에 앉아 생각에 잠겼다.

MENTOR 세상 모든 것에는 좋은 면과 좋지 않은 면이 있다. 중요한 것은 우리가 그중 어느 면을 바라보는가에 달려 있다.

어느 연구원의 편견

어떤 도시에 유달리 빈곤한 지역이 있었다. 한 연구원은 유독 그 지역만 낙후된 이유가 궁금했고, 원인을 밝혀내기 위해 그곳에 가기로 결심했다. 떠나기 전, 그는 동료로부터 그곳 사람들이 먹는 것만 밝히고 지독하게 게으르다는 사실을 듣게 되었다.

차로 한참을 달려 조사할 지역에 도착한 연구원은 주변을 두리번거리기 시작했다. 가까운 곳에 밭이 하나 있었는데, 가까이 다가가 보니 남자 한 명이 바닥에 앉아 풀을 뽑고 있었다. 게다가 일한 지 얼마 되지 않았는데도 반복적으로 휴식을 취하고 있었다. 그는 동료의 말을 떠올리며 생각했다.

'풀을 뽑는 것도 앉아서 하다니! 이곳 사람들은 정말 지독하게 게으른 모양이야. 이 지역이 낙후된 이유를 이제야 알겠군.'

실망스러운 마음에 돌아가려고 몸을 돌리는 순간, 그는 무심코 그 남자의 주변을 보게 되었다. 바로 그때, 그 사람 옆에 놓인 두 개의 지팡이가 눈에 들어왔다.

그는 두 다리를 잃어버린 사람이었던 것이다.

MENTOR 우리는 살면서 많은 것을 보게 된다. 하지만 정작 제대로 보았다고 말할 수 있는 것들은 소수에 불과하다. 당신은 보이는 것들을 얼마나 신뢰하는가? 이미 보았던, 똑같은 것이라도 한 번 더 돌아본다면 놀라운 사실을 발견하게 될 것이다.

비 오는 어느 날, 세 명의 거지가 비를 피하기 위해 나무 아래에 모였다. 그들은 서로 마른자리를 차지하기 위해 말싸움까지 벌였으나 막상막하였다. 하지만 그 누구 하나 양보하지 않았고, 결국 아무도 빗방울이 떨어지지 않는 자리를 차지하지 못했다. 빗줄기가 점점 더 굵어지자 그들은 세 명 중 가장 부자인 사람을 가려내 마른자리에 앉기로 합의를 보았다.

첫 번째 거지가 커다란 그릇을 들고 말했다.

"나는 열두 개의 그릇을 갖고 있어. 매일 그릇을 바꿔 사용하지. 기분이 좋을 때에는 좋은 그릇을 쓰고, 기분이 별로 좋지 않을 때에는 안 좋은 그릇을 써. 동대문에서는 국화꽃 무늬의 그릇을 쓰고, 서대문에서는 검은 꽃문양의 그릇을 쓰지. 남대문에서는 청화자기, 광화문에서는 금으로 도금된 법랑을 쓰고 있어. 이렇게 날마다 다른 그릇에다 밥을 먹고 있지. 이 정도면 엄청난 부자가 아니겠어?"

그러자 두 번째 거지가 첫 번째 거지의 말을 무시하고는 등에 메고 있던 멍석을 내려놓으며 말했다.

"그게 무슨 부자라고 큰소리치는 거야? 나야말로 진정한 부자라 할 수 있지. 나는 열두 장의 멍석을 갖고 있어. 매일 밤 깔고 싶은 대로 골라서 깔 수 있지. 남천교의 토굴과 북천교의 토굴에 나의 멍석이 있어. 물론 동천교와 서천교에도 내 멍석이 있고. 가는 곳마다 전용 멍석이 있는 셈이야. 마음만 먹으면 아무거나 사용할 수 있어. 이만하면 내가 가장 큰 부자가 아니겠어?"

세 번째 거지는 다리를 절었다. 그는 절룩거리는 다리로 몸을 가까스로 가누며 말했다.

"나는 당신들과 달리 가진 것은 별로 없어. 한쪽 다리마저 짧지. 그렇지만 그렇다고 해서 어느 누가 나보다 가진 것이 많다고 이야기할 수 있을까?"

그의 말이 채 끝나기도 전에, 우산을 쓰고 지나가던 부인이 다리가 짧은 그 거지를 불쌍히 여겨 동전을 던져주었다. 다른 두 거지는 서로 멀뚱멀뚱 쳐다보았다.

결국, 빗방울이 떨어지지 않는 마른자리에 앉게 된 사람은 다리를 저는 거지였다.

MENTOR 당신이 생각하는 '부자'는 무엇인가? 우리는 진정한 부자의 모습을 어떻게 정의해야 할까?

MEMO

사주팔자의 성공률

어느 날, 하느님의 사자가 인간 세상에 내려왔다. 그 사자는 우연히 스님이 두 아이의 사주팔자를 봐주고 있는 것을 보게 되었다. 스님은 한 아이에게는 크게 성공할 것이라고 하고, 다른 아이에게는 거지가 될 팔자라고 말했다.

20년 후, 하느님의 사자가 다시 인간 세상에 내려왔다. 사자는 20년 전 고승이 사주팔자를 봐준 두 아이를 만나보았다. 성장한 두 아이의 모습을 본 사자는 아무리 생각해도 이해할 수 없었다. 왜냐하면 크게 성공할 것이라고 한 아이는 거지가 되었고, 거지가 될 것이라고 한 아이는 크게 성공했기 때문이다.

사자는 하느님을 찾아가 물었다.

"하느님, 어째서 두 아이는 자신의 팔자와는 다른 삶을 살고 있는 것입니까?"

하느님이 대답했다.

"선천적인 재능은 3분의 1에 불과하다. 나머지는 자신의 노력에 따라 얼마든지 달라질 수 있다."

MENTOR 인생이란 1퍼센트의 운명과 99퍼센트의 노력으로 이루어진다. 현재 당신이 살고 있는 모습은 정해진 운명이 아니라 지금까지의 당신의 노력이 이뤄낸 결과물인 것이다.

고요함의 본질

두 화가가 '고요' 라는 주제로 그림을 그렸다.

한 화가는 거울처럼 잔잔한 호수를 그렸다. 호수 뒤편으로는 녹음이 짙은 산이 보였고, 수면에는 풀과 꽃의 그림자가 드리워져 있었다. 절대적인 고요함이 가득한 이 그림에는 그 어떤 것도 정적을 깨뜨릴 수 없을 듯한 분위기가 감돌았다.

다른 화가는 힘차게 쏟아지는 폭포를 그렸다. 폭포 옆에는 작은 나무 한 그루가 있는데, 나뭇가지에 붙어 있는 둥지 안에는 앙증맞은 새 한 마리가 새근새근 잠자고 있다.

두 번째 그림을 그린 화가야말로 진정한 고요의 의미를 잘 이해하고 있다. 첫 번째 화가가 그린 호수는 고요하긴 하지만 생명력이 결핍되어 있으므로 죽어 있다고 할 수 있다. 반면 두 번째 그림의 작은 새는 느낌이 달랐다. 거침없이 쏟아지는 폭포 옆에서 새근새근 잘 수 있다는 것은 고요함의 본질에 가까이 다가서 있음을 말해준다. 다시 말해 이러한 고요함을 담은 그림이 더 수준 높은 경지에 이르렀다고 볼 수 있으며, 그곳은 인간이 궁극적으로 이르러야 할 고요함의 최종 목적지라 할 수 있다.

MENTOR 요란한 세상에서도 마음을 고요하게 유지할 수 있다면 성공해도 자만하지 않고, 실패해도 패배감에 빠지지 않을 것이다. 자연 그대로 평온하게 살아가면서 동시에 주변 상황에도 순응한다면 그것이야말로 인생의 참 경지에 오른 것이라고 할 수 있다.

욕심과 버림

드디어 전쟁이 끝났다. 농부와 장사꾼은 전쟁이 훑고 지나간 거리에서 돈이 될 만한 물건을 찾아보았다. 그러다가 타다 만 모피를 발견한 두 사람은 절반씩 나눠 등에 지고 길을 나섰다. 잠시 후, 길에 버려진 썩 괜찮은 옷감이 눈에 띄었다. 농부는 무거운 모피를 버리고 쓸 만한 옷감을 골라서 질 수 있는 무게만큼 어깨에 짊어졌다. 반면, 욕심이 많은 장사꾼은 농부가 버린 모피와 농부가 줍고 남은 옷감까지 모두 등에 멨다. 너무 무거운 나머지 숨이 거칠어지고 다리가 후들거렸지만 그 무엇 하나 버릴 수는 없었다.

다시 길을 가던 중, 그들은 은으로 만든 식기들을 발견했다. 농부는 '얼씨구나' 하고 옷감을 버리고 은 식기 중에서 좋은 것을 골라 등에 멨다. 장사꾼은 이미 모피와 옷감의 무게로 허리를 펼 수 없는 지경이었다. 그러나 욕심 때문에 농부가 줍고 남은 은 식기를 모두 주웠다. 그런데 갑자기 하늘이 온통 까맣게 변하면서 굵은 빗줄기가 쏟아지기 시작했다. 장사꾼이 등에 메고 있던 모피와 옷감은 비에 젖어 더욱 무거워졌다. 결국 그는 배고픔과 추위로 휘청거리다가 진흙탕에 쓰러져버렸다. 한편 모피와 옷감을 버리고 은 식기만 선택하여 집으로 향하는 농부의 발걸음은 빗속에서도 가볍기만 했다. 농부는 주워온 은 식기를 팔아서 생활에 필요한 돈을 넉넉하게 마련했다.

MENTOR 무거운 짐은 털어버릴 줄 알고 욕심으로부터 자유로울 수 있는 것, 그리고 정말 필요하고 좋은 것만 선택하는 것이야말로 삶의 무게를 가볍게 하는 비결이다.

그림쟁이와 예술가의 차이

그림을 그려서 생계를 유지하는 화가 두 명이 있었다.

한 명의 그림은 매우 정밀해서 실물과 똑같다는 평가를 받았다. 하지만 사람들의 감탄은 이뿐이었다.

"정말 똑같아. 하지만 지금은 사진기가 있는데 왜 애써 이런 그림을 그릴까? 사진이 그림보다 훨씬 사실적이잖아."

이 화가는 불쌍하게도 사진기가 보급되면서 일자리를 잃고 말았다.

다른 화가는 그림을 매우 단순하게 그렸다. 어떤 때는 선만 몇 개 그린 적도 있었다. 그래도 그의 그림을 본 사람들은 무엇을 그린 것인지 알 수 있었다. 실물과 비교해볼 때 똑같이 그렸다고 말할 수 없었지만 사람들은 상관하지 않았다. 그의 그림이 표현하는 것은 실재로는 존재하지 않는 것이기 때문이었다. 그의 그림에는 감상하는 사람이 깨달아야 하는 것이 담겨 있었고 그것은 사진기로 찍을 수도, 표현할 수도 없었다. 그는 그림을 사실적으로 그렸던 화가에 비해 행운이 따랐다. 일자리를 잃어버리지도 않았고, 마음껏 그림을 그리며 풍족하게 살 수 있게 되었다.

우리는 전자의 화가를 '그림쟁이'라고 하고, 후자의 화가를 '예술가'라고 부른다.

MENTOR 인생을 살아가는 것은 그림을 그리는 것과 같다. 똑같이 그림 그리는 일을 하면서도 어떤 사람은 그림쟁이로 전락하고, 어떤 사람은 예술가로 성장한다.

헤라클레스와 증오의 주머니

고대 그리스신화의 영웅 헤라클레스에 대한 이야기이다.

어느 날 헤라클레스는 몹시 험한 산길을 가던 도중 주머니 같은 물건을 발견했다. 그는 그것이 자신의 길을 막고 있다는 생각에 발로 걷어찼다. 그러자 그 물건은 꿈쩍도 하지 않았고 오히려 점점 커지는 것이었다. 헤라클레스는 무안한 나머지 더욱 화가 났다. 그는 손에 들고 있던 나무 지팡이로 길을 가로막고 있는 물건을 세게 내리쳤다. 그런데 그 물건은 더더욱 커지는 것이었다. 그는 계속해서 그 주머니를 내려쳤고, 물건은 걷잡을 수 없이 커져버려 결국 길을 모두 막아버렸다.

이때 산신령이 나타나 헤라클레스를 타일렀다.

"여보게, 그 물건을 가만히 내버려두게나. 그만 잊어버리고 멀리 떨어지게! 그 물건은 증오의 주머니라네. 건드리지만 않으면 원래의 크기로 줄어들지. 하지만 자꾸 건드린다면 점점 커져서 길을 가로막게 되고, 자네를 더욱 힘들게 할 뿐이라네!"

헤라클레스는 산신령의 충고를 듣고 그 물건에서 떨어졌다. 그러자 신기하게도 증오의 주머니는 점점 작아졌고 산길도 원래처럼 걸어 다닐 수 있게 되었다.

MENTOR 증오와 미움은 그 감정에 집착할수록 커지며 우리를 괴롭힌다. 증오하는 대상보다 오히려 스스로에게 해가 되는 것이다.

바쁘다는 것

벌목공이 목재소에서 일자리를 얻었다. 보수와 대우가 좋았기 때문에 그는 그 일을 무척 소중히 여겼고, 열심히 일하겠다고 다짐했다.

출근 첫날, 목재소 주인은 벌목공에게 예리한 도끼 한 자루를 주고 벌목해야 할 범위를 정해주었다. 이날 벌목공은 열여덟 그루의 나무를 베었다.

이를 본 주인이 말했다.

"일을 잘하는군!"

칭찬을 들은 벌목공은 기분이 매우 좋았다. 이튿날 그는 더욱 열심히 일했다. 그런데 이날은 열다섯 그루밖에 베지 못했다. 그 다음 날엔 더 열심히 베었음에도 열 그루밖에 베지 못했다. 벌목공은 무척 부끄럽고 죄송한 생각이 들어 주인에게 웬일인지 점점 일이 힘에 부치는 것 같다고 말했다.

주인이 말했다.

"최근에 마지막으로 도끼날을 간 것이 언제였지요?"

전혀 생각지도 못한 질문에 벌목공은 대답했다.

"도끼날을 갈다니요? 저는 날마다 나무를 베느라고 정신이 없었습니다. 도끼날을 갈 시간이 어디 있었겠어요."

MENTOR 어떤 일에 너무 집중하다 보면 전체를 보지 못할 수 있다. 바쁠수록 한 걸음 물러서서 생각하는 것이 현명하다.

습관의 함정

인도나 태국에서는 몸무게가 수십 톤이나 되는 코끼리를 가느다란 쇠사슬을 이용해 작은 기둥에 묶어둔다. 조련사가 새끼 코끼리를 진흙이나 철 기둥에 묶어두면 코끼리는 아무리 버둥거려도 벗어날 수가 없게 되는데, 거기에 익숙해져 나중에는 버둥거리지 않는다. 재미있는 것은 이런 습관이 코끼리가 다 자란 후에도 변하지 않는다는 것이다. 쇠사슬을 손쉽게 벗어버릴 수 있을 만큼 자랐음에도 그들은 도망치거나 버둥거리지 않는다.

호랑이 조련사도 호랑이에게 어린 시절부터 채소를 먹이는 습관을 들인다. 호랑이가 다 자랄 때까지 채소만 먹이기 때문에 고기 맛을 모르게 되어 자란 후에도 사람을 해치지 않게 된다. 한데 어느 호랑이 조련사가 치명적인 실수를 하고 말았다. 넘어지면서 피를 흘리게 되었는데, 옆에 있던 호랑이에게 자신의 피를 핥게 했던 것이다. 피 맛을 알아버린 호랑이는 즉시 그 조련사를 삼켜버리고 말았다.

다 자란 코끼리가 쇠사슬에 여전히 묶여 있는 것은 어려서부터 길러진 습관 때문이며, 사나운 맹수 호랑이가 사람에게 온순하게 구는 이유도 그와 같은 이유다.

조련사도 마찬가지다. 그가 목숨을 잃게 된 것은 자신이 키운 호랑이가 사납지 않다는 사실을 습관처럼 받아들였기 때문이다. 이처럼 습관은 신기하고도 무서운 힘을 가지고 있다.

MENTOR 습관이 무서운 이유는 사소하지만 인생을 뒤바꿔놓을 수 있는 힘이 있기 때문이다.

너 자신에게 물어봐

개 한 마리가 푸줏간을 지나고 있었는데, 주인이 뼈다귀를 던져주었다. 개는 펄쩍 뛰어 뼈다귀를 물고 한쪽으로 가서 맛있게 먹었다. 며칠 후 개는 똑같은 길을 어슬렁거리다가 푸줏간을 지나게 되었다. 이번에도 주인이 개에게 뼈다귀를 던져주었다. 매번 그곳을 지날 때마다 맛있는 것이 생겼기에 개는 곧 그 푸줏간을 좋아하게 되었다.

그러던 어느 날이었다. 개는 여느 날처럼 기대감을 갖고 총총 걸음으로 푸줏간을 지나고 있었다. 그런데 이번에 주인이 던져준 것은 덫이었다. 덫에 목이 걸린 개는 숨이 막혀 곧 죽고 말았다.

죽은 개의 영혼은 천당으로 갔다. 영혼은 하느님에게 억울함을 호소했다.

"하느님, 푸줏간을 지날 때마다 주인은 매번 잘해주었는데, 왜 갑자기 저에게 덫을 던졌을까요?"

하느님은 개를 딱하게 여기면서 말했다.

"푸줏간 주인을 탓하기 전에 먼저 네 자신에게 물어보아라. 왜 매번 공짜로 뼈다귀를 얻어먹었는지……. 왜 너는 한 번으로 만족하지 않았느냐?"

MENTOR 세상에 대가 없는 일은 없다. 공짜를 너무 좋아하면 결국 공짜로 망하게 된다.

농부와 황금

옛날에 무엇이든 손만 대면 금으로 변하게 만들 줄 아는 현자(賢者)가 있었다. 어느 날 그는 위독한 병이 들어 어느 농가 근처에서 쓰러졌는데, 마침 그 집에 살고 있던 농부가 구해주었다. 농부 덕분에 살아난 현자는 사례하고 싶은 마음에, 농부 집에 있는 모든 물건에 손을 대어 황금으로 만들어주었다. 그러나 농부는 현자에게 물건을 다시 원래 상태로 되돌려달라고 했다.

"이렇게 많은 황금은 복을 가져다주는 것이 아니라 재앙을 부를 것입니다. 황금이 많으니 도둑이 들 것이고, 못된 무리들이 재산을 탐내 저의 목숨을 앗아갈 것입니다. 돈이 많으니 자식도 게으름을 피우며 마냥 놀고먹게 될 거고요. 결국에는 할 줄 아는 게 하나도 없게 될 것입니다. 이는 내 자식을 해치는 길입니다. 차라리 저에게 물건을 황금으로 변하게 하는 비법을 가르쳐주실 수는 없는지요? 집에 불행한 일이 생기거나 주위 사람이 배고파 굶는 상황이 생기면 그때……."

현자는 농부의 말이 끝나기도 전에 흔쾌하게 그 비결을 알려주었다.

MENTOR 어려운 사람에게 매일같이 먹을 것을 대주는 것은 그 사람을 진정으로 도와주는 일이 아니다. 그를 위해선 당장은 배가 고프더라도 돈을 버는 방법을 알려주는 것이 더 현명한 일이다.

긍정과 부정의 차이

얼굴을 구분하기 어려울 정도로 똑같지만 성격은 전혀 딴판인 쌍둥이가 있었다. 형이 덥다고 하면 동생은 춥다고 하고, 형이 텔레비전 소리가 너무 크다고 하면 동생은 하나도 안 들린다고 했다. 그리고 형이 지독할 정도로 낙관적이라면, 동생은 구제불능일 정도로 비관적이었다.

하루는 쌍둥이의 생일이었다. 부모는 비관적인 동생의 방에는 여러 가지의 신기한 장난감과 전자 오락기를 가득 채워놓았고, 낙관적인 형의 방에는 말똥을 퍼다놓았다. 부부는 쌍둥이의 반응이 궁금했다. 저녁 무렵, 아버지는 비관적인 아들의 방을 지나가다가 아이가 가득히 쌓인 장난감 사이에서 울고 있는 것을 보았다.

"왜 울고 있는 거니?"

"친구들이 모두 나를 시기할 게 틀림없어요. 이 장난감들은 결국 망가질 거예요!"

이번에는 낙관적인 아들이 말똥 더미 속에서 덩실덩실 춤추고 있는 것을 보았다.

"애야, 뭐가 그리 좋으냐?"

낙관적인 아들이 말했다.

"어떻게 즐겁지 않을 수 있어요? 말똥이 이렇게 많은 걸 보면 이 부근에 망아지가 있는 게 틀림없어요!"

MENTOR 어떤 일이든 바라보는 관점에 따라 결과가 전혀 다르게 나타난다. 행복과 불행을 결정하는 중요한 것은 '상황'이 아니라 '태도'인 것이다.

화가의 깨달음

모두가 좋아하는 그림을 그리고 싶어 하는 화가가 있었다. 어느 날 화가는 완성된 그림을 시장에 내다놓고 전시를 열었다. 그는 그림 옆에 펜을 놓고, 감상하는 사람에게 그림에 미흡한 점이 있으면 펜으로 표시해달라고 써놓았다.

그날 저녁, 다시 전시회장에 갔을 때, 그림은 온통 펜으로 표시되어 있었다. 막상 엉망이 된 그림을 보니 화가는 기분이 몹시 상했다. 그래서 이번에는 방법을 바꿔보기로 했다. 똑같은 그림을 그려서 시장에다 전시를 했고, 이번에는 그림을 감상하는 사람에게 훌륭한 부분에 표시를 해달라고 했다.

화가가 그림을 수거해서 살펴보니, 이번에도 표시해놓은 부분이 많았다. 그러나 뭔가가 달라 보였다. 전에 미흡한 것으로 표기됐던 것들이 이번에는 훌륭한 것으로 표기된 것이다.

이에 깨달음을 얻은 화가는 말했다.

"이제야 오묘한 사실을 알았어요. 어떤 사람에게 추해 보이는 것이 어떤 사람에게는 매우 아름답게 보인다는 사실을."

그 후 화가는 모두가 만족하는 그림을 그리겠다는 욕심을 버리고 자신만의 사상을 자신 있게 화폭 가득 담기 시작했다.

MENTOR 내가 좋아하는 것을 다른 사람은 싫어할 수도 있지만 그 반대일 수도 있다. 바라보는 사람의 시각에 따라 결과는 상반되는 것이다.

부자父子의 욕심

좁다란 바위 틈새 사이로 가느다란 물방울이 똑똑 떨어지는 옹달샘이 있었다. 이 옹달샘에는 달걀 크기만 한 웅덩이가 패어 있었다. 그리고 어디에서인지 모르지만 반짝반짝 빛나는 황금 모래가 흘러나와 아주 조금씩 웅덩이를 채우고 있었다. 정말 신기한 일이었다. 어느 날 한 남자가 땔감으로 사용할 나무를 베기 위해 옹달샘을 찾아왔는데 우연히도 옹달샘의 비밀을 알게 되었다. 그는 횡재한 듯, 조심스럽게 두 손으로 황금 모래를 담아갔다. 그리고 이때부터 보름마다 한 번씩 남몰래 사금을 채취해갔다. 그는 곧 부자가 되었고, 아버지에게 이 사실을 말한 뒤 한 가지 제의를 했다.

"바위 틈새를 깨서 옹달샘 물줄기를 크게 하면 더 많은 사금이 흘러오지 않을까요?"

결국 아버지와 아들은 좁다란 바위 틈새를 크게 파냈고, 옹달샘의 물줄기는 몇 배로 커졌다. 그런데 생각지도 못한 결과가 나타났다. 더 많아질 것으로 생각했던 사금이 온데간데없이 사라져버린 것이었다. 부자父子는 아무리 생각해도 그 이유를 알 수가 없었다. 사금은 어디로 가버린 것일까?

MENTOR 큰 욕심은 종종 화를 초래한다. 원인을 신중히 파악하지 않고 내린 섣부른 판단은 부정적인 결과를 초래할 때가 많다.

믿음의 역행

세 명의 여행자가 우연히 같은 여관에 머물게 되었다. 아침에 나갈 때 한 사람은 우산을 들고, 다른 한 사람은 지팡이를 들었다. 그러나 마지막 사람은 아무것도 들지 않은 채 나갔다.저녁이 되자 세 명이 다시 여관에 모였다. 우산을 갖고 나갔던 사람은 흠뻑 젖었고, 지팡이를 들고 나갔던 사람은 온몸이 상처투성이였다. 그런데 이상하게도 아무것도 들지 않고 나갔던 세 번째 사람은 별 탈 없이 돌아왔다. 세 번째 사람은 비에 젖은 사람과 상처투성이인 사람에게 무슨 일이 있었는지 물었다. 우산을 들고 나갔던 이가 말했다.

"장대비가 내리려고 할 때 마침 우산이 있었어요. 그래서 비를 피하는 대신 우산을 쓰고 성큼성큼 빗속을 걸어갔죠. 그런데 웬일인지 젖어버렸네요."

지팡이를 들고 나갔던 여행자도 말했다.

"울퉁불퉁한 진흙탕 길을 만났는데 지팡이가 있어 마음 놓고 걸었어요. 그런데 웬일인지 자꾸만 넘어지는 거예요."

세 번째 여행자가 둘의 말을 듣더니 웃으며 말했다.

"우산을 갖고 있었는데도 비에 젖었고, 지팡이를 갖고 있었는데도 넘어진거군요. 저는 바로 그 두 가지가 없었기 때문에 무사히 돌아올 수 있었습니다. 장대비가 내릴 때 비를 피했고 길이 좋지 않으면 조심해서 걸었더니 넘어지지 않았어요. 당신들이 실수를 저지른 이유는 당신들이 갖고 있던 유리함 때문에 생긴 방심에서 비롯된 것입니다."

MENTOR 믿는 도끼에 발등 찍히는 법. 믿음도 지나치면 화가 된다.

영국인과 유태인

일자리를 찾고 있던 두 젊은이가 있었다. 한 명은 영국인이고 다른 한 명은 유태인이었다.

어느 날, 길에 동전 한 닢이 떨어져 있었다. 영국 청년은 본체만체 지나갔고, 유태인은 잽싸게 그 동전을 주웠다. 영국인이 그 모습을 보며 빈정거렸다.

"하찮은 동전을 줍는 걸 보니 별 볼일 없는 친구로군!"

그러자 유태인은 오히려 멀리 가버린 영국인의 뒷모습을 보며 중얼거렸다.

"굴러 들어온 돈을 그대로 두다니 별 볼일 없는 인간이군!"

그 후 두 젊은이는 같은 회사에 입사했다. 작은 회사인 데다 일은 몹시 힘들었고 월급도 쥐꼬리만큼 작았다. 영국인은 얼마 후 회사를 그만두었다. 하지만 유태인은 자신의 일자리를 소중히 여기면서 계속 열심히 일했다. 다시 2년 후 두 사람은 길에서 우연히 만났다. 유태인은 어엿한 사장이 되어 있었지만 영국인은 여전히 일자리를 찾고 있었다.

도저히 이해할 수 없다는 듯 영국인이 물었다.

"당신처럼 별 볼일 없는 친구가 어떻게 성공할 수 있었던 것이죠?"

유태인이 대답했다.

"나는 당신네 같은 신사와는 다릅니다. 동전 한 푼이라도 그냥 지나치는 법이 없지요. 동전을 하찮게 여기는 당신이 어떻게 부자가 될 수 있겠어요?"

그 영국인은 결코 돈을 멀리한 것이 아니었다. 하지만 그가 집착한 돈은 미래에 쥐게 될 큰돈이었지 눈앞의 작은 푼돈이 아니었던 것이다.

그가 아직도 돈을 벌지 못하고 있는 수수께끼의 답은 바로 여기에 있다.

MENTOR 티끌 모아 태산이 된다고 했다. 끊임없이 떨어지는 낙숫물은 바위도 뚫는다. 하찮다고 작은 것들을 무시하기 시작한다면 당신은 영원히 하찮은 인생을 살게 될 것이다.

MEMO

캥거루와 거지

숲 속에 거지가 살고 있었다. 남루한 행색의 그는 몹시 야위었고 몸에서는 악취가 났다. 그를 불쌍히 여겨 돕고자 하는 사람도 있었으나, 돈 몇 푼을 던져주고는 종종 걸음으로 서둘러 가버리는 것이 전부였다. 그렇게 힘들고 외로운 나날을 보내던 거지는 어느 날 지나가던 캥거루와 마주치게 되었다. 거지는 캥거루가 당연히 자신을 피할 거라고 생각했다. 하지만 캥거루는 그에게 가까이 다가가서는 주머니를 뒤적거리더니, 잠시 후 미안해하면서 말했다.

"미안해요, 당신에게 뭔가 주고 싶은데…… 나도 당신처럼 가난하네요."

순간, 거지는 캥거루의 손을 꼭 쥐면서 고맙다고 말했다. 캥거루는 이런 행동을 이해할 수 없었고 조물주를 찾아가 물었다.

"정말 이상합니다. 저는 그 사람에게 아무것도 준 것이 없는데, 왜 저에게 고맙다고 하는 거죠?"

조물주가 말했다.

"너는 그에게 가장 훌륭한 선물을 주었단다. 진심 어린 마음을 보여줬고, 그의 자존심을 지켜주지 않았느냐."

MENTOR 당신의 조그마한 배려가 상대에게는 커다란 용기와 희망이 될 수 있다. 섣불리 동정하지 말되, 진심으로 도와줘야 한다.

아들의 자원 구조

몇 년 전 네덜란드의 어촌에서 해난 사고가 일어났다. 그날 밤은 칠흑같이 어두웠고 거센 폭풍이 불고 있었다. 한참을 요동치던 어선이 전복되려고 하자 선원들이 마을을 향해 SOS 신호를 보냈다. 어촌 사람들은 해난 소식을 듣자마자 구조대를 조직해서 선원들을 구하러 나갔다. 한 시간쯤 지났을까. 구조선이 짙은 안개를 헤치고 해안으로 돌아 왔다.

해안에 다다르자 구조대의 선장이 마을 사람에게 말했다.

"구조선이 작아서 해난을 당한 모든 선원을 태울 수가 없었습니다. 아직도 한 명이 남아 있습니다. 자원 구조대가 더 있어야 합니다."

그때 열여섯 살 한스가 구조대에 자원했으나 어머니가 손목을 꽉 잡았다.

"제발 가지 마라. 네 아버지도 10년 전 조난을 당해 목숨을 잃었단다. 네 형 파울도 몇 주 전에 출항해서 아직까지 소식을 알 수가 없다. 한스야! 이젠 이 어미가 의지할 사람이라곤 너뿐이다!"

한스가 말했다.

"어머니, 제가 가야 해요! 만일 모든 사람이 '나는 갈 수 없으니 다른 사람이 가겠지' 라고 생각한다면 어찌 되겠어요? 아직 바다 저 편에는 구조를 기다리는 사람이 있어요. 제가 가야 해요!"

한스는 어머니에게 입맞춤을 하고는 구조대와 함께 시커먼 바다로 사라졌다. 한 시간이 지났을까. 구조선이 짙은 안개 사이로 나타났고 한스는 뱃머리에 서 있었다. 해안에 있던 구조 대장이 한스에게 고함을 질렀다.

"남아 있던 그 사람은 찾았나?"

한스는 기쁨에 차서 큰 소리로 대답했다.

"네, 찾았어요! 찾아냈어요! 어머니께 전해주세요, 그 사람이 바로 파울형이었다고요!"

MENTOR 희생은 자신의 행복을 잃어버리는 일이 아니라, 더 큰 행복을 찾는 일이다. 하지만 대부분의 사람이 그 사실을 모른 채 희생에 몹시 인색하게 군다.

MEMO

인색한 아줌마와 이웃집 아줌마

한 여자가 새집으로 이사를 갔다. 그런데 한창 이삿짐 정리를 하던 중 갑자기 집 안이 정전되었다. 여자는 순식간에 어두워진 집 안에서 더듬거리며 양초와 성냥을 찾기 시작했다. 바로 그때 노크 소리가 들렸다. 문을 열자 키가 작은 꼬마가 두 손을 뒤로 한 채 여자를 올려다보며 말했다.

"아줌마, 양초 있으세요?"

그녀는 순간 생각했다.

'뭐라고? 이사 오는 첫날부터 이웃집 사람이 아이에게 물건을 빌려오라고 시키다니 정말 무례한 사람이군. 오늘 양초를 빌려주면 내일은 파, 생강, 마늘까지도 빌려달라고 할 거야. 그럼 안 되지.'

잠시 후 여자는 꼬마에게 말했다.

"어쩌면 좋니. 아줌마가 이제 막 이사 와서 양초가 없단다."

말을 마친 여자가 문을 닫으려 하자 아이가 작은 몸으로 문을 막아섰다.

"저기요, 아줌마! 엄마가 양초를 갖다드리라고 했거든요."

꼬마는 등 뒤에서 손을 내밀었다. 두 손에는 자신의 손 보다 큰 양초 두 개가 들려 있었다. 아이의 맑은 눈을 본 여자는 그만 할 말을 잃어버리고 말았다. 여자는 그대로 문에 기댄 채 두 손으로 얼굴을 가렸다. 차마 아이의 얼굴을 똑바로 바라볼 수 없었기 때문이었다.

MENTOR 항상 상대를 먼저 생각하라. 그것이 자신을 사랑하는 진정한 방법이다.

속일 수 없는 마음

방콕으로 여행을 온 사람이 있었다. 이곳저곳을 돌아다니던 그는 깜찍한 기념품이 가득 놓여 있는 좌판을 발견했다. 가장 마음에 드는 세 개를 선택한 다음 가격을 묻자, 좌판 점원은 각각 100바트라고 대답했다. 그가 60바트로 깎아달라고 흥정을 해봤지만 좌판 점원은 팔지 않겠다는 듯이 말했다.

"내가 이것을 100바트에 팔아야만 사장님이 저한테 10바트를 준단 말이에요. 60바트에 팔면 남는 것이 아무것도 없어요."

점원의 말을 들은 그에게 좋은 생각이 떠올랐다.

"이렇게 해요. 당신이 내게 개당 60바트에 팔면, 당신에게 20바트를 더 줄게요. 이렇게 하면 당신은 사장에게서 받는 것보다 더 많은 돈을 벌게 되고, 나는 싸게 사고, 우리 둘 다 좋잖아요. 단, 당신 사장은 모를 테니 걱정하지 말아요."

하지만 좌판 점원은 이 한마디로 그의 제안을 거절했다.

"하지만 하늘은 알지요."

MENTOR 거짓말은 또 다른 거짓말을 낳는다. 처음에는 하기 쉬운 하찮은 거짓말이 나중에 감당하기 힘든 상황을 만들 수 있다.

세상은 그 자체가 거울이다

UN의 한 친선 대사가 아프리카 대륙에 있는 국가를 방문했다. 그는 아프리카 대륙 순방에서 돌아온 후 아프리카 사람이 세계에서 가장 형편없는 국민이라고 말하고 다녔다. 세관 직원은 불친절하고 택시 기사의 서비스는 형편없으며 식당에서 서빙을 하는 직원의 태도는 무례하고 시민들도 모두 적의에 가득 차 있다는 것이었다.

그 후 친선 대사는 책을 읽다가 우연히 한 구절을 보게 되었다.

'세상은 그 자체가 거울이다. 모든 사람은 이 세상에서 자신의 그림자를 본다.'

이후 그에게 다시 그 국가에 갈 기회가 생겼다. 이번에는 그의 얼굴에서 미소가 떠나지 않았다. 그 결과, 예전에 불친절했던 세관 직원은 온데간데없이 사라졌고, 택시 기사와 서빙 직원은 모두 친절했으며, 만나는 모든 사람은 그를 가족처럼 따뜻하게 대해주었다.

친선 대사는 다른 사람을 가장 빨리 변화시키는 방법은 바로 자기 자신을 바꾸는 것임을 깨달았다.

선생님의 손

추수감사절 전날이었다. 미국 시카고에 있는 한 신문사는 어느 초등학교 여선생님에게 제의 하나를 했다. 집안 형편이 어려운 학생들에게 감사하는 것에 대해 그림을 그리게 한 후, 그것을 신문에 실을 수 있게 해달라는 요청이었다. 신이 난 학생들은 새하얀 도화지에 그림을 그리기 시작했다. 여교사는 '빈민가에 사는 아이들이 감사하게 생각할 것이 있을까? 대부분은 식탁에 올라온 치킨과 아이스크림 등을 그리겠지' 하고 생각했다. 그러나 까만 피부에 곱슬머리카락의 소년이 그린 그림은 선생님을 놀라게 했다. 소년이 그린 것은 바로 손이었다. 누구의 손을 그린 것일까? 선생님은 아이가 무엇을 그리고자 했는지 알 수 없었다.

다른 아이들은 웅성거리며 제각기 자기 생각을 말했다.

"하느님의 손을 그린 것이 분명해."

"농부의 손이야. 왜냐하면 농부가 닭을 키우잖아."

여선생님은 소년과 눈높이를 맞추며 조용히 물었다.

"누구의 손을 그린 것인지 말해줄 수 있니?"

소년은 들릴 듯 말 듯한 목소리로 말했다.

"선생님 손이에요."

그녀는 종종 방과 후에 소년의 작은 손을 잡고 집까지 바래다주었다. 소년의 집은 매우 가난했다. 아버지는 늘 술에 절어 있었고, 어머니는 건강이 안 좋아서 일을 할 수 없었기에 소년이 입고 다니는 옷은 항상 더러웠다. 물론 이 여선생님은 다른 아이의 손도 그렇게

잡아주지만, 그 소년에게는 선생님의 손이 세상에서 가장 고맙고
특별했던 것이다.

MENTOR 누구에게나 고마운 사람은 있다. 물질적인 것뿐만 아니라 정신적으
로 도움을 주는 그런 사람 말이다.

MEMO

신용이 최우선이다

평생 동안 열쇠 만드는 일밖에 모르는 늙은 열쇠공이 있었다. 이 열쇠공은 기술이 좋기로 소문났을 뿐만 아니라 매우 정직했다. 어느덧 나이가 들어 일을 하기 어려워진 그는 이제 누군가에게 기술을 물려줘야겠다는 생각에 제자 두 명을 물색했고 곧 적당한 이들을 찾아냈다. 시간이 어느 정도 흐르자 두 젊은이는 많은 것을 배우게 되었다. 하지만 두 명 중 한 명만 노인의 기술을 전수받을 수 있었다. 이에 열쇠공은 두 사람을 시험해보기로 했다.

열쇠공은 두 개의 금고를 준비해서 각각의 방에 놓은 다음, 두 제자에게 열어보도록 했다.

시험 결과 첫 번째 제자는 10분도 안 되어 금고를 열었지만, 두 번째 제자는 30분이나 걸렸다. 사람들은 첫 번째 제자의 실력이 훨씬 뛰어나다고 칭찬했다.

그러나 열쇠공은 사람들의 말에 아랑곳하지 않고, 첫 번째 제자에게 물어보았다.

"금고에는 무엇이 있었느냐?"

첫 번째 제자의 눈이 빛나고 있었다.

"스승님, 금고 안에는 만 원짜리 지폐가 가득 들어 있었어요."

열쇠공은 두 번째 제자에게도 같은 질문을 했다. 두 번째 제자는 한참을 머뭇거리더니 말했다.

"스승님, 저는 금고 안에 무엇이 있는지 보지 못했어요. 스승님은 저에게 금고를 열라고만 하셔서……"

이 말을 들은 열쇠공은 흐뭇해하며 두 번째 제자가 자신의 뒤를 이을 것이라고 사람들에게 말했다. 첫 번째 제자는 이 사실이 믿기지 않았다. 자신보다 실력이 뒤처지는 두 번째 제자가 스승님의 뒤를 잇는다는 것을 이해할 수가 없었다. 열쇠공은 그 이유를 설명했다. "어떤 일이든 신용이 최우선이다. 특히 우리 열쇠공은 더더욱 그렇지. 그러기 위해서 우리는 돈과 황금 보기를 돌같이 해야 하는 것이다."

MENTOR 욕심은 한순간에 모든 것을 무너지게 하는 독약과 같지만, 신용은 천천히 당신의 성공을 도울 친구와도 같다.

MEMO

친절의 희소가치

폭풍우가 몰아치던 어느 날 밤, 한 노부부가 호텔에서 방을 구하고 있었다. 안내 데스크에 있던 젊은 직원이 말했다.

"죄송합니다만, 여기는 세미나에 참석하러 온 단체 손님들 때문에 지금 남아 있는 방이 없습니다."

노부부가 크게 실망하자 직원은 황급히 말을 이었다.

"오늘 같은 날씨엔 다른 호텔도 마찬가지일 겁니다. 괜찮으시다면, 제 방에서 하룻밤 지내시는 건 어떨는지요? 고급스러운 방은 아니지만 아주 깨끗합니다. 저는 오늘 밤 데스크를 지켜야 하기 때문에 방을 쓰셔도 괜찮습니다."

다음 날 노부부가 숙박비를 지불하려고 하자 그 직원은 정중히 사양했다.

"괜찮습니다. 제 방은 그냥 머무시도록 한 거예요."

노부부는 그의 따뜻한 마음씨에 고마워하며 길을 떠났다.

몇 년이 지난 어느 날 젊은 직원은 그때의 노부부에게서 편지 한 통을 받았다. 그를 맨해튼에 초대한다는 내용이었고, 왕복 비행기 표도 들어 있었다. 며칠 후 젊은 직원은 맨해튼에 도착해 휘황찬란한 건물 앞에서 노부부를 만났다. 노부부는 눈앞의 건물을 가리키며 말했다.

"자네를 위해 특별히 지은 호텔이라네."

알고 보니 노부부는 엄청난 자산을 보유한 부자였다. 젊은 직원은 호텔의 초대 사장이 되었고 이 호텔은 훗날 미국에서 가장 유명한 호텔이 되었다. 하룻밤의 친절이 일생을 바꿀 정도로 큰 보답이 되어 돌아온 것이다.

MENTOR 사람과 사람 사이의 관계에서 가장 희소한 것은 어쩌면 진실성과 성실성이 아닐까?

MEMO

모래 위에 적은 미움

오래된 연인인 로버트와 나타샤는 휴가를 맞아 친구들과 함께 여행을 떠났다. 오랜만의 여행길은 설렘으로 가득 찼고 발걸음도 무척 가벼웠다. 그런데 계곡을 지날 때 나타샤가 그만 발을 헛디뎌서 계곡으로 떨어질 뻔했다. 다행히 로버트가 나타샤를 잡아줘서 목숨을 구하게 되었다. 로버트의 도움을 받은 나타샤는 근처에 있는 바위에 글씨를 새겼다.

'○○년 ○월 ○○일, 로버트가 나타샤의 생명을 구함.'

로버트와 나타샤는 며칠을 걷다가 강가에 다다르게 되었다. 그러나 그들은 사소한 일로 다투게 되었고, 급기야 화가 난 로버트가 나타샤의 뺨을 때리게 되었다. 뺨을 맞은 나타샤는 모래에다 글씨를 썼다.

'○○년 ○월 ○○일, 로버트가 나타샤의 뺨을 때림.'

그 후 그들은 여행을 마치고 집에 돌아오는 차 안에서 누군가가 나타샤에게 물었다.

"이봐, 나타샤. 로버트가 구해준 일은 바위에 새겼는데, 로버트가 때린 일은 왜 모래에 쓴 거야?"

나타샤가 말했다.

"로버트가 나를 구해준 것은 영원히 기억해야 하지만 나를 때린 일은 모래 위의 글씨가 물에 씻기듯이 금방 잊어버려야 하니까요."

MENTOR 다른 사람이 우리에게 베풀어준 은혜는 오래 기억하고, 다른 사람에 대한 원망은 빨리 씻어버려야 한다. 그것이 인생의 날씨를 맑게 하는 비결이다.

마음의 귀

노래를 못한다는 이유로 합창단에 들어가지 못한 소녀가 있었다. 마음에 상처를 입은 소녀는 공원에서 혼자 울었다. 그러다가 나지막한 목소리로 노래를 부르기 시작했다.

이때, 어딘가에서 낯선 목소리가 들려왔다.

"노래를 참 잘하는구먼. 고맙네, 학생. 학생 덕에 오늘 즐거운 오후를 보냈네."

목소리의 주인은 백발이 성성한 노인이었다. 말을 마친 노인은 곧장 저쪽으로 걸어가버렸다.

다음 날, 소녀는 다시 공원에 와 혼자만의 노래를 불렀고, 노인 역시 어제와 똑같은 자리에 앉아서 눈을 지그시 감고 소녀의 노랫소리를 감상했다.

그로부터 10년 후, 소녀는 유명한 가수가 되었다. 그녀는 공원에서 자신의 노래를 들어주던 노인을 잊을 수가 없었다. 어느 겨울 오후, 그녀는 어린 시절 노래를 불렀던 공원에 가보았지만 노인을 만날 수 없었다. 공원에는 작은 의자만 홀로 있을 뿐이었다. 노인의 행방을 찾던 그가 이미 세상을 떠났다는 것을 알게 되었다.

노인이 생전에 가깝게 지냈던 사람이 그녀에게 말했다.

"그 노인은 듣지 못해요. 아마 어릴 적 큰 병을 앓아 그렇게 되었다고 들었어요."

MENTOR 배려는 거창한 것이 아니다. 상대의 고민을 가만히 들어주는 것도 상대에겐 커다란 희망이 될 수 있다.

인생과 신념

미국 뉴욕에 '야세르'라는 이름의 젊은 경찰이 있었다. 어느 날 그는 범인을 체포하는 과정에서 범인이 쏜 총알에 왼쪽 눈과 오른쪽 무릎을 맞았다. 3개월 후 병원에서 퇴원할 때, 그의 모습은 완전히 바뀌어 있었다. 잘생기고 건장했던 청년은 한쪽 다리를 절고 한쪽 눈을 실명한 장애인이 되었던 것이다. 뉴욕시 정부와 기타 기관은 그에게 훈장과 금배지를 수여했다.

그를 지켜보고 있던 기자가 그에게 질문했다.

"당신은 이제 어떻게 살아갈 건가요?"

전직 경찰인 그가 말했다.

"저는 단지 범인이 체포되지 않았다는 사실만 기억하고 있을 뿐입니다."

그의 성한 한쪽 눈에서 몸서리칠 정도의 무서운 광채가 났다. 그 후 야세르는 다른 사람의 충고를 마다한 채 도둑을 잡는 일에 나섰다. 그는 미국 전역을 돌아다녔고, 어느 날 가느다란 실마리를 안고 유럽으로 갔다. 9년 후, 그 범인은 유럽의 한 나라에서 체포되었는데 이때 야세르가 중요한 역할을 했다. 축하 파티에서 야세르는 다시 영웅이 되었고, 수많은 언론인은 그가 미국에서 가장 용감하고 강한 사람이라고 추켜세웠다. 그리고 반년 후, 그는 자신의 침실에서 권총으로 자살했다. 그의 유서에는 다음과 같이 적혀 있었다.

'최근까지 내가 살아야 했던 이유는 그 범인을 잡기 위해서였다. 그러나 이젠 흉악범을 체포했고 나의 원한도 사라졌다. 그리

고······내가 살아야 하는 신념까지도 말이다.'

MENTOR 한쪽 눈이나 다리 하나처럼 몸의 일부를 잃어도 살 수는 있다. 그러
나 신념을 잃으면 삶의 의욕은 사라지고 만다.

MEMO

천당과 지옥의 차이

어떤 사람이 하느님에게 물었다.

"천당에 있는 사람은 즐거운데, 지옥에 있는 사람은 왜 조금도 즐겁지 않은 거죠?"

하느님이 말했다.

"그 이유를 알고 싶은가? 좋아, 그럼 자네에게 보여주지."

그들은 먼저 지옥의 방으로 들어갔다. 방 안에는 수많은 사람이 커다란 솥 앞에 둘러앉아 있었다. 솥 안에는 맛있는 음식이 가득 들어 있었지만 사람들은 하나같이 실망스러운 표정을 짓고 있었다. 배는 고팠지만 그들이 들고 있는 숟가락이 너무 길어서 음식물을 입 안에 넣을 수가 없었던 것 이다.

하느님이 말했다.

"이제는 천당으로 가보자."

그들은 천당의 방으로 들어갔다. 그곳에는 전혀 다른 풍경이 펼쳐지고 있었다. 사람들 손에 들려 있는 숟가락의 길이는 지옥과 똑같았다. 그러나 그곳 사람들의 얼굴에는 기쁨과 만족감이 가득했다. 그 이유가 무척 궁금해졌다. 하느님은 미소를 지으며 말했다.

"두고 보면 알 것이다."

사람들은 긴 숟가락으로 먹을 것을 다른 사람의 입에 넣어주고 있었다. 이처럼 기쁨은 숟가락의 길이에 있는 것이 아니라 숟가락을 어떻게 이용하느냐에 있는 것이다.

MENTOR 자신만 생각하는 이기심은 스스로를 망치게 한다. 자신보다는 상대를 배려할 때 서로가 공생할 수 있다.

MEMO

친구의 믿음

전쟁터에서 일어난 이야기이다. 한 사병이 친한 친구가 전투 중에 쓰러지는 것을 보게 되었다. 그때 그는 참호 속에 있었고, 총알이 머리 위로 빗발쳤다. 그는 중위에게 참호 밖에 나가서 총에 맞고 쓰러진 전우를 데리고 오겠다고 말했다.

중위는 말했다.

"굳이 가겠다면 반대하지 않겠다. 그러나 내가 보기에 그건 쓸데없는 일이야. 대다수의 전우가 이미 희생되었다. 너까지 죽을 수 있어."

그러나 사병은 중위의 충고는 아랑곳하지 않고 친구를 구하러 갔다. 그리고 쓰러진 전우를 찾아서 참호로 데리고 왔다. 기적과도 같은 일이었다. 하지만 오는 도중에 총을 맞았기 때문에 그는 참호에 도착하자마자 쓰러지고 말았다.

중위는 사병의 부상을 치료한 다음 말을 건넸다.

"이미 너에게 말했잖나, 쓸데없는 짓이라고. 네 전우는 이미 죽었고, 너도 중상을 입었잖은가."

"그렇지 않습니다, 중위님. 비록 친구는 죽었지만 구하러 간 보람은 있었습니다. 왜냐하면 제가 그의 곁으로 갔을 때, 그는 살아 있었습니다. 저는 친구의 말을 분명히 들었습니다."

"짐, 네가 날 구하러 올 줄 알았어."

MENTOR 믿음과 신뢰는 죽음 앞에서도 강건하다. 당신은 누군가에게 변함없는 믿음과 신뢰를 받을 수 있는가?

작은 사과와 큰 사과의 신뢰

옛날에 친형제처럼 무슨 일이든 같이 하는 친구가 있었다. 그들을 오래 지켜본 하느님은 그들의 우정과 믿음을 시험해보기로 했다. 두 친구는 광활한 사막을 건너게 되었다. 물과 양식이 떨어지자, 마지막 순간에 다다른 것 같았다. 이때 하느님은 그들에게 살 수 있는 방법을 알려주었다.

"조금만 더 가면 사과나무 한 그루가 있을 것이다. 그 사과나무에는 큰 사과와 작은 사과 두 개가 열려 있다. 작은 사과를 먹은 사람은 물과 양식만 얻을 수 있고, 큰 사과를 먹은 사람은 사막을 건너 살아남게 될 것이다."

하느님의 말처럼 얼마 후 둘은 사과나무를 발견했지만 두 사람 중 어느 누구도 작은 사과를 먹으려 하지 않았다. 둘은 밤이 깊도록 입씨름을 벌였다. 다음 날 아침, 둘 중 한명이 사라졌고 사과나무에 가보니 작은 사과만이 남아 있었다. 친구의 배신에 남겨진 이는 몹시 실망을 했다.

그는 남아 있는 작은 사과를 먹은 후 계속 사막을 걸어갔다. 내딛는 발걸음이 천근만근 무거웠다. 얼마 가지 않았을 때, 멀리 친구가 기절해 있는 것이 보였다. 가까이 다가가 보니 친구의 손에는 사과 하나가 꼭 쥐어져 있었다.

그 사과는 그가 방금 먹은 작은 사과보다 훨씬 작은 것이었다.

MENTOR 불신은 세상에서 가장 쉬운 일이며 또한 너무 쉽게 관계를 무너뜨린다.

바늘 한 개의 교훈

만년설이 덮인 산봉우리에 도전하는 등반대가 있었다. 그들은 식품과 약품, 기타 등반에 필요한 물건들을 준비했다. 그런데 한 전문가가 바늘을 많이 가지고 가라고 충고했다. 매우 추운 날 눈이 쌓인 산에서는 가스버너의 구멍이 쉽게 막히기 때문에 바늘로 뚫어주어야 한다는 이유 때문이었다. 결국 등반 경험이 많은 대원이 바늘을 챙겨 가기로 했다. 그런데 그는 전문가의 충고를 깊이 새겨듣지 않고 바늘을 딱 한 개만 준비해갔다. 자신의 경험을 미루어보면 바늘은 하나로도 충분하다고 생각했기 때문이다.

드디어 등반이 시작되었다. 산 중턱에 이르렀을 때 등반대는 식사준비를 했다. 그런데 준비해간 바늘로 버너 구멍을 뚫다가 바늘이뚝, 부러져버렸다. 바늘은 딱 하나뿐이었기 때문에 더 이상은 가스버너를 사용할 수가 없었다. 대원들은 음식을 먹지 못한 채 등반을계속했다. 결국 그들은 만년설로 뒤덮인 정상에 올라가지도 못했을뿐더러 대원 한 명도 잃어버리고 말았다. 작은 바늘 하나가 대원전체에게 위험을 가져다준 것이다.

MENTOR 자신의 경험을 되돌아보며 살아가는 것도 중요하지만 때로는 타인의 경험을 존중하고 귀를 기울이는 것도 필요하다.

미국 서해안에 있는 샌디에고의 한 병원에 사고로 전신마비가 된 윌리엄 마틴이라는 사람이 입원하고 있었다. 아침이 되면 병실에 있는 마틴은 참기 어려운 통증으로 신음하곤 했다. 몸의 어느 곳도 마음대로 움직이지 못하는 상태에서 맞는 고통의 한 시간은 외롭고 힘든 자신과의 싸움이었다. 또한 약물 치료 과정에서 눈물샘도 말라버렸기 때문에 그 고통을 표현해낼 수 있는 방법은 아무것도 없었다. 매일 진통제를 놓아주던 젊은 간호사는 차마 그런 마틴의 모습을 볼 수 없어 얼굴을 돌리곤 했다. 그는 자신을 바라보며 눈물을 흘리는 가족들을 바라보며 말했다.

"울지 말아요. 심장을 파고드는 고통은 참기 어렵지만, 나는 늘 감사하게 생각하고 있어요. 지금 느끼는 통증은 내가 살아 있다는 증거니까요."

그날 이후 주변의 모든 사람은 눈물을 흘리며 동정하는 대신 하루하루 밝게 웃으며 그를 축복했다.

MENTOR 어떤 상황에서는 통증이 생의 희열이자 희망이 될 수도 있다.

집념의 크기

한 사형수가 사형 집행 직전에 국왕의 사면 통지를 받았다. 단 조건이 있었다. 물 한 그릇을 들고 궁전을 한 바퀴 돌아야 하는데 한 방울의 물도 흘리지 말아야 한다는 것이었다. 사형수는 이 조건을 받아들였다.

궁전 주변의 지형은 수많은 계단으로 인해 울퉁불퉁했다. 사형수의 모습을 본 사람들은 웅성거리기 시작했다. 하지만 사형수는 그릇에 담긴 물에 시선을 고정한 채 한 걸음 한 걸음 나아갔다. 사형수는 마침내 한 바퀴를 돌았고 놀랍게도 단 한 방울의 물도 흘리지 않았다. 놀라운 집념이었다. 사람들이 웅성거렸다. 국왕도 믿어지지 않아 사형수에게 물었다.

"어떻게 물을 한 방울도 흘리지 않았느냐?"

사형수가 대답했다.

"제가 들고 있던 것은 물이 아닙니다. 그것은 제 생명이었습니다."

MENTOR 인생이란 커다란 운동장이다. 운동장에서 자유롭게 햇살을 받고 있을 때에는 생명과 자유가 얼마나 소중한 것인지 모른다. 하지만 그것을 잃고 나면 후회와 자책만이 남고, 그제야 그 가치를 깨닫게 된다.

개미공의 팀워크

저녁 무렵 홍수가 나서 강둑이 무너져버리는 바람에 온 마을이 물바다가 되었다. 이른 새벽 마을 수재민들은 삼삼오오 높은 제방에 서서 물속에 가라앉은 집을 하릴없이 바라보고만 있었다. 그때 어떤 사람이 뭔가를 발견하고 큰 소리로 외쳤다.

"보세요, 저기 뭔가가 있어요!"

그 사람이 손으로 가리키는 곳을 보니, 검정색의 물체가 물살을 따라 떠내려오고 있었다. 가라앉았다가 떠오르는 것이 분명 사람 같았다. 누군가가 물속에 뛰어들어 검정색 물체가 있는 쪽으로 헤엄쳐 갔다. 잠시 후, 그는 홀로 돌아와 말했다.

"개미공입니다."

"개미공이라고요?"

사람들이 개미공이 무엇인지 모르겠다고 하자 옆에 있던 한 노인이 설명해주었다.

"개미공은 무척 신령스러운 것이지. 1969년 대홍수가 일어났을 때 하나 본 적이 있는데, 크기가 농구공만 했지. 홍수가 일어나면 한 무리의 개미들이 재빠르게 모여 공처럼 둥글게 만들지. 그런 다음 물의 흐름에 따라 떠내려가는 거야. 강가에 다다르거나 표류하는 물건에 부딪힌다면 개미들은 살아남게 되지."

말을 나누는 사이 개미공이 점점 가까워졌다. 개미공은 작은 축구공만 했다. 새까만 개미가 빽빽하게 뭉쳐 있었다. 바람이 불어 일렁이는 물살에 개미공은 떠내려갔는데, 거센 물결 때문에 개미공의 일부가 떨어져나갔다. 그 모양이 마치 쇠그릇의 시커먼 조각이 떨어져나가는 것 같았다. 이 장면을 본 사람들은 모두 안타까워했다. 개미공이 강가에 가까워지면서 문이 열린 상륙용 함정처럼 개미 무리는 한 층씩 분리되었다. 개미들은 빠르면서도 질서정연하게 둑 위로 올라갔다. 강에는 아직도 개미공이 남아 있었다. 개미공의 밑바닥을 받치던 희생자들이었다. 희생된 개미들은 여전히 서로를 꽉 감싸고 있었다.

MENTOR 성공의 밑바탕엔 항상 희생이 있게 마련이다. 하지만 사람들은 성공만 바라볼 뿐 희생은 너무 쉽고 빨리 잊어버린다.

MEMO

이정표와 스님의 후회

끝없이 펼쳐져 있는 사막의 양 끝에 두 마을이 있었다. 그 마을 사람들이 서로 왕래를 할 때는 사막을 피해 돌아가면 최소한 20일이 걸리고, 사막을 가로질러 가면 3일이 걸린다. 그러나 넓디넓은 사막을 가로질러 간다는 것은 매우 위험한 일이었다. 수많은 사람이 그렇게 했다가 길을 잃고 한 명도 살아 돌아오지 못했기 때문이다.

하루는 한 현자가 사막의 마을을 지나게 되었다. 그는 마을 사람들에게 백양나무 묘목 수천 그루를 5백 미터 간격으로 한 그루씩 심게 했다. 마을 사람들은 현자의 말대로 사막의 건너편 마을까지 계속 심어갔다. 나무를 모두 심자 현자는 마을 사람에게 말했다.

"이 나무가 살아서 큰 나무가 되면 좋겠지만, 사막에서 아마도 이 나무는 말라 죽을 겁니다. 그러나 길을 다닐 때마다 말라죽은 묘목은 여러분의 이정표가 되어줄 것입니다."

결국 사막에 심어진 백양나무 묘목은 뜨거운 태양열에 타죽어서 마을 사람의 이정표가 되었다. 사람들은 현자의 말대로 했다. 모래로 인해 묘목이 파묻히면 다시 꺼내어 꽂고, 바람에 날아가면 주위와 제자리에 꽂아두었다. 그렇게 몇 십 년간 이정표 덕분에 사람들은 무사히 사막을 횡단할 수 있게 되었다.

그러던 어느 날 한 스님이 이 마을에 찾아왔다. 그 스님은 탁발하러 사막 건너편에 있는 마을에 가고자 했다. 마을 사람들은 현자의 말을 알려주었다. 스님은 물이 든 가죽 주머니와 마른 식량을 준비해서 길을 떠났다. 한참을 걸었을까, 더 이상 걸을 수 없을 정도로 다리가 무겁고 피곤했다. 눈앞에 보이는 것은 끝없는 사막뿐이었다. 그때였다. 그의 발에 뭔가가 부딪혔는데, 그것은 모래 속에 파묻힌 이정표였다. 마을 사람들이 일러준 말이 생각났지만 귀찮은 마음이 들었다.

'나는 한 번 지나가면 끝인데, 내가 지나간 후 파묻혀 버려도 상관없잖아.'

스님은 길을 걷는 내내 모래에 가라앉은 이정표를 다시 뽑거나, 바람에 뽑혀 나온 이정표를 꽂아주지도 않았다. 그런데 스님이 사막 한가운데에 이르자 순식간에 모래 폭풍이 불어 이정표가 모두 사라졌다. 어떤 것은 모래 속에 깊숙이 박혀버렸고, 어떤 것은 폭풍에 날아가버렸다. 결국 스님은 길을 잃어버리게 되었다.

숨이 끊어질 것 같은 순간 스님은 생각했다.

'만일 마을 사람들이 일러준 대로만 했더라면 이런 상황이 발생하진 않았을 텐데……'

MENTOR 다른 사람을 위한 일처럼 보인다고 그 일을 마다한 적이 있다면 당신은 스스로를 도울 기회를 놓친 것이다.

MEMO

행복의 신

한가롭게 새가 지저귀는 넓은 공원길을 한 청년이 성급히 걸어가고 있었다. 그때 누군가 청년을 붙잡고 말했다.

"젊은이, 뭐가 그리 급한가?"

젊은이는 뒤돌아보지 않고 걸음을 재촉했다. 단지 한마디만 내뱉을 뿐이었다.

"잡지 마세요. 행복을 찾고 있는 거예요."

20년 후, 젊은이는 중년 신사가 되어 있었다. 그는 뭐가 그리 급한지 여전히 뛰어다녔다. 하루는 누군가가 그를 붙잡았다.

"여보게, 젊은이. 뭐가 그리 바쁜가?"

그는 이번에도 뒤돌아보지 않으며 말했다.

"저를 잡지 마세요. 행복을 찾고 있답니다."

또다시 20년이 지났다. 이 중년 신사는 얼굴이 초췌하고 눈빛이 희미한 노인이 되었다. 세월이 지나도 그는 여전히 바쁘게 달리고만 있었다. 누군가가 뒤에서 또 그를 붙잡았다.

"어르신, 아직도 행복을 찾고 있나요?"

"맞아요."

말을 마친 노인은 뒤를 돌아보았다. 그런데 갑자기 그의 눈에서 눈물이 흘러내렸다. 방금 그를 붙잡았던 사람은 행복의 신이었던 것이다. 그는 행복의 신을 바로 곁에 두고도 평생을 찾아 헤맸던 것이다.

MENTOR 너무 먼 미래의 행복을 찾느라 가까이에 있는 행복을 발견하지 못하지 않았는지 생각해보자.

소똥과 꽃의 의미

불교를 믿는 한 시인이 있었다. 어느 날, 불교에 조예가 깊은 그가 방장 스님과 불경에 대한 논쟁을 벌이게 되었다. 두 사람은 방석 위에 앉아서 한참 동안 논쟁을 펼쳤다. 방장이 한마디 던졌다.

"당신 눈에는 제가 무엇으로 보입니까?"

시인이 받아쳤다.

"제 눈에는 방장 당신이 소똥으로 보이는군요."

방장이 빙긋 웃더니 또 말을 건넸다.

"저는 시주님이 한 송이의 꽃으로 보입니다."

방장과의 논쟁이 만족스러웠던 시인은 만족스러운 기분으로 집으로 돌아왔다. 그리고 아내에게 방장과 있었던 논쟁을 들려주었다. 남편의 이야기를 들은 아내가 한마디 했다.

"불가에 마음이 지옥인 사람은 악의로 가득 차 있다는 말이 있어요. 다른 사람이 소똥으로 보이는 걸 보니, 당신 마음속에는 소똥이 가득 차 있겠군요."

시인은 순간 얼굴이 뜨거워졌다.

MENTOR 당신의 마음이 천국이라면 이 세상은 아름다운 꽃밭이 될 것이다. 하지만 당신의 마음이 지옥이라면 이 세상은 고통스러운 불구덩이가 될 것이다.

꽃밭과 생각의 차이

인생의 무상함을 느끼는 한 시인이 있었다. 모든 것이 허무하게만 느껴지고 삶이 더 이상 의미가 없다고 생각한 그는 결국 자살하기로 마음먹었다. 그는 아무것도 자라지 않은 들판에 와서 자신이 누울 무덤을 팠다. 무덤을 다 판 뒤에 보니 주변이 너무 황량한 것 같아 나무와 꽃을 심었다. 그런데 꽃과 나무를 심어 가꾸는 일이 매우 즐겁게 느껴졌다. 그는 자신도 모르게 희귀한 나무와 예쁜 꽃을 심고 가꾸는 일에 빠져들었다. 들판은 서서히 꽃과 나무로 아름답게 조성되어 주변에 알려졌고, 그의 꽃밭을 보려는 사람들의 발길이 끊이지 않았다.

어느 날, 시인은 꽃밭을 구경하던 한 소녀가 엄마한테 뭔가를 묻는 것을 듣게 되었다.

"엄마, 이것은 뭐예요?"

"엄마도 모르겠다. 아저씨한테 물어보자."

소녀의 손은 시인이 예전에 죽으려고 파놓은 무덤을 가리키고 있었다. 시인의 얼굴이 붉어졌고, 잠시 고민하더니 입을 열었다.

"아가야, 이것은 아저씨가 특별히 너를 위해 파놓은 나무 구덩이란다. 이곳에 네가 좋아하는 나무를 심어줄게."

생각지도 못한 선물을 받은 소녀는 무척 기뻐했다.

시인이 절망감으로 파기 시작한 구덩이는 결국 소녀의 꿈이 담긴 나무로 채워졌고, 그 나무는 오래도록 사람들에게 희망을 전달했다.

MENTOR 예상치 못한 희망은 언제나 우리를 기다리고 있다. 희망은 우리의 마음에 그늘이 조금 걷힐 때를, 우리의 입이 더 이상 절망을 말하지 않을 때를 기다리고 있다.

MEMO

발상의 전환

얼마 전 정년 퇴임한 노인이 학교 부근에 허름한 집을 마련했다. 그 집에서 지내는 몇 주 동안 그는 매우 평온했다. 그러던 어느 날, 세 명의 젊은이가 집 근처에서 쓰레기통을 차면서 시끄럽게 놀기 시작했다. 그 소리가 괴로웠던 노인은 뭔가 방법을 찾기 시작했다. 며칠 후 그는 젊은이들에게 다가가 말했다.

"자네들이 쓰레기통 차는 것을 보니 즐겁군. 날마다 이렇게 쓰레기통을 차주면 한 사람당 1달러를 주겠네."

세 젊은이는 의외의 제안에 신이 나서 다음 날부터 더욱 힘차게 발길질을 했다.
3일 후, 노인은 어두운 얼굴로 그 젊은이들을 불러서 말했다.

"요즘 경기 불황으로 내 수입이 줄었다네. 내일부터는 한 사람당 5센트씩밖에 주지 못하겠네."

세 젊은이는 노인의 제안이 썩 내키지는 않았지만 돈을 쉽게 벌 수 있기에 쓰레기통을 계속 찼다. 일주일 후 노인은 젊은이들을 불러서 말했다.

"최근 내가 노인 연금을 받지 못하고 있네. 어떡하나, 2센트밖에 줄 수 없는데."

"2센트라고요?"

세 젊은이는 화가 난 얼굴로 말했다.

"우리가 2센트 때문에 귀중한 시간을 여기에서 보낼 줄 아세요? 그만두겠어요."

그 후 노인은 다시 평온한 삶을 보내게 되었다.

MENTOR 지혜로는 사람은 여유롭다. 발상을 조금만 바꾸면 모든 문제는 저절로 해결된다.

MEMO

설계사와 자연의 법칙

세계적인 건축 설계사가 있었다. 그는 자신이 설계한 디즈니 대형 테마 공원이 완공된 후 새로운 고민이 생겼다. 사람들이 걸어 다니는 길의 설계가 만족스럽지 않았던 것이다. 수십 번 고쳐보았지만 결과는 매번 똑같았다.

'어떻게 하면 테마 공원의 분위기와 어울리는 길을 만들 수 있을까?'

그는 아이디어가 떠오르지 않자 일을 잠시 뒤로 미룬 채 프랑스로 휴가를 떠났다. 잠시 쉬면서 기분 전환도 하고 설계에 대한 아이디어를 얻고자 한 것이다.

어느 날, 그는 포도 생산지인 프랑스 남부의 길가에서 포도를 파는 여자들을 보게 되었다. 그런데 포도를 사는 사람은 그리 많지 않았다. 계속 차를 몰아 길모퉁이를 돌아가는데, 계곡 입구에 있는 한 포도원에서는 포도를 사려는 사람의 발길이 끊이지 않았다. 자세히 들여다보니 포도원의 주인인 할머니가 장사를 하고 있었다. 할머니는 건강이 좋지 않았기 때문에 오랫동안 좌판을 지키고 있을 수가 없었다. 대신에 길가에 상자를 놓고 5프랑을 넣으면 농원의 포도를 원하는 만큼 따갈 수 있다고 했다. 원하는 만큼 자유롭게 포도를 따게 해서 수많은 손님을 끌어들인 것이다. 이렇게 해서 그 농원의 포도는 매년 불티나게 팔렸다. 이를 본 건축 설계사는 순간 아이디어가 떠올랐고, 놀이 공원의 시공 팀에 연락해서 길이 날 곳에 잔디 씨앗을 뿌리게 한 다음 테마 공원을 예정보다 빨리 개장하라고 지시했다.

얼마 후, 놀이 공원이 개장되고 씨앗도 싹을 텄다. 사람들이 테마 공원의 이곳저곳을 돌아다니면서 싹을 튼 잔디밭 사이로 죽어버린 노란 잔디길이 나게 되었다.

다음 해 건축 설계사는 잔디밭 사이에 난 발자국을 따라 인도를 깔도록 했다. 그 후 그가 고안한 인도는 그해 최고의 정원 설계상을 수상하여 건축계의 각광을 받게 되었다.

MENTOR 우연한 직관과 발상의 전환은 모든 문제를 한 번에 해결한다. 아름다움이란 자연스러움을 말한다. 구속이 아닌 자연스러움이 최고의 생각이다.

MEMO

동전과 아이의 선택

사람들이 바보라고 부르는 아이가 있었다. 아이에게 5센트와 10센트짜리 동전 중 하나를 선택하라고 하면 아이는 항상 5센트짜리 동전을 집었다. 수십 번을 해도 결과는 같았다. 사람들은 이 아이를 비웃었다.

한 번은 타지에서 온 현자(賢者)가 이곳을 지나게 되었다. 이 이야기를 듣고 5센트와 10센트짜리를 아이에게 보여주었다. 아이는 이번에도 5센트짜리 동전을 집었다. 그는 큰 소리로 웃고는 아이의 어깨를 토닥거리며 말했다.

"꼬마야, 너 정말 똑똑하구나."

아이도 따라서 씨익 웃었다. 현자는 다시 길을 떠났고, 주변에 있던 사람들은 영문을 모른 채 주변을 서성거리다가 제각기 흩어졌다. 이 아이가 바보인지 아닌지는 확실치 않다. 하지만 아이는 분명히 한 가지는 알고 있었다. 만일 자신이 10센트 동전을 선택했다면 사람들은 더 이상 동전을 주지 않았을 것이라는 사실을.

MENTOR 바보 같은 행동을 한다고 해서 모두 바보는 아니다. 신이 볼 때는 당신도 바보일 수 있다.

함정에 빠진 생각

옛날 인도 사람들은 원숭이를 쉽게 잡는 비결을 알고 있었다. 그들은 책상 모양의 덫을 원숭이 무리가 자주 출몰하는 원시림에 갖다 두고, 서랍에는 사과나 다른 과일을 넣어두었다. 이때 책상의 서랍은 틈새를 아주 작게 만들어 열리지 않게 장치해둔다. 그러면 책상 서랍 속의 과일을 발견한 원숭이는 손을 뻗어 서랍에서 사과를 꺼내려고 한다. 이렇게 해서 사과를 탐내던 원숭이는 결국 사냥꾼의 손아귀에 잡히는 것이다.

어느 날, 사냥꾼이 똑같은 방법으로 장기간 이 지역에서 서식하는 원숭이를 잡으려고 했다. 덫을 놓자마자 원숭이가 쭈뼛쭈뼛하며 책상 주변으로 다가왔다. 원숭이는 한 손을 서랍 안으로 뻗어서 사과를 집으려고 했다. 역시나 사과는 너무 크고 서랍 틈은 매우 좁아서 사과를 빼내기는 역부족이었다. 그런데 순간 원숭이가 다른 손도 뻗어 서랍 안으로 넣었다. 그러고는 서랍 안에서 두 손을 비틀자 사과는 조각조각 부서졌다. 원숭이는 조각난 사과를 서랍에서 빼내 먹고는 만족감을 느끼며 돌아갔다.

MENTOR 다른 사람의 성공을 보고 배우는 것은 매우 중요한 일이다. 하지만 매번 자신만의 방법은 강구하지 않는다면 반복되는 실패만 있을 뿐이다.

긍정의 위대함

그리스신화에 관한 이야기이다. 시지프스가 신의 계율을 어겨 인간 세상으로 추방되었다. 시지프스는 바위 덩어리를 산꼭대기까지 밀고 올라가야 하는 벌을 받게 되었다. 그는 힘겹게 커다란 바위를 산 정상에 올려놓은 다음 집에 돌아와서 쉬었다. 그런데 그가 쉬고 있을 때 바위 덩어리가 저절로 굴러 내려왔다. 그래서 다시 바위를 산꼭대기 위로 밀어 올렸다. 시지프스의 벌은 바로 끝없이 반복되는 실패감을 느끼는 것이었다. 천상의 신들은 시지프스가 바위를 정상에 올려놓지 못한다고 단언했다. 시지프스는 곰곰이 자신의 벌에 대해 생각했다.

'바위를 산꼭대기에 올려놓는 것은 내가 해야 할 일이야. 나는 바위를 산 정상에 올려놓기만 하면 돼. 그걸로 된 거야. 바위가 굴러 내려오는 것은 내가 신경 쓸 일이 아니야.'

그 후 시지프스는 바위를 산 위로 올려놓을 때, 가슴속에 있던 울분이 가라앉으면서 평온한 마음을 갖게 되었다. 또한 바위가 굴러 내려올 때마다 그는 생각했다.

'내일 올려야 할 바위가 있는 한, 내가 해야 할 일이 있겠지. 그럼 아직 희망이 있는 거야.'

시지프스에게 내린 벌이 더 이상 고통이 되지 못하자, 신들은 그를 지상에서 천상의 세계로 돌아올 수 있도록 결정했다.

MENTOR 어떤 일을 긍정적으로 받아들이느냐 그렇지 않느냐에 따라 결과는 엄청나게 차이가 난다. 큰 어려움이나 고통도 긍정적으로 받아들이면 희망이 될 수 있다.

성공의 법칙

농장 주인이 농장을 순찰하다가 금시계를 창고에 떨어트렸다. 농장을 샅샅이 찾아보고도 찾지 못한 주인은 금시계를 찾아준 사람에게 거액을 사례하겠다고 공고문을 사방에 붙였다. 이 공고를 보고 온 사람들은 너나 할 것 없이 창고 구석구석을 뒤졌다. 창고 여기저기가 헤집어졌고 창고 안에 있는 곡식은 쏟아져 산을 이뤘다. 그 속에서 금시계를 찾는다는 건 모래사장에서 바늘을 찾는 것과 같았다. 해가 지도록 찾을 기미가 보이지 않자 사례금을 포기하는 사람이 하나씩 늘기 시작했고, 가난한 소년만이 남아 금시계를 찾고 있었다. 소년은 가족들 입에 풀칠이라도 해주고 싶어서 하루 종일 먹지도 않고 뒤졌다.

날이 점점 어둑해지자 떠들썩함은 사라지고, 사방이 고요해졌다. 그런데 창고 어디선가에서 째깍째깍 시계 바늘 소리가 들렸다. 소년은 소리를 따라갔고 마침내 금시계를 찾았다.

MENTOR 성공은 인내와 집중, 희망만 있으면 누구나 이룰 수 있다. 끈기 있게 원하는 목표를 향해 달려가라.

옛날 옛적에 다른 사람이 흉내 낼 수 없는 비상한 재주를 가진 사람이 있었다. 어떤 상황에서도 쉽게 빠져나올 수 있는 재주였다. 수갑을 채워도 손쉽게 풀었고, 철문 안에 가둬놔도 금세 탈출에 성공했다. 하지만 그런 그에게도 빠져나오지 못한 문이 하나 있었다.

브레튼섬에 있는 감옥에서 탈출 공연을 할 때의 일이다. 감방에 갇힌 뒤, 30초 이내에 그는 문을 열어야 했다. 그러나 웬일인지 문을 열 수 없었다. 자신이 아는 모든 방법을 동원했지만 문은 생각처럼 쉽게 열리지 않았다. 시간이 지날수록 그는 당황했고 점차 냉정을 잃어갔다. 설상가상으로 이를 지켜보던 사람들도 하나, 둘 자리를 뜨고 말았다. 그는 결국 기진맥진하여 땅바닥에 털썩 주저앉아버렸다. 그런데 그 순간 문이 스르르 열리는 게 아닌가. 문을 처음부터 잠겨 있지 않았던 것이다.

MENTOR 모든 문제에 냉정하고 침착하게 대처하는 것이 수만 가지 비법을 아는 것보다 훨씬 더 중요하다.

반복의 경제학

유럽 관광단이 아프리카의 원시 마을에 왔다. 멀리서 한 노인이 보리수나무 아래에서 가부좌를 틀고 앉아 풀잎으로 뭔가를 엮고 있었다. 이를 궁금하게 여긴 프랑스 상인이 가까이 다가가 물었다.

"풀잎으로 짠 이 물건은 하나에 얼마나 하죠?"

노인이 빙긋 웃으며 대답했다.

"10페소입니다."
"만일 밀짚모자와 꽃바구니를 10만 개씩 산다면 개당 얼마를 깎아 줄 수 있나요?"
"그렇다면 개당 20페소를 내야겠소."

상인은 귀가 의심스러워 큰 소리로 다시 물었다.

"이유가 뭐죠?"

노인이 말했다.

"모자와 꽃바구니를 10만 개씩 똑같이 만드는 건 정말 재미없는 일이기 때문이오."

MENTOR 우리 주변에는 부를 추구하면서 돈 이외의 가치를 간과하는 사람이 많다.

발생의 원인

한 군관이 부대를 순시하러 갔다. 그곳에서 군관은 군영에서 시야를 가릴 정도로 아주 큰 모자를 쓰고 있는 한 사병을 보았다. 그는 사병에게 다가가 물었다.

"모자가 왜 이렇게 큰가?"
사병은 황급히 부동자세로 대답했다.

"아닙니다. 모자가 큰 것이 아니라 제 머리가 작은 것입니다!"

군관은 어이없어 하며 말했다.
"그 말이 그 말 아닌가?"

사병이 대답했다.
"군인은 문제가 생기면, 그 원인을 자신에게서 찾아야지 남을 탓하면 안 됩니다."

군관은 사병의 대답에 흡족한 미소를 지었다.
10년 후 이 사병은 위대한 장군이 되었다.

MENTOR 모든 원인은 자신에게 있다. 하지만 대부분의 사람은 다른 사람에게 있다고 생각한다.

발상의 전환과 강아지

한 여학생이 미술 선생님이 내준 숙제를 하느라 집을 그리고 있었다. 그런데 그림을 다 그려갈 때쯤, 먹물 한 방울이 그림 한가운데로 뚝 떨어졌다. 그림을 다시 그리기엔 너무 늦은 시간이었다. 여학생은 너무 속상해서 눈물이 쏟아졌다. 딸의 울음소리를 들은 어머니가 무슨 일인가 싶어 다가왔다. 그러고는 그림에 떨어진 먹물을 보며 딸에게 말했다.

"너무 속상해 마라. 보렴, 먹물 자국이 마치 바둑이처럼 보이네. 집에서 졸고 있는 바둑이를 그려봐. 그리고 이런 일에 너무 쉽게 포기하지 마라. 계속 하다 보면 의외의 성공을 거둘 수도 있단다. 세상에는 처음 계획했던 대로 되는 일이 거의 없어."

엄마의 말을 듣고 나서 여학생은 눈물을 닦았고 먹물 주위에 작은 바둑이를 그려 넣었다.

다음 날 선생님과 친구들이 여학생의 그림을 보면서 칭찬했다. 선생님이 말씀하셨다.

"와, 정말 멋진 그림이구나. 강아지가 있으니까 그림에 생기가 도네!"

MENTOR 때로는 단점이 장점이 될 수 있다. 자신의 단점을 장점으로 만드는 사람만이 성공할 수 있다.

날카로움과 무딤의 법칙

대학 졸업식 전날, 한 노 교수가 두 학생에게 덕담을 해주었다.

"'칼 가는 일'은 우리가 평생토록 해야 하는 일이라네."

이 한마디에 두 학생의 미래가 얼마나 달라질지 노 교수는 상상도 못했다. 십여 년 후 한 학생은 높은 지위에 오르게 되었고, 뛰어난 사람들이 그의 주변에 모여들었다. 그가 주도하는 개발 프로젝트가 커다란 성과를 거두어 그의 이름은 국내외로 유명해졌다.

반면 다른 학생은 처지가 전혀 달랐다. 그는 숱한 이직을 겪고 다른 사람과 잘 지내지 못했으며 몇 년 전에는 구조조정으로 회사에서 해고되었다. 그 후, 사업을 시작했지만 사기를 당해 모든 재산을 날렸다.

어느 날, 두 사람이 약속이라도 한 듯 노 교수의 집을 방문했다. 암담한 처지에 있던 사람은 화난 목소리로 말했다.

"교수님, 졸업 후 저는 칼을 갈아야 한다는 교수님의 말씀을 잊은 적이 없습니다. 지식을 쌓는 노력을 게을리 한 적도 없습니다. 그런데 왜 저에게는 기회가 오지 않은 거죠?"

교수는 말이 없었다. 다른 제자가 입을 열었다.

"저도 졸업 후에 교수님의 말씀대로 칼 가는 것을 게을리 하지 않았습니다. 하지만 칼 가는 방법이 친구하고는 좀 달랐지요. 칼을 날카롭게 갈고 나서, 다시 무디게 갈았습니다. 칼이 너무 날카로우면, 다른 사람을 해치는 동시에 자기 자신에게도 상처를 준다는 것을 알았기 때문입니다."

MENTOR 자신의 이익만 지향하다 보면 반드시 피해를 보는 사람이 생긴다. 피해를 보는 사람 수와 자신의 실패 확률은 비례하게 된다.

MEMO

두 발 전진을 위한 한 발 후퇴

미국으로 유학을 간 컴퓨터 공학 박사가 있었다. 졸업 후 그는 미국에서 일자리를 구하려고 했지만 그를 채용하려는 회사가 없었다. 곰곰이 생각한 끝에 지금까지 받은 학위를 포기하고 가장 낮은 신분으로 일자리를 구하기로 마음먹었다.

얼마 후, 그는 프로그램 입력 직원으로 채용되었다. 프로그램 입력은 그에게는 간단하기 그지없는 일이었지만 그는 최선을 다 해 늘 꼼꼼히 일했다. 사장은 그가 프로그램 오류를 발견할 수 있는 능력이 다른 직원들보다 훨씬 월등하다는 것을 알았다. 몇 년 후 사장은 그의 능력을 인정하고 좀 더 전문적으로 일할 수 있는 곳으로 승진을 시켜주었다. 역시 그는 그곳에서도 다른 직원들보다 훨씬 뛰어났다. 매번 독창적이고 신선한 아이디어를 내놓으며 회사에 큰 이득을 가져다주었다. 사장은 얼마 지나지 않아 또다시 그를 승진시켰다.

세월이 또 흘러갔다. 그가 다른 사람들과 뭔가 다르다고 느낀 사장은 몇 가지 물어보았다. 그는 그제야 자신의 박사 학위증을 보여주었다. 사장은 이미 눈으로 확인한 그의 능력에 신뢰를 표하며 마침내 그를 회사의 중요 인사로 발령했다.

MENTOR 두 발 전진을 위해 한 발 후퇴할 줄도 알라. 낮은 곳에서 시작하여 한 단계, 한 단계 올라가는 것도 자아를 실현하는 하나의 방법이다.

지혜의 견해차

일요일에 엄마는 딸을 데리고 동물원에 원숭이를 보러 갔다. 엄마는 손에 든 과일 사탕을 원숭이 우리 안으로 높이 던져주었다. 한 어미 원숭이가 훌쩍 뛰어내리더니 사탕을 받아서 씹어 먹었다. 이번에는 땅콩을 까서 원숭이 우리 안으로 높이 던져주었다. 이번에도 원숭이가 훌쩍 뛰어서 땅콩을 받아먹었다.

딸이 엄마한테 물었다.

"사탕을 왜 그렇게 높이 던지는 거예요? 원숭이가 집어가게 땅에 놔줘도 되잖아요?"

엄마가 웃으며 말했다.

"모르겠니? 높이 던져주지 않으면 원숭이가 뛰지 않을 거야. 원숭이가 뛰는 모습이 귀엽잖니. 이렇게 해서 원숭이가 재롱을 떨게 하는 거란다."

한편, 원숭이 우리에서 새끼 원숭이가 어미 원숭이에게 물었다.

"엄마, 사탕을 왜 그렇게 높이 뛰어서 잡는 거예요? 사탕이 땅에 떨어졌을 때 주우면 되잖아요."

어미 원숭이가 말했다.

"모르겠니? 엄마가 높이 뛰어서 사람들을 즐겁게 해줘야 사탕을 계속 받을 수 있단다. 사람들이 즐거워하는 것을 보렴."

MENTOR 각자의 입장과 견해가 다르듯이 지혜로 매우 상대적인 것이다.

거지와 마케팅의 전환

파리의 대성당에서는 맹인이 하루도 빠짐없이 구걸을 하고 있었다. '나는 선천적인 맹인입니다'라고 쓰인 종이가 그의 앞에 펼쳐져 있었고 그 옆에는 낡은 모자가 있었다. 하지만 이곳을 찾는 많은 여행객들 중 돈을 던져주는 사람은 한 명도 없었다.

그러던 어느 날, 미국에서 온 영업 사원이 대성당에 관광을 왔다가 구걸하는 맹인을 보게 되었다.

하루가 꼬박 지나도록 아무런 소득도 없는 맹인의 모습을 보고 미국인은 무언가 곰곰이 생각하더니 함께 온 프랑스 친구에게 말했다.

"이봐, 저 맹인의 모자에 돈을 가득 채울 수 있는 방법이 내게 있어."

"뭐라고? 자네도 참 싱겁군. 아무도 저 사람을 도와주려고 하지 않는 걸 모르겠나."

"내 말을 못 믿는 눈치군. 그럼 내기를 하는 게 어때?"

친구는 미국인의 태도가 흥미로워서 흔쾌히 내기에 응했다. 미국인은 곧장 맹인에게 갔고, 그의 앞에 놓인 종이를 뒤집어 무엇인가를 썼다.

잠시 후, 놀랍게도 맹인의 모자는 돈으로 가득 찼다. 미국 관광객은 대체 종이에 뭐라고 적은 것일까?

종이에는 다음과 같이 적혀 있었다.

'봄이 왔습니다. 이곳의 아름다운 풍경을 감상하니 행복하시죠?

그런데 저는 태어나면서부터 빛을 잃어버렸기 때문에 아무것도 보지 못한답니다.'

MENTOR 똑같은 일을 같은 목적으로 실행에 옮겨도 결과는 판이하게 다르다. 마케팅이란 이런 것이다.

MEMO

지지 않는 꽃의 비밀

꽃을 키우는 것을 무척 좋아하는 교수가 있었다. 그는 무슨 꽃이든 키우기만 하면 예쁘게 피었다. 꽃이 만발하는 시기가 오면, 교수의 정원은 꽃향기로 가득해서 사람들이 꽃을 구경하러 왔고, 벌과 나비도 날아들었다. 교수의 정원은 사람들의 부러움을 한껏 받았다. 인심이 좋은 그는 사람들에게 꽃을 선물로 주었고, 때문에 교수의 집을 찾는 사람들의 발길은 끊이지 않았다.

어느 날, 교수의 친구가 집을 찾아왔다. 그는 눈이 부시도록 만개한 아름다운 모란을 달라고 했지만 무슨 일인지 교수는 꺼렸다. 친구는 몇 번이고 교수에게 부탁했다. 꽃을 주는 것을 좋아했던 교수지만 평소와는 달리 친구가 뭐라고 해도 주려하지 않았다.

하지만 친한 친구의 거듭되는 부탁에 교수는 차마 더 이상 거절할 수가 없었다. 친구는 마침내 모란을 갖고 갈 수 있었다. 친구가 가고 난 뒤에 교수는 긴 한숨을 내쉬면서, 친구가 가져간 모란은 곧 죽을 거라고 말했다.

며칠 후, 친구가 가져간 모란은 교수의 말처럼 죽었다. 교수는 무척 안타까워했다.

"예상한 대로네……."

어떤 사람이 영문을 몰라 이유를 물었고 교수는 다시 말을 꺼냈다.

"그 친구는 단순한 논리로 사물을 바라봐요. 성공하는 사람은 잘 따르지만 실패한 사람은 가까이하기를 꺼리지요."

"그것이 꽃을 키우는 것과 무슨 상관이 있나요?"

교수는 다시 말을 다시 이었다.

"그런 마음으로 꽃을 키우면 위험해요. 꽃이 예쁘게 필 때에는 정성스럽게 돌보지만 꽃이 시들면 돌보지 않죠. 생각해보세요. 세상 어디에 지지 않는 꽃이 있겠어요?"

MENTOR 실패를 싫어하는 사람은 성공할 수 없으며, 어려움을 겪어보지 않은 사람은 진정한 삶의 의미를 누릴 수 없다.

MEMO

자기 자신의 상관관계

할머니가 길가에 앉아서 높은 담을 바라보고 있었다. 당장이라도 무너질 것 같은 담이었다. 그때 누군가 담 밑으로 지나갔고, 할머니는 구해주고 싶은 마음에서 말했다.

"담이 곧 무너질 거예요. 멀리 떨어지세요."

하지만 이 말을 들은 사람은 크게 신경 쓰지 않고 성큼성큼 담 밑을 계속 걸어갔다. 하지만 담은 무너지지 않았다. 그것을 본 할머니는 몹시 화가 났다.

"왜 내 말을 안 듣는 거야?"

잠시 후에 다른 사람이 또다시 담 밑을 지나갔고 할머니는 역시 얼른 피하라고 말해주었다.

그렇게 3일이 지났다. 많은 사람이 그 담 아래로 걸어 다녔지만 담이 무너지는 일은 일어나지 않았다. 그리고 사흘째 되던 날, 할머니는 담이 무너지지 않는 것이 이상해서 불편한 몸을 이끌고 담 아래를 자세히 살펴보았다. 그런데 바로 그때, 멀쩡하던 담이 와르르 무너져 내리고 말았다.

결국 할머니는 담에 깔려 죽고 말았다. 다른 사람의 위험은 잘 보았지만 자신의 위험은 감지하지 못했던 것이다.

MENTOR 다른 사람에게 뭔가를 알려주기는 쉽지만 자신을 일깨우기는 어렵다. 수많은 위험은 바로 자기 자신에게서 비롯된다.

나보다 큰 사람과 거인 회사

두 친구가 각자 회사를 차렸다. 몇 년 후, 한 친구의 회사는 파산했고 다른 친구의 회사는 승승장구했다. 회사 문을 닫은 사람이 친구를 찾아가 성공 비결을 물었다. 친구는 러시아 목각 인형인 마트로시카를 주면서 말했다.

"내가 성공한 비결은 바로 이 안에 있다네."

그는 반신반의의 표정으로 집에 돌아와 마트로시카를 꼼꼼히 살펴보았다. 인형 안에 작은 인형이 있고, 그 안에 더 작은 인형……. 그 안에는 총 다섯 개의 인형이 들어 있었다. 그는 가장 작은 인형 속에서 종이 한 장을 발견했는데, 뭔가가 적혀 있었다.

'내가 성공한 이유는 항상 나보다 큰 사람을 채용했기 때문이네. 그 결과, 회사는 난쟁이 회사가 아니라 거인 회사가 되었다네.'

MENTOR 자신보다 더 나은 사람을 곁에 두는 사람은 항상 자신감에 차 있다. 하지만 자신보다 더 못한 사람만을 곁에 두려는 사람은 항상 자만심에 차 있다.

MEMO

욕심과 긍정의 마음

먼 길을 떠나려는 여행자가 있었다. 현자(賢者)가 먼 길을 떠나는 그에게 기쁨과 고통의 연관성을 보여주기 위해 황금 창고에 데려가 말했다.

"여기 있는 황금을 얼마든지 가지고 가세요. 단, 조건 하나가 있어요. 여행길 내내 반드시 황금을 지니고 있어야 합니다. 절대로 잃어버리면 안 됩니다."

여행자는 짐이 많은 상황을 아쉬워하면서 황금 세 덩어리를 집었다. 그러나 여행 다음 날 아침 깨어보니 황금은 모두 돌로 변해 있었다. 이제 이 돌은 그에게는 아무런 쓸모가 없었다. 그는 무거운 돌을 가지고 여행하면서 다행이라고 생각했다.

'어쨌든 세 개밖에 안 되잖아. 만약 내가 욕심을 부려 황금을 잔뜩 집었더라면 정말 큰일 날 뻔 했어.'

여행자는 그렇게 비로소 자신을 괴롭혔던 모든 욕심에서 벗어나 가벼운 마음으로 여행을 시작할 수 있었다.

MENTOR 공짜라면 양잿물도 마신다는 말이 있다. 너무 큰 욕심은 자신을 망칠 뿐이다.

욕심의 크기

자신의 일에 만족하며 하루하루 살아가던 공무원이 있었다. 그는 큰 부자는 아니었지만 일할 수 있다는 자신의 처지에 만족하며 사는 건강한 청년이었다. 어느 날 그는 들어본 적도 없는 먼 친척이 해외에서 죽었는데 임종 전에 자신을 유산 상속자로 정했다는 소식을 들었다. 상속 재산은 시가 수백만 달러나 되는 보석 가게였다. 그는 생각지도 못한 유산 소식에 신이 나서 출국 준비에 여념이 없었다. 모든 수속을 마치고 출발하려는데, 큰 화재로 상속 받은 보석 가게가 모두 다 타버렸다는 소식이 날아왔다. 청년은 너무 실망한 나머지 우울증에 빠져버렸다. 온종일 우울한 얼굴로 만나는 모든 사람에게 자신이 얼마나 불행한지를 푸념했다. 그를 질투했던 사람들조차 함께 안타까워했다. 그런데 동료 중 한 사람만은 그를 동정하지 않을 뿐 아니라 스스로 불행을 자초했다고 매섭게 말했다.

"이전과 달라진 것이 뭐죠? 잃은 건 아무것도 없잖아요."

"엄청난 유산이 날아갔는데 잃어버린 것이 없다니 말이 돼요?"

"가본 적도 없고 한 번도 본 적이 없는 상점에 불이 난 것이 당신과 무슨 상관이 있죠?"

"그것은 내 가게입니다!"

동료는 할 말을 잃은 듯 잠시 청년을 바라보더니 이내 사라졌다.

얼마 후, 그 청년은 유산의 충격을 이겨내지 못하고 우울증을 앓다가 끝내 죽고 말았다.

MENTOR 욕심이 크면 클수록 자신을 더 크게 망치게 되는 법이다.

무경쟁과 경쟁의 힘

이것은 일본에서 널리 알려진 이야기이다.

옛날에 어부들은 먼 바다에 나가 장어를 잡았는데 항구로 돌아오면 애써 잡은 장어가 거의가 다 죽어 있었다. 하지만 한 어부가 잡은 장어는 달랐다. 그의 배와 어획 도구, 장어를 담는 창고 모두 다른 사람과 똑같았는데, 그의 장어만은 팔팔하고 싱싱했다. 때문에 그가 잡은 장어는 다른 사람보다 두 배나 좋은 가격에 팔렸다. 몇 년이 지나 그는 소문난 부자가 되었다.

시간이 흘러 늙고 병들자 그는 아들에게 비결을 알려주었다. 그 비결은 장어를 넣어두는 창고에 메기 몇 마리를 함께 넣는 것이었다. 장어는 성질이 사나운 메기로부터 살아남기 위해 신경을 온통 곤두세웠고, 메기와의 신경전에서 생존 본능이 강해져 살아남게 되었던 것이다.

MENTOR 경쟁자가 많을수록 능력은 향상되며 경쟁자가 적을수록 능력은 보잘것없어진다.

MEMO

긍정과 생각의 크기

벽돌공 세 명이 벽돌담을 쌓고 있었다. 한 사람이 와서 그들에게 무엇을 하고 있는지 물었다. 첫 번째 사람이 퉁명스럽게 대답했다.

"안 보여요? 벽돌을 쌓고 있잖아요."

두 번째 사람은 고개를 들고 웃으며 말했다.

"우리는 고층 빌딩을 쌓고 있어요."

마지막 사람은 벽돌을 쌓으며 노래를 흥얼거리고 있었다. 얼굴에 환한 웃음이 가득했다.

"우리는 지금 새로운 도시를 조성하고 있답니다."

10년 후, 첫 번째 사람은 공사장에서 벽돌을 쌓고 있었고, 두 번째 사람은 건축 사무소에서 설계를 하고 있었다. 그리고 마지막 사람은 두 사람을 거느린 사장이 되어 있었다.

MENTOR 똑같은 일을 해도 일에 임하는 생각의 차이가 성공을 좌우한다.

MEMO

국 한 그릇의 철학

어느 시인이 식당에서 국을 한 그릇 주문했다. 곧바로 종업원이 많은 양의 국을 가져왔다. 그는 놀라서 종업원에게 물었다.

"이렇게 많은 걸 다 먹을 수 있을까요?"

종업원은 퉁명스럽게 대답했다.

"손님께서 작은 걸로 주문하지 않으셨잖아요."

순간 말문이 막혔다. 몇 숟가락 떠먹어봤지만 별다른 맛을 못 느꼈다. 결국 시인은 숟가락을 놓고 음식 값을 치른 뒤 불쾌한 기분으로 식당을 나가버렸다.

얼마 후, 시인은 다른 식당에 가서 똑같은 국을 주문했다. 이번에도 큰 것인지 작은 것인지 말하지 않았다. 잠시 후에 종업원이 작은 그릇에 국을 갖고 와서 말했다.

"손님, 부족하면 한 그릇 더 가지고 오겠습니다."

시인은 매우 맛있게 한 그릇을 먹은 뒤 가격을 지불하고 나왔다. 그후로 국을 먹고 싶으면 시인은 두 번째 식당에만 갔다.

첫 번째 식당은 우연하게 돈을 벌었지만 많은 돈을 벌 기회는 놓쳤다. 하지만 두 번째 식당은 눈먼 돈을 벌 기회는 놓쳤지만 결국 많은 돈을 벌 기회를 잡은 셈이다.

MENTOR 상대를 배려하는 것은 곧 자신을 배려하는 것이다. 상대의 마음을 기쁘게 해주면 자신의 마음은 더 기뻐지기 때문이다.

의미있는 발견

우울증에 빠진 한 소녀가 있었다. 소녀는 반복되는 일상의 무료함을 견디지 못하고 호수에 뛰어들어 죽으려고 했다. 그런데 호수에서 풍경화를 그리고 있던 화가를 만나게 되었다. 화가는 그림 그리는 일에만 정신을 쏟고 있었다. 소녀는 화가를 삐딱한 시선으로 보고는 생각했다.

'유치해. 울퉁불퉁한 산과 묘지 같은 호수에 그림이 될 만한 것이 있을 게 뭐야!'

화가는 소녀의 마음을 눈치 챘지만 그림에만 심혈을 기울이면서 말했다.

"저기, 여기에 와서 그림을 한번 보세요."

소녀는 화가에게 다가가서 화가의 그림을 쳐다보았다. 그런데 순간 소녀는 그림 속으로 빠져들었고, 죽고 싶은 마음은 감쪽같이 사라져버렸다. 세상에 이렇게 아름다운 장면은 본 적이 없었다. 화가는 묘지와 같은 호수를 천상의 궁전으로 바꾸어놓았고 울퉁불퉁한 산은 날개가 달린 아름다운 여인이 살고 있는 곳으로 그려놓았던 것이다. 화가는 이 그림의 제목을 '생활' 이라고 붙였다. 그때 화가가 갑자기 붓으로 그림에 마지막 점을 찍었다. 얼룩진 것이 마치 파리나 모기같이 보였다. 그런데 소녀의 말은 의외였다.

"별과 꽃잎이네요."

소녀의 말에 화가는 빙그레 웃음 지었다.

"맞아요. 아름다운 생활이란 의미 있는 발견이 있어야만 가능합니다."

MENTOR 똑같은 사물을 바라보고 있어도 사람에 따라 각기 다르게 보인다. 그것은 바라보는 마음이 다르기 때문이다. 행복한 마음에는 아름다운 풍경만 보이고, 불행한 마음에는 어두운 풍경만 보인다.

MEMO

이상과 현실 그리고 결심

옛날에 물고기를 잘 잡는 어부가 있었다. 그에게는 결심을 너무 쉽게 하는 나쁜 습관이 있었다. 그 결심은 자주 바뀌었고 융통성이 없었다.

어느 해 봄, 어부는 시장에서 문어 가격이 제일 높다는 말을 듣고 결심했다.

'좋아, 이번에 바다에 나가면 문어만 잡겠어!'

드디어 출항일이 되었고 그는 자신의 결심대로 문어를 잡기 위해 그물을 쳤으나 올라오는 것은 바닷게뿐이었다. 그는 바닷게를 모두 바다로 던져버린 뒤 빈손으로 돌아왔다. 항구에 돌아오자 어부는 시장에서 바닷게의 가격이 가장 높다는 사실을 알게 되었다.

'이런, 문어 대신 잡은 바닷게를 괜히 바다에 던져버렸군. 다음 항해에서는 바닷게만 잡겠어!'

다음 출항에서 어부는 바닷게를 잡는 데만 집중했다. 그런데 이번에는 문어만 그물에 올라왔다. 그는 또다시 문어를 모두 바다에 던져버리고 빈손으로 돌아왔다. 저녁이 되자 배고픔이 밀려왔고, 억지로 잠자리에 들며 그는 생각했다.

'다음 출항에서는 바닷게든 문어든 모두 잡아야지!'

세 번째 출항에서 어부는 문어도 바닷게도 만나지 못했다. 이번에는 삼치만 그물에 올라왔고 어부는 역시나 빈손으로 돌아왔다.

어부는 네 번째 출항을 할 수 있었을까? 그는 결국 자신의 결심을 고집스럽게 지키려다가 가난과 추위에 지쳐 죽고 말았다.

MENTOR 이상과 현실 사이에는 괴리가 있기 마련이다. 따라서 우리는 그 괴리를 좁히는 방법을 익혀야 한다.

MEMO

욕심의 한계

한 집에 소와 개가 있었다. 소는 주인에게 길들어져 날마다 힘든 일만 반복했다. 어느 날 소는 더 이상 단조롭고 힘만 쓰는 일을 하고 싶지 않았고, 개를 꼬드겨 해가 저물면 산속으로 도망가서 자유롭게 살기로 했다.

저녁이 되자 개가 약속 시간에 나타났다. 개는 날카로운 이빨로 말뚝에 매어 있는 쇠고삐를 끊으려고 했다. 그때 소가 말했다.

"그러지 말고 고삐를 말뚝에서 풀어. 고삐는 좋은 밧줄이야. 우린 가진 것이 없으니까 이거라도 가지고 가자."

개는 소의 말을 듣고 말뚝에서 밧줄을 풀었다. 고삐에 매인 상태로 소는 개를 따라 도망갔다. 얼마나 지났을까, 갑자기 고삐가 돌덩이에 턱 하고 걸리고 말았다. 발버둥질을 쳤지만 고삐는 꿈쩍도 하지 않았다. 도망치기 위해 모든 것을 훌훌 버린 개는 벌써 저만치 걸어가고 있었다.

얼마 후 이상한 낌새를 차린 주인에게 결국 소만 붙잡히고 말았다. 다시 집으로 돌아가며 소는 생각했다.

'나도 모든 것을 훌훌 버리고 도망갈걸. 괜한 욕심을 부려서 화를 자초했구나.'

MENTOR 때론 과감하게 포기하는 것이 기회를 얻는 가장 유리한 방법이다.

깨달음과 집착의 한계

어느 날, 우둔한 나무꾼이 나무를 베고 있는데 생전 본 적이 없는 동물과 만나게 되었다. 그는 동물에게 다가가 말을 걸었다.

"당신은 누구죠?"

동물이 입을 열고 말했다.

"나는 깨달음입니다."

나무꾼이 의미심장한 미소를 띠며 생각했다.

'나는 깨달음이 없으니까 붙잡아가면 되겠네!'

그러자 나무꾼의 생각에 응답이라도 하듯 깨달음의 말소리가 들렸다.

"나를 잡고 싶군요?"

나무꾼은 놀라 나자빠졌다.

'내 마음을 알 수 있다는 말인가? 그럼 자연스럽게 접근해서 깨달음이 눈치를 채지 못하는 사이에 붙잡으면 될 거야.'

나무꾼의 생각이 여기에 이르자, 깨달음이 또 말했다.

"지금 나한테 자연스럽게 접근해서 나를 안심시킨 다음 붙잡으려는 거죠?"

깨달음이 모든 생각을 간파하자 그는 몹시 화가 났다. 깨달음이 다시 말을 시작했다.

"나를 붙잡을 수 없어서 화가 났군요?"

나무꾼은 곰곰이 생각했다.

'깨달음은 나의 마음을 전부 알아차리는구나. 오늘은 나무를 베러

고 산에 온 것인데 너무 많은 욕심을 부렸나 보다. 이제 열심히 나무나 베야겠다.'

나무꾼은 도끼를 들어 나무를 베는 데만 전념을 다했다. 그런데 그만 실수로 도끼를 놓쳐버렸다. 그 도끼는 깨달음의 등에 꽂혔고 깨달음은 나무꾼에게 붙잡혔다.

MENTOR 사람은 늘 진리를 깨닫는 것에 집착한다. 그리고 그 집착 때문에 오히려 곤혹스러운 상황에 빠지는 경우가 많다. 솔직하고 진솔한 마음으로 돌아가서 자연에 순응하는 순간 진리는 저절로 손에 들어오게 된다.

MEMO

한 냥의 욕심과 천 냥의 기쁨

큰 장사를 하는 어느 부자 부부가 있었다. 그들은 매일 이익을 창출했지만 하루도 걱정이 없는 날이 없었다. 부자의 높은 담벼락 바깥에는 가난한 부부가 두부를 팔아서 생계를 유지하고 있었다. 그들은 가난하고 어렵게 살았지만 웃음이 끊일 날이 없었다. 부자의 부인은 가난한 부부의 행복에 질투가 나서 남편에게 말했다.

"무슨 일이 일어나서 저 부부가 내일부터는 웃는 일이 없으면 좋겠어요."

그러자 부자는 금화 한 냥을 담장 너머로 던졌다.

다음 날 이른 아침, 가난한 부부는 누구의 것인지 모르는 금화를 발견했다. 그들은 이 돈이 어디서 왔는지 생각해보는 한편, 어떻게 하면 더 많은 금화를 얻을 수 있을지 고심하게 되었다. 그 후 가난한 부부는 며칠이고 먹지 못했고, 잠자리에 들지도 못했다. 두부를 파는 일도 하지 않았다. 그들의 집에서는 노랫소리와 웃음소리가 더 이상 들리지 않게 되었다.

이를 지켜본 부자가 부인에게 말했다.

"보시오, 우리의 걱정도 처음에 저렇게 시작되지 않았겠소?"

MENTOR 행복은 마음에서 시작된다. 재물도 마음에 따라 기쁨이 될 수도 있고 슬픔이 될 수도 있다.

욕심의 한계와 한 평의 땅

국왕은 오랫동안 한마음으로 충성을 바쳐온 신하에게 말했다.
"동이 틀 때부터 걷기 시작해서 해가 지기 전까지 제자리로 돌아온다면, 그대가 걸은 땅이 모두 그대의 것이 될 것이로다."
신하는 임금의 말에 기뻐 어쩔 줄 몰랐다. 그는 앞으로 계속 걸었다. 그 모습이 마치 미친 사람 같았다. 그는 태양이 서쪽으로 지려는 그 순간 가까스로 출발 지점에 다시 돌아올 수 있었다. 그런데 출발점에 도착하자마자 그는 숨을 제대로 쉬지 못하고 죽어버렸다.
슬픔에 잠긴 임금은 그에게 정중한 장례식을 치러주었다.
그가 진정으로 가질 수 있었던 것은 그가 누워 있는 한 평의 땅밖에 되지 않았던 것이다.

MENTOR 사람은 많은 것을 갖고자 하기 때문에 부지불식간에 자기 자신마저 잃어버리게 된다.

MEMO

선의 각오와 악의 현실

살아생전 악행을 일삼던 사람이 죽어서 지옥에 떨어졌다. 그는 지난날 자신이 저지른 갖가지 악행을 후회하며 '만일 다음 세상에 다시 태어날 수 있다면 새로운 사람이 되겠다고' 마음먹었다.

그의 처절한 반성은 하느님께 전해졌고 하느님은 지옥으로 거미줄한 가닥을 내려주어 타고 올라오도록 했다. 그는 주체할 수 없이 기뻤다. 지난날의 죄를 반성하고 개과천선하여 새로운 생을 얻으리라 생각하며 조심조심 거미줄을 타고 올랐다. 그런데 옆에 있던 사람들도 따라서 하나둘씩 기어오르기 시작했다. 거미줄을 붙잡는 사람의 숫자는 점점 늘어났고 거미줄은 흔들리면서 곧 끊어질 것만 같았다. 그는 급한 마음에 따라 올라오는 사람들에게 발길질을 마구 해댔다. 바로 그때, 거미줄은 그의 머리 위에서 끊어져버렸고 그는 다시 지옥에 떨어졌다.

MENTOR 선이 악으로, 악이 선으로 바뀌는 것은 순식간이다. 행복과 불행도 마찬가지가 아닐까?

MEMO

게임을 이기는 전술

찬우는 착하고 능력도 있는 남자다. 어렸을 적부터 하는 일마다 순조롭게 풀렸고, 성실하고 책임감 있는 성격으로 주변 사람 모두 그를 좋아했다. 하지만 이상하게도 회사에서의 승진 길은 순탄하지 못했다. 찬우 자신도 이 문제 때문에 괴로워하며 자신의 심정을 아내에게 토로하곤 했다.

"상사와 잘 지내지 못한다면야 승진이 안 되는 건 당연하지만, 나는 상사와 잘 지내는데도 왜 승진이 안 되는지 모르겠어."

어느 일요일, 그는 거실에 앉아 뭔가를 골몰히 생각하고 있었다. 그러다가 아들이 친구와 다이아몬드 게임을 하는 광경을 지켜보고는 옆에서 훈수를 두었다.

"다리를 더 많이 만들면 되잖아."

다리 쌓기는 다이아몬드 게임을 이기는 지름길이다. 다리를 하나 쌓을 때마다 말이 몇 걸음 더 갈 수 있기 때문에 이기기 쉽다. 판세가 아들에게 유리해지자 기분이 좋아져서 찬우는 아들에게 한마디 했다.

"사는 것도 다이아몬드 게임과 마찬가지란다. 자기를 위한 다리를 많이 쌓고 도움이 되는 친구가 많으면 앞길이 순탄해지지."

아들은 알아들었다는 듯 고개를 끄덕였다. 그런데 아들 친구가 미묘한 웃음을 지으면서 말 두 개를 옮겨 아들이 쌓은 다리를 무너뜨리는 것이 아닌가. 게임의 판세는 다시 아들에게 불리해졌고 결국 아들이 졌다. 게임을 이긴 아들의 친구가 말했다.

"다리를 무너뜨린 것을 봤지? 다리는 아무리 잘 쌓아놓아도 일단 무너지면 지는 거야. 다이아몬드를 이기려면 다리 쌓는 것도 좋지만 무너지지 않도록 잘 지켜봐야 해. 그래야만 다른 사람보다 빨리 나아갈 수 있어!"
찬우는 잠시 무언가에 얻어맞은 듯 멍했지만 점차 머릿속이 환해지는 것 같았다.

MENTOR 사람은 모두 '만드는 것'에만 급급하다. 인맥, 경력, 부, 명예……. 하지만 이런 것들을 만들려고 애쓰는 것보다 더 중요한 건 이미 자신이 가진 것들을 '지켜내는 것'이 아닐까?

MEMO

더불어 산다는 것

한 청년이 북방 지역에 출장을 다녀오는 길에 우량종 옥수수를 가지고 돌아왔다. 청년은 이 종자로 옥수수를 대량 생산할 수 있는지 궁금해서, 텃밭에 시험 재배를 해보았다. 그 후 옥수수를 수확해보니 생산량이 두 배로 늘어났다.

마을 사람들은 이 사실을 듣고, 청년을 찾아와서 옥수수 종자를 사려고 했다. 하지만 아무리 사정해도 종자를 살 수 없었다. 청년이 옥수수 종자를 팔기를 꺼렸기 때문이다. 마을 사람들은 몇 차례 청년을 설득하려고 했지만 그의 완고한 태도에 곧 단념해야 했다.

다음 해 봄에도 청년은 그 옥수수 종자를 심고 수확을 기다렸다. 그런데 전혀 예측하지 못한 결과가 나왔다. 그해의 수확량이 일반 옥수수를 심었을 때보다 더 줄었던 것이다. 이유를 알 수 없었던 청년은 옥수수 종자를 얻지 못한 이웃들이 옥수수 밭에 해코지하지 않았나 의심했다. 그 후 어느 날 농촌기술 연구원이 경위를 듣고는 청년의 옥수수 밭에 가서 조사를 했다. 조사를 마친 후 연구원은 청년에게 말했다.

"우량 옥수수 종자가 부근의 일반 옥수수의 화분을 받아 그렇게 된 것입니다. 앞으로 마을 사람 모두가 우량 옥수수를 심는다면 옥수수의 생산량은 다시 많아질 것입니다."

MENTOR 혼자서는 아무리 노력해도 잘 살 수 없는 것이 세상의 법칙이다. 서로를 도우며 살아갈 때 각자의 삶은 더욱 풍요로워질 것이다.

믿음과 깨진 병

밀봉된 병 하나가 바다 위를 표류하고 있었다. 어느 날 그 병이 성난 파도에 밀려 황금빛 해변에 닿게 되었고, 그때 마침 지나가던 사람이 그 병을 주웠다. 병의 겉면에는 다음과 같은 말이 쓰여 있었다.

'당신의 마음에 믿음이 있다면 병을 밀봉한 상태 그대로 다시 바다에 던져주세요.'

수백 년이 지난 후 개구쟁이 소년이 그 병을 주웠다. 소년은 호기심을 억누를 수가 없었다. 병 안에 도대체 무슨 비밀이 있는지 알고 싶었고, 서슴없이 병을 깨버렸다.

병 안에는 무엇이 있었을까? 날카로운 이와 시퍼런 얼굴을 가진 악마나 날카로운 이빨과 손톱을 가진 괴물일까, 아니면 독을 품은 화살이나 칙칙한 연기일까?

병은 텅텅 비어 있었다. 실망한 소년은 문득 병 조각이 몹시 아름답다는 것을 알게 되었다. 병을 깨지 않았다면 집으로 가져가 두어도 좋을 만큼 뛰어난 유리 공예 작품이었다. 하지만 이미 병은 산산조각이 난 후였다. 소년의 손에 있는 것은 깨진 병의 파편에 불과했던 것이다.

MENTOR 믿음이란 바로 이런 것이다. 아주 작은 계기로 깨지며, 깨진 다음엔 되돌릴 수 없다.

돌이킬 수 없는 길은 없다

20년 전, 사미승(沙彌僧)이었던 한 남자 아이가 있었다. 어느 날 아이는 보통 사람처럼 살고 싶어 몰래 마을로 내려갔다가 도시의 휘황찬란한 불빛에 매혹당하고 말았다. 그는 절로 돌아가야 하는 것도 까맣게 잊은 채 매일매일 흥청망청 놀고 마셔댔다. 그러던 어느 깊은 밤, 창밖의 휘영청 밝은 달빛이 그의 손을 비췄다. 순간 가슴에 후회의 물결이 일었다. 그는 서둘러 옷을 걸치고 말을 타고 절로 돌아갔다.

그는 방장 스님 앞에 무릎을 꿇고 다시 출가할 수 있도록 간청했다. 하지만 방장 스님은 고개를 가로저을 뿐이었다.

"너의 허물이 커서 부처님이라도 용서할 수 없을 것이다."

방장 스님은 손가락으로 불탁을 가리키며 덧붙였다.

"불탁에 꽃이 필 때에야 다시 입문할 수 있을 것이다."

그는 다시 절을 떠났다. 그의 어깨는 실망으로 축 처졌다. 마을로 내려간 그는 이전처럼 다시 방탕한 삶을 살았다. 그런데 그가 절을 떠난 후 불탁 위에 꽃이 피었다. 신기한 일이었다.

이날 밤 방장 스님이 열반에 들었다. 방장 스님은 임종 전에 유언을 남겼다.

"세상에 일어나지 못할 일 같은 건 없구나. 불가능은 사람의 마음이 만들어내는 것일 뿐. 그 아이를 찾아 데리고 오너라."

MENTOR 이 세상에 돌이킬 수 없는 길이란 없다. 기적을 사라지게 하는 것은 얼음같이 차가운 마음뿐이라는 사실을 기억하자.

내려놓음은 새로운 시작을 준비하는 것

남산 아래에 오래된 나무 한 그루가 있는 산사가 있었다. 이른 아침, 동자승이 일어나 앞마당을 쓸다가 수북하게 쌓인 낙엽을 보았다. 스님은 걱정거리가 있는 듯 나무를 보며 긴 숨을 내쉬었다. 그러고는 빗자루를 놓고 사부의 선방에 가서 뵙기를 청했다. 인기척을 듣고 문을 연 사부는 수심이 가득한 동자승을 보고는 뭔가 심상치 않아 말을 건넸다.

"이른 아침에 무슨 일로 수심이 가득한 것이냐?"

동자승은 어두운 낯빛으로 입을 열었다.

"사부님은 밤낮 심신 수양에 게으름 피우지 말라고 가르치셨습니다. 그러나 아무리 열심히 수련해도 사람은 언젠가 죽게 된다는 사실을 피할 수 없습니다. 죽음에 이르는 날, 저 자신 그리고 도(道)라는 것도 가을에 떨어지는 낙엽과 겨울의 마른 장작만 못합니다. 우리 모두가 한 줌의 흙처럼 사라지는 것이 아닐까요?"

사부는 동자승의 말을 듣고 나서 오래된 나무를 가리키며 말했다.

"그런 것을 걱정할 필요는 없다. 사실 가을의 낙엽과 겨울의 마른 장작은, 가을바람이 거셀 때 그리고 함박눈이 내릴 때, 소리 없이 나무 위로 올라가서 봄에 필 꽃과 여름에 우거질 나뭇잎을 키운단다."

"그러면 저는 왜 그것을 볼 수 없지요?"

"네 마음에 꽃이 필 자리가 없으니, 꽃을 볼 수 없는 것이다."

MENTOR 떨어지는 낙엽 속에서 피어나는 꽃을 발견하기 위해서는 긍정적이고 환한 마음이 있어야 한다.

344

작은 일과 큰 수고

괴테의 서사시에 있는 이야기다.

예수가 제자와 함께 여행길에 올랐다. 길에서 그들은 찬란히 빛나는 말발굽을 보게 되었다. 예수는 베드로에게 말발굽을 줍게 했다. 베드로는 허리를 굽히는 게 귀찮아 못 들은 척했다. 이를 본 예수는 아무 말 없이 허리를 굽혀 말발굽을 주워서 대장장이에게 싼값에 팔고, 그 돈으로 앵두 열여덟 개를 샀다.

베드로와 예수는 여행을 계속했다. 그들의 여행길은 끝없이 황량한 들판이었다. 예수는 베드로가 갈증이 나고 입 안이 탈 것 같아 소매 밑에 두었던 앵두를 슬그머니 하나씩 떨어뜨렸다. 베드로는 길에 떨어진 앵두를 주워 먹었다. 예수는 걸으면서 계속 앵두를 떨어뜨렸고, 베드로는 허리를 열여덟 번이나 굽혀 앵두를 주워 먹었다. 예수는 그런 베드로에게 웃으며 말했다.

"처음에 한 번 허리를 굽혔으면, 그렇게 많이 굽히지 않아도 되었을 텐데."

MENTOR 애초에 작은 일에 수고하지 않으면 언젠가는 더 성가신 수고를 하게 된다.

어느 날 시테크 전문가가 비즈니스 스쿨에서 강의를 하고 있었다.

"여러분, 실험을 하나 해봅시다."

전문가는 입구가 넓은 병을 책상 위에 놓은 다음 주먹만 한 돌을 꺼냈다. 그러고는 돌멩이를 하나씩 병에 가득 채워 넣었다.

"병이 가득 찼죠?"

학생들이 일제히 대답했다.

"네, 가득 찼습니다."

그는 한번 씨익 웃고는 책상 아래에서 작은 자갈돌을 꺼냈다. 그리고 유리병을 몇 번 두드린 다음 자갈돌을 돌멩이의 틈새에 넣었다.

"이제 병이 가득 찼나요?"

"아마 아직 가득 차지 않았을 겁니다."

"좋습니다."

그는 또 책상 밑에서 모래 한 통을 꺼내어 유리병에 천천히 넣었다. 모래는 돌의 틈새를 채웠다. 그는 다시 학생들에게 질문했다.

"병이 가득 찼을까요?"

학생들은 일제히 대답했다.

"아니요, 가득 차지 않았습니다."

진문가는 끄덕이면서 물 한 병을 가지고 오더니 유리병 입구까지 부었다. 그는 학생들을 보면서 물었다.

"이 실험이 무엇을 설명하고 있을까요?"

한 학생이 손을 들고 대답했다.

"하루가 일과 공부로 틈이 없는 것 같아도 좀 더 조이면 더 많은 일을 할 수 있다는 말입니다."

그런데 그의 대답은 의외였다.

"아닙니다. 유리병이 의미하는 것은 그것이 아닙니다. 만일 작은 돌을 먼저 넣었다면 다른 것은 넣지 못했을 겁니다. 여러분의 인생에서 큰 돌멩이는 과연 무엇입니까? 신앙과 학식과 꿈입니까? 큰 돌을 먼저 해결해야 한다는 것을 꼭 기억하세요. 그렇지 않으면 평생 기회를 놓치게 될 것입니다."

MENTOR 큰일을 하기 위해선 큰 계획을 세우고 그 계획에 맞는 작은 실천 계획을 세워야 한다.

MEMO

자신에게 맞는 자리

타고난 능력은 있지만 기회를 잡지 못해 성공하지 못한 사람이 있었다. 어느 날 그가 길에서 고승을 만났다. 고승이 합장하면서 그에게 말을 건넸다.

"시주님, 무슨 일로 얼굴을 찡그리고 계십니까?"

"저는 마흔이나 되었는데, 아직까지 제 자리가 어딘지 모르고 있습니다."

그가 대답했다.

"시주님은 어떤 자리를 찾으십니까?"

그는 골똘히 생각한 다음 입을 열었다.

"제게 맞는 자리입니다."

고승은 허리를 굽혀 말라버린 매화 꽃잎을 주웠다. 그는 꽃잎을 보며 미소 짓는 얼굴로 말했다.

"시주님의 자리는 바로 발밑에 있습니다!"

할 말을 잃은 그는 순간 생각에 잠겼다.

'지금, 나는 스님 맞은편에 있다. 머리 위에는 노란 꽃이 활짝 핀 생강나무가 있고, 발밑에는 매화꽃이 수북 쌓인 흙이 있지 않은가.'

때마침 하늘은 석양에 붉게 물들었고, 은은한 꽃향기가 퍼지고 있었다. 순간 포근한 느낌이 들었다. 그 어디도 아닌 당신이 지금 있는 그곳이 바로 당신이 있어야 할 자리가 아닐까?

MENTOR 무엇을 가졌는지 모른 채 무언가 갖기 위해 애쓰지 말라. 이미 자신의 자리에 서 있음에도 자리를 찾으려 고민하지 말라.

기다림과 생명이 흐르는 강

몹시 무더운 어느 날 부다와 제자가 산을 지나고 있었다. 오래 걸었던 탓에 갈증이 난 부다가 제자 아난(석가모니의 십대제자 중의 한 사람으로, 아난다의 줄임말)에게 말했다.

"방금 전에 건넜던 개울 기억나느냐? 돌아가서 물 좀 떠오너라."

아난은 그 개울로 물을 뜨러 갔다. 그런데 개울이 너무 얕았고, 마차까지 지나간 뒤라서 흙탕물이 되어버려 마시지 못하게 되었다. 빈손으로 돌아온 제자는 부다에게 말했다.

"몇 리만 더 가면 강이 있습니다. 거기에 가서 물을 떠오겠습니다."

부다가 말했다.

"아니다, 아까 작은 개울로 다시 가보아라."

절반 정도 갔을 즈음, 아난은 더러운 개울물로 다시 가는 일이 시간 낭비라고 생각했다. 그래서 다시 돌아와 말했다.

"스승님, 왜 그 개울물을 고집하는 것입니까?"

부다는 제자의 말에 대답을 하지 않고 재차 반복하기만 했다.

"다시 가보아라."

아난은 어쩔 수 없이 부다가 시키는 대로 했다.

그런데 개울에 다시 가보니 물이 너무 맑아서 투명한 거울을 보는 것 같았다. 진흙이 모두 흘러간 다음이었던 것이다. 아난의 얼굴이 환해졌고 물을 떠서 기분 좋게 돌아왔다.

그는 부다에게 무릎을 꿇고 말했다.

"스승님은 제게 참으로 경이로운 가르침을 주셨습니다. 생명이 흐르는 강에서는 영원히 한곳에 고여 있는 것이 없습니다. 인내심을 갖고 기다리면 원하는 것을 얻는다는 것을 알았습니다."

MENTOR 지금 어렵다고 포기하면 기회는 다시 오지 않는다. 어둡고 쓰라린 고난과 불행이 지나고 나면 맑고 따사로운 희망과 행복이 다가올 것이다.

MEMO

가장 아름다운 나뭇잎

스님이 두 제자 중 한 명에게 의발(衣鉢)을 내주어 불법을 전수하고
자 했다. 그는 그 둘을 불러 말했다.

"가장 아름다운 나뭇잎 하나를 가지고 오너라."

스님의 명을 듣고, 두 제자는 나뭇잎을 가지러 갔다.

얼마 후 한 명의 제자가 돌아왔다. 그가 스승에게 보잘것없는 나뭇
잎을 내밀며 말했다.

"이 나뭇잎은 비록 겉모습은 보잘것없지만 제가 본 것 중에서는 가
장 아름다운 것이었습니다."

절 밖에서 반나절 동안 아름다운 낙엽을 찾던 다른 제자는 빈손으
로 돌아왔다. 그는 스승에게 수많은 나뭇잎을 찾아보았지만, 가장
아름다운 것은 찾아내지 못했다고 했다.

노스님은 의발을 첫 번째 제자에게 전수해주었다.

MENTOR 삶이란 멋있고, 높고, 멀리 있는 것만은 아니다. 매 순간을 가장 아
름답고 고귀하게 사는 데 인생의 참된 가치가 있다.

MEMO

학문의 문과 화의 근원

현자(賢者)가 젊었을 때 귀족의 노예가 된 적이 있었다. 하루는 주인이 잔치를 열어 귀빈을 초대했다. 주인은 현자에게 가장 좋은 음식과 술로 손님을 대접하도록 했다. 이에 현자는 사방에서 각종 동물의 혀를 모았다. 잔치가 시작되고, 주인은 현자가 준비한 혀들을 보고는 놀라 쓰러질 뻔했다. 현자는 황급히 와서 해명했다.

"존경하는 주인님, 혀는 여러 학문의 문을 여는 열쇠입니다. 따라서 여러 유명 인사와 귀빈을 대접하려면 혀로 음식을 하는 것이 가장 좋지 않을까요?"

주인은 현자의 기지와 재치를 크게 샀다.

다음 날 주인은 현자에게 다른 명을 내렸다. 평소 싫어하던 사람들을 모아 잔치를 열 것인데 가장 나쁜 음식으로 손님을 대접하라는 것이었다. 그러나 이번에도 나온 음식은 혀였다. 주인이 음식을 보고는 노발대발했다.

현자는 조금의 미동도 없이 침착하게 말했다.

"화는 입에서 비롯됩니다. 혀는 모든 화의 근원이 아닙니까? 따라서 가장 나쁜 음식이라고 할 수 있지 않을까요?"

현자의 해명을 들은 주인은 그만 할 말을 잃어버렸다.

MENTOR 말은 천근의 복을 부르기도 하고 만근의 화를 부르기도 한다. 따라서 말을 할 때는 자신이 어떤 씨앗을 뿌리는지 생각해봐야 한다.

가난뱅이와 천만금을 가진 사람의 차이

평생을 돈을 벌지 못하고 운이 없어 하는 일마다 꼬이는 청년이 있었다. 하루는 백발의 노인이 와서 그에게 물었다.

"젊은이, 왜 그리 기분이 나쁜가?"

청년이 대답했다.

"저는 왜 늘 가난하지요?"

"가난하다고? 이미 많은 것을 가지고 있지 않은가."

노인의 말은 진심이었다.

"무슨 근거로 말씀하시는 거죠?"

노인은 청년의 물음에는 대답하지 않고 다시 청년에게 물었다.

"만일 자네의 손가락 하나와 일천 금을 맞바꾸자고 하면 자네는 어떻게 하겠는가?"

청년이 대답했다.

"거절하죠."

노인이 또 물었다.

"두 눈과 십만 금을 맞바꾸자고 하면 어떻게 하겠는가?"

"거절하죠."

"자네의 젊음과 백만 금을 교환하자고 하면 어떻게 하겠나?"

"바꾸지 않습니다."

"자네의 생명과 천만 금을 바꾸자고 하면 어떻게 하겠나?"

"바꾸지 않습니다."

"자네는 지금 일천만 금이 넘는 재산을 갖고 있다네. 왜 그렇게 가난하다고 한탄하는가?"

노인의 입가에 엷은 미소가 번졌고 청년의 얼굴도 어느 순간 평온해졌다. 그의 얼굴에서는 뭔가 깨달음이 엿보였다.

MENTOR 현실에 만족을 못하여 불평불만으로 가득 찬 사람들이 많다. 자신이 가지고 있는 다이아몬드는 알아보지 못하고 다른 사람이 가지고 있는 금만 탐내기 때문이다.

MEMO

소크라테스와 선택의 기회

소크라테스의 제자 세 명이 가르침을 구하러 왔다.

"스승님, 어떡하면 가장 이상적인 사람과 결혼할 수 있죠?"

소크라테스는 아무런 대답 없이 제자들을 보리밭에 데리고 갔다. 그는 세 명의 제자에게 앞만 보고 가면서 가장 예쁘고 가장 큰 보리 이삭을 뽑게 했다. 단, 절대 뒤돌아보지 말라는 조건이 붙었다. 기회는 단 한 번뿐이었다.

첫 번째 제자는 몇 걸음도 안 가서 크고 예쁜 보리 이삭을 얼른 뽑았다. 그런데 좀 더 앞으로 가보니 방금 전에 뽑은 것보다 훨씬 큰 것이 있는 게 아닌가. 그러나 이제는 기회가 없었다. 아쉽지만 그대로 앞으로 걸어가야 했다.

두 번째 제자는 친구의 실패를 교훈 삼아 보리 이삭을 뽑고 싶은 생각이 들 때마다 자신을 일깨웠다.

'좀 더 가면 더 좋은 것이 있을 거야. 조금만 더……'

그러나 결국 보리밭 끝까지 올 동안 보리 이삭을 뽑지 못했다. 이 제자는 단 한 번의 기회를 놓친 것이었다.

세 번째 제자는 두 친구의 실패를 타산지석으로 삼았다. 그는 보리밭을 3분의 1쯤 왔을 때, 보리 이삭을 대大, 중中, 소小로 나누어 눈여겨보았다. 그리고 다시 3분의 2가량 왔을 때에는 자기의 눈썰미가 정확한지 확인해보았다. 그리고 마지막 3분의 1 지점에 다다르자 그는 눈대중으로 대大로 나누었던 이삭 중에서 가장 아름다운 것을 뽑았다.

세 번째 제자가 뽑은 보리 이삭이 가장 예쁘고 가장 큰 것이라고 할
수는 없다. 하지만 적어도 그 자신은 그 누구보다 만족했을 것이다.

MENTOR 인생에서 결정적인 선택의 기회는 몇 번씩 지나간다. 그리고 그 선
택의 결정은 온전히 자신에게 달려 있다.

MEMO

가장 단순한 진리

한 철학자가 여러 제자와 함께 10년간 세상을 여행하고 돌아오는 길이었다. 여행을 마치고 돌아온 제자들은 각각 나름대로 깨달음의 경지에 올라 있었다. 철학자는 잡초가 무성한 교외에서 제자들에게 말했다.

"학업은 끝났다. 이제 마지막 질문을 하겠다. 내게 어떻게 하면 이 잡초를 없앨 수 있는지 말해보아라."

인생의 진리를 탐구해온 스승의 질문이 이토록 간단할 줄몰랐던 제자들은 심히 당황했다.

한 제자가 말했다.

"스승님, 호미만 있으면 됩니다."

다른 제자가 말했다.

"불로 태우는 것도 좋은 방법입니다."

세 번째 제자의 대답은 더욱 간단했다.

"풀을 뿌리째 뽑으면 됩니다."

제자들이 대답을 마치자 철학자가 일어나 말했다.

"오늘은 여기까지다. 이제 각자의 방법대로 잡초를 뽑아 보거라. 그리고 1년 후에 다시 모이도록."

1년 후, 제자들이 모두 한자리에 모였다. 그러나 모이기로 했던 그 자리는 더 이상 잡초로 무성한 곳이 아니라 곡식이 자라는 경작지로 변해 있었다. 제자들은 자리에 앉아 철학자가 오기를 기다렸지만 철학자는 끝내 오지 않았다.

수십 년 후 철학자는 세상을 떴고, 제자들은 스승의 언행을 정리하면서 마지막 장을 덧붙였다.

'들판에 있는 잡초를 뽑는 가장 좋은 방법은 바로 곡식을 심는 것이다.'

MENTOR 가장 단순한 진리는 대부분 뜻밖의 질문에서 온다.

MEMO

수십 년 후 철학자는 세상을 떴고, 제자들은 스승의 언행을 정리하

'들판에 있는 잡초를 뽑는 가장 좋은 방법은 바로 곡식을 심는 것

한 개의 녹슨 사슬과 아버지의 교훈

농부의 아들이 도시에서 고위 공무원이 되었다. 어느 날 아들은 화려한 옷차림으로 오랫동안 뵙지 못한 아버지와 고향 친척들을 찾아왔다. 모두들 그가 일을 잘한다고 칭찬해주었지만 아버지만은 아들을 따갑게 질책했다. 아버지의 목소리는 매우 준엄했다. 아들은 그런 아버지의 지적을 인정할 수 없었다.

"그래요, 여러 해 동안 공직에 있으면서 약간의 잘못과 실수를 했을 수도 있습니다. 그러나 그동안의 공적과 실적에 비하면 열 개의 손가락 중 하나에 불과한 것이 아닙니까"

그러자 잠자코 듣고 있던 아버지는 쇠사슬을 들더니, 아들에게 개를 묶어보도록 했다. 그런데 잠시 후 개는 사슬을 너무 쉽게 끊고 도망가버렸다. 개를 묶었던 사슬을 확인해 본 아들은 사슬의 한 부분에 녹이 슬었다는 것을 알게 되었다. 아들을 보던 아버지가 의미심장한 말을 던졌다.

"보았느냐? 이 사슬에는 백 개의 고리가 있단다. 사슬 중에서 하나만 녹슬어도 개 한 마리조차 제대로 묶어둘 수가 없는 법이다."

MENTOR 우리 인생에서 단 한 번의 실수로 인생을 망치는 경우는 셀 수 없이 많다. 매일 거울 앞에서 자신을 바라보면서 스스로의 삶을 점검하는 것이 실수를 하지 않는 가장 좋은 방법일 것이다.

소리 없는 가르침

어느 날 스님이 산사에서 산보를 하다가 우연히 벽 구석에 있는 의자를 발견했다. 의자를 본 스님은 어떤 스님이 규칙을 어기고 담을 넘었음을 알아차렸다. 노스님은 묵묵히 의자를 다른 곳으로 옮겨 놓고 거기에 쭈그리고 앉았다.

잠시 후 한 젊은 스님이 담을 넘어왔다. 어둠 속에서 젊은 스님은 노스님의 등을 밟고 산사로 들어왔다. 젊은 스님은 두 발이 땅에 닿자 방금 발을 댄 것이 의자가 아니라 자신의 스승임을 알게 되었다. 순간 젊은 스님은 놀라움에 아무 말도 하지 못했다. 그러나 스승의 말은 전혀 뜻밖이었다.

스승은 조금도 노여워하지 않고 부드러운 목소리로 말했다.

"밤도 깊고 날씨도 찬데, 어서 가서 옷을 껴입도록 해라."

젊은 스님은 부끄러운 마음에 고개를 들지 못한 채 한참을 그 자리에 서 있었다.

MENTOR 관용은 소리 없는 가르침이라고 한다. 그 어떤 벌보다도, 꾸중보다도 더 효과적인 가르침이 바로 관용이다.

MEMO

노력과 마케팅의 반비례

그림 실력이 부족하고 성품이 거친 청년 화가가 있었다. 그가 그린 그림은 잘 팔리지 않았다. 그는 독일의 거장 멘첼(독일 19세기 대표적인 인상주의 화가)의 그림이 좋은 평가를 받는 것을 알고, 그를 찾아가 가르침을 구했다.

멘첼에게 물었다.

"저는 그림 한 장을 그리는데 하루도 안 걸립니다. 그런데 그걸 파는 데는 왜 1년이나 걸릴까요?"

멘첼은 곰곰이 생각하더니 말했다.

"그럼, 반대로 해보세요."

청년은 그 말이 이해가 되지 않았다.

"반대라니요?"

"네, 반대로 해보세요. 당신이 1년의 공을 들여 그린 그림이라면 단 하룻밤에 팔릴 것입니다."

청년 화가는 그제야 멘첼의 충고를 이해했다. 그 후 그는 기초부터 새로이 다지기 시작했다. 소재를 다시 수집하고, 1년에 가까운 시간 동안 노력을 들여 그림을 그렸다.

멘첼의 말처럼 그림은 정말 하루도 안 되어 팔려나갔다.

MENTOR 들인 노력에 비해 결과가 생각만큼 좋지 않다면 다시 처음부터 시도해보라.

두려워하지도, 후회하지도 말라

한 시골 청년이 있었다. 그는 부모를 모두 여의고 돈을 벌기 위해 서울로 가려던 참이었다. 태어나 지금까지 한 번도 고향을 떠나본 적 없기에 앞으로의 일들이 마냥 두렵기만 했다. 그는 마을을 떠나기 전에 평소 자신을 아끼던 이장을 찾아갔다. 마침 이장은 서예를 연습하고 있었고, 그가 미래에 대한 덕담을 부탁하자 한 구절을 써주었다.

'두려워하지 말라.'

이장은 고개를 들고 그에게 말했다.

"인생을 살아가는 비결은 두 마디면 충분하네. 오늘은 한마디를 알려주었고, 나머지는 다음에 알려주겠네."

30년 후, 그는 서울에서 어느 정도 여유를 찾았으나 자신이 원하던 모습은 아니었다. 부끄럽기도 했고 걱정은 날이 갈수록 늘어갔다. 고향에 내려가야 했지만 발걸음은 무겁기만 했다. 결국 그는 30년 전에 찾아갔던 이장을 다시 찾아갔다. 그러나 이장은 몇 년 전에 세상을 뜨고 없었다. 이장의 가족이 봉투 하나를 건네주면서 말했다.

"이것은 이장님이 생전에 당신에게 남긴 것입니다. 열어보세요."

그는 봉투를 받아들고 조심스럽게 열어보았다. 봉투 안에는 이장이 예전에 분명히 약속했던 나머지 한마디의 덕담이 쓰여 있었다.

'후회하지 마라.'

이미 중년이 되어버린 청년의 눈에서는 굵은 눈물 한 방울이 흘러내렸다.

MENTOR 인생이란 중년의 나이가 되기 전에는 두려워하지 말고, 중년이 넘으면 후회하지 말아야 하는 법이다.

멘토편 * 363

MEMO

하느님이 한 남자에게 달팽이와 함께 산책하라는 임무를 주었다. 그러나 달팽이의 걸음은 너무나도 느렸다. 남자는 걸음이 느린 달팽이를 재촉하면서 윽박지르고, 욕을 퍼붓기까지 했다. 달팽이의 눈은 남자를 향해 이렇게 말하고 있는 것 같았다.

"나는 최선을 다하고 있어요!"

나중에는 답답하기도 하고 급한 마음에 달팽이를 밀기도 하고 잡아당기기기도 했다. 심지어는 발로 차기까지 했다. 그러나 달팽이는 점점 더 느려졌다. 문득, 그는 이상한 생각이 들었다.

'하느님이 왜 내게 달팽이를 데리고 산책하라고 했을까?'

남자는 곧바로 하느님에게 물었으나 아무런 대답이 없었다.

'그래, 하느님도 신경 쓰지 않는 달팽이를 내가 왜 신경을 써야 해. 차라리 달팽이 뒤를 천천히 따라가는 거야.'

그렇게 달팽이 뒤를 따라 산보하고 있는데, 어디선가 풍겨오는 향기로운 꽃향기가 코를 간지럽혔다. 남자가 지나가고 있는 곳은 화원이었던 것이다. 새들이 지저귀는 소리와 풀벌레 소리가 들렸고, 따뜻한 미풍의 감촉이 느껴졌다. 하늘의 별들이 반짝이는 것도 보였다.

왜 방금 전에는 이 모든 것을 보지 못했을까? 순간 그는 깨달았다.

'하느님이 원하는 것은 내가 달팽이를 데리고 산책하는 것이 아니라, 달팽이가 나를 데리고 산책하는 것이었어.'

MENTOR 마음이 급해지면 주변이 보이지 않는 법이다. '급할수록 돌아가라' 는 말이 있다. 화가 나거나 조급한 순간이 오면 깊은 숨을 들이쉬고 마음의 평 정을 되찾아야 한다.

MEMO

남자다운 기백이란

아들을 무척 걱정하는 아버지가 있었다. 이 아들은 열다섯 살 남짓 되었지만 남자다운 기백을 찾아볼 수가 없었다. 아버지는 스님을 찾아가 아들을 남자답게 훈련시켜줄 것을 청했다.

스님이 말했다.

"아드님을 여기에 머물게 하세요. 석 달 후, 제가 진정한 남자로 만들어놓겠습니다."

아버지는 스님의 말에 동의했다. 그리고 석 달 후 아버지가 아들을 보러 왔다. 스님은 아들에게 무예를 수련하는 스님과 대련토록 했다. 그러나 대련을 시작한 후 아들은 기합 소리와 함께 바닥에 쓰러졌다. 다시 일어나서 대련을 시작했지만 또 쓰러졌다. 또 일어나고 쓰러지고……. 이렇게 일어서고 쓰러지기를 스무 번 이상 반복했다.

스님이 아버지에게 물어보았다.

"아드님에게 남자의 기개가 느껴지지 않습니까?"

아버지가 말했다.

"창피해 죽겠습니다! 석 달 동안 훈련을 받으면 뭐합니까? 치지도 못하고, 맞고 쓰러지기만 하는군요."

스님이 말했다.

"유감스럽게도 아버님께서는 겉모습의 승패만 보셨군요. 쓰러져도 다시 일어나는 용기와 의지는 보지 못하셨네요. 이런 용기와 의지야말로 남자의 기개입니다. 일어서는 횟수가 쓰러지는 횟수보다

단 한 번이라도 많다면 훈련에 성공한 게 아닐까요?"

MENTOR 한 번의 실패에 낙담해서 생을 포기하는 사람도 있다. 칠전팔기(七顚八起), 세상에 굴하지 않고 끝까지 일어서는 사람이 승리자다.

MEMO

중동 지방의 왕이 이가 몽땅 빠져버리는 꿈을 꾸었다. 왕은 불길한 생각에 꿈을 해몽하는 사람을 불러들였다. 해몽가는 왕의 꿈을 풀이해주었다.

"폐하, 불길한 징조입니다. 이가 모두 빠지는 꿈은 가족이 죽게 된다는 것입니다. 폐하의 모든 가족이 폐하보다 일찍 죽게 될 징조입니다."

왕은 꿈 풀이를 듣고 노발대발하여, 그를 투옥시키고 다른 해몽가를 불렀다.

다른 해몽가도 왕의 꿈을 풀이해주었다.

"폐하, 이 꿈은 행운의 징조입니다. 폐하는 가족들보다 오래 사실 것입니다."

그의 말에 기분이 좋아진 왕은 큰 상금을 내렸다.

옆에서 지켜보던 신하가 이상해서 해몽가에게 물었다.

"당신의 꿈 풀이는 이전의 해몽가와 같은 것이잖소. 그런데 무슨 이유로 그는 벌을 받고 당신은 상을 받는 것이오?"

상을 받은 해몽가가 말했다.

"맞는 말씀입니다. 꿈에 대한 해석 결과는 우리 둘 다 같습니다. 다만 어떻게 얘기했느냐가 다른 것이죠."

MENTOR 똑같은 사물을 보고 한 사람은 부정적으로 말하고, 다른 한 사람은 긍정적으로 말했을 때 당신은 어떤 사람을 선택하겠는가?

인생 바구니의 무게와 마음의 깊이

인생의 짐을 버거워하는 사람이 있었다. 그는 철학자를 찾아가 어떻게 하면 해탈할 수 있는지 물어보았다. 철학자는 대바구니를 그의 어깨에 메어주고는, 자갈길을 가리키며 말했다.

"한 걸음씩 걸을 때마다 돌멩이를 주워서 바구니에 넣은 다음 그 느낌이 어떤지 알아보세요."

그는 철학자가 시키는 대로 했다. 철학자는 맞은편 끝에서 그를 기다리고 있었다.

잠시 후 그가 돌멩이가 든 바구니를 메고 끝까지 걸어오자, 철학자가 무슨 느낌이었는지 물었다.

그가 말했다.

"점점 무거워졌습니다."

철학자가 말했다.

"돌멩이를 든 바구니는 당신이 생활을 점점 무겁게 느끼는 것과 같은 이치입니다. 이 세상에 왔을 때, 우리 모두는 비어 있는 바구니를 메고 있었습니다. 그러나 우리가 한 걸음 한 걸음 갈 때마다 살면서 무엇인가를 주웠기 때문에 갈수록 힘들어지는 느낌이 드는 것입니다."

그가 다시 물었다.

"어떻게 하면 이 무게를 줄일 수 있을까요?"

철학자가 말했다.

"그러면 일과 사랑, 가정, 우정 중 어느 것 하나를 꺼내세요."

그는 말이 없어졌다.

철학자가 한마디 덧붙였다.

"우리 인생의 바구니에는 살아가면서 고심하며 찾아낸 것뿐만 아니라 책임이라는 것도 있습니다. 당신의 삶이 무겁다고 느껴질 때에는 당신이 한 나라의 대통령이 아닌 것을 다행이라고 생각하세요. 대통령의 바구니는 당신보다 훨씬 크고 무겁기 때문입니다."

MENTOR 사람은 모두가 웃고 있을 때 울면서 태어난다. 그리고 모두가 울고 있을 때 웃으며 저세상으로 간다.

MEMO

감정은 흐르는 물과 같은 것

그림 그리기를 좋아하는 한 소녀는 이웃집 소년과 사이좋게 지냈다. 시간이 흐르면서 소녀는 소년에게 첫사랑의 감정을 느끼게 되었다. 하지만 소녀는 쉽게 자신의 마음을 표현하지 못했다.

어느 날 소녀는 아침에 갓 피어난 나팔꽃 즙으로 소년의 모습을 그렸다. 나팔꽃 즙은 꿈을 꾸고 있는 듯한 환상적인 빛깔이었다. 소녀는 그림을 큰 봉투에 넣고, 만년필로 '가장 사랑하는 것' 이라고 적은 다음 가장 비밀스러운 곳에 숨겨두었다.

세월이 흐른 후, 성장한 소녀는 다른 사람과 결혼하게 되었다. 그녀는 자기 방을 정리하는 도중 침대 구석 밑에서 먼지가 켜켜이 쌓이고 색이 바랜 봉투를 발견했다. 봉투에는 이런 글자가 쓰여 있었다. '가장 사랑하는 것.'

호기심이 생긴 그녀는 봉투를 열어보았지만 안에는 백지 한 장만 있을 뿐이었다.

시간이 종이 위의 빛깔을 씻어버린 것이다.

MENTOR 감정은 고여 있지 않고 기억과 시간에게 안긴 채 천천히 흘러간다. 이것을 슬퍼하거나 허망해하지 말라.

사랑의 자존심이란

길가에 난 베란다에 아름다운 아가씨가 서 있었다. 그 아래를 지나가던 사람들은 고개를 들어 아가씨를 한 번씩 쳐다보곤 했다. 그러던 어느 날 한 신사가 이곳을 지나게 되었다. 그는 아가씨의 미모에 반하여 수줍은 목소리로 아가씨에게 자신의 마음을 전했다.

아가씨는 도도한 표정을 지으며 말했다.

"만일 당신이 나를 정말로 사랑한다면 100일 동안 발코니 아래에 있어주세요. 그러면 당신을 만나주겠어요."

신사는 두말 않고 그 자리에 앉아버렸다.

하루가 지나고, 또 하루가 지나고, 그렇게 99일이 지났다. 하루만 더 있으면 약속한 100일이었다. 여자는 커튼을 살짝 들추어 석 달 동안 그 자리를 지키고 있는 신사를 지켜보았다.

여자는 변함없는 그 신사에게 감동을 받았다. 그런데 순간 그녀의 표정이 굳어졌다. 갑자기 그 신사가 천천히 몸을 일으켜 세워 의자를 접고는 아무 일 없다는 듯이 가버린 것이다.

아가씨는 남자의 뒷모습을 그저 애타게 바라볼 뿐이었다.

MENTOR 사랑을 시작하는 연인들은 때때로 순순한 감정 이외의 것들을 내세워 상대편을 시험한다. 사랑받는 것만큼 중요한 일은, 상대의 자존심을 지켜주는 일이다.

고대에 광활한 국토와 강력한 국력을 가진 국왕이 있었다. 왕은 선녀처럼 아리따운 여자와 결혼했다. 국왕과 왕비는 한 쌍의 잉꼬부부였다. 그러나 행복한 시간은 그리 오래가지 않았다. 하늘의 질투 때문인지, 왕비가 불치병에 걸리게 된 것이었다. 전국에서 가장 유명한 의사도 속수무책이었다. 결국 왕비는 죽고 말았다. 마지막 순간의 왕비는 여전히 아름다움 그 자체였다.

아내의 죽음으로 슬픔에 잠긴 왕은 왕비를 위해 성대한 장례식을 거행했다. 그리고 가장 뛰어난 목수를 불러서 가장 좋은 목재로 왕비의 목관을 만들게 했다. 사랑하는 왕비를 매일 만나기 위해 왕은 왕비의 관을 왕궁 주변에 묻고 영혼의 궁전으로 조성하도록 했다. 그리고 시간이 날 때마다 이곳에 와서 왕비와 함께한 행복했던 시절을 추억했다.

세월이 지나면서 왕은 영혼의 궁전 주변이 너무 단조롭고 무미건조해서 왕비와 어울리지 않는다고 생각했다. 그래서 주변에 화원을 조성하기 위해 전국 각지에서 희귀한 꽃을 가져오게 했다. 곧 화원이 완성되었지만 왕은 여전히 뭔가 부족하다고 느꼈고, 물을 끌어들여 세상에서 가장 아름다운 인공 호수를 만들게 했다. 이렇게 호수가 완성되자 누각을 만들게 했고, 일류 조각가를 불러 아름다운 조각을 하도록 명령했다.

왕은 이 정원에 뭔가 부족한 것을 찾아내서 끊임없이 확장하고 보완하며 어떻게 하면 정원을 더 아름답게 조성할지 평생 고민했다.

그러던 어느 날, 왕의 시선이 왕비의 관에 머물렀다. 목 관이 이 정원과는 어울리지 않다는 생각이 든 것이었다. 왕은 손을 흔들어 신하를 부르고는 명령했다.

"관을 밖으로 옮겨가거라!"

MENTOR '주객이 전도되었다'는 말이 있다. 왕비의 사랑으로 시작한 정원이 나중에는 왕비는 없고 정원만 남았다. 당신의 사랑은 어떠한가?

MEMO

자신을 사랑하라

한 남자가 한 여자에게 반했다. 남자는 여자에게 청혼을 하기로 결심했다. 그러나 여자는 그 남자의 청혼을 거절했다. 남자가 자신을 진심으로 사랑하는 것인지 시험해보고 싶기도 했고, 남자가 얼마만큼 강한 사람인지 궁금했기 때문이다. 그런데 남자는 여자의 거절에 눈물을 보이더니 무릎을 꿇고 애걸을 하는 것이 아닌가.

무척 실망한 여자가 말했다.

"당신의 마음은 참으로 약하군요. 앞으로 살아가면서 이보다 힘든 일이 얼마나 많은데, 그때마다 울며 무릎을 꿇을 건가요?"

그래도 남자는 포기하지 않았다. 1년 후 그는 여자에게 다시 청혼을 했다. 그는 예전과 달리 강철처럼 단단해졌고, 남자다움이 물씬 풍겼다. 그러면서도 부드러움과 자상함을 잃지 않은 모습으로 변해 있었다. 하지만 여자는 그런 남자를 마지막으로 시험하기 위해 또다시 거절했다. 그 순간 남자는 주머니에서 흉기를 꺼내어 자신의 심장을 향해 겨누며 말했다.

"당신은 언제까지 나의 청혼을 거절할 겁니까? 난 내 목숨까지도 바칠 각오가 되어 있다고요!"

여자는 남자를 차갑게 바라보며 말했다.

"이제야 확실히 알겠군요. 스스로를 사랑할 줄 모르는 당신의 사랑이 집착이었다는 것을."

MENTOR 무작정 하는 사랑은 사랑이 아니라 집착이다. 다른 사람을 사랑하고 싶으면 먼저 자기 자신을 진정으로 사랑하라.

빅토리아 여왕과 남편이 어느 날 말다툼을 했다. 화가 난 남편은 혼자서 침실로 들어가 문을 잠가버렸다. 여왕이 침실 문을 두드리자 안에 있는 남편이 물었다.

"누구시오?"

여왕은 위엄스럽고 근엄한 목소리로 말했다.

"여왕이오!"

문은 열리지 않았다. 여왕은 다시 한 번 문을 두드렸고, 안에서 다시 묻는 소리가 들렸다.

"누구시오?"

여왕은 조금 나긋한 목소리로 대답했다.

"빅토리아예요."

안에서는 여전히 아무런 대답도 없었다. 여왕은 또다시 문을 두드렸고, 남편은 똑같은 질문을 했다.

"누구시오?"

여왕은 부드럽고 상냥한 목소리로 말했다.

"당신의 아내입니다."

그리고 이내 문이 열렸다.

MENTOR 사랑에는 빈부의 차이나 직위의 차이가 없다. 아침 호수처럼 평평한 것이 사랑이다. 당신의 사랑은 어떤 사랑인가?

세상에서 가장 어려운 일

수업 첫날 고대 그리스의 철학자 소크라테스가 제자에게 말했다.
"오늘은 가장 간단하고 쉬운 것을 공부합시다. 여러분들은 팔을 최대한 앞으로 뻗어서 흔든 다음 다시 최대한 뒤로 뻗어서 흔드십시오."

소크라테스는 먼저 시범을 보여주었다.
"오늘부터 매일 300번씩 이렇게 운동하세요. 모두들 할 수 있겠습니까?"

스승의 말에 제자들은 '설마, 이렇게 간단한 것을 못하겠어?' 라고 생각하며 웃었다.

한 달이 흘렀다. 소크라테스가 학생들에게 물었다.
"매일 300번씩 팔을 앞뒤로 흔드는 일을 끝까지 한 사람이 있습니까?"

대부분의 학생이 자신 있게 손을 들었다. 그리고 또 한 달이 흘렀다. 소크라테스가 다시 묻자, 끝까지 팔을 흔든 학생은 절반으로 줄었다.

1년 후 소크라테스가 다시 한 번 물었다.
"손 운동을 끝까지 한 사람은 누구입니까?"

이때 한 사람만이 손을 들었다. 이 학생이 바로 훗날 고대 그리스 철학의 대성이라 불리는 플라톤이었다.

MENTOR 쉬워 보이는 일이라도 꾸준하게 하기로 결심한 순간 그것은 세상 가장 어려운 일이 될 것이다.

필요한 사람과 행복의 크기

한 소녀가 풀밭을 지나다가 가시에 찔려 상처를 입은 나비 한 마리를 보게 되었다. 소녀는 나비에게 다가가 조심스레 가시를 빼주고 하늘로 다시 날아가게 했다.

그 후 생명의 은혜를 갚고 싶은 나비는 선녀로 변신한 뒤 소녀를 찾아와 말했다.

"당신은 무척 친절한 사람이군요. 당신의 소원 하나를 들어주겠어요."

소녀는 잠시 생각하더니 말했다.

"저는 기쁨을 갖고 싶어요."

선녀는 소녀의 귓가에 무언가를 소곤소곤 말하고는 훨훨 날아갔다.

소녀는 소원대로 평생 즐겁고 행복하게 살았다. 수십 년이 흐른 후 할머니가 된 소녀에게 이웃 사람이 행복하게 사는 비결을 알려달라고 간청했다.

"선녀가 당신에게 도대체 무엇을 말했는지 알려주세요."

할머니는 살며시 웃더니 이렇게 말했다.

"그 선녀는 주변의 모든 사람이 내 사랑을 필요로 하고 있다고 말해주었어요."

MENTOR 사람의 마음은 본래 연약하다. 그래서 우리는 모두 자신이 누군가에게 필요한 사람이라고 느낄 때 행복감을 느낀다.

자만심과 약속의 신뢰

알렉산더 대왕은 모든 적군을 물리치고 강대한 제국을 세운 사람이다. 하지만 그의 마음을 한없이 약하게 만드는 존재가 있었으니, 바로 그의 어린 아들이었다. 그는 애지중지하는 아들을 안아 무릎에 앉히고 기쁨에 겨워 말했다.

"아들아, 아버지는 이제 온 세상의 주인이 되었단다. 그 누구도 감히 아버지를 해치는 일은 없을 것이다. 아들아, 무엇이든 말해보거라. 이 아버지가 다 해주겠다."

아들은 천진난만한 얼굴로 말했다.

"하늘에 있는 달을 갖고 싶어요!"

알렉산더 대왕은 아들의 말에 할 말을 잃어버렸다. 아들은 아버지가 아무런 말을 하지 않자, 입을 씰룩거리더니 울음을 터뜨렸다.

"저는 하늘의 달을 갖고 싶어요. 무엇이든 다 해줄 수 있다고 말씀하지 않으셨나요?"

알렉산더 대왕은 한참 동안 생각에 잠긴 후 긴 숨을 내쉬며 말했다.

"미안하다, 아들아. 네 소원은 아버지가 들어줄 수가 없구나. 방금 아버지가 잘못 말했다. 세상의 어떤 사람도 전지전능할 수는 없구나! 오늘은 아버지가 너에게 한 가지 교훈 을 얻었다."

MENTOR 약속을 잘 지키는 사람이 되는 방법은 딱 하나다. 지킬 수 있는 약속만을 하는 것이다. 자신을 과시하려는 약속은 신뢰를 잃게 할 뿐이다.

황금을 만드는 비법

황금이 이 세상 그 무엇보다도 최고라고 굳게 믿는 어느 태국인이 있었다. 그는 자신이 가진 돈, 정력, 시간을 전부 황금을 만드는 실험에 쏟아 부었지만 얼마 가지 않아 재산을 모두 날리고 말았다. 먹고살 길이 막막해진 그의 아내는 친정아버지에게 가서 자초지종을 얘기했다. 사정을 들은 친정아버지는 사위를 불러서 말했다.

"황금 만드는 비법은 내가 이미 알아냈다네. 필요한 것은 준비가 다 되었는데 딱 한 가지만 부족하구먼. 그런데 내가 나이가 너무 많아 몸이 마음만큼 따라주지 못하는구먼."

이 말을 들은 사위가 다급하게 말했다.

"장인어른, 제가 어떻게 하면 되는지 알려주십시오."

장인은 마지못한 투로 말했다.

"그럼 말일세, 바나나 잎에서 채취한 하얀 털 3킬로그램이 필요하다네. 그런데 반드시 자네가 직접 심은 바나나 나무의 잎에서 채취한 것이라야 해. 자네가 하얀 털을 준비만 하면 황금을 만드는 건 문제없네."

이튿날 사위는 바나나 심기에 나섰다. 그리고 바나나가 익으면 조심스럽게 잎에서 흰색 털을 긁어내어 큰 항아리에 모아두었다. 1년, 또 1년, 그렇게 시간은 흘러갔다.

어느덧 10년이 지나갔다. 어느 날 사위는 의기양양한 모습으로 항아리를 안고 왔고, 이런 사위에게 장인이 말했다.

"저기 문을 좀 열어보게나."

문을 연 사위의 눈에 들어온 것은 방 안 가득히 반짝이는 물건들이었다. 눈이 부신 사위는 정신을 차리고 다시 보았다. 그것은 다름 아닌 바로 황금이었다.

그의 아내가 웃으며 말했다.

"이 황금은 우리가 10년 동안 심은 바나나를 팔아서 번 거예요."

사실 황금을 만드는 비법은 매우 다양하다. 장인은 그중에서도 '부지런함'이라는 비법을 이용한 것뿐이다.

MENTOR 꿈을 이루는 데는 꼭 필요한 것이 있다. 인내와 노력 그리고 열정이다.

MEMO

화의 흔적

평소에 무슨 일이든 제멋대로 하고 걸핏하면 화를 내는 아이가 있었다. 하루는 아이의 아버지가 못을 가득 담은 주머니를 주면서 말했다. "남에게 화를 낼 때마다 마당 뒤편에 있는 담에 못을 하나씩 박도록 해라."

다음 날 아이는 서른일곱 번이나 화를 냈고 아버지의 말대로 담에 서른일곱 개의 못을 박았다. 그 후 아이는 화를 참는 것이 못을 박는 것보다 쉽다는 것을 점점 깨닫게 되었고, 이후로 화를 내는 횟수가 조금씩 줄어들기 시작했다. 그리고 마침내 감정을 완벽히 억제할 수 있게 되었다.

아들의 변화된 모습을 눈치 챈 아버지가 말했다.

"아들아, 오늘부터는 네가 화나는 것을 참아냈을 때마다 담에 박혀 있는 못을 하나씩 뽑아내거라."

상당한 시간이 흐른 후 아이는 마침내 모든 못을 다 뽑아낼 수 있었다. 아버지는 아이의 손을 잡고 마당 뒤편에 있는 담으로 가서 말했다.

"네가 대견스럽구나. 그런데 보렴. 담에 수없이 많은 구멍이 그대로 남아 있잖니? 못은 뽑아냈지만 못을 박기 전의 깨끗한 담으로 다시 돌아가기는 불가능하단다. 네가 화가 나서 내뱉은 말들은 남의 마음을 아프게 하고, 결국 이 못처럼 다른 사람의 가슴에 상처를 남기게 된단다. 네가 잘못을 깨닫고 미안하다고 몇 번을 말해도 그 상처들은 영원히 그대로 남는 거야."

MENTOR 화를 낸 사람은 그 사실을 곧 잊어버리지만 상대의 마음속에 남은 흔적은 쉬이 사라지지 않는다.

자신의 결점을 안다는 것

목사가 설교를 하고 있는데 한 신도가 졸고 있었다. 졸고 있는 신도를 발견한 목사는 신도들에게 외쳤다.

"천당으로 가고자 하는 사람은 모두 일어나시오!"

졸고 있던 신도를 제외하고는 모든 사람이 그 자리에서 일어났다. 목사는 이어서 다시 큰 목소리로 외쳤다.

"지옥으로 가고자 하는 사람은 모두 일어나시오."

한참 달콤하게 졸던 신도는 놀라서 깨어났고, 얼떨결에 일어서고 말았다. 목사는 그에게 말했다.

"일어선 것을 보니 정말로 지옥에 가고 싶은가 보군요."

그 신도는 주위를 한번 빙 둘러보더니 곧바로 대답했다.

"목사님도 지금 연단에 서 계시잖아요?"

이 말을 들은 목사는 아무 말도 할 수 없었다.

MENTOR 사람들은 다른 사람을 꾸짖으면서 자기 자신도 그와 똑같은 잘못을 저지른다는 사실을 모른다. 어느 철학자는 다음과 같이 말했다.
"모든 사람에게는 잘못이나 결점이 있게 마련이지만 우리는 이들을 용서해야 한다. 그들이 바로 우리 자신들이기 때문이다."

어른이 되었지만 혼자서는 아무것도 하지 못하는 아들 때문에 마음고생을 심하게 하는 어머니가 있었다. 그녀는 온갖 방법으로 아들을 바꿔보려 했지만 매번 허사였다. 어머니는 마지막으로 심리교육 전문가를 찾아가 상담을 받았다.

"아들에게 처음으로 끈을 묶는 신발을 사주었을 때, 신발 끈을 풀지 못하자 그다음부터는 끈이 있는 신발은 사주지 않았죠?"

어머니는 고개를 끄덕였다. 상담원이 두 번째 질문을 했다.

"아들에게 처음으로 설거지를 시켰는데, 옷이 온통 물에 젖게 되자 그다음부터는 싱크대 근처에도 못 가게 하신 건 아닌가요?"

어머니는 그렇다고 대답했다. 상담원이 세 번째 질문을 했다.

"아들이 처음으로 직접 침대를 정리하는데 무려 한 시간이나 걸려서 다음부턴 대신 해주셨죠?"

이 질문에 어머니는 너무 놀라서 상담원을 쳐다보았다. 상담원의 질문이 계속 이어졌다.

"아드님이 대학 졸업 후 직장을 구할 때, 알고 계시는 분한테 취직을 부탁하셨죠?"

어머니가 한층 더 놀랐다.

"선생님이 그걸 어떻게 아세요?"

"신발 끈 얘기에서 짐작했죠."

"그럼 저는 이제 어떻게 해야 하나요?"

상담원이 대답했다.

"아드님이 결혼할 때 좋은 집을 사주시면 되고, 돈이 떨어졌을 때 돈을 주시면 됩니다. 이것이 어머님이 하실 수 있는 최고의 선택이죠. 다른 것은 제가 도와드릴 수 없군요."

MENTOR 부모들은 자녀가 성장할 때 과잉보호를 하기도 한다. 부모가 직접 판 그 함정에 빠진 자식은 잘못을 저지르고도 반성할 기회를 빼앗겼기 때문에 성인으로 자랄 권리마저도 잃어버리게 되는 것이다.

MEMO

믿음의 위력

고대에는 수많은 영웅이 전쟁을 일으켰었다. 전쟁터에서는 기세를 과시하는 깃발이 넘쳤고, 혈기왕성한 아들을 전쟁터로 보내야 하는 부모들은 아들을 붙잡고 울어댔다.

장군의 아들도 예외는 아니었다. 장군은 전쟁터로 떠나는 아들에게 칼을 건네주며 말했다.

"애야, 이 칼은 유퍼스 나무로 만든 칼로서, 우리 집안의 대대로 이어져 온 가보란다. 이것을 몸에 지니고 있으면 온갖 악귀를 물리치고 죽음을 피할 수 있을 거야. 다만 절대로 칼을 뽑으면 안 된다. 칼을 뽑는 순간 영혼이 달아나버려서 쓸모없는 고철 덩이가 되기 때문이야."

아들은 이 칼이 자신을 지켜줄 거라는 믿음을 얻고 용감하게 전쟁터로 향했다.

장군의 아들이 최전선에 서게 되었다. 승리를 장담하는 그의 용맹한 모습은 매우 늠름했다. 그런데 그 순간 아들은 자신의 기분에 도취되어 호기심을 억누르지 못하고 몸에 찬 가보를 뽑아보았다. 순간 아들은 실망감을 감출 수 없었다. 자신을 지켜줄 것이라고 믿었던 그 칼은 너무나 평범하고 낡은 칼이었던 것이다.

곧 전쟁은 시작되었고 아들은 실망감에 빠져 잠시 경계를 늦추고 있다가 적의 화살에 맞아 죽고 말았다.

MENTOR 사실보다 무서운 것은 믿음이다. 자신을 지탱했던 믿음이 깨지는 순간 삶은 순식간에 죽음으로 바뀌기도 한다.

자신을 억제하는 법

반 고흐는 화가가 되기 전에 탄광 지역에서 목사를 맡았었다. 어느 날 고흐가 광부와 함께 지하로 내려가게 되었다. 그런데 승강기 안에서 그는 엄청난 공포에 빠지게 되었다. 철삭이 흔들려서 덜컹덜컹 소리를 내었고, 바닥은 좌우로 계속 흔들렸기 때문이었다. 승강기 안에 있는 모든 사람이 순간 긴장에 휩싸였다. 그런데 나이가 많은 광부만이 아무렇지도 않게 침착함을 유지하고 있었다. 고흐가 그 나이 든 광부에게 말을 건넸다.

"어르신은 익숙해졌나 봅니다."

"아닙니다. 익숙해지지는 않았습니다. 몇 십 년 동안 탄광 승강기를 타왔지만 항상 두려움을 느낍니다. 단지 스스로의 감정을 억제하는 법을 배웠을 뿐이죠."

반 고흐는 나이 든 광부의 말을 잊지 않고 고이 간직했다. 그 후 고흐는 그림을 그리면서 상류사회의 물질적 유혹이 느껴질 때마다 광부의 말을 떠올렸고, 무서운 집념으로 소신을 잃지 않았다.

그리고 마침내 좌절과 실패, 영락, 곤궁, 병마와 같은 시련을 이겨내고 불후의 명작을 그려내어 인상파의 거장이 된 것이다.

MENTOR 자신을 억제하는 것은 자신의 내면을 침착하게 성찰하는 것이다. 또한 바쁜 틈에서도 기다림을 배우는 것이고, 그 기다림 속에서 기회를 모색하는 것이다.

진실과 도전의 성과

옛날에 한 임금이 있었다. 그 임금은 나이가 들자 왕자들 중에서 왕위를 물려줄 세자를 뽑아야겠다고 생각했다. 어느 날 임금은 양쪽이 절벽으로 되어 있는 길 위에서 아주 가벼운 재료로 가짜 '큰 바위'를 만들어놓으라는 명령을 내렸다. 그러고는 왕자들을 불러서 순서대로 그 길을 지나 대장군에게 화급한 밀서를 전달하라고 시켰다.

며칠 후 왕자들이 변방에서 돌아왔다. 임금은 왕자들에게 밀서를 어떻게 전달했는지 물어보았다. 한 왕자는 '큰 바위' 위를 기어서 지나갔다고 했다. 둘째 왕자는 절벽으로 가지 않고 길을 돌아가서 전해주었다고 대답했다. 그런데 가장 어린 막내 왕자는 큰길로 달려갔다고 대답하는 것이 아닌가.

임금이 막내 왕자에게 물었다.

"큰 바위가 길을 막고 있지 않았느냐?"

막내 왕자가 대답했다.

"힘을 줘서 밀었더니 절벽 아래로 떨어지던걸요."

"어떻게 큰 바위를 밀어볼 생각을 하게 됐느냐?"

"그냥 한 번 해보는 것도 나쁠 것 같지 않다고 생각했습니다."

결국 왕위는 막내 왕자가 이어받았다.

MENTOR 살아가면서 겪는 수많은 어려움과 문제는 사실 가짜 바위와 같다. 중요한 것은 그것을 한 번 밀어볼 용기가 있느냐, 없느냐에 달려 있는 것이다.

과정과 결과의 중요성의 차이

다음은 인생의 절정을 맞이하는 젊은이와 인생의 하향 길에 들어선 노인의 이야기이다.

어느 날 젊은이가 아버지와 함께 공원을 거닐고 있었다. 젊은이는 자기 옆에 있는 꽃 한 송이를 꺾어 보이며 말했다.

"아버지, 젊은이들은 이 꽃처럼 생명의 활력이 넘쳐나요. 그러니 아버지 연배 되시는 분들이 어디 우리 젊은이들과 비교가 되겠어요?"

아버지는 아들의 말에 대꾸하지 않았다. 잠시 후 공원에 있는 매점을 지나다가 호두 한 봉지를 산 아버지는 호두 한 알을 꺼내 손바닥에 올려놓고 아들에게 말했다.

"애야, 방금 네가 했던 말도 일리는 있단다. 네가 아까 보여준 꽃이라면, 나는 이 말라빠진 호두란다. 하지만 중요한 사실이 있다. 네가 보여준 꽃은 생명력을 화려한 꽃잎에 드러내 보이지만, 열매는 그 반대로 깊숙한 곳에 있는 씨앗에 생명력을 숨기고 있지 않니?"

아들은 아버지의 말에 동의하지 않는다는 듯이 말했다.

"꽃이 있어야 열매가 맺어지는 것 아닌가요?"

아버지는 허허 웃으며 말했다.

"그렇지. 열매를 맺기 전에는 전부 꽃이란다. 그런데 말이다, 이걸 알고 있니? 모든 꽃이 다 열매를 맺을 수 있는 건 아니라는 것을."

MENTOR 꽃이 화려하게 피었다고 모두 열매를 맺는 것은 아니다. 마찬가지로 열정과 도전으로 일을 했다고 모두 다 성공하는 것은 아니다. 일의 과정도 중요하지만 결과는 더 중요하다는 뜻이다.

행동의 근원을 찾아라

초등학교로 들어가는 나무 현관문을 누군가가 발로 부수어버렸다. 문은 설치된 날부터 하루도 차이지 않는 날이 없었다. 장난이 심한 아이들이 발로 문을 여닫다가 부순 게 틀림없었다. 학생 지도 선생님은 이런 아이들 때문에 골머리가 썩을 지경이었다. 문을 고친 당일 날 '발 조심', '나도 아픔을 느끼는 문입니다'와 같은 경고문을 붙여놓았지만 그 어떤 문구도 효과는 없었다. 여전히 아이들은 문을 발로 차고 다녔고, 결국 현관문은 다시 부서지고 말았다.

지도 선생님은 문제의 심각성을 깨닫고 교장 선생님을 찾아갔다. 그는 차라리 현관문을 커다란 철문으로 바꾸자고 건의했다.

"아이들이 설마 튼튼한 철문을 부수겠어요? 아무리 차도 끄떡없도록 이참에 두껍고 튼튼한 문으로 바꾸시죠."

교장 선생님이 웃으며 말했다.

"안심하세요. 이미 튼튼한 문을 주문해놓았습니다."

교장 선생님 말대로 깨진 문은 치워지고, 새로운 문을 설치했다. 어찌된 일인지 그 이후로는 아무도 문을 차는 사람이 없었다. 아이들은 새 현관문 앞에서 모두 조심스럽게 행동했다. 새 문은 그다지 견고하지 않았지만 문을 차지 않겠다는 아이들 스스로의 약속과 믿음만이 이 문을 지킬 뿐이었다. 교내의 모든 아이가 하루하루 새 문을 통해 진정한 사랑과 보호, 약속의 의미가 무엇인지 배우게 되었다. 새 문은 바로 유리문이었다.

MENTOR 스스로 느끼면 저절로 행동이 바뀐다. 강요하기 전에 행동의 근원을 파악하면 해결 방법은 생각보다 쉽게 찾아진다.

좋아하는 일의 효과

망아지와 당나귀를 키우는 사람이 있었다. 주인은 항상 말에다가 수레를 끄는 고삐를 걸고 마을에 나가서 맛있는 것을 많이 사주곤 했다. 하지만 당나귀는 아침부터 밤까지 곡식을 빻거나 방앗간 옆에 있는 나무 기둥에 묶여 있었다.

어느 날 당나귀가 주인에게 말했다.

"저도 망아지처럼 수레를 끌고 마을에 가고 싶어요."

주인이 말했다.

"당나귀야, 너는 키가 너무 작잖아. 너는 많은 물건을 끌어당길 수 없단다."

당나귀는 그래도 수레를 끌겠다고 고집을 피웠다. 주인은 어쩔 수 없다는 듯 말했다.

"그럼 좋다. 하지만 조건이 있다. 대신 눈가리개를 해야 한다."

주인의 말에 당나귀는 신이 났다.

"알겠습니다."

주인은 당나귀의 눈에 눈가리개를 씌웠다. 그러고는 당나귀를 방아 맷돌에 묶어서 곡식을 빻게 했다. 그러나 당나귀는 신이 나서 자기가 마차를 끌고 마을에 가고 있는 것으로 착각하고 있었다.

MENTOR 아이를 크게 키우고 싶다면 좋아하는 것을 잘 이용하도록 하라.

천당과 지옥 그리고 현실

죽을 날이 얼마 남지 않은 부자에게 신이 물었다.

"죽은 후에 천당과 지옥 중 어느 곳으로 가고 싶으냐?"

부자는 꾀를 부려 대답했다.

"한 번 가보고 나서 결정하면 안 되나요?"

이에 신은 부자를 데리고 천당 구경을 시켜주었다. 그런데 천당에는 사람들이 빙 둘러앉아서 무표정한 표정으로 노래를 부르는 광경만 눈에 띄었다. 이걸 본 부자는 이곳은 분명 아무런 즐거움이 없을 거라는 생각이 들었다. 이번에는 지옥을 구경하러 갔다. 그곳에서 술과 여자들에 둘러싸여서 흥청망청 먹고 마시고 노는 사람들을 본 부자는 이곳이야말로 진정으로 행복한 곳이라고 생각했다. 부자는 조금도 주저함이 없이 신에게 말했다.

"결정했습니다. 저는 죽고 나서 지옥으로 가겠어요."

부자는 죽은 후 정말 지옥으로 가게 되었고, 매일 아침 일찍 일어나 저녁 늦게 잠들 때까지 죽어라고 일을 해야 겨우 밥을 얻어먹을 수 있었다. 부자는 신에게 하소연했다.

"왜 지난번 제가 본 지옥과는 전혀 다른가요?"

신은 혀를 차면서 부자에게 말했다.

"지난번의 그대는 그냥 구경을 온 관광객이었잖은가. 자네가 본 건 전부 광고였다네. 하지만 이번에는 살려고 온 것인데, 어떻게 같을 수가 있겠나?"

MENTOR 우리는 자신도 모르는 사이에 광고의 홍수 속에 떠내려가고 있다.

스스로 만드는 고민

수염을 아주 멋지게 기른 할아버지가 있었다. 어느 날 할아버지가 다섯 살 된 손녀의 재롱을 받아주고 있었는데 손녀가 갑자기 할아버지의 수염을 잡아당기며 진지하게 물었다.

"할아버지는 잘 때 수염을 이불 안에 넣고 자? 아니면 이불 밖에 내놓고 자? 할아버지 수염은 정말 길잖아."

손녀의 질문에 할아버지는 말문이 막혔다. 그러고 보니 잠을 잘 때 수염을 이불 안에 두는지 아니면 밖에 두는지 생각해본 적이 없었다. 아무리 기억을 더듬어도 알 수가 없었다.

그날 저녁 잠자리에 들 때, 할아버지는 특별히 손녀의 물음을 기억하고 수염을 이불 안에 넣은 채 잠을 청했다. 그런데 영 편치가 않았다. 이번에는 수염을 이불 바깥으로 드러내놓고 잠을 청했다. 그런데 이렇게 해도 편하지 않았다. 수염을 이불 속으로 넣었다가 다시 빼는 것을 반복하느라 할아버지는 그날 저녁 한숨도 자지 못했다.

MENTOR 우리의 고민 중 대부분은 사실 스스로의 잡념이 자초한 것이다.

베풂의 두 얼굴

옛날에 아주 착한 부자가 한 명 있었다. 한번은 집을 다시 짓게 되었는데, 부자는 기술자들에게 집의 처마를 길게 만들어달라고 특별히 부탁을 했다. 처마를 길게 만들면 집 없이 떠도는 불쌍한 사람들이 비바람을 피해 자신의 집 처마 밑에서 쉴 수 있을 거라고 생각했기 때문이다. 집이 다 지어지자 부자가 생각했던 대로 처마 밑으로 몸을 의탁하려는 불쌍한 사람들이 몰려들었다.

그러던 어느 겨울날, 한 노인이 그 집의 처마 밑에서 얼어 죽은 것이 알려졌고, 사람들은 정말 인정머리 없는 사람이라고 부자에게 욕설을 퍼부었다. 또 한번은 그 집의 처마가 너무 길어서 여름철 폭우로 지붕이 뒤집어진 적이 있었는데, 마을 사람들은 저마다 부자가 천벌을 받은 것이라고 수군거렸다.

폭우로 망가진 지붕을 수리하면서 부자는 기술자에게 처마를 아주 짧게 만들어달라고 요구했고, 이렇게 해서 절약된 돈은 어느 자선 기관에 헌금했다. 그 돈은 자그마한 집 한 채를 짓는데 쓰였고, 그 집은 몸을 의탁하려는 사람들로 북적거렸다.

얼마 후에 부자는 어딜 가도 환영을 받는 인물이 되었다. 그는 죽은 후에도 은혜를 입은 사람들로부터 칭송을 받게 되었다.

MENTOR 똑같은 돈을 쓰고도 어떤 사람은 칭송을 받고 어떤 사람은 욕을 먹는다. 남을 위해 뭔가 베풀 때에도 우리는 여러 가지 상황을 고려하고 신중해야 한다.

진실과 환상의 한계

대형 트럭을 모는 기사가 있었다. 그는 매번 고속도로에서 장거리 운전을 할 때마다 적적하고 외로웠다. 그런데 행운의 여신이 도와준 것일까? 그가 항상 이 마을을 지나갈 때면 어떤 소녀가 손수건을 흔들어주는 것이었다. 그럴 때마다 그의 기분은 마냥 좋았고, 어떤 때는 웃으면서 손을 흔들어 답례를 하곤 했다.

그러던 어느 날, 그는 마을에 잠시 들릴 기회가 생겨서 장난감을 사 들고 고속도로 길가에 있는 소녀의 집으로 찾아갔다. 그가 대문을 들어서려는 순간, 소녀가 마침 대문 밖으로 나오고 있었고 그는 장난감을 소녀에게 주었다. 그런데 소녀가 그를 보자 놀라 겁에 질린 표정을 짓는 것이었다. 마침 이 광경을 본 소녀의 어머니는 소녀를 집 안으로 끌어당겼다. 그리고 어머니는 기분 나쁜 표정으로 기사를 흘겨보기까지 했다.

결국 그는 고마운 마음을 전하지도 못한 채 소녀의 집에서 나와야 했다.

MENTOR 살다 보면 멀찍이 서서 바라볼 때 더 아름다운 것이 있다. 가까이 다가서면 아름다웠던 환상이 깨져버리는 것이다.

이기심과 자업자득

당나귀 한 마리와 말 한 마리로 장사를 하는 사람이 있었다. 어느 날 주인이 당나귀와 말에 짐을 싣고 길을 재촉하고 있었다. 한참을 걸었을까, 몹시 지친 당나귀는 더 이상 한 걸음도 나아갈 수 없을 것 같았다.

당나귀가 말에게 말했다.

"말 아저씨, 저 너무 힘들어요. 아주 잠깐이라도 좋으니 제 짐 조금만 들어주시면 안 될까요?"

"뭐라고? 나도 내 짐만으로도 충분히 무거우니 네 짐은 네가 들도록 해."

말은 이런 당나귀의 애원에 아랑곳하지 않았고, 얼마 지나지 않아 당나귀는 너무나 힘든 나머지 그 자리에 쓰러져 죽고 말았다. 그러자 주인은 당나귀에 실었던 물건을 몽땅 말한테 옮기는 것이었다. 이뿐 아니라 당나귀의 가죽을 벗겨내서 그것까지도 말 등에 실었다.

넘침과 적당함의 차이

먼 옛날 수많은 아름다운 곡을 연주하는 악사가 있었다. 사람들은 그를 자주 불러서 연주를 부탁했다. 한번은 엄청난 부자가 이 악사를 자신의 집으로 초청해 연주를 부탁했다. 심금을 울리는 아름다운 음악 소리에 흠뻑 취한 부자가 말했다.

"만약 자네가 방금 연주한 것처럼 아름다운 곡을 밤낮 쉬지 않고 계속 연주할 수만 있다면 자네에게 땅 100평을 주겠네."

악사는 이 말을 듣고 전혀 놀라지 않는 표정으로 되물었다.

"제가 계속 연주를 한다면 어르신께서 끝까지 들을 자신이 있습니까?"

부자는 악사에게 제시했던 조건이 불가능한 것이라고 생각하고 흔쾌히 대답했다.

"물론이지. 자네가 연주를 멈추지만 않는다면 계속 들을 자신이 있네."

악사는 아주 기뻐하면서 부자의 조건을 받아들였다. 악사는 악기를 조율한 다음 연주를 시작했다. 아름다운 음악이 흐르는 샘물처럼 부자의 방 안 가득히 퍼졌고, 부자는 보루에 기댄 채 눈을 지그시 감고 음악을 감상했다. 과연 그 악사는 대단한 사람이었다. 3일 밤낮을 쉬지 않고 아름다운 선율을 연주해낸 것이었다.

4일째 되던 날, 부자는 정말이지 참을 수가 없었다. 이제 그에게 들려오는 선율은 더 이상 아름답지도 심금을 울리지도 않았다. 그저 짜증나기 그지없는 소음에 불과했던 것이다.

5일째 되던 날, 부자는 마침내 자신의 패배를 인정하고 악사에게
약속한 땅 100평을 주고는 악사를 내쫓았다.

MENTOR 모든 일은 적당한 게 제일 좋은 것이다. 아무리 좋은 것이라도 반복
된다면 그 아름다움은 금세 추하게 변해버리고 말 것이다.

MEMO

진정한 가난과 부유함의 차이

부유한 환경에서 자라 어려움을 모르는 아들을 둔 아버지가 있었다. 그는 아들에게 가난한 사람들이 어떻게 사는지 보여주고 싶었다. 아버지는 아들을 데리고 시골로 여행을 떠났고, 마을에서 가장 가난한 집을 골라 하룻밤을 묵었다.

여행을 마치고 돌아온 아버지가 아들에게 물었다.

"여행이 어땠니?"

"끝내줬어요!"

"가난한 사람들이 어떻게 사는지 이제는 알았겠지?"

"그럼요."

"그럼 네가 느낀 점을 한번 이야기해보렴."

아들은 자신 있게 대답했다.

"우리 집에는 개가 한 마리밖에 없는데 그 집에는 무려 네 마리나 있었어요. 그리고 우리 집 화단 가운데에는 작은 호수밖에 없는데 그곳에는 마를 염려가 없는 강이 있었어요. 또 우리 집 정원에는 등이 몇 개밖에 없는데 그 사람들은 하늘 가득 반짝이는 수많은 별을 가지고 있었어요. 이뿐만이 아니에요. 우리 집 앞마당 정원은 매우 작은데 그 사람들 정원은 농장만큼이나 컸어요."

아들의 말에 아버지는 아무 말도 하지 못했다.

MENTOR 아버지는 물질적 가난을 보여주려 했으나 아들은 그곳에서 정신적 풍요로움을 보았다. 진정한 가난과 부유함이란 어떤 것일까?

때론 모르는 게 약이다

지형이 아주 가파른 계곡이 있었다. 계곡 아래로 급류가 흐르고 있었고, 몇 가닥 안 되는 어설픈 철사 줄이 깎아지른 듯한 절벽 사이에 걸쳐져 있을 뿐이었다. 그 줄이 계곡을 건널수 있는 유일한 다리였다. 그러나 이곳을 지나가는 사람들은 종종 발을 헛디뎌 계곡 아래로 떨어져 죽곤 했다.

어느 날 맹인과 귀머거리, 정상인 세 명이 이 다리를 지나가게 되었다. 이미 길은 거기서 끝났기 때문에 세 사람은 철사 줄로 된 다리를 잡고 지나가는 수밖에 없었다. 달리 방법이 없었다. 결과는 어떠했을까?

맹인은 무사히 다리를 건넜다. 귀머거리 역시 다리를 무사히 건넜다. 그런데 눈과 귀가 멀쩡했던 정상인은 다리에서 떨어져 목숨을 잃고 말았다. 맹인이 말했다.

"난 눈이 보이지 않아서 산이 얼마나 높고 다리가 얼마나 위험한지 몰랐죠. 그냥 안정된 마음으로 줄을 따라 갔어요."

귀머거리도 말했다.

"저는 귀가 안 들리잖아요. 그래서 발밑에서 콸콸거리며 흐르는 물소리를 못 들어서 그다지 무섭지 않았어요."

볼 수도, 들을 수도 있었던 정상인만이 자신의 두려움과 공포를 때문에 목숨을 잃고 만 것이었다.

MENTOR 성공도 이와 마찬가지다. 너무 많이 아는 것이 때론 화근이 될 때가 있다.

행복의 생각과 현실의 차이

어느 쌍둥이 형제의 이야기다. 성격이 조용했던 형은 절을 찾아가 스님이 되었고, 활달한 성격의 동생은 결혼하여 아이도 낳으며 지냈다. 그런데 형과 동생은 자신의 생활을 불만족스럽게 여겼다. 형은 결혼해서 아이까지 낳고 가정의 따뜻함을 만끽하고 사는 동생을 부러워했고, 동생은 불가에 귀의해 속세의 번잡함에서 벗어나 사는 형님을 부러워했다.

하루는 이 두 형제가 산 중턱에 있는 정자에서 만나 이런저런 얘기를 나누다가 헤어지려는데 산사태가 일어났다. 놀란 두 사람은 근처의 동굴로 피신해 다행히 재난을 피할 수 있었다. 한밤중에 잠이 깬 형은 동생이 감기가 들까 걱정되어 승복을 벗어 동생에게 덮어주었고, 새벽녘에 잠이 깬 동생은 이런 형님이 너무 고마워서 자신의 상의를 벗어 형님에게 덮어주었다.

며칠 뒤 두 형제는 가까스로 구조되었는데, 두 사람의 모습이 너무 똑같은 나머지 형은 동생 집으로 실려가고 동생은 형이 기거했던 절로 실려가고 말았다. 두 사람은 일어난 오해를 해명하지 않고 자신들이 갈망했던 생활을 직접 체험해보기로 했다. 그런데 형은 생계를 꾸려나가기 위해 죽도록 일을 하다 보니 가정의 따뜻함을 누릴 겨를조차 없었고, 동생은 정해진 시간에 일어나 새벽종을 치고 아침 불공을 드리며 밤에는 제대로 눈조차 붙일 수가 없다 보니 출가한 생활의 여유를 만끽할 수 없었다.

두 형제는 마침내 원래의 자기 자리로 돌아갔고, 그제야 자기 자신이 가장 행복하다는 사실을 깨닫게 되었다.

MENTOR 현실에 만족하면서 현재를 키워나가는 것이 가장 근원적인 행복의
방식이다.

MEMO

진정한 배려와 수프 한 그릇

식당에서 수프 한 그릇을 주문한 노부인이 있었다. 주문한 수프를 들고 테이블로 와 앉으려는데 빵을 빠뜨리고 온 것이 생각났다. 다시 가서 빵을 가지고 온 노부인은 자기가 앉았던 자리에 흑인 남자가 앉아서는 그녀가 두고 갔던 수프를 후루룩 마시고 있는 것을 발견했다.

노부인은 흑인을 바라보며 생각했다.

'형편이 너무 어려워서 그런가 보다. 그냥 아무 말 안 하는 게 낫겠어. 하지만 저 수프를 저 사람 혼자서 다 먹게 할 수는 없지.'

노부인은 스푼을 들고 그 사람과 같은 테이블 맞은편에 앉아 아무런 말없이 수프를 떠먹기 시작했다. 이렇게 수프 한 그릇을 두 사람은 나누어 먹었지만, 서로 아무런 대화도 나누지 않았다.

잠시 후 그 흑인 남자는 갑자기 말없이 일어서더니 국수 한 그릇을 들고 와서 노부인 앞에 놓았다. 국수에는 포크 두 개가 사이좋게 꽂혀 있었다. 국수를 다 먹은 두 사람은 일어서서 식당을 나갈 준비를 했다. 서로 인사를 나눈 뒤 흑인 남자는 노부인을 향해 밝은 미소를 지어 보이고는 유유히 사라졌다.

남자가 식당을 떠난 후 자리를 떠나려던 노부인은 옆 테이블에 놓여 있는 수프 한 그릇을 발견했다. 그것은 노부인이 놓아두었다가 깜박 잊어버린 수프였다.

MENTOR 자신이 배려한다고 생각했던 것이 되레 상대방의 배려를 받는 꼴인 경우가 종종 있다.

얻음과 잃음의 깨달음

배고픈 여우가 포도밭을 지나게 되었다. 가지마다 잘 익은 포도가 매달려 있는 모습을 보니, 여우는 포도를 따먹고 싶다는 생각이 들었다. 하지만 높은 담 때문에 포도밭으로 쉽게 들어갈 수 없었다. 여우는 담을 샅샅이 뒤지다가 마침내 작은 구멍 하나를 발견했다. 그렇지만 구멍이 너무 작아서 들어갈 수가 없었다. 생각 끝에 여우는 사흘 동안 굶기로 했다. 사흘 후 여우의 몸은 홀쭉해졌고, 그 구멍으로 들어갈 수 있게 되었다.

포도 맛은 끝내줬다. 세상에서 가장 맛있는 것 같았다. 여우는 사흘 동안 마음껏 포도를 먹었다. 그런데 이렇게 먹다보니 살이 쪄서 구멍을 빠져나올 수가 없었다.

여우는 어쩔 수 없이 또다시 사흘 동안 굶어서 몸을 예전의 상태로 되돌린 후에야 그 구멍을 간신히 빠져나올 수 있었다.

MENTOR 우리는 여우와 같은 행동을 통해 인생의 진정한 교훈을 얻는다. 비록 그 시간이 시간 낭비라고 느껴질 수도 있겠지만 중요한 것은 '깨달음'을 얻었다는 사실이다.

MEMO

장미와 마음의 병

꽃가루에 알레르기 반응을 보이는 목사가 있었다. 그중에서도 특히 장미꽃이 가장 심했다.

하루는 설교를 하는데 단상 옆에 장미꽃 화분이 두 개나 놓여 있었다. 흐르는 눈물과 콧물, 끊임없는 재채기 때문에 목사는 가까스로 설교를 마쳤다. 화가 난 목사는 교회 집사를 불러 꾸짖었다.

"내가 장미꽃에 알레르기가 있는 줄 뻔히 알면서 화분을 두 개나 단상 옆에 둔 이유가 도대체 뭔가?"

집사는 놀란 듯이 대답했다.

"목사님께서 장미에 알레르기가 있는 걸 알기 때문에 특별히 신경 써서 플라스틱과 종이로 만든 장미꽃을 준비했는데, 알레르기 반응을 보이실 줄은 몰랐습니다."

MENTOR 신체에 깃든 대부분의 질병은 마음에서 비롯된 경우가 많다.

MEMO

먹고 마시는 것만 알고 빈둥거리면서도 가당치도 않게 부자를 꿈꾸는 게으름뱅이가 있었다. 그러던 어느 날 게으름뱅이는 외눈박이만 산다는 섬에 대한 이야기를 듣게 되었다. 그는 그중 한 사람만 속여 데리고 나온 다음, 서커스를 열어서 큰돈을 벌어야겠다고 마음먹었다. 그래서 그는 혼자 작은 배를 저어 그 섬으로 갔고, 도착한 순간 바로 자기 쪽으로 걸어오는 외눈박이를 보게 되었다. 그는 아주 기뻐하며 어떻게 이 사람을 속일지 궁리를 하고 있었다. 그런데 그를 발견한 외눈박이 사람이 놀라 소리를 질렀고, 그 소리를 들었는지 외눈박이 사람들이 어디선가 갑자기 우르르 몰려왔다. 그리고 그 사람들은 게으름뱅이를 붙잡아 철조망에 가두어버렸다. 외눈박이 사람들은 눈이 둘 달린 괴상한 사람이 붙잡혔다는 소문을 듣고 구경하기 위해 몰려들었다. 게으름뱅이는 처음 생각과는 정반대로 자신이 눈요기의 대상이 되어버린 것이다.

MENTOR 우리는 주변에서 게으름뱅이처럼 자기 꾀에 자기가 넘어가는 사람들을 가끔씩 보게 된다. 자기 생각만 하지 말고 상대방 생각도 미리 해둔다면 이런 일은 발생하지 않을 것이다.

선택과 끈기의 중요성

죄를 지어 관아에 끌려가 심문을 받게 된 사람이 있었다. 고을 수령은 그에게 세 가지 형벌을 제시하고 그중 한 가지를 고르게 했다. 첫 번째 형벌은 벌금 50냥을 내는 것이었고, 두 번째는 곤장 50대를 맞는 것이었다. 그리고 세 번째는 생마늘 2킬로그램을 먹는 것이었다. 그는 벌금을 내자니 아깝고 곤장을 맞자니 아플 것 같다는 생각에 세 번째 형벌을 선택했다.

2킬로그램의 마늘 중 절반쯤 먹고 나자 오장육부가 뒤집어질 것처럼 속이 활활 타들어갔다. 그는 더 이상 참지 못하고 눈물을 흘리며 소리 질렀다.

"더 이상 못 먹겠어요. 차라리 곤장 50대를 맞겠습니다."

그러자 그가 보는 앞에서 포졸이 채찍에 소금물과 고춧가루를 뿌리는 것이 아닌가. 그는 질겁하며 식은땀을 흘렸다. 채찍이 그의 엉덩이를 내리치자 도살장의 돼지처럼 소리를 질러대기 시작했다. 열다섯 대쯤 맞았을 때 그는 너무나 고통스러운 나머지 애걸복걸했다.

"아이고, 어르신. 살려주십시오. 더 이상 때리시지 마시고 벌금 50냥을 내도록 해주십시오."

MENTOR 이 일, 저 일 조금씩 시도하다 매번 중도 포기하는 사람이 많다. 하지만 일단 선택을 했으면 그에 책임지고 끝을 보는 자세가 중요하다.

머리띠와 자신감

남자 친구들에게 인기가 없는 여학생이 있었다. 그녀는 매일같이 '어떻게 하면 남자들에게 매력적으로 보일 수 있을까' 고민했다. 그러던 어느 날 혼자 쇼핑을 하던 중 마음에 드는 머리띠를 발견했다. 점원 아가씨가 예의상 잘 어울린다고 입이 마르도록 칭찬하자, 솔깃한 여학생은 머리띠를 사고 말았다.

다음 날 그녀는 머리띠를 하고 자신감 있는 모습으로 등교했다. 그런데 남자 아이들이 자신에게 관심의 눈길을 보내고 있다는 느낌이 들었다. 게다가 데이트를 신청하는 남학생까지 있는 게 아닌가. 아무리 생각해도 이상했다.

'내 머리띠가 잘 어울리나 봐!' 라고 생각한 여학생은 무의식중에 머리띠를 살펴보았다. 하지만 손에 잡히는 것은 아무것도 없었다. 그때에야 그녀는 아침에 머리를 빗을 때 머리띠를 화장대에 두고 왔다는 사실이 떠올랐다.

소녀를 눈부시게 했던 것은 머리띠가 아닌 자신감이었던 것이다.

MENTOR 어떤 일을 해보지도 않고 포기하는 경우가 있는데 이는 십중팔구 자신감이 부족하기 때문이다. 자신의 능력이 조금 모자라도 당당히 자신감을 갖고 행동에 옮겨라!

과도한 욕심의 한계

산책 중에 아일랜드산 애견을 잃어버린 부자가 있었다. 부자는 텔레비전에 애견을 찾는 광고를 내면서 강아지를 찾아주는 사람에게 사례금으로 1만 달러를 주겠다고 했다.

한 거지가 공원 의자에 앉아 졸다가 우연히 광고에서 본 강아지를 줍게 되었다. 다음 날 아침 일찍 그는 강아지를 안고 만 달러의 사례금을 받으러 갔다. 그런데 백화점을 지나가다가 그 강아지를 찾는 광고를 또 보게 되었는데 사례금이 2만 달러로 올라간 것이 아닌가. 거지는 이 광고를 보고는 다시 되돌아갔다.

그 후로 강아지를 찾아주는 사람에게 주겠다는 사례금은 계속 올라갔고, 나중에는 사람들이 혀를 내두를 정도의 액수가 되었다. 거지는 그제야 강아지를 갖다줘야겠다고 생각했다. 하지만 거지가 사례금이 오르기를 기다리는 사이 강아지는 죽고 말았다. 부잣집에서 신선한 우유와 고급 사료만을 먹으며 호사스럽게 자란 강아지가 먹은 것이라곤 휴지통을 뒤져서 나온 음식 찌꺼기뿐이었기 때문이다.

MENTOR 과도한 욕심이 때로 일을 그르친다. 욕심도 적당해야 행운을 가져다준다는 사실을 잊지 말자.

때론 방관자가 되라

한 무리의 사람들이 산속으로 사냥을 나갔다. 그런데 그중 한 사람이 헛걸음을 짚어서 아주 깊은 구덩이 속으로 떨어지고 말았다. 구덩이로 떨어진 그는 오른손과 두 다리가 모두 부러졌는데, 다행히 왼손만 멀쩡했다. 정신을 차린 그가 주변을 둘러보자 구덩이 벽에 풀이 듬성듬성 자라 있었다. 그래서 그는 성한 왼손으로 벽을 짚고 입으로 풀을 물어가면서 천천히 위로 올라갔다. 위에 있던 사람들은 구덩이가 너무 깊고 어두워서 그가 어떤 상태에 있는지 잘 몰랐다. 그저 힘내라고 응원하는 것밖에 다른 도리가 없었다. 그리고 그가 입으로 풀을 물면서 올라오는 것이 보이자 웅성거리기 시작했다.

"아이고, 저렇게 해서 어떻게 올라오누!"

"저렇게 여린 풀이 어떻게 몸무게를 버티겠어?"

"저 친구가 죽게 되면 집에 있는 노모랑 처자식은 어쩌누?"

사람들의 말을 참지 못한 남자가 성난 목소리로 소리쳤다.

"다들 입 좀 다물지 못해!"

그 순간 그는 구덩이 바닥으로 떨어졌고 이번에는 다시 일어서지 못하게 되었다. 그가 마지막 숨을 거두기 전까지 사람들은 위에서 웅성거렸다.

"저것 보라고. 내가 뭐랬나? 입으로 풀을 물면서는 절대로 올라올 수 없다니까!"

MENTOR 우리는 이런 방관자가 아닌지 생각해보자. 많은 사람이 상대방의 입장은 고려하지 않고 남 얘기를 지나치게 쉽게 한다.

고집과 나눔의 효과

이른 아침부터 비가 억수같이 쏟아지던 어느 날, 길가에 좌판을 펼치고 손님을 기다리던 노점상들은 손님 그림자도 구경하지 못했다. 점심때가 되자 부침개를 만들어 팔던 주인이 배가 고파서 팔려고 구운 부침개를 하나 먹었다. 이미 구워놓은 부침개는 많이 쌓여 있었고 손님이 없어서 팔리지 않던 참이었다.

수박을 팔던 사람 역시 너무 무료해서 수박 하나를 잘라서 먹기 시작했다. 고추기름에 절인 육포를 팔던 사람도 육포를 먹기 시작했다. 딸기를 팔러 나왔던 사람도 배가 고파서 팔려고 갖고 나온 딸기를 먹기 시작했다. 누군가는 목이 마르고 누군가는 배가 터질 것 같았지만 비가 그칠 기미가 보이지 않고 손님도 보이지 않자, 네 사람은 끝내 팔려고 한 음식을 결국 다 먹어버렸다.

과연 어떤 일이 일어났을까?

부침개를 팔던 사람은 목말라 죽었고, 수박을 팔던 사람은 수박을 너무 많이 먹어서 배 터져 죽었다. 육포와 딸기만을 먹던 사람도 마찬가지였다. 이때 이들을 멀리서 지켜보던 한 아이가 찾아왔다. 몹시 배가 고팠던 아이는 좌판에서 이것저것 고른 다음 근처의 정자로 가서 우적우적 먹기 시작했다. 고소한 부침개와 맵싸한 육포, 새콤한 딸기와 달콤한 수박 등을 골고루 즐기는 그 맛은 그야말로 일품이었다.

MENTOR 노점상의 주인들이 자기 것만 고집하지 않고 서로 바꿔 먹었다면 죽는 일은 없었을 것이다. 사상과 철학도 마찬가지다.

집착과 판단의 한계

김 씨는 과일을 가득 담은 리어카를 아파트 입구에 세워 놓고 고민에 빠졌다. 과일을 계단으로 옮겨야 하는데 혼자서는 역부족이었기 때문이었다. 도와줄 사람이 있는지 찾아보는데, 김 씨의 눈에 이 씨가 지나가는 것이 보였다.

이 씨는 김 씨에게 물었다.

"좀 도와드릴까요?"

김 씨가 대답했다.

"이 리어카에 있는 과일을 계단으로 옮기고 싶은데 혼자서는 역부족이네요. 좀 도와주시면 좋겠는데……."

이 씨는 옆에 있는 엘리베이터를 가리키며 말했다.

"엘리베이터로 옮기시면 될 것 같은데. 바로 옆에 있는데 굳이 쓰지 않는 이유가 있나요?"

이 말을 들은 김 씨의 얼굴이 굳어져버렸다.

'바보같이 왜 엘리베이터 생각을 못했을까?'

MENTOR 우리는 종종 김 씨와 같이 쓸 데 없는 집착으로 문제 해결을 더욱 어렵게 만든다.

마지막의 중요성

정년 퇴임을 앞둔 목수가 있었다. 그는 사장에게 이제는 집에서 쉬면서 가족과 함께 지내고 싶다고 말했다. 사장은 훌륭한 일꾼이 떠난다는 말에 못내 섭섭했지만 그의 마음을 이해했기 때문이 더는 붙잡을 수 없었다. 대신 그는 목수에게 집을 한 채 더 지어달라고 부탁했다. 목수는 마지못해 그렇게 하겠다고 대답했다. 그러나 그의 마음은 이미 일터를 떠나 있었기 때문에 예전과 달리 건성으로 일했다.

얼마 후, 집이 다 지어지자 사장은 현관문 열쇠를 그에게 주었다.

"이 집은 당신의 것입니다. 당신에게 주는 선물이에요."

생각지도 못한 상황에 당황한 목수는 자신이 성의 없이 지은 집을 바라보며 부끄러운 마음을 감출 수 없었다.

MENTOR 당신도 무성의하게 자신의 일상생활을 '짓고' 있지는 않은가?

MEMO

누가 내려야 할까?

미국의 한 신문사에서 상금이 1천 달러나 걸린 문제를 내걸었다.

'배 한 척에 물리학자, 생물학자, 수학자가 탔다. 그런데 이들이 탄 배가 바다에서 해난 사고가 일어났다. 불행히도 그들 중 두 사람만 배에 탈 수 있다면, 누가 배에서 내려야 할까?'

전국의 많은 사람이 상금을 타기 위해 이 문제에 응모했고, 신문사는 각지에서 날아온 답안을 정리했다. 응모자들은 제각기 독창적인 답을 내놓았다. 대다수 사람이 세 명의 학자가 종사하고 있는 분야가 얼마나 중요한지를 중요한 논제로 삼았다. 이 논쟁은 순식간에 전국으로 퍼졌고 나중에는 누구의 말이 옳다고 할 수 없을 정도였가 되었다.

마침내 상금을 받은 1등 답안이 나왔다. 그런데 이게 웬일인가, 그것은 겨우 열 살짜리 아이가 보낸 답안이었다. 아이가 적어 보낸 답안은 다음과 같았다.

'가장 더러운 사람이 내려야 합니다!'

MENTOR 삶의 이치는 무척 간단하다. 간단한 문제가 복잡해진 것은 사실 우리 자신이 그렇게 만든 것이다.

꿈의 날개

산꼭대기에 있는 바위 부근에서 엄마가 일곱 살 난 딸에게 다정하게 말했다.

"애야, 여기에 네 이름을 새겨보렴. 1년 후에 네가 좋은 성적을 받으면 새의 여왕님이 여기에 예쁜 깃털을 남겨준단다. 그렇게 열두 개의 깃털을 모으면 네게 날개가 생기고, 자유롭게 날 수 있게 된단다."

"정말이에요? 엄마, 그럼 정말 열심히 공부할게요!"

바위에 이름을 새기는 딸아이의 눈망울은 희망으로 빛났다.

다음 해 딸아이는 학교에서 좋은 성적을 받았고, 엄마는 딸을 그 산꼭대기의 바위에 데리고 갔다. 거기에는 엄마의 말대로 예쁜 깃털이 있었다. 그때부터 딸아이는 더 열심히 공부했다. 다음 해, 또 그 다음 해……. 산꼭대기의 바위 옆에는 해마다 아름다운 깃털이 있었다. 그리고 12년 뒤, 딸아이는 대학 합격 통지서를 받았다. 이날 딸과 엄마는 산꼭대기에 가서 열두 번째 깃털을 찾았다.

딸이 엄마에게 말했다.

"엄마, 이제 제게도 날개가 생길까요? 새의 여왕님에게 감사드리고 싶어요."

"애야, 너는 이미 12년 전에 이 바위에 이름을 새긴 후 바로 날개가 생겼단다. 그날 이후 너는 꿈을 향해 이미 자유롭게 날고 있었던 거야."

딸은 엄마의 말을 이해한 듯 웃어 보였다. 아마 12년간 엄마가 산

꼭대기에 올라 딸에게 전하려고 했던 자유의 기쁨을 그녀는 이미
알고 있는 듯했다.

MENTOR 부모는 아이들에게 꿈을 만들어줘야 한다. 그러면 아이는 그 꿈을
위해 최선을 다해 자신의 삶을 살아갈 것이다.

MEMO

어머니의 사랑

한 남자가 거동이 불편한 어머니를 모시고 살고 있었다. 가난한 살림에 어머니의 몸이 자꾸만 쇠약해지자 아들은 어머니를 산속에 버리기로 결심했다. 어느 날 아들은 어머니를 등에 업고 산으로 올라갔다.

어머니는 모든 상황을 알았지만 오히려 마음이 평안했다. 평소 자신은 양식만 축내고 아무짝에도 쓸모가 없다고 했기 때문이었다. 만약 이런 식으로 더 살면 아들에게 폐만 끼칠 것이므로 아들이 하는 대로 그냥 두기로 했다. 인적이 드문 깊은 산에 이르자 아들은 어머니를 내려놨다. 매정하게 돌아서려니 눈물이 왈칵 쏟아졌다. 아들의 눈물을 닦아주며 노모가 말했다

"오면서 보니 산길이 매우 험하더구나. 네가 내려갈 때 길을 잃을까 봐 돌을 던져두었단다. 그 돌만 따라가면 무사히 산을 내려갈 수 있을 게다."

결국 아들은 어머니를 업고 다시 산길을 내려왔다. 아들에게 업힌 어머니의 등 위로 따뜻한 봄 햇살이 쏟아지고 있었다.

MENTOR 어머니의 깊은 사랑을 자식들이 헤아릴 수 있을까. 어머니는 광활한 대지이며 밤하늘의 북극성이다.

희생이란?

아버지가 일곱 살 난 딸아이에게 희생의 의미를 가르쳐 주고 있었다.

"얘야, 희생이란 가장 아끼는 것을 다른 사람에게 주는 것이란다."

하루는 아버지의 생일날이었다. 그는 윗옷에 메모지 한 장이 꽂혀 있는 것을 발견했다. 펼쳐보니 딸아이가 서툰 글씨로 적은 글이 쓰여 있었다.

'세상에서 제일 사랑하는 아빠, 내가 제일 좋아하는 것을 아빠 주머니에 넣어두었어요.'

주머니에 손을 넣자, 예쁘게 포장된 딸기 맛 막대 사탕이 들어 있었다. 그 사탕은 바로 일주일 전에 아빠가 딸아이에게 사주었던 사탕이었다.

MENTOR 희생은 거창한 것이 아니다. 자신의 가장 소중한 것을 주는 것, 가장 갖고 싶은 것을 양보하는 것이다.

MEMO

교사와 사랑의 힘

미국의 흑인 빈민가에서 있었던 실제 이야기다.

한 대학교수가 학생들과 함께 빈민가에 살고 있는 흑인 아동 200명을 상대로 미래에 대한 설문조사를 했다. 교수의 연구에 참가한 학생들은 진지하게 조사에 임했다. 연구 결과 흑인 아동은 거의 '문제아'나 '불량배'로 전락하고 '평생을 가난하게' 산다는 비관적인 결과가 나왔다.

40년 후, 이 노교수는 세상을 떴고, 한 제자가 교수의 유품에서 이 보고서를 우연히 발견하게 되었다. 그는 조사 대상이었던 아이들이 현재 어떻게 되었는지 궁금해서 흑인 빈민가를 다시 방문했다. 그러나 그 당시 설문조사를 받은 200명의 아이들 중에 20명은 이미 고향을 떠나 연락할 방법이 없었다. 그러나 나머지 180명의 아이들은 성공해 있었다. 그들 중에는 은행가, 상인, 변호사, 운동선수가 된 사람도 있었다. 그런데 크게 성공한 흑인들의 대부분이 초등학교 선생님께 감사를 드린다고 말했다.

교수의 제자는 초등학교 교사를 찾아갔다. 교사는 교직에서 물러난 뒤 집에서 쉬고 있었는데 많이 늙어서 말을 알아듣기가 몹시 어려웠다. 하지만 이 한마디만은 또렷하게 알아들을 수 있었다.

"나는 그 아이 모두를 사랑합니다."

MENTOR 사랑은 문제아도 위대한 청년으로 만드는 가장 위대한 교육이다. 하지만 많은 지도자가 사랑 대신 꾸중과 회초리만 든다.

아들의 계산서와 어머니의 계산서

피터의 아버지는 타고난 장사꾼이었다. 피터 역시 아버지의 피를 이어받아 꼬마 장사꾼으로서 가끔 아버지의 일을 돕곤 했다. 그러던 어느 날 어머니는 우연히 식탁에서 계산서 한 장을 발견했다. 계산서의 내역은 이랬다.

〈어머니가 아들에게 갚아야 할 내역〉

1. 심부름으로 일용품을 갖다드림: 20페니히(독일 화폐, 100페니히 = 1마르크)
2. 우체국에 편지를 보냄: 10페니히
3. 정원 일을 도와드림: 20페니히
4. 말을 잘 듣는 착한 어린이임: 10페니히
   총 합계: 60페니히

피터의 어머니는 기가 막혔다.

저녁 식사 시간이 되었다. 피터는 저녁 식탁에서 어머니께 청구한 60페니히를 발견했다. 피터가 돈을 주머니에 넣으려는데 식탁에서 계산서를 보게 되었다.

피터는 그 계산서를 읽어보았다.

〈아들이 어머니에게 갚아야 할 내역〉

1. 집에서 10년간 행복하게 지냄: 0페니히

2. 10년간 먹고 마신 것: 0페니히

3. 아플 때 간호한 것: 0페니히

4. 자상한 어머니임: 0페니히

　총 합계: 0페니히

갑자기 부끄러워진 피터는 슬그머니 어머니의 가슴에 안겨 60페니히를 조심스레 앞치마 주머니에 넣어두었다.

MENTOR 부모는 자식에게 희생하는 것을 당연하게 여긴다. 부모님의 무한한 사랑을 깨닫고 감사하자.

MEMO

집과 잠자는 곳의 차이

경찰이 골목 순찰을 돌다가 술에 잔뜩 취한 사람을 발견했다. 그를 일으켜 세워 자세히 살펴보던 경찰은 깜짝 놀랐다. 그는 동네에서 유명한 부자였기 때문이었다.

경찰은 친절한 목소리로 말했다.

"선생님, 댁으로 바래다드릴까요?"

부자는 잠시 멍한 표정으로 주변을 둘러보더니 말했다.

"집이요? 내게 집이 있었던가요?"

경찰은 부자가 술에 취해 인사불성이 된 것이라고 생각했다. 경찰은 저 앞에 있는 호화로운 별장이 그의 집이라는 것을 알았기 때문에 그곳을 가리키며 말했다.

"선생님, 그러면 저 집은 무엇인가요?"

부자는 서슴없이 대답했다.

"이봐, 저곳은 내가 잠자는 곳일 뿐이야."

초능력자가 된 어머니

아이를 집에 혼자 두고 엄마가 장을 보러 나갔다. 아이 엄마는 돌아오는 길에 아파트 입구에서 이웃을 만나 이야기꽃을 피우고 있었다. 바로 그때였다. 무심코 아이 걱정에 베란다 쪽을 바라보던 그녀는 소스라치게 놀라고 말았다. 아이가 베란다 창살 밑으로 머리를 내밀고 자신을 향해 손을 흔들고 있었기 때문이었다. 아기가 있는 곳은 12층이었다. 서둘러 집으로 돌아가려는 순간, 아이의 몸이 아래로 기울더니 베란다 밖으로 떨어져버렸다. 그녀는 온몸으로 떨어지는 아이를 받아냈다. 이를 지켜보던 사람들이 안도의 한숨을 내쉬며 웅성거리기 시작했다.

"살았네, 살았어! 그런데 정말 기적 같은 일이야! 난 5층에서 떨어지는 물건도 잘 못 잡겠는데 어떻게 잡을 수가 있었을까!"

그런데 바로 그때 이 광경을 지켜보던 노인이 말했다.

"이보게, 저 여자가 잡은 건 물건이 아니라 자신의 아이라네."

MENTOR 엄마의 사랑은 때론 기적을 만들어내기도 한다.

20달러짜리 시간

퇴근 후 아버지가 집으로 돌아온 시간은 매우 늦은 밤이었다. 가족들이 모두 잠든 집의 현관문을 조심스럽게 열고 들어가는 순간, 그는 깜짝 놀라고 말았다. 여섯 살 난 아들이 문 옆에 서서 그를 기다리고 있는 게 아닌가. 아들은 아버지를 바라보며 물었다.

"아빠, 여쭤볼 것이 하나 있어요."

피로에 지친 표정으로 아버지가 말했다.

"뭐가 궁금하니?"

"한 시간에 돈을 얼마나 버세요?"

"녀석, 갑자기 그걸 왜 묻는 거니?"

아들은 간절하게 말했다.

"그냥 알고 싶어서요. 아빠, 알려주세요."

"좋다, 알려주마. 나는 한 시간에 20달러를 번다. 이제 됐니?"

"네."

아들은 잠시 고개를 숙여 뭔가를 생각하더니 말했다.

"아빠, 10달러만 빌려주세요."

아버지는 순간 화가 나서 말했다.

"돈은 빌려서 뭐 하려고, 장난감 사려고? 아니면 군것질이나 하려고? 어서 방에 가서 잠이나 자거라!"

아들은 억울한 듯 자기 방에 가서는 문을 닫아버렸다.

잠시 후 기분이 좀 가라앉은 아버지는 자신이 좀 심했다는 생각이 들었다.

'평소에 아들은 돈을 달라고 하지 않는데……. 줄 걸 그랬나.'

아버지는 아들을 달래주기 위해 살며시 아들의 방에 들어가서 말했다.

"아빠가 네게 심했던 것 같구나. 오늘 회사에서 화나는 일이 있었단다. 여기 10달러다. 받아라."

아들은 기분 좋게 돈을 받으며 말했다.

"아빠, 고마워요."

그러더니 머리맡에서 모아두었던 쪼글쪼글한 10달러 지폐와 아버지한테서 받은 10달러를 꺼내 들었다. 그러고는 돈을 아버지에게 건네며 씩씩하게 말했다.

"제 돈이 부족했는데, 이제 됐네요. 아빠, 여기 20달러에요. 이 돈으로 아빠의 시간을 한 시간 살 수 있나요? 내일 아빠가 일찍 오셔서 저녁밥을 같이 먹었으면 좋겠어요."

아버지는 가슴이 뭉클해지는 것을 느끼며 한동안 아무 말도 하지 못했다.

MENTOR 아이들의 잠든 얼굴만을 바라보며 사는 아버지들이 많다. 바쁜 생활 때문에 가족간의 대화가 단절된 요즘, 진정한 가족애에 대해 다시 한 번 진지하게 생각해보는 건 어떨까?

MEMO

자 기 경 영 대 사 전   리더

동기부여의 지혜를 갖춘 리더는

직원을 자극할 수 있다
직원을 분발시킬 수 있다
직원의 사기를 북돋울 수 있다
직원의 노력에 대해 보상할 수 있다
그리고 직원의 성과를 축하할 수 있다

리더인 당신은 항상 '직원들에게 동기를 부여하는 비결'을 찾아 헤매고 있을 것이다. 문제는 바로 여기에 있다. 당신은 직원들에게 직접적으로 동기를 부여할 수 없다. 다만 직원들이 스스로 동기를 부여하도록 본보기를 제시하고, 환경을 조성할 수 있을 뿐이다. 직원들 스스로가 동기를 부여하는 것, 어떻게 이토록 마법과 같은 일이 일어날 수 있을까? 그 해답은 바로 '당근 파워'에 있다.

하루에 사과 하나씩 먹으면 의사도 필요 없다고 한다. 마찬가지로, 직장에서 하루 하나씩 먹는 당근은 업무와 프로젝트를 훌륭히 완수하고 고객에게 좋은 서비스를 제공하게 만드는 희망적인 자극제이다. 꾸준하게 당근에 맛을 들인 직원들은 회사가 설정한 목표에 훨씬 노련하게 집중하고, 새로운 기회를 좀 더 신속하게 포착한다. 또한 직장에 오래 머물러서 이직률을 낮추고, 기대 이상으로 회사의 업무 달성 수준을 끌어올린다. 이렇듯 업무를 훌륭히 완수한 직원들의 진가를 인정해준다면, 직장에는 활기가 넘치고 당신과 함께 일하기를 원하는 직원들이 줄을 설 것이다.

이 글에는 수많은 당근의 방법, 요령, 조언 등이 활용하기 쉽게 되어 있다. 하루에 한 가지씩 읽고 긍정의 힘을 적절히 사용한다면 더욱 탄탄한 작업 환경을 구축할 수 있는 리더, 그래서 직원들로 하여금 자리를 지키며 당신이 수립한 목표에 전념하게 만드는 그런 리더가 될 것이다.

참고로 여기서 말하는 당근이란 직원들의 사기진작을 위해 리더가 해야 되는 모든 것, 하면 좋은 모든 것을 말한다.

MEMO

중요한 것이 무엇인지
직원에게 인식시켜라

Recognition must be focused on the right behaviors.

직원에게 당근을 줄 때는 올바른 행동에 근거해야 한다.

직원은 관리자를 기쁘게 해주고 싶어 한다. 그래서 관리자가 중요하게 생각하는 일을 진심으로 하고 싶어 한다. 그러나 정작 관리자가 어떤 행동에 가치를 두고 있는가에 대해서는 구체적으로 알지 못한다. 직원에게 당근을 주고 싶은가? 그렇다면 우선 자신의 부서에서 가장 중요한 사항을 결정하고, 직원에게 당근을 주기 위해 근거가 될 만한 가치를 선택하라.

많은 관리자들이 선택하는 핵심 가치는 이렇다.

- 고객 서비스
- 정시 배달
- 품질
- 혁신
- 팀워크
- 리더십
- 개인에 대한 존중
- 주인의식
- 유머 감각(정말 그렇다.)

오늘 당장 시간을 할애해 자기 부서의 핵심 가치가 무엇인지 생각하라. 그리고 그 가치를 바탕으로 직원에게 당근을 주라.

POINT 직원은 관리자인 당신을 기쁘게 해주고 싶어 한다는 것을!

MEMO

험난한 경제계에서 현명하고 발 빠르게 행동하라

"If businesses are to grow their way out of the current economic malaise, they will have to get more productivity out of their people not by cutting and slashing, but by nurturing, engaging and recognizing."

_John A. Byrne, editor-in-chief, 〈Fast Company〉

"기업이 현재의 경제적 위기에서 벗어나 성장하려면 직원에게서 더욱 향상된 생산성을 획득해내야 한다. 그것은 해고와 삭감을 통해서가 아니라 직원을 가르치고, 그들의 의욕을 불태우고, 당근을 주는 노력을 통해 달성해야 한다."

_존 A. 번, 〈패스트 컴퍼니Fast Company〉 편집장

경제가 하향 국면에 접어드는 시기에 관리자가 가장 먼저 떠올리는 대책은 바로 해고다. 그리고 직원 당근 프로그램을 포함한 사업의 '감성적인 측면'을 가장 먼저 삭감하는 경우가 많다.

그러나 그 순간 당신은 미래를 잃어버리는 것이다. 당근이란 회사의 경쟁력을 유지시키고 혁신과 생산성을 탄생하게 하는 생명선이며, 어려운 상황에서 직원에게 동기를 부여하는 데 필수적인 요소다. 또한 상황이 호전되었을 때도 직원이 여전히 직장에 헌신하는 이유가 된다. 그래서 상황이 어려워도 당근 프로그램에서 한 발짝 물러서기보다는 오히려 박차를 가하기로 결정하는 기업이 점점 증가하고 있는 것이다.

POINT 당근 제도를 유지하는 것은 어리석은 행동이 아니라, 오히려 현명하고
발 빠른 처사라는 사실을.

MEMO

당근을 주는 것은 당신의 몫이다

Employees don't leave jobs. They leave managers.

직원들은 직장을 떠나는 것이 아니다. 그들은 자신의 관리자를 떠나는 것이다.

직업에 대해 자부심을 느끼도록 직원을 독려하는 것은 고참 간부나 인사 담당자의 임무라고 말하는 관리자들이 많다. 참으로 아이러니가 아닐 수 없다. 직원들은 압도적으로 그것이 관리자, 바로 당신의 임무여야 한다고 말하고 있으니 말이다.

직원의 직업윤리를 관찰하는 사람은 바로 당신이다. 직원의 성과평가서를 작성하는 사람도, 직원이 성공하거나 실패할 때 그 자리에 있는 사람도, 직원의 이름과 얼굴을 알고 있는 사람도 바로 당신이기 때문이다.

연구 결과를 보면 직원들은 한 달에 한두 번 볼까 말까 한 고참 간부에게서 듣는 칭찬보다는 매일 함께 일하는 관리자에게서 듣는 칭찬에 더 많은 영향을 받는다.

당근을 주는 것이 다른 사람의 일이라고 생각하지 마라. 그것은 바로 당신의 일이다.

POINT 직원들은 바로 '당신' 에게 당근을 원한다!

작업 공간을 정돈하게 도와주라

In sales, she rally cleaned up. In appreciation, they not…

Get her things in order

직원이 수완을 발휘해 판매를 하고 있다면……

당신도 수완 좋게 마음을 표현하면 어떨까?

시간. 직원은 항상 시간에 쪼들린다.

그렇다면 몇 시간 서비스 도우미를 고용해

일류 직원에게 시간을 만들어주면 어떨까?

직원이 당신을 위해 시장을 평정하고

판매 수완을 발휘하는 동안,

당신은 직원의 작업 공간을 정돈해주라.

POINT 관리자인 당신이라면 시간의 가치를 누구보다도 잘 알고 있을 것이다.

MEMO

주차 공간을 바꿔줘라

Reserved parking spaces make a great reward.

주차 공간 제공, 이것은 큰 당근이다.

당신의 주차 공간은 회사 건물 근처에 있고
몇몇 직원의 주차 공간은 멀리 떨어져 있는가?
그렇다면, 직원의 훌륭한 업무 수행에 대한 당근으로
일주일 동안 주차 공간을 바꿔주라.
이렇듯 작지만 친절한 당근의 효과는 오랫동안 지속된다.
게다가 걷는 것은 당신에게도 좋은 일이니까.

POINT 직원들은 관리자의 작은 배려에 감동한다.

MEMO

미래를 향해 출항하라

"The celebration of one success launches a thousand more."
_ Adrian Gostick and Chester Elton, authors

"한 가지 성공에 대한 축하는 수많은 성공의 초석이 된다."
__아드리안 고스틱과 체스터 엘튼, 저자

당근이 과거에 집중되어 있다고 생각할지도 모르겠다.
하지만 사실 당근은 미래를 위한 것이다.
직원들은 당근의 맛을 보게 해준 행동을 되풀이하게 마련이다.
공개적으로 당근을 받음으로써 동기를 부여받은 직원은
예전에 당근을 얻어낸 행동을 다시 하려 한다.
요컨대 당근이란, 목표를 향해 정진하게 하고
평균을 훨씬 초과한 성과를 이끌어내는 촉매제이다.

POINT 당근은 미래를 위한 가장 가치 있는 투자이다.

MEMO

당근을 주려면 알짜를 주라

Don't pick the wrong carrot.

맛없는 당근, 집지도 마라.

의도한 대로 당근의 효과를 얻으려면, 직원의 노력과 결과에 합당한 가치를 지닌 것이어야 한다. 백만 달러짜리 계약 체결에 대한 당근이 티셔츠 한 장이나 열쇠고리 정도로는 어림도 없다고 생각하고 있지 않은가? 그런데 현실에서는 그렇지 못한 경우도 있는 것 같다.

당근 전문 컨설턴트인 케이스 패리스는 대학 졸업 직후 은행에서 근무하기 시작했다. 그녀는 뮤추얼 펀드 교환 판매 판촉 기간 동안 120만 달러에 달하는 엄청난 펀드를 유치시키는 쾌거를 거두었다. "그 공로로 은행에서 제게 뭘 줬는지 아세요? 찻잔이었어요. 저나 제 주위에서 일하던 사람이 다시 뮤추얼 펀드를 판매했으리라 생각하세요? 당치도 않죠."

당근을 선택할 때는 그것의 상징적인 가치를 인식해야 한다.

POINT 당근인 척하지만 사실은 양파인 경우가 많다. 생각 없이 선택한 당근은 직원의 입에 맵디매운 맛만 남긴다.

직원의 만족을 보장하라

"I can't get no… satisfaction."

_ Mick Jagger, musician

"난 만족하지 않을 수 없다."

__믹 재거, 음악가

어린 시절, 우리 집 정원에는 늘 땅이 내려앉은 곳이 있었다.
그래서 아버지께서는 토요일이면 움푹 들어간 구멍에 흙을 채워
넣으셨다. 이렇게 하면 얼마간은 괜찮아 보였다. 하지만 땅은 다시
서서히 내려앉았다.
 아무리 애를 써도 점점 커지는 구멍을 메울 수는 없었다.
그 현상을 보며 나는 꽤 신기해하면서도 어느 정도 두려움을 느꼈
다. 순회강연을 하며 그때와 똑같은 두려움을 관리자의 눈에서 보
았다. 그들은 점점 떨어지는 직원의 사기를 끌어올리기 위해서 월
급을 올리고, 부수입을 비롯한 갖가지 혜택을 제공한다.
하지만 그 어느 것 하나 효과를 거두지 못한다.
그러나 당근은 예외다. 당신을 위해 일하는 사람들을 둘러보라.
그들에게 마지막으로 긍정적인 당근을 주었던 때는 언제였는가?
한참 되었다면 오늘 당장 당근을 주어라.

POINT 가랑비에 옷 젖는 줄 모르는 법이다.

직원의 관심 분야를 공략하라

Reading between the lines.

행간에 숨겨진 의미를 파악하라.

때로는 정공법을 쓰는 것이 최선이다.

점심시간에 직원이 책 읽는 모습을 보았거나,

좋아하는 소설에 대해 이야기하는 것을 들었다면,

작가의 이름을 잘 기억해두라.

그리고 그 작가의 신간이 나왔을 때 직원에게 선물하라.

그것은 직원의 뛰어난 업무 성과에 대한

놀랍고도 사려 깊은 당근이 된다.

POINT 직원의 필요를 채워주는 직접적인 당근은 지금 당장 당신의 직원을 움직이게 한다.

MEMO

일주일마다 한 번

Praise and recognition must be frequent.

칭찬과 당근은 자주 줄수록 좋다.

회사에서 헌신적으로 일하는 직원은 직속상관으로부터 적어도 일주일에 한 번은 칭찬과 당근을 받는다는 연구 결과가 있다. 한데 칭찬과 당근을 자주 주다 보면 그 의미가 퇴색되진 않을까 걱정하는 상사들이 많다. 그러면 우리는 이렇게 묻는다.

"아내에게(또는 남편에게) 얼마나 자주 사랑한다고 하십니까?"

그들은 대개 "아마 매일 할걸요"라고 대답한다.

우리는 되묻는다.

"그럼 사랑한다는 말을 일 년에 한두 번 정도만 하면 어떻게 될까요? 예를 들어 생일이나 결혼기념일에만 하는 거죠, 어때요?"

"그건 안 되죠."

"왜요?"

"아내가(남편이) 그 소릴 매일 듣고 싶어 하니까요."

이 이야기를 왜 하는지 당신은 벌써 눈치 챘을 것이다. 직원은 당신의 진심에서 우러나온 당근을 많이 받으면 받을수록 좋아한다. 이런 당근은 질리는 법이 없다.

POINT 사랑하는 사람에게 사랑을 표현하듯, 당신과 회사를 위해 일하는 직원에게 관심을 표시해야 한다.

그들의 원하는 것을 파악하라

He's given the performance of a lifetime.

직원은 직장에서 평생에 걸친 공연을 하고 있다.

훌륭하게 업무를 수행하고 있는

직원에게 당근을 주고 싶은가?

직원이 정말 가고 싶어 하는 음악회나

운동 경기에 갈 수 있도록 표를 구해주면 어떨까?

이런 당근을 받고 난 후에

업무에 복귀한 직원의 모습을 지켜보라.

직원은 집중 조명을 다시 받기 위해 노력할 것이다.

POINT 좋은 기억은 머릿속에 오래도록 기억되게 마련이다. 직원의 머릿속에 그러한 특별한 순간을 기록하라.

MEMO

직원의 성공이 곧 관리자의 성공

"We're totally dependent on the ideas and talent of our people, so we have to help them feel great about themselves."

_ Bob jeffrey, North America division president, J. Walter Thompson

"우리 관리자들은 전적으로 직원의 아이디어와 재능에 의존한다.

그러므로 직원 스스로 자부심을 갖도록 도와주어야 한다."

__봄 제프리, J. 월터 톰슨의 북미 담당 사장

직원이 유능하면 자연히 관리자도 유능해 보인다.

즉, 직원의 성공은 곧 관리자의 성공이다.

그러므로 자신에게 호의를 베푼다는 생각으로 직원의 기분을 한껏 황홀하게 해주어라!

그들은 기분이 좋을 때 업무를 더욱 훌륭하게 수행할 것이다.

진부한 이야기처럼 들리는가?

하지만 사실이다.

POINT 직원과 당신은 운명공동체이다. 직원이 제대로 성장하지 않는 이상 당신의 성공 역시 보장할 수 없다.

감사의 표시를 직원의 집으로 보내라

직원의 가족에게도 당근을 주어라.

미시간에 있는 한 거대 자동차 부품 회사의 인사 담당 부사장과 대화를 나눌 기회가 있었다. 그는 직원의 가족에게도 당근을 준다고 말했다.

"최근에 제 밑의 직원이 새로운 소프트웨어 체계를 도입하는 임무를 맡고 몇 주 동안 줄곧 밤늦게까지 일했어요. 그렇게 애써주는 게 고마워서 작업이 끝나는 금요일 오후, 그의 아내에게 꽃과 감사 카드를 보냈어요."

월요일 아침, 그는 출근한 직원에게 "부인에게 꽃을 보냈는데, 왔던가요?"라고 물었다. 직원은 고개를 끄덕였다.

"예, 아내가 저더러 꽃을 보내준 상사를 위해 지금부터 더욱 열심히 일하라고 하던걸요."

여태껏 보아온 그 어느 방법보다 더욱 강력하게 직원에게 동기를 부여할 수 있는 방법이 무엇인지 아는가? 바로 직원의 가족이나 배우자에게 당근을 주는 것이다. 직원의 희생적인 업무 수행에 대한 감사의 표시로 말이다.

POINT 가족은 직원이 일하는 또 다른 이유라는 것을.

당근을 제대로 주고 싶은가?

Carrots improve your eyesight.

당근은 관리자의 눈을 밝게 한다.

매일 시간을 내서 사무실을 둘러보거나
운전을 하는 동안 직원에게 말을 걸어보라.
그가 하는 일을 지켜보고, 맡은 업무에 대해 물어보라.
사무실을 둘러보면서 당근으로 쓸 만한
이야기가 머릿속에 떠오르면 수첩에 기록하라.
이렇게 매일 기록한 이야기를 모아보자.
이는 공식적인 당근 수여식에서 또는 비공식적으로
직원의 성과를 칭찬하는 자리에서 당근의 묘미를 더해줄 것이다.

POINT 당신이 직원 한 사람, 한 사람에게 인간적인 관심을 가질 때 그에게 맞는 당근을 줄 수 있다.

MEMO

똑바로 가라

"One of the greatest challenges of businesses today is creating a culture that is both values-centered and performance-driven. Many business executives believe they must make trade-offs between the two. I don't buy it."

_ Bill George, retired CEO, Medtronic

"오늘날 기업이 직면한 최대 도전이라면, 가치 중심적인 동시에 업무 지향적인 문화를 창조하는 일이다. 이 두 가지 문화가 양립할 수 없다고 믿는 기업 간부가 많지만, 내 생각은 다르다."

__빌 조지, 메드트로닉의 전 CEO

아이들이 '반대의 날'이라고 부르는 날이 있다.
반대로 말하고, 반대로 옷 입고, 반대로 걷는,
모든 것을 반대로 하는 날이다.
한데 기업의 몇몇 지도자 중에도
일을 반대로 처리하는 사람이 있다.
그들은 가치나 성과 가운데
하나를 포기하는 것이 유용하다고 주장한다.
둘은 양립할 수 없기 때문이라는 것이다.
그러나 실제로 기업의 가치와 성과는
오히려 직접적으로 상호 영향을 미치면서
상당히 복잡하게 얽혀 있다.

엄청난 성공을 거둔 한 기업은 당근 법칙을 사용했고,
왕성해진 직원은 자신의 노동력을
가장 가치 있는 일을 완성하는 데 사용하면서
회사의 가치와 목표에 초점을 맞추었다.
그 결과 회사는 실질적인 성과를 거두었다.
이는 순수하고 절대적인 진리다.

POINT 당근의 효과를 과소평가해서는 안 된다.

MEMO

모두가 보는 앞에서 주라

Stop! And⋯Huddle up!

멈춰! 그 다음에⋯모여!

도시 중심지에 위치한 한 거대 식료품점에서는 직원에게 당근을 줄 때, 전 직원과 손님에게 "모두 모이세요!"라고 말한다.

뛰어난 업무 성과를 거둔 직원을 칭찬하기 위해 상점 안에서 일어나는 모든 활동을 잠시 중단하는 것이다.

정말 듣도 보도 못한 대단한 아이디어가 아닌가! 그냥 모든 활동을 멈추는 것이다.

물건을 쫓아다니는 것도 멈추고, 사람을 부르거나 만나는 것도 멈추고, 여러 가지 걱정도 멈춘다.

오늘 당장 시간을 내서, 직원에게 일손을 놓고 모이라고 해보자.

그리고 직원 앞에서 당근을 받을 직원의 어깨를 전 두드려주라.

좋은 일의 시작을 다질 수 있는 방법이다.

POINT 꾸지람은 사람이 없는 곳에서, 칭찬은 되도록 많은 사람 앞에서 할 때 최대한의 효과를 기대할 수 있다.

직원의 성과를 글로 남겨라

Some stories just have to be shared.

반드시 다른 사람에게 알려야 하는 이야기가 있는 법이다.

당신 밑에 있는 직원이 탁월한 업무 성과를 달성했고, 이런 사실이 회사 사보에 특종으로 실렸다. 지금부터 수년이 지난 후에 이 기사가 직원의 스크랩북 안에서 어떤 모습으로 있을지 궁금하지 않은가?

탁월한 능력을 발휘한 직원에게 당근을 주는 데 사보만큼 이상적인 수단도 없다.

직원의 이름과 사진을 사보에 싣고, 회사의 가치를 추구한 직원의 행동에 대해 기사를 쓰자. 문체나 맞춤법 등은 걱정하지 마라.

당신이 기고한 기사는 편집부 직원이 손볼 것이니 말이다.

직원은 자신이 나온 기사를 오랫동안 간직할 것이고, 기사를 볼 때마다 다시 집중 조명을 받고 싶은 욕망을 느낄 것이다.

POINT 글을 잘 쓰고, 못 쓰고를 고민하지 마라. 그 안에 담긴 당신의 직원에 대한 관심이 중요하다.

백만 불짜리 질문

It's never too early to start thinking about recognition.

당근에 대한 생각은 빨리 할수록 좋다.

신입 사원 채용 면접 시 뛰어난 업무 수행으로
예우를 받았던 순간에 대해서 지원자에게 질문해보라.
"당근을 받았던 때 중 가장 기억에 남는 순간은 언제였나요?"
어떤 일을 해서 당근을 받았는지, 어떤 당근을 받았는지,
그때 기분이 어땠는지 물어보자.
이렇게 하면 지원자의 장점을 파악할 수 있을 뿐만 아니라
앞으로 해당 지원자에게 어떤 형태의 당근을 주어야
자신의 가치를 발휘할지 판단할 수 있다.

POINT 직접 물어보는 것을 두려워해서는 안 된다. 이는 직원의 필요를 가장
정확히 알 수 있는 방법이다.

MEMO

순간순간 주어지는 당근

"Life isn't a matter of milestones but of moments."

_ Rose Kennedy, mother of U.S. President John F. Kennedy

"삶은 획기적인 사건으로 이루어지는 것이 아니라, 순간순간이 모여 이루어진다."

__로즈 케네디, 미국 대통령 존 F. 케네디의 어머니

즉석에서 당근을 줘서 직원을 기쁘게 해주는 데는 60초도 채 걸리지 않는다. 그 정도 시간이면 충분하다. 다음번에 직원이 기특한 일을 한다면 즉시 다음 네 가지의 간단한 단계를 밟아라.

(1) 정확하게 어떤 기특한 일을 했는지 직원에게 말한다. ("완다, 오늘 아픈 베스를 대신해서 당신이 대신 전화를 받아주는 것을 보았어요.")

(2) 직원이 어떤 가치나 목표를 달성했는지 말한다. ("훌륭한 팀워크를 보여준 일이었어요.")

(3) 직원이 회사에 어떤 영향을 미쳤는지 설명한다. ("당신이 솔선수범하지 않았다면 우리 회사 최대 고객에게 걸려온 긴급 전화를 놓쳤을지도 몰라요.")

(4) 감사를 표시한다. ("정말 고마워요.")

POINT 지금 즉시 행하라. 당근을 주기에 가장 적합한 때는 바로 '지금'이다!

직원을 알고 지내라

Employees need to know you care about them as individuals.

개인적으로 관심을 가지고 있다는 사실을 직원에게 알려라.

신입 사원 채용 면접 시 이런 질문을 하라.

"당신에게 하루의 휴가가 주어진다면, 어디에 가서 무엇을 하고 싶습니까?"

이 질문에 대한 직원의 대답을 통해서 그에 대해 많은 사실을 파악하게 될 것이다.

직원이 낚시를 좋아한다면 반나절의 휴가가 훌륭한 당근이 되고, 직원이 음악을 좋아한다면 음악회 티켓이 멋진 당근이 된다.

스포츠를 좋아한다면 경기 입장권이, 독서를 좋아한다면 좋아하는 분야의 신간 서적이 좋은 당근이 된다.

직원이 관심을 가지고 있는 분야를 기록하라. 그런 후에 기록을 활용해서 순간순간 어떤 당근을 줄지 결정하라.

이런 방법을 사용하면 당근에 대한 멋진 아이디어를 얻을 수 있을 뿐만 아니라 개인적으로 직원에게 관심을 가지고 있다는 사실을 보여줄 수 있다.

POINT 직원에게 관심을 가지고 친근하게 지내는 것은 그의 필요를 알 수 있는 좋은 방법이다. 이 행동은 결국 직원에게 꼭 필요한 당근을 제공하는 밑거름이 된다.

직원은 당연히 있는 존재가 아니다

"Attention, employers: Make sure your employees feel values. Otherwise, they could bolt for other jobs as soon as the economy starts to improve."

_ Jane Kim, 〈Wall Street Journal〉

"고용주 여러분, 주의해서 들으십시오.

직원은 스스로 자신이 높이 평가받고 있다고 느낄 수 있어야 합니다. 그렇지 않다면, 그들은 경기가 호전됨과 동시에 다른 직장을 찾아 뛰쳐나갈 겁니다."

__제인 킴, 〈월스트리트 저널Wall Street Journal〉

경제 침체기에 회사가 직원을 대하는 태도에 따라 경제 회복기에 직원이 회사를 대하는 태도가 상당히 달라진다. 당신이 이미 알고 있듯, 이는 그리 놀라운 사실이 아니다. 하지만 최근 〈월스트리트 저널〉에 발표된 기사를 보면 생각해봐야 할 점이 있다. 근로자의 40%가 자신의 직업에 대해 매우 부정적으로 느끼고 있다는 사실 말이다. 바로 오늘 직원 당근 프로그램을 다시 한 번 활성화하여 회사의 미래를 위한 계획을 세우라. 지금 그렇게 한 것에 대해 언젠가 기뻐하게 될 것이다.

POINT 소 잃고 외양간 고친다는 속담을 굳이 언급할 필요가 있겠는가?

"그럴 만한 시간이 없어!"

The Dirty Dozen of Why We Don't
_ EXCUSE No. 1
당근을 주지 않는 구차한 이유 12가지
__핑계 1호

당신의 어머니가 늘 하시던 말씀이 생각나는가? 하고 싶은 일이 있다면 실천할 시간을 확보해야 한다. 하고 싶은 일이 중요한 일이라면 더더욱 실행할 시간을 찾아야 한다.

따라서 당신이 진심으로 직원을 격려하고 그들에게 감사의 마음을 표현하고 싶다면 그럴 시간을 확보해야 한다.(정말 그럴 생각이 있기만 하다면 감사 카드를 쓰거나 그저 "고마워요!"라고 말하는 데 얼마만큼의 시간이 걸리겠는가! 그다지 많은 시간이 걸리지는 않을 것이다!)

POINT 하루 24시간이 모자랄 만큼 바쁘다고 하더라도 직원에게 당근을 줄 만한 자투리 시간도 내지 못한다는 건 핑계일 뿐이다.

직원 자녀에게 당근을!

Be interested in their families.

직원의 가족에게도 관심을 쏟아라.

상대방이 내게 좋은 일을 해주면 고마움을 느낀다. 나아가 내 가족에게 좋은 일을 해주면 단순한 고마움을 넘어서 그 순간 우리는 모두 한 가족이 된다. 오늘 사무실을 나서기 전에, 직원에게 그들의 자녀에 대해 물어보라.

생일이 언제인지, 몇 살인지 알아본 후 달력에 날짜를 적어놓고 그 날이 되면 축하해주라.

작은 선물을 하는 것도 좋고, 직접 쓴 간단한 생일 카드를 주어도 좋다.

직원의 다섯 살짜리 딸아이의 생일날 직장 상사가 정성껏 고른 그림책이나 장난감을 선물하는 것, 직원의 사기 진작을 위해 이보다 더 좋은 당근이 있을 수 있겠는가?

이 일은 직원이 당신에게 훨씬 더 가깝게 다가서는 계기가 될 것이다.

POINT 당신이라면 당신이 좋아할 뿐만 아니라 당신을 좋아하는 사람을 위해서 더욱 열심히 일하겠는가, 아니면 냉담하고 우월한 척하는 사람을 위해서 더욱 열심히 일하겠는가?

당근에 대한 고민을 세차하듯이 씻어라

Have some fun with it.

즐기라.

반드시 격식을 차리거나 무게가 있는 당근을 줄 필요는 없다.

우리가 방문했던 한 회사에서는 기록적인 수익 달성을 축하하기
위한 당근으로 세차를 실시했다.

직원의 탁월한 업무 성과에 감사를 표시하기 위해서 고참 경영진
이 손수 양동이와 걸레를 들고 주차장에 있는 직원의 자동차를 세
차했던 것이다.

누구나 CEO에게 "친구, 이 부분이 덜 닦였네"라고 한 번쯤 말해보
고 싶지 않겠는가?

POINT 직원들에게 당근을 주는 일은 곧 당신의 성공과 연결된다. 그러니 즐
기면서 하지 못할 이유가 무엇인가.

매주 한 명의 직원에게 당근을 주어라

Don't be afraid of reward achievers.

성과를 거둔 직원에게 당근을 주고 싶은가? 움츠러들지 마라.

직원에게 당근을 줄 때 관리자들이 걱정하는 점이 있다. 다른 직원의 감정을 다치게 하거나 소외되는 직원이 생길까 하는 것이다. 그래서 생각해낸 방편이 '직원 모두에게 당근을 주는 것'이다. 그러나 관리자의 이러한 행동은 회사에 중요한 영향을 미치는 보석 같은 직원을 소외시킬 뿐만 아니라 평범하고 별 볼일 없는 직원의 행동을 부추기는 결과를 초래한다.

이젠 다음에 제시한 방법을 사용해보자. 전 직원에 대한 도표를 작성해서 매주 열리는 직원회의 때마다 공개적으로 한 사람씩 당근을 주는 것이다. 모든 직원에게 당근이 돌아갈 때까지 말이다. 단, 당근을 '전반적인 업무 성과'에 대해서가 아니라 당신이나 회사에 중요한 의미를 갖는 특정한 성과에 대해 주어라.

일단 직원에게 당근을 주기 시작하면 당신은 직원이 '기특한' 행동을 했을 때 전보다 훨씬 빨리, 심지어는 즉석에서 당근을 주게 된다. 또한 대부분의 경우, 직원끼리도 서로의 가치를 인정할 뿐만 아니라 상사에게 인정받기 위해 선의의 경쟁을 하게 된다.

POINT 당근을 주는 이유는 그 직원이 '특별해서'이다.

"

Sometimes the best reward is time with the boss.

상사와 같이 시간을 보내는 것이 때로는 최고의 당근이다.

다수의 직원에게 최고의 당근은 무엇일까?

바로 자신이 상사의 눈에 띄는 것이다.

뛰어난 직원에게 당근을 주고 싶다면,

그를 고위 경영진이 참석하는 회의에 데려가라.

그런 다음 회의에서 직원이 추진하고 있는 프로젝트에 대해

발표하고 팀의 성공에 기여한 직원의 공로를 밝혀라.

그러면 직원은 당신에게 충성을 다할 것이고

당신의 상사는 당신이 팀을 잘 이끌고 있다고 생각할 것이다.

POINT 자신의 가치를 특별한 사람에게 인정받고 싶어 하는 것은 인간의 본성이다.

MEMO

현재의 당근 프로그램을 돌아보라

A tune-up could make your employee-recognition program purr. (Not to mention your employees.)
직원을 위한 당근 프로그램의 모터를 조정하라. 힘차게 재가동할 수 있다.

당근 프로그램을 재수립해야 할 때가 되었다면, 다음에 소개하는 방법을 살펴보라. 1964년, 빅터 브룸은 업무에 충실하도록 직원을 독려하는 당근에는 직원이 원하는 당근과 현실적으로 획득할 가능성이 있다고 믿는 당근이 있다고 했다. 그는 이를 바탕으로 당근 체계를 고안할 때 지도자가 지켜야 할 사항을 다음과 같이 제안했다.

- 업무 수행과 결과를 명확하게 연결하라.
- 융통성 있는 당근 체계를 개발해서 잠재적 흡인력을 갖춘 다양한 결과를 돌출하라.
- 직원이 어떤 당근에 가치를 두고 있는지 판단하라.
- 직원이 적절한 훈련을 받고, 업무를 성공적으로 수행할 능력을 갖추도록 도와라.

현재의 당근 프로그램이 기준에 얼마나 부합하는지 평가하라. 이를 통해 직원의 업무 성과는 놀라운 수준으로 향상될 것이다.

POINT 평가는 냉정하게 하라.

가끔은 특별한 날을 마련하라

Play hooky from work… together.

꾀를 내어 직장을 빼먹어보자. 직원과 함께.

팀 직원 모두에게 당근을 주고 싶은가?

금요일 오후에 모든 직원과 함께

영화관에 가서 감동적인 영화를 보라.

영화관에 들어갈 때

그들에게 팝콘과 음료수를 안겨주는 것도 잊지 말자.

그리고 영화가 끝난 후에는 직원들을 일찍 귀가시켜라.

꾀를 써서 직장을 빼먹는 일은

상사가 한패가 되어야 직원들의 마음이 좀 더 편안해진다.

POINT 권위적이고 딱딱한 상사의 시대는 갔다. 유연하고 유머러스한 사람은 누구나 좋아하고 따르게 마련이다.

MEMO

작은 것이 가진 큰 힘

"Too often we underestimate the power of a touch, a smile, a
kind word, a listening ear, an honest compliment,
or the smallest act of caring, all of which have the potential to
turn a life around."
_ Leo Buscaglia, author and lecturer

"우리가 너무나 자주 과소평가하는 것이 있다.
한 번의 손길, 한 번의 미소, 친절한 말 한마디, 한 번 귀기울여주는 일, 정직한 칭
찬 한마디, 상대를 보살피는 아주 작은 행동 등이다. 이 모두가 삶을 전환시킬 수
있는 잠재력을 가진 요소다."

_레오 바스카글리아, 저자 겸 강연자

지인 중에 아내가 적어준 짧은 쪽지 몇 장을 항상 지갑에 넣어가지
고 다니는 사람이 있다. 달콤한 말이라고는 한마디도 없는데 말이
다. 그는 가끔 회원 카드나 명함 등을 찾으려고 지갑을 뒤지다가 우
연히 아내의 쪽지에 손이 간다고 했다.
"직장에서 정말 일이 풀리지 않는 날이면 일부러 아내의 쪽지를 뒤
져서 읽곤 하지."
그의 말에 따르면 어떤 경우이든지 아내의 쪽지를 읽고 나면 다시
세계의 정상에 우뚝 선 기분이 든다고 한다. 그렇다. 쪽지 한 장은
정말 작은 것이다. 하지만 그 영향력은 정말 놀랍지 않은가!
회사에서 직원에게 당근을 주는 일도 마찬가지다. 그것이 꼭 거창

할 필요도, 화려할 필요도, 비쌀 필요도 없다. 손으로 직접 쓴 감사 카드도 좋고, 동료 직원들이 모두 참석한 회의석상에서 간단히 몇 마디 칭찬을 해줘도 좋다.

이런 작은 일에도 그는 마치 세상을 모두 거머쥔 듯한 기분을 느낀다. 그리고 당근을 받았을 때의 이러한 기억만으로도 자신의 업무 성과를 최대한 끌어올릴 수 있다. 다시 생각해보면 그런 일이 결국 그렇게 작은 일은 아니지 않은가.

POINT 칭찬 한마디의 위력을 우습게 여기지 말라. 그것은 때로 직원이 회사에 목숨 걸게 하는 이유가 되기도 한다.

MEMO

기업의 신조를 강화하라

Point employee efforts in the right direction.

직원의 노력에 대해 올바른 방향을 제시하라.

당신의 회사에는 회사의 공식적인 사명이나 비전, 가치관을 설명하는 선언문이 있는가? 직원들 모두 선언문의 내용을 제대로 파악하고 이를 어떻게 자신의 부서에 적용해야 할지 알고 있는가? 그렇지 못하다면 직원에게 당근을 주며 축하하는 자리에서 선언문에 대해 설명하라. 예를 들어보자.

"오늘 우리는 줄리의 노고를 치하하기 위해 이 자리에 모였습니다. 여러분도 알고 있듯이 우리 회사는 팀워크를 추구합니다. 그리고 바로 이 팀워크의 모범을 여기 있는 줄리가 보여주었습니다. 줄리의 팀워크 덕택에 업무 상황이 상당히 향상되었다는 사실을 밝히고 싶습니다. 그리고 이는 우리 모두를 위한 일입니다."

당근 수여식은 직원과 의사소통을 할 수 있는 기회이고, 당신과 회사에 가장 중요한 사항을 직원에게 강조할 수 있는 완벽한 시간이다.

POINT 갈 길이 제대로 정해져 있다면 직원들의 업무 능력 향상도는 눈에 띄게 높아진다.

출장 중에도 하루에 하나씩

Recognition can happen, even if you' re miles away.

출장 중에도 당근은 줄 수 있다.

당신이 출장을 가면 비서·직원·동료 등이 그 빈자리를 채우게 된다. 우리와 대화를 나누었던 한 제조업체의 상사는 자신이 출장을 가 있는 동안 단 한 명뿐인 직원에게 감사를 표현할 수 있는 방법을 찾았다고 했다.

"몇 년 전까지만 해도 직원이 여섯 명이었지만 요즘 경기가 침체되면서 저와 직원 한 명만 남았죠. 그래서 당근을 주는 일이 어느 때보다 중요하다고 생각했습니다. 저는 직원의 개인적인 부분을 알고 있습니다. 가령, 그가 초콜릿 칩 과자를 좋아한다는 사실을 알고 있죠."

그래서 상사는 일주일 예정으로 출장을 떠나면서 직원에게 3달러를 주었다. 매일 카페테리아에 내려가 막 구운 초콜릿 칩 과자를 사 먹으라고 말이다. 그리고 그는 이렇게 덧붙였다.

"제가 출장을 가 있는 동안 직원은 사무실에 박혀서 제 일의 뒤치다꺼리를 해야 합니다. 그렇게 수고하는 직원에게 매일 확실하게 당근을 주고 싶었습니다."

POINT 당근은 어느 특정한 날 주는 것이 아니라, 어느 특정한 행동에 대해 주는 것이다.

하루에 한 번씩 웃어 보이자

Don't forget to smile.

미소 짓는 것을 잊지 마라.

좀 멋쩍을지 모르나 거울을 쳐다보며 미소를 지어보라.

상사가 미소를 지을수록 직원 또한 그렇게 할 것이다.

자, 이 시무룩한 양반들, 미소 짓는 것은 그리 어렵지 않다.

생각해보라.

누구든 재미있는 사람 곁에 더 있고 싶어 하는 법이다.

그러니 당신이 얼굴을 찡그리면서 시무룩해 있지 않고 미소 지을 때 직원은 당신을 더욱 좋아하게 될 것이다.

회사에서의 당신의 태도는 무척 중요하다.

게다가 태도는 전염되게 마련이다.

하품을 하면 옆 사람도 덩달아서 하품을 하는 것과 마찬가지로 당신이 미소 지으면 상대방도 미소 짓는다. 직장에 새로운 물결을 일으켜보라.

행복한 사람의 새로운 물결을 말이다.

POINT 웃는 얼굴에 침 못 뱉는 법이고, 웃음이 만복의 근원이라고 했다.

직원의 성취 의욕을 '자본화' 하라

"Incentives are the only way to make people work herder."

_ Nikita Kruschev, former premier of the Soviet Union

"사람들을 더욱 열심히 일하게 만드는 유일한 방법은 바로 인센티브다."

__니키타 흐루시초프, 소비에트 연방의 전 수상

흐루시초프가 이런 점을 알고 있었는데도 어째서 전 소비에트 연방의 공산주의가 더 일찍 붕괴되지 않았을까?

어쩌면 흐루시초프에게 변화를 추진할 만한 인센티브를 주지 않았기 때문이 아니었을까?

당신에게도 같은 원리가 적용된다.

당신이 만약 당근에 대해 획기적인 변화를 주지 않고 꾸물대고 있다면 스스로 절대 거절할 수 없는 제안을 해보자.

당신이 안마를 좋아하는가?

시상식이 끝나는 즉시 직원과 함께 안마를 받아보자.

당신 기분은 물론 직원의 기분도 한결 좋아질 것이다.

POINT 누구나 알고 있는 사실이지만 행하지 않으면 모르는 것만 못하다. 또한 그것은 반드시 금전적인 것이 아니어도 된다.

자신감을 불어넣어라

Rally your people to the cause.

직원을 집결시켜 사기를 북돋우라.

전투에 임하기 전이나 큰 경기에 참가하기 전에 지도자가 앞으로 나와 무리의 사기를 북돋우는 일은 아주 오래된 전통이다.

이렇게 하는 데는 다 이유가 있다. 효과가 있기 때문이다.

사람들은 스스로를 믿고, 다른 사람 또한 그렇다는 것을 알 때 놀라울 정도의 성과를 낼 수 있다. 그러니 직원 개인이나 팀에 새로운 임무를 부여할 때 이 방법을 사용해보자.

새로운 임무가 달성되리라 확신한다고 큰소리로 외쳐라.

그 임무를 담당할 직원과 팀을 믿는다고 말하라.

이때 당신의 태도는 진지해야 한다.

자신이 말하는 것을 스스로 믿는 것이 중요하다.

그리고 기억하라.

자원을 제공하고 방향을 제시하여 당신이 부여한 새 임무를 달성할 수 있도록 직원을 돕는 일은 궁극적으로 당신의 임무라는 사실을 말이다.

POINT 병사들에게 '죽기를 각오하면 살고, 살고자 하면 죽는다' 고 했던 이순신 장군의 마음가짐으로 일에 임하라.

This could be a red-letter day.

기념할 만한 날을 만들어라.

회사를 위해서 최선의 노력을 기울인 직원이
회사 사장의 감사 편지를 받을 수 있게 하라.
분명 직원이 평생 간직할 만한 편지가 될 것이다.

POINT 최고 결정권자가 가진 힘을. 그들에게 인정받는 것은 직원들이 회사
일에 더욱 매진할 수 있는 커다란 계기로 작용한다.

MEMO

마음을 담아라

"It is not how much we give but what we put into the giving."

_ Mother Teresa, Nobel Peace Prize winner

"얼마를 주느냐가 중요한 것이 아니라, 어떤 마음으로 주느냐가 중요하다."

__테레사 수녀, 노벨 평화상 수상자

가끔은 말하는 내용보다 말하는 방법이 중요할 때가 있다.

진심 어린 감사는 멋있게 작성한 원고로 표현되는 것이 아니라

진심 어린 마음에서 우러나온다.

당근을 주면서 하는 말이 멋지지 않다고 걱정하지 마라.

진심이 담긴 마음가짐이 중요하다.

POINT 마음이 담겨 있지 않은 당근의 효과는 절대 오래갈 수 없다. 그러나 작은 당근에도 진심을 담는다면 몇 배는 더 큰 효과를 기대할 수 있다.

MEMO

자신을 칭찬하는 걸 직원이 알게하라

Take recognition to the next level, tell your boss.

다음 단계의 당근으로, 사장에게 말하라.

당신의 상사에게 뛰어난 직원을
칭찬하는 내용의 음성 메일이나 이메일을 보내라.
단, 해당 직원을 함께 받는 이로 지정해서
당신이 보낸 메일 내용을 알게 하자.

POINT 직원이 그 메일을 확인했을 때 짓는 표정을! 공과를 알아주는 것은 좀 더 정진하게 하는 밑거름이다.

MEMO

축하하라

"The more you praise and celebrate your life, the more there is in life to celebrate."

_ Oprah Winfrey, celebrity

"자신의 삶을 치하하고 축하할수록 삶에는 축하할 일이 생기게 마련이다."

__오프라 윈프리, 미국 방송인

성과를 축하하는 일은 업무와 관련한 일일뿐만 아니라,

삶을 살아가는 방법에도 관련된다.

직장에서 축하할 일을 찾는 방법을 배우면

집이나 학교, 교회와 이웃들에게서도 축하할 일을 찾게 된다.

그러면 당신은 순간순간을 즐기게 될 뿐만 아니라,

다른 사람에게서 그토록 부러워했던

유쾌하고 상냥한 태도를 자신에게서도 발견하게 된다.

무엇보다 놀라운 것은 축하를 통해

주위 사람의 삶을 풍요롭게 하려 노력했을 때,

우리 자신의 삶도 진실로 풍요로워진다는 사실이다.

POINT 작은 행동 하나가 가져오는 변화는 당신이 상상하는 것 이상의 큰 힘을 가진다.

첫 만남에서 깊은 인상을 심어주라

Start new hires off on a good note.

신입 사원이 회사에 대해 좋은 인상을 가지고 업무를 시작하게 하라.

대부분의 전문가들이 동의하듯이, 신입 사원 오리엔테이션은 공식적인 당근 프로그램을 실행하기에 최적의 기회다.

신입 사원이 입사 후 처음 몇 주 동안 받는 작은 당근은 그들과 회사를 연결시켜 주고, 상사와 유대 관계를 형성하는 데 유용할 뿐만 아니라 힘든 연수 기간을 버틸 수 있는 원동력이 된다.

한 조사 결과에 따르면, 직장인의 90%가 자신이 고용된 날짜와 출근 첫날을 상세하게 기억한다고 한다.

즉, 상사인 당신에게는 첫날 단 한 번의 기회가 있을 뿐이다.

그날을 가치 있는 날로 만들라! 그렇게만 할 수 있다면 그 후로는 긍정적인 결실을 맺는 날이 이어질 것이다.

POINT 당신 역시 신입 사원 시절을 겪어 그 자리에 올랐다면, 그 시기에 가장 필요한 것이 무엇인지 잘 알 것이다! 당장 그들에게 찾아가라!

당근의 실패

"That rabbit's plum loco!"

_ Yosemite Sam, cartoon character

"저 토끼, 완전히 맛이 갔구먼!"

__요세미티 샘, 디즈니 만화 주인공

좋은 의도로 위험을 감수한 경우라면 직원이 실수를 하더라도 기분 좋게 해주라. 그들은 위험을 감수해야 하는 업무를 수행할 때 겁을 내게 마련이다. 실패했을 때 돌아올 비난과 비웃음이 두렵기 때문이다. 이런 분위기가 형성되면 성장과 혁신은 중지되고 만다.

몇 년 전 나는 직원이 실수를 할 때마다 당근을 주었다. 결과는 놀라웠다. 그들은 안심이 되기도 하고 너무 놀라기도 한 나머지 당근을 받으면서 울기까지 했다.

이에 대해 《레드 세일즈 북Red Sales Book》의 저자 제프리 지토머는 "직원 하나가 중대한 실수를 한 후에 심기일전하고 나서 쑥스러운 듯 내 사무실로 들어와 '보너스를 좀 주셔야겠는데요' 라고 말할 수 있는 분위기가 되어야 합니다"라고 말했다.

POINT 직원들은 결코 고의로 실수를 하는 경우는 없다. 오히려 성공을 하기 위해 노력하다가, 또는 단지 지도에도 없는 물길을 항해하듯 애쓰다가 실수하는 경우가 대부분이다.

당근 수여식이 가진 힘

Watching an award presentation, coworkers can't help but wonder…

동료의 시상식을 지켜보면서 궁금해 못 견딜 것이다.

아마 당신도 동료가 당근 받는 장면을 지켜보면서 '내가 저 자리에 있었다면 상사는 무슨 말을 할까?' 하고 궁금해한 경험이 있을 것이다. 이것이 바로 당근의 힘이다.

당근은 집중 조명을 받는 직원뿐만 아니라 참석한 모든 사람에게 영향을 미친다. 당근은 직원으로 하여금 생각하고 계획하게 만든다. 또한 당근을 수여하는 순간만큼은 아무도 한눈팔지 않는다.

이 자리가 회사에서 추구하는 가치를 설명하기에 최적이라고 말하는 이유도 여기에 있다. 직원의 특정한 성과에 대해 당근을 주고, 그 성과가 회사의 목표에 기여한 바를 보여주는 과정을 통해서 전략적으로 생각하는 법을 가르치는 것이다. 당근 수여식 동안 당신이 하는 말 한마디 한마디는 매우 개인적이고 감정적인 형태로 직원의 마음속에 들어가 박힌다. 명함도 사보도 결코 영향을 줄 수 없었던 영역으로 말이다. 그래서 당근으로 인해 동기를 부여받은 직원은 자리를 박차고 나가 임무를 달성한다.

POINT 당근은 그것을 받는 직원에게 뿐만 아니라 동료 직원에게도 힘을 발휘한다.

중독을 부채질하라

"I like it, I love it, I want some more of it!"

_ Tim McGraw, country music star

"좋아하고 사랑하면, 더 갖고 싶어진다."

_팀 맥그로, 컨트리 가수

당근은 감자 칩과 같아서 딱 한 번만 받고 멈출 수 없다.

그만큼 중독성이 강하기 때문에 다음과 같은 경고가 붙어야 하지 않을까 싶다.(경고: 당근은 회사의 건강에 대단히 유익합니다. 하지만 조심하십시오. 일단 당근을 먹기 시작하면 멈출 수 없을지 모릅니다.)

그렇다면 직원이 중독성이 강한 당근을 받고 싶어 하는 이유는 무엇일까?

당근을 받을 때 생겨나는 자신감 때문이다.

당근은 직원의 성취 욕구를 활활 타오르게 하고 시도해볼 용기를 갖게 한다.("나는 결국 해냈어. 두 번째가 대수겠어?")

당신에게도 이런 경험이 있을 것이다. 사람들은 자신의 노력과 뛰어난 업무 능력으로 인해 칭찬을 받으면 모멘텀을 얻는다.

다른 사람이 자신을 지지하고 신뢰하기 때문에 장애물을 극복하고 문제를 해결할 수 있는 힘이 생기는 것이다.

POINT 담배만 중독성이 있는 것이 아니다. 당근이 가진 긍정적 중독성을 이용하라!

사랑을 실어라

"Take the time today to send flowers and a card to someone
you love."

_ FTD

"바로 오늘, 시간을 들여서 사랑하는 사람에게 꽃과 카드를 보내십시오."

__FTD

위의 글은 미국 최대의 꽃 배달 전문 업체인 FTD의 광고 문구다.
정말 맞는 말 아닌가!
업무 때문인 경우를 제외하고,
당신의 삶에 가장 중요한 사람에게 마지막으로 당근을 주었던 것
이 언제였는가?
기회를 놓치지 말고 당신에게 가장 가까운 사람에게 사랑한다고
말하라.
사랑한다는 말은 아무리 들어도 결코 식상하지 않다.
장미를 받으며 이 말을 듣는다면 하늘을 날 듯이 기쁠 것이다.
말하는 당신 또한 기분이 좋지 않겠는가?

POINT '사랑'은 때로 모든 문제 해결의 열쇠가 되기도 한다.

직원을 부를 때는 이름을 사용하라

Management Etiquette Rule No. 1

경영 예절 수칙 제1조

직원을 부를 때 이름을 사용하는 것이
실질적인 효과를 내는 경우가 있다.
직원에게 당근을 줄 때, 칭찬할 때,
아침에 그와 인사할 때 등 가능할 때마다 이름을 불러라.
이름을 부르는 것은 직원의 가치를 인정해주는
가장 기본적인 행동이다.
직원으로서 뿐만 아니라 개인으로서 가치를
인정하고 있다는 점을 보여주는 것이기 때문이다.

POINT 상사가 자신의 이름을 제대로 불러주는 것은 그로부터 인정받고 있다는 신호가 된다.

MEMO

직원에게 주인공을 맡겨라

Lights! Camera! Recognition!

조명! 카메라! 당근!

뛰어난 성과를 거둔 직원을 직원 교육용 영화,

사내 비디오나 광고 등에 출현시켜 스타처럼 대우해주라.

프로젝트가 끝나고 나면

감사 카드와 함께 직원에게 사진을 주어라.

이는 직원의 마음에 쏙 들 만한 당근이다.

꼭꼭 숨어 있는 직원을 잘 설득해서

화면으로 끌어낼 수 있다면 말이다.

POINT 엑스트라보다는 주인공을 바라는 것은 인간의 공통적 바람이다. 그 욕구를 채워주라.

MEMO

"당근을 너무 많이 주면
효과가 없을 거야."

The Dirty Dozen of Why We Don't

_ EXCUSE No. 2

당근을 주지 않는 구차한 이유 12가지

__핑계 2호

하긴, 눈동자를 각각 다른 방향으로 지나치게 오래 뜨고 있으면 정말 사시가 될 수도 있겠다. 하지만 그건 지나치게 오래 뜨고 있을 경우이다. 당근도 마찬가지다. 받는 사람이 지나치게 많이 받는다고 생각할 때 문제가 된다.

하지만 직장에 있는 누군가가 "참내, 이 직장은 당근을 너무 많이 준단 말이야!"라고 말하는 것을 들어보았는가?

추측컨대, 아마 한 번도 들어보지 못했을 것이다!

어쨌거나 당신이 진심에서 우러나 당근을 주었다면 직원이 식상하다 여기는 일은 결코 없다. 다른 사람들이 자신을 중요하고 비중이 높은 사람이라고 말해주는데, 식상해할 사람이 누가 있겠는가?

그러니 걱정하지 마라.

당신은 그저 당근 주는 일만 열심히 하면 된다.

POINT 좋은 것을 마다할 사람은 없다. 오히려 반복적으로 제공될수록 더 많은 힘을 얻는다.

직원은 박수갈채에 감동한다

Don't underestimate the value of applause.

박수의 가치를 과소평가하지 마라.

살아오면서 박수를 받았던 때가 있는가?

우리는 대부분 그 순간을 기억한다.

한 패스트푸드 체인점에서는 열심히 일하고 있지만 일에 치이고 있다는 생각이 들거나 자신이 제대로 인정받지 못한다고 느끼는 직원은 언제든지 기립 박수를 부탁할 수 있게 한다.

그러면 손님을 포함해서 음식점에 있는 사람 모두 그 직원에게 박수를 보낸다.

그 효과는 실로 엄청나다.

이따금씩 직원을 불러 모아놓고 특정 직원에게 기립 박수를 보내라. 그의 뛰어난 업무 수행 능력에 대해 설명하고 박수를 쳐주라.

POINT 멋진 공연을 관람한 후, 감동을 받은 데 대한 답례로 우리는 박수를 친다. 그것이 연주자로 하여금 어떤 감정을 불러일으키는지 생각해보고 박수로써 당신의 직원을 북돋워주라.

선물을 준비하라

Let them know you were thinking of them.

상사인 당신이 늘 생각하고 있다는 점을 직원에게 알려라.

출장에서 돌아올 때 직원이 좋아할 만한 선물을 준비하라.

꼭 고가의 선물을 준비할 필요는 없다.

중요한 것은 당신이 그에게 선물을 줄 생각을 했다는 사실이다.

외부 회의에 참석하는 경우라면 선물을 준비하는 것이 더 쉽다.

가족을 위해 선물을 고를 때 직원에게

나눠줄 수 있는 멋진 선물 몇 점을 더 고르면 된다.

티셔츠도 좋고, 장난감도 좋고, 불이 반짝거리는 볼펜도 좋다.

이렇게 함으로써 적어도 자리를 비운 것을 계기로

서로의 마음이 더 가까워졌다는 사실을 깨닫게 될 것이다.

POINT 서로에게 부담이 되는 선물은 안 하니만 못하다. 부담 없이 마음을 전하라.

MEMO

완벽한 타이밍을 잡아라

To get recognition right, you must have…

당근을 제대로 주려면, 바로 이 조건을 갖추어야 한다.

직접 쓴 카드에서부터 영화 티켓, 온천 여행,

공짜 점심 식사에 이르기까지

모든 비공식적인 당근은 얼마나 자주 주어야 할까?

회사를 위해 최대의 가치를 창출한 직원에게는

최소한 한 달에 한 번, 중심적인 역할을 담당하는

직원에게는 최소한 3개월에 한 번 주는 것이 좋다.

POINT 무슨 일에서든 최적의 타이밍이 있게 마련이다. 당근을 주어야 할 최적의 타이밍을 잡는 것이 당근을 주는 데 있어 최대의 관건이다.

MEMO

목적이 확고한가?

"If you just set out to be liked, you would be prepared to compromise on anything at any time, and you would achieve nothing."

_ Margaret Thatcher, former British prime minister

"당신이 그저 인기에만 연연한다면 언제나 무엇에 대해서도 기꺼이 타협하려 할 것이고, 그렇게 되면 아무것도 성취하지 못할 것이다."

__마거릿 대처, 전 영국 총리

아무런 목적 없이 칭찬만 하는 것은 구멍 뚫린 배로 항해하는 것과 같다. 그저 직원에게 잘해 주려고 당근을 주는 것이 아니다.
결과를 보고 주는 것이다.
그러니 당근을 주기 전엔 그것을 통해 당신이 성취하려는 것이 무엇인지 생각해보라.
그리고 당근을 주기로 결정했다면 망설이지 마라. 대신 그것이 가져다줄 효과를 기대하며 다음의 세부적인 사항에 대해 고려해보자.

- 고객은, 회사는, 직원은 어디에 가치를 두는가?
- 회사의 기본 목적은 무엇인가?
- 경쟁사의 상황은 어떤가?
- 회사에 더욱 많은 이익이 창출하려면, 또 회사에 소중한 존재가

되려면, 그리고 회사가 표방하는 비전을 좀 더 효과적으로 추구하려면 어떻게 해야 하는가?

POINT 당근의 목적을 늘 머릿속에 담아두라.

MEMO

직원의 지혜를 책으로 묶어라

Employees can write the book on procedures. Let them!

직원이 자신의 업무 과정을 책으로 남길 수 있게 해주라.

당신이 직원의 말에 귀 기울이고 있다는
사실을 그들에게 보여줄 수 있는 효과적인 방법이 있다.
인터뷰를 통해 직원들이 직장에서 임무 수행을 할 때
사용하는 나름의 지혜에 대해 알아보라.
그 내용을 종이에 기록한 다음,
체계적으로 정리한 후에 신입 사원에게 배포하라.
이를 통해 신입 사원은 기존 직원의 축적된
업무 지식을 습득하는 혜택을 누릴 수 있고,
기존 직원은 상사가 자신의 의견을
높이 평가하고 있다는 생각에 우쭐해질 것이다.

POINT 책이 가진 가치는 어떤 분야를 막론하고 큰 영향력을 가진다. 이를 당근에 이용하라!

스트레스를 해소시켜주는 당근

This reward really hits the spot.

당근은 아프고 뭉친 곳을 제대로 풀어준다.

팀 전체에게 줄 수 있는 좋은 당근이 있다.

직원들을 하루 동안 마사지 치료사에게 데려가

한껏 마사지 대접을 받게 하라.

이런 당근을 주면 직원은 더욱 건강해질 뿐만 아니라

그런 기회를 마련해준 당신에게 고마움을 느낄 것이다.

또한 직원들은 이 기억을 잊지 않고

그런 당근을 다시 받기 위해 열심히 일할 것이다.

POINT 당근은 아프고 뭉친 근육을 풀어줄 뿐만 아니라, 일의 원활한 흐름을 방해하는 스트레스까지도 녹여 없앤다.

MEMO

당근으로 건강을 챙겨주라

This award program will get their hearts racing.

당근은 직원의 심장을 뛰게 만든다.

직원 각자가 건강을 유지할 수 있도록 건강 목표를 설정해주라.
한 달에 일정량 이상의 운동을 한 직원에게 당근을 주어라.
단, 당근을 줄 때는 기왕이면 건강에 도움이 되는 것으로 주자!
영양이 풍부한 과일이나 몸을 가꾸는 데 좋은 운동기구 등으로 말
이다.

POINT 최정예 멤버로 구성된 10명의 병사와 비실비실한 오합지졸들이 모인
100명의 병사 중 어느 쪽이 힘을 발휘할 것 같은가? 당신의 팀을 건강하게 관
리하는 것은 성공으로 향하는 지름길이다.

MEMO

직원의 가치를 인정해주라

The need for appreciation is timeless.

가치를 인정받고자 하는 욕구는 시간을 초월한다.

1949년에 실시한 한 연구에서 직원들에게 업무 성과에 대해 주어지는 당근에 순위를 매기라고 요청했다.

또한 관리자에게는 직원이 원할 것이라 생각하는 당근에 순위를 매기라고 했다.

직원들이 작성한 순위는 첫째, '가치의 인정', 둘째, '돌아가고 있는 상황에 대한 통보'였다.

이 조사 결과를 접한 관리자들은 뜻밖이라는 반응을 보였다.

관리자들은 직원이 높은 임금과 직업의 안정성을 최우선으로 꼽았을 것이라 생각했던 것이다.

이처럼 관리자들은 직원이 회사 내에서의 자신의 가치를 인정받는 데 상당한 의미를 두고 있다는 사실을 알지 못한다.

1949년 이후 1980대와 최근에도 같은 연구가 한 번 더 실시되었는데 결과는 매번 정확하게 같았다.

POINT 가치를 인정해주지 않는 상사에게, 회사에, 직원은 가차 없이 등을 돌린다.

황금 수갑으로 채울 생각은 마라

Recognition makes it hard for employees to leave.

당근은 직원이 회사를 떠나기 어렵게 만드는 요인이 된다.

사실, 대부분의 직원은 별 고민 없이 사방이 트인 전망 좋은 사무실을 포기할 수 있다.

또한 직원을 위한 복지 조항이 달라진다 해도 눈 하나 깜짝하지 않는다.

심지어 회사 차도 멋진 사무실도 포기할 수 있다.

하지만 회사에서 받는 인정과 당근만은 쉽게 포기할 수 없다.

보상과 인정을 의미하는 당근의 맛을 본 후에는 몸담고 있던 회사에서 자신을 뿌리째 뽑아 다른 회사로 옮겨가기가 힘든 것이다.

직원이 몸담고 있던 직장을 떠나려면 실제로 상당한 대가를 치러야 한다.

직장을 통해 맺어진 사회적 결합 관계가 많이 존재할수록 직장을 떠나는 데 따른 대가 또한 커진다.

그러므로 직원의 가치를 인정해주기만 하면 그들의 마음을 사로잡을 수 있다.

POINT 당신 회사에 뛰어난 직원이 있는가? 그들을 회사에 묶어놓을 수 있는 절호의 기회를 놓치지 마라.

당근의 효과는 결국 당신에게로

"You can have everything in life you want, if you will just
help enough other people get what they want."
_ Zig Ziglar, motivational speaker
"당신은 살아가면서 원하는 것은 무엇이든 가질 수 있다.
다른 사람이 원하는 것을 가질 수 있도록 돕는다면 말이다."
__지그 지글러, 동기부여 연설자

크리스마스가 끝나자마자 시작되는 세일에 열중하듯, 업무에 달려
드는 사람들이 있다. 그들은 눈에 불을 켜고 값싼 물건을 찾아 돌아
다니다가(훌륭한 임무를 찾아 실행에 옮기고) 원하는 물건을 거머쥐고
는(성과를 거둔 후 집중 조명을 받고) 창고에 쌓아두기만 한다(칭찬과
당근을 독차지한다). 모든 일을 반대로 처리하는 딱한 사람들이다.
이런 사람들처럼 직원을 제쳐두고 자신이 일을 독점하는 것은 곧
자신을 깎아내리는 일이다. 그러니 직원이 목표를 달성할 수 있도
록 도와주라. 그러면 직원은 당신이 세운 목표를 달성하기 위해 불
속이라도 뛰어들 것이다. 오늘 시간을 내서 직원이 추구하는 목표
를 함께 검토하고, 그 목표를 실현시킬 수 있는 구체적인 방법을 함
께 생각해보라. 그런 후 직원에게 어떤 변화가 일어나는지 관찰해
보라. 임무를 대하는 태도가 예전과 어떻게 달라졌는가?

POINT 세상은 더불어 살아가는 곳이다.

당근에 대한 새로운 아이디어를 찾아라

Get ideas. Get support. Get signed up.

아이디어를 얻어라. 지원을 받아라. 서명을 받아라.

어떤 질문에 대해서든
모든 해답을 알고 있는 사람은 없다.
하지만 재치 있는 지도자라면
어디서 해답을 찾을 수 있는지 알아야 한다.
당근에 대한 최신 자료와 아이디어를 최대한 입수하고 싶은가?
당근 관련 회의에 참석하거나 당근에 초점을 맞춘 잡지를 구
독하라.
당장 실행에 옮겨라.
나중에 이 말을 해준 우리에게 감사하게 될 것이다.

POINT 감나무 아래서 감이 떨어지기를 기다리고 있지 말라. 지혜를 얻고자 한다면 찾아 나서야 한다.

부수지 말고 세워라

"To better the lives of others is one of your life's greatest rewards."

_ Captain Len Kaine, president, Golden Rule Society

"당신이 살아가면서 받을 수 있는 가장 큰 당근은 다른 사람의 삶을 향상시키는 것이다."

__캡틴 렌 케인, 골든 룰 소사이어티 회장

지금 당신 회사에서 잘못 돌아가고 있는 일과 제대로 돌아가고 있는 일을 각각 5가지씩 열거해보자.

사람들은 보통 칭찬하기보다는 흠을 잡아내는 걸 더 쉽게 느낀다.

그러나 동료가 보는 앞에서 회사 발전에 기여한 직원을 칭찬한다면 그 직원을 세우는 것이지만, 책망한다면 그 직원을 파괴하는 것이다.

즉, 당근은 자유롭게 사용하되 책망은 아껴야 한다.

신뢰와 자신감은 오랜 세월에 걸쳐 조심스럽게 쌓여가는 것이고, 당근을 주는 순간은 탄탄하고 귀중한 관계를 구축하는 데 유용하게 쓰인다.

요컨대, 당근은 공개적으로 주고 비판은 사적으로 하라.

POINT 직원에 대한 날카로운 비판은 직원과 당신 둘만의 자리에서 다루도록 하라.

직원을 선두에 세워라

It's your job to get them there.

직원을 발전시키는 것은 당신의 임무다.

대부분의 고참 지도자들이 공감하는 사실이 있다.
위대한 관리자를 판단할 수 있는 척도 중 하나는
그 사람이 키운 '지도자의 수' 라는 점이다.
당신이 지도자를 많이 키우지 못했다면 바로 지금이 시작할 때다.
직원을 미래의 지도자로 성장시키려면 상사인
당신이 그들에게 권한을 부여하고, 그들을 지원하고 신뢰해야
한다.
그리고 직원이 리더십을 보여주는 행동을 했을 때,
그 행동의 가치를 인정해주어야 한다.

POINT 중요한 직책을 맡기면 더 잘하기 위해 노력하게 마련이다. 그것이 바로 책임감이 가진 힘이다.

직원이 좋아하는 사람도 함께하라

A free lunch is good.

Her favorite people make it great.

공짜 점심식사도 좋은 당근이다.

게다가 직원이 좋아하는 사람을 초대하면 그 자리가 빛난다.

당근의 한 방편으로 직원을 점심 식사에 데려가려 하는가?

그렇다면 직원이 좋아하는 동료 서너 명을 동반하여 식사를 즐겁게 하라.

그런 후에 그 자리가 직원을 치하하기 위한 자리이고,

당신이 아닌 직원이 그 자리의 주인공이라는 사실을 참석자 모두에게 알려라.

POINT 좋아하는 사람과 함께하는 자리만큼 즐거운 시간이 있는가? 그 시간의 가치를 안다면 직원에게도 제공해주라.

MEMO

만나서 인사하라

They say the early bird gets the worm.

일찍 일어난 새가 벌레를 먹는다고들 말한다.

당신이 늑장을 부린다면 직원에게

당근을 줄 수 있는 절호의 기회를 놓치고 만다.

입구에 서서, 출근하는 직원을 맞으며 반갑게 아침 인사를 하라.

아침부터 직원의 기운이 샘솟을 것이다.

따뜻한 커피와 도넛이나 베이글을 대접한다면 효과는 배가 된다.

이렇게 하루를 제대로 시작하면

그날 하루는 내내 모든 일이 잘 풀릴 것이다.

POINT 아침 시간은 그날 하루 전체를 결정하는 중요한 시간이다. 그 시간을 잘 이용할 줄 아는 사람이 성공한다.

MEMO

칭찬할 때는 구체적으로

Don't let your praise get too sketchy.

두루뭉술한 칭찬은 사절.

당신의 어린 자녀나 손자 또는 조카가 학교에서 마치 로르샤흐 그림(잉크의 얼룩으로 해석하는 성격 검사법의 하나)처럼 무엇을 그렸는지 언뜻 눈에 들어오지 않는 그림을 그려오면, 이 그림으로 실험해 보라. 아이의 등을 두드리며 "정말 화가처럼 잘 그렸구나."라고 두루뭉술하게 칭찬하지 말고 그림에 대해 아이와 자세하게 이야기하는 것이다.

"왜 이곳에 빨간 색을 칠했니?"

그런 다음에는 눈에 띄는 데 붙여 그림에 대해 구체적으로 언급하라.

"네가 그린 꽃이 태양을 향하고 있는 모습이 정말 보기 좋구나. 관찰력이 뛰어난걸."

구체적으로 칭찬받은 아이는 오래오래 기억할 것이다.

물론 이 원칙은 직장에도 적용될 수 있다.

직원이 달성한 성과에 대해 구체적으로 칭찬하라.

그러면 직원의 마음은 한껏 들뜰 것이다.

POINT 직원은 자신이 잘한 것이 무엇인지를 구체적으로 알고 싶어 한다.

주는 행위를 통해서 얻어라

"Put your appreciation into action by taking time to show your appreciation. Tell one or more people something you appreciate about them.

Remember, what you put out comes back."

_ Doc Childre and Sara Paddison, HeartMath Discovery Program

"시간을 내서 감사의 마음을 표현하십시오. 주위 사람에게 감사한 점에 대해 말하십시오. 그리고 기억하십시오. 자신이 한 말은 자신에게 다시 돌아온다는 것을요."

__닥 칠드리&사라 패디슨, 하트매스 디스커버리 프로그램

당근 프로그램의 실행을 강력하게 반대하는 관리자의 내면을 들여다보면 자신이 당근을 제대로 받아보지 못한 경우가 많다.

한 번만이라도 당근의 맛을 보았더라면 생각이 달라졌을 텐데 말이다. 당근을 받을 때의 감정을 직접 느껴보고 당근이 자신에게 얼마나 좋은 영향을 미쳤는지 경험해보았다면 그러한 감정을 다른 사람에게 느끼게 하기가 더욱 쉬울 것이다.

당근을 제대로 활용할 줄 아는 관리자가 회사에 있는가?

그렇다면 그 관리자를 통해 직원의 삶 속에 당근과 가치 인정의 힘을 활성화시켜라.

POINT 당근을 주는 일은 회사의 어디에서 시작되든 반드시 시작되어야 한다. 그렇다면 당신이 먼저 시작하는 것이 어떻겠는가?

직원에게 도구를 주어라

Help your employees recognize each other.

서로 당근을 주도록 직원을 도와라.

직장 내에 당근 문화를 창출하는 일은 의외로 간단하다.

직원에게 도구를 쥐어주기만 하면 된다.

한 묶음의 감사 카드를 직원에게 주면서, 회사나 팀에서 추구하는 가치를 실현한 동료를 인정해주라고 격려하는 것이다.

단, 이때 주의해야 할 것이 있다. 당신이 먼저 본보기를 보여야 직원이 당신의 지시를 호의적으로 받아들인다는 점이다.

당신이 솔선해서 아낌없이 직원을 칭찬한다면 그들 또한 즉시 당신의 행동을 따를 것이다.

감사의 위력을 절대 과소평가하지 마라.

POINT 지도자란 늘 앞서 본보기를 보이는 존재이다. 당신으로 말미암아 당근 문화가 회사에 자리 잡는다면, 당신의 회사는 자연스레 성공의 길로 들어설 것이다.

MEMO

가장 중요한 결과에만 당근을 주어라

Be careful what you praise···

because you'll get more of it!

무엇을 칭찬할지 주의 깊게 생각하라.

칭찬의 대상, 바로 그것을 배로 받게 될 테니까.

당근은 회사에 중요한 결과를 가져온 데 대해서만 주어야 한다.
너무나 당연한 이야기를 한다고 생각할지 모르지만 다음의 사실을
알면 놀랄 것이다.
우리 모두 팀워크를 소중하게 생각한다고 누누이 강조하면서도 개
인적으로 최고 성과를 기록한 직원에게 당근을 주는 관리자를 수
도 없이 보아오지 않았던가.
선배 판매 직원에게 후배 판매 직원을 가르치고 훈련시키라고 하
면서도 정작 개인적인 달성도에만 근거해서 당근을 준다.
당신이 어떤 말을 하든,
직원은 당신에게서 당근을 받는 일만 할 것이다.

POINT 당근의 남용은 자칫 중요한 사안을 가볍게 만들 수 있다.

직원 안에 숨어 있는 스타성을 끄집어내라

"I have always been a sucker for attention."

_ Cuba Gooding Jr., actor

"전 언제나 사람들의 관심을 끌고 싶었습니다."

__쿠바 쿠딩 주니어, 영화배우

알고 보면 누구나 스타성을 가지고 있다고 생각하지 않는가?

생방송 뉴스가 보도되는 동안 기자 뒤에 서 있는 사람들을 보라.

시청자의 관심을 끌기 위해서라면 무슨 짓이든 할 기세다.

빛을 향해 모여드는 나방처럼,

단 15분 만에 사라지는 명성일지라도 사람들은 이를 본능적으로 추구한다(다행히 좀 더 지적으로 대처하는 사람도 있기는 하지만).

그러니 시간을 내서 직원을 단상 위에 세우고 어떤 일이 벌어지는지 지켜보라.

그가 무대 위에서 펄펄 날더라도 놀라지 마라.

POINT 사람은 언제나 다른 사람들로부터의 관심을 갈망한다.

MEMO

스승에게 당근을

Remember to thanks people who have influenced you.

당신에게 영향을 끼친 사람에게 반드시 감사하라.

누구든 자신의 삶에 커다란 변화를 가져다준 스승이 적어도 한 명 이상은 있게 마련이다.

동기를 부여해준 영어 선생님일 수도 있고, 수학의 대가일 수도 있고, 재치 있는 직장 교육 담당자일 수도 있다.

당신에게 지대한 영향을 미친 스승이라면,

이 열성적인 스승에게 자필로 감사편지를 써서 그들이 어떻게 당신의 삶을 변화시켰는지 구체적으로 설명하고 감사하라.

당신의 편지는 그가 근래에 받은 선물 중 가장 큰 선물이 될 것이다.

POINT 어떤 이의 성공 뒤에는 그 싹을 알아봐주고 물을 주며 돌보아준 이가 있게 마련이다.

MEMO

12개월 동안의 칭찬

A magazine subscription is a monthly reminder of your regard.

직원이 매달 당신을 기억하기를 바라는가?

직원이 아주 흥미를 느낄 만한 당근이 있다.

그가 좋아하는 잡지의 1년 구독권을 주는 것이다.

물론 고상한 취향의 잡지여야 한다.

단, 직원이 컴퓨터 소프트웨어를 취급하는 회사에서 일한다고 해서 〈마이크로칩 일러스트레이티드Microchips Illustrated〉를 받아들고 마음이 들뜰 것이라 지레짐작하지 마라.

POINT 당신의 필요가 아닌 직원의 필요를 먼저 살펴봐야 한다는 것을.

MEMO

"당근을 줄 만한 예산이 없어."

The Dirty Dozen of Why We Don't

_ EXCUSE No. 3

당근을 주지 않는 구차한 이유 12가지

__핑계 3호

사실, 돈만 많다면야 무엇인들 못하겠느냐고 모두들 생각한다.
하지만 당근에 비용을 많이 들일 필요는 없다.
중요한 건 직원이 당근을 중요하게 느끼도록 만드는 것이다.
가령, 감사 카드 한 묶음의 가격은 정말 얼마 되지 않는다.
증명서는 컬러 프린터에서 거의 공짜로 인쇄할 수 있다.
상사에게 이메일을 보내거나 직원의 업무 성과를 발표하는 데는
한 푼도 들지 않는다!
창의성을 발휘하라!
당신이 당근에 대해 새로운 아이디어를 떠올릴수록 당근을 받는
사람에게는 의미가 크다.

POINT 무한한 아이디어를 발휘하면 발휘할수록, 직원은 당근을 받았을 때 더욱 기뻐할 것이다.

<h1>먼저 직원을 파악하라</h1>

Understand the meaning of recognition.

당근의 의미를 깨달아라.

이 책에서 '당근,' '보상,' '인정'으로 표현되는 'recognition'이란 단어의 뿌리를 메리암 웹스터 사전에서 찾아보면, 're'는 '다시 한다'는 뜻이고 'cognition'은 '안다'는 뜻이다. 그러므로 'recognition'의 뜻은 '다시 안다'이다.

즉, 효과적으로 당근을 주기 위한 첫 단계는 바로 직원을 제대로 파악하는 것이다. 다음에 제시하는 질문들이 도움이 될 것이다.

- 직원은 스스로 동기 유발을 할 수 있을 정도로 적절한 직위에 있는가?
- 직원은 회사가 자신에게 어떤 기대를 걸고 있는지 알고 있는가?
- 직원은 적절한 도구를 소유하고 있는가?
- 나는 직원에게 최상으로 업무를 수행할 수 있는 자유를 부여하고 있는가?
- 직원이 이룩한 성과와 표석을 기억하고 축하하기 위해 그에게 칭찬과 당근을 주고 있는가?

POINT 아는 만큼 보이는 법이다.

건강한 직원이 회사를 살린다

Tighten your belts with and exercise program.

운동 프로그램을 가동해 허리 사이즈를 줄여라.

건강한 직원이 그렇지 못한 직원에 비해 생산성이 우수하다는 연구 결과가 있다.

그러므로 직원 건강에 대한 당신의 최저 기대치를 끌어올려야 한다.

그들이 건강한 신체를 유지할 수 있도록 체중 감량 프로그램을 후원하라.

체중을 가장 많이 감량시킨 개인이나 팀에게

건강에 좋은 당근을 수여하는 것은 좋은 방법이 될 것이다.

실제로 이 같은 노력을 통해 더 많은 성과를 거둔다는 사실을 잊지 말라.

POINT 직원의 건강은 당신과 당신 회사의 성공과 직결된다. 그 많은 회사에서 건강검진을 실시하는 이유를 떠올려보라.

악수, 미소, 한마디 말의 힘

HANDCLASP — A SMILE — AND A WORD

_ David Horton Elton(Chester' s grandfather)

악수하고, 미소 짓고, 말 한마디 하라.

__데이비드 호튼 엘튼, 체스터(저자 — 옮긴이)의 할아버지

'건드리면 싸울 기세로' 들어왔던 사람도 '얼굴에 환하게 미소를 띠며' 나가게 할 수 있다. 무엇 때문에 태도가 바뀌었을까? 어떤 일이 일어난 것일까? 무슨 일이 있었는지 정말 알고 싶은가? 간단하다. 당신도 쉽게 할 수 있다.

'악수하고, 미소 짓고, 말 한마디' 하라! '악수' 는 상대방으로 하여금 자신이 환영받고 있다는 느낌을 갖게 한다. 이는 올바르게 관계를 시작하는 방법이다.

다툼을 거둬가는 '미소' 는 분노와 알력을 누그러뜨린다.

"앉아서 이야기 좀 할까요"라는 말은 시비를 걸려는 상대방의 곱지 않은 심보를 잠재운다.

"함께 모여 궁리해봅시다"란 말은 적의와 노여움을 억누른다. 사실을 말하는 동시에 부드럽고 상냥하게 조율된 말, 재치 있게 양념된 참을성 있는 말, 호전적이지도 막무가내이지도 않은 말, 정직한 말을 하라.

POINT 당신이 직원을 존중하고 귀하게 대하면 직원이 소유한 최상의 자질을 얻게 된다는 사실을 말이다.

돈의 장벽을 깨라

What motivates top employees?

Hint: It's not green.

일류 직원의 동기를 부추기는 요소는 무엇일까?

당신이 생각하는 그것은 아니다.

탁월한 업무 성과를 거둔 직원에게는 그에 상응하는 대가를 주어야 한다.

반드시 경제적으로 보상할 필요는 없지만 당근의 형태로 주어야 한다는 건 사실이다.

글로벌 컨설팅 업체인 왓슨와이어트^{WatsonWyatt}가 2000년에 대기업 고용주 551명을 대상으로 조사를 실시한 결과, 경제적인 보상에 대한 기대감이 업무 달성에 매우 중대한 영향을 미친다고 대답한 직원은 15%에 불과했다.

이와는 대조적으로 66%의 직원이 회사에서 자신의 가치를 인정받는 것을 매우 중요한 동기 유발 요인으로 꼽았다.

POINT 세상에는 돈으로 살 수 없는 것이 존재한다. 그러나 다행스럽게도 돈으로 살 수 없는 것도 당근으로는 살 수 있다.

당근 수여 방법을 터득하라

Pay attention to great recognition ceremonies.

훌륭한 당근 수여식을 눈여겨보라.

TV로 올림픽경기나 영화제 등의 시상식을 시청하면서 시상 방법을 눈여겨보라.

세계 수백만 명의 사람들이 올림픽경기에 출전한 선수의 메달 시상식을 지켜보기 위해 주의를 집중하고, 시상 순간의 감동을 기대하며, 그 감동을 함께 나눈다.

이와 마찬가지로 직원들도 자신이 당근을 받는 축하의 자리에서 그러한 감동을 느끼고 싶어 한다.

훌륭한 당근 수여식에 대해 연구한 후에 자신만의 수여식 모델을 만들어라.

그러면 당신은 곧 그 분야의 대가가 될 것이다.

그리고 그때부터는 반대로 다른 사람이 당신을 모델로 연구하게 될 것이다.

POINT 당근에 있어서는 '방법'도 중요한 요소 중 하나다. 어떻게 줄 것인가를 고민하라.

손을 내밀라. 당신의 손을!

"Nine tenths of wisdom is APPRECIATION. Go find somebody's

hand and squeeze it… while there's still time!"

_ Dale Denton, naturalist

"지혜의 9할은 감사입니다. 누군가의 손을 찾아 꼭 쥐어주십시오…….

아직 시간이 남아 있을 때 말입니다!"

_데일 덴턴, 자연주의자

당근 주는 일을 망설이지 마라.

망설이다가는 감사의 마음을 표현하기에 너무 늦어버릴지도 모른다. 미국 인적자원관리협회의 통계에 따르면 퇴사한 직원의 79%가 자신의 가치를 제대로 인정받지 못했기 때문에 회사를 떠났다고 한다.

당신이 시간을 투자해서 직원의 공로에 당근을 주지 않았다는 이유로, 뛰어난 직원이 회사를 떠나는 일은 없어야 하지 않겠는가.

POINT 직원들은 일을 하는 내내 당신의 반응을 머릿속에 염두에 두고 있다. 그러니 필요한 순간 꼭 손을 잡아주어야 한다.

생일은 당근을 수여할 수 있는 아주 좋은 기회다

Remember special occasions.

특별한 날을 기억하라.

달력에 직원 생일을 빠짐없이 기록하고

그날이 되면 카드를 보내거나 어떤 형태로든 반드시 축하를 해주어라.

점심 식사에 초대하거나 아침에 커피 한 잔을 갖다 주어도 좋다.

당신이 개인적으로 관심을 기울이고 있다는 사실을 직원에게 알려라.

이는 직원으로부터 더욱 커다란 협력을 이끌어내어

건전한 팀 환경을 확실하게 구축할 수 있는 방법이다.

POINT 특별한 날을 기억해주고 챙겨주는 상사는 '특별한' 사람으로 비치게 마련이다.

MEMO

새로 엄마와 아빠가 된 직원에게 당근을 주어라

Personalize the work experience.

직원에게 개인적인 관심을 쏟아라.

당신이 직원에게 개인적으로 관심을 기울이고 있다는 사실을 알리는 것이 중요하다.

즉, 둘 사이에 직장을 초월한 관계를 구축하라.

직원의 아기가 태어났는가?

그림책 등과 같은 사려 깊은 선물을 보내 축하할 수 있는 훌륭한 기회다. 이 훌륭한 기회를 직원에게 당근을 주는 순간으로 활용하고 싶은가?

직원이 이룩한 성과에 감사하는 자필 카드를 동봉하고,

책 앞 장에 아기의 이름과 간단한 글을 적은 후에 당신이 직접 서명을 하라.

한 단계 더 나아가 새로 할아버지, 할머니가 된 직원에게도 이런 당근을 주어라.

POINT 직원에게 쏟는 당신의 개인적인 관심은 당신에 대한 믿음과 그에 대한 보답으로 당신에게 되돌아온다.

입사 기념일이 중요한 이유

Acknowledge all work anniversaries.

직원의 입사 기념일마다 감사의 마음을 전하라.

직원의 근속 기념일을 달력에 기록하라.

그리고 그날에는 반드시 카드를 보내거나 감사의 표시를 하라.

조사 결과에 따르면 직원들은 자신의 결혼기념일보다도

직장에 고용된 날짜를 더욱 잘 기억한다고 한다.

만약 당신이 결혼기념일을 기억하지 못한다면 배우자가 좋아하겠는가?

물론, 당신의 직원 또한 좋아하지 않을 것이다.

POINT 입사일은 직원에게 새로운 탄생을 의미하는 제2의 생일과도 같다. 이 특별한 날을 당신이 챙겨준다면, 그들의 반응이 어떻겠는가?

MEMO

성과를 눈에 보이게 하라

Put a special logo on their business cards.

직원의 명함에 특별한 로고를 새겨주라.

직원들은 자신이 수행하는 업무에 관한 한 훌륭한 자질을 가지고 있고,

상사는 이런 직원의 자질을 밖으로 입증해 보일 수 있는 기회를 제공해야 한다.

그러므로 직원이 회사의 업무 목표를 달성하면,

특별히 고안된 로고를 넣어 명함을 다시 제작해주는 것도 좋은 방법이다.

이는 매우 효과적인 동기 유발 방법으로,

로고가 상당한 특권의 상징으로 보이게 하는 것이 묘미다.

다만 이 방법으로 효과를 보고 나서 다른 일에도

로고를 사용하고 싶은 충동이 일더라도 꾹 참아라.

로고는 희귀하고 귀중한 것으로 인식되어야 한다.

그래야 직원들이 로고가 새겨진 명함을 갖고 싶어 몸살이 날 테니까.

POINT 당신이 찾아보려고 애쓰는 한, 동기 유발의 방법은 무한하다.

당근은 당신이 앞서나갈 수 있는 기회다

"Mr. Scorpio says productivity is up 2 percent and it's all because of my motivational techniques, like donuts and the possibility of more donuts to come!"

_ Homer Simpson, cartoon character and philosopher

"스콜피오 씨가 생산성이 2% 증가했다고 말했다. 그것은 모두 내 동기 유발 기술 덕택이다. 도넛이 생기지 않을까, 더 많은 도넛을 먹을 수 있지 않을까 하고 사람들을 기대하게 만들었기 때문이다."

__호머 심슨, 애니메이션 〈심슨가족〉의 주인공이자 철학자

미국 전 지역의 기업 지도자들을 만나면서 우리는 자사 내에서 직원에게 적극적으로 당근을 주는 관리자가 얼마나 되는지 물었다. 그러자 대부분 "아마도 10~20%쯤 될 겁니다"라고 말했다.

이 말은 당신이 직원에게 당근을 준다면 회사 내의 다른 관리자 80~90%보다 전략적으로 우위에 설 수 있다는 뜻이다.

이 점을 최대한 활용해서 자신을 다른 관리자와 차별화하라.

혁신적인 아이디어를 생각해내어 당근을 주라(생각해보니 전략적인 포석이 깔린 도넛을 직원에게 주는 심슨의 방법도 괜찮은 것 같다).

POINT 당근을 부여하는 관리자가 많지 않다는 사실은 역설적으로 당신이, 당신의 회사가 다른 관리자와 회사에 비해 경쟁력이 높다는 사실을 반증한다.

환상에서 깨어난 직원을 붙잡아라

They don't always just go away.

직원이 직장을 떠나는 데는 다 그럴 만한 이유가 있다.

직장에 불만이 가득한 직원에게는 두 가지 선택권이 있다.

직장을 떠나든지 그냥 눌러앉는 것이다.

직장을 떠나는 경우도 좋지는 않지만 눌러앉게 되면 상황은 더 악화될 수 있다.

갤럽조사연구소에서 실시한 조사 결과에 따르면, 북미 노동력의 29%만이 자신의 직업에 '능동적으로 개입'하고 있다고 한다.

바꿔 말해 당신 밑에 있는 노동력의 71%는 그럭저럭 직무에 임하고 있다는 뜻이다.

그들은 직장에서 꿈꾸듯이 멍하게 하루를 보내고, 도전과 책임을 회피하면서 쉬운 해결책을 선택한다.

이렇게 해서 부서 전체의 창의적인 에너지와 열정을 고갈시킨다.

그렇다면 관리자인 당신이 해야 할 일은 무엇인가?

당신에게도 두 가지 선택권이 있다.

POINT 늘 회사를 떠날 생각으로 가득 찬 직원은 없느니만 못하다. 당신이 할 일은 그런 생각을 원천 봉쇄하는 것이다.

브레인스토밍 회의를 하라

Put your heads together.

머리를 맞대라.

직장 외의 장소에서 매달 브레인스토밍(Brainstorming : 각자가 자유
롭게 착상을 내놓는 창조적 집단 사고법) 회의를 하라.
아이디어와 의견을 함께 나누고
혁신적인 아이디어를 낸 직원에게는 당근을 주어라.
그리고 이 직원의 아이디어와 이로 인한
업무 향상이 회사에 어떤 기여를 했는지에 대해 말하라.

POINT 자신의 아이디어를 자유롭게 말할 수 있는 직장 환경이 혁신적인 변화
를 불러온다.

MEMO

새롭게 출발하라

"Don't let the future be held hostage to the past."

_ Neal A. Maxwell, religious leader

"미래가 과거의 볼모가 되지 않게 해야 합니다."

__닐 A. 맥스웰, 종교 지도자

싱어송라이터였던 밥 딜런^{Bob Dylan}은 자신의 노래에서

"시간, 시간은 변한다"(The times, they are a changin)라고 했다.

마찬가지로 당신도 변할 수 있다.

당신이 고용될 당시 부여받은 업무를 수행하라.

오늘날의 산업 환경에 적합한 도구,

즉 당근을 사용해서 회사의 목적 달성을 향해 앞장서라.

POINT 과거는 과거일 뿐이다. 과거의 영광이나 실패에만 매달려 있어서는 미래에 어떤 것도 얻을 수 없다.

MEMO

직장인 엄마에게 특별한 날을 만들어주자

Is your office family friendly?

회사가 직원에게 친근한 태도를 취하는가?

자녀가 있는 직장인에게

아주 큰 의미를 지닌 당근이 무엇인지 아는가?

바로 자녀의 학교 행사에 참석하도록

몇 시간 자리를 비울 수 있게 해주는 것이다.

물론 공식 휴가 일자에 포함시키지 않으면서 말이다.

POINT 워킹맘은 현대사회에 필수 불가결한 부분이다. 그들을 인정하지 않거나 배려하지 않는 구시대적 사고방식은 성공에 걸림돌이 될 뿐이다.

MEMO

회사와 하나 되기

Recognize and reward milestone achievement.

직원의 획기적인 업무 성과를 인정하고 당근을 주어라.

보증, 규격, 출근 횟수 등에 관해 부서의 목표를 설정하라.

그리고 직원이 획기적으로 목표를 달성하면

회사 로고가 들어간 적절한 품목을 선물하라.

예를 들어 그가 상당한 기술 수준에 도달한 경우,

공장의 관리자라면 직원에게 회사 로고가 찍힌 재킷을,

사무실 관리자라면 회사 로고가 찍힌

탁상용 업무 세트를 선물할 수 있을 것이다.

POINT 로고는 직원으로 하여금 회사와의 일체감을 느낄 수 있게 하는 장치이다. 그것을 활용하라.

MEMO

직원의 궁금증을 해소해주라

People love to know what is going on.

직원들은 상황이 어떻게 돌아가는지 알고 싶어 한다.

직원들은 확실한 소식통으로부터 직접 나온 이야기를 듣고 싶어 한다.

이때 확실한 소식통이란 직원이 몸담고 있는 회사의 사장을 뜻한다. 특정 주제를 둘러싸고 직원들 사이에 특별한 관심이나 호기심이 인다면,

부서 직원의 회의 시간에 상사를 초청해서 직원의 질문에 답변할 수 있게 하라.

그리고 그 시간을 최대한 활용하라.

특별히 시간을 할당해 각 직원을 호명하면서 상사에게 소개하고,

담당 관리자가 들을 수 있도록 간단하게 칭찬하라.

POINT 어떤 일이나 중요한 사안에 대해 직원들에게 쉬쉬하는 태도는 근거 없는 소문만 양산한다. 그런 뒤숭숭한 분위기에서 어떤 직원도 회사에 마음 붙일 수 없다.

MEMO

두루뭉술한 칭찬은 이제 그만

To be effective, praise must be specific.

칭찬은 구체적이어야 효과가 있다.

캘리포니아 주 최대 놀이공원 중의 한 군데는 관리자에게 "잘했어요" 등과 같은 두루뭉술한 말로 직원을 칭찬하지 말라고 가르친다. 상사의 두루뭉술한 칭찬이 사실상 직원에게 부정적인 영향을 미칠 수 있기 때문이다. 실제로 그렇다. 다음 상황을 머릿속에 그려보자. 놀이기구가 제대로 작동하는지, 손님들은 안전한지, 또 즐거워하는지 신경을 곤두세우면서 열심히 일하는 놀이공원의 직원이 있다. 그는 지금 몹시 덥고, 배도 고프다. 게다가 줄을 서 있던 열댓 명의 꼬마들이 직원의 유니폼에 솜사탕을 문지른다. 그래도 그는 미소를 잃지 않는다.

그런데 담당 관리자가 그날 처음으로 어슬렁어슬렁 다가와서는 입심 좋게 말한다.

"안녕, 스티브. 계속 잘 해주게나."

당신이라면 이럴 때 어떻게 반응하겠는가?

"저 얼간이는 도대체 내가 무슨 일을 하고 있는지 하나도 모르는 군"이란 말이 저절로 나올 것이다.

평소에 직원의 뛰어난 업무 수행을 눈여겨보는 관리자의 태도와 비교해보자. 이런 관리자라면 똑같은 상황에서 아마 이렇게 말했을 것이다.

"스티브, 놀이기구를 타려고 서 있던 손님을 대하는 자네의 태도에 난 정말 감탄했네. 손님들이 약간은 까다로운 것 같았는데 자네가 긍정적인 태도를 보이니까 줄곧 흐뭇해하던 걸. 정말 고맙네."

POINT 두루뭉술한 칭찬은 직원에게 의아함만을 안길 뿐이다. 공을 확실히 밝혀 칭찬할 때야 확실한 효과를 거둘 수 있다.

MEMO

성공에 대해 당근을 주고, 실패로부터 배워라

"Achievement seems to be connected with action.

Successful men and women keep moving.

They make mistakes, but they don't quit."

_ Conrad Hilton, founder, Hilton Hotels

"성과는 행동과 관련이 있는 것 같다. 성공하는 사람은 꾸준히 움직인다. 실수를

하더라도 포기하지 않는다."

__콘래드 힐튼, 힐튼 호텔 설립자

실패를 인정한다는 것은 끔찍한 일 같지만 사실 매우 훌륭한 지도자들이 오래전부터 해오고 있는 일이다. 성공적인 관리자는 매번 임무를 100% 완벽하게 달성하는 직원은 없다는 사실을 알고 있는 것이다. 그들은 누구나 실패할 수 있음을 염두에 두면서 승리뿐만 아니라 실패를 통해서도 배움을 얻는다. 그런 관리자와 그 밑에서 일하는 직원은 실패를 두려워하지 않기 때문에 자유롭게 새로운 일을 시도하고 창의성을 발휘하여 틀에서 벗어난 사고를 한다.

문제가 생겼거나 실패했을 때조차도 관리자에게 편안하게 다가갈 수 있어야 직원은 실패를 통해서도 성장하고 배워나간다.

그리고 이러한 과정을 통해 둘 사이에 신뢰가 쌓인다.

POINT 실패를 두려워하게 해서는 안 된다. 실패를 성공을 향한 하나의 과정으로 받아들일 수 있게 당신이 도와야 한다.

직원이 좋아하는 것, 싫어하는 것을 계속 추적하라

Remember what your people like.

직원이 좋아하는 것을 기억하라.

코끼리는 굉장한 기억력을 가지고 있어서
결코 잊어버리는 일이 없다고 한다.
훌륭한 지도자도 그리 해야 한다.
수첩이나 컴퓨터 파일 안에 직원 개개인이 좋아하는
당근의 종류, 선물, 보상 등을 기록해두라.
좋아하지 않는 것도 함께 말이다.
이렇게 하면 당신이 축하해주려는 직원의
구체적인 필요에 맞추어 당근을 재단할 수 있다.
그러면 직원은 자신이 받은 당근을 더욱 좋아하게 될 뿐만 아니라
상사인 당신이 자신을 주의 깊게 지켜보고 있다는 사실을 깨닫
는다.

POINT 직원 한 사람, 한 사람의 특징을 제대로 알고 있어야 당근의 효과를 제대로 활용할 수 있다.

오래도록 효과를 발휘하는 당근을 찾아라

Take recognition to the next level.

당근의 수준을 한 단계 높여라.

운동을 엄청나게 좋아하는 직원이 있는가?

헬스클럽 사용료를 한 달, 또는 1년간 지불해주어라.

이는 '꾸준히 효과를 발휘하는' 당근이다.

직원이 운동할 때마다 비용을 지불한 당신을 떠올릴 테니 말이다.

이토록 사려 깊은 당근을 받은 직원은 다른 직장으로 옮기기가 어렵다.

POINT 때로 당근은 직원이 느끼기에 '부담'이 될 필요도 있다. 그래야만 능력 있는 직원을 당신의 회사에 묶어둘 수 있다.

MEMO

일대 소동을 일으켜라

Strike up the band!

악단을 동원해서 연주하라!

한 거대 패스트푸드 체인은 성과를 거둔 직원에게 '당근 악단'을 파견한다.

당근 악단은 모두 자사 직원으로 구성되는데,

각자 장난감 피리, 봉고 북(라틴 음악에서 무릎 사이에 두 개를 끼우고 손가락으로 치는 북), 기타 시끄러운 소리를 내는 도구를 들고 왁자지껄하게 직원의 사무실로 찾아가 그의 앞에서 연주를 한다.

직원이 성과를 거두었을 때는 떠들썩하게 축하해줄 만한 가치가 있다는 것을 제대로 알고 있는 회사이지 않은가.

POINT 예로부터 좋은 일은 소문을 내라고 했다. 되도록 많은 사람이 알게끔 칭찬해주면 직원은 더욱 잘하려 노력할 것이다.

MEMO

당근의 효과를 최대화하라

What makes recognition work?

당근이 효과를 발휘하려면?

주는 방법에 따라 당근의 효과에 차이가 있다는 점에는 이견이 없다. 그러므로 당근을 줄 때는 다음의 비결을 따라라.

- 제때 주어라.
- 구체적으로 주어라.
- 진지한 태도로 주어라.
- 만반의 준비를 갖추어라.

잠시 시간을 투자해서 당근을 수여할 준비를 갖춘 후에 몇 가지 유용한 기술을 사용하라. 그러면 정식 당근 수여식과 더불어 하루하루 당근을 주는 순간은 직원의 기여에 대한 단순한 감사 표시 이상의 의미를 지니게 된다. 즉, 이는 직장 내에서 상사와 직원과의 관계를 향상시킬 수 있고, 회사에 대한 직원의 충성과 헌신을 증가시킨다.

POINT 비결은 당근 수여의 효과를 최대화하는 불문율이다.

당근으로서 돈의 가치를 믿지 마라

"Money is a great motivator, but not a good satisfier."

_ David Klinger, vice president of organizational development, Mount

  Clemens General Hospital

"돈은 직원의 동기를 유발시키기에는 좋은 도구이지만, 만족을 끌어내는 데는 그

다지 좋은 도구가 아니다."

_데이비드 클링거, 조직 개발 부사장, 마운트 클레멘스 종합병원

아무 직원이라도 붙들고 무엇을 갖고 싶은지 물어보면 거의 대부분 '돈'이라고 대답할 것이다.

문제는 돈의 효과가 오래가지 않는다는 점이다.

직원의 주머니에서도, 심지어 직원의 기억에서조차도 말이다.

아메리칸 익스프레스가 1,010명을 대상으로 최근에 받은 현금 보너스를 어떻게 썼는지 물었다.

거의 30%에 달하는 응답자가 청구서를 지불하는 데 썼다고 대답했다.

즉, 거의 절반에 가까운 응답자가 최근 받는 현금 보너스가 사기 진작에 거의 영향을 미치지 않았거나 전혀 미치지 않았다고 대답한 것이다.

보라. 당근으로써의 돈의 가치는 이렇게나 미비하다. 물론 돈은 중요하다.

그것이 바로 직원들이 매일 아침 어김없이 회사 문을 열고 들어서
는 이유이기도 하니까.

하지만 돈으로는 직원을 업무에 완전히 몰두하게 만들 수는 없다.
그러나 제대로 주어진 당근은 직원에게 감정적으로 엄청난 영향력
을 행사한다.

POINT 회사의 보상 전략에 현금을 포함시키되, 당근 프로그램에서는 제외
하라. 그렇지 않으면 그것은 끔찍한 당근이 될 테니까.

MEMO

스스로 즐기라

You can't give what you don't have, soooo…

당신이 소유하지 않은 것을 직원에게 줄 수는 없는 법이다. 그러니까…….

지금 당장 시간을 내서 자신의 에너지를 재충전하고
일에 대한 관점을 새롭게 하라.
당신이 지난주 내내 열심히 일했다면,
달착지근하고 아삭바삭한 과자를 먹으면서
또는 흥미진진한 소설책을 붙드는 것으로
자신에게 한껏 대접하라.
그런 다음에는 직원 중에서 당신이 누린 것과
똑같은 대접을 받을 만한,
또는 받을 필요가 있는 사람이 없는지 살펴보라.
일에 대해 새로운 관점을 갖게 되었는가?
그렇다면 그 생각을 직원과 나누어라.
훌륭한 태도는 서로 공유해야 하는 법이니까.

POINT 일단 당신이 경험해보고 그 가치를 피부로 느낀다면, 직원에게 당근을 주는 일도 훨씬 더 쉬워질 것이다.

사소한 것이 가진 힘

On this day in history…

역사 속의 오늘에는……

직원의 생일을 축하하는 자리에 재미를 더하려면,

직원의 생일날 발생했던 역사적인 사건을 조사해서

직원과 함께 나누거나 직원과 생일이 같은

유명 인사를 찾아내는 것도 방법이다.

이런 일이 별 의미 없는 것처럼 여겨질지는 모르겠지만

시간을 투자해볼 만한 일임은 분명하다.

자신의 생일을 축하하기 위해서 상사가

시간과 노력을 들였다는 사실을 직원에게 알리는 기회로써,

마치 직원의 지갑에

두둑한 배당금을 넣어주는 것과 같으니 말이다.

POINT 두둑한 배당금을 받은 직원이 신바람 나서 일할 것은 당연하지 않은가.

MEMO

공식적인 추억을 만들어라

Make the most of formal awards already in place.

이미 확립되어 있는 공식 당근 행사를 최대한 활용하라.

당신 회사에 이미 공식적인 당근 제도가 있을 것이다. 관리자인 당신 또한 나름대로 목표 달성, 판매, 안전 등의 분야에서 탁월한 성과를 거둔 직원을 위한 공식적인 당근 제도를 가지고 있을 수 있다. 이러한 공식 당근 수여 행사를 가능한 한 의미 있게 진행하라.

당근 수여식은 직원의 직장 생활 중에서 가장 기억에 남는 경험이 되어야 한다. 또한 올바로 진행한다면 직원과 회사를 하나로 묶어주는 끈이 될 것이다. 당신은 그저 약간의 준비와 진심 어린 마음가짐을 갖추고 구체적으로 행동하기만 하면 된다.

인사부에 연락해서 다음번 수상 직원이 누구인지 알아내라. 시상식에서 할 말을 일주일 전쯤 미리 준비하고 수상 직원의 동료에게 축하의 말을 준비해달라고 부탁하라. 이러한 노력은 그날을 특별하게 만들 것이고, 당신이 투자한 시간과 에너지는 10배로 당신에게 되돌아올 것이다.

POINT 특별한 날을 더욱 특별하게 빛내주는 것도 당신의 능력이다.

근거를 부여하라

"A soldier will fight long and hard for a bit of colored ribbon."

_ Napoleon Bonaparte, Emperor of the French

"군인들은 색깔 있는 리본을 받으려고 장기간 열심히 싸운다."

__나폴레옹 보나파르트, 프랑스 황제

바깥세상에서는 치열한 전투가 벌어지고 있다.

기업의 군인들은 대체 무엇을 위해 싸우고 있는가?

상사인 당신이 이 질문에 대답할 수 없다면 직원 또한 대답하지 못할 가능성이 크다.

지금이야말로 회의를 소집해서 회사의 가치와 사명에 대해서 다시 한 번 짚고 넘어가야 할 때다.

재미있게 회의를 진행하라.

부서에서 가장 가치 있었던 활동이 무엇이었는지,

어떤 구체적인 행동이 동기 유발에 효과가 있을지 등 실생활과 연관 지어 회의를 진행하라.

직원이 이러한 지식으로 무장한다면 마침내 회사에 승리를 안겨줄 만반의 태세를 갖추게 된다.

POINT 어떤 일에 너무 몰두하다 보면 애초의 목적지를 잃게 되기 쉽다. 그렇게 목적지를 잃은 무리는 공중분해 되게 마련이다.

단 한 번으로 끝내서는 안 된다

Nothing lasts forever. Not even yesterday's recognition.

영원히 지속되는 것은 아무것도 없다.

심지어 어제 준 당근조차도 말이다.

모든 직원에게 최소한 일주일에 한 번은

그의 가치를 인정해주는 표현을 해야 한다.

물론 반드시 다른 직원이 있는 곳에서

공개적으로 칭찬하거나 당근을 줄 필요는 없지만,

그들이 알게 되더라도 해가 될 일은 없지 않은가?

당근은 비밀리에 주는 것이 아니라

서로 공유할 때 더 큰 힘을 발휘한다.

POINT 직원에게 칭찬을 할 때는 당신 부서의 목적을 달성하는 데 기여한 구체적인 행동에 대해서 칭찬해야 한다는 사실을 말이다.

MEMO

당신이 아닌 직원에 포커스를 맞추라

It's for a worthy cause(theirs and yours).

가치 있는 명분을 위해 직원이 좋아하는 자선단체에 기부하라.

뛰어난 성과를 거둔 직원을 칭찬하고 싶은가?

직원이 좋아하는 자선단체에 기부하라.

간혹 이를 혼동하여

회사가 선호하는 자선단체에 기부하는 관리자들도 있다.

더욱 심한 경우에는

관리자 자신이 좋아하는 자선단체에 기부하기도 한다.

하지만 당근은 관리자에게 주는 것이 아니다.

자선이라는 당근으로 직원을 칭찬하려면

직원의 마음이 뜨거워질 수 있는 명분에 기여해야 한다.

POINT 안 주느니만 못한 당근으로 직원을 실망시켜서는 안 된다.

MEMO

서둘러 시작하라

Step up your recognition program.

자신만의 당근 프로그램을 수립하라.

예를 들어 모든 직원의 건강을 위해 걷기 대회를 개최하라.

대회 날짜가 확정되면 모두에게 만보기를 나눠주자.

그리고 가장 많이 걸은 사람에게 상을 수여한다.

POINT 당근에 대한 많은 아이디어를 떠올리는 것은 중요하다. 그러나 그보다 더 중요한 것은 그것을 실제로 이행하는 것이다. 머릿속에 든 생각만으로는 직원을 움직이게 할 수 없다.

MEMO

직원의 생각을 물어라

Recognition can be a matter of opinion.

직원의 의견을 묻는 것도 당근이다.

납세 기한이 되면 모두들 세금을 내지만

국세청의 어느 누구도

납세자에게 세금이 낼 만하냐고 묻지 않는다.

달리 생각해보자.

직원에게 당신이 진행하고 있는

프로젝트에 대한 견해를 물어보라.

이렇게 하면 직원은 자신의 생각이 회사에 중요할 뿐만 아니라

꽤 영향력이 있다는 사실을 깨닫게 되고,

당신은 스스로 생각할 수 없었던 훌륭한 아이디어를 얻게 된다.

POINT 나아가 그 직원에게서 얻은 아이디어로 좋은 결과를 얻었다면 반드시 그 공을 치하해야 한다. 그래야 계속해서 좋은 아이디어들을 제공받을 수 있다.

MEMO

직원의 말에 귀를 귀울여라

"You have to be able to listen well if you are going to motivate the people who work for you."

_ Lee Iacocca, American industrialist

"당신을 위해 일하는 사람의 동기를 유발시키려면 그들의 말에 귀를 잘 기울여야 한다."

__리 아이아코카, 미국 기업 경영자

업무 달성 정도를 최고 수준까지 끌어올리려면 자신들에게 어떻게 동기를 부여해야 하는지 직원이 당신에게 말하는 소리를 듣고 있어야 한다. 〈왓 위민 원트^{What Women Want?}〉라는 영화를 생각해보자. 영화 속에서 멜 깁슨은 여자들의 생각을 들을 수 있다. 그는 자신의 의지와 상관없이 들려오는 여자의 생각에 거역해 싸웠고, 이럴 때마다 상상할 수조차 없는 슬픔이 밀려왔다. 하지만 마침내 들려오는 여자의 생각에 귀를 기울이기 시작하자 슬픔으로 가득 찼던 세계가 밝아졌다. 당신에게도 똑같은 일이 일어날 수 있다. 직원이 자신의 관심사나 새로운 아이디어에 대해 이야기할 때 귀를 기울이라. 또한 다른 회사에서 실행 중인 위대한 프로그램에 대해서 언급할 때 그 말에 주파수를 맞추라. 이를 그저 그런 잡담으로 생각하고 소홀히 듣지 마라. 성공을 향한 지침이 될 수 있으니 말이다.

POINT 직원의 말을 흘려듣는 관리자는 관리자로서 자격 미달이다. 그들이 가진 무한한 가능성과 잠재 능력을 인정하라.

칭찬 시간을 마련하라

"I have yet to find a man, however exalted his station, who did not do better work and put forth greater effort under a spirit of approval than under a spirit of criticism."

_ Charles Schwab, chairman of Charles Schwab Corporation

"사람들은 지위의 높고 낮음에 상관없이, 비난이 팽배한 분위기보다는 가치를 인정해주는 분위기 속에서 더욱 노력하고, 뛰어난 실적을 올린다. 나는 아직 그렇지 않은 사람을 보지 못했다."

_찰스 스와브, CEO

우리는 칭찬의 위력에 끊임없이 감탄한다. 그러면서도 그런 대단한 위력을 발휘하는 칭찬을 활용하지 않는 관리자가 태반이라는 사실에 놀란다. 여기 칭찬을 시작할 수 있는 멋진 방법을 소개하겠다.

직원과 일대일로 면담을 하라. 단, 오로지 그 직원의 긍정적인 면에만 초점을 맞추라. 향상시킬 필요성이 있는 부분에 대해 말하고 싶은 충동이 일더라도 참아라. 분명 쉬운 일은 아니지만, 일단 실천하고 나면 정말 가치 있는 결과가 뒤따를 것이다.

POINT 아무리 좋은 마음에서 비롯한 것이라도 비난은 피하라. 비난이라는 이름이 붙여지는 순간, 좋은 의도는 자취를 감추고 상처와 악한 감정만을 불러온다.

가끔씩 호의를 베풀어라

Foster collaboration by pitching in.

당신이 먼저 소매를 걷어붙이고 직원 간의 협력을 조장하라.

직원의 부탁이 없더라도

직장을 둘러보면서 직원이나 동료를 도울 방법을 찾아라.

그들에게 걸려온 전화를 받아주거나

업무를 조금 대신해줄 수도 있을 것이다.

오늘날 회사의 관리자는 직원 간의 협력을 극대화해야 한다.

회사의 전 직원이 함께 일해야 한다는 점을

직원이 깨닫게 될 때 업무의 결과는 더욱 좋아지기 마련이다.

이렇듯 회사에서 직원끼리 협력하는

분위기를 구축하기 위한 최선의 방법은

당신이 가끔씩 솔선수범해서 소매를 걷어붙이고 직원의 일을 돕는

것이다.

POINT 직원들 간에 으르렁거리는 회사는 하루도 바람 잘 날이 없다. 생각해
보라. 안에서 새는 바가지, 밖에서 샐 것은 당연한 이치 아닌가.

오늘 누군가를 멋지게 빚어라!

"I resemble that remark!"

_ Curly Howard, actor

"나는 내가 한 대사를 닮아간다."

__컬리 하워드, 영화배우

만약 직원이 당신 손안에 든 진흙 같다면 어떨까?

그래서 회사에서 직원의 행동과 우선순위를

당신이 원하는 대로 빚을 수 있다면 말이다.

당신은 그렇게 할 수 있다.

직원은 상사로부터 칭찬을 받을 때마다

상사가 칭찬한 자신의 능력을 더욱 개발시키려 노력한다.

직원에게 회의 시간을 잘 지킨다고 칭찬해보라.

그러면 직원은 다음 회의에도 일찍 도착할 것이다.

당신에게 그런 힘이 있다고 상상해본 적이 있는가?

시도해보라.

오늘 누군가를 멋지게 빚어라!

POINT 당신의 혀끝에서, 당신의 손끝에서 모든 변화가 시작된다!

There's something about wearing jeans to work.

직장에서 청바지를 입는다면…….

특별한 일이 없다면

매주 금요일을 뛰어난 업무 성과에 대해

당근을 주는 날로 정해서

최대한 편안한 복장으로 출근할 수 있게 해보자.

직원이 입어서 편안해하는 복장을 보면

그 직원에 대해 많이 알 수 있다.

물론 직원 또한 당신에 대해 더욱 잘 알게 된다.

당신 또한 상사에게 이렇게 말할 수 있지 않겠는가.

"안녕하세요, 바지가 멋진데요."

POINT 편안한 복장은 딱딱한 직장 내 분위기를 유연하게 만드는 힘과 틀에 박힌 생각을 깨부수는 힘이 있다. 그 힘을 새로운 도약의 발판으로 삼으라.

MEMO

당근을 주지 않은 직원이 있는지 살펴라

Have you forgotten someone?

누군가를 잊어버리지 않았는가?

잠깐씩 짬을 내서 직원 모두에 대해 생각해보라.
정규 직원이나 파트타임 직원, 재택근무자, 외근 직원,
멀리 떨어진 지역에 근무하는 직원 모두를 말이다.

당신이 공개적으로 당근을 주지 않은 직원이 있는가?
있다면 그 이유는 무엇인가?

POINT 당신 바로 아래 계급의 직원부터 가장 끝에 있어 당신이 그 존재조차
쉽게 인식하지 못하는 직원 모두가 당신의 직원이다. 어느 부모가 자식을 가리
며 사랑을 주는가?

MEMO

Don't underestimate the power of laughter.

웃음의 위력을 과소평가하지 마라.

뛰어난 직원을 칭찬해주고 싶은가?

특별한 일이 없는 날 회사 주차장에서

부서 직원끼리 물총 싸움을 하게 하라.

모두에게 물총을 쥐어주라.

이때 지켜야 할 규칙이라면 단 한 가지뿐이다.

바로 상사인 당신도 참가해야 한다는 것이다.

POINT 권위적이고 딱딱한 상사이고 싶은가, 쉽게 마음을 터놓고 깊은 내면에 있는 이야기까지 할 수 있는 상사이고 싶은가. 선택은 당신의 몫이다.

MEMO

융통성 있는 선물을 주어라

They'd bend over backwards to help the company succeed.

회사의 성공을 위해서 직원은 혼신의 노력을 기울일 것이다.

모든 면에서 능력을 발휘하는 직원이 있다 치자.

잘 살펴보면 그 직원은 그에 상응하는 대가를 치르고 있다.

때로 점심시간에도 책상에 붙어 있고, 일찍 출근하는 일도 잦고, 주말에 직장에서 마주치기도 한다.

직원은 이런 일쯤은 대단치 않게 생각한다.

하지만 당신만큼은 직원의 그러한 노력을 대단하게 생각해주어야 한다.

즉, 상사인 당신은 직원의 그런 특별한 노력을 지켜보고 있다는 사실을 보여주어야 한다.

당신에겐 그 직원이 좀 더 융통성 있게 업무를 추진하고, 자기 시간을 잘 관리할 수 있도록 도울 수 있는 방법이 있다.

바로 직원에게 노트북 컴퓨터를 제공하는 것이다.

노트북 컴퓨터에 직원의 이름을 새겨주어라.

컴퓨터를 사용할 때마다 당신을 생각할 테니까.

POINT 당신이 자신을 바라보고 있다는 사실을 알 때, 직원은 더욱 신바람이 나서 일한다.

상사와 대면할 수 있는 기회를 주라

Let them report directly to your boss.

당신의 상사에게 직원이 직접 보고하게 하라.

뛰어난 직원이 있다면 중요한 프로젝트에 대해

CEO에게 직접 보고할 수 있게 하라.

이렇듯 최고 우두머리와 얼굴을 맞댈 수 있는 기회는

직원에게 최고의 당근이다.

또한 당신이 부하 직원의 재능을 알아보고

그 재능을 빛나게 하는 데

두려워하지 않는다는 사실을 보여줄 수 있다.

POINT 때로 직원의 성공을 자신의 앞날에 방해물쯤으로 생각하는 관리자들이 있다. 그런 좁은 식견으로는 절대 더 높은 곳으로 올라갈 수 없다.

MEMO

"당근은 봉급으로 충분해."

The Dirty Dozen of Why We Don't

_ EXCUSE No. 4

당근을 주지 않는 구차한 이유 12가지

__핑계 4호

당신이 이렇게 믿고 있다면

아마도 직원이 당신에게 이 책을 선물할지도 모르겠다!

물론 직원이 매일 직장에 출근하는 이유가 돈 때문인 것은 사실이지만,

그렇다고 돈이 업무의 질을 나타내지는 못한다.

우리는 돈이 필요하다.

그러나 돈보다 회사로부터 자신의 가치를 인정받고 싶어 한다.

직원의 가치를 인정함으로써 그의 영혼과 정신과 마음을 사로잡을 수 있다.

단순히 매일 회사에 출근하는 것 이상을 직원에게서 끌어내라.

POINT 딱 봉급만큼의 일만 하는 직원과 쉴 새 없이 새로운 아이디어를 내고 의욕적으로 일하는 직원. 그들의 차이는 자신의 공을 알아주는 관리자가 있느냐 없느냐의 차이다.

당신의 상사를 칭찬하라

Send it upwards too.

당근은 위쪽으로도 보내라.

라디오 방송의 시청자 전화 참가 프로그램에서 가장 빈번하게 나오는 질문은 "제 상사는 이런 일에 정말 서툴러요. 어떻게 하면 상사가 제 가치를 인정하게 만들 수 있을까요?"이다. 서로의 가치를 인정하고 당근을 주는 순환과정을 시작하기에 가장 좋은 방법이 무엇인지 아는가? 먼저 뛰어난 업무 성과를 거둔 상사의 능력을 인정하는 것이다.

고참 지도자들도 사랑받을 필요가 있다. 진정한 감사의 마음을 담은 카드나 간단히 말로 하는 칭찬도 그 효과가 오래 지속될 것이다. 일단 당신의 상사는 자신이 직원에게 긍정적인 상사로 비춰지고 있다는 사실을 알게 됨으로써 회사에서의 자신의 역할에 더욱 흡족해할 것이니 말이다. 그리고 또한 역할을 인정하는 태도가 다른 직원에게 동기를 부여하는 데 중대한 역할을 한다는 사실을 깨닫기 시작할 것이다.

POINT 직원이 뒤에서 당신을 밀어주는 존재라면, 상사는 당신의 앞에서 당신의 손을 잡고 이끌어주는 존재이다.

크고 분명하게 칭찬하라

Make sure everyone gets the message.

모든 직원이 확실하게 들을 수 있도록 칭찬하라.

직원이 뛰어난 업무 성과를 거뒀을 때는
확성기로 전 직원에게 알려라.
단, 처음에는 직원의 이름을 밝히지 마라.
직원들 사이에 긴장이 고조되도록 잠시 뜸을 들여라.
그리고 다시 확성기를 잡고 직원의 이름을 말한 다음,
성과에 따른 당근을 발표하라.
사람들은 누구나 다른 사람들이 듣고 있는 중에
자신의 이름이 크게 불려지는 것을 좋아한다.
이름 속에는 힘이 있다.
그 힘을 활용하라.

POINT 칭찬은 고래도 춤추게 한다고 했다. 더불어 크고 분명하게 칭찬한다면 춤을 추게 함은 물론 노래까지 부르게 할 수도 있다.

언행을 조심하라

“당신은 마법의 주문을 말하지 않았습니다.”

__빌 머레이, 〈고스트버스터즈Ghostbusters〉의 영화배우

직원에게는 상사인 당신의 말이 곧 법이다. 그렇다고 직원에게 공손하게 말하지 않아도 된다는 의미는 아니다.

순회강연을 하면서

우리는 관리자들이 직원에게 퉁명스럽게 명령하고,

쌀쌀맞게 머리를 가로저으며 상식적인 예의조차

갖추지 않는 경우가 빈번한 것을 목격하고 적잖이 놀란다.

“해주십시오”라든가 “고맙습니다” 등과 같은 말은

상사가 직원에게 베풀 수 있는 가장 기본적인 형태의 당근이다.

이런 말은 상호 존중과 경의를 전달하면서

직원의 충성을 이끌어낸다.

직원과 일할 때는 언제나

이 두 가지 마법의 주문을 사용하는 습관을 기르자.

POINT 직원은 자신을 존중해주지 않는 상사를 머릿속에 담아두지 않는다.

직원에게 지속적인 성공을 보장하는 옷을 입히자

Let your employees wear recognition on their sleeves(and everywhere else).

직원에게 당근으로 치장한 옷을 입히자.

신참 직원에게는 스스로 선택한 옷을
직장에서 입게 하는 당근을 주라.
직원을 백화점에 보내 옷을 고르라고 하고 그 비용을 대주어라.
사람은 누구나 멋있어 보이고 싶어 한다.
맵시 있어 보이면 태도뿐만 아니라
자세에도 좋은 영향을 미친다.
사람이 기분 좋을 때는 실제로 몸가짐이 나아져서 키도 커 보인다.
직원이 훌륭한 맵시를 자랑할 수 있게 해주어라.

POINT 일하는 능력만큼이나 신뢰를 주는 외모도 중요한 시대다. 자신을 가꿀 수 있게 투자하는 당근은 그들의 능력을 향상시키는 계기로 작용할 것이다.

직원을 팀 구성원이 아닌 가족으로 생각하라

"He don't know me vewry well, do he?"

_ Bugs Bunny, cartoon character

"그는 절 그렇게 잘 알지는 못해요. 그렇지 않나요?"

__벅스 바니, 만화 주인공

가족은 각자 맡은 역할이 있기 때문에 정의 내리기도 훨씬 쉽다. 또한 가족은 서로에 대한 의무와 책임을 가지기 때문에 훨씬 강한 소속감을 갖는다. 그래서 사회 부적응자도 가족 안에서는 버림받았다는 느낌을 갖지 않고 뛰어난 일을 할 수 있다.

나는 상사가 자신의 자녀나 손자를 대하듯 직원을 대하면 직원은 회사에 강한 소속감을 느끼고, 그렇게 대우해준 상사에게 더욱 고마움을 느낀다는 사실을 거듭 발견하고 있다. 때문에 내 자녀에게 하듯 직원을 보호하고 교육할 뿐만 아니라 재미있고 활기찬 경험을 제공해주려 애쓴다.

예를 들어서, 자동차 타이어가 펑크 나는 바람에 직원이 한밤중에 길에서 옴짝달싹하지 못하는 사태가 발생할까 봐 AAA(Ame-rican Automobile Association : 미국자동차협회, 회원에게 무료 견인 서비스를 제공한다 ― 옮긴이) 회원증을 끊어준다. 쇼핑을 통해 스트레스를 풀어주고자 대형 쇼핑몰의 회원증을 끊어주거나, 운동해서 건강해지라고 YMCA 회원증을 끊어주기도 한다. 파티를 열고 야유회를 가

552

는 것은 물론이고, 축하할 일이 생길 때마다 축하해준다. 이런 일을 통해서 상사와 직원은 더욱 화기애애한 가족이 된다.

"당신 회사를 새로운 차원의 탁월한 기업으로 끌어올리기 위한 보너스 아이디어가 있습니다. 고객보다 직원을 더욱 잘 대우하십시오. 그러면 전 직원은 업무상 마지못해서가 아니라 삶의 한 방법으로 고객에게 우수한 서비스를 제공하겠다는 분위기에 휩싸일 것입니다."

_제프리 지토머, 《레드 세일즈 북Red Sales Book》 저자

POINT 당신이 먼저 직원을 가족처럼 대할 때, 그들도 회사를 가정처럼, 다른 동료들을 운명 공동체로 여기고 함께 성공하기 위해 정진할 것이다.

MEMO

직원에게 힘을 주는 파일

For the do-it-yourselfers among us…

Creat a Hall of fame file.

능동적으로 일하는 직원을 위해서 명예의 전당 파일을 만들어라.

어느 사무실이든 그다지 자주 열어보지는 않지만

열 때마다 소중한 가치를 발휘하는 파일이 있게 마련이다.

우리는 그런 파일을 '명예의 전당 파일'이라 부른다.

이 파일에는 긍정적인 업무 성과 평가서, 감사 카드, 상,

가족이나 친구로부터 받은 개인적인 편지 등

인간인 동시에 직업인으로서 자신의 가치를 인정해주는

자료가 가득하다(물론 자료를 더 집어넣을 공간은 언제나 충분하다).

우울한 기분을 떨쳐버리고 바닥까지 내려간

자부심을 끌어올리고 싶지만 주위를 아무리 둘러봐도

전혀 그럴 가능성이 보이지 않는 날이면,

그 파일을 열고 당근을 맛보는 것이다!

POINT 그것은 일이 잘 풀리지 않을 때, 주저앉고 싶을 때, 다시금 직원을 일으킬 수 있는 힘을 제공해줄 것이다.

당근의 효과는 배우자에게도 통한다

"Can we fix it? Yes we can!"

_ Bob the Builder, cartoon character

"우리가 고칠 수 있냐고요? 그럼요. 당근이죠!"

__뚝딱마을 통통아저씨(봅 더 빌더스), 만화 주인공

당근은 사무실에서만 주는 것이 아니다.

사무실 밖에서도 마음을 다해 자주 당근을 준다면 사람과의 관계를 개선하고 사람 사이에 벌어진 고통스러운 틈까지도 메울 수 있다. 감사는 존경을 낳고, 존경은 모든 사랑하는 관계의 초석이 된다는 사실을 생각해보라.

배우자를 한방에 감격시키고 싶은가?

오늘 저녁 아내가 방으로 들어올 때 포옹하고 키스해주면서 고맙다고 말하라.

고맙게 생각하는 일이면 무엇이든 말이다.

단, 이때 명심해야 할 점이 있다.

반드시 진심에서 우러난 칭찬이어야 한다는 것이다.

이러한 감사와 칭찬은 믿을 수 없을 정도로 커다란 변화를 가져올 것이다.

POINT 당근의 효과는 꼭 직원들에게서만 기대할 수 있는 것이 아니다. 지금 당장 가장 사랑하는 가족들에게 당근을 제공하라!

변화할 준비가 되었는가?

"The smallest change in perspective can transform a life.

What tiny attitude adjustment might turn your world around?"

_ Oprah Winfrey, celebrity

"시각을 조금만 바꾸어도 자신의 삶을 변화시킬 수 있다.

어떤 자그마한 행동의 변화가 당신이 속한 세계를 변화시킬 수 있겠는가?"

__오프라 윈프리, 미국 방송인

전기(電氣)의 아버지로 불리는 벤저민 프랭클린은 한때 살아가는데 지켜야 할 13가지 덕목의 목록을 만들었다. 이 13가지 덕목은 절제, 침묵, 질서, 결단, 절약, 근면, 성실, 정의, 중용, 청결, 평정, 순결, 겸손이었다. 지속적으로 자신을 향상시키려 노력했던 프랭클린은 먼저 13가지 덕목 가운데 하나를 선택해서 그 덕목을 집중적으로 향상시킨 후에 다음 덕목으로 넘어갔다. 그리고 이런 방식으로 자신을 꾸준히 개선해나갔다.

우리 또한 프랭클린을 본보기 삼아 당근 주는 기술은 갈고 닦을 수 있다. 당근을 주는 횟수가 중요한가? 주는 방법이 중요한가? 자신의 시각과 능력을 조금만 바꾸어도 관리자로서의 경험을 변화시킬 수 있을 뿐만 아니라 직장 분위기 전체를 새롭게 충전시킬 수 있다.

POINT 두렵고 망설여지는 것은 한 발짝 내디딜 준비가 되어 있지 않기 때문이다. 일단 한 발만 내딛는다면 뒤는 자연스레 이어진다.

깊은 인상을 남겨라

Get points for presentation.

당신은 사랑하는 사람과 단둘이 현관에 매달린 그네에 한가롭게 앉아 있다. 당신은 한쪽 무릎을 꿇고, 낑낑거리며 주머니에서 포장이 꼬깃꼬깃한 선물 꾸러미를 꺼낸다. 그러고는 작은 네모 상자를 '짠' 하고 열어 보인다. 그 순간, 달빛이 가로질러 상자를 환하게 비춘다. 75% 재고 정리 세일 가격표를! 그만큼 당근을 주는 형식 즉, 시상식 또한 중요하다는 이야기다. 3만 3000명의 응답자를 대상으로 시상식의 중요성에 대해 조사를 실시한 결과, 시상식은 직원들의 시상에 대한 인식에 영향을 미칠 뿐만 아니라 당근 프로그램 전체에 대한 인식, 심지어는 회사 전체에 대한 인식에 영향을 미친다는 사실이 밝혀졌다. 그만큼 시상식이 중요하다는 증거다.

당근을 직원의 책상 위에 놓지 마라. 배송 포장지에 싸여 있는 채로 직원에게 건네지 마라. 감동적이고 오래 기억에 남을 수 있도록 당근 시상식 준비에 시간을 투자하라. 그리고 최선을 다해 치렀다면 결코 시상식이 흡족하지 못하다며 미안해할 필요가 없다는 것을 기억하라.

POINT 직원들이 감동을 느끼는 것은 당근 그 자체보다 그것을 준비하며 애쓴 당신의 노고이다. 이를 놓쳐서는 안 된다.

직원의 지갑은 물론 영혼까지도 두둑하게 해주라

"The top 20 percent must be loved, nurtured and rewarded in the soul and wallet because they are the ones who make magic happen… and be sure that the high-performance 70 percent is always energized to improve and move upward."

_ Jack Welch, former CEO of General Electric

"상위 20%에 해당하는 직원은 정신적인 면으로나 경제적인 면에서 회사의 사랑을 받아야 하고, 양육되어야 하며, 보상받아야 한다.

바로 회사에 '기적을 일으킬' 당사자들이기 때문이다.

그리고 뛰어난 업무 성과 부문의 상위 70%에 속하는 직원은 향상하고 상승할 수 있도록 항상 격려를 받아야 한다."

__잭 웰치, 제너럴 일렉트릭 전 CEO

지갑과 영혼은 직원에게 동기를 부여하는 두 가지 열쇠다.
직원에게 정당한 월급을 지불하고 계속해서 당근을 준다면
직원의 기본적인 욕구의 대부분을 충족시킬 수 있다.
그러면 직원은 자유롭게 최선의 노력으로 당신에게 보답할 것이다. 한마디로 돈은 직원을 일하게 만들고,
당근은 직원이 소유한 최선의 능력을 끌어낸다.

POINT 두 가지를 잘 활용하라. 둘 중 어느 하나만 중히 여겨서는 최고의 효과를 기대할 수 없다.

창의적인 직함을 부여하라

Sounds important!

중요한 인물인 것처럼 들리는걸!

회사에서 직원의 노력을

인정하고 있다는 사실을 보여주기 위해

직원이 직접 자신의 직함을 선택하게 하자.

우리는 여러 회사를 접촉하면서

'용접개선 분야 이사' 라는 멋진 직함도 접해본 적이 있다.

미래에 있을 당근 수여식에 대비해

이런 직함을 넣은 명함을 인쇄하면 어떻겠는가?

POINT 생각의 전환이 때로 한 단계 더 나아가는 발판이 되기도 한다. 더구나 이런 재미있는 제안이라면 해볼 만하지 않은가?

MEMO

직원 사진을 회사 보고서에 실어라

Stop the presses!

보도 기관은 그만!

당근의 한 형태로

직원의 사진을 회사의 연례 보고서에 게재하자.

사진을 탁월한 성과를 설명하는 난에 싣거나

보고서의 배경 사진으로 사용하라.

인쇄된 사진은 액자에 끼워서 CEO의 감사 서명을 받는다.

이것은 훌륭한 기념품인 동시에

직원과 회사를 하나로 묶어주는 고리가 된다!

POINT 자신의 사진이 들어간 연례 보고서를 받아본 직원의 기분을 상상할 수 있지 않은가? 당신만이 줄 수 있는 특별한 기념품을 직원에게 선물하라.

MEMO

신뢰의 힘

"We applaud each little success one after another and the first
thing you know they actually become successful.
We praise them to success!"
_ Mary Kay Ash, founder, Mary Kay Cosmetics

"우리는 직원 각자가 작은 성공을 거둘 때마다 박수를 보낸다.
박수를 보내면서 우리는 실제적으로 직원이 성공에 한 걸음씩 다가서고 있다는
사실을 깨닫는다. 우리는 직원이 마침내 성공하는 그날까지 칭찬할 것이다!"
__메리 케이 애시, 메리 케이 애시 코스메틱스사 설립자

뛰어난 업무 성과를 거둔 일류 직원 모두가 처음부터 그런 성과를
거둘 수 있도록 타고난 것은 아니다. 당근을 통해서 다듬어지는 직
원도 있다. 그렇듯 당근에는 힘이 있다. 직원들은 자신의 창의력과
재능, 결단력 등을 움켜쥐고 그것을 펼쳐 보이라는 외부의 신호가
떨어지기를 기다리고 있다. 하지만 이런 일이 가능하려면 올바른
비전을 소유하고, 직원에게 제대로 동기를 부여할 수 있는 지도자
가 있어야 한다. 그리고 그러한 임무를 수행해야 할 적임자는 바로
당신이다.

POINT 모든 직원은 가능성을 가진 존재이다. 관리자인 당신이 어떻게 깎느냐
에 따라 평범한 돌이 되기도, 아름다운 조각이 되기도 한다.

티타임을 당근과 함께

Don't wait for a formal event.

공식 행사까지 기다리지 마라.

뛰어난 직원이 있으면

직원과 함께 티타임을 가지며 칭찬하라.

도넛이나 케이크를 사서 팀원들을 모아 놓고

훌륭한 직원을 공개적으로 칭찬하자.

또한 그 직원이 추구한 가치에 대해 설명하자.

POINT 모든 직원이 함께 가지는 이런 특별한 시간을 우습게보아서는 안 된다. 일년에 한두 번 있는 공식 행사만으로는 당신의 직원 모두를 제대로 파악할 수는 없다.

MEMO

호경기 때나 불경기 때나 전천후로!

Recognition never goes out of style.

당근은 결코 구식이 되는 법이 없다.

당근이 좋은 점은 항상 제철이라는 것이다.
회사의 재정 상태가 양호할 때는
효과적인 시상식을 통해 직원에게 축하를 보내며
뒤를 돌아볼 기회를 가질 수 있다.
회사의 재정 상태가 어려울 때는
금전적인 보상은 고갈될 수밖에 없지만,
당근은 여전히 사용할 수 있어서
상사와 직원의 관계를 더욱 돈독하게 해주고
상황이 호전되리라는 희망을 준다.

POINT 전천후 멀티플레이어가 바로 당근이다!

MEMO

직원에게 관심을 가져라

"You can make more friends in two months

by becoming interested in other people than you can in two years

by trying to get other people interested in you."

_ Dale Carnegie, author and trainer

"2개월이면, 여러분이 다른 사람의 관심을 끌려고 2년 동안 애써서 사귈 수 있는 친구보다 더 많은 친구를 사귈 수 있습니다. 다른 사람에게 관심을 가진다면 말입니다."

_데일 카네기, 컨설턴트

관리자는 직장이 자신을 중심으로 돌아가야 한다고 생각할 때가 많다. 결국 꼭대기에 있는 것은 자신들이므로 직원이 관리자의 일과 생각에 관심을 가져야 한다고 생각한다.

하지만 그건 틀린 생각이다. 오히려 관리자가 자신을 위해 일하는 직원에게 관심을 가져야 한다.

당신은 직원에 대해 무엇을 알고 있는가?

직원의 취미나 열정에 대해 알고 있는가?

그들의 가족관계는 어떤가?

직원에 대해서 별로 아는 것이 없다면 당근 수여식을 준비할 때 당신에게 치명타가 될 수 있다. 술을 마실 줄 모르는 직원에게 샴페인을 당근으로 주었다고 생각해보라!

상사의 마음은 당근을 통해서 직원에게 전달된다.

시간을 들여서 직원에 대해서 파악하면, 당신이 직원에게 관심을 가지고 있다는 사실이 자연스럽게 전달할 수 있다.

POINT 시간과 노력을 들일 만큼 충분히 가치 있는 일이다.

MEMO

다섯 가지 덕목에 대해 말하라

Present service awards with more impact.

당근 수여의 영향력을 배가시켜라.

직원의 탁월한 서비스에 대해 당근을 수여할 때는 직원이 반드시 갖추어야 할 다섯 가지 덕목을 고려하라.

1. 성실
2. 능력
3. 지식
4. 경험
5. 헌신

이들 덕목 중 하나라도 갖추지 못했다면 직원의 가치는 감소되거나 때로는 완전히 소멸되고 만다. 그러므로 칭찬을 해주려는 직원에게서 '직원의 덕목'을 증진시킬 수 있는 방법을 찾아라.

POINT 하나하나의 덕목은 모두 중요하니 반드시 기억해두어라.

공식 행사를 가져라

Keep your eye on the calender.

항상 달력을 주시하라.

공식적인 당근은 얼마나 자주 수여해야 할까?

여기 참고할 만한 자료가 있다.

획기적인 성취에 대한 당근에서부터

업무 성과와 서비스에 대한 당근에 이르기까지

회사의 공식적인 당근은

대다수 직원을 대상으로 최소한 매년 수여되어야 한다.

우리와 함께 일하고 있는 대부분의 노련한 회사에서는

탁월한 업무 성과에 대한 당근을

회사 노동력의 40%에 해당하는 직원에게

1년에 적어도 한 번 공식적으로 수여하고 있다.

POINT 당근에 대해 전혀 생각하고 있지 않은 회사가 있다면 지금 당장 시작하라!

가족 행사로 만들어라

Blending the home and the office.

직원 가족과 회사를 하나로 묶자.

직원을 치하하는 당근 행사에 직원의 가족을 초대하라.

업무 성과 당근, 서비스 당근, 판매 당근 등

당근을 받는 자리는 가족을 직장에 데려오기에 훌륭한 기회다.

그리고 이 점을 명심하라.

퇴임식에는 반드시 퇴임하는 사람의 가족이 참석해야 한다. 또

한 가족에게 퇴임식장에서 몇 마디 소감을 말해 달라고 부탁하자.

POINT 가족은 당신의 직원이 일을 하는 이유다. 그런 사람들과 특별한 순간을 함께 나누고 싶은 것은 당연한 일 아닌가?

MEMO

당근의 가벼운 측면을 부각시켜라

Goofy awards keep work fun.

특이한 당근은 직장을 재미있는 곳으로 만든다.

특정한 뜻을 담고 있는 물건을 직원들에게 돌려보자.
고무 오리, 속을 채운 동물 인형, 나무판자,
 기타 온갖 종류의 특이한 물건이 회사에서
당근으로 사용되는 것을 본 적이 있다.
예를 들어 지난주에 직장에서
가장 나긋나긋한 사람으로 뽑힌 직원에게
말캉한 고무 오리를 수여해서
한 주 동안 가지고 있게 하다가
다음 주에 뽑히는 직원에게 인계하게 한다.
좀 엉뚱하지만 직장을 재미있고 활기차게 만들 수 있는 방법이다.

POINT 당근에 대해 부담을 갖지 말라. 때로는 이처럼 모두를 웃게 하는 당근
만으로도 충분하다.

올바른 방향으로 움직여라

"Have confidence that if you have done a little thing well,
you can do a bigger thing well, too."
_ David Storey, novelist and playwright

"작은 일을 잘해내고 있다면 더 큰 일 또한 잘해낼 수 있다는 확신을 가지십
시오."

__데이비드 스토리, 소설가 · 극작가

미식축구 팬이 터치다운이나 필드 골에만 박수를 친다면 어떻겠는
가? 아무도 격려의 함성을 지르지 않는다면, '최고야!'를 뜻하는
엄지 세운 손 풍선이 하늘에 떠 있지 않다면, 배꼽 주위를 색칠하고
함성을 지르는 응원부대가 없다면 어떻겠는가? 경기를 보는 재미
와 흥분이 반감될 것이고 선수들의 사기 또한 많이 꺾일 것이다.
회사에서도 마찬가지다. 프로젝트가 완성될 때까지 당근을 미루지
마라. 프로젝트를 진행하는 동안 일어나는 작은 성과마다 축하하
라. 회사의 목적을 향해 올바른 방향으로 전진하면서 작은 성과가
발생할 때마다 당근을 주라. 이렇게 모멘텀을 구축한다면 궁극적
인 목적에 도달하는 데 유용하게 사용될 것이다.

POINT 일의 과정에서 제공되는 당근은 이처럼 목적을 향해 달려가는 데 큰
힘을 발휘한다.

당근의 가치를 공유하라

Remember the times you were recognized?

자신이 당근을 받았던 때를 생각하라.

회사가 추구하는 가치는

단지 일선 직원에게만 해당되는 것이 아니라,

경영진의 업무에도

영향을 미친다는 사실을 직원에게 보여주라.

예를 들어 기업 가치를 추구한 공로로 당근을 받았던

당신 자신의 경험에 대해 직원회의에서 이야기하고,

그 가치가

오늘날 당신의 선택에 어떤 영향을 미쳤는지 설명하라.

POINT 당근은 회사의 운명 전체에 영향을 미치는 가장 중요한 요소이다.

MEMO

The Dirty Dozen of Why We Don't

_ EXCUSE No. 5

당근을 주지 않는 구차한 이유 12가지

__핑계 5호

"당근을 주면 직원들은 더 많은 칭찬을 기대할걸."
이 말을 제대로 이해했는지 따져보자.
직원이 업무를 달성하고 당신은 이를 칭찬한다.
직원이 다시 업무를 달성하고 당신은 다시 칭찬한다.
그러면 직원은 더 큰 칭찬을 받으려고 다시 업무를 달성한다.
그렇다면 이것이 나쁜 일처럼 보이는가?
진짜 문제는 다른 곳에 있다.
바로 마음에서 우러나지 않은 채
두루뭉술하고 형식적으로만 칭찬하는 일이다.
칭찬할 때는 그 일에 깊이 관여해서 구체적으로 칭찬해야 한다.
즉, 의미 있는 칭찬을 해야 한다.

POINT 더 많은 칭찬을 기대하는 직원들은 그 칭찬을 위해 더욱 열심히 일한다. 그것이 바로 당신이 원하는 것 아닌가?

직원을 개입시켜라

There's no better strategy.

뛰어난 직원을
다음 번 고급 전략 회의에 참석시켜라.
업무에 영향을 미치는 회의에 참석하는 것은
그에게 최고의 당근이 된다.
이런 당근을 준다면 당신이 해당 직원의
아이디어와 재능을 존중한다는 사실을 보여주며,
직원에게는 회사가 나가는 전반적인 방향에 대한
주인 의식을 심어줄 수 있다.
나아가 회의에서 자신의 의견이 중요하게 채택된다면
직원은 직장을 더욱 소중하게 생각하고,
직장 일에 더욱 깊게 관여할 것이다.

POINT 자신의 작은 의견이 회사의 운명에 어떤 힘을 발휘한다는 것. 직원에게는 그것만큼 매력적인 일도 없다.

"Recognition is like a small drop of oil in the machinery of business… it just makes things run a little smoother."

_ Obert C. Tanner, founder, recognition industry

"당근은 사업이라는 기계에 칠하는 작은 기름방울과 같다.
상황을 좀 더 부드럽게 돌아가도록 만들기 때문이다."

__오버트 C. 태너, 당근 산업의 창시자

오버트 태너가 이러한 사실을 깨달은 것은 1940년이었다.
기업이 직원에게 당근을 수여할 필요가 있다는 점 말이다.
오버트의 당근에 대한 인식의 뿌리는
'다른 사람이 자신에게 해주기를 바라는 대로
다른 사람에게 행하라'는 황금률에 있다.
그리고 그는 당근의 효과를 톡톡히 보았다.
규칙적으로 칭찬과 당근을 받는다면
자신의 직장 생활에 만족감을 느끼지 않겠는가?
그렇다면 당신 직원에게도 한 방울의 윤활유가 필요하지 않겠는가?

POINT 기계도 오래 쓰면 기름칠을 해주어야 한다. 하물며 늘 회사 일에 최선을 다하는 직원에게야 당연히 윤활유가 필요하지 않겠는가?

직원을 정확하게 평가하라

Recognition can help you spot their strengths.

당근으로 직원의 장점을 파악할 수 있다.

당근을 통해서 직원의
강점과 약점을 더욱 잘 평가할 수 있다.
각 직원에 대해 당신이 알고 있는 점과
그렇지 못한 점을 생각해보라.
직원에 대한 인식을 높이고 싶다면
당신이 직원에 대해 작성한 목록 중에서
향상시킬 필요가 있는 항목을 선정하라.

POINT 당근을 수여하기 위해 직원에게 관심을 가지는 상사라면, 그의 장점이나 모자란 부분을 알아내는 것은 결코 어려운 일이 아닐 것이다.

MEMO

그냥 실행하라! Just Do It!

"According to the American Psychological Association, 'equitable rewards and recognition' are one of the top 12 most essential characteristics for a healthy company culture."
_ Workforce Magazine

"미국 심리학회에 따르면, 건전한 기업 문화가 갖는 가장 필수적인 특징 상위 12위 중 하나는 '공평한 인정과 보상' 이다."
__〈워크포스 매거진(Workforce Magazine)〉

신체적인 건강을 유지하는 비결이 균형 잡힌 식사, 규칙적인 운동, 적절한 영양이라는 사실은 누구나 알고 있다.

그러나 불행하게도 아는 것만으로는 건강을 유지할 수 없다.

실천해야 한다.

당근은 어떨까?

당신이 이 책을 읽는다면 당근의 중요성에 대해 인식하게 될 것이다. 바로 그곳이 출발점이다.

즉, 인식하는 것에 그치지 않고 이 책에 제시된 원칙을 실행할 때만이 당신 부서의 문화가 더욱 건강해질 수 있다. 유명한 스포츠 의류 제조업체의 광고처럼, 처음에는 그다지 능숙하지 않아도 된다.

그냥 실행하라!(Just Do It!)

POINT 당근의 효과에 대해 알게 되었다고 큰소리치지 마라. 그 전에 먼저 실행하라!

고객의 생산품을 당근으로 이용하라

Let them eat cake!

직원에게 케이크를 대접하라!

고객의 생산품 중에서 직원용 당근으로 사용할 수 있는 제품이 있는가?

있다면, 다음번 당근 수여 행사 때 주문하라.

우리 회사는 직원에게 감사의 표시로 사라 리(Sara Lee, 미국 냉동 제빵, 제과류 제조업체)케이크를 준다.

직원들은 이 당근을 정말 좋아한다!

이 방법이 갖는 이점은 두 가지다.

직원에게 당근을 주는 동시에 소중한 고객의 중요성을 직원의 마음속에 교묘하게 각인시킬 수 있는 것이다.

(참고로, 당신 고객사 중에 BMW가 있다면, 직원 사이에서 당신의 인기는 하늘을 찌를 것이다!)

POINT 직원에게 아무런 감흥을 주지 않는 당근이라면 선택하지 않는 것이 낫다.

긍정적인 요소를 끌어내라

You get out what you put in.

결국 자신이 투입한 것을 갖게 된다.

좋은 요소는 많을수록 좋다.
그것이 긍정적인 피드백일 경우에는 더욱 그렇다.
고객이나 다른 직원으로부터 직원에 대해
 좋은 이야기를 들었다면 빠짐없이 기록해두라.
그리고 직원의 연간 업무를 검토하는 자리에서
기록해둔 정보에 대해 이야기하라.
제3자인 고객의 칭찬은
직원에게 아주 강력한 무기로 작용한다.
이는 곧 서비스의 가치, 관계 수립과
충성의 가치를 증진시키는 도구가 되는 것이다.

POINT 상사에게서 듣는 칭찬과 고객에게서 듣는 칭찬은 또 다른 의미를 지닌다는 것을! 더불어 칭찬은 어느 누구에게 듣든 긍정적인 효과를 낸다는 것을!

황금보다 더 귀한 당근

You wouldn't believe how much that little note means.

이 작은 쪽지가 얼마나 큰 의미를 지니는지 아마 짐작도 못할 것이다.

학교 선생님이 상으로 주셨던 금색 별. 우리가 그토록 갖고 싶어 했던 것은 바로 그 금색 별이었다. 정말 미치도록 갖고 싶었다. 당시 돈으로 따지면 2센트 정도나 됐을까? 원한다면 아무 때나 상점에 가서 상자째 사다가 온몸에 뒤집어 쓸 수도 있을 만큼 쌌다. 하지만 우리에게는 그것이 그렇게 싼 물건이란 사실은 안중에도 없었다. 상사에게서 받는 간단한 자필 감사 카드에 대해서도 대부분의 직원은 이런 감정을 느낀다. 전국에 흩어져 있는 고객 사업체를 방문해보면 직속상사로부터 받은 개인적인 카드가 사무실 벽마다 붙어 있는 것을 목격한다. 그런 당근이 그만큼 귀하고 소중하게 여겨지기 때문이다. 직원들은 모두 그런 당근을 간절히 원한다.

POINT 당신은 생각을 전환해야 한다. 돈으로 직원을 일하게 할 수 있을지는 몰라도 '최선'을 이끌어내는 것은 감동이다.

Choose an award that fits the employee.

직원에게 알맞은 당근을 선택하라.

우리가 예전에 함께 일했던 적이 있는 회사의 이야기다. 그 회사는 한 부서에서 이미 실행하여 성공을 거둔 판매 달성 프로그램을 회사의 전 부서에 확대·실행할 계획을 세웠다. 판매 대회에서 우승한 직원에게는 해외여행을 떠날 수 있는 멋진 당근이 수여되었다. 하지만 우리는 해당 회사와 함께 일하면서 지난번 판매 대회 우승자가 당근으로 받은 여행을 가지 않았다는 사실을 알게 되었다. 물론 우리는 그 이유를 물었다.

그 직원은 "전 비행기 타는 것이 겁나요"라고 대답했다.

평소에 자주 부서에 들러 직원을 주의 깊게 관찰하고 그들 말에 귀 기울인다면 이러한 문제는 대부분 피할 수 있다. 수여하려는 당근이 직원에게 적절한 것인지 확신할 수 없다면 물어보라. 직원의 배우자에게 묻거나, 동료 직원에게 묻거나, 직원에게 직접 물어보라.

POINT 가장 조심해야 할 것은 바로 직원에게 아무런 효력을 발휘하지 못하는 당근을 수여하는 일이다.

당신은 어떤 모습으로 기억될 것인가?

"I am certain that after the dust of centuries has passed over our cities, we, too, will be remembered not for victories or defeats in battle or in politics, but for our contribution to the human spirit"
_ John F. Kennedy, former president of the United States

"우리가 사는 도시를 뒤덮고 있던 세월의 흙먼지가 걷히고 나면, 후세는 우리를 전쟁이나 정치에서 '승리했는지 패배했는지'로 기억하지 않고, '인간의 영혼에 얼마나 기여했는지'로 기억하리라 확신합니다."
__존 F. 케네디, 전 미국 대통령

사람들은 자신의 삶을 거꾸로 계획해야 한다고 말한다. 이 말뜻은 다른 사람들이 자신의 장례식에 와서 자신에 대해 어떤 말을 했으면 좋을지 생각하고 이를 실현시키기 위해 살아야 한다는 것이다. 이러한 관점을 갖게 된다면 주위 사람을 대하는 자신의 태도를 바꾸고 싶을지도 모르겠다. 직원이 가지고 있는 장점을 주의 깊게 찾아내서 그 가치를 인정해주고 당근을 주라. 그렇다고 해서 직원이 언짢아할 이야기는 피하고, 형편없는 직원에 대해 입 다물라는 뜻은 물론 아니다. 우선 직원이 소유하고 있는 최대 장점을 찾아내고, 직원에게 고쳐야 할 점이 있다면 위엄이 있으면서도 그를 배려하는 태도로 개선해나가라는 뜻이다. 직원들은 이런 당신의 노력을 결과에 상관없이 긍정적으로 기억할 것이다.

POINT 바로 오늘 시작하라!

특별한 선물을 보내라

Say it with flowers a roomful.

방 안 가득 꽃으로 말하라.

직원의 승진이나 탁월한 업무 성과를
화려하게 축하해주고 싶은가?
직원의 집이나 사무실로 장미 100송이를 보내보자.
약간 신선미가 떨어지는 방법 같지만
일단 시도해보면 그 반응은 정말 놀랍다!
보기도 멋지고, 기분도 멋지고, 향기도 멋지다.
바로 1석 3조의 당근인 셈이다.
인터넷을 검색하면 저렴한 가격을 제시하는
꽃 배달 서비스 업체를 찾을 수 있을 것이다.
직원에게 평생 한 번 있을까 말까 한
경험을 안겨주는 것, 멋지지 않은가!

POINT 꽃이 좋은 향을 멀리 퍼트리듯 그것이 가진 당근의 효과 역시 넓게 퍼져나갈 것이다.

자신의 계획표에 짜 넣어라

Make an appointment with yourself.

자신과 시간 약속을 하라.

월요일이 되면 자신의 계획표에
이번 주 동안 직원에게 공개적으로
당근을 수여할 계획을 적어 넣어라.
사정이 여의치 않으면 당근 수여를
다른 날로 미룰 수는 있지만
그 주 금요일까지는 반드시 실천에 옮기도록 하라.

POINT 당근 수여를 생활 속에서, 늘 실천해야 한다는 의미다.

MEMO

당근은 혁신을 낳는다

"In the most innovative companies, there is a significantly higher volume of thanks-yous than in companies of low innovation."

_ Rasabeth Moss Kanter, Harvard Business School professor

"그렇지 못한 회사와는 대조적으로 매우 혁신적인 성격의 회사는 직원에게 상당히 폭넓게 감사를 표현하고 있다."

__로자베스 모스 칸터, 하버드 경영 대학 교수

우리는 직원과 혁신을 잇는 연결 고리가 빠져 있다는 사실을 깨닫게 되었다! (당신 또한 이 책을 읽고 나서 그 점을 깨달았을 것이다.)

당연히 그 연결 고리는 바로 당근이다. 정말 그렇다.

직원은 우물과 같다.

자신이 가진 최상의 아이디어를 퍼주고, 퍼주고, 또 퍼주었는데 돌아오는 당근이 거의 없거나 전혀 없다면 직원의 머릿속은 고갈되고 만다.

그러나 당근을 주면 직원의 혁신 정신은 날로 활기를 띠면서 아이디어를 더욱 퍼주고 싶은 열망으로 가득 차게 된다!

POINT 당신이 몸담고 있는 업계에서 공룡과 같은 운명을 맞기는 싫지 않은가? 그렇게 되지 않을 열쇠는 바로 당근에 있다.

정직한 포상, 당근

Take your cue from Maslow's Hierarchy of Needs.

매슬로Maslow의 '욕구 5단계설'로부터 힌트를 얻어라.

매슬로의 '욕구 5단계설(생리적 욕구, 안전과 안정에 대한 욕구, 사랑과 소속감에 대한 욕구, 존중에 대한 욕구, 자아실현에 대한 욕구)'을 살펴보면 직원에게 동기를 부여할 수 있는 방법을 파악할 수 있다.

1954년, 그는 사람의 동기는 일련의 내재적인 욕구에 의해서 유발된다고 주장하면서 일련의 내재적인 욕구를 가장 기본적인 것에서부터 가장 복잡한 것까지 단계별로 배열했다. 그 이론의 핵심은 일단 한 단계의 욕구가 충족되고 나면 그 욕구는 더 이상 효과적인 동기 유발 요인이 되지 못하고, 계층 구조상의 다음 단계의 욕구에 의해서 동기가 유발된다는 것이다.

이를 바탕으로 '직원은 어떤 단계의 욕구를 추구하고 있는가?', '자사에서 제공하는 봉급과 혜택이 다른 회사에 못지않고, 작업 공간이 안전한가?' 등의 질문을 해보자. 이런 질문으로 당신은 최근에 직원에게 어떤 당근을 주었는가를 살펴볼 수 있다.

POINT 질문에 대한 답이 얻어졌다면 당장 실행하라!

나는 직원과 지나치게 가까워지고 싶지는 않아

The Dirty dozen of Why We Don't

_ Excuse No. 6

당근을 주지 않는 구차한 이유 12가지

__핑계 6호

"나는 직원과 지나치게 가까워지고 싶지는 않아."

이런 생각을 한다면, 정말 끔찍한 일이다.

오늘날 우리는 집에서보다

더 많은 시간을 동료와 함께 직장에서 보낸다.

그러므로 직원과 가깝게 지내는 것이 여러 모로 좋다!

게다가 정말 신나는 점은 당근을 사용하면

서로에게 매우 긍정적인 영향을 미칠 수 있는 방향으로

직원과 가까워질 수 있다는 사실이다.

직원과 너무 가까워지는 것을 걱정하지 마라.

가까워지는 것은 정말 좋은 일이니까!

POINT 매일 얼굴을 마주보며 가족보다 더 많은 시간을 보내는 사람과 가까워
지지 않을 이유가 어디에 있는가? 이는 오히려 당신의 원활한 직장 생활을 위해
반드시 필요한 일이다.

회의의 주역을 맡겨라

Make the weekly meeting do double duty.

매주 열리는 회의를 통해서도 당근을 주어라.

지도자적인 자질을 갖춘 직원이 있는가?

그에게 지도자의 임무를 맡겨보라.

뛰어난 성과를 이룬 직원에게

매주 열리는 회의를 주재하는 권한을

당근으로 주는 식으로 말이다.

즉, 회의에서 자신의 목소리를 내고

일정을 수립할 수 있는 기회를 제공하는 것이다.

POINT 직원에게 일정한 책임을 지워주면, 그는 맡은 바를 잘해내기 위해 더욱 노력할 것이고, 이는 결국 그의 발전을 불러온다.

MEMO

The best resource for recognition ideas might be
right next door.

당근 수여에 관한 아이디어를 찾는가?

최상의 보고(寶庫)는 바로 당신 근처에 있을지 모른다.

이웃이나 친구에게
가장 기뻤던 당근에 대해 말해달라고 부탁하라.
수년 전 학창 시절 받았던 당근이라도 말이다.
당근을 받았을 때 사람들의 느낌을 이해한다면,
당신은 더욱 바람직한 지도자가 될 수 있다.

POINT 당근의 효과에 대해 의심될 때 사용할 수 있는 좋은 방법이니, 꼭 이용하라!

MEMO

개성을 표출할 기회를 당근으로 주어라

Help make it her own.

직원의 사무실을 자신의 개성이 드러나는 공간으로 꾸미게 하라.

뛰어난 신입 사원이 있다거나,

직원이 막 승진해서 새 사무실을 갖게 되었다면

지역 백화점에 가서 쇼핑할 수 있는 당근을 주어라.

사무실 공간을 자신의 개성에 맞게 꾸밀 수 있도록 말이다.

직원이라면 누구나 자신만의 개성이 드러나는 사무실 공간을 원한다.

다만 그럴 만한 경제적 여유가 없어서 엄두를 내지 못할 뿐이다.

상사가 그 비용을 지불해주었을 때 그가 어떤 생각을 가지겠는가?

POINT 당신의 작은 배려 하나가 직원을 감동시키고 그로 하여금 당신에게 올인하게 한다!

MEMO

문에 직원의 이름을 붙여라

The next-best thing to a stadium.

경기장의 차선책

부유하고 유명한 사람들처럼

자신의 이름을 딴 건물이 있다면 기분이 어떻겠는가?

탁월한 직원에게 그들과 같은 기회를 갖게 하자.

즉, 일정 기간 동안 중역 회의실에

직원의 이름을 붙여보는 것이다.

특히 회사의 거물들이 정기적으로 모이는 장소라면

더욱 좋을 것이다.

직원의 이름을 새긴 명패를 문에 붙이고,

명패 옆에 직원을 세워놓고 사진을 찍는 것도 잊지 말자.

POINT 이름은 그 사람의 영혼과도 같다. 그래서 이를 인정해주면 직원의 영혼의 움직인다.

MEMO

지금이 바로 그때다!

"Try not. Do, or do not. There is no try."

_ Yoda, Star Wars character

"해보지 마라. 그냥 하라, 아니면 차라리 하지 마라. 해보는 것은 있을 수 없다."

__요다, 영화 〈스타워즈〉 중

당근을 내일로 미뤄야 하는 이유를 대자면 수없이 많다.

당신에게는 할 일이 너무나 많고, 준비할 시간도 충분하지 않다.

하지만 우리가 하는 말을 믿어라.

우리도 다 경험해본 일이기 때문에

당신이 무슨 말을 하려는지 이해한다.

자, 이제, 모든 일을 옆으로 밀어두자.

그저 핑계를 모두 무시하겠다고 작정하라.

그리고 무조건 실천에 옮겨라!

오늘부터 당장 감사 카드를 쓰기 시작하라.

간단하게 직원회의를 소집해서 당근 수여식을 갖자.

당근을 주기 시작해야 하는 시기는 바로 지금이다.

더 좋은 기회란 있을 수 없다.

POINT 오늘을 '하자'의 날로 만들자.

Cultivate the seeds of commitment and loyalty.

헌신과 충성의 씨를 키워라.

탁월한 업무 성과를 거둔 직원의 이름으로 나무를 심어라.

이를 회사의 공식적인 행사로 만들면 어떻겠는가?

이런 당근 계획을 좀 더 확장시켜보자.

회사 잔디에 직원의 이름을 붙인 나무를 심어서 '챔피언의 숲'을 가꾸기 시작하는 것이다.

나무 앞에는 자그맣게 직원의 이름표를 붙여서 영구히 남을 수 있게 하고 말이다.

그러고는 직원이 뛰어난 성과를 거둘 때마다 한 그루씩 나무를 심어나가는 것이다.

정말 좋은 생각 아닌가?

(내가 무슨 말을 하려는지 깨달았는가? 울창한 나무 그늘과 시원한 바람…… 머릿속에 그림이 그려지는가?)

POINT 나무가 쑥쑥 자라나듯, 직원의 업무 능력도 날이 갈수록 높아질 것이다.

받은 것을 돌려주라

Turnaround is fair play.

되돌려주는 것이 공정한 태도다.

당신이 당근을 받게 된다면,

당근을 준 사람에게 반드시 감사의 마음을 전하라.

자필로 감사 카드를 써서 자신의 성과에 대해

당근을 준 것이

자신에게 얼마나 커다란 의미가 있는지 설명하라.

POINT 당신이 당근을 받았을 때 보이는 태도를 당신의 직원들도 보고 배울 것이다.

MEMO

직원을 깜짝 놀라게 하라

Get the picture?

상황을 파악했는가?

일회용 카메라를

항상 책상 서랍에 넣어두고

직장에서 축하할 일이 생길 때마다

언제라도 즉석에서 사진을 찍어라.

열심히 일하면서 활기차게 생활하는

직원의 모습을 카메라에 담아서,

그 사진을 직원용 앨범에 보관하라.

그리고 이렇게 만들어진 앨범을

연말에 팀 직원이 모두 모인 자리에서 공개하자.

POINT 이런 특별한 이벤트들은 빡빡한 직장 생활에 활력을 불어넣는다.

MEMO

미소를 잃지 마라

"All appears to change when we change."

_ Henri Amiel, writer

"자신이 변하면 모든 것이 변한 것처럼 보인다."

__헨리 아미엘, 작가

오늘부터 긍정적인 것만 생각하고 말하자.

직장에서, 집에서, 심지어 출퇴근 시간에도 말이다.

다람쥐 쳇바퀴 돌듯 그저 그런 날이나,

스트레스가 쌓이고 힘든 고비를 넘겨야 하는 날에도

긍정적인 태도를 취하기란 쉽지 않을 것이다.

하지만 상사인 당신이 긍정적인 태도를 갖는

연습을 하면 직원에게 긍정적인 영향을 미치게 된다.

상황이 좋을 때나 나쁠 때나 상관없이 말이다.

POINT 상사는 굳은 얼굴로 언제나 근엄해야 한다는 고정관념에 사로잡혀 있는 것은 아닌가? 미소를 짓는 순간, 그것이 얼마나 하찮은 생각이었는지 깨닫게 될 것이다.

여유를 주어라

Let them leave early.

직원을 일찍 퇴근시켜라.

매일 길고 지옥 같은 출퇴근길에 나서야 하는
직원을 위해 시간을 당근으로 주면 어떨까?
오늘은 좀 더 자신의 생활을 즐길 수 있도록
15~30분 일찍 퇴근시켜 주어라.

POINT 이는 당신의 재량으로 얼마든지 조절할 수 있는 부분이다. 작은 배려
에도 크게 감동한 직원이 일하는 데 신바람을 느낄 것은 당연하다.

MEMO

특별한 날은 특별하게

Give employees and extra day off on their birthdays.

직원 생일날엔 특별 휴가를 주어라.

생일 휴가를 당근으로 주되,

인사부서와 상의해서

공식적인 휴가 일수에 포함시키지 마라.

인사부와 사전 공작을 해야 할지 모르지만

직원에게는 그지없이 훌륭한 특혜가 아닐 수 없다.

생일이 주말이라면?

융통성 있게 조절하라.

POINT 직장 생활을 하다 보면 때로 융통성을 발휘해야 하는 순간이 있다. 그런 순간을 적절하게 이용할 줄 아는 관리자는 직원들이 믿고 따른다.

MEMO

젊은 세대 직원에게 동기를 부여하려면?

Younger workers value inclusion.

젊은 세대 직원은 참여에 가치를 둔다.

젊은 세대의 직원은 자신의 업무가 무척이나 중요하다는 것을 증명하기 위해 항상 애쓴다. 그러니 상사들은 그들에게 의미 있는 당근을 자주 주어야 한다.

매체에서는 그들이 의무를 태만히 하는 경향이 있다고 주장이지만, 인사 관리 전문가들은 이들 세대가 일반적으로 자립적이고 사무적인 사고방식을 가지고 있다고 말한다. 그러므로 이 세대에 속한 직원에게 동기를 부여하는 일은 어렵기는 하겠지만 불가능하지는 않다.

이들은 무엇보다도 회사의 의사결정 과정에 참여하고 싶어 한다. 그러니 명령을 내리고 본보기를 보여주는 방법으로 부하 직원을 통솔했던 옛 기억은 잊어버려야 한다. 젊은 세대 직원의 마음과 영혼을 얻으려면 서로 대화하고 그들을 의사결정 과정에 참여시킴으로써 통솔하는 방법을 배워야 한다.

POINT 구시대의 사고방식에 사로잡혀서는 그들과 소통할 수 없다.

자선단체와 연계하라

This approach to recognition gives something to the community and you!

이런 당근은 지역사회에 기여한다. 물론 당신에게도!

박애주의 정신이 강한 직원이 있는가?
유급휴가를 당근으로 주어서
지역사회 소재 자선단체를 돕게 하라.
많은 자선단체에서는
이렇게 파견되는 회사 직원을 환영할 뿐만 아니라,
직원이 직장으로 복귀할 때는
새로운 기술과 에너지로 충전되어
당신을 위해 열심히 일할 것이다.

POINT '우리 회사'만이 아닌, 더 큰 세상을 보는 눈. 이것은 관리자로서 당신이 지녀야 할 중요한 부분이다. 그런 인간적인 매력을 지닌 상사에게 직원들은 끌리게 마련이다.

감사의 마음을 표현하라

This hospital makes it easy to say 'thanks.'
이런 병원 분위기에서는 "고마워요" 소리가 쉽게 나오네요.

간호사는 좀처럼 고맙다는 말을 듣기가 힘든 직업이다.
그래서 한 병원에서는 환자가 간호사에게 감사의 마음을 쉽게 표현할 수 있는 분위기를 조성하는 방법을 사용했다.
환자에게 병원 비품을 제공하면서 감사 카드와 펜을 나눠준 것이었다.
언제든지 손에 쥘 수 있는 도구를 갖춘 환자들은 자신을 간호해준 직원에게 감사의 마음을 표현하기 시작했다.
그리고 이렇게 전해진 카드는 병원 직원 모두가 볼 수 있도록 게시판에 게재되었다.
의료 관련 회사에서는 직원들이 봉급뿐만 아니라 그 이상의 명분을 위해 일한다는 사실을 깨닫고 있다.
자신이 중요한 변화를 달성하고 있다는 사실을 확인받고 싶어 한다는 것을 말이다.

POINT 명분을 세워주는 것은 때로 어떤 것보다 큰 가치를 지닌다.

모두 당근과 관련이 있다

You can't pay people enough to do some jobs.

직원을 일하게 하는 것은 돈이 아니다.

열심히 일하도록 직원을 부추기는 것은 돈이 아니다.

최근 조사 결과에 따르면 직장을 옮긴 사람의 평균 봉급 차이는 5%를 약간 웃도는 정도였다.

봉급 차이가 사소한 원인인 사실을 고려해볼 때, 그들은 돈 때문에 직장을 떠나는 것이 아니다.

이직률이 낮은 회사를 들여다보면 대개 훌륭한 관리자를 두고 있어서, 그들이 직원에게 도전과 기회를 제공하고 당근과 보상을 통해 직원이 중요한 변화를 일구어내게끔 하고 있다는 사실을 발견할 수 있다.

당근과 보상을 주어라.

그러면 이직률은 싸구려 양말이 구멍 나는 것보다도 더 빨리 떨어질 것이다.

POINT 자신의 능력과 가치를 인정해주는 관리자는 직원들에게 돈보다 큰 의미를 지닌다.

Don't let a moment of praise slip away.

Give employees something…

칭찬을 해야 하는 순간을 그냥 흘려보내지 마라. 직원에게 뭔가를 주어라.

직원을 칭찬하거나 직원에게 당근을 주면서

당신이 한 말을 글로 남긴 후에

직원의 개인 파일에 보관하라.

직원의 업무 기록을 검토하는 시간에

다시 한 번 그때의 당근에 대해 언급할 수 있도록.

POINT 자신의 성과를 되짚어보고 그때의 감동을 다시 한 번 느끼는 것, 그것은 힘에 부쳐 쓰러져가는 직원을 일으켜주는 힘이 될 것이다.

MEMO

당근! 넘겨주어라

Share the credit.

공로를 나누어라.

고참 경영진에게 발표를 하거나
그룹을 상대로 연설을 할 예정인가?
이때는 해당 주제에 관해 함께 일한
직원 모두에게 감사를 표현하라.
당신의 이런 모습이 경영진에게는
공로를 기꺼이 나누는 팀 지도자로 비칠 것이다.
또한 당신이 공개석상에서 직원을 지원하고
그들의 경력을 세워주고자 했다는 이야기는
분명 직원의 귀에까지 흘러들어갈 것이다.

POINT 당신을 믿고 따르는 직원들이 있었기에, 또한 당신을 끌어주는 상사들이 있었기에 당신은 그 일을 해낼 수 있었다.

MEMO

시도만으로도 가치 있다

"No act of kindness, no matter how small, is ever wasted."

_ Aesop's Fables

"친절한 행동은 아무리 사소하더라도 결코 헛되지 않는다."

_《이솝우화》

당신이 다른 사람과 같은 보통 사람이라면, 분명 당근을 주려는 시도가 모두 성공하지는 못했을 것이다. 사실, 거의 모든 사람이 늘 완벽하게 성공하지는 못한다.

규칙적으로 당근을 주는 관리자치고 한두 번 좌절하지 않은 사람은 없다. 좌절을 경험하는 순간 당신은 '내가 상황을 완전히 망쳐버린 것은 아닐까?' 라고 생각하거나 '그동안의 노력이 모두 시간 낭비에 불과했던 것인가?' 라는 회의가 들지 모르겠다.

그러나 절대 그렇지 않다. 당신이 진심에서 우러나 당근을 주려 했다면 그런 시도는 결코 헛되지 않는다. 설사 당근을 주었는데도 직원에게 아무런 변화가 없다고 해도, 최소한 당근 제공자인 당신은 좀 더 준비를 갖추고 다음번 당근 수여에 임할 수 있을 것이다. 그러니 절대 포기하지 마라.

POINT 아무 소용이 없다는 생각은 지향하라.

감사의 태도

It's all in the way you look at things.

눈길이 닿는 온갖 곳에 감사할 일이 있다.

사물에 대한 당신의 일반적인 견해를 안경 도수 바꾸듯 그토록 쉽게 바꿀 수만 있다면 얼마나 좋을까. 애석하게도 관점을 바꾸는 일은 쉽지 않지만 불가능한 것도 아니다.

직원의 장점을 찾는 습관을 키우고 싶은가? 그렇다면 '감사 일기'를 기록해보라고 권하고 싶다. 당신이 고마움을 느끼는 대상 모두를 매일 기록하라. 만약 시간이 부족하다면 최소한 한 가지 씩이라도 꾸준히 기록하라. 정말 간단하지 않은가? 일기를 쓰면서 자극을 받을 수 있고, 내용을 기억하는 데 도움이 될 것이다. 굳이 '일기장'을 따로 사고 싶지 않다면, 컴퓨터에 '감사 일기'라는 이름의 파일을 만들어 활용해도 좋다.

이런 방법을 꾸준히 사용한다면 자신의 개인 생활 속에서 또는 직장에서 장점을 적극적으로 찾고 검토하는 태도가 습관으로 자리 잡을 것이며, 이런 습관은 당신에게 평생 동안 혜택을 안겨줄 것이다.

POINT 감사하는 습관이 가진 힘은 우리가 생각하는 것 이상이다.

첨벙! 소리를 크게 내주라

"Other things being equal, the more immediate the reinforcement, the more powerful it is in terms of strengthening behavior."
_ Paul L. Brown, Managing behavior on the Job
"다른 일과 마찬가지로, 특정 행동을 격려하기 위해 제공하는 포상은 그때그때 줄수록 더욱 강력한 효과를 발휘한다."
__폴 L. 브라운, 직장 행동 관리 전문가

영화 〈피터팬〉의 한 장면이다. 웬디는 해적의 강요에 밀려 뱃전 밖으로 나와 있는 판자 위를 걷는다. 판자 끝에 다가선 그녀는 마음을 굳게 먹고 뛰어내린다. 해적들은 웬디가 당연히 물에 빠지리라 예상하고 첨벙! 소리를 들으려 귀를 기울인다. 하지만 아무 소리도 들리지 않는다. 해적들은 놀라 허둥대며 소리를 지른다.
"첨벙! 소리가 나질 않았어."
여기서 주목해야 할 교훈은 이렇다. 직원에게 당근을 주려는 계획을 세웠다면 직원이 당근을 받을 만한 행동을 했을 때 즉시 당근을 주어야 한다는 것. 직원은 첨벙! 소리를 기대하고 있기 때문이다. 자신의 행동에 대한 상사의 반응과 감사를 기대하는 것이다. 그런 직원을 실망시키지 마라.

POINT 당신의 직원은 잔뜩 기대하고 있다!

새벽 2시에 치르는 시험

Can employees outline your company vision in their sleep?

당신의 직원은 잠을 자다가도 회사의 비전에 대해 말할 수 있는가?

새벽 2시에 시험을 봐야 한다면 직원들은 어떻게 시험을 치를까? 새벽 2시에 치르는 시험에 대해 들어본 적이 있는가? 카탈리스트 그룹의 제임스 디 로레토는 이렇게 설명했다.

"회사의 사명과 가치를 직원에게 적절하게 전달했다면 어떤 직원이라도 머뭇거리지 않고 당신에게 그대로 말할 수 있어야 한다. 심지어 새벽 2시에 잠을 깨웠을 때라도 말이다."

의심할 여지없이 직원에게 당근을 주는 순간은 회사의 사명과 가치를 행동과 연결시킬 수 있는 절호의 기회다. 여기 그 방법이 있다.

- 회사의 가치를 뒷받침하는 직원의 행동과 활동에 대해 당근을 준다.
- 당근을 수여하는 자리에서 직원의 행동과 회사의 가치 사이의 연관성을 말로 표현한다.

예를 들어보자.

"케이시, 정말 고마워요. 약속대로 금요일까지 교체 부품의 주문을 따낼 방법을 찾아주었군요! 당신의 행동은 '최고 수준의 고객 서비스를 제공한다' 는 우리 회사 3대 가치 중 하나를 확실히 보여준 좋은 본보기였어요!"

당신이 이미 이런 단계를 자연스럽게 밟고 있다면, 직원들이 깃발을 휘날리면서 거뜬히 새벽 2시 시험을 통과할 것이라 확신하고 두 다리를 쭉 뻗고 편히 잠들라. 하지만 그렇지 못하다면 오늘의 조언을 자신을 뒤흔들어 깨우는 경고로 알고 벌떡 일어나 상황을 바로잡아라.

POINT 회사의 비전을 직원이 공유하고 있느냐 하는 문제는 그만큼 중요하다.

MEMO

사무실에서는 절대 피해야 할 방법

"You have a problem and you will fix it, of I will replace you. Hell will freeze over before this CEO implements another employee benefit in this culture… You have two weeks. Tick, tock."

_ Neal Patterson, CEO, Cerner

"여러분에게 문제가 있으니 여러분이 고쳐라. 아니면 내가 여러분을 경질할 것이다. 이런 문화 속에서 CEO가 직원들에게 더 이상의 혜택을 준다는 것은 말도 안 된다. 여러분에게는 이제 2주의 여유가 있을 뿐이다. 째깍 째깍."

_닐 패터슨, 서너 CEO

실화였던 위의 이야기를 이 책에 수록하지 않을 수 없다. 다수의 임원들이 당근과 보상에 대해 어떻게 생각하는지 알 수 있는 예이기 때문이다.

CEO의 이 말이 어째서 자사 임원의 목을 그토록 조이게 했는지 뒷이야기를 들어보자. CEO의 이 말에 화가 난 서너의 직원들은 그의 말을 인터넷에 올렸고, 그 결과 회사의 주가가 20% 폭락하고 말았다. (패터슨은 후에 이 말에 대해 전 직원들 앞에서 사과해야 했다.)

POINT 직원들 위에서 군림하고자 하는 생각은 버려라. 그들과 당신은 운명 공동체다!

당근을 주지 않는 구차한 이유

The Dirty Dozen of Why We Don't

_ EXCUSE No. 7

당근을 주지 않는 구차한 이유 12가지

__핑계 7호

"그들은 단지 자기 업무를 담당할 뿐이니까 당근을 줄 필요 없어."
직원이 얼마나 탁월하게 업무를 수행하는지를 결정하는 요소는 직
원에 대한 기대를 전달하는 지도자로서의 당신의 능력이다.
그리고 이 일에는 당근을 활용하는 방법이 최고다.
일반적인 믿음과는 달리 직장에서의 무소식은 희소식이 아니다.
직원은 자신이 올바른 방향으로 나가고 있는지 알 필요가 있다.
그러니 당근 수여를 통해서 알려주어라.
직원의 업무 태도가 마음에 드는가?
그 직원에게 공개적으로 당근을 주어라.
얼마나 많은 직원이 그 직원의 태도를 따라하기 시작하는지 놀랄
것이다.

POINT 당신이 직원에게 당근을 주는 것은 단순히 '직원이 업무를 수행하기
때문'이 아니라 '업무를 잘 수행하기 때문'에 주는 것이다.

착실한 살림꾼의 가치

Remember the folks who keep things running smoothly.

업무를 원활하게 추진하는 직원을 기억하라.

당근을 주려 할 때, 스타 직원을 찾기에 급급한 관리자들이 너무나 많다. 이렇게 스타 직원을 찾는 데만 혈안이 된 관리자들은 자칫 우리가 주로 '착실한 살림꾼'이라 부르는 '중간에서 묵묵히 일하는 직원'을 간과하기 쉽다.

'착실한 살림꾼'들은 직장에 매일 모습을 드러내면서 훌륭하고 충실하게 업무를 수행한다. 그들은 일류급 업무 수행자는 아닐지 모르지만 회사에는 척추와 같은 존재다. 그리고 스타 직원과 마찬가지로 그들 또한 외부의 격려를 필요로 한다.

당신 직원 중에 '착실한 살림꾼'은 누구인가? 그들에게 감사를 표현할 방법을 찾아라. 바로 지금이 그때이다.

POINT 착실한 살림꾼들을 소중히 여기지 않는 회사는 장기적으로 볼 때 절대 오래갈 수 없다.

선물도 사람에 따라 달라야 한다

When employees make big improvements…

직원이 업무를 크게 향상시켰다면…….

개인의 필요에 맞춘 상품권은

이따금씩 사려 깊은 선물이 된다.

예를 들어 새로 집을 장만한 직원에게는

인테리어 전문점의 상품권이 적절한 당근이다.

기억하라.

상품권은 타당하고 적절해야 한다는 것을.

POINT 당신은 가까이서 직원을 지켜보고 그의 개인적인 필요까지 파악할 수
있다. 그렇게 주어지는 당근은 직원에게 더 큰 의미로 다가간다.

MEMO

좀 더 적극적으로 직원과 대화하라

"You can't know employees as individuals until you're willing to put in the time to talk to them. And you have to talk to them to know what motivates them."

_ Arthur Pell, author, The Complete Idiot's Guide to Managing People

"여러분이 기꺼이 시간을 들여서 직원과 대화를 나눠야 직원의 개인적인 면모를 알 수 있고, 직원에게 동기를 부여하는 요소가 무엇인지 파악할 수 있습니다."

__아서 R. 펠,《직원을 부리는 보스, 인재를 디자인하는 리더The Complete Idiot's Guide to Managing People》저자

모든 것을 멈추라! 이는《독성 있는 성공Toxic Success》의 저자인 폴 피어졸이 독자에게 매일 아침 우선적으로 하라고 제안한 일이다. "이메일이나 음성 사서함을 열어보지 말고, 회의에 들어가지도 마라. 그저 잠시 책상에 앉아서 심호흡을 하라. 두 번째 단계는 그날 당신이 함께 일할 사람과 관계를 맺는 것이다. 문제에 대해 토의하거나 회의 일정을 진행하지 말고 업무를 시작하기 전에 그저 아침 인사를 하고 잠시 잡담을 나누어라. 관리자가 상냥하게 대하면 직원은 처음에는 어안이 벙벙해한다. 일반적인 직장의 빠른 업무 진행 속도에 너무도 익숙해져 있기 때문에 당황하는 것이다. 하지만 장담하건대 당신이 직원과 잡담을 나누는 데 투자한 시간으로 인해 후에 큰 결실을 맺을 것이다."

POINT 평소 직원과 많은 대화를 하는 상관은 그들로부터 신임을 받을 수밖에 없다. 잡담을 그저 잡담으로만 넘기지 말라.

조건 없는 휴가

She's given you a reason to celebrate, give her⋯

축하할 근거를 제공한 직원에게는⋯⋯.

직원이 축하받을 만한 일을 한 경우에는

아무런 조건 없이 휴가를 주어라.

이를테면 "난 오늘 기분이 너무 좋아서 일하러 올 수 없어요"라는

명분의 허가증을 만들어서 직원이 원할 때는

언제든 사용할 수 있게 하는 것이다.

POINT 쉼 없이 흘러가는 빠듯한 일상에 주어지는 이런 휴가는 당신이 생각하는 것 이상의 효과가 있다.

MEMO

효과가 끝까지 지속되는 당근

"People work for the money, but go the extra mile for recognition, praise and rewards."

_ Stuart Levine, CEO, Dale Carnegie and Associates

"직원이 돈을 벌기 위해 일하는 것은 사실이다. 하지만 그들은 회사에서 자신의 가치를 인정받고, 상사의 칭찬을 듣고 보상을 받기 위해서 특별한 노력을 기울인다."

__스튜어트 레빈, CEO, 데일 카네기 연구소

직원의 노력을 충분히 활용하고 싶은가?
우리가 무슨 말을 하려는지 짐작할 것이다.
직원 포상 프로그램을 조직하라.
컨설팅 회사인 DDI가 실행한 조사에 따르면
직원 포상을 포함한 '직원 참여 프로그램'을 가동한 경우에는
가동하지 않았을 때보다 제품, 서비스,
고객 서비스가 70% 개선되었고,
생산성 또한 65% 증가했다고 한다.
계산을 해보라.
이렇게 하다 보면 당신이 성공하는 것은 시간문제이다.

POINT 당근의 효과는 이처럼 뚜렷이 드러날 만큼 명확하다.

당신의 성공을 같이 누려라

Tell them you want the good news first.

매끄럽게 직원회의를 시작할 수 있는 방법이 있다.

지난주에 직원의 집에서 있었던 기분 좋은 일이나,

업무를 수행하는 동안 일어난 기쁜 일에 대해 이야기하는 것이다.

이는 긍정적인 회의 분위기를 조성하는 데

매우 훌륭한 방법으로

팀워크와 소속감을 갖게 하는 데에도 유용하다.

물론 직원의 뛰어난 업무 수행에 대해 칭찬하는 말도 잊지 말자.

POINT 회의 시간이 꼭 딱딱할 필요는 없다. 이 시간을 직원에 대해 알아가는 시간으로 꾸려보자.

MEMO

식사를 대접하라

When they're hungry for recognition…

직원이 당근에 허기져할 때…….

뛰어나게 업무를 수행하는 직원이 있는가?

그 직원이 좋아하는 음식점 티켓 두 장을 당근으로 주어라.

아니면 그곳에서 두 사람이

저녁 식사를 할 수 있는 만큼의 돈을 당근으로 주어라.

그러면 직원이 가장 소중하게

생각하는 사람에게까지 당근이 효력을 발휘하지 않을까?

POINT 그럴 때 요리는 직원의 배는 물론 마음까지 든든하게 채워줄 것이다.

MEMO

노조를 당신 편으로 만들어라

Recognition that pulls your work force together, not apart.

당근은 노동력을 흐트러뜨리지 않고 집결시킨다.

직원 중에 노조에 가입한 직원이 있는가? 이런 상황에 대처하는 방법으로 관리자와 노조원 사이의 관계를 향상시키고 노조원에게 당근을 제공하는 데 유용한 몇 가지 지침을 소개하려 한다.

- 직원과 미리 대화하여 당근이 직원의 급여 계약 조건에 대한 추가 혜택 조항이지 위반 조항이 아니라는 사실을 납득시켜라.
- 직원이 자신의 목소리를 낼 수 있도록 하라. 팀 직원 스스로 당근의 종류와 당근 수상자를 결정할 수 있는 결정권을 부여한다.
- 직원으로 구성된 단체에 당근을 주어라. 가장 우수한 개인에게 당근을 주거나 전 직원에게 당근을 주기보다는 3~4명으로 구성된 팀에 적당한 당근을 주어라. 팀이 특별한 프로젝트를 완수한 경우, 무사고 기록을 달성한 경우, 새로운 공정을 개발한 경우, 회사의 목적을 추진시킬 수 있는 방법을 고안한 경우 등에 당근을 줄 수 있을 것이다.

POINT 노조의 긍정적인 면을 바라보고, 여기에도 당근 법칙을 적용하라!

상자 안에서 해결하기

Give them their pick.

직원에게 당근 뽑기를 하게 하라.

사무실에 당근 상자를 비치하라.

훌륭한 행동을 한 직원이 있다면

상자로 가서 깜짝 선물을 뽑게 하라.

깜짝 선물로 '점심 식사 시간 연장'에서부터

'공짜 영화표'에 이르기까지 다양한 아이디어를 생각해보자.

POINT 당근을 주는 방법에 있어서의 이런 변형은 딱딱한 직장 분위기를 유연하게 바꾸어주고, 그로써 직원들의 당근에 대한 이미지는 더 좋아질 것이다.

MEMO

외부 강사를 초청하라

흐흠, 당근에 대해 말하자면…….

외부에서 강사를 초청하여

직원에게 강연을 들을 기회를 주어라.

뛰어난 아이디어에 대해 이야기하거나 직원의 사기를

북돋워줄 수 있는 이야기를 들려줄 사람을 초청한다.

이런저런 일을 극복한 사람들의

이야기를 듣는 것은 매우 흥미롭다.

게다가 팀원의 관계를 돈독하게 할 수 있는 훌륭한 방법이다.

POINT 이는 이미 많은 회사에서 사용하고 있는 방법이다. 직원의 발전이 곧
회사의 성공으로 이어짐을 깨달은 까닭이다.

MEMO

상징을 부여하라

Rewards should stand for something.

당근에는 대표성이 있어야 한다.

자신의 약혼반지나 결혼반지를 쳐다보라. 무엇이 보이는가? 반지인가? 아니면 당신의 삶에 맺어진 사랑인가?

우리는 상징 사회에 살고 있다. 그러니 당근을 줄 때도 약간의 상징을 덧붙여라. 그러면 수년이 흐른 후에 상의 가치는 더욱 빛날 것이다. 예를 들어보자. 우리가 알고 있는 한 회사에서는 연례 판매 자축 행사를 열면서 매년 직원에게 부적을 준다. 직원과 직원의 배우자들은 부적을 매우 자랑스럽게 두르고 자신이 회사의 자축 행사에 몇 번이나 참석했는지 과시한다. 해마다 열리는 행사와 관련된 멋진 추억을 회상하는 것은 물론이다. 이것이 바로 부적의 위력인 것이다.

POINT 상징은 그저 '물건'에 불과한 사물에 오래도록 남을 추억을 담는 것이다.

MEMO

탁월한 업무 성과상

How do you spell top performer?

탁월한 업무 성과상을 수상할 직원은 누구인가요?

탁월한 업무 성과상(A_B_C_D상: Above and Beyond the Call of Duty)을 만들어 뛰어난 업무 능력을 발휘한 직원에게 수여하라.

이 상에 대한 당근으로는 업무의 ABC, 즉 업무의 기본을 상징하는 싱싱한 사과 한 바구니나 장식용 유리 사과 한 바구니가 적당하지 않을까?

POINT 탁월한 업무 성과를 보인 직원에게 주는 이 상은 직원의 능력을 더욱 탁월하게 만들어줄 것이다.

MEMO

직원들의 의견을 들어라

"This brain doesn't contain all the answers, but I'll know a good one when I hear it. And I'll recognize that person for it."
_ Kent Murdock, CEO, O.C. Tanner Company

"제 두뇌가 모든 해답을 알지는 못하지만 대답을 들었을 때 그것이 훌륭한지는 판단할 수 있습니다. '훌륭한 대답이다' 라는 판단이 서면 포상할 것입니다."
__켄트 머독, O.C.태너 CEO

관리자가 모든 해답을 알고 있을 수는 없지만 훌륭한 해답을 들었을 때 이를 놓치지 말아야 하는 것은 분명 그의 몫이다. 왜 자신들 밑에는 새롭고 혁신적인 아이디어를 생각해내는 직원이 없느냐고, 어째서 자신이 일하는 회사는 케케묵은 사고방식에서 헤어 나오지 못하느냐고 불평하는 관리자들이 있다. 그건 직원이 내는 아이디어가 인정을 받지 못해서다. 매주 열리는 직원회의의 일부분을 할애해 아이디어 창출에 힘써보라. 물론 아이디어를 낸 직원에게는 공개적으로 당근을 주어야 한다. 성과뿐만 아니라 혁신적인 아이디어에 대해 당근을 주면, 직장 내에서 창의성을 육성할 수 있다. 직원들은 너나없이 자신이 직장에 매우 중대한 기여를 하고 있다고 느끼고 싶어 한다. 그 사실을 직원에게 확신시키는 일은 바로 당신에게 달려 있다.

POINT 좋은 아이디어는 그냥 나오는 게 아니다. 그것을 발견하려 노력하고 인정해줄 때 더 많이 나오게 마련이다.

소문을 퍼뜨려라

cc the world!

이메일의 '함께 받는 이' 칸에 '세계'를 쳐 넣어라.

누군가가 당신에게 황당한 내용의 이메일을 보냈는데,

'함께 받는 이' 칸에 당신의 지인들 이름이 적혀 있었던 적은 없었는가?

누구나 한 번쯤은 그런 경험을 한 적이 있을 것이다.

이런 상황을 역이용해보자.

직원의 뛰어난 업무 성과를 알리는 이메일을 전 세계에 날려보라.

진심이다.

회사 내에서 진행되고 있는 훌륭한 일을,

회사의 CEO에서부터 야간 근무를 하는 수위에 이르기까지 알리자.

POINT 자신의 공이 온 회사 사람들에게 퍼져나가는 걸 알게 된다면, 직원이 더 열심히 하기 위해 노력할 것은 당연한 일 아니겠는가?

직원을 스승으로 세워라

Make an example of her.

뛰어난 직원을 본보기로 만들어라.

《마이크 멀리건과 증기 삽차^{Mike Mulligan and His Steam Shovel}》라는 동화에서 주인공 마이크는 시청의 지하실을 단 하루 만에 파야 하는 임무를 맡는다. 지금까지 들어본 적조차 없는 엄청난 일이었다. 마이크가 일을 시작하자 한 소년이 다가와 물었다.

"해질 때까지 이 일을 다 할 수 있을 것 같아요?"

"물론이지. 네가 여기서 우리가 일하는 것을 지켜보고 있으면 다 할 수 있고말고. 우리는 지켜보고 있는 사람이 있을 때면 언제나 훨씬 빠르고 능숙하게 일을 할 수 있거든."

당신 역시 지켜보는 사람이 있을 때 업무 달성도가 높아진다는 사실을 깨달은 적이 있는가?

뛰어난 직원에게 좋은 당근이 있다. 바로 신입 사원의 스승이 되어 달라고 요청하는 것이다. 직원은 자신을 지켜보며 자기로부터 배우는 사람이 있을 때 더욱 뛰어난 업무 능력을 발휘할 것이고, 아울러 미래의 지도자로서의 자질을 개발할 수 있다.

POINT 이것은 평범한 직원도 탁월한 직원으로 만들 수 있는 비법이다.

베풀어라

"No person was ever honored for what he received. Honor has been the reward for what he gave."
_ Calvin Coolidge, former president of the United States
"자신이 받았던 것으로 인해 예우를 받는 사람은 없습니다. 예우는 다른 사람에게 준 것으로 인해 받습니다."
__캘빈 쿨리지, 미국의 전 대통령

우리는 때로 사람에 대한 칭찬이 지나치면 칭찬의 진정한 뜻이 상실될까 봐 걱정한다.

마음 놓아라. 그런 일은 결코 일어나지 않는다. 대부분의 사람들은 칭찬과 긍정적인 당근을 많이 받을수록 좋아한다.

정말 걱정을 해야 한다면 오히려 당근을 충분히 주고 있는지 걱정하는 편이 낫다.

갤럽조사연구소는 직장 환경에 대해 상당히 포괄적인 조사를 한 결과, 일류 업무 능력을 갖춘 직원에게는 적어도 일주일에 한 번 긍정적인 당근을 줄 필요가 있다는 결론을 내렸다. 우리는 그것이 정말 최저한도라고 생각한다.

POINT 계속적으로 자주 당근을 주다 보면 당근을 주는 일 자체가 당신의 제2의 천성이 된다. 그러다 보면 당신과 직원 사이에 신뢰가 쌓이고 긍정적이고 생산적인 팀워크와 관계가 구축된다.

단순화하라

When it comes to company values, less is more.

회사 가치는 적게 설정할수록 좋다.

단순화하라, 상사들이여!(K.I.S.S. _ Keep It Simple, Supervisors!) 몇몇 회사의 기업 가치를 들여다보면 아이들의 크리스마스 선물 목록 같다는 생각이 든다. 길어도 너무 길다! 중요 가치만도 12가지 이상을 표방하고 있는 회사를 방문한 적이 있었다. 그 회사에 우리는 이런 질문을 던졌다.

"그중에서 어떤 가치가 가장 중요한지 직원들이 어떻게 기억할 수가 있겠습니까?"

직원이 회사의 가치를 기억하도록 만드는 비결은 바로 '단순화'이다. 회사에서 추구하는 가치를 3~4가지로 최소화하여 축소하라. 이렇게 생각해보자. 모세는 이스라엘 백성에게 단지 10가지 가치만을 제시했다. 그러나 대부분의 사람들은 10가지를 기억하는 것조차 힘들어한다.

POINT 사공이 많은 배는 산으로 간다고 했다. 핵심 가치를 단순화하여 제시해주면, 당신이 이끄는 배는 무사히 항구에 도착할 것이다.

직원이 원하는 것은 바로 동기부여다!

Human nature. Don't fight it. Use it.

인간의 본성과 싸우지 말고 이를 이용하라.

가지지 못한 것을 원하는 것은 인간에게는 극히 당연한 일이다.

당근 프로그램이 효과를 발휘하는 이유도 바로 여기에 있다.

직원이 원하는 것을 당근으로 주기 때문이다.

우리는 아름다운 보석을 몸에 두르거나 사람의 눈길을 끄는 아름다운 반지를 끼고 있는 자신의 모습을 그려본다.

멋진 하워드 밀러 시계가 자신의 집에 당당하게 자리하고 있는 상상을 한다.

아기가 태어났을 때 소니 캠코더가 있으면 얼마나 좋겠는가?

반짝반짝 빛나는 새 캘러웨이 골프채로 후반 9홀을 치고 있는 자신의 모습을 떠올리면 얼마나 기분이 좋은가?

당근을 그려볼 수 있고 그것을 즐기는 자신의 모습을 상상할 수 있기 때문에 우리는 그 당근을 획득하기 위해 더 열심히 일할 것이다.

그것이 바로 인간 본성이다.

그렇다면 이런 인간 본성을 우리에게 유리하게 이용하는 것이 좋지 않겠는가?

POINT 인간 본성을 이용하는 것, 거기에 성공의 핵심이 있다.

스냅사진을 찍어라

Capture the moment.

순간을 포착하라.

당근 수여식 장면을

사진으로 찍어 상을 받은 직원에게 선물하라.

직원 가족이 참석하지 못한 경우,

그들을 간접적으로나마 수여식에 참여시킬 수 있는 방법이다.

사진은 순간적인 동기부여의 역할을 할 뿐만 아니라

직원에게 훌륭한 추억거리를 만들어준다.

사진을 멋진 앨범에 넣어준다면

직원은 앨범을 오랫동안 소중하게 간직할 것이다.

POINT 사진에 담기는 순간, '순간'은 '영원'이 된다!

MEMO

직원이 회사의 얼굴이 되게 하라

Take an employee to your next client meeting.

고객과의 회의에 직원을 데려가라.

고객과 회의가 있는가?

담당 직원에게 함께 가서 회사와

서비스에 대한 질문에 답변하는 데 도움을 달라고 하라.

또는 고객과의 점심 식사 자리에 직원을 초대하라.

이런 방식의 당근에는 몇 가지 이점이 있다.

첫째, 고객에게 회사의 인간적인 면모를 보여줄 수 있다.

둘째, 고객은 뒤에서 일하고 있는 직원을 소개시켜준 데 대해 당신
에게 감사한 마음을 가질 것이다.

셋째, 직원은 고객에 대한 헌신을 다시 한 번 다짐할 것이다.

POINT 고객과의 회의에서 직원이 의미 있는 역할을 담당하도록 해야 한다. 당신이 직원을 신뢰한다는 사실을 보여주는 것이 바로 그에게 주는 당근이기 때문이다.

MEMO

기억은 오래도록 남는다

Food for thought, Something to chew on.

음식을 곱씹듯이, 기억을 곱씹어보라.

대학교나 고등학교를 졸업하고 다닌

첫 직장에 대해 생각해보라.

회사가 당신의 기여를 합당하게 인정해주었더라면,

처음부터 포상과 격려의 문화를 조성해주었더라면,

첫 직장 생활이 얼마나 달라졌겠는가?

당신이 고용한 직원을 위해

바람직한 직장 분위기를 조성해주는 것이

얼마나 중요한지 알겠는가?

POINT 당신이 이미 그런 경험이 있기 때문에 직원에게 도움을 줄 수 있는 것이다! 당신으로 인해 그의 직장 생활이 달라진다면, 멋진 일 아닌가?

MEMO

적절한 도구

당근 주는 일이 더욱 쉬워질 것이다. 당신에게 이것만 있다면……

직원이 승진을 하는가?

새로운 직위에서 사용할 수 있는

물품을 당근으로 주면서 승진을 축하해주어라.

이렇게 하면 직원의 성취를 축하하는 동시에

직원을 부추겨서

다음 번 승진을 향해 박차를 가하게 할 수 있다.

POINT 당근을 줄 수 있는 '시기'와 '방법'에 있어서 고민하라. 고민한 만큼 좋은 보상이 주어질 것이다.

MEMO

업무 성과는 돌고 돈다

A thank-you for a thank-you.

감사를 위한 감사

다른 직원의 가치를 인정해주고

당근을 주는 직원을 보았는가?

그 직원에게 당근을 주어라.

다른 직원에게 능동적으로 당근을 주는

직원이 늘어날수록 회사의 이익은 증가하고

당신의 스트레스는 줄어들 것이다.

POINT 꼭 상사인 당신만이 당근을 줄 수 있는 것은 아니다. 동료 간에 당근을 줄 수 있는 분위기를 만드는 것도 당신의 몫이다.

MEMO

직원에게서 더 많은 기여를 이끌어내라

"When people work in a place that cares about them,
they contribute a lot more than duty."
_ Dennis Hayes, Hayes Microcomputer Products

"자신에게 관심을 가져주는 직장에서 일을 하는 직원은 자신에게 주어진 임무보다 훨씬 많은 기여를 합니다."

__데니스 헤이스, 헤이스 마이크로 컴퓨터

우리는 관리자에게 직원은 변온동물이라고 자주 말해주곤 한다. 물론 부정적인 의미가 아니다. 우리가 이렇게 말하는 것은 직원이 자신의 에너지 수위나 생산성, 심지어는 태도까지도 주변 환경에 맞추어 바뀌는 까닭이다. 동료 하나가 완벽하게 핵심을 찌르는 이야기를 해주었다. 언젠가 자신의 옛 상사였던 두 사람에 대해 언급하면서였다. 상사 중 한 사람의 이름은 라마로, 당근을 노련하게 사용할 줄 아는 사람이었고, 또 다른 상사 한 명은 그렇지 못했다고 했다.

"내가 그렇고 그런 상사를 위해 일주일에 60시간씩 일했겠어? 하지만 라마를 위해서 그렇게 했지."

외부로부터 동기부여가 되지 않는다면 직원의 업무 진행 속도는 늘어지게 마련이다. 그러면 결과적으로 업무 성과도 부진할 수밖에 없다. 이와는 대조적으로 당근이 가시화되면 직원은 자신이 가지고 있는 최고의 능력을 발휘한다.

POINT 사람은 자신에게 관심을 갖고 신뢰해주는 이에게 끌리게 마련이다.

모두 함께 즐겨라

This award takes the cup.

이번 상에는 트로피가 당근으로 수여됩니다.

우리가 좋아하는 스포츠 트로피가 있다. 바로 프로 하키 선수에게 최고의 상이라 할 수 있는 스탠리 경 컵(Lord Stanley' Cup)이다.
우리가 특별히 이 트로피를 좋아하는 이유는 무엇이겠는가?
우승한 팀에 속한 선수가 각자 일주일 동안 트로피를 가지고 있을 수 있기 때문이다.
당신 팀에게 당근을 줄 때도 같은 원리를 적용하라.
팀 직원에게 당근으로 받은 트로피를 집으로 가져가 각자 1~2주일 동안 보관하면서 가족과 부모님께 자랑하고 심지어 술집에 가져가 친구에게도 보여줄 수 있게 하라.

POINT 하나의 회사는, 그 아래의 같은 팀은, 또다시 동료들 사이는 모두 운명 공동체이다. 공을 함께 나누는 것은 당연하다.

MEMO

적절한 타이밍을 잡아라

Time is of the essence.

시간이 핵심이다.

당근이 효과를 발휘하려면 시기가 적절해야 한다. 그러므로 승인이 필요하다면 당근을 주기 전에 먼저 최대한 신속하게 승인을 받도록 하라. 성과를 발표하고 당근을 주는 일은 업무가 완결된 후 며칠 또는 몇 주 안에 신속하게 이루어져야 한다. 이보다 더 오래 지체된다면 최대 효과를 얻을 수 있는 기회를 놓치고 만다.

혹, 시기는 그다지 중요하지 않다고 생각하는가? 그렇다면 간발의 차이로 자신의 결혼기념일을 깜빡한 적이 있는지를 떠올려보라. 사랑하는 사람의 생일을 지나친 적이 있는가? 그런 경험이 있다면 우리가 무엇을 강조하려는지 알 것이다. 제때 당근을 주는 일은 정말 중요하다.

POINT 상영일이 끝난 영화 표를 선물로 받았다고 생각해보자. 어처구니없지 않은가? 한 번 흘러간 시간은 되돌릴 수 없음을 명심하라.

MEMO

기념하라

Frame him.

직원의 글이 활자화되면······.

직원이나 동료에 관한 기사가

산업 관련 출판물에 인용되거나 그들의 글이 게재되었다면

해당 기사를 액자에 넣어 그들에게 기념품으로 주어라.

이렇게 직원들이 회사 이름을 대중에 알린 것이

회사로서는 대단한 일이라는 사실을 그들에게 알리자.

POINT 특별한 기억을 더욱 특별하게 만들어주는 회사의 배려에 그들의 사기가 진작될 것이다.

MEMO

당근을 줄 땐 확실하게!

Pay them to party.

파티 비용을 후원하라.

우리 회사에서 가장 인기 있는 당근 행사는 지역 놀이공원에서 갖는 연례 야유회이다. 이 날은 직원은 물론 직원 가족의 입장료를 회사에서 전액 지원하고 무료 저녁 식사도 제공한다. 여기에 그치지 않고 가족과의 행사를 즐기라며 전 직원에게 반나절의 휴가까지 준다. 이는 회사가 직원에게 '감사'를 표현하는 여러 가지 방법 중의 하나인 것이다.

회사 야유회에 참석하는 직원이 많지 않다면 근무시간을 이용하라. 봉급을 받으면서 놀 수 있다면 음식도 더 달콤하고 대화도 더욱 생기가 넘치지 않겠는가!

POINT 직원이 다시 업무에 임할 때면 그런 흐뭇한 기분도 따라올 수밖에 없을 것이다.

MEMO

신중하라

Be careful what you reward, because…

It will be repeated.

당근을 선택할 때는 주의를 기울여라. 당근을 준 행동이 반복될 것이다.

당근은 합당한 사람에게, 합당한 행동에 대해서 줄 때만 효과를 발휘한다는 점을 기억하라. 이런 사실을 무시하고 인기도에만 급급해서 당근을 준다면 모든 전략적인 혜택은 물거품이 되고 만다.

어떤 회사의 부사장이 고객 서비스 담당 관리자의 명단을 가지고 CEO와 함께 자리했다. 부사장은 명단에 있는 관리자를 1위부터 6위까지 순위를 매겼다. CEO로부터 어떤 근거로 순위를 매겼는지 질문을 받은 부사장은 이렇게 답변했다.

"이번 달에 1위를 차지한 사람은 당연히 '수잔'입니다. 새로운 사업 구상안을 최단 기간에 제출하거든요. 언제나 말끔하게 정리해서 제출하기 때문에 보기에도 좋고요."

"그렇다면 가장 창의적이고 혁신적인 사업 구상안을 제출해서 회사에 가장 많은 고객을 확보해준 직원은 누구인가?"

CEO의 물음에 부사장이 대답했다.

"그런 직원이라면 로저입니다."

로저는 사업 구상안을 그다지 깔끔하게 정리하지도 않았고 제시간에 제출하지도 않았지만 결과는 항상 비범했다. 그러나 부사장이 매긴 로저의 순위는 거의 바닥이었다.

만약 CEO가 부사장이 매긴 순위대로 직원에게 보너스를 지불했다면 합당하게 당근을 준 것일까? 물론 아니다. 만약 그랬다면 로저를 비롯한 다른 직원에게 단지 '더욱 신속하게 일하라', '보고서는 말끔하게 작성하라' 라는 메시지만 전달되었을 것이다.

POINT 당근을 선택할 때는 주의를 기울여야 한다. 당근을 준 행동이 그대로 반복될 테니까.

MEMO

도움을 주라

Be part of the solution.

해결사 노릇을 하라.

직원의 성과에 대한 최고의 당근 중 하나는, 바로 직원이 개인적인 문제로 고민할 때 문제 해결을 도와주는 것이다. 직장에서 건강한 관계를 유지하면서 필요한 자원을 공급해주는 정도만으로도 직원에게 도움을 줄 수 있다.

어떤 사업체는 세무사를 고용해서 직원의 연말정산 서류 작성을 돕는다. 또 어떤 회사는 직원의 체중 감량을 후원한다. 이외에도 여러 가지 아이디어를 생각해보자.

직원은 개인적인 생활이 안정되어 있을 때 회사 업무에 더욱 집중할 수 있기 때문에 앞서 말한 당근은 결과적으로는 회사의 발전에 유익하게 작용한다. 직원에 대한 개인적인 배려가 상사인 당신이 취할 수 있는 궁극적인 감사 표시라는 사실을 잊지 말자.

POINT 도움이 필요한 간절한 순간에 손 내밀어준 사람을 잊기란 어렵다. 직원에게 그런 사람이 되어주라.

불을 밝히라!

"There are only two ways of spreading light—to be the
candle or the mirror that reflects it."
_ Edith Wharton, novelist

"빛을 발산하는 방법은 두 가지뿐입니다. 하나는 촛불이 되는 것이고,

다른 하나는 그 빛을 반사하는 거울이 되는 것입니다."

__에디스 와턴, 소설가

당근 프로그램을 활용해서
회사 내에 업무 달성의 빛이 퍼지게 하라.
당신이 솔선수범한다면 직원의 눈동자에
더욱 커다란 만족과
헌신의 빛이 반사되는 것을 보게 될 것이다.

POINT 그리고 빛은 점점 더 넓게 퍼져나갈 것이다.

MEMO

당근이 효과를 발휘할 때

Get ready to see some serious results.

중대한 결과를 맞을 준비를 갖추어라.

한 음식 체인점이 이직하는 직원이 속출해 골머리를 앓고 있었다. 사정을 들여다보니, 이 음식 체인점의 관리자들은 회사의 목적을 달성하려는 열정과 사기로 충만한 최전방 직원을 구하기에 급급했다. 이런 직원을 확보하기 위해 회사 지도자들이 선택한 당근은 사실 그들의 절박한 필요를 생각한다면 상대적으로 단순한 것이었다. 그들은 업무에 충실한 직원에게 금색 동전을 주었다(실제로는 플라스틱 동전이었지만 진짜 금 동전처럼 보였다). 금색 동전을 일정 수 이상 모은 직원은 동전을 멋진 물건과 교환할 수 있었다.

결과적으로 음식점은 바닥에 왁스칠을 다시 해야 했다. 직원이 바닥을 너무 자주 닦았기 때문이었다. 다수의 젊은 직원들은 맥도날드에서 일하면 시간당 25센트를 더 받을 수 있지만 동전이 갖고 싶어서 여기서 일한다며 당근의 효과를 인정했다. 뿐만 아니라 직원들은 당근 프로그램을 통해 청결, 친절한 서비스, 정확성 등 회사의 중점 가치를 파악하고 이를 실천하기 시작했다.

POINT 당근이 효과를 발휘하려면 직원이 소중하게 생각하는 당근을 주되, 회사에서 가치를 두는 행동에 한정해야 한다.

'인간적인 측면'에서 일하는 데 따른 이익

Try living dangerously.

위험을 감수하라.

존중받지 못하는 데 대해 말해보자. 사업 세계에서의 '인간적인 측면'은 10년 이상 기업 중역 회의실에서 푸대접을 받았다. 다시 말해서 중역들의 무시와 비웃음의 대상으로, 회계장부에 가치를 두는 중역들의 입김에 밀려 방치되었다. 마치 미국의 전설적인 코미디언인 로드니 데인저필드가 '나는 왜 존중받지 못하는 거야! (I don't get no respect!)'라는 표어로 그 심정을 대변했던 당대 미국 서민들처럼 말이다.

하지만 그건 과거의 일이다. 오늘날 더욱 많은 수의 관리자들이 직원을 보살피고 가르치는 일의 중요성을 인식하고 있으며, 그 결과 결코 간과하기 어려운 경제적 이익 또한 창출하고 있다.

펜실베이니아 대학교 연구자들이 회사 3,000군데를 대상으로 실시한 연구 결과에 따르면, 총수입의 10%를 재무구조 개선에 사용한 경우 생산성이 3.9% 증가했지만, 유사한 액수를 인간 자본 개발에 투자한 경우에는 2배가 넘는 8.5%의 생산성 증가를 가져왔다고 한다.

POINT 순익을 끌어올리는 효과에 관해서라면 사업의 '예민한 측면', 즉 인간적인 측면이 마치 미다스의 손이 될지도 모를 일이다.

애쓰는 모습을 보여라

Cook up some real results.

진짜 결과를 요리하라.

상당히 어려운 목표를 설정했는가?

그렇다면 직원에게 주는 당근의 무게를 약간 늘려라. 목표가 달성되면 직원에게 손수 아침 식사를 만들어주든지, 점심에 바비큐를 요리해주든지, 무엇이든 당신이 특별히 잘 만드는 음식으로 대접하겠다고 말하라.

여기서 중요한 점은 당신이 실제로 요리를 해야 한다는 것이다.

다른 사람에게 요리를 맡겨서는 안 된다.

사소한 일 같지만 직원들은 상사가 자신을 위해 애쓰는 모습을 보기 위해서라면 어떤 노고도 마다하지 않을 것이기 때문이다.

POINT 맛이 중요한 것이 아니다. 당신의 직원에 대한 배려와 애정을 보여주는 데 목적이 있다는 걸 잊지 말라.

MEMO

팀의 일원으로 뛰어라

"No one is useless in this world who lightens the burden for anyone else."

_ Charles Dickens, author

"이 세상에서, 다른 사람의 짐을 덜어주는 사람 중에 쓸모없는 사람은 아무도 없다."

__찰스 디킨스, 작가

너무나 많은 상사들이 자신을 팀의 일원으로 생각한다.

하지만 실제로는 그렇지 않은 경우가 대부분이다.

처음부터 팀의 일부분에 속할 수 없는 자리가 있게 마련이고, 직원들은 그 점을 알고 있다.

하지만 누구도 거부할 수 없는 진실이 있다.

바로 훌륭한 업무는 팀워크와 관련이 있다는 점이다.

기꺼이 팀 속으로 들어가라.

직원의 필요를 채워주는 행동을 통해서 직원에게 방향을 제시하고 그들을 이끌어라.

직원과 어깨를 부딪치며 함께 일하다 보면 당신이 보인 본보기가 직원들에게 영향을 미치기 시작할 것이다.

POINT 관리자인 당신은 뒷짐 지고 서서 구경하는 사람이 아니다. 직원들과 함께 땀을 흘려야 그들에게 신뢰를 심어줄 수 있다.

쥐에게 사자처럼 으르렁거리는 법을 가르쳐라

This leader isn't content to just squeak by.

이 사람은 그저 찍찍 잔소리하며 지나가는 관리자의 역할에 만족하지 않는다.

아무리 노력해도 관리자 한 명이 회사에 중대한 변화를 가져오기에는 역부족이라 생각하는가? 다시 생각해보라. 1990년대 중반, 디즈니 월드에서 직원 포상 프로그램을 이끌었던 디 한스퍼드는 놀이공원 이쪽저쪽에 거의 동시다발적으로 모습을 드러내면서 직원에게 당근을 주었던 것으로 유명하다. 그녀는 놀이공원 안에 있는 음식점의 주방을 걸어 다니며 주방이 반짝거린다고 칭찬하고, 이러한 직원의 노력으로 디즈니 월드에 대한 보건국의 청결 등급이 하늘을 찌를 기세로 치솟고 있다며 칭찬을 아끼지 않았다. 그해인 1995년, 놀이공원은 직원을 증원하지 않은 채 기존 직원만으로 15%의 고객을 더 유치할 수 있었다. 봉급도 인상하지 않았고 보너스도 주지 않았지만 직원의 직업 만족도는 15% 증가했다. 고객 만족도와 놀이공원의 재방문 의사를 묻는 고객 조사에서도 역시 믿기지 않을 정도로 높은 점수를 얻었다. 더욱이 디즈니의 그해 연례 보고서에 따르면, 놀이공원의 이러한 실적은 디즈니에 총소득 15% 증가라는 기록을 안겨주었다.

POINT 직원의 업무 수행 과정에서 훌륭한 점을 찾아라. 그러면 자연스럽게 이익은 증가할 것이다.

Presentation is everything.

시상이 전부다.

회사에서 치르는 대부분의 공식적인 시상식은 그다지 요란스럽지 않은 것이 보통이다.

그러나 수상자 3만 3000명을 대상으로 조사한 결과에 따르면 시상 방법은 수상자에게 상당히 중요한 인상을 남긴다.

사실 직원의 97%는 '훌륭한' 시상식을 치르고 나서야 자신의 기여가 '인정을 받았다'고 느꼈다.

이와는 대조적으로 '변변치 못한' 시상식을 치르거나 시상식을 치르지 않은 경우에는 겨우 39%만이 자신의 기여를 인정받았다고 느꼈다.

이런 이유로 오늘부터 5일 동안은 시상식을 훌륭하게 치르는 방법에 대해 서술하려 한다.

POINT 시상식은 최고의 순간을 더 가치 있게 만들어준다. 그 기회를 잘 활용하라!

시상자는 가까운 상사로!

Choose the right person to present an award.

시상자는 시상에 합당한 인물이어야 한다.

시상을 할 때에는 합당한 자격을 갖춘 사람이 시상자 자리에 서는 것이 중요하다. 그리고 그 사람은 바로 직속 상사인 당신일 가능성이 크다.

관리자는 대부분 자신의 상사를 시상대에 세우고 싶어 한다. 시상자의 지위가 높을수록 더욱 좋을 것이라 생각하기 때문이다. 하지만 항상 그런 것은 아니다. CEO는 수상자에 대해 잘 알지 못하기 때문에 수상자를 호명할 때 더듬거리는 일이 많을 뿐만 아니라 수상자의 성과에 대해서도 구체적으로 알지 못한다.

의미 있고 진심에서 우러난 시상을 하려면 시상자는 고위급 관리자인 동시에 직원 개인과 직원이 이룩한 성과에 대해 알고 있어야 한다. 또한 일화나 예를 들어서 참석자의 감정을 북돋울 수 있어야 한다. 그 감정이 웃음으로 나타나든 눈물로 나타나든 말이다. 요컨대 시상이 효과를 거두려면 수상자와 동료 직원과 시상자 모두의 감정을 불러일으킬 수 있어야 한다.

보다 많은 시상 비결에 대해서는 www.carrotbooks.com을 참조하기 바란다.

POINT 기계처럼 읽어 내려가는 감흥 없는 축사는 수여식의 의미를 퇴색시킨다.

준비는 미리미리!

Prepare in advance.

미리 준비하라.

공식적인 시상식을 준비하기 위해서는 시상 내용에 대해 정확하게 메모해야 하고, 수상 직원의 회사에 대한 기여를 구체적으로 설명할 준비를 갖추어야 한다.

또한 기억하라. 시상식은 '신 포도'가 아니라 '당근'을 주는 시간이라는 사실을 말이다.

그러므로 오로지 긍정적인 상승 분위기를 유도할 수 있는 말만 하자. 시상 대상이 된 바로 그 최상의 결과와 당근을 받은 직원의 성과에만 초점을 맞추어야 한다.

물론 그 자리에서 직원의 지속적인 고용을 약속해서는 안 된다.

더불어 건전하지 못한 농담이나 차별적인 발언을 하지 않도록 주의해야 한다.

POINT 시상식은 '신 포도'가 아니라 '당근'을 주는 시간이다.

MEMO

리더

Invite others to attend, and participate.

직장 동료를 시상식에 참여시켜라.

공식적인 시상식을 더욱 빛나게 하고 싶은가?

직원의 동료를 시상식에 초대하고 그중 2~3명에게 수상 직원에 대해 몇 마디 해달라고 부탁하라.

동료 직원을 시상식에 초대하게 되면 어떤 이점이 있을까?

우선, 회사가 수상 직원의 성과를 높이 평가하고 있다는 사실을 동료 직원에게 더욱 잘 인식시킬 수 있다.

또한 동료 직원은 회사의 목적을 더욱 분명하게 파악할 수 있고, 서로 더 높은 성과를 이루기 위해 노력할 것이다.

POINT 이는 수상자는 물론 지켜보는 다른 직원의 업무 능력을 더욱 높이는 계기가 될 것이다.

MEMO

수상 소감을 빼먹지 말라!

Invite the recipient to speak.

수상자에게 수상 소감을 말할 수 있는 기회를 주어라.

공식적인 시상식이 진행되는 동안,

수상자에게 수상 소감을 말할 수 있는 기회를 주어라.

물론 모든 수상자가 이런 기회를 갖고 싶어 하는 것은 아니지만

일단 수상자 전원에게 요청하라.

수상 소감을 통해서 직원은 그 자리에 서기까지

자신을 도와주었던 사람에게 감사의 마음을 표현할 수 있다.

또한 시상식에 참석해준 데 대해 감사하는 동시에

성과를 거두고 싶어 하는 참석자에게 방향을 제시할 수 있다.

POINT 이날 하루만큼은 수상자인 직원이 주인공이 되게 해주는 것이다. 이런 특별한 기억은 다시금 더 노력하게 하는 밑거름으로 작용한다.

MEMO

시상식의 효과를 이용하라!

Close with thanks.

감사의 말로 마무리하라.

시상식을 끝맺을 때는 당근을 받은 직원에게 진심에서 우러난 감사의 말을 하고 따뜻한 악수를 청하라.

아무리 성대한 시상식이라도 10~15분 이상 지속할 필요는 없다. 하지만 영광의 자리에 서는 직원이나 그 장면을 지켜보는 사람에게 이만큼 기억에 남을 행사도 없을 것이다.

한 CEO는 이에 대해 "직원들이 평상시에는 멍한 표정으로 내 연설을 듣던 것과는 달리, 시상식에서만큼은 아무도 한눈을 팔지 않는다"라고 털어놓았다.

그는 전 직원이 축하 분위기에 휩싸여 있는 시상식에서의 연설이야말로 회사의 중요 사항을 직원에게 강조할 수 있는 최고의 수단이라고 덧붙였다.

POINT 모든 직원이 집중을 하는 순간은 그리 자주 찾아오는 것이 아니다. 이를 잘 활용하는 것도 당신의 능력이다.

스타 탄생

Give them the star treatment.

마치 하늘을 나는 듯 환상적인 성과를

이룩한 직원에게는 그 성과에 걸맞은 당근을 주어라.

별에 직원의 이름을 붙여주는 것이다.

이는 그다지 어려운 일이 아니다.

별에 직원의 이름을 붙여주는 당근을

저녁 축하 행사에서 수여함으로써

시상식을 한층 빛나게 하라.

그리고 별 이름 등록증을 부착해서

별을 보는 사람마다 수상 직원을 기억할 수 있게 하라.

POINT 사람들은 누구나 한 번쯤 스타가 되기를 꿈꾼다. 게다가 평소 인정받고 싶어 하는 분야에서 성과를 낸 결과로 그런 대우를 받는다면, 더 신이 나서 일하지 않겠는가?

MEMO

당근으로 갈등을 해소하라

"There is a fountain of youth: It is your talents, the creativity you bring to your life and the lives of the people you love. When you learn to tap this source you will truly have defeated age."

_ Sophia Loren, actress

"젊음의 샘이 있다. 그것은 바로 자신의 삶과, 자신이 사랑하는 사람의 삶 속에 당신이 보여준 재능과 창의성이다. 당신이 이 샘의 근원을 두드린다면 진정으로 세월을 물리치게 될 것이다."

__소피아 로렌, 영화배우

동료의 얼굴에서 사직하겠다는 결의에 찬 표정을 본 적이 있을 것이다. 그들은 현재 상태에 굴복한 것이고, 자신이 회사에 중대한 변화를 이끌어낼 수 있다고도 더 이상 믿지 않는다.

한창때를 맞이하기도 전에 늙어버린 것이다.

포기해버린 것이다.

당신은 운 좋게도 젊음의 샘을 발견했다.

그 젊음의 샘은 바로 당근이다.

자신의 재능과 창의성을 사용해 직원을 양육하고 굳게 세우면, 당신의 열정과 혁신적인 본능을 담는 컵은 다시 가득 찰 것이다.

POINT 당근에 대한 직원의 갈증을 채워주자. 생명의 물을 깊이 들이마시자. 그러면 당신은 결코 늙지 않을 것이다.

내가 준 당근 돌려주겠나?

Recognition must be positive.

당근은 긍정적이어야 한다.

직원에게 칭찬과 당근이 필요할 때가 있다. 물론 가끔은 직원을 징계해야 할 필요도 있다. 그러나 두 가지가 뒤섞여서는 안 된다.

우리는 텍사스 주 소재의 한 병원에서 강연을 하고 관리자를 만났다. 그녀는 연초에 자기 직원에게 한 움큼의 토큰을 주면서 업무를 훌륭하게 수행하면 더 많은 토큰을 주겠다고 했다. 그렇게 획득한 토큰은 연말에 당근과 교환할 수가 있었다.

"시작이 좋은데요."

우리가 말했다. 그러나 그녀가 덧붙인 말에는 비명을 지를 수밖에 없었다.

"그리고 직원이 실수를 하면 토큰 하나씩을 돌려받고 있어요."

우리는 조심스럽고 정중하게 당근 체계와 징벌 체계를 분리하라고 제안했다. 한번 받은 당근을 다음번에 실수했다고 해서 다시 반납하게 해서는 안 된다.

POINT 이런 행동이 아이에게 주었던 사탕을 도로 빼앗는 고약한 심보와 다를게 무엇인가?

계속 줄 수 있는 당근을 주어라

"There is someone at work who encourages my development."

_ No. 6 on The Gallup Organizations' List of the Consistent Dimensions

  of Quality Workplaces

"직장에 나의 발전을 부추기는 사람이 있다."

__갤럽조사연구소가 선정한 우수 직장의 조건 목록 6번

직원에게 당근을 줄 때 그가 아닌 당신에게 도움이 되는 당근을 주는 일은 절대 피해야 한다. 남편이 아내에게 축구 경기 시즌 관람권을 선물로 주었다고 생각해보라. 하지만 한 가지 예외가 있다. 탁월한 업무 성과를 거둔 직원에게 교육 세미나에 참석할 기회를 당근으로 주는 것이다. 직원은 자신의 개인적인 기술을 향상시키는 시간을 누릴 수 있어서 좋고, 회사로서는 직원이 세미나에서 습득한 기술로 혜택을 받을 수 있어서 좋다. 갤럽의 최근 연구 결과를 보면 직원의 개인적 발전은 회사의 낮은 이직률, 고객 만족, 생산성, 순이익 등과 밀접한 관련이 있다. '직장에 나의 발전을 부추기는 사람이 있다'는 항목이 고객 만족도가 높고 직원 이직률이 낮은 우수 직장의 판단 기준 12가지 중 6위를 차지한다는 사실이 이를 반영한다. 직원으로 하여금 최고의 노력을 기울이도록 만드는 당근은 바로 새로운 기술과 지식을 개발하라고 직원을 부추기고 이에 필요한 자원을 제공하는 것이다.

POINT 직원의 개인적인 성공은 결국 당신의, 그리고 회사의 발전으로 이어진다.

상징을 달고 다니게 하라

Tie accomplishment to a symbol.

업무 성과를 상징과 연결시켜라.

회사나 팀에서 요구하는 인물이나 달성 목표를 나타내는 상징을 고안하라.

우리가 함께 일하고 있는 한 회사는 몇몇 선수들이 노를 젓는 배의 모습을 자사의 상징으로 선택했다.

배를 상징으로 선택한 이유는 직원에게 팀워크를 강조하고 싶었기 때문이다.

그런 후에 이 회사는 직원이 다른 업무를 수행 중인 팀을 돕거나, 팀워크 형성에 도움이 되는 훌륭한 행동을 했을 때 배 모양의 핀을 주었다.

핀처럼 가슴에 달고 다닐 수 있는 상징을 직원에게 주어라.

직원이 획기적인 성과를 거두었을 뿐만 아니라 회사의 중심 가치를 추구하고 있다는 사실을 주위 직원에게 과시할 수 있는 좋은 방법이다.

POINT 누구에게나 과시욕이 있다. 그것이 긍정적인 결과를 불러일으킨다면 맘껏 과시하도록 부추겨라.

대단원의 막

Save the best for last.

제일 좋은 당근은 마지막을 위해 남겨두라.

뛰어난 업무를 꾸준하게 수행해준
직원을 위한 연말 시상식을 준비하라.
이런 행사가 매년 열릴 예정이라는 사실을
전 직원에게 확실하게 알리고 일을 추진하라.
정장을 차려입고, 공식적인 분위기 속에서 수상자에게
뜻 깊고 실속 있는 당근을 주면서 구체적으로 칭찬하라.
직원에게 당근을 수여하는 이런 행사는
탁월성과 감사의 전통을 쌓아가면서
해를 거듭할수록 규모가 커지고 질적으로도 더욱 개선될 것이다.
마치 아카데미 시상식처럼 말이다.

POINT 당신 회사만의 아카데미 시상식을 상사해보라. 멋지지 않은가!

MEMO

감사와 축하의 글을 적어라

Post the praise.

칭찬의 글을 게시하라.

당신 부서에 게시판을 준비하고

직원에게 보낸 고객의 감사편지를 게시하라.

편지 밑에는 자필로 감사와 축하의 말을 적어라.

자신이 한 일은 고객이나 상사가

반드시 알게 된다는 사실을

직원에게 확신시켜줄 수 있는 방법이다.

POINT 다른 사람들이 다 볼 수 있는 곳에 '게시'를 한다는 것은 그의 공을 널리 알리는 가장 손쉬운 길이다. 그럼에도 효과는 아주 탁월하다.

MEMO

기록은 깨지게 마련이다

Believe in the possibilities.

가능성을 믿어라.

1954년 이전에 의료 전문가들은 인간이 1마일에 해당하는 약 1.6 킬로미터를 4분 안에 달리는 것이 불가능하다고 믿었다. 인류 역사를 통틀어서 그런 일을 해낸 사람은 아무도 없었다. 하지만 바로 그날, 1954년 5월 6일, 로저 배니스터Roger Bannister가 1마일 표시선을 3분 59초 4에 통과했고, 그 순간 모든 것이 바뀌었다. 그해부터 수십 명의 육상 선수들이 배니스터의 선례를 쫓아 4분벽을 깨려고 도전했다.

이렇듯 중대한 변화가 일어난 요인은 무엇인가? 바로 불가능이 실현되는 장면을 선수들이 목격했기 때문이다. 그래서 자신도 할 수 있다고 믿었고, 세상 사람들도 그렇게 믿었다.

직원도 마찬가지다. 그들에게는 자신을 믿어줄 뿐만 아니라 믿고 있노라고 정기적으로 말해주는 관리자가 필요하다. 자신의 직원이 일류라고 확신하고, 규칙적으로 당근을 제공해서 이런 믿음을 표현하는 관리자를 둔 직원은 그렇지 못한 경우보다 훨씬 뛰어난 업무 능력을 발휘한다. 비록 두 지도자 밑에 있는 직원의 내재적인 재능은 비슷하더라도 말이다.

POINT 모든 위대한 사업은 믿음에서 시작된다는 말을.

직원에게 지도자적인 자질을 키워주어라

Let him help in the hiring process.

신입 사원의 고용 과정에 직원을 참여시켜라.

뛰어난 업무 수행 능력을 발휘하는 직원이 있다면

신입 사원의 고용 과정에 참여시켜서,

업무에 필요한 기술을 측정하는 인터뷰를 담당하게 하라.

이는 직원에 대한 당신의 높은 신뢰도를 보여주면서

직원의 지도자적인 기술을 구축시켜줄 수 있는 당근이다.

POINT 지금은 그저 평범한 직원일지라도 언젠가 지금의 당신 자리에까지 오를 수 있는 가능성을 품고 있다. 그 가능성의 싹을 틔워주는 것이 관리자인 당신의 몫이다.

MEMO

발자취를 되짚어보라

Where along the way did things go wrong?

상황이 어디부터 꼬이기 시작했는가?

지나온 길 어디에선가에서 우리는 궤도를 벗어나기 시작했다.

직원을 제압하고, 회의를 주재하고, 작업 공정 계통도를 조직하는 능력을 경영 능력으로 보기 시작한 것이다.

또한 사업체는 리더십 향상에 치중해서 매년 막대한 자금을 고위 경영진의 교육에 지출하기 시작했다.

하지만 얄궂게도 이러한 투자에 대한 수익률이 매우 낮다는 사실을 입증하는 증거가 속속 드러나고 있다.

몇몇 전문가는 이러한 투자에서 파생된 수익이 10% 미만일지 모른다고 추정한다.

다른 사람들과 마찬가지로 우리는 리더십이란 직원과 상사가 서로 존중하며 진실한 관계를 맺을 때 파생하는 자연적인 결과물이라고 생각한다.

그리고 그런 관계 속에는 물론 진심에서 우러난 당근을 꾸준하게 수여하는 상사의 노력이 깃들어 있다.

POINT 천천히 되짚어가다 보면 반드신 꼬여 있는 부분이 있다. 상황을 피하려하기보다는 꼬인 매듭부터 풀어라.

앙코르! 앙코르!

"Play it for me, Sam."

_ Humphrey Bogart, actor, in Casablanca

"샘, 나를 위해서 그 곡을 연주해주게."

__영화 〈카사블랑카Casablanca〉 중에서

상황이 순조롭게 돌아갈 때나 연주자들이 콘서트에서 연주할 때, 우리는 사람들이 기울인 노력에 대한 당근으로 박수갈채를 보낸다. 그러면 그들은 박수갈채에 대한 보답으로 앙코르 공연을 한다. 유력한 투자 경영 회사의 관리부서에서 일하는 한 직원은 상사가 출산 휴가로 5개월 동안 사무실을 비운 사이에 두 사람 몫의 업무를 수행한 공로로 탁월한 업무 성과 포상을 받고 이렇게 말했다.

"대부분의 회사 경영진은 부하 직원이 자신의 업무에 대해 매일 어떻게 느끼고 있는지 알지 못합니다. 때문에 경영진이 시간을 내서 직원을 인정해주는 건 정말 의미가 큰 일이지요. 공식적인 포상 프로그램을 통해서든지 아니면 그저 가끔씩 '정말 잘했네' 라는 말이라도 말입니다."

그 직원이 잠시 말을 멈춘 사이 우리는 이렇게 물었다.

"이런 업무를 다시 맡을 의향이 있나요?"

그는 고개를 끄덕이며 이렇게 대답했다.

"그런 인정이 계속된다면, 물론 다시 하고말고요."

POINT 당신의 직원들에게 지금 당장 "앙코르!"를 외쳐라!

우호적인 경쟁

Getting the job done.

임무를 완수하라.

프로 운동선수들이 인터뷰에서
"저희는 그저 한 번에 한 경기에만 집중합니다"라고
대답하는 것을 정말 많이 들어보지 않았는가?
워낙 비슷해서 모두 같은 미디어 담당 코치 밑에서
인터뷰 교육을 받은 것이 아닌가 하는 의심이 들 정도다.

이 말을 직원에게 적용해보자.
상점 간에 또는 부서 간에 건전한 경쟁을 붙인다면
직원은 좀 더 업무에 집중할 것이다.
트로피를 만들어 매달마다 또는 분기마다
최고의 성과를 기록한 상점이나 팀에게 수여하라.
직원의 심장이 뛰고 눈동자가 반짝거리기 시작할 것이다.

POINT 선의의 경쟁만큼 직원들을 긍정적으로, 또 효과적으로 발전시키는 길은 많지 않다.

당근의 효과를 오래도록 유지하라

Haven't I seen you someplace before?

전에 어디서 본 적이 있는 것 같은데요?

친구인 켈리의 여동생은 고등학교에 처음으로 등교한 날, 의미심장한 미소를 지으며 집으로 달려왔다.

그러고는 말하고 싶은 것을 억지로 참느라고 힘들었다는 듯 식구들에게 학교 벽에 언니의 사진이 걸려 있다고 말했다.

1985년 당시 켈리는 학생회 임원이었는데, 그때나 지금이나 그 사실을 자랑스럽게 생각하고 있는 터였다.

켈리는 깜짝 놀라면서도 사실 약간 우쭐해했다.

학생회 임원 시절의 자기 사진이 학교 벽에 여전히 걸려 있을 줄은 짐작도 못했던 것이다.

많은 회사에서 켈리가 보인 것과 같은 반응을 직원으로부터 끌어내기 위해 명예의 벽을 만들고, 거기에 뛰어난 성과나 장기근속 등으로 최근에 포상을 받은 직원의 사진을 게시한다.

명예의 벽은 상당히 가시적인 효과를 발휘하면서 직원의 성과를 지속적으로 상기시켜주는 역할을 하기 때문이다.

POINT 명예를 위해서라면 목숨도 내놓을 수 있는 사람도 있다.

전혀 다르지 않다

We're all on the same side.

우리는 모두 같은 편이다.

자신이 서로 다른 세 방향에서 잡아당겨지고 있다고 느낀 적이 있는가?

다시 말해 고객을 기쁘게 하는 동시에, 투자가를 기쁘게 해줘야 하고, 직원 또한 기쁘게 만들 필요를 느끼고 있는가?

그다지 어려울 것 없다.

모두 같이 잡아당기면 된다.

고정관념을 깨고 새롭게 생각하기만 하면 가능한 일이다.

1990년대에 우리는 고객·투자가·직원은 각기 다른 존재라고 배웠다. 사실 상호배타적이라고 배웠다.

한 존재를 만족시키려면 필연적으로 다른 존재를 소홀히 할 수밖에 없다는 의미였다.

그러나 이는 사실과는 정말 동떨어진 이야기다.

회사에 만족해하는 직원은 고객을 만족시키고, 직원 서비스에 만족하는 충성스러운 고객은 제품을 재구매하면서 회사에 더 큰 이익을 창출시켜준다. 그렇게 되면 결과적으로 투자가가 매우 만족하게 된다.

POINT 직원이 만족해하면 당신도 투자가도 고객도 모두 만족해한다.

당근의 효과를 믿어라

"Appreciative words are the most powerful force for good on earth!"

_ George W. Crane, publisher

"감사의 말은 지구상에서 영원히 가장 강력한 힘이다!"

__조지 W. 크레인, 출판인

당근에 대한 상사들의 가장 흔한 불평은

당근이 너무 단순한 성격을 띠어

효과가 없을 수도 있지 않느냐는 것이다.

사실 어느 정도는 이 말에 동의할 수밖에 없다.

그리고 상사인 당신은 당근 수여에 대한

학습 과정을 거쳐야 하는데 그 과정을 통과하기란

그다지 쉽지 않을 수 있다.

하지만 일단 당근을 주는 데 익숙해지면

상당히 수월하고 자연스럽게 줄 수 있다.

깜짝 놀랄 정도로 커다란 결과를 맺으면서 말이다!

당근은 물론 작은 것처럼 보인다.

하지만 때로는 작은 것이

가장 큰 의미를 지니는 경우도 있다.

당근이 바로 그런 경우이다.

POINT 작은 것이 가진 큰 힘을 소홀히 해서는 성공을 바랄 수 없다.

수행 가능한 임무

Got a task that seems overwhelming?

Let recognition cut it down to size.

힘에 벅찬 임무를 맡고 있는가? 당근을 잘게 쪼개라.

우리가 메리 카다긴이라는 탁월한 지도자에 대해 처음 들었던 때는 2년 전이었다. 그녀는 자사의 자료 센터를 활성화시키기 위한 프로젝트를 진두지휘하고 있었다. 그녀의 팀에는 550명의 직원이 속해 있었는데 센터의 활성화를 위해 평일 내내 일하고, 금요일에 밤샘하는 직원을 포함해서 13주 연속으로 주말에 일하라는 지시를 받았다. 게다가 추가 수당을 주겠다는 약속도 없었다.

직원들이 이렇듯 힘든 임무를 완수할 수 있었던 비결의 일부는 음식에 있었다. 메리는 직원들에게 매주 금요일 밤 특별한 저녁 식사를 제공했다. 심야에는 간식으로 닭 날개가 정기적으로 나왔고, 토요일 아침에는 팬케이크, 계란, 베이컨을 메뉴로 하는 정식 아침 식사가 제공되었다.

이뿐만이 아니었다. 메리는 너무 피곤해서 집까지 운전할 수 없는 직원을 위해 호텔방을 잡아주는 배려를 아끼지 않았다. 또한 주말 업무가 본격 가동되기 전에는 유머 감각을 유감없이 발휘해서 〈힐 스트리트 블루스Hill Street Blues〉(앤디 가르시아 등이 출현했던 TV 경찰 드라마) 식의 유쾌한 회의를 주재했다. 또한 작업이 진행되는 동안 꾸준히 작업장에 나와 직원에게 감사와 격려를 보냈다.

프로젝트가 끝나자, 그녀는 회사를 설득해서 재배치에 참여했던 직원 모두에게 보너스를 지불하게 했고, 직원과 직원 가족을 위해 야유회를 열었다.

이것이 바로 당근의 힘을 알고 있는 지도자의 위력이다.

POINT 훌륭한 지도자 밑에서 오합지졸들이 날 수는 없다.

MEMO

직원에게 알려라

"At the end of your life, you are going to want to know that you made some kind of difference."

_ Susan Sarandon, actress

"사람들은 삶을 마무리하는 시점에 가면 자신이 뭔가 중요한 변화를 이끌어냈다고 생각하고 싶어 할 것이다."

__수전 서랜든, 영화배우

섣불리 추측을 했다가는 낭패를 당하는 수가 있다. 당신이 직접 말해주지 않아도, 자신이 회사에 중요한 변화를 일으키고 있다는 사실을 직원 스스로 알고 있으리라 추측해서는 안 된다. 직원이 그 사실을 모르고 있을 가능성이 높다. 그리고 당신이 말해주지 않는다면 앞으로도 알지 못할 것이다. 직원이 직장을 그만두는 날까지 그 사실을 모르고 있게 해서는 안 된다. 당신이 빨리 말해줄수록 좋다. 바로 지금, 회사에 중요한 변화를 일으키는 직원을 찾아가 그가 회사의 성공에 기여하고 있다는 사실을 알려라.

POINT 일반 직원은 대개 자신의 일이 회사를 운영해나가는 데 미비한 부분에 지나지 않는다고 여긴다. 그럴 때 그가 하는 일의 가치를 인정해준다면 그들은 뜻밖의 선물을 받은 듯 기뻐할 것이다.

봉급을 올려달라고 할 거야

The Dirty Dozen of Why We Don't

_ EXCUSE No. 9

당근을 주지 않는 구차한 이유 12가지

__핑계 9호

"분명 직원이 봉급을 올려달라고 할 거야."

그렇지 않다! 아니 실제로 그와는 정반대다!

연구 결과를 보면 타당한 정도의 봉급과 당근을 받고 있는 직원이 요구하는 봉급 인상률은 그렇지 않은 직원에 비해 더 낮다.

그 이유는 무엇일까?

그들은 이미 회사에 머물 만한 이유를 찾았기 때문에 굳이 높은 봉급 인상 등을 요구하지 않는 것이다.

또한 회사 측에서 보면 직원을 머물게 하는 데 비용을 들일 필요도 없다.

직원이 계속 회사에 만족하면서, 회사 일에 꾸준히 관여하게 하면 된다.

그러면 봉급 문제에 대한 직원의 불평은 자연히 줄어들 것이다.

정말 그렇다!

POINT 직원을 회사에 묶어두는 것은 결코 돈만이 아니며, 당근의 효과가 커지면 상대적으로 봉급에 대한 불평은 잦아들게 마련이다.

트로피가 갖는 '특별한 가치'

Enhance the award with your company log.

회사 로고를 곁들여 당근의 질을 향상시켜라.

최근 조사 결과에 따르면 고급 문장이나 상징이 포함되어 있거나 메시지가 새겨져 있는 당근은 트로피처럼 '특별한 가치'를 갖는다고 한다.

현금으로든, 상품권으로든, 여행으로든, 상품으로든 결코 획득할 수 없는 가치 말이다.

1만 7000명의 당근 수상자를 대상으로 조사한 결과, 기업의 상징이 들어간 당근을 받은 직원의 74%가 상징을 통해서 당근의 의미가 강화되었다고 응답했다.

로고가 들어간 물품이나 자신의 이름이 들어간 당근을 받은 직원은 그 당근이 돈으로는 살 수 없고, 자신의 노력으로 획득한 것이라 생각한다.

POINT 노력에 대한 정당한 대가가 보장되고 가치 있는 것이라 여긴다면, 직원은 당신이 떠밀지 않아도 스스로 일한다.

직원을 제대로 대우하라

"You have to treat your employees like your customers. When you treat them right, they will treat your outside customers right."

_ Herb Kelleher, former CEO, Southwest Airlines

"여러분은 직원을 고객처럼 대우해야 합니다. 직원을 합당하게 대우하면 직원도 고객을 합당하게 대우할 것입니다."

_허브 켈레허, 사우스웨스트 항공사 전 CEO

당신은 정중한 태도로 고객을 대하고, 고객의 필요를 채워주려 애쓸 뿐만 아니라 고객을 중요한 사람으로 떠받든다. 고객을 제대로 대우하고 있는 것이다. 대부분의 관리자가 그렇게 못하지만 관리자는 사실 직원을 대할 때 역시 고객을 대하는 것과 똑같은 태도를 취해야 한다. 즉, 직원을 존중하고 직원이 목적을 달성할 수 있도록 지원해야 한다. 이에 관해 에이비스(AVIS: 렌터카 회사)의 사장인 F. 로버트 샐레르노는 다음과 같이 말했다.

"고객을 위해서 '더 열심히 일하자'는 태도로 유명한 에이비스는 관리자들이 직원의 능력을 인정하고 포상을 주는 체계를 갖추었습니다. 직원에게 동기를 부여하는 진정한 '가치 사슬'이 고객 충성을 더욱 부추길 수 있다는 사실을 깨달았기 때문입니다."

POINT 직원을 제대로 대우하면 직원은 놀라운 수준의 서비스로 고객을 대우할 것이다.

진심에서 우러난 칭찬을!

"One of the most effective ways to motivate known to man in one of the most simple: a compliment."

_ Adrian Gostick and Chester Elton, authors

"인류에게 알려진 가장 효과적인 동기부여 방법은 정말 간단하다. 바로 칭찬이다."

__아드리안 고스틱 & 체스터 엘튼, 저자

'진실, 오직 진실만을 말할 것을 선서합니다.'

이는 칭찬을 할 때도 지켜야 할 황금률이다. 즉, 칭찬을 할 때는 직원이 이룩한 성과를 과대포장하거나 그 영향력을 과장해서 표현해서는 안 된다. 칭찬하는 말과 의도가 일치해야 한다는 뜻이다. 그렇지 않으면 불일치가 드러나면서 당신이 가졌던 본래의 좋은 의도는 사라지고 만다.

물론 직원이 회사가 설정한 목표를 촉진하는 행동을 했다면 진심에서 우러나 자연스럽게 칭찬하게 된다. 그러므로 직원을 유심히 관찰하고 있다가 그런 행동을 목격하면 그에게 다가가서 그런 행동이 회사에 성공을 가져다주는 행동이라고 진지하게 말하고 감사를 표현하라.

POINT 칭찬은 가장 좋은 식사라는 말이 있다. 직원을 움직이고 살찌우게 하는 원동력이라면 그것을 적지적소에 잘 이용하라.

이직률을 낮추는 비밀

Time for a story about recognition.

당근에 대해 이야기할 시간이다.

에이비스는 25년간 근속한 직원에게
로렉스 시계를 증정한다.
이는 에이비스 직원 중에 최소한 20년 이상
근속한 직원이 10%에 달한다는
놀라운 사실을 뒷받침하는 이유 중의 하나이기도 하다.
에이비스 사장인 F. 로버트 샐레르노는 이렇게 말한다.
"제가 믿기로 그것은 관대한 조치 이상의 의미를 갖는 것으로써
직원뿐만 아니라 우리 렌터카 사업의 신뢰성을 상징합니다."

POINT 높은 이직률로 머리 싸매는 회사는 대개 직원에게 당근을 제대로 수여하지 않는다.

MEMO

긍정적으로 전환하라

"Many times, the difference between your accomplishment and your failure is your attitude."
_ Author unknown

"업무 수행에 있어서 성과를 기록하느냐 실패하느냐는 자신의 태도에 달려 있다."

＿작가 미상

"경험은 좋은 판단에서 비롯되지만, 좋은 판단은 나쁜 경험에서 비롯된다"라는 격언이 있다.

누구나 때로 실수를 하게 마련이다. 상사도 예외는 아니다. 하지만 실수를 팀워크를 다지는 계기로 만들 수 있다. 바로 동료들 앞에서 자신의 실수를 인정하고 앞으로 그러한 실수를 피할 수 있는 방법에 대해 서로 머리를 맞대고 고민해보는 것이다. 이렇게 하면 여러 가지 이점이 있다.

첫째, 당신의 솔직하고 정직한 태도에 직원들이 감명을 받는다.

둘째, 직원 스스로 같은 실수를 하지 않기 위해서 마음의 준비를 하게 된다.

셋째, 직원은 앞으로 자신의 실수를 감추려하지 않고 좀 더 편안한 마음으로 자신의 실수를 인정할 것이다.

넷째, 직원은 훨씬 자유롭게 혁신적인 태도를 취할 것이다.

POINT 실수나 실패를 성공을 위한 발판으로 삼아 더 나은 결과를 얻은 예는 일일이 열거하기 힘들 정도로 많다. 그리고 그 법칙은 결코 당신만 피해가지는 않을 것이다.

MEMO

그들이 원하는 것을 주어라

"There are two thing employees want more than sex and money: recognition and praise."

_ Mary Kay Ash, founder, Mary Kay Cosmetics

"직원이 섹스나 돈보다 더 갖고 싶어 하는 것이 두 가지 있다. 바로 인정과 칭찬이다."

__메리 케이 애시, 메리 케이 애시 코스메틱스사 설립자

물론 직원이 돈보다, 아니 다른 어떤 것보다 자신의 가치를 인정받고 싶어 한다는 사실을 믿기는 쉽지 않다. 몇 년 전에 우리가 쓴 첫 책《당근으로 경영하자 Managing With Carrots》가 출간된 직후, 우리를 인터뷰했던 공영 라디오 인터내셔널의 대담 프로 사회자도 그랬다. 심지어 그는 인터뷰 내내 우리의 설명을 듣고 나서도 회의적인 생각을 떨칠 수 없어서 스스로 당근의 효과를 시험해보기로 작정했다. 곧장 책에 수록된 몇 가지 아이디어를 직접 시도해본 그는 몇몇 직원에게 봉급을 엄청나게 많이 주는 직업을 원하는지, 아니면 자신의 가치를 인정받고 당근을 받을 수 있는 직업을 원하는지 물었다. 질문이 무색하게도 사무실 직원들은 이구동성으로 현금이 아닌 인정받는 직업을 원한다고 대답했고, 이후 그는 방송에서 공개적으로 당근의 효과를 인정했다.

물론, 우리는 이미 알고 있는 사실이었지만 말이다.

POINT 당근의 가치를 의심하지 말라. 당신이 제대로만 행하고 있다면, 직원들에겐 돈보다 더 가치 있는 것이니.

명예의 전당

Trying to find a way to your top employees?

일급 직원을 붙잡아둘 방법을 찾고 있는가?

60%라는 높은 이직률로 인해 골머리를 앓는 병원이 있었다. 그런데 어째서인지 세탁실만은 예외로, 세탁실 직원의 이직률은 5%에 불과했다. 게다가 세탁실 직원들은 법정 최소 임금을 가까스로 넘는 박봉을 받으면서 뜨거운 열기와 싸우며 힘들게 일하고 있었다. 세탁실의 관리자는 어떻게 그런 성과를 거둘 수 있었을까?

비결은 바로 당근이었다. 그는 '명예의 전당'을 만들어서 직원이 뛰어나게 업무를 달성할 때마다 직원 사진을 걸고 포상 이유를 적어 넣었다.

관리자가 직원에게 당근을 주기 시작하면 이와 비슷한 성공 사례가 잇따를 수 있다. 당근을 받으면 직원의 업무 달성도는 치솟고, 이 과정은 끊임없이 반복된다. 이런 현상은 회사 전체에 바이러스처럼 퍼져나간다. 직장에서 뛰어난 성과를 기록하고 싶은가? 그 열쇠는 바로 당근에 있다!

POINT 일급 직원으로 만드는 것도, 그들이 회사에 자신을 헌신하는 것도 모두 관리자인 당신 하기 나름이다.

회사와 직원의 연결 고리

"I can live two months on a good compliment."

__Mark Twain, author

"나는 아주 흡족하게 칭찬을 들으면 그것으로 두 달은 버틸 수 있다."

__마크 트웨인, 소설가

어떤 현명한 관리자가 이렇게 말하는 것을 들었다.
"있죠, 당근을 그다지 자주 줄 필요가 없다는 사실을 깨달았어요.
그저 매주 주면 돼요."
맞는 말이다.
음식이 우리 신체의 생명을 유지시켜준다면,
당근은 우리의 자아를 살찌우고 정신과 영혼을 풍요롭게 한다.
당근은 우리가 노력하고 전진하면서
마침내 목표를 성취하게 해주는 원동력이다.
관리자라면 매주 누군가에게 이런저런 당근을 주어야 한다.

POINT 회사가 건강하고 강해지려면 직원에게 꾸준히 당근을 섭취하게 해야
한다.

누구에게 주어야 할까

A day of tragedy brings out employee heroes.

불행한 일을 접했을 때 직원의 영웅적인 모습이 드러난다.

어떤 직원에게 당근을 줘야 할까? 바로 캐나다 토론토 소재 에이비스 지국에서 셔틀버스를 운전하는 숀 스미스와 로버트 드줄루스와 같은 직원이다. 9월 11일 밤샘 근무를 하던 두 사람은 렌터카를 반납하고 집으로 돌아가려던 노부부를 도와준 일로 호라이즌상(Horizon awards)을 수상했다.

노부부는 집으로 돌아가는 비행기 편을 구할 수도 없고 호텔방을 잡을 수도 없다는 사실을 깨닫고 공항에서 밤을 지새울 각오를 해야 했다. 그들의 이야기를 들은 숀과 로버트는 노부부에게 자신들의 집을 내주겠다고 했다. 숀은 그날 저녁 노부부를 자신의 집에 데려갔고, 다음 날 아침 호텔과 비행기 편을 신속하게 주선해주었다. 고객이 곤경에 빠졌을 때 탁월한 고객 서비스와 따뜻한 마음을 보여준 것이다.

이들의 노력에 대해 에이비스의 사장인 F. 로버트 샐레르노는 이런 말을 남겼다.

"두 직원은 '우리는 더 열심히 일합니다.' 라는 에이비스의 정신을 확실히 보여주었습니다."

POINT 사실, 당신이 관심만 가지고 찾아보면 당근을 수여받을 만한 직원은 아주 많다!

이메일을 보내라

Try a different 'type' of recognition.

다른 형태의 '당근'을 시도해보라.

최근 어려운 프로젝트를

달성한 직원들이 있다면 감사의 이메일을 보내자.

그리고 프로젝트에서 그들이 담당한

역할에 대해 언급하고 기여에 감사하다고 말하자.

아마 당신은,

당신의 이메일에 깊은 감동을 받은 직원들로부터

답장을 받게 될 것이다.

POINT 직원과 관리자 간에 이렇듯 자연스러운 소통의 통로가 열리는 것은 업무에 있어서도 긍정적인 결과를 불러온다.

MEMO

지원사격

"Outstanding leaders go out of their way to boost the self-
esteem of their personnel. If people believe in themselves,
it is amazing what they can accomplish."
_ Sam Walton, former CEO, Wal-Mart

"탁월한 지도자는 직원의 자존심을 북돋우기 위해 노력합니다.
자신을 신뢰하는 직원은 정말 놀라운 일을 달성할 수 있기 때문입니다."
__샘 월턴, 월마트 전 CEO

초인적인 능력을 가진 영웅이 등장하는 영화를 생각해보자. 그런 영화에 공통적으로 흐르는 수제는 무엇인가? 스파이더맨이나 슈퍼맨, 헐크 등은 모두 임무를 달성하기 전에 먼저 자신을 신뢰하고 자신이 추구하는 목적을 믿어야만 한다.

당신 직원들도 마찬가지다. 직원들은 자기 삶의 상당 부분을 직장에서 보내야 하기 때문에 당신은 이런 직원을 책임져야만 한다. 그들은 자신이 뛰어나게 능력을 펼칠 수 있는 분야를 발견할 필요가 있다. 뿐만 아니라 자신에게 부과된 임무를 유능하게 수행할 수 있는 기술과 능력을 갖추고 있다고 스스로 믿을 수 있어야 한다.

그러려면 상사인 당신이 직원의 자존심을 북돋워주고 그들이 성과를 거둘 수 있도록 당근으로 힘을 실어주어야 한다.

POINT 누가 아는가? 여태껏 아무도 생각해내지 못한 탁월한 방법을 생각해낼지 말이다.

회사의 얼굴이 되는 직원

Recognition always gets a warm reception.

당근은 언제나 따뜻한 환영 분위기를 조성한다.

도넛을 선물하든지 간단한 감사 카드를 전달해서
회사의 리셉션니스트를 깜짝 놀라게 해주라.
그러면 리셉션 지역의 분위기는 밝아지고
리셉션니스트들이 더욱 친절해질 것이다.
사실 이들에게 감사를 표현하는 사람은 거의 없다.
대부분의 고객이 이들을
당신 회사의 얼굴로 생각하는데도 말이다.

POINT 내 아랫사람만, 내 상사만 챙겨야겠다는 생각은 버려라. 당신이 몸담고 있는 회사의 모든 사람이 당신이 당근을 줄 대상이 될 수 있다.

MEMO

유연한 태도를 가져라

Give teenage workers flexibility to attend important school events.

10대 직원이 있는가?

중요한 학교 행사에 참가할 수 있도록 근무시간을 유연하게 조절해주라.

10대 파트타임 직원에게 줄 수 있는

최고의 당근은 근무시간의 유연한 조절이다.

직원이 여름 캠프에 참가하고,

가을에 미식축구 경기에 출전하고,

가끔 친구와 함께 외출을 하고 싶을 때

근무시간을 조절해준다면 좋아할 것이다.

POINT 이런 직원들이 많은 근무처에 속해 있다면, 이 부분을 항상 생각하고 있어야 한다. 작은 부분이라 놓치기 쉬운, 꼭 필요한 곳을 시원하게 긁어주어라!

MEMO

표현하기 전에는 모른다!

"You like me, you really like me!"

_ Sally Fields, actress

"당신은 날 좋아하는군요. 날 정말 좋아하는군요!"

__샐리 필즈, 영화배우

몇몇 직원은 당신이 고맙다고

말하기 전까지는 고마워하는 줄 모른다.

당신 회사에는 샐리 필즈처럼

음지에서 훌륭한 일을 하고 있는 직원이 널려 있다.

그들을 찾아내서 상사인

당신이 좋아하고 있노라고 말하라.

POINT 마음에만 담고 있어서는 결코 전해지지 않는다. 입 밖으로 내어 표현해야 그 사람이 알 수 있음을 잊지 말라.

MEMO

모두의 앞에서

Bring the group together to announce promotions.

직원들을 불러 모은 후에 승진을 발표하라.

팀 전원을 불러 모은 후에 직원의 승진 소식을 발표하라.

이렇게 하면 다른 직원이 질투할까 봐 겁을 내는 관리자가 많다.

하지만 어찌되었든 소식은 퍼지게 마련이다.

다른 직원이 지켜보는 가운데,

승진하는 직원에게 그가 이룬 성과에

합당한 순간을 누리게 해주라.

당신이 직원들 사이에 합당한 감정을 불러일으킨다면

그들도 기쁜 마음으로 승진하는 직원에게 찬사를 보낼 것이다.

POINT 비난은 그 직원과 있을 때만, 칭찬이나 축하할 일은 모두 함께 있을 때 나누어라. 이것은 직원을 대하는 기본 덕목이다.

MEMO

할 일을 줄여주자

Whittle while she works.

직원의 근무량을 조금씩 줄여주자.

정말 믿음직한 직원에게는 회사가
그들의 헌신을 얼마나 소중하게 생각하는지 보여주자.
가령, 일주일 동안 심부름 서비스를 고용해서
직원이 할 일을 줄여주는 것이다.
이런 업체에서는 고객 대신 선물을 구매하고,
수리비용의 견적을 내고, 음식점이나 항공편을 예약하고,
도서관에 책을 반납하고, 식료품을 사는 등의 일을 한다.
또한 이외에도 필요한 일을 부탁하면 처리해준다.
생각해보라.
당신 직원이 하는 일과 많이 비슷하지 않은가?

POINT 직원은 늘 일에 쫓긴다. 그가 처리해야 할 수많은 업무 중 비교적 중요도가 떨어지는 한두 가지만 줄여주어라. 더 중요한 일에 더 많은 시간을 투자하게 하는 것은 회사 차원에서도 이익이다.

직원은 상사인 당신을 지켜보고 있다

"It is not enough to merely believe in recognition.

You also have to BEHAVE like you believe in it!"

_ Eric Harvey, author

"가치 인정의 영향력을 믿는 것만으로는 충분하지 않습니다.

믿는 대로 행동해야 합니다."

＿에릭 하비, 작가

누군가가 당신을 지켜보고 있다. 실제로 직원 한 사람 한 사람이 당신을 지켜보고 있다.

"자신은 직원들 눈에 띄지 않아서 직장을 걸어 다녀도 아무도 눈치채지 못할 것이라고 생각하는 지도자들이 많다. 하지만 당신 직원이 당신을 지켜보고, 당신에 대해 말하고, 당신을 연구한다. 그들은 당신에 대해 박사들이다."

통신사 칼럼니스트인 밥 로스너가 〈더 비즈니스 저널 오브 센트럴 뉴욕The Business Journal of Central New York〉에서 한 말이다. 그는 바로 이런 이유 때문에 말과 행동의 일치가 중요하다고 했다.

당근에 대한 신념을 공공연하게 주장하면서도 자신이 이와는 상반되게 행동하고 있는지 생각해보자. 만약 그렇다면 말과 행동의 격차를 줄일 수 있도록 구체적인 계획을 세워라.

POINT 말과 행동이 따로따로인 사람만큼 믿음이 가지 않는 사람이 또 있는가?

직원들의 능력을 증명하라

They said there was nothing employees could do about it.

경영진은 직원이 할 수 있는 일이라곤 아무것도 없다고 말한다.

직원에게 힘을 불어넣는 지도자는 직원이 놀라운 일을 달성할 수 있도록 유도한다. 델라웨어 주 윌밍턴 소재 제너럴 모터스 공장의 전 관리자인 랠프 하딩이 그랬다. 1990년대 초반, 본부에서 공장 폐쇄 계획을 밝혀왔을 때 하딩은 "상부의 결정에 우리는 아무런 영향을 미칠 수 없을지도 모릅니다. 하지만 우리는 그들 스스로가 어리석었다고 느끼게 할 수 있습니다! 왜냐하면 그들이 제너럴 모터스 최고의 공장을 폐쇄할 것이기 때문입니다!"라며 직원들을 독려했다.

2년이 채 되지 않아 그 공장은 GM 내에서 최저 보증 비용, 최저 비용 생산을 기록한 공장이 되었고, 자동차 판매상들은 윌밍턴 공장에서 제조한 세비^{Chevy}를 체적으로 지목해서 주문하기 시작했다. 결국 GM은 1996년에 공장을 폐쇄하기로 한 자체 결정을 번복했다. 공장의 현 관리자인 하비 G. 토머스는 이렇게 회상했다.

"당시 직원들은 경제적인 보상을 기대하지 않았습니다. 그건 자존심 문제였지요. 누구도 폐쇄된 공장에서 쫓겨 나가고 싶어 하지 않았거든요."

POINT 경영진의 잘못된 생각을 증명으로써 반박할 수 있는 사람은 직원들과 동고동락하는 관리자, 바로 당신이다!

당신이 중심을 세워야 한다

The early bird gets the worm.

일찍 일어난 새가 벌레를 잡아먹는다.

몇몇 관리자들은 자신이 당근을 주려 애썼음에도

정작 직원이 자신의 그런 노력을 알아주지 않는다고 불평한다.

또한 상사가 칭찬하기도 전에

직원이 공공연하게 자화자찬하면서

상사의 한 박자 늦은 칭찬에

곱지 않은 눈길을 보낸다고 불평하는 관리자도 있었다.

이런 경우를 살펴보면 당근을 주는 방법에

문제가 있는 경우가 종종 있다.

이렇게 불평하는 관리자에게

우리는 좀 더 시기적절하게 직원을 칭찬하되,

설명을 덧붙여 구체적으로 칭찬하라고 조언했다.

그러자 놀랍게도 불평했던 문제가 이내 사라졌다.

POINT 버스가 지난 뒤에 손을 흔드는 바보 같은 행동은 하지 말자.

피드백을 부탁하라

Find out how you are doing.

당근을 제대로 주고 있는지 물어보라.

상사인 당신이 모르고 있는 편이 더 나은 경우도 있을 것이다.

하지만 어쨌거나 자신이 당근을 제대로 주고 있는지 물어볼 필요가 있다.

당신이 직원의 가치를 인정하고 그들에게 당근을 주기 위해 노력하고 있다는 사실을 직원에게 보여주고 싶다면 말이다.

일단 심호흡을 한 후에 당신이 제대로 당근을 주고 있는지 직원에게 물어보라.

이때 정직한 답변을 하도록 직원을 격려한다.

그리고 무엇보다 중요한 것이 있다. 좋든 나쁘든 직원의 피드백을 감사하게 받아들여야 한다는 점이다.

POINT 모르면 묻는 것이 가장 좋은 방법이다. 괜히 지레짐작하다가는 전혀 다른 방향으로 빠져버릴 수도 있다.

"The highest compliments leaders can receive are those that are given by people that work for them."
_ James L. Barksdale, businessman

"지도자가 받을 수 있는 최상의 칭찬은 그들을 위해 일하는 직원으로부터 받는 칭찬이다."

__제임스 L. 바크스데일, 사업가

영화 〈꿈의 구장Field of Dreams〉에서 주인공인 농부는 "네가 야구장을 세우면, 그들이 올 것이다"라고 말하면서 자신의 옥수수 밭을 야구장으로 만들라는 목소리를 거듭 듣는다. 목소리에 따라 야구장을 만들자 마침내 그들은 왔다.

부하 직원으로부터 규칙적으로 칭찬을 듣는 상사의 경우도 마찬가지다. 상사들은 우선 당근 문화를 구축하고, 직원을 잘못 관리하고 있는 영역이 있다면 바로잡아야 한다. 이런 노력이 있을 때라야 자연스럽게 직원으로부터 칭찬을 들을 수 있다.

당신이 한동안 직원의 칭찬을 듣지 못했다면 문제가 있는 것이다. 그러므로 시간을 들여서 자신의 직원 관리 스타일을 면밀하게 검토하고 개선이 필요한 영역이 있다면 바로잡아야 한다.

POINT 직원을 칭찬함으로써 본보기를 보여라. 칭찬을 받을 만한 관리 스타일을 구축하라. 그러면 칭찬은 저절로 따라올 것이다.

재능의 진가를 파악하라

Notice the nuances.

미묘한 차이를 감지하라.

언젠가 한 관광객이 파리의 카페에서 스케치하고 있는 파블로 피카소[Pablo Picasso]를 발견하고 자신의 모습을 스케치해달라고 부탁하면서, 그에 상응하는 대가를 지불하겠다고 했다. 피카소는 금세 스케치를 끝마치고는 대가로 5,000프랑(약 1백만 원— 옮긴이)을 요구했다.

관광객이 "그림 그리는 데 단 몇 분밖에 걸리지 않았잖소?"라며 투덜거리자 피카소는 "아니요, 나는 이 그림을 그리는 데 한평생이 걸렸소"라고 잘라 말했다.

때로 상사들은 직원이 소유한 지식과 기술을 너무나 당연하게 받아들인다. 겉으로 보기에는 업무를 쉽게 수행하는 것처럼 보이기 때문이다. 그러나 직원이 더 푸른 목초지를 찾아 회사를 떠난 뒤 유사한 자질을 가진 사람을 찾느라 애를 먹을 때면 비로소 그 직원의 진정한 가치를 깨닫는다.

이렇듯 회사에서 자주 간과되는 직원의 능력을 감지하려면 그가 가진 재능의 진가를 파악할 수 있는 예리한 눈을 가져야 한다. 이것이 바로 당근의 달인이 갖춰야 할 요건이다.

POINT 당신이 '당근의 달인'으로 거듭난다면, 직원들의 신임이 따라올 것은 물론이다.

직원이 사용하는 호칭에 담긴 비밀

We're all in this together. Or are we?

우리 모두 함께하고 있는 건가요?

직원이 사용하는 호칭이 회사 지향적인가?

직원이 회사에 대해 언급할 때

사용하는 단어를 보면 회사에 대한 그들의 생각을 알 수 있다.

직원이 '우리 회사' 등과 같이

회사에 자신을 포함시키는 단어를 사용한다면

회사에 대해 소속감을 느끼고 있는 것이다.

그러나 '이 회사', '사람들'과 같은 3인칭 단어를 사용해서

회사를 표현한다면 회사와 분리되어 있다는 분명한 증거이다.

그러므로 이런 경우에는

직원과 회사의 관계를 재수립할 방법을 찾아야 한다.

POINT 그들의 마음속에 먼저 '우리'를 심어주라.

MEMO

결심하라

"Being cheerful keeps you happy."

_ King Solomon, ancient Babylonian leader

"쾌활한 태도를 유지하면 행복해진다."

__솔로몬 왕, 고대 바빌론의 지도자

행복은 주어지는 것이 아니다.

또한 상황이 딱 맞아떨어질 때 마치 소포가 오듯 시간 맞춰 도착하는 것도 아니다.

행복은 선택이자 결정이다.

단지 긍정적인 태도를 갖겠다고 마음만 먹으면 되는데 이런 결단을 내리지 못하는 관리자가 너무나 많은 것은 아이러니가 아닐 수 없다. 원래 관리자란 중대한 결정을 내리라고 봉급을 받고 있는데도 말이다. 주변에서 어떤 일이 벌어지더라도 흔들리지 않을 목적을 오늘 당장 세워라.

사람들이 "어떻게 지내세요?"라고 물으면 "더할 나위 없이 좋아요"라고 대답하라.

쾌활하고 긍정적인 태도를 가지면 직장 생활에도 더욱 만족감을 느낄 것이고, 당신의 직원 또한 만족감을 느낄 것이다.

POINT 긍정적인 생각은 긍정적인 결과를 불러온다. 늘 암담하고 불행하다는 생각에 빠져 있는 사람에게 어찌 밝은 미래가 주어지겠는가.

Send recognition via snail mail.

직원에게 당근을 줄 때는 올바른 행동에 근거해야 한다.

직원의 자녀가 집에서 멀리 떨어져 대학에 다니고 있는 경우, 그들에게 배려가 담긴 소포를 보낸다면 정말 관대한 상사로 기억될 것이다.

특히나 스트레스가 많이 쌓이는 시험 기간이라면 이런 배려가 특별히 고마울 것이다.

동시에 이런 배려는 직원의 자녀가 열심히 공부해서 한 학기를 무사히 마치게 된 데 대한 노고를 인정해주는 일이기도 하다.

그들에게 보내는 당신만의 선물 상자를 꾸며보라.

그 안을 패스트푸드 점 상품권, 영화 티켓, 문구류, 우표, 맛있는 군것질거리 등으로 꽉 채워보자.

직접 하는 것이 어렵다면 이러한 이벤트를 대행해주는 회사를 물색해서 온라인으로 제품을 주문할 수도 있다.

사려 깊은 상사로 직원으로부터 높은 점수를 받게 될 것이다.

POINT 상사의 사려 깊은 행동이 가족에게까지 미쳤을 때, 직원은 자신에게 직접 당근이 주어졌을 때보다 더 열심히 일한다.

동기를 부여하는 사람이 되라

"You don't have to be a fantastic hero to do certain things to compete. You can be just an ordinary chap, sufficiently motivated to reach challenging goals."

_ Sir Edmund Hillary, first climber to summit Mr. Everest

"대단한 영웅만이 경쟁을 하거나 어떤 일을 수행할 수 있는 것이 아니다. 평범한 사람도 가능하다. 도전적인 목적을 달성하고자 노력할 만큼 충분히 의욕을 가지고 있기만 하면 말이다."

__에드먼드 힐러리 경, 에베레스트 산 정상 최초 등반자

어느 조직이고 스타급 직원은 있기 마련이고, 회사는 이들에게 목표 달성을 기대한다. 그러나 조연급 직원 역시 동기를 부여받기만 한다면 회사에 지대한 영향을 미칠 수 있다.

〈USA 투데이USA Today〉에 기고한 글에서 델 존스는 '조연급 직원'의 역할에 대해 이렇게 말했다.

"전문가들은 조연급 직원의 중요성을 지금 막 깨닫기 시작했는지는 모르지만, 이는 다수의 보통 직원들이 내내 상식적으로 알고 동의해온 사실이다. 모든 회사의 대들보는 가운데 계층의 직원이고, 위대한 아이디어도 바로 이 계층에서 연마되고 실현된다."

상사라면 누구나 위대한 아이디어가 틈새로 새어나갈 때 좌절감을 경험한다. 베스트셀러 경영 서적인 《실행에 집중하라Execution: The Discipline of Getting Things Done》에서 공동 저자인 래리 보시디와 램 차란은

성공을 가로막는 최대 장애물은 원대한 비전의 부족이 아니라 작은 비전을 제품이나 서비스, 유용한 혁신 등으로 전환하는 작업의 부족이라고 말한다.

보시디의 말을 인용해보자.

"조연급 직원은 회사에서 결정적인 역할을 한다. 그들은 다른 사람의 지시를 받을지는 모르지만 그 지시 사항을 실제로 실행하는 사람이기 때문이다."

POINT 이른바 '명품 조연'들의 활약이 없다면 주연인들 빛날 수 있을까? 회사를 움직이는 작지만 거대한 그들의 힘을 간과해서는 안 된다.

MEMO

귀환하라

"Giving frees us from the familiar territory of our own needs by opening our minds to the unexplored worlds occupied by the needs ot others."

_ Barbaba Bush, former U.S. first lady "

주는 행위를 통해서 우리는 자신의 필요만을 추구하는 낯익은 영역에서 벗어나, 다른 사람의 필요로 가득한 여태껏 탐험하지 않은 세계를 향해 마음을 열게 됩니다."

__바바라 부시, 전 미국 대통령 부인

당신은 당근을 통해서 틀림없이 외계의 영역, 즉 직원들의 세계로 들어갈 수 있다.

그리고 직원의 세계에서는 모든 것이 상당히 달라 보일 것이다.

직원이 필요로 하는 것, 좋아하는 것과 싫어하는 것 등 직원에 대해 배우는 데 자신을 아낌없이 투자하라.

그러면 당신 자신의 관점이 바뀌고, 직원에게 공감하게 되고, 그들을 이해하고 신뢰하면서 그들을 더욱 잘 이끌 수 있게 될 것이다.

이전에는 직원의 이러한 모습을 왜 보지 못했는지 자신에게 물어보게 될지 모른다.

그것은 당신이 다른 행성에 있었기 때문이다.

POINT 화성에서 온 남자와 금성에서 온 여자가 어울려 살 수 있는 것도 서로의 영역을 어느 정도 이해하고, 그에 대해 마음을 열기 때문이다.

“내 주위에는 당근을 주는 사람이 없는걸.”

The Dir Dozen of Why We Don't

_ EXCUSE No. 10

당근을 주지 않는 구차한 이유 12가지

__핑계 10호

“내 주위에는 당근을 주는 사람이 없는걸.”
낭떠러지에서 뛰어내리는 사람이 주위에 없다고
당신 역시 뛰어내리지 않을 것인가?
잠깐! 적절치 못한 예이다.
어쨌거나 요점은,
직원에게 당근을 주면
당신이 더 한층 두드러져 보일 것이란 사실이다!
혁신적인 태도를 가지고 직원을 이끌면
당신은 빛을 발하게 된다.
오늘 앞장서서, 양떼가 당신의 뒤를 따르게 하라!

POINT '처음'이 되는 것은 당신이 생각하는 것보다 더 가치 있고 멋진 일이다. 망설이지 말고 처음이 되어라! 주변 사람이 당신으로 인해 바뀔 것이다.

직원의 마음을 움직여라

Like day and night.

낮밤처럼.

우리가 처음 만났을 당시에 바바라 루디는 애리조나 경제 보장부에서 30년 동안 일하고 있었다. 대화를 나누는 동안 그녀는 5년과 10년 근속상이 인간미 없이 우편으로, 그것도 3년이란 시간이 지난 후에야 집으로 도착했다고 말했다. 상사가 서류 작성을 미뤘기 때문이었다.

하지만 20년 근속상은 달랐다. 새로 부임한 상사는 우선 그녀의 개인 파일을 철저하게 연구했다. 그러고는 그녀의 동료를 불러 모아 바바라가 지난 20년간 부서에서 이룬 성과들을 일일이 열거했다. 바바라는 그때의 느낌을 이렇게 전했다.

"그는 끝에 가서 제가 부서에서 한 모든 일에 대해 고맙다고 말했어요. 눈물이 글썽해졌죠. 동료들 앞에서 저를 그렇게 인정해준 사람은 여태껏 한 명도 없었거든요."

바바라는 이 간단한 시상식에 너무나 감동하여 부서의 포상 프로그램을 맡겠다고 자청했다. 당근 수여식을 효과적으로 치르는 방법을 관리자들에게 가르쳐서 직원의 감정을 움직이고 직원과 회사를 하나로 묶기 위해서였다.

POINT 마음 깊이 파문을 일으킬 만한 감동을 심어주어라. 그러면 그들은 변한다.

"Of all the things you wear, your expression is the most important."

_ Janet Lane, actress

"당신이 밖으로 보이는 것 중에 가장 중요한 것은 바로 얼굴 표정이다."

__재닛 레인, 영화배우

직원의 얼굴을 보면
무엇을 느끼는지 알 수 있다.
오늘 당장 업무를 훌륭하게 수행했다고
직원에게 당근을 주면서
직원의 얼굴 표정이 어떻게 변하는지 지켜보라.
자신에 대해,
자신이 함께 일하는 사람에 대해
뿌듯함을 느끼는 직원들을 보며
틀림없이 당신 또한 미소를 멈출 수 없을 것이다.

POINT 아무리 숨기려 해도 잘 숨겨지지 않는 감정이 있다. 바로 기쁨이다. 그 표정을 보고 싶다면 지금 당장 당근을 주어라!

마음을 돌리는 비밀

Stop them dead in their tracks.

돌아서는 직원의 발걸음을 돌리게 하라.

니렌버그사는 직장인들에게 직장을 그만두려고 마음먹었다가 다시 남아 있기로 결정한 이유가 무엇인지 물었다. 응답자들은 이렇게 답변했다.

- 승진 기회의 확대
- 봉급과 혜택의 증가
- 기여에 대한 보다 나은 당근

첫째와 둘째 조건은 당신이 조절할 수 있는 부분이 아니다. 그러나 당신 힘으로 상황을 바꿀 수 있는 방법이 있다. 바로 당근이다!

POINT 당신에게만 주어진 이 매력적인 권한을 절대 포기하지 말라. 그 순간 직원은 당신에게서 멀어진다.

뛰어난 인재를 보유했는가?

"The change of viewing employees as an asset or a source of revenue production rather than a cost is a whole mind shift for the business community. People are coming to grips with the fact that you make your numbers because of the people you employ."

_James E. Copeland, Jr., CEO, Deloitte Touche Tohmatsu

"직원을 비용으로 보지 않고 소득 창출의 자산이나 근원으로 보는 시각의 변화는 산업계의 정신을 통째로 전환하는 일이다. 자신의 소득이 자신이 고용한 직원에 의해 생성되고 있다는 사실을 사람들이 깨닫기 시작했다."

_제임스 E. 코플랜드, 딜로이트 투쉬 토마추 CEO

TV 코미디 드라마인 〈팀^{A Team}〉은 한 무리의 전과자들이 직무에 충실한 탐정으로 변신한다는 내용을 담고 있다.

각 에피소드는 팀이 파멸에 직면하는 상황에서 팀의 일원인 기계 분야 천재가 치실과 스카치테이프 등으로 자동차나 무기 등 놀라운 기구를 만들어 적을 무찌르는 것으로 끝난다.

즉, 누구도 훌륭한 팀을 패배시킬 수 없다.

명분을 위해 사람들을 집결시키고 상황을 변화시키는 인간의 능력은 가히 놀라울 만한데, 당신이 곤경에서 빠져나오려 할 때 당신을 위해 그 일을 해줄 사람은 직원이다. 그리고 당신을 정상에 세울 사람 역시 직원이다.

POINT 뛰어난 인재는 당신을 성공으로 이끈다. 그리고 그 뛰어난 인재를 발견하여 더 뛰어나게 하는 게 당신이다.

MEMO

훈련이 필요하다

Recognition skills are not something you're born with.

당근 수여 기술은 타고나는 자질이 아니다.

칭찬을 하는 데도 기술이 필요하다. 우리가 관리자 모두 당근 수여 훈련을 받아야 한다고 권장하는 이유도 여기에 있다. 그렇게 생각하지 않는다면 다음의 예를 보라.

"빌, 자네의 특별 대책 회의 구성 방식에 매우 만족하네. 자네도 알고 있듯이 올해 우리 회사의 주요 목적은 비용 억제야. 자네와 자네 팀이 도출해낸 실제적이면서도 창의적인 문제 해결책 덕분에 우리 부서에서 절약한 비용만도 1만 달러 이상이었지. 정말 훌륭해."

당근 수여 훈련을 받지 않은 관리자라면 아마 두루뭉술하게 표현했을 것이다.

"빌, 자네의 작년 모든 업무 수행 노력에 정말 감사하네. 자네는 앙주 우수한 직원이야. 앞으로도 좋은 관계를 유지하고 싶군."

더 심할 경우에는 다음과 같이 부정적으로 얼룩질지 모른다.

"오늘 아침 아주 훌륭한 아이디어를 내놨네. 모두들 열심히 메모하더군. 하지만 자네가 직원을 다루는 방법은 마음에 들지 않아."

POINT 지식은 힘이다. 당근 훈련에 약간의 시간을 투자한다면 앞으로 수년 동안 커다란 이익을 거둘 수 있을 것이다.

노력은 결실을 맺게 마련이다

"Generally, appreciation means some blend of thankfulness, admiration, approval, and gratitude. In the financial world, something that 'appreciates' grows in value. With the power tool of appreciation, you get the benefit of both perspectives."

_ Doc Childre and howard Martin, The HeartMath Solution

"일반적인 의미에서 진가를 인정하는 행위는 고마움, 감탄, 승인, 사의 등이 혼합된 행동이지만 경제계에서 '진가를 인정해주는' 행위의 가치는 훨씬 크다.

가치 인정이라는 강력한 도구를 소유하면 두 가지 관점의 이익을 모두 얻을 수 있다."

__닥 칠드리와 하워드 마틴, 《CEO와 직장인을 위한 스트레스 솔루션HeartMath Solution》

당근을 주는 당신의 노력이 금융 시장 펀드보다 더 신속하게 그 진가를 인정받을 수 있다는 사실을 알고 있는가?

왓슨 와이엇 인적 자원 지표(The Watson Wyatt Human Capital Index)에 따르면, 명확하게 당근을 주고 책임을 지웠을 때 직원 신규 모집과 이직률 감소 측면에서 5.4~14.6%의 향상을 가져올 뿐만 아니라 주식 가치도 연간 16.5~21.5% 성장한다.

POINT 조금 늦게 결실을 맺더라도 초조해하지 말라. 결국 당신은 눈에 보이는 결과를 손에 넣게 될 테니.

"People expect me, as the CEO, to talk about innovation and operating excellence and client care, our corporate capabilities. But I could talk until I'm blue in the face and it wouldn't be as impactful as when employees talk about these values during a service-award presentation."

_ Kent Murdock, CEO, O.C. Tanner

"직원들은 CEO인 내가 혁신과 탁월한 조업 과정, 고객 관리, 기업의 가능성 등에 대해 말할 것이라 예상한다. 그러나 이러한 가치를 내 입으로 이야기하는 것보다는 근속상 시상식에서 직원의 입을 통해서 하는 것이 훨씬 더 영향력이 있다. 나는 얼굴이 파랗게 질려서 더 이상 말할 수 없을 정도가 될 때까지 이 점을 강조할 수 있다."

_켄트 머독, O.C. 태너 CEO

직원들은 서로의 가치를 인정함으로써 회사의 사명과 비전과 가치를 회사 전체에 전달하는 의무를 함께 실행하며 회사 브랜드, 비전, 가치, 전략을 자신의 활동과 우선순위를 통해서 보여준다.

또한 이런 가치를 깨닫고 이에 따라 생활하며, 본보기를 보여줌으로써 서로에게 가르친다.

그러므로 직원들 간에 서로 협력이 잘되면 이 모든 일을 당신 혼자서 할 필요가 없다. 당신에게는 놀랄 만한 혜택이 아닐 수 없다.

직원들은 자신들의 직속상사 다음으로 동료의 인정과 지도에 매우 큰 가치를 두기 때문이다.

POINT 동료는 직원들이 하루 종일 얼굴을 맞대고 지내야 하는 상대다. 그들 사이의 관계가 돈독해질 수 있도록 당신이 도와야 한다.

MEMO

직원이 가장 싫어하는 업무를 떠맡아라

Sometimes the best reward is when the boss gets dirty.

상사가 먼지투성이가 되는 것이 최고의 당근이 되기도 한다.

수랭식 에어컨 제조회사에서 온 관리자들에게 강연을 한 후 한 관리자에게서 들은 이야기다.

그 회사에서는 직원이 아무런 사고나 부상 없이 할당된 배달을 완수하면, 하루 동안 상사가 되는 특혜를 준다고 한다.

그러면 그는 에어컨이 작동되는 사무실에 앉아 전화를 받는 업무를 보고, 나머지 배달은 상사가 대신 한다는 것이었다.

섭씨 49도를 오르내리는 라스베이거스의 푹푹 찌는 더위 속에서 배달을 하는 것은 상당한 고역이 아닐 수 없다.

그런 혜택을 주는 관리자에게 직원이 어떤 인상을 받을지 생각해 보라.

POINT 직원을 위해서 불처럼 뜨거운 사막을 가로지르는 관리자를 위해서라면 직원들은 불 속이라도 뛰어들지 않겠는가.

MEMO

감사할 줄 모르는 태도는 질병이다

"I think the biggest disease the world suffers from in this day and age is the disease of people feeling unloved."

_ Princess Diana, Princess of Wales

"오늘날 이 시대를 사는 세상 사람들을 괴롭히는 최대의 질병은 바로 자신이 사랑받지 못하고 있다고 생각하는 것입니다."

__다이애나 황태자비

오늘날 감사할 줄 모르는
이런 질병이 회사를 죽이고 있다.
한 가지 다행스러운 점은 치료제가 있다는 것이다.
바로 "감사합니다"란 말이다.
오늘 당신 직원에게 '감사'를 예방 접종하라.

POINT 말로 하지 않아도 전해질 것이란 건 당신의 착각일 뿐이다! 당장 그 마음을 말로 표현하라!

MEMO

비금전적인 당근이 좋은 이유?

Keep spending under control.

허리띠를 졸라매라.

잠시 돈 문제에 대해 이야기해보자.

당신은 당근을 통해 상당한 돈을 절약할 수 있다.

다수의 상사들은 현금이 아닌 당근의 효과를 간과하는 경향이 있지만, 이런 비금전적인 당근에는 분명 이점이 있다.

바로 직원과의 협상이 불가능하다는 것이다.

직원은 금전 포상을 자신의 봉급 인상과 연결짓고 싶어 할 것이다.

하지만 이는 금전 포상에 상응하는 생산성의 증가 없이 봉급만 치솟게 할 염려가 있다.

그에 반해 비금전적인 당근에는 이런 위험성이 없다.

그렇게 보면 비금전적인 당근이 바람직하지 않은가.

POINT 단, 돈을 아끼기 위한 수단으로 비쳐서는, 단순한 립 서비스여서는 안 된다. 그 속에 당신의 진실한 마음을 담아야 한다!

MEMO

직접 참가하라

Spin the wheel, win a prize!

행운의 수레바퀴를 돌려서 상품을 받아라!

한 전자 회사는 직원을 게임에 참가시키는 것이 효과가 크다는 점을 믿었다. 말 그대로 게임이다. 직원이 업무를 훌륭하게 수행하면 상사는 직원에게 스티커나 증명서를 당근으로 준다. 이를 4장 이상 모은 직원에게는 다음 월례 직원회의에서 열리는 '게임'에 참가할 수 있는 자격이 주어진다.

바퀴 돌리기, 볼링, 낚시 등 게임의 종류는 매달 바뀌고 직원은 보통 5~7달러 정도의 간단한 상품을 탈 수 있다. 게임에 드는 비용은 그다지 많지 않은데 그것이 핵심이기도 하다고 총무부 이사는 말한다.

"직원이 기록한 성과의 가치를 인정하고 당근을 주는 목적은 '직원이 업무에 기울인 특별한 노력'에 대한 보상이 아니라, '큰 감사에 대한 자그마한 마음의 표시'입니다."

POINT 당근 수여를 하나의 놀이처럼 행하는 것이다! 숨 가쁘게 흘러가는 일상에서 잠깐 숨 돌릴 틈을 줄 수도 있고, 동기부여의 효과도 지니고 있으니 일석이조 아닌가!

당근이 가진 긍정의 힘

"When a happy person comes into the room, it is as if another candle has been lit."

_ Ralph Waldo Emerson, poet

"행복한 사람이 방안으로 들어오면, 마치 촛불이 하나 더 켜진 것 같다."

__랩프 왈도 에머슨, 시인

같이 있으면 왠지 불편해서 자리를 뜨고 나야
방이 환해지는 그런 사람을 본 적이 있는가?
아직 당근의 힘을 발견하지 못한 사람일 것이다.
당근을 받게 되면 긍정적인 느낌을
소유하게 되고 직장에서 행복하게 지낼 수 있다.
당신 자신의 태도부터 바꾸어서 방을 환하게 밝히는 사람이 되자.
당신 스스로 파티를 열어 자축할 수도 있다.
그러므로 망설일 이유가 없지 않은가?
당장 축하 파티를 시작하자!

POINT 행복한 사람은 그 행복의 에너지를 전파하고 다닌다. 당신이 그런 사람이 되어보는 것은 어떤가? 당신에게서 퍼져나간 행복의 에너지가 직원들에게로 가닿게 하라!

톱 10

It happens only once a year.

단지 1년에 한 번뿐

'올해의 직원' 프로그램을 없애라.

그 프로그램은 혜택이 한 사람에게만 돌아가는 데다

해당 직원도 혼자 지목되는 것에 당혹감을 느끼기 때문이다.

대신에 업무 성과를 기록한 상위 10~20명의

직원에게 사장 표창을 수여하라.

이런 형태의 당근 수여에는 직원의

성과를 상기시켜줄 수 있는 기념품과

사장을 개인적으로 대면할 수 있는 기회가 포함되어야 한다.

이제 직원 한 명에게 당근을 주는 대신

뛰어난 성과를 거둔 소수 직원을 발탁하고 당근을 주어라.

POINT 이것은 당신의 '팀'을 더욱 일에 매진하게 하는 계기가 될 수도 있다.

MEMO

직원을 배려하라

Think they're doing great work? 'Show' them!

직원이 업무를 뛰어나게 수행하고 있다고 생각하는가? 직원에게 그 생각을 보여주자.

직원 모두를 위해 사람들의 관심을 끄는
영화가 개봉되는 당일의 영화 티켓을 구매하라.
그렇다, 주중에 영화를 볼 수 있어야 한다!
직원 모두를 위한 당신의 이런 배려는
당신에 대한 직원들의 신의를 굳힐 것이고,
당신의 팀은 좀 더 돈독하게 뭉칠 것이다.

POINT 직원 모두와 좀 더 가까워질 수 있는 기회다!

MEMO

직원에게 환호를 보내라

"It' s time for us all to stand and cheer for the do'er, the achiever — the one who recognizes the challenge and does something about it!"

_ Vince Lombardi, Hall of Fame football coach

"이제 우리 모두 일어나서 성과를 이룬 사람을 위해 환호할 시간입니다.

도전을 받아들이고 이를 행동으로 보여준 사람에게 말입니다.

__빈스 롬바르디, 명예의 전당 미식축구 코치

"……용감한 기사가 승리의 기쁨에 젖어 돌아왔지만, 거리는 텅 비어 있었다. 마을이 더 이상 끔찍한 용 때문에 공포에 떨지 않게 되었는데도 어느 누구 하나 관심을 갖는 것 같지 않았다. 그래서 기사는 검을 치우고 조용히 은둔 생활을 하다가 어느 겨울, 잠을 자는 동안 조용히 숨을 거두었다."

누구도 이런 종류의 결말을 원하지 않는다. 하지만 당근 프로그램이 결여된 회사라면 이런 결말을 맞을 수 있다. 당근 프로그램이 결여된 회사에서 재능 있고 열정적인 직원은 거듭 간과되게 마련이다. 이럴 때 직원은 자신의 영웅적인 노력에 대한 반응이 시큰둥한 것에 실망하여 흐리멍덩한 상태에서 업무를 보거나 좀 더 장래성이 있어 보이는 회사로 옮겨 간다.

이런 일이 일어나게 해서는 안 된다. 해결책은 바로 당근에 있다. 이것이 현대의 영웅을 환영하는 방법이다.

POINT 아무리 명검이라 할지라도 갈지 않는다면 녹이 슬게 마련이다. 능력 있는 직원을 그렇게 방치하지 말라.

MEMO

당근 수여에 고속 기어를 넣어라

A Car in Every Garage.

직원 차고마다 자동차를……

한 통신 회사에서는 탁월한 성과를 기록하고 회사의 성공에 헌신한 최고의 직원에게 자동차를 당근으로 수여한다.

'모든 직원에게 자동차' 프로그램을 통해서 수상 직원은 BMW Z3, BMW 325, 아우디 TT, 더지 두랑고 중에서 하나를 선택할 수 있다.

이런 프로그램을 가동하는 것은 일류 직원을 확보하려는 경쟁 시장에서 다른 회사보다 한발 앞서서 우수한 직원을 선발하고 유지하는 데 큰 도움이 된다.

이 프로그램에 참가할 수 있는 자격은 회사에 2년 이상 근속한 직원에게 주어진다.

자동차는 수상자에게 리스로 제공되는데 리스 비용은 회사에서 지불하고, 직원은 3년 후 계약이 종료되는 시점에서 자동차를 구매하는 조건으로 자동차를 사용하게 된다.

POINT 일단 한 번 당근을 맛본 직원이라면 업무 성과에 따라 더 좋은 당근을 기대할 것이다. 그리고 기대가 충족되지 않으면 회사를 떠날 것이다.

직원은 당신을 보고 있다

"Gone are the days when people stay because they love their organization Today, great people stay because they love the people they work for."

_ Adrian Gostick and Chester Elton, authors

"뛰어난 직원이 직장을 사랑해서 직장에 머물렀던 시대는 지나갔다.

이제는 상사를 사랑하기 때문에 직장에 남는 시대다."

__아드리안 고스틱 & 체스터 엘튼, 저자

이번 이야기는 모두 관리자인 당신과 관련된 이야기다.

일반 사람의 생각과는 달리 직원은 회사에 연결되어 있지 않고 관리자에 연결되어 있다. 관리자가 훌륭하다면 직원의 업무 수행 또한 훌륭하다. 관리자가 형편없다면 다른 어떤 일도 형편없다.

2002년 전 세계의 직원을 대상으로 한 헌신도 조사에서 33개국 2만 명 직원에게 고도로 생산적인 문화를 창출하는 주요 경영 기술에 대한 피드백을 요청했다. 결과에 따르면 업무 달성도가 높은 회사의 직원은 그렇지 못한 회사의 직원보다 관리자에게 훨씬 더 높은 점수를 주었다.

책임감의 무게가 실감나는가? 잘 감당하기 바란다.

POINT 직원이 회사에 남아 있는 이유는 바로 당신이다!

진정 원하는 것을 주어라

Got a model employee? Give them wheels.

본보기가 되는 직원이 있는가?

직원 중에 자동차 광이 있는가?

감사의 표시로 직원이 꿈에 그리던 자동차를 일주일 동안 타게 하라. 서비스 정신이 투철한 렌터카 회사를 접촉해서 일을 진행한 후에, 직원을 데려가서 서류에 사인을 하고 집으로 몰고 갈 수 있게 하라.

이를 약간 변형한 방법도 있다.

직원이 좋아하는 자동차의 고급 모형을 주문하여 사무실에 진열하게 하는 것이다.

자동차 번호판에 축하의 말을 새겨 넣어 준다면 당근에 뛰어난 가치를 부여하게 된다.

POINT 최고의 효과를 발휘하는 당근을 알고 있다면, 그것을 피해 갈 이유가 무엇인가? 당장 준비하라!

MEMO

약점을 강점으로 만들어라

Have you found her weakness?

직원의 약점을 알아차렸는가?

직원이 수행하기 힘들어하는 업무가 있는가?

당근을 이용하면 직원의 이런 약점을 강점으로 전환할 수 있다.

앨버타 대학교가 실시한 연구 결과에 따르면

당근은 직원의 업무에 대한 흥미를 일깨우고,

신뢰를 구축한다.

또한 반기지 않는 고객에게 전화를 하거나

업무 성과를 평가하는 등

직원이 즐기지 않는 업무를 수행하도록 부추긴다.

POINT 약점을 그를 비난할 목적으로 사용하는 것은 관리자로서의 자질을 의심해볼 만큼 가치 없는 행동이다.

MEMO

칭찬에 인색한가?

Not for those with squeamish stomachs.

담력이 없는 사람은 사절.

당신이 생각하지 못한 무시무시한 사실이 있다.
위치타 주립 대학교에서 실시한 조사에 따르면
5명의 직원 중 단 1명만이 회사에서
공식적으로 칭찬을 받은 적이 있다고 대답했다.
절반에 조금 못 미치는 수의 직원은
상사로부터 개인적으로 고맙다는 말을
한 번도 들어본 적이 없다고 했다.
(밤중에 잠이 오지 않을 만한 이야기 아닌가?)

POINT 거꾸로 생각해보라. 당근의 효과를 알고 있는 당신에게 아주 유리한 일 아닌개!

MEMO

비싼 대가를 치르기 전에

This turnover doesn't leave a good taste in your mouth.

이런 이직률은 당신의 입맛을 씁쓸하게 만든다.

관리자인 당신은 아마도 직원의 이직 비용이 비싸다는 사실을 파악하고 있을 것이다. 다만 얼마나 비싼지는 미처 깨닫고 있지 못할 수도 있다.

연구 결과를 보면 직원 한 명을 대체하는 데 드는 비용이 봉급의 최저 30%에서 최고 200%에 도달할 수 있다고 한다. 여기에는 광고 비용, 자리가 비어 있는 동안 임시직 고용과 시간외 수당, 기회 상실 비용, 회사 물색 비용, 인터뷰 시간, 신입 사원의 선발과 훈련에 소요되는 시간과 비용 등이 포함된다.

오늘날에는 우수한 직원을 회사 정문 입구로 데려오는 것만으로는 충분하지 않다. 그들이 뒷문으로 빠져나가지 못하도록 막을 방법을 찾아야 한다. 그 열쇠는 바로 당근에 있다.

350만 명의 직원을 둔 고용주 614명을 상대로 한 왓슨 와이엇 포상 계획 조사 결과에 따르면 포상 전략을 분명하게 밝힌 고용주의 평균 이직률이 그렇지 못한 고용주에 비해 13% 낮다고 한다. 당근을 통해서 인력 유출을 저지하라.

POINT 비싼 만큼의 값어치를 하리라는 장담도 섣불리 할 수 없다.

비기다

It's only fair.

상당히 공정하다.

사랑에서든 일에서든 모든 것이 공정해야 한다. 《형평 이론Equity Theory》의 저자인 스테이시 애덤스에 따르면 이 말은 회사의 인정을 받지 못하는 모든 직원의 주문이기도 하다.

그는 직원이 자신의 필요를 충족시킬 수 있으리라 생각하고 행동을 한 후에는 결과의 형평성이나 공정성을 평가한다고 주장했다. 당근을 받았다고 느낀 직원은 회사에 만족해하며 흥미를 느낀다. 하지만 당근이 부족했다고 느낀 직원은 다음 두 가지 접근 방법 중 하나를 선택한다. 결과물을 증가시키거나, 투입량을 감소시키는 것이다. 사실 어떤 방법도 회사 입장에서는 바람직하지 않다.

결과물을 증가시키기 위해 직원은 봉급 인상, 혹은 승진을 요구하거나, 좀 더 가치 인정을 받을 수 있는 방법을 강구하거나, 새로운 직장을 찾는다. 투입량을 감소시키기 위해서는 생산성을 떨어뜨리거나, 결근을 자주 하거나, 기술 수준이나 교육의 양을 의식적으로 낮춘다.

POINT 이 결과가 놀라운가? 하지만 이건 실제로 일어나고 있는 일이다!

다이아몬드의 발굴

"Some rank and file are diamonds in the rough. They just don't know how to navigate the corporate culture or how to toot their horns or aggressively forge their own career paths. There is a need to develop bosses into coaches so they can spot and develop these diamonds."

_ Lupe Torre, Monfia

"몇몇 직원은 가공되지 않은 다이아몬드와 같다.

그들은 기업 문화를 어떻게 헤쳐 나가야 할지, 자신을 어떻게 광고해야 할지, 자신의 경력을 어떻게 적극적으로 발전시켜야 할지 알지 못한다. 관리자를 코치로 훈련시켜서 이러한 다이아몬드를 발견하고 개발할 필요가 있디."

__루페 토레, 몬피아

석탄을 다이아몬드로 바꾸는 것은 압력이 아니라 제대로 된 상사다.

자신의 직원을 둘러보고 "왜 하필 나야?"라고 의아해한다면 먼저 자신을 돌아보라.

직원의 모습은 당신이 만드는 것이다.

가공되지 않은 다이아몬드를 발견하고 그들의 잠재력을 인식하려면, 예리한 눈을 가지고 직원을 세우는 것을 두려워하지 않는 상사가 필요하다.

직원들 또한 자신들이 빛을 발할 수 있도록 도와줄 올바른 지도자를 기다리고 있다.

당신이 그런 지도자가 되어라.

POINT 다이아몬드가 가치 있는 이유를 되새겨보라.

MEMO

직원의 헌신도 성향

Do your employees have a commitment problem?

직원의 헌신에 문제가 있는가?

전 세계 직원을 대상으로 한 헌신도 조사 결과에 따르면, 성공을 거둔 회사 직원의 헌신도는 그렇지 못한 회사와 현격한 차이가 났다. 연구의 일환으로 연구자들은 직원을 다음 세 가지 부류로 나눴다.

- 대사(大使)형: 자신의 회사와 업무에 전적으로 헌신하는 직원
- 회사 지향형: 자신의 업무나 경력보다는 고용주에 더욱 헌신하는 직원
- 자기 경력 지향형: 자신의 경력을 회사의 필요보다 우위에 두는 직원
- 나사 풀린 직원: 자신의 회사에도 경력에도 헌신하지 않는 직원

뛰어난 업무 성과를 기록하고 있는 회사는 그렇지 않은 회사(36%)에 비해서 '대사' 보유 비율(45%)이 높은 것으로 밝혀졌다. 또한 변변찮은 업무 성과를 가진 회사(24%)와는 대조적으로 '자기 경력 지향형' 직원의 비율(14%)이 낮았을 뿐만 아니라 '나사 풀린 직원'의 수도 더 적었다(30% 대비 26%).

당신 회사의 직원 헌신도 성향은 어떠한가?

POINT 직원의 헌신을 바라기 전에, 당신이 먼저 직원에게 헌신하라!

훌륭한 읽을거리

It's all there in black and white.

찬사와 추억 등이 이 속에 다 들어 있다.

직원이 의미 있는 근속 연한에 도달했을 때(심지어 은퇴), 직원 친구, 가족, 동료에게 스크랩을 할 수 있을 정도의 고품질 종이를 나눠주고, 직원에 대한 찬사의 글이나 흐뭇한 추억 등을 기록하라고 권하라.

이 중요한 행사를 맞이해서 직원에게 의미가 있으리라 느끼는 내용이면 무엇이든 좋다.

그런 후에 글을 묶어 추억의 책을 만들어라.

직원이 지금까지 읽었던 책 중에서 단연 최고의 책이 될 것이다.

단, 갑작스럽게 완성할 수 있는 성격의 일이 아니니 충분한 시간 여유를 두고 미리 시작해서 제대로 일을 마무리 하라.

POINT 능력 있는 관리자, 모든 직원이 믿고 따르는 상사의 자리는 하루아침에 얻어지는 것이 아니다. 인고의 시간을 견뎌라.

MEMO

To what extent are you willing to go?

어느 정도까지 당근을 주려 하는가?

왓슨 와이엇 포상 계획 조사 결과에 따르면, 당근을 '상당히 밀접하게' 사업적 전략과 일치시켜야 한다고 주장하는 회사는 두 가지 요소를 '어느 정도' 연결시키고 있는 회사(9%)에 비해 더 높은 수익(13.6%)을 주주에게 분배하고 있었다.

그렇다면 전략적인 당근을 어떻게 창출해야 하는가? 다음의 간단한 공식을 살펴보자.

1. 해야 할 필요가 있는 일에 대해 직원과 명확하게 이야기를 나눈다.
2. 당근과 사업 전략을 연결시킨다.
3. 임무를 더욱 효과적으로 수행할 수 있는 기술을 직원에게 제공한다.
4. 당신이 부과한 지시 사항과 훈련에 따라준 것에 대해 직원에게 감사를 표시한다.
5. 과정을 다시 반복한다.

POINT 전략적인 당근은 지속적으로 주어야 한다. 그러면 그 효과 또한 끊임없이 이어질 것이다.

두드러지는 직원

"Employees have a knowledge base you can't get anywhere else. Equipment, procedures — those things can be duplicated. When you look at competitive advantage, human capital is the only area where companies can really differentiate themselves."

_ Meldron Young, American Management Association

"당신 직원이 소유한 지식 기반은 다른 곳에서는 획득할 수 없다. 반면에 지식 이외의 장비나 과정 등은 얼마든지 확보할 수 있다. 경쟁력 있는 장점을 갖추고 싶은가? 인적 자원이야말로 회사가 진정으로 차별화를 이룰 수 있는 유일한 영역이다."

__멜드론 영, 미국경영협회

어느 날이었다. 운전을 하던 중에 간단하게 점심 식사를 하려고 드라이브 스루(drive _ thru : 자동차를 탄 채 주문용 스피커로 음식을 주문하고, 나가는 창구에서 받는 방식)로 들어갔다. 그때 있었던 일을 생각하면 지금도 여전히 고개가 내저어진다.

"안녕하세요. 6번 세트 메뉴를 대형 사이즈로 주세요. 음료는 다이어트 콜라로 주시고요."

"알겠습니다. 대형 사이즈라고 하셨죠?"

"예, 6번 세트 메뉴의 대형 사이즈에 다이어트 콜라로 주세요."

"그럼, 음료수는 어떤 것으로 하시겠습니까?"

이와 비슷한 절망스런 대화가 몇 번 더 오가고 나서 시간에 쫓긴 우리는 결국 음식 주문하는 것을 포기하고 그 옆에 있는 다른 음식점의 드라이브 스루로 가서 주문을 했다. 그리고 거기서는 순식간에 음식을 받아들 수 있었다. 똑같은 기술, 똑같은 제품, 똑같은 고객인데 어디서 차이가 났는가? 바로 직원이었다.

POINT 직원은 회사에 경쟁력 갖춘 장점이 될 수도, 약점이 될 수도 있다! 직원의 중요성과 그들이 업무를 올바로 수행하고 있다는 사실을 알려 강점으로 발전시켜라.

MEMO

가족에 대해 물어보라

Isn't it time you got to know the relatives?

직원의 가족을 알고 지내야 할 때가 되지 않았는가?

오늘 당장 직원에게 그들의 자녀에 대해 묻고,

자녀 이름, 나이, 생일을 기록해두라.

그리고 이 점을 기억하라.

직원의 가족 사항을 자세하게 기록해두었기 때문에

언젠가는 직원과 좀 더 가까워질 수 있으리라는 것을 말이다.

직원에게 자녀가 없다면 가족이나 부모님,

형제자매, 절친한 친구에 대해 물어보라.

POINT 직원이 중요하게 생각하는 사람에 대해 잘 안다면 그들에게 동기를 부여하기가 더 쉬워질 것이다.

MEMO

언짢은 표정을 완전히 바꾸어라

"The surest way to knock a chip off a shoulder is

a pat on the back."

_ Author unknown

"상대방의 시비조 태도를 누그러뜨리는 가장 확실한 방법은

상대방의 등을 두드려주는 것이다."

__작자 미상

회사마다 잘 지내기 힘든 사람이 한 명 정도는 반드시 있게 마련이다. 이런 사람은 쉽게 화를 내는 사람일 수도 있고, 기분이 쉽게 상하거나 얼굴에 항상 검은 구름이 끼어 있는 사람일 수도 있다.

그런 사람을 피하기만 하지 말고 오늘부터라도 변화를 시도해보자.

물론 하루아침에 되는 일은 아니다.

그러나 진심 어린 감사를 꾸준하게 표현하다 보면 시비조의 태도를 누그러뜨리고 그를 좀 더 곧게 세울 수 있을 것이다.

POINT 당신이 먼저 다가가라. 이제껏 누가 먼저 손을 내밀까 견주다 흘려보낸 시간이 아깝지도 않은가!

정작 나를 인정해주는 사람은 아무도 없어!

The Dirty Dozen of Why We Don't

_ EXCUSE No. 11

당근을 주지 않는 구차한 이유 12가지

__핑계 11호

"정작 나를 인정해주는 사람은 아무도 없어!"
예외가 있다 하더라도 옳지 않은 것은 옳지 않은 것이다!
당신이 인정을 받고 있지 못하다면 애석한 일이다.
하지만 그렇다고 당신 직원까지 외면당해서는 안 된다.
과거에 직원에게 소홀했던 점을 보충하고
직원이 만족하며 일할 수 있는 직장 환경을 조성하라.
그러면 직원이 직장에 대해 갖는 긍정적인 감정이
퇴근 후 가족과 동료에게로 흘러들 것이다.

POINT 당신이 직원을 인정해주는 순간, 당신을 인정해주는 사람이 생긴다. 바로 그 직원 말이다!

꼼꼼하게 메모하라

It works better a string on your finger.

손에 쥐고 있는 꼭두각시 줄보다 더 잘 움직인다.

이쯤에서 하고 싶은 말이 있다. 매우 중요한 말이다. 잠깐, 기억이 날 것 같지 않다…… 아, 맞다! 바로 이 말이다.

직원에 대해 새로운 사실을 알게 되면 반드시 기록하는 습관을 들이자. 직원의 생일이나 선호하는 음식점, 직원이 채식주의자인지, 술을 마시는지, 진한 초콜릿을 좋아하는지 등을 기록하라. 새로운 사실을 알게 된 당시에는 기록하지 않고도 모두 기억할 수 있으리라 생각하지만 결코 그렇지 않다.

몇몇 관리자들은 이런 용도에 쓰기 위해 자그마한 주머니 크기의 수첩을 항상 가지고 다닌다. 사무실에 들어서자마자 자신이 들은 직원에 대한 정보를 컴퓨터에 입력하는 관리자도 있다. 기록을 하기만 한다면 방법은 그다지 문제가 되지 않는다. 이런 방법을 사용한다면 이 말을 해준 우리에게 나중에라도 분명 감사하게 될 것이다.

POINT 메모하는 습관을 가진 사람은 그렇지 않은 사람에 비해 성공에 쉽게 도달한다. 직원에 대한 관심이 담긴 그 메모로 최고의 상사가 되는 건 어떤가.

직원 스스로가 중요한 존재임을 알게 하라

"Everyone has an invisible sign hanging from their neck saying, 'Make me feel important.'"
_ Mary Kay Ash, founder, Mary Kay Cosmetics

"모든 사람들의 목에는 '스스로 중요하다는 느낌을 받을 수 있게 해주세요'라고 적힌 투명 간판이 걸려 있다."

__메리 케이 애시, 메리 케이 애시 코스메틱스 설립자

당근에 관한 한 선두주자는 메리 케이 애시 코스메틱스이다. 이 회사의 설립자인 메리 케이 애시는 '사업 구축은 곧 사람을 구축하는 일'이라는 사실을 처음부터 인식하고 있었다. 또한 자신이 가지지 않은 것을 줄 수 없다는 사실 또한 알고 있었다. 때문에 핀, 여행, 자동차 등 이 회사에서 수여하는 당근 하나하나는 직원이 스스로 중요한 존재라는 점을 느낄 수 있도록 고안되었다.

이런 느낌을 갖게 된 직원은 회사 밖에 나가서 자신이 느낀 대로 고객이 느낄 수 있게 만든다. 정말 아름다운 과정 아닌가?

POINT 입 밖으로 표현하지 않아도 관리자인 당신에겐 그것을 읽어내는 능력이 있어야 한다.

도구 세트를 만들어라

Gather the elements for recognition.

당근을 주기 위한 도구를 수집하라.

북미 전역에 약 1,000개의 점포를 가진 여성 용품 소매상이 높은 직원 이직률이라는 문제에 봉착했다. 그곳의 관리자는 이 문제를 해결하고 싶었지만 회사의 무기고에 뛰어난 직원을 붙들어 둘 만한 무기가 거의 없다는 사실을 깨달았다.

그래서 회사의 인적 자원 담당 경영자는 관리자를 위한 당근 도구 세트를 개발했다. 여기에는 당근에 관한 책자, 감사 카드와 봉투 한 묶음, 감사 메모, 50장짜리 수표책이 포함되어 있었다. 회사 관리자들은 이 간단한 도구를 열렬히 환영했다.

관리자는 직원에게 당근을 주고 싶을 때 도구 세트에서 감사 메모를 한 장 뜯어 당근으로 줄 수 있다. 게시판을 만들어 직원이 동료에게 받은 감사 메모를 전시할 수도 있다. 같은 방법으로 관리자에게 감사 카드 한 묶음을 주고 자유롭게 사용하도록 권할 수도 있다. www.carrotbooks.com에 들어가서 우리가 제안하는 도구 세트를 참조하기 바란다.

POINT 당신 혼자서 하기 힘들면 주변에 도움을 청해보는 것도 필요하다.

3대 강자

"Ability is what you are capable of doing. Motivation determines what you don. Attitude determines how well you do it."

_ Lou Holtz, football coach

"능력은 어떤 일을 '실행할 수 있는 것'이다. 동기는 어떤 일을 '실행할지 결정하는 것'이다. 태도는 그 일을 얼마나 '잘 실행할지 결정하는 것'이다."

__루 홀츠, 미식축구 코치

물 있는 곳까지 말을 끌고 갈 수는 있어도 물을 강제로 먹일 수는 없다. 마찬가지로 당신이 놀라운 재능과 능력을 소유한 사람을 고용할 수는 있지만, 그 직원이 당신이 세운 명분을 위해서 자신의 재능과 능력을 사용할지는 확신할 수 없다. 그에게 규칙적으로 당근을 주지 않는다면 말이다.

목적 수립의 3대 강자는 바로 능력·동기·태도다. 직원이 회사가 수립한 목적에 도달하려면 세 가지 요소를 모두 갖추고 있어야 한다. 기회를 놓치지 말고 당근을 주어라.

POINT 관리자인 당신은 목적 수립의 3대 강자를 늘 가슴속에 새겨두어야 한다.

말로 표현할 수 없는 것

"People may not remember exactly what you did or what you said, but they will always remember how you made them feel."

_ Author unknown

"직원들은 당신이 한 일과 말을 정확하게 기억하지 못할지도 모른다. 그러나 자신이 어떻게 느꼈는지는 항상 기억할 것이다."

__작가 미상

직원에게 당근을 줄 때 어떤 말을 해야 좋을지 걱정될 때가 있는가? 걱정할 필요 없다. 당신의 마음과 생각이 옳다면 당근을 주는 일은 매우 순조롭게 진행될 것이기 때문이다. 이따금씩 사람들은 훌륭하게 시상식을 치르려면 스스로 위대한 이야기꾼이나 재담꾼이 되어야 한다고 생각한다. 그러나 최고의 시상식은 마음에서 우러나는 것이기 때문에 진실한 마음을 드러내는 일이 무엇보다 중요하다.

고등학교 때 받았던 표창을 생각해보라. 당시 시상식 때 교장 선생님이 하신 말씀이 정확하게 기억나는가? 그렇지 않을 것이다. 하지만 표창을 받았을 당시 기분이 어땠는지는 기억날 것이다.

POINT 당신이 무엇을 말하느냐보다는 직원이 어떻게 느끼느냐가 더욱 중요하다는 점을!

부메랑 효과

"To improve your self-image, do something for someone else."

_ Author unknown

"자아의 이미지를 개발하려면 다른 사람을 위해 무언가를 하라."

__작가 미상

어느 날 우리는 사무실 문 밑으로 들어와 있는 쪽지를 발견했다. 거의 1년 이상 보지 못했던 사람이 보낸 쪽지였다. 나는 쪽지를 펴서 글을 읽고는 깜짝 놀랐다. 내가 오래 전에 했던 일에 대한 감사의 글이었다. 사실 너무나 오래 되어 정작 나는 거의 잊어버리고 있었는데 말이다. 게다가 타이밍이 절묘했다.

쪽지를 받은 날은 안 좋은 일이 생기는 바람에 회사에서 견디기가 무척 힘든 날이었기 때문이다. 사실 그 한 주 내내 너무나 힘이 들었다. 이렇듯 받는 사람의 마음을 따뜻하게 해주는 글을 읽으면서 나는 깨달았다. 비록 당근을 주는 노력의 결과가 당장 눈앞에 나타나지 않을지는 모르지만 결코 헛되지는 않으리라는 점을 말이다.

처음에는 내가 그를 세웠지만, 나중에는 그가 나를 세워주었다. 나는 이를 부메랑효과라고 부른다.

POINT 당신이 베푼 당근은 반드시 당신에게 되돌아온다.

당근의 순간을 능동적으로 찾아라

When you take a close look, it's amazing what you find.

가까이 들여다보면 놀라운 점을 발견하게 된다.

자, 이제 당근의 가치를 진정으로 알고 있는 경영 지도자를 만나
보자.

한 성공적인 소매업체의 CEO는 주말 동안 수합되어 월요일 아침
에 들어오는 상점 영수증을 정리하면서 최대 성과를 기록한 관리
자와 직원에게 개인적으로 칭찬의 글을 써서 보낸다.

또한 직원이 회사의 목표 달성에 기여한 경우에는 회사 직원 전체
에게 음성 메일이나 이메일을 보내 해당 직원의 공로를 칭찬한다.

이러한 문화를 창출해낸 데 따른 결과는 그대로 나타났다.

이 소매업체의 이직률은 업계 평균 이직률의 1/4에 불과했을 뿐만
아니라 판매 실적 또한 매년 20~25% 증가했다.

그리고 소매업체로는 매우 드문 경우로, 〈포춘〉은 이 회사를 '미국
전역에서 가장 일하기 좋은 회사'로 선정했다.

POINT 당근을 수여할 방법과 당근을 줄 만한 행동은 당신이 생각하지 못한
곳에서 발견할 수 있다. 눈을 크게 뜨고 찾아 나서라.

그저 단순히 즐겨라!

When was the last time you did something?

최근에 재미있게 놀아본 적이 있는가?

얼핏 들으면 우스꽝스럽거나 시시한 일처럼 들릴 수도 있다.

하지만 직원끼리 함께 재미있는 행사를 열어 모두 즐기고 노는 일은 직원의 화합에 크게 기여한다.

국제 규모의 한 호텔에서 '칠면조 볼링 대회'라는 연례 추수감사절 행사를 개최하고 있다는 이야기를 들었다.

이 인기 만점의 행사에서는 같은 회사 직원이 한데 모여 테이프로 꽁꽁 싼 냉동 칠면조를 던져서 포도주 병을 넘어뜨리는 경기를 한다.

주최 측은 행사가 그다지 종교적이지 않다는 점은 인정하지만 이 기회를 통해서 직원이 서로 대화하고 모두 즐겁게 지낸다고 했다.

참고로 행사가 끝나고 그 칠면조는 맛있게 요리되어 직원들에게 제공된다.

POINT 단순히 즐기는 것에도 나름의 가치가 있다. 이처럼 그저 웃음 짓게 하는 것만으로도 가치가 있지 않은가.

Let's do lunch!

점심 먹으러 갑시다!

특정한 프로젝트를 뛰어나게 수행해준 데 따른
감사의 표시로 직원과 호젓하게 점심 식사를 하라.
미리 시간 여유를 가지고 직원에 대해 파악하고
편안한 개인 관계를 형성하고 난 후인 경우에
가장 효과가 크다.
이 책을 이쯤 읽었다면 식사비용을
누가 계산해야 하는 것쯤은
귀띔해주지 않아도 알 것이라 믿는다.

POINT 때로는 당신과 그 직원 둘만의 특별한 시간을 가질 필요도 있다.

MEMO

직원 스스로의 가치를 알게 하라

Respect employee opinions.

직원의 의견을 존중하라.

직원이 스스로 가치 있는 사람이라고 느끼게 될 때 회사는 번창한다.

갤럽조사연구소의 최근 연구 결과를 보자.

연구소 측은 수년에 걸친 연구 끝에 직원 근속, 고객 만족, 생산성, 수익성 등에서 높은 수준을 기록하고 있는 성공적인 직장의 주요 특징 12가지를 밝혀냈다.

그중 7위가 '직장에서 내 의견이 중요한 것 같다' 이다.

직원 스스로 가치 있다고 느끼는 것이 회사의 가치 실현에 중대한 역할을 하고 있음을 보여준다.

자신의 말이 회사에서 중요할 뿐만 아니라 변화를 이끌어낸다는 점을 알게 되었을 때, 직원은 회사의 목적을 달성하는 데 더욱 깊게 참여하고 그 결과 생산성이 더욱 증가된다는 사실을 기억하자.

POINT 당근을 주는 목적이 바로 그것 아닌가!

회사를 개방하라

Get the family involved.

가족을 참여시켜라.

최소한 1년에 한 번
직원의 가족에게 회사를 개방하라.
그때는 반드시 당신이 참석해서
하루 종일이라도 그들과 악수하고,
직원과 직원이 사랑하는 사람을
직접 보고 감사의 말을 전하라.
가족이 직장을 이해하고 관계를 깊이 맺을수록
직원은 직장을 더욱 믿고 지지할 것이다.

POINT 직장은 당신의 직원들에게 있어 제2의 가정과도 같다. 그러니 그곳에 진짜 가족을 불러 회사와 직원의 관계를 돈독히 하라.

MEMO

그냥 믿어라

Uncork the energy.

에너지를 방출시켜라.

사업계에는 그저 직원에게 당근을 주는 척 시늉만 하는 간부들이
가득하다.
이는 우리가 말하는 당근 수여와는 거리가 멀다.
우리가 바람직하다고 생각하는 관리자는 단지 당근 프로그램을 단
조롭게 운영하는 차원을 넘어서 진정으로 회사에 대한 직원의 기
여를 인정할 뿐만 아니라 직원의 무한한 잠재력을 믿는 관리자다.
O.C. 태너의 CEO인 켄트 머독은 기업 재정비 기간 동안 이례적인
성공을 거두면서 신뢰의 힘이 얼마나 대단한지 깨달았다.
그리고 이렇게 말했다.
"나는 최상의 방법을 이끌어냈고, 최상의 에너지를 방출했다.
하지만 내가 이렇게 할 수 있었던 데 따른 공로는 아무것도 없다.
다만 직원을 신뢰해서 그들이 성과를 거둘 수 있도록 했을 뿐
이다."

POINT 직원이 성과를 거둘 수 있도록 도울 준비가 되었는가? 그렇다면 먼저
직원을 믿어야 한다.

이름을 떨쳐라

Read all about it!

모두 읽어보라.

호외요! 호외!

뛰어난 업무 성과를 기록한

직원에 관한 기사를

대학 동창 회보나 지역 신문에 기고하라.

1면에 실리지 못하더라도 직원은 정말 뿌듯해할 것이다.

POINT 보다 많은 사람이 알아줄수록, 사람들은 더 성실히 자신의 일에 임한다.

MEMO

트리플 플레이

Add an extra day to her weekend.

주말에 특별 휴가를 더해주라.

야구에서 한 번에 세 명의 타자·주자를 아웃시키는
'트리플 플레이'만큼 아찔한 순간은 없을 것이다.
이를 직원들에게도 적용하라.
직원이 한 주 동안 탁월한 업무 성과를 거두었다면
특별 휴가를 주어서
주말에 연속으로 사흘간 쉴 수 있도록 해주라.
단, 그가 자리를 비운 동안 그 일을 대신할
직원을 먼저 확보하는 것을 잊어서는 안 된다.

POINT 휴가를 즐기고 온 그에게 산더미처럼 쌓인 일거리를 떠넘겨서는 안 된다. 그런 걸 본 다른 어떤 직원이 그와 같이 열심히 일하려 하겠는가?

MEMO

Put recognition to the test.

당근을 시험대에 올려라.

당근에 관한 한 백문이 불여일견이다.

이는 수치로도 알 수 있다.

유니버설 스튜디오부터 미국 우정국에 이르기까지 34군데 조직을 연구한 결과, 칭찬을 받을 만한 일이 일어나고 즉시 비금전적인 당근을 사용한 경우에는 관리자의 72.9%가 기대한 만큼의 결과를 얻었다.

당근을 시험대에 올려보자.

지금 누군가에게 당근을 주자.

POINT 이리 재고, 저리 재다 보면 결국 적절한 타이밍을 놓치고 만다. 지금 마음먹고 당장에 실행하라!

MEMO

변화 좀 주겠어요?

"If you always do what you always did, you'll always get what you always got."

_ Author unknown

"늘 해왔던 일을 그대로 한다면 당신은 항상 얻었던 결과만을 얻을 것이다."

__작자 미상

우리는 관리자들이 마침내 변화를 주어야겠다고 결심하기까지 변변치 않은 업무 성과와 낮은 사기, 높은 이직률을 그토록 오랫동안 견뎌내는 것에 거듭 놀란다.

대부분의 경우 이러한 현상은 당신의 경영 접근 방법 때문에 발생한다.

직원을 한 명 더 잃기 전에, 실망스러운 순익을 한 분기 더 경험하기 전에, 직원이 한 번 더 당신에게 와서 불평하기 전에 좀 더 나은 당근 제도를 활용해서 회사에 변화를 주어라.

사람들이 말하듯이 변화는 좋은 것이다.

단, 직원이 유쾌하게 놀랄 수 있는 변화가 되도록 준비하라.

POINT 관리자는 특히나 변화를 추구해야 할 위치에 있는 사람인데도 대부분이 그렇게 하지 않는다는 사실을. 그러나 변화를 두려워 아무것도 하지 않으면 결국 후회만 남는다.

동기 유발 요소를 갖춰라

You can't get there from here.
여기서는 그곳에 갈 수 없다.

낯선 시골길을 운전하다 보면 방향을 물어보아야 하는 일이 자주 생긴다. 그러면 그곳에 오랫동안 거주한 있는 사람으로부터 "여기서는 그곳에 갈 수 없어요"라는 말을 듣는다. 결국 몇 시간씩 헤매봐야 헛수고란 뜻이다. 마찬가지로 봉급이나 특전 등 똑같은 당근을 가지고 아무리 오랫동안 열심히 노력해도 직원에게 동기를 부여할 수 없는 경우가 있다. 왜일까? 프레더릭 허즈버그 박사의 '동기 위생 이론'에 따르면 '직업 만족'의 반대말은 '불만족'이 아니라 '전혀 만족하지 못하는 것'이다. 마찬가지로 '직업 불만족'의 반대말은 '직업 만족'이 아니라 '불만족이 없는 것'이다.

그는 자신의 연구를 통해 결여되면 불만족을 초래하는 몇 가지 요소를 밝혀냈다. 여기에는 봉급, 부수적인 혜택과 특전 등이 포함되는데, 즉 이런 요소를 갖게 되면 직원은 더 이상 직장에 불만을 품지 않는다. 하지만 동기를 부여받지도, 만족스러워하지도 않는다('여기서는 그곳에 갈 수 없다'인 셈이다).

그는 또한 인정과 성취감을 포함하는 '동기 유발 요소'도 소개했다. 이런 동기 유발 요소가 존재하면 직원은 회사에 만족하지만 결여되면 회사에 불만을 품지 않아도 동기는 결핍된다.

POINT 만족과 동기 유발의 수준은 동기 유발 요소의 존재 여부에 달려 있다.

메시지를 남겨라

Find your voice.

목소리를 남겨라.

우리가 바라는 것만큼 개인적인 방법은

아닐지 모르지만 어쨌거나

빠르고 쉽게 할 수 있는 방법이 있다.

근무시간이 끝나고 난 다음

직원의 자동응답기에 메시지를 남겨라.

그래야 당신의 메시지가 직원이 다음 날 아침

처음으로 듣는 음성 메시지가 될 테니까!

음악을 틀고, 우스꽝스러운 목소리로 녹음하라.

POINT 이때 중요한 것은 근엄함을 벗어던지는 것이다. 재미있게 해서 그를 웃게 하라!

MEMO

직원에게 당근을 먹여라

"At McDonald's, we believe carrots come in many forms. We believe in treating employees with respect, communicating openly, celebrating successes and saying thanks for a job well done."

_ Bill Johnson, President and CEO, McDonald's Canada

"맥도날드에서는 당근을 여러 가지 형태로 준다. 우리는 직원을 존중하고 공개적으로 대화하고 성공을 축하하고 일을 잘했을 때 감사의 말을 하는 행동의 가치를 믿고 있다."

_빌 존슨, 맥도날드 캐나다 회장 겸 CEO

두 번 축하해서 당근의 효과를 두 배로! 우선, 앞으로 있을 수상에 대해 개인적으로 먼저 축하한다. 둘째, 실제 시상식을 통해 축하한다.

빌 존슨이 이 교훈을 깨달았던 것은 1980년 자신의 시상식에서였다. 그는 전 세계에 분포되어 있는 맥도날드의 전 직원 중 상위 1%에게 수여되는 회장상을 받았다. 맥도날드 캐나다의 직원으로는 처음이었다. 당시 회장이자 맥도날드 캐나다의 설립자인 조지 코혼은 빌을 자신의 사무실로 불러 이 엄청난 소식을 전해주었다.

빌은 이 일에 대해 이렇게 회상했다.

"조지가 해준 격려의 말과 개인적인 축하는 공식적인 포상 그 자체보다도 내게 더 큰 의미였습니다."

POINT 개인적인 축하와 공식적인 축하는 각각 서로의 효과를 더욱 높여주는 기능을 한다.

MEMO

활기를 주라

Refuel. Renew. Rejuvenate.

재충전하라. 재생하라. 활력을 되찾아라.

직원에게 당근을 주고 싶은가?

흥미진진한 장소로 떠나는

참신한 현장학습은 어떨까?

박물관도 좋고,

근처의 역사적인 장소도 좋고, 음악회도 좋다.

직원이 일상 업무에서 벗어나

활력을 되찾을 수 있도록 해주자.

그러면 직원은 재충전된 에너지와

새로운 기분으로 직장에 복귀할 것이다.

POINT 활력을 되찾고 에너지에 충만해서 돌아온 직원은 그 긍정적인 에너지를 오롯이 일에다 쏟아 붓는다. 그리고 당신이 원하는 만족할 만한 결과물을 안겨줄 것이다.

MEMO

다시 한 번 말씀해주시겠어요?

"Success consists of a series of little daily efforts."
_ Mamie McCullough, motivational speaker

"성공은 매일의 자그마한 노력으로 이루어진다."
__마미 맥컬로흐, 동기 유발 강사

메시지를 전달하는 데 결정적인 요소는 '반복' 이다. 그래서 우리도 다시 한 번 반복해야겠다. 메시지를 전달하는 데 결정적인 요소는 '반복' 이다.

회사의 비전을 전달하는 데 당근이 완벽한 매개체가 되는 이유도 바로 여기에 있다. 당근을 받는 순간순간은 매번 신선하고 새롭기 때문에 그때마다 회사의 비전을 전달할 수 있는 기회가 된다.

시간을 두고 반복해서 전달하다 보면 직원은 당신의 메시지를 마음에 새기고 행동을 통해서 매일 메시지를 강화하게 된다.

이는 곧 방송실에서 마이크에 대고 당신의 비전을 광고하는 것과 같다. 그리고 이는 명함이나 사보 기사로는 결코 이룩할 수 없는 일이다.

POINT 당근은 일회성 이벤트가 되어서는 안 된다. 그렇게 한다면 안 주느니만 못한 결과를 불러올 수 있다.

존중하고 또 존중하라

Don't ruin the moment.

당근 수여의 순간을 망치지 마라.

고대 아시아인이 신봉한 생각에 따르면
성과를 축하하거나 인정하는 데
실패하는 것은 그 순간을 모독하는 것이다.
직원에게 그리고 직원의 성과에 대해
받아 마땅한 존중을 보여주라.
축하해주어라!

POINT 자신의 가치가 떨어졌다고 느끼는 순간을 대부분의 인간은 견뎌내지 못한다. 마음을 다해 칭찬하고 실수에 대해서는 가르쳐 고치도록 하라.

MEMO

"감사합니다"란 말의 효과

"To say 'well done' to any bit of good work is to take hold of the powers, which have made the effort and strengthen them beyond our knowledge."

_ Philip Brooks, philosopher

"어떤 형태의 훌륭한 일에든 '잘했어요'라고 말한다면 힘을 장악하는 것이다. 이 힘은 우리가 알고 있는 것 이상으로 사람들을 노력하게 만들고 강하게 만든다."

__필립 브룩스, 철학자

어머니는 우리에게 '감사합니다'가 마술의 주문이라고 가르치셨다. 실제로 이 말을 하기 시작하면 믿기지 않을 정도로 직원의 능력과 헌신과 동기를 확대시킬 수 있다. 이 마술의 주문이 작용하는 원리는 이렇다. 직원은 관리자가 귀중한 시간과 노력을 기울여 자신을 존중하는 모습을 보면서 감동을 받는다. 이렇게 상호 존중을 공유함으로써 상사와 직원 사이에는 감정적인 유대감이 형성된다. 그러면 직원은 관리자를 위해 기꺼이 더 많은 일을 하고자 하고, 결과적으로 이러한 문화가 강화된다. 직원에 대한 관리자의 기대가 계속해서 상승하면 직원의 업무 성과 또한 상승하게 마련인 것이다. 마술이 필요할 때가 있는가? 마술의 주문은 '아브라카다브라'나 '열려라 참깨'가 아니다! 그저 '감사합니다'란 말이면 충분하다.

POINT '감사합니다'라는 말이 가진 힘만 제대로 안다면 쓸데없는 헛고생을 하지 않아도 된다.

자신의 노력으로 얻은 휴가

Start them on their journey.

여행을 보내자.

주말을 이용한 일상에서의 탈출, 따뜻한 지방에서 보내는 겨울 휴가, 놀이공원에서의 신나는 하루.

'여행'이라는 당근을 사용하면 직원에게 당신의 메시지를 매우 정확하게 전달할 수 있다. 여행은 직원이 자신의 노력으로 직접 얻은 당근이다.

해변에 누워 있을 때, 얼음으로 뒤덮인 북쪽 지방을 유람선을 타고 지날 때, 직원의 귀에는 분명 이런 메시지가 울릴 것이다.

'너는 네 노력의 결실을 즐기고 있는 중이다. 이제 직장으로 돌아가 다시 한 번 해보라.'

직원의 배우자가 회사를 매우 좋아하게 되는 것은 말할 필요도 없다.

체스터의 한마디

나는 회사가 경비 전액을 지불한 멕시코 여행에서 돌아오는 길에 이 글을 썼다. 내게 회사를 좋아하는지 물어보라! 대답은 들어볼 필요도 없이 '예'이다! 그것도 소리 높여서. 아내 역시 마찬가지다.

아드리안의 한마디

체스터가 멕시코에서 내게 보내온 엽서는 정말 멋졌다.

마음을 쏟아 부어라

"When we feel deeply, we reason profoundly."

_ Mary Wollstonecraft, author

"깊이 느끼면, 더욱 깊이 이유를 따진다."

__메리 울스턴크래프트, 영국의 작가

그리 오래된 이야기도 아니지만 회사가 한 가족이라는 생각을 가졌던 시절이 있었다. 당시 관리자는 직원을 단지 생산자에 불과한 존재가 아니라 한 개인으로 염려하고 관심을 기울였다. 하지만 어느 시점에선가 경영진이 이러한 태도를 요주의 사항 목록에 올리기 시작했다. 이러한 경영진의 태도를 통해서 암암리에 전해진 메시지는 분명했다. '우리는 직원에게 개인적 호의는 베풀고 싶지 않다'는 것이었다. 그들에게 직원은 자원일 뿐이었다.

그러한 철학이 수년 동안 회사의 모든 층으로 스며들어가 결국 회사를 서로 낯선 사람들만 한가득 모아 놓은 집단으로 만들어놓고 말았다. 이런 경영 스타일에는 중대한 문제점이 있으니, 바로 효과가 전혀 없다는 점이다.

직원들은 상사인 당신이 자신을 염려하고 배려한다는 사실을 알 필요가 있다. 갤럽조사연구소가 개발한 고도로 생산적인 직장 환경 목록 12가지 중 5위는 '내 상사나 직장에 있는 누군가가 나를 한 개인으로 염려하고 배려한다'이다.

상사인 당신이 직원을 염려하고 배려한다는 사실을 직원이 알고 있는가?

회사에 대한 자신의 기여와는 별도로 상사가 자신을 한 개인으로 염려하고 배려한다는 사실을 직원이 알게 될 때, 당신은 비로소 직원과의 감정적 유대관계를 구축한 것이고 이런 유대관계가 긍정적이고 생산적인 회사를 만드는 초석이 된다.

POINT 직원과 직원이, 직원과 관리자가, 관리자와 경영진이 서로의 어깨를 꽉 붙잡고 회사를 지탱해야 한다. 그저 형식적으로 손만 맞잡고 있는 회사라면, 얼마지 않아 허물어진다.

MEMO

다시 체험하라

"Recognition is more powerful than any motivator. Research shows that, more often than not, cash bonuses get spent on bills and perks are soon forgotten, but recognition becomes a memory that is relived time and time again, continually building higher performance."

_ Michael P. Connors, Chairman and CEO, VNU Media, Measurement & Information

"포상은 어떤 동기유발 책보다 더욱 강력한 도구다. 연구 결과를 보면 현금 보너스는 청구서를 지불하는 데 사용되는 경우가 많고 특전은 곧 잊혀진다고 한다. 하지만 포상은 반복해서 체험하는 추억이 되므로 계속해서 더 높은 성과를 구축한다."

__마이클 P. 코노스, VNU 미디어, 메저먼트 앤 인포메이션 회장 겸 CEO

마이클은 틀림없이 이 점을 알고 있었다. 그리고 이러한 신념에 따라 수백 명의 군중 앞에서 머리카락을 밀었던 날을 여전히 기억할 것이다. 그때 그 사건은 〈월 스트리트 저널〉 1면에 대서특필되었다.

다른 사람이야 어떻게 생각하건, 그가 머리카락을 민 행위는 VNU의 인터넷 자회사인 네트 레이팅스의 회장이자 CEO인 빌 폴버에게는 당근의 순간이었다. 1년여 전쯤 마이클은 빌에게 가족을 도쿄에 이주시키고, 7년 연속으로 적자를 기록하고 있는 회사의 일본 지부를 순회하라는 임무를 부여했다.

마이클은 이것이 수용하기 힘든 임무란 사실을 알고 있었다. 그래서 내기를 걸었다. 그는 이렇게 말했다.

"빌, 자네가 12개월 동안 일본을 순회하고 나서 흑자를 낸다면 내가 사람들 앞에서 머리카락을 밀겠네."

결과는 어떻게 되었는가? 빌은 흑자를 기록했다.

그래서 스페인에서 열린 지도자 회의에서, 마이클은 이발사 두 명을 대동하고 무대 위로 올라가서 머리카락을 밀었다. 마이클은 이렇게 말했다.

"다른 사람이야 어떻게 생각하건, 그것은 당근의 행동이었습니다. 빌의 동료들 앞에서 공개적으로 이루어진 가치 인정의 행동이었지요. 빌만을 위한 행동이었습니다. 우리는 영원히 지속될 추억을 함께 만들었고 여기에 현금은 전혀 개입되지 않았습니다."

여기, 유용하게 사용할 수 있는 비결이 있다. 당근의 영향력을 강화하려면 직원이 탁월한 업무 성과를 거두었을 때 위에서 인용한 것과 같은 요소를 포함시켜라.

POINT 과감한 행동으로서 당신의 믿음을 보여주는 것, 그것은 직원의 뇌리에 오랫동안 기억되는 당근이 될 것이다.

MEMO

766

모를 땐 물어라

Stumped?

어찌해야 할지 모르겠는가?

직원에게 동기를 부여해서 업무를 제대로 수행하게 하고 고품질의 일을 생산하게 하는 방법을 고용주가 알고 있다고 믿는 직원이 1/3에 불과하다고 한다.

그런데 이것은 빙산의 일각에 불과하다. 절반에 조금 못 미치는 관리자들이 자신이 관리하고 있는 직원에게 동기를 부여하는 방법을 알지 못한다고 시인하고 있는 지경이니 말이다.

그렇다면 관리자가 해야 할 일은 무엇인가?

그저 직원에게 물어보면 된다.

직원을 한 사람씩 불러서 어떤 형태의 당근을 가장 좋아하는지 물어보라.

이것은 윈윈 전략이다. 당신은 필요한 대답을 얻을 수 있어 좋고, 직원은 자신의 필요를 좀 더 잘 파악하려고 애쓰는 당신의 노력에 고마움을 느낄 테니 말이다.

이런 일을 하는 데 로켓 제조에나 필요한 고도의 전문 지식이 필요한 것도 아니다.

POINT 관리자는 직원에게 '묻는 것'을 부끄러워해서는 안 된다. 자신에 대한 관심이라는 것을 알게 된다면 직원은 오히려 기뻐할 것이다.

명절을 놓치지 마라

December is a time of giving.

12월은 주는 달이다.

이맘때가 되면 명절 파티나 명절에 선물을 주고받는 것은 낡은 관습이 아니냐고 묻는 사람이 많다. 물론 명절 파티나 선물은 오랫동안 이어 내려온 관습이며 앞으로 우리가 은퇴한 후에도 수년 동안 지속될 것이다.

명절이 되면 관리자인 당신은 직원을 위해 무언가를 해야만 한다. 간단하게 말하자면 관리자의 진심에서 우러난 감사의 표시를 대신할 만한 당근은 없다. 당근을 통해서 직원은 자신의 가치가 인정받고 있으며 자신이 감사의 대상이 되고 있다고 스스로 느끼기 때문이다. 명절은 이런 일을 하기에 완벽한 시간이다.

이 기회를 놓치는 것은 당신은 직원에게 더 푸른 목초지를 찾아 나설 이유를 하나 더 제공하는 셈이다. 반대로 명절에 제대로 당근을 준다면, 경제가 호전되어 도처에 산재한 헤드헌터들이 다시 직원들을 유혹하기 시작할 때 당신 직원은 당근을 받았던 긍정적인 기억을 떠올리며 회사에 머물 것이다.

POINT 12월만이 가진 특성을 당근을 주는 기회로 삼으라. 당신의 이런 노력이 직원을 회사에 남아 있게 한다.

완벽한 선물 찾기

Holiday giving should be appropriate for your work force.

명절 선물은 직원에게 적절한 것이어야 한다.

한 관리자가 우리와 함께 대화를 나누다가 직원에게 명절 선물로 주려고 그릇 세트를 주문했다고 자랑스럽게 말했다.

우리는 그녀의 직원이 대부분 남자 근로자라는 사실을 떠올리고는 그 이유를 물었다.

그녀는 우리가 마치 엉뚱하고 철없는 일곱 살배기 아이라도 되는 것처럼 한숨을 지으며 말했다.

"그릇 세트는 누구나 좋아해요."

"그렇군요."

우리는 이렇게 대답할 수밖에 없었다.

명절이 끝나고 일선 근로자로부터 선물에 대해 엄청난 불평을 듣고 난 후에 그녀는 자신의 추측이 다소 잘못되었던 것 같다고 우리에게 시인해야 했다.

POINT 선물을 사기 전에 직원에 대해 파악하고 신중하게 생각해서 제대로 된 선물을 주어야 하는 건 기본이다.

한 가지 사이즈의 옷이 모든 사람에게 맞을 수 없다

Avoid the pitfalls of 'hamming it up'.

지나치게 앞질러 행동하는 함정에 빠지지 마라.

최근 뉴욕의 한 라디오 쇼에 전화를 건 시청자가, 의도는 좋았지만 치명적인 실수를 했던 풋내기 지도자 이야기를 들려주었다. 그가 크리스마스 전날 밤 전 직원에게 햄을 돌렸는데 나중에야 다수의 직원이 유대인이라는 사실을 알았다는 이야기였다. 직원의 명절 선물을 고를 때는 문화적·종교적·개인적 금기사항을 어기지 않도록 조심해야 한다는 걸 잊었던 것이다.

몇몇 회사에서는 직원을 고용할 때 '당근 질문지'를 배포해서 직원이 축하하는 날에 대해 묻는다. 직원들이 크리스마스를 축하하는지, 하누카(Hanukkah: 유대교에서 지키는 신전을 정화하는 제전, 성전 헌당 기념일)나 크완자(Kwanzaa: 아프리카 미국인의 문화 제전)를 축하하는지, 아니면 그저 새해만을 축하하는지 등을 말이다. 그러고 나서 원하는 당근이 무엇인지 묻는다.

이런 질문을 명절 전날 하기에는 너무 늦다. 후에 문제가 될 소지를 피하기 위해서라도 미리 준비하자.

POINT 그런 함정은 당신이 애써 준비한 당근을 '가치 없는 것'으로 전락시켜 버린다.

순위를 매겨라

You haven't heard the Half of it.

아직 반도 듣지 못했다.

로버트 하프 인터내셔널은

회사에 대한 직원의 만족도를 촉진시키는

가장 중요한 요소가 무엇인지 물었다.

이 질문에 대해 몇몇 나라에 속한

1,000개 대기업의 경영진은

'칭찬과 인정'을 상위 3위 가운데 하나로 선택했다.

당신의 우선순위에는

'칭찬과 인정'이 몇 위를 차지하고 있는가?

POINT 칭찬과 인정의 효과는 이제 눈으로 드러난 셈이다. 다시 한 번 그 가치를 새기고 지금 당신의 직원에게 달려가라. 그 다음에 무엇을 해야 할지는 잘 알 것이라 믿는다.

MEMO

직원을 공평하게 대우하라

Star or middle of the road, during the holidays, they're one and the same.

스타 직원이나 조연급 직원이나 명절 동안에는 모두 동등하다.

당신이 공식적인 회사 선물의 배포를 담당하고 있다면 선물을 반드시 공평하게 나눠주도록 하라.

명절 선물은 가장 많은 성과를 올린 사람에게 돌아가는 상과와는 다르다. 또한 직원마다 받는 금액에 차이가 있는 현금 보너스와도 다르다. 회사에서 직원에게 명절 선물을 제공하는 취지는 회사가 이룩한 집합적인 성공에 회사 내의 직원 모두 중요한 역할을 했음을 치하하기 위함이다. 그렇다고 모든 사람이 똑같은 선물을 받아야 한다는 의미는 아니지만 여하튼 모든 선물의 가치는 동일해야 한다.

만약 경영진에서 고참 지도자나 스타 직원에게 특별한 선물을 줘야겠다고 고집한다면 반드시 선물을 해당 직원의 집으로 보내도록 하라. 그렇지 않으면 불공평하다는 소문이 마치 따끈따끈한 고구마 위에서 녹는 버터처럼 퍼져나가서 급기야는 당신도 도마 위에 오를 것이다.

POINT 많은 사람이 모인 회사에서는 '말'이 나기 쉽다. 그 덫에 걸리지 않도록 작은 행동에 있어서도 신중을 기하라.

선물은 팀에게 보내는 감사의 표시다

With a company gift, consistency is the name of the game.

회사의 선물을 제공할 때는 일관성이 관건이다.

직원 스스로 당근을 선택할 때 당근에 대한 만족도는 증가한다. 이는 정말 단순한 원리다.

올해 명절에는 전통적으로 주던 칠면조나 기타 상투적인 선물을 주지 말고, 회사의 로고가 인쇄된 펜이나 과일 바구니, 커다란 시계, 저렴하지만 고상한 시계 등 작은 선물을 주도록 하라.

한 애완동물 관련 대형 소매업체는 최근 각 직원에게 멋진 명절 카드를 보냈다. 카드 속에는 경영진의 메시지와 함께 웹 주소와 접속 번호가 적혀 있었다. 직원은 온라인으로 들어가서 몇 가지 유용한 선물 가운데 하나를 고를 수 있었고, 직원이 고른 선물은 명절에 맞추어 직원의 집으로 배달되었다.

이런 방법을 사용하면 직원은 또 다른 혜택을 누릴 수 있다. 즉, 직원의 가족 모두가 모여 앉아서 당근을 받는 즐거움을 함께할 수 있는 것이다.

POINT 모두에게 주는 선물도 좀 더 특별하게 만들 수 있다. 그에 대한 아이디어를 짜내어보라. 그 노력 하나로도 당신은 특별한 상사가 될 수 있다.

사려 깊은 선물을 하라

Avoid gift certificates like the plague.

상품권은 마치 전염병인 양 피하라.

명절 선물로 그저 상품권을 건네주고 마는 덫에 빠져서는 절대 안 된다.

이런 관리자의 최대 문제점 중 하나는 사람이 소모하는 에너지를 모두 화폐 가치로 환산하는 것이다.

하지만 실질적으로 그 가치는 항상 받는 사람의 기대에 미치지 못한다.

한 직원은 상품권에 대해 다음과 같이 말하며 상품권을 받자마자 주머니에 쑤셔 넣었다.

"난 이 회사를 위해서 1년 내내 열심히 일했어. 따로 시간을 더 들이기도 했고. 그런데 그 모든 노력이 25달러 값어치밖에 되지 않다니…… 기가 막히는군."

POINT 사려 깊은 선물은 돈으로 환산하기가 어려운 법이다.

파티는 필수다

Set a time and place.

시간과 장소를 정하라.

관리자가 범하는 가장 흔한 실수는 크리스마스 파티나 명절 파티를 열지 않는 것이다.

명절에는 직원들이 긴장이 완화된 환경에서 함께 모여 서로를 좀 더 개인적으로 알게 된다는 장점이 있다.

이런 이유로 관리자는 직원들을 위한 파티를 반드시 열어야 한다.

물론 반드시 저녁에 열리는 정식 파티이어야 할 필요는 없다.

영화에서처럼 머리 위에 조명이 번쩍이는 성대한 파티일 필요도 없다.

간단하게 같이 점심을 먹거나 각자 음식을 가져와서 아침 식사를 같이하는 정도만으로도 직원을 한곳에 모으고 긍정적인 추억을 만들기에는 충분하다.

POINT 연말에 이런 자리를 마련하지 않는 곳은 거의 없을 것이다. 이제부터는 그 시간을 좀 더 특별하게 꾸밀 수 있도록 머리를 맞대어보자.

직원의 경제적 압박을 덜어주어라

Set spending limits for your team.

직원끼리 주고받는 선물의 액수를 정하라.

직원들도 명절에는 서로 선물을 주고받고 싶을 것이다.

그러나 어느 정도 수준에 맞추어야 할지 몰라 자칫 부담을 느낄 수도 있다.

이때 관리자가 선물 액수에 한계를 정해준다면 도움이 될 것이다.

보통 3~5만 원이면 적절한 선물을 찾기에 충분하다.

이는 정해진 예산으로 생활하는 직원을 배려하는 처사이기도 하다.

선물을 주고받기 전에 미리 직원들을 불러 모아서 꽤 가격이 나가는 선물을 교환하고 싶은지, 저렴한 선물을 교환하고 싶은지 물어라.

더불어 선물을 동시에 개봉하겠다는 계획을 직원에게 미리 알리면 모두가 생각과 행동을 통일할 수 있어서 좋다.

POINT 1년간 함께 고생한 동료와 갖는 이 행사의 참의미를 새겨보라. 값나가는 선물로 바꿀 수 없는 가치를 그것으로 인해 망치는 일은 없어야 한다.

선물 속에 담긴 메시지

A holiday gift provides another opportunity to communicate.

명절 선물은 의사소통의 기회를 제공한다.

직원에게 선물을 주는 궁극적인 목적은

직원 스스로 자신이 회사에 가치 있는 존재일 뿐만 아니라

감사의 대상이 되고 있다는 사실을 느끼게 해주는 것이다.

그런 의미에서 명절에 당신에게서 받는 선물보다

직원이 더 중요하게 생각하는 것은

선물에 동봉된 당신의 카드일 것이다.

상사로부터 받는 진심 어린 감사 카드를 대신할 만한 선물은 없다.

절대 잊지 말고 꼭 카드를 써서,

당신과 직원 사이에 긍정적이고

감사가 넘치는 말이 오고갈 수 있게 하라.

POINT 평소에 하기 힘든 말도 카드에 적는 것은 비교적 쉽다. 직원에게 마음으로 다가갈 수 있는 절호의 기회를 버려버리지 말고 잘 활용하라.

상사를 인정해주라

Remember to say thanks to your manager.

고참 관리자 또한 감사를 받을 필요가 있다는 사실을 우리는 종종 간과한다.

그들에게도 감사의 마음을 전할 수 있는 선물을 준비하되, 겸손한 태도를 취하는 것이 좋다.
자칫 관리자의 사랑을 돈으로 사는 듯한 인상을 주면 안 되기 때문이다.
그러니 관리자에게 줄 선물의 액수를 소액으로 제한하라.
사실 대부분의 상사가 흥분을 감추지 못할 만큼 좋아할 선물이 있다.

바로 진정한 감사의 마음을 담아서 직원이 직접 적은 명절 카드다.
이 카드에는 상사가 직원이나 팀의 성공을 위해 어떤 일들을 했는지 구체적으로 열거하는 것이 좋다.

POINT 진심은 언제나 통하는 법이다. 당신의 상사에게 역시 진심이 담긴 존경의 마음을 전하라. 그건 몇 십만 원짜리 양주보다 더 큰 가치가 있다.

고객을 챙겨라

Add clients to your list.

선물을 줄 사람 명단에 고객을 첨가하라.

고객에게 주는 명절 선물로 한 해를 기품 있게 마무리하라.

대개는 사무실로 선물 바구니를 보내는 방법이 좋다.

특이하고 간단한 예술 작품 또는 재미있는 선물도 좋다.

고객이 좋아하는 자선단체를 파악해서 고객의 이름으로 기부를 한다면 멋지고 인간미가 넘치는 선물이 될 것이다.

우리 책을 디자인한 리치 사이나우스는 고객 모두에게 자신이 디자인한 포장지를 선물한다.

그렇다면 적절하지 못한 선물에는 어떤 것이 있을까?

고객의 이름으로 당신이 선호하는 자선단체에 기부하는 것, 계약 체결을 위해서 협상을 하는 동안이나 협상을 시작하려는 시점에서 고객에게 값비싼 선물을 주는 것, 보석, 향수, 내의 등 매우 개인적인 물건을 선물하는 것 등이다. 물론 아무런 행동도 취하지 않는 것이 그중에서도 가장 끔찍하다.

POINT 당신과 직원들이, 그리고 회사가 1년을 잘 보낼 수 있었던 것은 '고객'이 있었기 때문이다. 그들을 홀대하지 말라.

나는 편애하고 싶지 않아

The Dirty Doze of Why We Don't

_ EXCUSE No. 12

당근을 주지 않는 구차한 이유 12가지

__핑계 12호

"나는 편애하고 싶지 않아."

어떤 특정한 직원에게 당근을 주는 것을 그 직원을 편애하는 처사로 생각해서는 안 된다.

오히려 당신은 편애해야 한다!

직원이 회사를 떠나는 최대 원인은 감사의 부족이다.

그리고 그런 직원의 부류에는 언제나 일류 직원이 포함된다.

다른 평범한 직원의 마음을 거스를까 봐 겁이 나서 뛰어난 직원을 잃는 일은 없어야 한다.

일류 직원은 상사인 당신의 온갖 칭찬과 인정을 받을 만한 자격이 있다!

POINT 뛰어난 직원 주위에는 그들을 눈독 들이는 경쟁자가 있게 마련이다. 그들의 마음을 붙잡아둘 수 있는 방법은 오직 당근뿐이다!

직원에게 스포트라이트를!

"Our highest achievements come while lifting someone else into the spotlight."
_ Adrian Gostick and Chester Elton, authors

최고의 성과는 누군가를 집중 조명 속으로 끌어들였을 때 이루어진다.
__아드리안 고스틱 & 체스터 엘튼, 저자

당신이 수립한 목적을 성취하는 데는 두 가지 방법이 있다.

첫째, 직원 모두를 이끄는 방법이다.

둘째, 직원을 앞으로 내세워 직원을 통해서 궁극적인 목적지에 도
    달하는 방법이다.

직원을 세우거나 조명을 받게 하는 것을 겁내지 마라.

이는 결국 당신의 경영 실적에 잘 반영될 것이다.

또한 그러다 보면 팀 전체가 충분히 집중 조명을 받는다는 사실에
놀라게 될 것이다.

POINT 당신과 함께한 직원들에게 스포트라이트를 비추라. 그들로 하여금
더욱 열심히 일하게 하는 그 조명은 결국 팀 전체, 그리고 당신에게로 향할
것이다.

직접 직원을 찍어라

A picture is worth a thousand words.

사진 한 장이 천 마디 말보다 낫다.

사진 촬영을 직원의 사기 진작에 이용하라!

야유회나 소프트 볼 경기, 근속상 기념 연회,

결혼식 등 포상 행사에서 찍은 사진을 가지고 추억의 벽을 만들어라.

디지털 카메라로 촬영하면 비용을 거의 들이지 않으면서

사진을 무제한으로 찍을 수 있다.

물론 그렇지 않은 사람도 있기는 하지만,

사람들은 자신의 모습이 찍힌 사진을 보기 좋아한다.

POINT 사진 속에는 직원들의 현재와 과거와 미래가 담긴다. 그 순간을 기록하는 일을 상사인 당신이 맡아준다면 그들에게 좀 더 특별히 기억되지 않겠는가.

MEMO

직원의 정신을 팽창시켜라

"A mind that is stretched by a new experience can never go back to its old dimensions."

_ Oliver Wendell Holmes, American jurist

"새로운 경험에 의해서 한껏 팽창된 정신은 결코 과거의 크기로 되돌릴 수 없다."

__올리버 웬델 홈스, 미국의 법관

직원에게 당근을 경험하게 하라.

그러면 직원은 옛 습성으로 돌아가려 하지 않을 것이다.

그리고 관리자인 당신 또한 마찬가지다.

POINT 하루에 사과 하나씩을 먹으면 의사도 필요 없다고 한다. 당신 직원의 정신을, 그리고 당신을 발전시키는 데 당근은 바로 그 역할을 한다.

MEMO

기록하라

It's a date!

바로 그날이다!

중요한 당근의 날을 달력에 빠짐없이 기록하라.

생일, 결혼, 명절, 경영자의 날, 회사 야유회,

근속 기념일, 회사 창립 기념일 등이 있을 수 있다.

이렇게 기록하는 습관을 들이면

중요한 날이 우선적으로 머릿속에 떠오르고

특별한 계획을 세우는 일이 흥미로워진다.

POINT 당신이 잊어버리고 당근을 주지 않으면 직원이 실망할 수도 있는 날, 오늘이 바로 그날일 수도 있다. 반드시 기록하는 습관을 들이라.

MEMO

문화적인 경험을 창조하라

"I spent my first few years as CEO concentrating on budgets and strategy and personnel issues, until I realized that the most important thing I and every other leader in North America must do is create the atmosphere or culture in which people work."

_ Kent Murdock, CEO, O.C. Tanner

"나는 CEO로 일하는 처음 몇 년 동안은 예산, 전략, 인사 문제 등에 집중했다. 하지만 나를 비롯해서 지도자들이 수행해야 하는 가장 중요한 임무는 직장 분위기와 문화를 창조하는 일이라는 사실을 마침내 깨달았다."

__켄트 머독, O.C. 태너 CEO

직장 환경이 긍정적이라면 직원은 회사에 머물면서 계속적으로 회사에 헌신할 것이며 회사를 발전시키지만, 직장 환경에 만족하지 못한다면 이직과 생산성 부족 현상이 발생하고 결과적으로 돈과 아이디어와 시간 낭비를 초래한다. 당신의 직원이 방향 상실, 고도의 불안, 소외감 등 자신의 가치를 인정받지 못하고 자극이 없다고 생각하며 고통받고 있는가? 그들의 지도자로 직장 문화를 창조하는 당신이 나설 때다!

스탠퍼드 대학교의 제프리 페퍼는 자신이 쓴 책 《인간 방정식The Human Equation》에서 이에 관해 다음과 같이 언급했다.

"경영직에 있는 사람들이 고도의 헌신을 구축하는 경우 발생하는 수익은 일반적으로 총주문의 30~50%에 달한다."

POINT 당신의 손으로 새로운 직장 문화를 만들어낼 수 있으니 매력적인 일 아닌가?

MEMO

수정이 필요할 때

In your eyes, the glass should be 80 percent full.

당신의 눈에는 잔이 80% 채워진 상태로 보여야 한다.

당근을 주는 일 자체가 몇몇 관리자에게 어려운 일일 수 있다면 수정은 훨씬 더 힘든 것이 보통이다.

여기, 업무 향상에 대한 토론을 한층 긍정적이고 생산적으로 할 수 있게 만드는 간단한 공식을 소개한다. 첫 단계는 긍정적인 분위기의 조성이다. 직원의 업무 성과가 당신의 기대치를 충족시키거나 초과하는 구체적인 영역에 대해 먼저 토론하라. 그런 다음, 수정이 필요한 행동 한 가지를 정확한 용어로 설명하라.

이때 주의해야 할 것은 말이 나온 김에 실패로 돌아간 다른 사례까지 언급해서는 안 된다는 것이다. 직원이 잘못하고 있는 점을 정확하게 요약해서 지목하고, 당신의 기대치를 충족시키려면 어떤 일을 해야 하는지 자세하게 설명하라. 설명은 매우 분명해야 한다.

마지막으로, 팀에 대한 직원의 기여에 대해 다시 한 번 감사를 표현하는 것으로 끝을 맺어라.

POINT 업무 성과에 관련된 주제에 대해 토론을 하는 경우에는 토론의 80%는 긍정적인 내용으로 채우고, 부정적인 내용은 20% 정도로 제한해야 한다.

한 해를 제대로 끝맺어라

Send them off in style.

직원이 당당하고 멋지게 한 해를 끝맺을 수 있게 해주라.

직원이 지난 한 해 동안 획기적인 성과를 남겼다면,

정식 휴가와는 별도로 크리스마스와 새해 사이에 휴가를 주어라.

POINT 12월은 감사의 달이다. 이런 때 받는 생각지 못했던 휴가는 직원들에게 더 의미 있게 다가올 것이며, 그 결과 더욱 업무에 충실할 것이다.

MEMO

만능 직원에 대한 근거 없는 속설

The first step is having realistic expectations.

첫 단계는 현실적인 기대를 갖는 것이다.

당신은 분명 요정이나 산타클로스, 귀신 등이 존재한다고는 믿지 않을 것이다.

그러나 관리자 사이에는 한 가지 근거 없는 속설이 여전히 존재한다. 바로 만능 직원의 존재다.

우리는 때로 직원 모두가 모든 면에서 완벽하기를 바라지만 솔직히 말해서 이는 현실적이지 못한 생각이다.

이렇게 생각하기보다는 직원이 가진 우수한 부분을 가장 잘 발휘할 수 있는 분야를 인식하고 그 분야에서 자유롭게 업무를 추진할 수 있도록 지원해야 한다.

이는 회사뿐만 아니라 직원에게도 바람직하다.

회사로서는 직원의 전문적인 지식과 기술로부터 혜택을 받을 수 있고, 직원의 입장에서는 자신이 회사에 가치 있는 존재로 인식되고 있다는 사실을 느낄 수 있기 때문이다.

POINT 열 가지에 대해 대충, 어느 정도 해낼 수 있는 것보다 한 가지 일을 탁월하게 해내는 능력이 더 중요하다. 각기 다른 분야에서 탁월함을 가진 직원들이 제 역할을 훌륭히 해내는 회사야말로 성공한다.

감사 카드를 보내라

Recognition that really hits home.

진짜 정곡을 찌르는 당근.

명절 연휴가 끝나갈 무렵 자녀를 모아놓고 마지막 남은 한 가지 선물을 풀어보라. 바로 한 무더기의 감사 카드다.

그리고 다음 날 시간을 들여서 자녀들이 할아버지, 할머니, 친구, 친척들에게 감사의 글을 적을 수 있도록 도와주어라(이런 일을 처음 시도해본다면 카드를 받을 사람들에게 먼저 경고를 하고 싶을지도 모르겠다. 카드를 받고 너무 기쁜 나머지 기절하지 말라고 말이다).

요즈음 감사의 글을 적는 습성이 점점 사라져가는 것이 안타깝다.

자녀들이 이런 습성을 익힌다면 성인 시기를 보내는 동안(특히나 경영 분야에서) 커다란 혜택을 누리게 될 것이다.

POINT 감사의 카드를 나누는 가족 분위기는 훗날 자녀들이 직장 생활을 하는 데도 도움을 준다. 당신의 집안에 그런 분위기를 만들어라.

MEMO

공이 돌아오지 않으면 움직이지 않는다

"Giving people a chance to be 'visible' for their work and accomplishments is the smartest thing a manager can do to motivate them."

_ Bits and Pieces, publication of The Economic Press

"관리자가 직원에게 동기를 부여하기 위해서 할 수 있는 가장 현명한 일은 무엇인가? 바로 직원에게 자신의 업무와 성과로 인해서 스스로 '가시화' 될 수 있는 기회를 주는 것이다."

__비츠 앤 피스, 《더 이코노믹 프레스Publication of The Economic Press》

숲 속에 있는 나무 한 그루가 쓰러지는데 주위에 사람이 없어서 쓰러지는 소리를 듣지 못했다면, 나무가 소리를 내었다고 할 수 있는가?

직원이 성공을 거두었는데 아무도 눈치 채지 못했다면 이런 일이 다시 일어나겠는가?

우리는 나무에 대해서는 아는 것이 없지만, 두 번째 질문에 대한 대답은 분명하게 알고 있다.

직원은 진공 상태에서는 일을 잘할 수 없다.

자신이 거둔 성과에 대해 공이 돌아가지 않는 일이 계속 발생한다면 직원의 기여는 점차 사라질 것이다.

직원이 이룬 뛰어난 기여가 눈앞에서 사라지지 않게 하려면 직원을 '가시화' 시켜라.

그들을 전방에 세워라. 영웅으로 만들어라. 공로를 안겨주어라.

POINT 당장 실행에 옮겨라. 그 결과 얻게 되는 결실을 당신은 분명히 좋아할
것이다.

MEMO

꽃으로 장식하는 당근

Pass the bouquet, please.

꽃다발을 건네주자.

팀이 이룩한 성과에 대해 멋지게
당근을 줄 수 있는 방법을 찾고 있는가?
직원에게 릴레이식으로 꽃다발을 보내라.
각 직원에게 잠시 하루 정도 꽃을 가지고 즐기다가
다른 직원에게 넘겨 그 역시 꽃을 즐길 시간을 주어라.

POINT 축하의 꽃다발이 가진 가치를 알고 있는가? 꽃은 금세 시들어버릴지라도 그 안에 담긴 의미는 직원의 가슴속에 오래도록 피어 있을 것이다.

MEMO

환경을 개선하라

Find out where you're at.

당신의 목적지를 파악하라.

직원에게 얼마 동안 당근을 제공한 후에는

그 결과를 측정하라.

직원을 대상으로 근무 환경에 대해

좋아하는 점과 좋아하지 않는 점에 대해 묻고,

특히 자신이 회사에서 제대로 인정받고 있다고 생각하는지,

수여받는 당근에 대해서는 어떻게 생각하는지 물어보라.

직원이 헌신해서 일할 수 있는

장소를 만들기 위해 끊임없이 근무 환경을 개선하라.

그리고 언제고 부담 없이

당신이 어떻게 하고 있는지 우리에게 알려 달라.

POINT 근무 환경은 직원들이 일을 하는 데 있어 아주 중요하게 생각하는 부분이다. 이 부분에 대해 어느 정도 만족한다면 그들은 신바람이 나서 일할 것이고 당신 손에 만족할 만한 결과물을 안겨줄 것이다.

한 발짝도 물러서지 마라

One year down, another to go.

한 해가 가고 다시 한 해가 시작되었다.

계속 배워라.

온라인에서 직원 포상에 대한 최근 기사를 찾아라.

POINT 새로운 한 해가 시작된다는 사실을. 노력을 멈추지 말고 계속해서 나아가라. 당신의 그 마음이 직원에게 닿을 때까지.

MEMO

다시 생각하라!

"There are as many ways to recognize people as there are people to recognize. You just have to use your brain to find them, next time you think you've exhausted the possibilities, THINK AGAIN⋯ and again!"

_ Eric Harvey, author

"포상을 해야 할 사람이 많은 만큼 포상하는 방법 또한 많다.

그 방법을 찾으려면 두뇌를 써야 한다. 가능한 방법은 모두 생각해봤다고 기진맥진해질 때도 다시 생각하라⋯⋯. 그리고 또다시 생각하라!"

_에릭 하비, 작가

이 부분이 당근에 대한 마지막 부분일지 모르나
당근을 통해 성공에 이르는 길에서는 시작에 불과하다.
당신의 높은 소망이 모두 이루어지기를 바란다!

POINT 끝은 또 다른 시작이다.

MEMO

자 기 경 영 대 사 전　습관

습관 파트의 한마디

좋은 습관은 행복한 삶을 만든다.

75명의 노벨상 수상자가 프랑스 파리에 모여 '인류가 직면한 문제'에 대한 토론회를 개최한 적이 있다. 그 자리에 참석했던 기자가 노벨상 수상자에게 물었다.

"당신은 어느 대학을 나왔고, 당신이 배운 것 중 가장 중요하게 생각하는 것은 무엇입니까?"

백발의 과학자는 뜻밖에도 "유치원입니다."라고 대답했다. 이 대답에 의아해하며 또 다른 기자가 물었다.

"유치원에서 도대체 무엇을 배웠다는 겁니까?"

과학자가 대답했다.

"선물은 친구와 나눠 갖고, 자기 물건이 아닌 것을 탐해서는 안 되며, 물건은 반드시 정돈해 두어야 하고, 잘못을 저질렀을 때에는 즉시 반성해야 한다는 지극히 간단한 것들이죠."

좋은 습관은 생명이라는 가지에 만개한 아름다운 꽃과 같으며 그것의 열매는 인간의 성장에 큰 영향을 미친다. 한 마리의 새가 때때로 초목의 종자를 무인도에 물고 와 황량한 대지를 숲으로 변하게 만드는 것처럼 말이다.

좋은 습관은 우리가 생명의 벌판에 조용히 내딛을 수 있는 마음의 길이라 할 수 있다. 이런 길이 있다면 우리는 가시밭에 갇혀서 해를 입지도, 끝없이 방황하면서 자아를 잃지도 않을 것이다. 또한 이상적인 세계에서 자유롭게 살아갈 것이며, 매일매일이 우리가 갈망하는 새로운 삶으로 변해 갈 것이다.

좋은 습관은 끊임없이 음표를 달아 우리를 매혹할 수 있는 노래를 만들고, 우리는 이 노래를 부름으로써 삶 속에서 리듬의 아름다움을 향유하게 될 것이다. 이뿐만이 아니다. 우리는 마음속 깊은 곳으로부터 용솟음쳐 올라오는 역량 또한 분출하게 될 것이다.

어느 여행자에게 여행지에서 발견한 기이한 작은 돌을 찾아 기념으로 가져오는 습관이 있었다. 그러다 그는 어느 산사의 눈 덮인 골짜기에서 우연히 큰 다이아몬드를 발견하게 되었다.

이렇듯 좋은 습관은 우리에게 다이아몬드를 찾을 수 있는 보물 지도를 발견하게 해줄 것이다. 또한 생명이라는 은행에서 우리 인생에 가치 있는 통장을 만들 수 있도록 도와줄 것이다.

나쁜 습관은 세월이라는 망망대해에서 서서히 배를 침몰시키는 작은 구멍과도 같다. 하지만 좋은 습관은 배를 앞으로 나아가게 하는 돛과 같다. 튼튼한 돛만 있다면 어느 방향에서 바람이 불어와도 앞으로 나아갈 수 있으며, 우리가 갈망하는 최종 목적지인 항구에 도달할 수 있다.

만약 당신이 자신을 위한 좋은 습관을 길러 나가고 있다면 미래의 삶에서 희망을 찾고 성공의 길로 들어서게 될 것이다. 이는 영감의 원천이 되어 지식의 문을 황금열쇠로 열 수 있게 도와준다.

반복적인 행동은 습관이 되며, 습관은 당신만의 독특한 자아를 만들어 낼 것이다.

미국의 저명한 심리학자 윌리엄 제임스는 이렇게 말 했다.

생각이 바뀌면 행동이 바뀌고

행동이 바뀌면 습관이 바뀌고
습관이 바뀌면 성격이 바뀌고
성격이 바뀌면 운명까지도 바뀐다.

좋은 글을 읽고 사색하는 사람은 지식과 지혜를 얻을 수 있고, 이렇게 형성된 좋은 습관은 다른 사람을 이해하는 데 도움이 된다. 또한 다른 사람을 배려할 줄 아는 좋은 습관은 즐거움과 행복을 가져다준다.

삶에서 일어나는 모든 일에 항상 적극적인 태도로 임하는 습관을 가진 사람만이 인생에서 성공의 영광을 누릴 수 있다. 이 모든 습관의 최종 목적지는 실천에 있음을 기억하라.

지혜로운 리더가 되기 위해서는 스스로의 습관을 돌아보고 나쁜 습관은 걸러내서 좋은 습관으로 만들어가야 한다. 습관이란 생각만으론 변화를 만들 수 없다. 실행에 또 실행을 해야 비로소 내 것이 될 수 있는 것이다.

성공한 사람들의 34가지 좋은 습관
이 글을 읽기 전에 당신은 성공한 사람들의 습관을 얼마나 가지고 있는지 평가해 보라.

1. '불가능' 이라고 말하지 않는다.
2. 일에 대한 최초의 반응은 '변명' 을 찾는것이 아니라 '방법' 을 찾는 것이다.
3. 좌절을 겪을 때마다 스스로에게 "차라리 잘됐어!" 라고 큰소리로

외친다.

4. 타인의 말이나 감정에 현혹되지 않고, 고난에 직면하게 되면 정면으로 부딪쳐 적극적으로 처리한다.

5. 모든 일에 앞서 우선 목표를 세우고 최선을 다해 그 '꿈'을 실현한다.

6. 모든 일에 앞서 우선 계획을 세우고 그 계획을 체계적으로 실행한다.

7. 1분, 1초를 헛되이 보내지 않고 일에 매진한다.

8. 사람을 기다릴 때, 줄을 설 때와 같은 자투리 시간을 수시로 이용한다.

9. 시간을 준수한다.

10. 지나치게 컴퓨터에 의존하지 않는다.

11. 떠오르는 영감은 그때그때 메모한다.

12. 중요한 관념이나 방법을 메모해서 붙여놓고 수시로 확인한다.

13. 발끝에 힘을 주고 힘차게 걷는다. 신체는 활력이 넘치되 산만하지 않도록 한다.

14. 매일 집을 나서기 전 거울에 자신을 비추고 당당한 미소를 짓는다.

15. 매일 한 번씩 자신에 대해 반성한다.

16. 매일 운동한다.

17. 중요한 일을 하기 전, 피곤할 때, 마음이 울적할 때, 긴장했을 때에는 1분 동안 자신의 심장 소리를 들으며 안정을 취한다.

18. 회의에 참석할 때에는 항상 앞줄에 앉는다.

19. 자주 미소를 짓는다.

20. 상대방의 말을 주의하여 듣고, 적절히 질문하며 보조를 맞춘다.

21. 말을 할 때에는 음성에 힘을 실어 자신의 목소리가 청중을 사로잡을 수 있도록 힘차게 말한다.

22. 자신의 의견을 말하기에 앞서 상대방의 감정을 고려한다.

23. 매일 의미 있게 진심을 담아 다른 사람을 세 번 이상 칭찬한다.

24. 제때에 맞춰 감사의 편지를 직접 쓴다.

25. 훈계하듯, 또는 질책하는 듯한 말투로 다른 사람과 대화하지 않는다.

26. 자신을 변호하기 위해 으레 보이는 다소 공격적인 반응을 스스로 제어한다.

27. 맡은 일 외의 활동도 겸한다.

28. 자신이 일하는 분야에서 조금씩 발전하는 모습을 보인다.

29. 15분 일찍 출근하고, 30분 늦게 퇴근한다.

30. 퇴근하기 전, 5분의 시간을 이용하여 하루의 일을 정리한다.

31. 정기적으로 예금한다.

32. 절약한다.

33. 항상 두뇌를 창의적으로 활용한다.

34. 철저하게 신용을 지키며, 이미 약속한 일은 무조건 실천에 옮긴다.

당신에게 이런 좋은 습관이 있는가?

살면서 부딪히게 되는 여러 상황들 속에서 당신은 어떻게 대처하는가? 아래의 질문들을 통해 당신의 평소 습관을 되짚어 보라.

1. 일상생활이 무미건조하게 느껴질 때, 당신은?
2. 인생이 지루하게 느껴질 때, 당신은?
3. 체력에 이상이 있다고 느낄 때, 당신은?
4. 일을 하면서 피곤함을 느낄 때, 당신은?
5. 자신의 태도가 오만불손하다고 느껴질 때, 당신은?
6. 뜻을 이루어 득의만만할 때, 당신은?
7. 돈이 항상 부족하다고 느낄 때, 당신은?
8. 슬럼프에 빠졌다고 느낄 때, 당신은?
9. 스스로에게 의구심이 들 때, 당신은?
10. 가족을 등한시했다고 느껴질 때, 당신은?
11. 하루하루가 무의미하게 느껴질 때, 당신은?
12. 눈코 뜰 새 없이 바쁠 때, 당신은?
13. 스스로가 안하무인이라 느껴질 때, 당신은?
14. 일에 최선을 다하지 못했다고 느낄 때, 당신은?
15. 당황하여 어찌할 바를 모를 때, 당신은?
16. 책임을 전가한다고 느낄 때, 당신은?
17. 사고 회로가 정지한 것처럼 느껴질 때, 당신은?
18. 실의에 빠졌을 때, 당신은?
19. 상사가 두려울 때, 당신은?
20. 의사소통에 문제가 있다고 느낄 때, 당신은?

21. 실적이 나쁘다고 느낄 때, 당신은?

22. E-mail을 받았을 때, 당신은?

1. 최대한 집중력을 키운다.
2. 유머 감각을 키운다.
3. 운동으로 심신을 단련한다.
4. 휴식을 취한다.
5. 분수에 맞게 처신한다.
6. 겸허하게 받아들인다.
7. 재테크를 한다.
8. 스스로를 격려한다.
9. 자신감을 키운다.
10. 가족들에게 사랑과 관심을 쏟는다.
11. 양서를 많이 읽는다.
12. 여유를 가진다.
13. 끊임없이 자신을 파악하고 공부한다.
14. 스스로가 만족할 때까지 전력을 쏟는다.
15. 사전 준비를 철저히 한다.
16. 스스로 나서서 과감하게 책임지고 처리한다.
17. 사고방식을 전환한다.
18. 개선점을 찾는다.
19. 마음을 새롭게 다잡는다.
20. 다른 사람들의 말을 주의 깊게 듣는다.
21. 적극적으로 행동한다.
22. 답장을 보낸다.

CHECK UP 당신이 이미 갖고 있는 습관과 부족한 습관을 체크해 두었는가? 만약 당신의 답안에 반 이상의 빈칸이 있다면 당신은 지금부터 이 글을 읽어보아야 한다. 이 글을 모두 읽은 후, 그 반 이상의 빈칸을 채울 수 있는 삶의 지혜를 얻게 될 것이다.

스스로에게 긍정의 주문을 걸어라

"갈채를 보내는 사람이 없다 하더라도 스스로를 격려하라."

이는 어느 유명 인사의 말이다.

현대를 살아가는 많은 사람은 일에 대한 스트레스, 감정의 불균형, 재정적 어려움 등으로 인해 힘겨워하고 한탄을 한다. 하지만 그들은 근본적인 자신의 내면을 돌아보기보다는 외적으로 보이는 조건들을 바꾸기 위한 노력에 치중할 뿐이다. 그것은 많은 사람이 내적인 '나'를 돌아볼 여유 없이 긴박함 속에서만 살아가기 때문이다.

즐겁고 행복한 삶은 누군가가 만들어 주는 것이 아니라 우리 스스로 만들어 가는 것이다. 나쁜 생각을 하면 불행해지고 긍정적인 생각을 하면 매사가 잘 풀리는 것처럼, 스스로에게 끊임없이 긍정적인 말을 되뇌면서 사고의 방향을 바꾸는 것이 중요하다. 예를 들어, 나는 할 줄 아는 것이 하나도 없다고 투덜댈 게 아니라, 나는 매우 용감하고 자신감에 차 있으며 무슨 일이든 할 수 있다고 격려할 줄 알아야 한다. 스스로에게 자신감을 불어넣는 비결을 본인만큼 잘 아는 사람은 없다. 내가 어떤 말을 듣고 싶어 하는지, 내가 무엇을 잘할 수 있는지, 내가 무엇을 원하는지에 귀를 기울여 생각을 밝고 긍정적으로 전환하는 것이 중요하다.

불가능하다는 생각보다는 할 수 있다는 자신감을 갖고 늘 적극적으로 행동한다면 마음이 더욱 여유로워지고, 세상을 보는 시야 또한 넓어질 것이며, 건강한 정신에서 우러나온 건강한 신체로 인해 유쾌하고 긍정적인 삶을 맞이하게 될 것이다.

자신에게 관대하라

휘트니 휴스턴의 노래 가사 중 이런 대목이 있다.

"자신을 열렬히 사랑하는 것은 세상에서 가장 위대한 사랑을 배우는 길이다."

자기 자신을 사랑하기 위한 가장 기본적인 자세는 스스로에게 관대해지는 것이다. 그러나 자신에게 관대해지는 것은 말처럼 쉽지만은 않다. 세상에 결점 없는 사람은 없듯이, 하룻밤 사이에 스스로가 완전무결한 사람으로 변하기를 바라는 욕심은 버려야 한다. 자신에 대한 욕심을 버리는 것, 이것이 바로 스스로에게 관대해지기 위한 첫 번째이다.

인간이라면 누구나 실수를 한다. '단점'이 없다면 '장점'이란 말은 생겨나지 않았을 것이다. 아무리 실수투성이일지라도 자신을 실망하고 자책하거나 포기하는 대신 따뜻한 시선으로 바라볼 줄 알아야 한다.

당신이 했던 지난날의 어리석은 실수들을 호탕하게 웃어넘겨라. 자신에게 관대하다는 것은 당신이 어떤 잘못을 저질렀을 때 너그럽게 용서할 줄 안다는 것과 같다.

아직 일어나지 않은 미래의 일에 대해 미리부터 걱정할 필요는 없다. 실패했다면 그 경험으로부터 교훈을 얻고, 그것을 거울삼아 같은 실수를 반복하지 않으면 된다. '실패는 성공의 어머니'라는 말도 있듯이 자신의 실수를 미래의 성공을 위한 거름으로 여겨 관대하게 바라볼 줄 아는 습관이 필요하다. '나'를 '내'가 사랑하지 않는다면 어느 누구에게서도 사랑받을 수 없다. 거만하지 않을 정도의 적당한 자신감, 이기적이지 않을 정도의 적당한 자기 사랑. 그리 쉽지 않은 세상을 무사히 살아 나가고 있는 당신은 충분히 사랑받을 자격이 있다.

스스로를 사랑하고 자신에게 관대하라. 자기를 사랑할 줄 아는 사람이 다른 사람도 사랑할 수 있다. 자기에게 관대하고 자기를 용서할 줄 아는 사람이 다른 사람에게도 관용을 베풀 수 있다. 과거의 잘못에 묶여 죄의식에 사로잡힌 채 사는 것만큼 어리석은 일은 없다. 지금 당장 거울을 보고 자신과 사랑에 빠져라. 자신의 아픈 곳을 스스로 어루만져 주어라. '그럭저럭 살 만한 세상'은 어느새 '살 맛나는 세상'이 되어 있을 것이다.

MEMO

지혜롭게 사고하고 행동하라

다른 사람이 무언가 베풀어 주기만을 기다리고 있는가? 그렇다면 당신은 쓸데없는 의존도만 기르고 있는 셈이다. 이는 자신의 운명을 다른 사람의 손에 맡기는 것과 같다. 이처럼 누군가에게 의존하는 습성이 있는 사람들에게 생존의 위기가 닥치면 어떻게 대응할까?

다른 사람이 베풀어 주지 않는다면 이들은 아무것도 얻을 수 없을 것이다. 이런 류의 사람들은 어려움에 직면하면 자신의 운명을 다른 사람의 손에 맡기고 갈팡질팡하기 일쑤이다.

굶주림에 허덕이던 두 사람이 한 노인에게서 낚싯대 하나와 광주리 안에 담겨 있는 크고 신선한 생선을 얻었다. 한 사람은 생선이 담겨 있는 광주리를, 다른 한 사람은 낚싯대를 갖고 각각 제 갈 길을 가게 되었다. 생선을 얻은 사람은 즉시 땔감을 이용하여 모닥불을 지피고 생선을 구운 후 허겁지겁 먹어 치웠다. 그리고 얼마 지나지 않아 그는 빈 생선 광주리 옆에서 굶어 죽었다.

낚싯대를 가져간 또 다른 사람은 낚싯대를 짊어지고 끊임없이 걷기만 할 뿐, 굶주림을 묵묵히 참았다. 겨우 바닷가에 도착한 그는 마지막 온 힘을 다해 바다로 낚싯대를 던졌다. 그러나 광주리를 가져갔던 남자보다 삶을 조금 더 연장했을 뿐, 그 역시 바닷가에서 죽음을 맞이했다.

일하지 않고 생선을 먹어 치운 사람도 곧 죽었지만, 먹지 않고 일만 한 사람 또한 오래 살지 못했다. 이 이야기는 스스로의 삶을 영위하기 위해서는 적절한 시간 안에 자신이 해야 할 일을 터득해 나가는 지혜가 필요함을 강조한다. 그것은 다른 누군가가 가르쳐 주는 것도 아니고, 오로지 자신이 해결해야 할 문제이다. 다른 사람에게 거저 받은 것에만 익숙한 사람은 자신 앞에 주어진 훌륭한 재료를 가지고도 삶을 개척해 나가지 못한다. 최악의 경우 그 재료들을 발견하지도 못한다.

지혜로운 사고나 행동하고자 하는 의지가 없다면 다른 사람의 도움도 하등 소용이 없다. 인간이 지닌 최고의 무기는 두뇌, 정신, 그리고 행동할 수 있는 손과 발이다. 이와 같은 것들은 모든 인간에게 기본적으로 부여되는 것으로서 누가, 얼마나 많이 이것들을 사용하고 발휘하느냐가 관건인 것이다.

MEMO

스스로를 철저히 관리하라

마음속에 자신만의 규칙과 확고한 신념이 있는 사람들은 어떤 일을 해도 결코 쉽게 실패하는 법이 없다. 하지만 성공한 인생을 살기 위해서는 자기 자신을 통제하는 법 또한 알아야 한다. 즉, 스스로에 대한 철저한 관리가 그만큼 중요한 것이다.

현대사회의 경쟁은 날로 치열해지고 있으며, 성공한 사람들은 하나같이 자신들의 성공 비결이 '내일 할 일을 오늘 하는' 습성에 있다고 말한다. 그렇다면 어떻게 해야 자기 관리를 철저히 하고, 내일 할 일을 오늘 할 수 있을까?

첫째, 내일 해야 할 일과 관련된 사전 준비를 한다. 책상 위에 CD와 문서가 질서 정연하게 준비되어 있어야만 짧은 시간 안에 원하는 정보를 찾을 수 있다. 이런 상황이 갖춰지면 필요한 물건을 쉽게 찾을 수 있고, 속도를 늦추거나 일을 중단할 필요가 없다.

둘째, 메모지는 정해진 위치에 놓아두고 날짜별로 기록하여 필요할 때마다 신속히 찾을 수 있도록 한다.

셋째, 해야 할 일의 순서를 반드시 숙지한다. 'To Do List'처럼 합리적인 순서로 체계화해 놓는다면 원하는 것을 바로 얻을 수 있다. 만약 이런 준비가 되어 있지 않다면 지금 당장 계획을 세워야 한다.

넷째, 충분한 수면과 올바른 식습관으로 건강한 신체를 유지하기 위해 노력한다. 세워 놓은 계획이 아무리 많다 하더라도 몸이 건강하지 못하면 무용지물이 되고 만다. 체력 관리는 자기 통제의 기본이다.

다섯째, 시간을 활용한다. 언제, 어디서 도움이 필요한지 빨리 판단할 수 있는 사람만이 적시에 계획적이고 합리적으로 일을 마무리할 수 있다.

여섯째, 당신이 누군가로부터 도움이 필요할 때 주변 사람들이 자발적으로 도와줄 수 있도록 평소 동료들과 좋은 관계를 유지한다. 이를 위해서는 상급자나 고객과의 관계에서 그들이 요청한 일을 일관되게 잘 처리해야 한다. 그렇게 그들과의 신뢰를 쌓아간다면 만약 당신이 어쩔 수 없는 상황으로 인해 그들에게 "아니요!"라고 말하더라도 충분히 이해받을 수 있을 것이다.

일곱째, 먼저 하루의 계획을 세워라. 일어날 수 있는 문제에 대해 미리 생각하고 대비하면 그 일에 따른 신속한 조치가 가능해진다. 이렇게 행동해야만 내일 해야 할 일을 오늘 마무리할 수 있다.

여덟째, 문제를 해결하는 것을 즐겨라. 문제가 발생했을 때 공황 상태에 빠져 불안해 하지 말고 최악의 상황에 빠지지 않도록 조치를 취하라. 당신이 최우선으로 생각해야 할 것은 '왜 이런 문제가 발생했고, 지금 당장 할 수 있는 일은 무엇이며, 훗날 같은 문제가 되풀이되지 않도록 어떻게 해야 하는가' 이다. 미래에 대한 철저한 준비는 당신이 감정을 안정적으로 유지할 수 있게 도와줄 것이다.

여유로움을 가져라

세계적인 배우, 톰 행크스는 텔레비전 인터뷰에서 기자의 질문에 이렇게 대답했다.

"일이 많다고 해서 결코 좋은 것은 아니죠. 여유를 즐길 줄 알아야 합니다."

그는 바쁜 일상이 오히려 방해가 된다고 했다. 너무 많은 일을 하기 위해서는 그만큼 많은 계획을 세워야 하고, 세세한 부분까지 신경 써야 하므로 일하는 도중 한눈을 팔게 되어 최상의 결과를 이끌어 내기 어렵다. 머릿속에 너무 많은 것들을 한꺼번에 주입하면 새로운 관점이나 창의적인 생각을 할 공간이 부족하게 마련이다.

모든 선택의 갈림길에서 최상의 선택을 하기 위해 필요한 것은 잠시 멈춰 진지하게 생각할 수 있는 여유이다. 그러나 만약 너무 바쁜 나머지 항상 동분서주하고 허둥지둥한다면 결국 소중한 무언가를 놓치고 말 것이다. 혼란스러움 속에서 명백한 해답을 찾기란 거의 불가능하다.

사람들은 겉으로 보이는 분주함을 미덕으로 생각하기도 하지만, 정작 일을 끝낸 후엔 자신이 진정 최선을 다했는지 종종 의구심을 갖는다. 바쁘게 보낸 시간들이 허망하게 느껴지기도 하고, 그 일을 통해 과연 자신에게 어떤 이익이 있는지 돌이켜 보며 회의감에 빠져들기도 한다. 그것은 오히려 다음 일을 하는 데 걸림돌이 될 수도 있고, 방치하면 자칫 긴 슬럼프를 초래할 수도 있다.

모든 일을 완벽하게 처리할 수 없다고 고뇌하지 말라. 처음부터 완벽한 것은 없다. 마음의 여유를 갖고 침착하게 행동할 때 비로소 이전에 보이지 않았던 것들이 하나씩 드러나면서 수정해야 할 사항들이 눈에 띄게 된다. 또한 풀리지 않았던 문제에 대해서도 여러 방법과 대책들이 자연스레 떠오를 것이다.

여유로운 시간은 이처럼 많은 것을 선사한다. 단 한 시간, 단 1분의 여유가 가로막힌 생각의 장벽을 무너뜨린다. 잠시만 마음의 휴식을 찾는다면 머리 아프게 고민하지 않아도 지혜는 반드시 떠오를 것이다. 오늘부터라도 여유로움을 가져 보라. 분명 놀라운 결과를 얻게 될 것이다.

MEMO

겸손한 마음을 가져라

『홀로 너무나 뛰어나고 향기로운 꽃은 숲으로 보내기 어렵다.』

위 시조에 나타난 '홀로', '너무나 뛰어나고' 는 배타적임을 상징한다. 사실 누군가의 인격이 배타적이거나 이기적이라고 해서 큰 문제가 되지는 않는다. 하지만 독선적인 이기심은 버려야 한다. 인간은 혼자서가 아닌 많은 사람과 무수한 관계를 맺고 살아갈 수밖에 없는 사회적 동물이기 때문이다. 사회적인 인간관계에서 독선은 금물이다.

설사 어떤 사람이 배타적이고 이기적이라 할지라도 자아를 실현하기 위해 끊임없이 노력한다면 그는 자신감이 충만한 사람이나. 자신감에 차 있는 사람은 좀처럼 부정적인 생각을 하지 않는다. 부정적인 생각을 하지 않는 사람은 어리석은 일도 하지 않으며, 이런 사람은 결코 자멸하는 일이 없다.

그러나 자신감이 아닌 교만에서 비롯된 독선은 다른 사람은 물론 자기 자신에게도 독이 된다. 실제의 자신보다 스스로를 더욱 높게 여기고 안하무인으로 사람들을 대하다 보면 주변의 사람들은 하나, 둘 떠나갈 것이며 친구라 부를 만한 사람이 단 한 명도 남지 않게 될 것이다. 그렇게 되면 다른 누군가의 도움이 필요한 결정적인 순간에 힘을 내지 못한 채 쓰러지고 만다. 인간은 혼자서는 나약할 수밖에 없는 존재이기 때문이다.

겸손은 인간이 지닌 최고의 미덕이다. 무슨 일을 하든지 겸손한 마음을 지니고 임하면 주어진 상황을 더욱 진지하게 파악할 수 있는 눈이 생긴다. 겸허하고 성실한 자세는 능력 이상의 것을 성취할 수 있도록 해준다. 또한 주변 사람들에게서 신뢰를 얻을 수 있게 된다. 당신이 독선적인 마음을 버리고 초심으로 돌아가 처음부터 다시 시작한다 하더라도 어느 누가 희망이 없다고 말할 수 있겠는가. 무언가를 버리고 새로운 도전을 할 줄 아는 용기가 있다면 당신은 반드시 희망을 발견할 것이다.

MEMO

당당한 자신감을 가려라

누군가의 훌륭한 성과를 절대 능가할 수 없다 여겼더라도 당찬 자신감만 있다면 충분히 성공할 수 있다. 또한 지극히 평범한 사람이라도 확고한 자신감을 지니고 있다면 얼마든지 큰 사업을 벌일 수 있다. 반면에 자신감이 부족한 사람은 아무리 출중한 재능, 높은 품격을 갖고 있다 하더라도 위대한 업적을 이룰 수 없다.

어느 병사가 나폴레옹에게 편지를 전하기 위해 말을 타고 전속력을 다해 달렸다. 말은 매우 빠른 속도로 달려왔기에 목적지에 도착하자마자 쓰러져 죽고 말았다.

나폴레옹은 편지를 받은 후, 즉시 답장을 써서 자신의 말과 함께 그 병사에게 건넸다. 나폴레옹이 그 병사에게 자신의 말을 내준 이유는 빠르게 회신을 보내기 위함이었다. 하지만 병사는 화려하게 장식되어 있는 강인한 준마를 보고 나폴레옹에게 말했다.

"그럴 수 없습니다, 장군님! 이 화려하고 뛰어난 준마는 평범한 병사인 저와 어울리지 않습니다."

그러자 나폴레옹은 "세상에 똑같은 물건은 없네. 프랑스 병사가 가질 자격이 없는 물건이란 것도 이 세상에 없다네."라며 그를 격려했다.

이 세상 어디에나 이런 프랑스 병사 같은 사람이 있기 마련이다. 그들은 스스로가 자신의 신분이 낮다고 여기며 다른 사람이 소유한 것들을 가질 자격이 없다고 생각한다. 평범한 사람은 위대한 인물과 함께할 수 없다고 여기는 것이다. 하지만 이런 생각은 종종 앞으로 나아가지 못하고 스스로를 한계 속에 가두는 원인이 된다.

어떤 사람은 가치 있고 좋은 물건이란 특별한 권리를 가진 사람들만의 전유물이라 여긴다. 이런 생각을 하는 사람은 위대한 업적을 이룰 수 있는 기회조차 얻기 힘들다. 많은 사람이 큰 업적을 이루기 위해 노력하지만 실질적으로는 작은 일을 하면서 평범하게 살아가는 경우가 대부분이다. 원대한 목표와 확고한 자신감이 부족해 쉽게 포기하기 때문이다.

돈과 권력, 명예를 얻기 위한 여러 조건들 중 자신감만큼 중요한 것은 없으며, 자신감이야말로 여러 가지 어려움을 헤쳐 나가는 데 있어서 가장 근본적인 요소라 할 수 있다. 한 번의 실패가 평생의 좌절을 의미하지는 않는다. 하지만 사람들은 일단 한 번 실패를 경험하게 되면 중도에 쉽게 포기하는 경향이 있다. 이는 확고한 자신감이 부족하기 때문이다.

언제, 어디서든 스스로 당당할 수 있는 자신감을 기른다면 고난을 겪거나 심지어는 실패에 이르더라도 쉽게 무너지지 않을 것이다. 긍정적인 사고는 강한 추진력을 일으킨다. 나는 해낼 수 있다는 자신감, 능력이 부족하면 더 노력해서라도 반드시 해내겠다는 의욕만 있다면 용기가 샘솟고 자신 안에 있는 잠재력을 깨울 수 있을 것이다.

자신의 자신감을 길러라

현대인들은 "내가 과연 잘할 수 있을까?"라며 자신의 능력을 종종 의심하곤 한다. 이는 결국 자신감이 부속하다는 것의 다른 표현에 지나지 않으며, 그러한 성향을 지닌 사람들은 어떤 일을 하더라도 매번 소심하게 행동하다가 중도에 포기하고, 끝내는 더욱 좌절하고 만다. 모든 일은 생각하기 나름이다. 생각을 바꾸면 인생이 바뀌게 되어 있다. 따라서 매사에 자신감을 갖는 태도야말로 가장 중요하다.

이런 우화가 있다.

옛날에 귀가 세 개인 토끼 한 마리가 있었는데, 친구들은 그를 괴물이라 놀리며 가까이하지 않아 그 토끼는 항상 외톨이었다. 낙담한 토끼는 매일 울기만 했다. 어느 날, 토끼는 남들과 똑같아지기 위해서 귀 하나를 잘라 버리기로 결심했다. 그렇게 한 개의 귀를 자르자 다른 토끼들과 똑같아졌고, 더 이상 따돌림을 받지도 않았다. 그들과 함께 어울릴 수 있게 되자 토끼는 세 개의 귀 중 하나를 잘라 버린 것은 매우 옳은 결정이었다고 생각했다. 얼마 후, 그는 우연히 다른 숲 속에 가게 되었다. 그런데 맙소사! 그 숲 속에 살고 있는 토끼들은 예전의 자신처럼 모두 세 개의 귀를 갖고 있는 것이었다. 그 숲 속의 토끼들은 자신들의 모습과 다른 토끼를 외면하였고, 토끼는 결국 그곳을 떠날 수밖에 없었다. 자신이 남들과 다르다고 경솔하게 생각했던 점이 바로 이 토끼의 잘못된 판단이었던 것이다.

이 우화는 우리에게 자신감을 잃으면 그릇된 판단을 하게 되고, 미래를 망칠 수도 있다는 깨달음을 준다. 지금 현대인들은 이 토끼처럼 자신감이 부족하여 무슨 일을 하기에 앞서 두려움부터 느낀다. 이는 자기 자신을 제대로 알지 못하기 때문이다. 자신감을 상실한 미래는 암울할 뿐이다. 분명한 것은 사람들마다 삶에서 희망하는 바가 다르다는 것이다. 당신은 어떤 희망을 갖고 있는가? 희망의 실현이란 당신이 자신감을 갖고 있느냐 아니냐에 달려 있다. 충분하고 당당한 자신감은 고난을 헤쳐 나갈 수 있도록 도와줄 것이다. 그렇다면 자신감을 기르는 방법을 살펴보자.

첫째, 실력을 쌓아라

실력을 쌓는다는 것은 부족한 전문 지식을 익힌다는 걸 의미한다. 오늘날 엔지니어, 회계사, 변호사 등은 당연히 자격증이 있어야 하는 전문직이며, 심지어 길거리에서 노점상을 하더라도 사람의 심리를 알아야 그 분야에서 달인이 될 수 있다.

둘째, 성취감을 끌어올려라

어떤 사람은 자신감도 없고, 과거의 성공 경험도 없어서 시도해 보기도 전에 실패할 것이라며 지레 겁을 먹는다. 이런 사람들은 모든 일에 집중하지 못하고 의기소침하므로 성취감을 최대한 끌어올려야만 자신감에도 불이 붙게 된다.

셋째, 스스로를 격려하라

어떤 사람이 매사에 항상 총명하고, 밝게 빛나며, 자신만만한 모습을 보인다면 당신은 그 비결을 궁금해 할 것이다. 그들의 비결은 무슨 일을 하든지 스스로를 격려하는 것이다. 자신을 스스로 후원하고 격려하는 것보다 더 큰 칭찬은 없다.

주도권을 가져라

주도권이란 자신이 의도한 일을 주동적인 위치에서 이끌어 나갈 수 있는 권리나 권력을 말한다. 이는 결코 외부의 힘에 의지하여 행동하는 것이 아니다. 주도권은 억지를 부리거나 다른 사람에게 공격적인 언행을 보임으로써 갖게 되는 것이 아니라 자신과 관련된 모든 일에 따르는 책임을 회피하지 않는다는 의미이다.

매사에 적극적인 사람들은 자신의 적성과 능력을 고려하여 이에 맞는 직업을 선택하는 데 비해, 그렇지 못한 사람들은 항상 자신이 처한 상황에 대한 불평만 늘어놓을 뿐이다. 이런 사람들은 저절로 자신의 운명이 변하거나 다른 누군가가 도와주기만을 바란다.

하지만 어느 누구도 자신의 운명을 바꾸어 줄 수는 없다. 다른 사람에게 책임을 전가하거나 누군가 자신의 어려움을 대신 처리해 주길 기대하지 말고, 원하는 바가 있다면 적극적인 자세로 스스로 개척해 나아가야 한다. 인생의 주인공은 다른 누구도 아닌 바로 자기 자신이기 때문이다. 당신이 자신에 대해 주인으로서의 직무를 포기한다면 자신을 보호해 주고 이끌 수 있는 사람은 어디에도 없다. 매 순간 스스로를 일깨우고, 매사에 적극적이고 주도적인 행동 습관을 기른다면 비즈니스에서나 삶에서 훨씬 더 유리한 위치에 오를 수 있을 것이다. 자, 지금부터 인생의 주인이 되어보라!

자신의 능력을 나타내라

현대사회의 인재 발굴이란 치열한 경쟁 속에서 이루어지는 만큼 자신만의 특기와 전문 지식을 갖추는 것이 무엇보다 중요하다. 이와 더불어 적절한 시기에 특기를 나타낼 줄도 알아야 한다.

자신의 업무에 대한 일반적인 지식은 직업으로서 으레 알아야 하기에 자랑할 만한 수준의 것은 아니지만, 다른 사람들보다 풍부한 전문 지식을 갖고 있다면 더 빨리 목적지에 도달할 수 있다.

최종 학력이 고졸인 광고 회사의 직원 A는 특별한 장점이 없어 그다지 주목을 받지 못했다. 그러던 중 사내에 막 컴퓨터가 도입되었을 때 간부회의가 열렸다. 지금은 거의 모든 사람들이 컴퓨터의 사용법에 대해 기본적으로 알고 있지만, 당시만 하더라도 컴퓨터를 다룰 줄 아는 사람이 드물었다. 컴퓨터 공급 업체가 자세히 사용법을 설명해 주었지만, 대부분의 간부들은 제대로 숙지하지 못했다. 그의 발표 차례가 돌아왔다. 사람들의 예상과 달리 그가 매우 능숙하게 컴퓨터를 다루자 모두 놀랐고, 심지어 이공계를 졸업한 엔지니어들도 감탄했다. 결국 A는 컴퓨터실의 관리자로 승진하게 되었다. 그는 적절한 시기에 숨겨 두었던 자신의 능력을 나타냈던 것이다. 어느 누구로부터 주목받지 못한 채 일반 사원으로 근무할 당시 머지않아 컴퓨터가 보편화될 것이라는 걸 예측한 그는 누구보다 빨리 컴퓨터에 관련된 지식을 배워 자기 것으로 만들었던 것이다.

특기란 바로 이런 것을 말한다. 숨겨진 재능이란 사람들이 당신을 업신여기지 못할 정도의 능력을 말하며, 특히 현대의 치열한 사회

속에서는 이런 능력을 하나라도 갖고 있어야만 사람들에게서 존경과 신임을 받을 수 있고, 인간관계의 폭도 넓어진다.

열이면 열, 모든 일을 잘할 수는 없다. 자신의 적성과 능력을 파악하여 단 하나라도 완벽히 내 것으로 만들고, 그렇게 익힌 나의 재능을 적시에 표출할 줄 안다면 주위로부터 인정받는 자신을 발견한 수 있을 것이다.

MEMO

자신에게 위로의 말을 걸어라

당신은 혼잣말을 하는 습관이 있는가? 어떤 사람은 항상 혼자서 중얼거리기를 좋아하여 길거리에서나 차 안, 혹은 사무실 등에서 곧잘 혼잣말을 하곤 한다. 대부분의 사람들은 이런 사람을 보면 정신이 나갔다고 생각할 것이다. 그러나 혼잣말로 중얼거리는 습관이 꼭 나쁜 것만은 아니다.

혼잣말을 하는 것도 좋은 습관이 될 수도 있다. 자신의 심리 상태를 위로할 수 있는 괜찮은 방법 중 하나이기 때문이다. 스스로에게 자신의 상태를 계속해서 일깨워 주고, 기분이 어떤지, 지금 자신에게 무엇이 필요한지를 묻는 것이다. 또한 앞으로 무엇을 해야 하는지, 무엇이 자신을 위해서 가장 좋은 해결 방안인지 찾아보는 것이다.

저마다 일이 뜻대로 되지 않아 초조해 본 적이 있을 것이다. 불안한 심리 상태가 장기적으로 지속되면 스트레스가 쌓이고 심신의 피로를 초래하여 일에 집중할 수 없다. 스트레스는 만병의 근원이라는 말이 있듯, 이 증세가 심하면 병으로까지 이어질 수 있다.

가끔은 다른 사람이 뭐라고 생각하든 신경 쓰지 말고 혼잣말을 해 보자. 자신과의 솔직한 대화는 당신의 마음에 안정과 평화를 가져다줄 것이다.

돈보다 즐거움을 찾기 위해 일하라

사회에 첫발을 내딛는 많은 사람은 고액의 연봉과 높은 명성을 얻기를 소망한다. 하지만 대학을 갓 졸업한 그들은 일에 대한 경력이 없기에 중요한 프로젝트를 맡는 일이 거의 없다. 그렇기에 높은 연봉을 기대하기는 어려우며, 이런 현실을 직면한 그들은 쉽사리 일에 대한 열정을 잃어버리기도 한다.

오늘날의 젊은 세대들은 사회가 냉혹하고 가혹하다는 사실을 일찍 깨달아 아버지 세대보다 더욱 현실적이다. 그들은 자신의 아버지가 언제 회사로부터 해고될지 모르는 상황을 가까이서 보고 자라났기에 그들에겐 '일'에 대한 새로운 정의가 생겨났다.

"내가 회사를 위해 일하는 만큼 회사도 나에게 그 이상의 보답을 해줘야 한다."

이처럼 내가 하는 것만큼 돌아오는 것 또한 만족스러워야 한다는 사고방식이 깔려 있기에 이들에게서 회사를 위한 헌신적인 노력을 기대하기는 힘들다. 그들에겐 이미 '돈이 모든 것'이라는 생각이 자리 잡혔고, 학창 시절에 꿈꾸었던 이상은 사라진 지 오래이므로 일에 대한 자신감과 열정 또한 찾아보기 어렵다.

그렇다면 왜 이런 현상이 일어나는 것일까? 이는 돈과 재물에 대한 사람들의 인식과 이해의 부족에서 비롯된다. 어떤 사람들은 일에 대한 열정은 생각하지 않고 오직 자신의 급여가 적은 것만을 한탄한다. 더욱 안타까운 것은 이들은 자신이 급여보다 더 중요한 것을 간과하고 있다는 사실을 모른다는 점이다.

사업에 크게 성공한 사람들에게 "지금 당장 당신에게 돌아올 이익이 없다고 해도 여전히 자신의 일을 열정적으로 하겠습니까?"라고 묻는다면 그들은 이렇게 대답할 것이다.

"그럼요, 여전히 열정적으로 일할 겁니다. 나는 돈을 목적으로 일하지 않으니까요."

성공하기 위한 가장 좋은 방법은 자신에게 지금 당장 돌아오는 보상이 없다 하더라도 자신이 하고 싶은 일을 선택해서 열심히 하는 것이다. 그러다 보면 돈은 자연스럽게 따라오는 법이다. 모든 회사가 경쟁적으로 원할 만한 인재가 된다면 당신은 원하는 만큼의 높은 임금을 받으며 일할 수 있을 것이다.

돈을 위해 일하는 사람이 되지 말라. 때로는 생계를 위해 돈을 벌어야 할 경우도 있지만, 일을 통해 자신의 잠재력을 발휘하는 것이 무엇보다 중요함을 잊으면 안 된다. 먹고살기 위해 일한다 하더라도 일의 가치를 떨어뜨려서는 안 된다. 왜냐하면 당신이 진정으로 추구하는 것은 생계를 이어가는 것이 아니라, 더 높은 이상과 목표를 달성하기 위함이기 때문이다.

돈보다 더 원대한 목표를 꿈꾼다면 돈을 벌기 위해 일하는 것이 아니라 즐거움을 찾기 위해 일하라. 생각을 바꾸면 훨씬 밝고 즐겁게 세상을 살아갈 수 있을 것이다.

더 나은 자신은 능력이 만들어준다

회사가 당신의 노력을 등한시하고, 그 노력에 상응하는 보상을 해 주지 않는다고 해서 언제까지 상심하고 있을 것인가? 실망하고 낙담하는 대신 스스로를 위한 파이팅을 외쳐 보라.

"내가 열심히 일하는 이유는 지금 당장 눈앞에 놓인 이익을 위해서가 아니라 먼 미래를 위함이다. 나에게는 지금까지 살아온 오늘보다 앞으로 살아갈 더 많은 내일이 있다."

열심히 돈을 버는 것도 중요하지만, 그보다 더 중요한 것은 어떻게 나의 미래를 달성해 나갈지에 대해 연구하는 것이다. 미래에 더 많은 보상을 받기 위해서는 기초를 잘 닦아두어야 한다. 만약 미래를 보는 안목이 없다면 지금 당장의 풍족한 생활만을 누리며 현재에 안주하기 쉽다.

과거의 젊은이들은 하나의 기술을 익히기 위해 수년 동안 적은 급여를 받고 일하면서도 불평할 줄 몰랐다. 그러나 오늘날의 일부 젊은이들은 일을 해가며 많은 것들을 배우고, 이와 동시에 꽤 넉넉한 급여를 받지만 회사에 대한 불평불만을 늘어놓는다.

이런 현상의 원인은 일에 대한 금전적인 보상, 즉 '급여'를 바라보는 관점이 예전과 다르기 때문이다. 하지만 시대가 변하고 문제를 바라보는 관점이 변했다고 해서 현실의 이익만을 추구하다 보면 큰 과오를 범하기 쉽다. 이것은 자칫 자신의 능력을 기르는 데 소홀해짐으로 이어져 미래를 위해 아무런 준비를 할 수 없게 된다.

더 많은 것을 얻기 위해 때로는 포기할 줄도 알아야 한다. 급여가 적다 하더라도 주어진 일을 열심히 하다 보면 저절로 축적되는 경험은 또 다른 재산이 되어 있을 것이다. 일은 재능을 높여 한껏 발휘할 수 있게 해주며, 다른 사람들과의 교류와 협력은 인격을 향상시켜 그들과의 의사소통을 원활하게 해준다.

이와 관련된 비스마르크의 예가 있다. 그가 러시아의 독일 대사관에서 일할 당시 그의 급여는 매우 적었다. 하지만 그는 어느 누구보다 열심히 일했고, 그렇게 축적된 외교 기법에 관한 경험은 이후 그의 정치활동에 큰 영향을 미쳤다.

백만장자들 역시 일을 막 시작했을 당시의 급여는 많지 않았지만 포기하지 않고 최선을 다해 노력하였다. 그들에게는 '돈'으로 따질 수 있는 가치보다 밝은 미래를 위한 현재의 '경험'이 더욱 뜻 깊었기 때문이다. 이처럼 최선을 다해 묵묵히 쌓은 경험은 훗날 엄청난 성과를 불러일으키는 근본이 될 수 있다. 일을 하면서 스스로에게 끊임없이 이런 말을 되뇌어 보자.

"'오늘의 나'는 더 나은 '내일의 나'를 위해 존재 한다."

현재 당신이 만족할 만한 정도의 돈을 벌고 있느냐 아니냐에 관계없이 지금의 모든 것은 미래를 위한 준비 중 한 부분이다. 자신이 얼마짜리 사람인지, 값을 매길 수 있는 자신의 모습에 집착할 게 아니라 새로운 지식을 수용하고, 새로운 능력을 기르고, 당신의 재능을 발휘하기 위해 노력한다면 머지않아 지나온 노력의 흔적을 뒤돌아볼 때 지금보다 훨씬 더 나은 자신을 발견할 것이다.

잊지 마라. '더 나은 자신'은 돈이 만드는 것이 아니라 능력이 만드는 것이다.

자신의 이상을 실현할 기회를 만들어라

"돈이 인생의 전부는 아니지만, 돈이 없으면 아무것도 할 수 없다."
이 말은 사람들의 마음속에 돈이라는 것이 매우 중요한 것으로 각인되어 있음을 말해 준다. 그러나 돈은 상품이나 서비스를 구매하는 수단일 뿐이므로 우리는 돈의 노예가 되어서도, 돈을 버는 것이 인생의 최종 목표가 되어서도 안 된다.

사람들에게 '철강왕'으로 알려진 앤드류 카네기는 서른세 살 때 맨손으로 창업하여 미국 최대의 철강 회사로 키웠다. 어느 날 그는 자신의 일기에 '인생에는 반드시 목표가 있어야 하지만, 돈을 버는 것을 목표로 하는 것은 가장 뒤떨어진 생각이며 부에 대한 숭배는 부질없는 것'이라고 적었다.

어느 천재적인 재능을 가진 제빵사가 있었다. 그는 어릴 때부터 빵 냄새를 맡기만 해도 거기에 매료되어 무섭게 몰두할 만큼 빵에 대해 깊은 관심을 갖고 있었다. 그렇게 장성한 그는 그토록 염원하던 제빵사가 되었다. 그는 빵을 만들 때 반드시 신선한 밀가루와 버터만 썼고, 반짝반짝 빛이 날 정도의 깨끗한 식기만을 사용했다.

그는 이처럼 신선한 빵을 만들기 위해 반드시 갖춰야 할 조건들 중 하나라도 부족하면 어떠한 영감도 떠오르지 않아 좀처럼 일을 할 수 없었다. 그는 자신이 만드는 빵 하나하나를 완전한 예술품이라 여겨 단 한 스푼의 버터라도 반드시 신선한 것만을 추구했는데, 기본적인 재료가 뒷받침되지 못할 경우 그로서는 참을 수 없는 모욕감마저 느꼈다. 그만큼 그는 자신의 일에 대한 무한한 열정을 지닌 사람이었던 것이다.

우리는 인생을 살아가며 오로지 돈만을 추구하여서도, 돈에만 의
지하여 살아가서도 안 된다. 돈이란 자신이 일한 만큼의 보답으로
받는 것일 뿐이다. 자신의 일을 즐길 수 있어야 금전적인 보상 또
한 만족스럽게 받아들일 수 있다. 당신의 최종 목표가 일에 대한
만족에서 돈으로 바뀌면 일을 하고자 하는 의지와 집념도 사라지
게 된다.
눈앞의 성과나 이익을 위해 일을 하는 사람은 돈을 빨리 많이 벌 수
있을지는 모르지만, 돈보다 더 중요한 자신의 이상을 실현할 기회
를 놓칠 수 있다는 걸 잊어서는 안 된다.

MEMO

최선을 다하고 책임감을 가져라

화가 모네의 그림 중 수도원에 관한 것이 있다. 모네가 화폭에 묘사한 것은 수도원을 배경으로 일하는 천사들이었다. 그 중 한 천사는 주전자에 물을 끓이고 있었고, 또 한 천사는 물통을 들어 올리고 있었으며, 요리사 복장을 한 천사는 손을 뻗어 쟁반을 들고 있었다. 비록 그림이 묘사하는 풍경은 지극히 평범하기만 한 일상이지만, 그림 속의 천사들은 자신이 하고 있는 일에 집중하고 있다.

'열중'이란 행위 그 자체로 설명되는 것이 아니라 행동할 때의 정신과 마음가짐으로 결정된다. 이는 일이 단순하든 단순하지 않든 어떤 자세로 임하느냐에 따른 것이다. 이 '마음가짐'에 따라 자신의 사고 범위를 넓힐 수도 있고 줄일 수도 있으며, 자신의 일이 숭고한 것이 될 수도 있고 하찮은 것이 될 수도 있다.

무슨 일을 하든지 일은 모두 나름대로의 의미를 갖는다. 단순히 기와를 옮기는 일을 하더라도 당신은 기와와 흙 속에서 시적 정취를 느낄 수 있고, 도서관 일을 한다면 일하는 과정에서 책을 통한 지식을 얻을 수 있을 것이다. 학생들을 가르치는 교사라면 설령 많은 강의 때문에 가끔 싫증을 느낄지라도 배움을 갈망하는 학생들과 소통하며 색다른 열정을 느낄 것이다.

다른 사람의 눈을 통해 자신의 일을 평가하거나 세속적인 기준으로 가치를 따지지 말라. 나의 눈이 아닌 다른 사람의 눈을 통해 항상 스스로를 바라본다면 자신의 일은 단순하고, 무료하고, 가치가 떨어져 보일 수도 있다. 다른 사람들이 보는 세상이란 먼지가 가득하고 어두울지라도 자신이 직접 바라보는 세상은 눈부시게 아름다운 한 폭의 그림과도 같을 수 있기 때문이다.

표면적으로 보았을 때 매우 무료해 보이는 일일지라도 그 안에서 즐거움과 의미를 찾게 될 것이다. 어떤 사람이든 일 자체를 이해할 수 있어야만 삶에 보람과 영예를 얻을 수 있다. 이는 자신의 개성을 독립적으로 유지할 수 있는 유일한 방법이기도 하다.

모든 일에는 노력할 가치가 있으며, 자신이 하는 어떤 일이라도 하찮게 여겨서는 안 된다. 아무리 사소해 보이는 일일지라도 최선을 다하고 책임감을 가져라. 사소한 일이라도 진중히 해내는 사람이라면 큰일도 비교적 가뿐히 해낼 수 있으며, 이렇게 한 발짝, 한 발짝씩 차근차근 나아가는 당신은 쉽게 좌절하지 않을 것이다.

MEMO

일하는 즐거움을 찾아라

어려운 상황에 처한다 할지라도 쉽게 포기하지 말라. 환경이 열악하여 일에 흥미를 느끼기 어려워도 매사에 적극적인 자세로 임한다면 생각지도 못한 좋은 결과를 얻게 될 것이다.

일을 하면서 새로운 경험을 할 수도 있고, 새로운 지식이나 신념을 얻을 수도 있다. 또한 일에 대한 열정이 높고 결심이 확고할수록 업무의 능률이 오를 것이다. 이처럼 열정적으로 일한다면 자연스레 일은 즐거워지고, 무거운 발걸음을 옮기며 출근할 때마다 심신을 괴롭히던 고단함은 사라져 활기찬 정신과 육체를 마주하게 될 것이다.

대기업에서 일하는 사람들은 대부분 남부럽지 않은 학벌과 지적 능력을 갖추고 있으며, 그에 걸맞은 보수를 받아가며 일한다. 이에 따른 자부심이 크겠지만, 그들이 항상 다른 사람들보다 즐겁게 일하는 것은 아니다. 누가 보기에도 어느 하나 빠지지 않는 사람일지라도 고독할 수 있으며, 진정으로 원하는 일을 한다기보다 생존을 위한 목적으로써 일할 수도 있다. 그렇기에 일하는 것 자체를 고통스럽게 느끼거나, 여러 가지 스트레스로 인해 건강까지 나빠질 수 있다.

자신이 하는 일에 대한 자부심과 즐거움을 느낀다면 어느 누구도 하던 일을 그만두고 바꾸려고 하지 않을 것이다. 하지만 직장에서 계속 스트레스를 받으며 아무런 보람도 찾을 수 없다면 그 일은 정말 본인과 맞지 않는 셈이다. 누구나 '슬럼프'에 빠질 수 있다. 하지만 스스로를 가다듬지 않는다면 어떤 직업을 갖든 만족감과는 동떨어져 끊임없이 직업을 바꿔야 하는 악순환이 계속될 것이다. 온 정열을 바치는 자세로 최선을 다해 일한다면 자신의 장점을 십분 발휘하여 무슨 일을 하더라도 고생스럽다고 여기지 않을 것이다. 그러나 자신의 일을 경멸하고 싫어한다면 결국은 실패로 끝나게 마련이다. 진지하고 낙관적인 정신과 불굴의 의지를 가진 사람만이 성공할 수 있다. 성공한 사람들은 하나같이 자신이 하는 일 속에서 즐거움을 찾으려고 노력한다. 게다가 항상 즐거운 마음으로 활기차게 일하며, 다른 사람들까지도 유쾌하게 만들어 함께 일하고 싶은 마음이 들게 한다.

일은 인생에서 가장 의미 있는 활동 중 하나이다. 직장 동료들과 새로운 관계를 형성하고, 고객이나 사업 파트너들과의 만남에서 즐거움을 찾도록 노력하라. '일'이라는 것 자체가 항상 기쁘고 즐거울 수는 없다. 하지만 일하는 동안 끊임없이 고뇌하는 것은 그 무엇과도 비교할 수 없는 삶의 즐거움으로 이어질 것이다.

잊지 마라. 즐겁게 일하는 당신은 인생 또한 즐겁게 살아 나갈 수 있음을.

MEMO

고대 로마의 황제가 죽음을 눈앞에 두고 시민들에게 이런 유언을 남겼다.

"근면하고 성실하게 일하라!"

로마 사회에는 두 가지의 위대한 잠언이 있었다. 그것은 근면한 자세와 로마에 대한 공헌으로, 이 두 가지가 로마인이 세계를 정복할 수 있었던 비결이기도 하다.

로마인들의 근면하고 성실한 품성은 로마를 부강한 나라로 만들었다. 그러나 부와 노예가 점점 증가하면서 로마인들은 더 이상 힘을 들여 일할 필요가 없게 되었고, 시간이 지남에 따라 로마는 점점 쇠퇴해 갔다. 나태하고 혼란스러워진 로마 사회에서 범죄는 갈수록 증가했고, 부패도 만연했다. 결국 이 위대한 제국은 역사 속으로 사라지고 말았다.

성공한 사람들을 보는 몇몇 사람들은 그들이 단지 운이 좋았을 뿐이라고 말한다. 그러나 운이 따른다고 해서 모든 사람이 성공하는 것은 아니다. 성공하지 못한 사람들은 그것을 위한 대가를 치르지 않고 정상에 서기만을 갈망할 뿐, 험난한 산길을 오르기 위해 도전하지 않는다. 이는 전투에 참가하지도 않고 승리를 희망하는 것과 같다. 어떠한 고난도 겪기를 원치 않으면서 모든 것이 순조롭기만을 바라는 허망한 욕심인 것이다.

근면하고 성실하게 일하라. 그러면 성공과 부와 명예는 당신의 것이 된다. 어려움이 닥치더라도 도중에 포기하지 말고 더욱 힘을 내어 일하라. 근면과 성실은 당신이 겪게 될 모든 고난이라는 장애물을 뛰어넘게 해줄 것이다.

열심히 일하는 당신에게 기회는 반드시 다가온다. 누군가를 능가하거나 최소한 그와 비슷한 수준에 이르고자 한다면 그 사람보다 훨씬 더 많은 노력을 해야 한다. 아무리 출중한 사람이라도 성실하게 노력하는 자를 이기지 못하는 법이다. 성실하게 일하는 사람만이 스스로를 빛낼 수 있다. 안락함이나 편안함만을 추구하지 말라. 하루 종일 빈둥거리며 일을 소홀히 하는 것은 스스로를 퇴보시키는 행위이다. 열심히 일하는 사람은 품격을 높일 수 있으며, 스스로도 인생에서 진정한 즐거움과 보람을 찾을 수 있다.

즉시 나쁜 습관을 버리고 자신의 꿈을 찾아 최선을 다하라. 당신의 운명은 반드시 변할 것이다. 더 할 수 있는데도 중도에 포기하거나 게을리 한다면 행복은커녕 그 순간부터 도태되고 말 것이다. 목표를 향해 꾸준히 걸어가는 사람만이 성공 지점에 도달할 수 있다.

습관

MEMO

자존감과 자신감을 키워라

전력이란, 말 그대로 오로지 한 가지 일에 온 힘을 다하는 것을 뜻한다. 이를 위해서는 사사로운 일이라도 혼신의 힘을 다해 노력하고, 자신이 맡은 일에 책임질 줄 알며, 빈틈없는 업무 태도를 보여야 한다. 무언가를 진정으로 원한다면 설사 큰 대가를 치르더라도 전심전력을 다하여 고난을 극복하라. 그러면 반드시 원하는 결과를 손에 넣을 것이다. 무언가에 전력한다면 그 안에 감추어져 있던 역량이 뿜어져 나와 당신을 지탱해 줄 것이다.

날로 치열해져 가는 현대사회에서 회사의 생사는 전력을 다하는 직원들에 의해 결정된다고 해도 과언이 아니다. 직원 개개인이 본인의 의무를 충실히 이행할 때 고객이 만족할 만한 최상의 서비스를 제공할 수 있고, 뛰어난 상품을 개발할 수 있다. 그 범위가 회사에서 국가로 확대되었을 때도 마찬가지이다. 나라가 부강해질 수 있느냐 없느냐도 전력을 다하는 국민들에 의해 결정된다. 예를 들어, 경찰이 국민을 위해 맡은 바 책임을 다하고, 의사는 환자에게 최선을 다하고, 정부는 민심을 살펴 국민들의 현실적인 문제를 해결한다. 이렇게 각자가 맡은 바에 최선을 다하면 그 나라는 부강해질 수 있다.

하지만 불행히도 모든 일에는 낙오자가 있기 마련이다. 그들은 일할 때 게으르고, 무책임하며, 자신의 과실에 항상 변명을 찾고, 반성할 줄 모른다. 또한 전력을 다해 일한다는 것의 이해가 부족하고, 자신이 하는 일에 대한 진정한 사명감도 느끼지 못한다.

전력을 다한다는 것의 의미를 가슴 깊이 새기고, 적극적이고 주도적인 자세로 매사에 임한다면 그에 따른 즐거움 또한 커질 것이다. 진정한 성공은 장기간의 노력에서 비롯된다. 준비조차 하지 않는 막연한 자세로 일한다면 회사에 막대한 손해를 입히는 것은 물론, 나아가 자신의 미래를 파멸시키는 행위가 된다.

사람에게 있어서 가장 소중한 자산 중 하나는 바로 개인의 명예이다. 당신에게 뛰어난 재주가 없더라도 전력을 다하는 정신으로 일한다면 사람들에게 존경받을 것이다. 반대로 당신의 능력이 월등히 뛰어나더라도 직업적 도덕의식이 없다면 사회에서 도태되고 말 것이다.

사람들의 존경을 받는 동시에 자존감과 자신감을 키워라. 직위와 급여의 낮음을 원망하지 않고, 투지를 잃지 않고, 근면하고 성실하게, 어려움을 마다하지 않고, 열정과 시간을 아낌없이 투자하면 일할 때의 즐거움을 찾을 수 있다. 더불어 만족감과 자부심도 얻을 수 있으며 다른 사람들의 존경 또한 받을 수도 있다. 그렇다면 누구라도 우수한 인재가 될 수 있음을 기억하라.

MEMO

적극적인 자세를 가져라

『겔시아에게 보내는 편지』에는 이런 말이 있다.

"내가 가장 손경하는 사람은 사장이 사무실에 있든 없든 묵묵히 맡은 일에 열중하는 사람이다. 이런 사람은 회사로부터 해고를 당할 일이 없고, 연봉 인상을 위해 파업하는 일도 없을 것이다."

누군가가 당신을 주목하기 시작했을 때 그제야 자신의 장점을 표현하려 한다면 때는 이미 늦은 것이다. 언제나 스스로에게 엄격한 기준을 세워 두고, 다른 사람이 지시하거나 요구하기 전에 스스로 일을 처리하는 태도를 가져야 한다.

성공한 사람과 평범한 사람의 가장 큰 차이점이란, 성공한 사람은 항상 자진해서 일을 하며 맡은 일에 책임을 진다는 점이다. 성공은 먼저 자신의 행동에 책임질 줄 아는 자세에서부터 시작한다. 그런 태도는 스스로에게 원동력을 부여해 더욱 발전하도록 노력하게 하고, 결국 성공에 이를 수 있도록 만든다.

상점에서 일하는 한 젊은이를 예로 들어보자. 이 젊은이는 주인이 시키는 일을 모두 마친 후, 고객의 쇼핑 목록까지 함께 적어두곤 했다. 이런 태도를 높이 산 회사는 얼마 후 그를 재무 부서의 관리자로 승진시켰다.

여기서 주목할 점은 기본적으로 그가 자신의 직무에 충실한 것은 물론이고, 자신에게 부여되지 않은 일까지 스스로 찾아서 하는 자세를 갖췄다는 점이다. 어떤 일에 종사하든 자발적이고도 적극적으로 행동하는 자세를 갖는다면 늘 남보다 앞설 것이고, 결국에는 경쟁에서도 승리한다. 어떤 회사에서 무슨 일을 하든 이런 습관이 몸에 밴 사람은 당장에는 눈에 보이지 않지만 성공에 한 발짝씩 접근하고 있음에는 의심의 여지가 없다.

그렇다면 적극적인 자세란 무엇인가? 적극적인 자세란, 다른 사람이 지시하기 전에 무엇을 해야 할지 스스로 파악하여 행동으로 옮기는 것을 말한다. 뛰어난 직원은 자발적으로 일을 처리하고, 뛰어난 관리자는 그런 적극적인 사원을 알아보고 육성한다.

다음과 같은 법칙들을 습관화 하며 항상 실천하라.

모든 일을 적극적으로 처리하라!

다른 사람이 재촉할 때까지 늦장을 부리지 말라!

낡은 관습을 고수하는 직원이 되지 말라!

실수를 두려워하지 말고 용기를 가져라!

주어지지 않은 일에도 자신의 능력을 최대한 발휘하여 처리하라!

당신은 매일 즐겁게 일할 수 있게 될 뿐만 아니라 성공으로 한 발짝 가까워져 있을 것이다.

MEMO

뛰어난 인재의 좋은 습관

우수한 인재란 소질과 능력을 겸비하고, 효율적으로 업무를 수행하는 사람을 말한다. 이런 사람들은 공동적으로 일에 임하는 몇 가지 좋은 습관을 갖고 있다.

첫째, 무슨 일이든 시작하면 끝을 본다
무슨 일이든 한 번 시작하면 끝을 맺는 습관은 어떤 분야에서나 가장 기본이 되는 태도이다. 여기에는 두 번의 창조 과정을 거치게 되는데, 바로 '생각'과 '행동'이 그것이다. 이처럼 모든 일은 먼저 마음속으로 구상한 다음에 행동으로 옮긴다.

둘째, 일의 우선순위를 정한다
유능한 직원을 어떤 일을 가장 우선순위로 두어야 하는지 판단하는 데 능통하다. 가장 중요한 일을 파악하고 결정한 후에는 그 일을 중심으로 구체적인 업무 수행에 들어가는데, 이는 정신을 집중하여 중대한 일을 처리하고 부차적으로 따르는 혼란을 제거하기 위함이다.

셋째, 상대를 고려하는 사고방식을 갖는다
비즈니스에서 상호 간의 이익을 고려하는 사람은 상대방을 협력자로 생각할 뿐 이익을 독식하는 데 방해가 되는 전투적 대상으로 생각하지 않는다. 일반적으로 사람들은 일의 정황을 두 가지로 나눈다. '강하게 또는 약하게, 승리 또는 실패.' 세상은 넓고, 누구든 만족할 만한 성과를 낼 수 있으므로 지나치게 자신의 이익에만 집착해서는 안 된다.

넷째, 상대를 먼저 이해한다

먼저 상대방의 생각부터 이해한 다음, 상대방이 나를 이해할 수 있도록 설득한다. 이 원칙이야말로 인간관계를 돈독하게 할 수 있는 관건이다. 다른 사람을 이해하는 것과 자신을 표현하는 것은 인간관계의 소통에서 없어서는 안 될 중요한 요소이다. 하지만 때때로 우리는 지나치게 참견하면서 다른 사람의 문제까지 해결하려 드는 경향이 있음을 유의해야 한다.

다섯째, 방해 요인을 극복한다

상호 간에 보탬이 되는 요소들은 서로 연결되어 있다. 효과와 이익을 결합하는 것은 발전을 방해하는 습관을 변화시키는 가장 강력한 방법이다. 발전에 상승작용을 일으키는 요소들로는 적극성, 합리적인 자세, 자각 능력, 효율 등이 있다. 반대로 발전에 방해가 되는 요소들은 대부분 소극적이거나 부정적인 태도, 비논리적이고 감정적인 것 등이다. 방해 요인을 극복하지 못하면 효과와 이익은 물론이고 원하는 결과도 얻을 수 없다.

여섯째, 끊임없이 새롭게 변화한다

삶에서 가장 가치 있는 투자는 자기 자신을 단련하고 연마하는 일이다. 삶에서 이루어지는 모든 결정은 하나하나가 삶의 소중한 수단이며, 이 모두 스스로가 선택하는 것이다. 일 자체가 경제적인 안정감을 가져오지는 않지만 일을 하면서 좋은 사고, 학습, 창조, 활용 능력을 발휘한다면 무슨 일을 하더라도 실패하지 않을 것이다. 당장 눈앞에 보이는 부가 경제적인 독립을 의미하지는 않는다. 부를 쌓는 능력을 지니게 되었을 때 진정으로 성공했다고 말할 수 있다.

MEMO

뛰어난 관리자의 좋은 습관

좋은 습관은 인생을 변화시킨다. 사소해 보이는 좋은 습관 하나가 성공의 밑거름이 되기도 하고, 별문제 없을 듯한 나쁜 습관 하나가 실패의 지름길로 이어질 수도 있다.

만약 당신이 관리자라면 다음과 같은 습관을 반드시 갖추어야 한다. 이런 습관을 유지하는 것은 어렵지 않지만, 그 파급효과는 상상을 초월한다는 것을 명심하라.

첫째, 일하는 시간을 연장한다

좋은 관리자가 되려면 자신의 직무와 사무적인 일 모두를 조화롭게 처리해야 할 뿐만 아니라 돌발적인 상황에도 현명하게 대처할 수 있어야 한다. 돌발적인 문제란 꼭 근무시간 내에만 일어나지 않으며, 모든 문제가 퇴근 시간 안에 해결되는 것도 아니다. 그러므로 회사가 당신을 필요로 할 때 언제든지 회사를 위해 발 벗고 나설 준비가 되어 있어야 한다.

둘째, 회사나 회사의 제품에 흥미를 갖고 열정을 발휘한다

기회가 있을 때마다 회사나 회사의 제품에 대한 흥미와 열정을 표현할 줄 알아야 한다. 이런 마음가짐은 일을 하는 중이거나 혹은 퇴근을 한 후에도 마찬가지이다. 회사에 대한 흥미와 열정이 다른 사람들에게까지 전해질 때, 회사나 동료들로부터 신임을 얻는 결과가 자연스레 따라올 것이다. 이 세상에는 비관적인 사고방식을 가

진 사람과 관계를 맺고 싶어 하는 사람은 없다. 따라서 회사의 발전에 대해 비관적이고 무관심한 사람에게 중요한 프로젝트를 맡길 회사 또한 없을 것임은 당연한 이치이다.

셋째, 중요한 프로젝트를 끝까지 책임진다
회사의 모든 부서와 직책에는 고유의 책임이 따른다. 그러나 돌발적인 상황은 부서나 개인을 구별해서 일어나지 않고, 그러한 일들은 대부분 급한 일이거나 중요하다. 따라서 회사의 이익을 먼저 생각하는 적극적인 자세로 임해야 한다. 만약 시간을 다투는 중요한 프로젝트라면 상사나 동료에게 도움을 요청하여 신속하게 처리할 수 있어야 한다. 중대한 프로젝트를 맡아 처리한다는 것은 자신의 능력을 기를 수 있는 좋은 기회이며, 이런 기회를 잘 활용한다면 여기서 축적된 경험은 당신의 중요한 자산으로 남을 것이다.

넷째, 일하는 시간에는 잡담을 피한다
다른 사람들은 당신이 맡은 일의 성격에 대해 자세히 알지 못한다. 그러므로 잡담을 하면 당신이 근무에 태만하거나 일을 중요하게 생각하지 않는다는 이미지를 줄 수 있다. 뿐만 아니라 쓸데없이 잡담을 할 경우 다른 사람의 일을 방해하거나 그로 인해 반감을 살 수도 있다. 만약 업무를 모두 마치고도 할 일이 없다면 관련 분야의 전공 서적을 읽거나 새로운 전문 자료 등을 검색하는 것이 오히려 도움이 될 것이다.

다섯째, 부서나 시스템에 문제가 발견되면 상사에게 시정을 건의한다

당신의 상사는 자신의 일을 처리하는 데 바빠 제때 지시를 내리지 못할 수도 있다. 이때 당황하거나 마냥 기다리는 게 아니라 필요한 일을 찾아서 한다면 상사는 당신의 그런 점을 높이 평가할 것이다. 당신이 항상 회사의 발전에 관심을 갖고 있다는 것을 다른 사람들이 느낄 수 있도록 행동한다면 당신과 부서의 업무 효율을 높일 것이다.

MEMO

유능한 CEO의 좋은 습관

유능한 CEO가 되기 위해서는 어떤 자질이 필요할까?

당신이 만약 다음의 자질들을 갖고 있다 하더라도 반드시 CEO가 되리라 장담할 수는 없다. 그러나 최소한 그런 자질조차 없다면 성공적인 리더가 되는 길은 멀기만 할 것이다. 다음의 글을 참고하여 CEO가 될 수 있는 자질을 키워 보자.

첫째, 매사에 용기와 패기가 있고, 겸허하며, 업무 관리에 능숙해야 한다

창업 초기에는 과감하게 모험을 감행하는 도전 정신, 그리고 어떤 장애물이든 뛰어넘겠다는 용기와 근성이 있어야 한다. 이른바 '업무 관리에 능숙하다'는 것은 맡은 일을 끝까지 완수하는 것을 말한다. 일을 하다 보면 좋은 결과도, 나쁜 결과도 생길 수 있으므로 어떤 순간에도 당황하지 않고 묵묵히 처리할 줄 알아야 한다. 도전에 직면하게 되었을 때 발생하는 어려움을 받아들이느냐 마느냐는 부차적인 문제이다.

둘째, 열린 마음으로 모든 것을 유연하게 받아들인다

자기 계발을 위해 실력과 의지, 융통성, 기개를 중요하게 생각하고 도전한다면 당신의 가치는 더욱 빛날 것이다. 명확한 목표를 정하고, 끊임없이 자신을 계발해 나간다면 성공에 더욱 가까이 다가갈 것이다. 그리고 환경이 변할 때마다 허둥대지 않고 적절히 대응할 수 있는 사람이라면 리더의 위치에 더욱 쉽게 오를 수 있다.

셋째, 실수를 인정하되 사과할 필요는 없다
문제가 발생하면 그 상황을 냉철하게 분석하고 원인을 찾는 것이 순서이다. 이런 경험들은 교훈이 되어 똑같은 실수를 다시 반복하지 않도록 돕는다. 여기서 자신의 잘못을 사과하느냐 마느냐는 우선적인 문제가 아니다.

넷째, 자신감을 갖고 끊임없이 자기 계발에 전념한다
끊임없이 경험과 능력을 쌓아야 성공에 더욱 가까이 다가갈 수 있으며, 직업을 선택할 수 있는 범위 또한 넓어진다. 자신감을 갖되 자만하지 않는 것도 중요하다. 다른 사람들이 내가 갖추지 않은 좋은 점을 가지고 있다면, 그것마저 내 것으로 받아들여 발전의 계기로 삼을 줄 알아야 한다.

다섯째, 창의적으로 생각하고, 사려 깊게 행동한다
창의적인 정신은 사고를 활발하게 한다. 그런 상태에서는 기발한 아이디어들도 쏟아져 나오기 마련이다. '심사숙고한 뒤에 행동하라' 는 말은 감정을 조절해 어설프게 행동하지 않음으로써 실수를 방지할 수 있는 신중한 태도의 중요성을 말한다.

여섯째, 열정을 일깨워라
사업에 대한 열정을 갖고 있어야만 진취적인 능력을 이끌어 낼 수 있다. 목표에 대한 열정을 갖고 있다면, 그 목표를 성취하기까지 의욕적으로 도전할 강력한 힘이 솟아나기 때문이다.

인생을 보람있게 살아라

다음은 85세의 노신사가 쓴 글이다.

"만약 내가 인생을 다시 한 번 살아볼 수 있다면 실수란 실수는 다 해보고 싶다. 항상 노심초사하면서 완벽한 삶을 추구하려 아등바등하지 않을 것이고, 어떤 환경에서도 적응하려는 노력 그 자체에 만족할 것이며, 인생을 정확하게만 살려 하지 않을 것이다. 죽도록 일만 하기에 인생이란 너무 짧기 때문이다. 무언가에 미쳐 보고 싶고, 한 번쯤은 내게 금지되었던 일도 해보고 싶다. 인생에서 고난도 겪어 보고 싶고, 여행도 자주 다니고, 많은 산을 오르고, 바다에서 수영도 해보고, 아직 가보지 못한 수많은 곳으로 여행을 떠나고도 싶다. 번뇌에 휩싸였을 때에는 문제를 방치해 둔 채 해결을 미뤄 보고도 싶다.

자, 이제 당신은 내가 어떤 사람인지 알게 되었을 것이다. 나는 하루하루, 또 매시간을 소중하게 여기는 매우 합리적인 사람이었다. 그러나 정작 나는 그 시간을 즐기지 못했다. 그 시간은 늘 해야 할 일로 가득 채워져 있었으며, 나는 언제나 일만 하는 로봇처럼 살았다. 가족도, 친구도, 애인도 그러한 내 삶에 개입할 수 없었다. 나는 혼자였다.

아! 나도 한 번쯤 방종한 생활을 해보고 싶다. 만약 다시 한 번 인생을 살아볼 수 있다면 1분, 1초를 아끼려 안달하지 않고 인생을 향유할 것이다. 지금까지의 나는 어디를 가든 온도계, 보온병, 보안

경, 우비와 낙하산 등을 항상 구비하고 다녔다. 그러나 내게 인생을 다시 살 수 있는 기회가 주어진다면 이 모든 것은 잊은 채 자유롭게 길을 나설 것이다.

만약 내가 젊은 시절로 다시 돌아갈 수 있다면 초봄에는 맨발로 집 밖에 나가 잔디밭을 실컷 밟아보고, 늦가을에는 신선한 공기를 마시며 밤이 깊도록 바깥 경치를 구경하고 싶다. 나는 아이처럼 목마를 타고 몇 번이고 선회하고 싶고, 몇 번이고 일출을 보고 싶고, 나의 아이들과 많은 시간을 보내고 싶다. 내가 인생을 다시 살 수만 있다면 이 모든 것을 해보고 싶다.

그러나 한 번 지나간 세월은 다시 돌아오지 않는다는 것을 나는 이제야 절실히 느끼고 있다."

이 글은 우리에게 '인생은 너무나 짧으므로 뒤늦게 후회하지 않도록 보람 있게 살아야 한다'는 깨달음을 준다.

인생은 꿈처럼 순식간에 흐른다. 성공하고 싶다면 귀중한 시간을 효율적으로 활용하는 것이 무엇보다 중요함을 명심하라.

MEMO

자신에게 여유를 줘라

오늘날 많은 사람은 운명을 극복하기 위해, 또는 사업에서 성공하기 위해, 더 나은 내일을 위해 분과 초를 다투며 바쁘고 치열하게 살아간다. 이들은 일상생활의 자투리 시간까지 스케줄로 빽빽하게 채워 두고 자신을 위해 '충전' 할 약간의 틈조차 갖지 못한다.

'충전' 이란 새롭게 발전할 수 있는 기회를 위한 여유를 말한다. 하지만 현대인들은 각종 업무와 관련된 일에 얽매여 여유로움도, 즐거움도 느끼지 못하고, 여유가 어떠한 영향을 미치는지 또한 알지 못한다. 그렇다면 이렇게 조금의 여유도 없이 분주하게 일해서 결국 얻게 되는 것은 무엇일까? 그것은 바로 항상 지치고 피곤한 몸과 마음, 만성 긴장 상태에 놓일 만큼의 심각한 스트레스이다.

만성 긴장 상태란 건강과 병 사이에 놓인 상태로, 만성피로증후군이라고도 한다. 이런 증상을 갖고 있는 사람들은 많은 국가와 지역에 광범위하게 존재하며, 이 증상은 이미 국제 의학 연구계의 핫이슈가 되고 있다. 의학계의 조사에 따르면 이런 상태는 20~45세 사이의 남성에게서 특히 많이 나타난다. 이들은 쉽게 피로감을 느끼고 불면증, 주의력 결핍 등으로 정상적인 생활이 어려워지는 것이 특징이다.

전문가들이 실험과 연구를 계속 해오고 있지만 아직까지 이에 대한 명확한 원인은 밝혀지지 않았다. 다만 전문가들은 '화이트칼라' 계층의 사람들일수록 다른 사람들에 비해 유독 정신적인 스트레스에 시달린다고 말한다.

만약 그들이 적절한 시점에서 자신들의 불안한 심리 상태를 확인하여 즉시 스트레스를 해소한다면 '만성피로'로 발전할 가능성은 적다. 그러나 정신적인 스트레스가 장기간 누적되면 뇌에 과부하가 생겨 대뇌 세포에 산소와 영양이 제때 공급되지 않아 교감신경 시스템이 흥분 상태에 빠진다. 그러면 자율신경계는 조화를 잃어 뇌는 피로를 느끼게 되고, 이런 상태가 지속되면 전신에 만성피로가 나타나는 것이다.

병에 대한 원인을 찾으면 병은 의외로 쉽게 고칠 수 있다. 만성피로쯤은 자신과 동떨어진 세계의 이야기로 만드는 방법, 그것은 바로 자신의 심리 상태를 제때에 파악하여 좀 더 여유를 주는 것이다. 여기서 중요한 것은 '매일 매일 자신에게 한 시간의 여유를 준다'는 약속이다. 바쁜 일과 중 하루 한 시간의 여유는 무리일 것 같지만 결과적으로는 시간을 낭비하는 것이 결코 아님을 알아야 한다.

아침에 일어나서 출근하기 전, 점심을 먹은 후, 혹은 집에 돌아가 잠들기 전 한 시간의 여유를 가져 보라. '일을 하다가 시간이 남으면'이라는 생각을 버리고, 하루 일과 중 아무것도 하지 않는 한 시간을 미리 계획해 두는 것이 좋다. 이는 만성피로를 예방하고, 과다한 업무와 그 밖의 일상적인 스트레스로부터 자신을 지켜 나갈 수 있는 가장 쉬운 방법이 될 것이다.

재테크를 위한 여섯 가지 좋은 습관

재테크의 목적은 돈과 재물을 얻는 데 있다. 재테크에 성공하면 상당 수준의 재정적 여유를 확보할 수 있는데, 이에 도달하기 위해 다음의 몇 가지를 습관처럼 기억하는 것이 중요하다.

첫째, 정기적으로 저축한다

매달 일정한 금액을 저축하도록 노력한다. 금액이 많든 적든 상관없다. 얼마를 저축하느냐보다는 매달, 꼬박꼬박 저축하고 있는지가 관건이므로 반드시 큰돈만을 저축하려고 애쓰지 않아도 된다. 얼마가 됐든 통장에는 분명 돈이 차곡차곡 쌓이고 있을 테니까 말이다.

둘째, 소비는 계획적으로 한다

대폭 세일하는 예쁜 옷이나 장신구들이 당신을 유혹해도 절대 월급의 반 이상을 소비해서는 안 된다. "이번이 마지막이야! 다음부터는 절대 사지 않을 거야!"라는 핑계도 금물이므로, 충동구매를 경계하는 것을 잊지 마라.

셋째, 가불을 하지 않는다

가불을 받으면서 소비하는 태도는 바람직하지 않다. 지출을 계획적으로 하려면 가계부를 기록하는 것도 좋은 방법이다. 수시로 조금씩 가불을 받는 금액에 이자까지 더하면 1년 후에는 적지 않은 손실을 보게 된다. 게다가 원금의 이자를 1년 동안 모은다면 얼마가 될지 생각해 보라. 그것 또한 큰돈이 될 것임은 당연한 이치이다.

넷째, 작은 일이라고 대범하게 굴지 않는다

일반적으로 사람들은 푼돈에 관대해지는 경향이 있다. 예를 들어 아침에 늦잠을 자서 지각을 할까 봐 택시를 타고 출근하는 경우가 있다. 만약 하루에 2,000원씩 일주일에 세 번을 쓴다면, 한 달이면 무려 24,000원에 이르고, 1년이면 자그마치 288,000원이나 된다. 이런 돈을 작은 일에 무심코 쓰느니 가족들을 위해 사용한다면 훨씬 더 가치가 있을 것이다.

다섯째, 큰 일에는 신중해져라

친한 친구가 돈을 빌려 달라고 하면 당신은 큰돈도 주저 없이 빌려 줄 것이다. 그러나 남에게 함부로 돈을 빌려주는 행동은 좋지 않은 결과를 불러올 수 있음을 잊지 말아야 한다. 만약 그 돈을 은행에 저축한다면 이자를 받을 수 있으니 오히려 도움이 될 것이다. 하지만 혹시라도 친구가 태도를 바꿔 제때에 돈을 갚지 않는다면 우정까지도 잃어버리는 결과를 초래할 수 있음을 기억해라.

여섯째, 재테크는 반드시 저축만을 의미하지 않는다

사람들은 대개 위험을 무릅쓰며 어딘가에 투자하기보다는 은행에 저축하는 것을 선호한다. 하지만 은행에 저축해 놓았던 돈으로 과감하게 주식이나 부동산에 투자하는 것도 때로는 실속 있는 재테크를 위한 하나의 방법이 될 수 있다.

책에 답이 있다

책을 읽는 데 필요한 것이라고는 오로지 시간뿐, 책을 읽어서 손해 볼 일은 없다. 따라서 지혜로운 삶을 살고자 하는 사람들에게 "좋은 책에 답이 있다."라는 말은 새삼 강조할 필요도 없다.

우리는 사람들과의 교류를 통해 친구를 만들고 그 사람이 읽는 책을 통해 품격을 알 수 있다. 그래서 책은 흔히 인생의 파트너 혹은 반려자에 비유된다. 좋은 책 한 권은 막역한 친구가 될 수 있고, 과거, 현재, 미래에도 당신을 변함없는 우정으로 따뜻이 맞아 줄 것이다. 또한 책은 인내심을 길러줄 뿐 아니라 우리가 곤경에 빠져 있거나 고통 속에서 괴로워할 때도 언제나 변함없이 마음의 위안을 준다. 책은 우리가 애정을 기울일수록 더욱 오래 우리 곁에 머문다. 청춘기에는 지식 습득의 즐거움을 일깨우고 깨달음을 선사하며, 황혼기에는 곁에서 우리를 위로해 주는 친구가 바로 책이다.

어떤 책에서 공통의 흥미를 발견하게 되면 사람들은 금세 가까워질 수 있다. 이처럼 책을 통해 형성된 우정은 다른 어떤 경우보다도 더욱 견실하고 품격 있다. 사람들은 좋아하는 작가의 사상이나 감정에 공감하고 또 독자들은 작가가 불러일으킨 공감에 의해 하나가 되며, 이로 인해 작가 역시 활력을 얻는다.

옥스퍼드 대학교의 하츠릿트 교수는 이런 말을 했다.

"책은 우리의 영혼에 비처럼 조금씩 스며들고, 시 한 구절은 우리의 몸속에 스며들어 체액과 하나 되어 흐른다. 젊은 시기에 이러한 깨달음을 얻는다면 나이가 들어서도 그것을 여전히 기억할 것이다. 책은 어디에서나 쉽게 구할 수 있고 값이 저렴한 데 비해 그 가치는 매우 높다. 우리가 공기 중에 있는 산소를 마시는 것이 필수이듯 책 속에 있는 영양분도 공기처럼 흡수해야 한다."

좋은 책 한 권은 인생을 살아가면서 매순간 현명한 판단을 하도록 도와주는 지침이 되며, 사람의 내면에 깊숙이 잠자고 있던 사상을 이끌어 내기도 한다. 뛰어난 책은 품격 높은 언어와 번뜩이는 사상이 조화를 이루어 읽는 사람의 소중한 자산이 된다. 또한 사물을 여러 각도에서 바라보고 사고할 수 있는 지혜를 가르쳐 주며, 폭넓은 사고를 통해 상상력을 키우고 세상을 바라보는 안목을 길러준다. 책이야말로 인류에 영원히 기억될 귀한 자산으로서 평생의 반려자가 되어 우리에게 위안을 준다.

책은 인간 정신의 정수를 표현하는 가장 오래된 일류의 노동 상품이다. 조상의 신주를 모시는 사당이나 거대한 조각품들은 시간이 지나면 썩어 허물어지지만, 책은 세상이 사라지지 않는 한 영원하다. 위대한 사상은 세월이 아무리 흘러도 빛이 바래는 법이 없고, 수백 년 전의 고매한 사상은 오늘날의 관점에서 보아도 여전히 훌륭하다. 당시에 깨우침을 전파했던 사상들은 지금도 여전히 우리들의 정신을 지배하고 있다.

이처럼 책은 우리에게 좋은 스승이자 둘도 없는 친구가 되어주며, 위대한 정신을 불어넣어 우리들의 눈과 마음을 깨어나게 한다. 우리가 책에 집중하면 그 옛날 책을 썼던 작자가 우리 옆에서 함께 호흡하며, 즐거움을 누리고 슬픔을 공유하는 것처럼 느껴질 것이다.

그들의 경험은 곧 우리의 것이 되고 우리는 그들이 묘사했던 풍경 속에서 살아 움직인다.

위대한 품격을 지닌 사람의 영혼은 육체가 죽은 후에도 영원불멸하다. 책은 숭고한 그들의 자취를 전 세계에 널리 퍼뜨려 많은 사람이 본받을 수 있는 기회를 제공하는 살아 있는 음성이며, 우리가 영원히 존중해야 할 이성을 대표한다. 우리는 지금까지 고대 선인들의 귀한 가르침을 받고 있다. 책 속에 깃든 고귀한 정신과 지혜는 우리의 삶에 활력을 불어넣는다.

MEMO

집중력을 발휘할 수 있는 시간을 중시하라

하루 24시간 중 최고의 작업 효율을 낼 수 있는 시간대가 있다. 어느 연구 기관이 여덟 시간제 작업 제도를 실행하는 공장의 경우를 분석한 결과, 오전 중에 생산량이 최대치가 되고 오후가 되자 곧바로 떨어짐을 발견했다. 그리고 최대 생산량을 얻기 전 '가열 단계'를 거치게 되는데, 이는 보통 출근 직후 잠깐뿐이다.

공부 또한 마찬가지이다. 오전의 학습 능률이 오후보다 높기 때문에 오전에 집중해서 공부하는 것이 유리하다. 학교에서 필수과목과 집중을 요하는 과목을 대부분 오전 시간에 배정하는 이유도 이 때문이다. 공부의 효과를 극대화하여 성적을 올리고 싶다면 오전 시간을 효율적으로 사용해 보라. 만약 오전 시간에 집중할 수 없다면 수면이나 식사, 운동 등의 시간을 조정해서라도 일찍 자고 일찍 일어나는 습관을 기르는 것이 중요하다.

오전 시간을 가장 효율적으로 보내기 위해 모든 노력을 총동원하자. 오전에는 중대한 일을 처리하고 자질구레한 일은 오후에 처리해도 늦지 않다. 저녁에는 다음 날 오전 시간을 충분히 이용할 수 있도록 시간을 아낄 수 있는 일들을 미리 준비해 둔다. 다음날 입을 옷을 미리 꺼내 놓는다든지, 아침 식사를 준비하는 등의 작은 일부터 시작하자.

다른 사람의 실패를 교훈으로 삼아라

2000년 8월 1일, 일본 과학기술원에 '과학기술 연구의 실패 분석 연구소'가 설립되었다. 이 연구소의 설립 목적은 실패했던 과학기술 분야의 도약을 이끌기 위함이었다. 따라서 실패한 기술 연구에 관한 데이터의 보관을 위해 창고를 설립하여 그 데이터에 대한 검색 시스템까지 구축하였고, 이것은 성공을 이끄는 데 중요하고도 광대한 참고 자료가 되었다.

다음 세 가지는 실패를 성공으로 변화시킬 수 있는 실행 방법들이다.

첫째, 다른 사람의 실패를 진지하게 연구해야 실패할 확률이 적다

행복한 기업이 되는 데 이유가 있듯, 불행한 기업이 그런 상황에 처한 데는 다 그만한 이유가 있는 법이다.

과거의 실패를 본보기로 삼아 그에 대한 이유를 분명히 짚어보고, 그로부터 교훈을 얻어야만 같은 실패를 피할 수 있다. 그러나 대부분의 기업은 그동안 성공한 경험만을 중요시해 왔고, 실패를 통한 교훈을 진지하게 받아들이지 않았다. 성공의 경험만 중요시하면 결국 실패를 자초하게 되므로 이런 자세는 바람직하지 못하다.

둘째, 다른 사람의 실패 속에서 기회를 포착해야 한다

끝까지 포기하지 않고 희망을 가져야만 기회도 잡을 수 있다. 만약 99%에 달하는 성공의 욕망을 갖고 있지만 1%의 포기 가능성을 생각한다면 성공에 이르지 못한다.

90%까지 일을 잘 진행하다가 마지막 10%를 남겨 두고 최후에 포기하는 경우를 흔히 볼 수 있다. 이렇게 되면 처음 시작할 때의 포부도 퇴색해 버리고 마지막까지 견뎌 낸 끝에 얻을 수 있는 희열을 맛볼 기회마저 놓치는 셈이다. 그러나 끝까지 포기하지 않고 위기를 극복한다면 상황은 달라질 수 있다.

코카콜라는 배합 방법 연구에서 수많은 실패를 반복한 끝에 발명된 것이며, X선도 온갖 실험을 통한 끝없는 시행착오 끝에 발견되었다. 이처럼 크게 성공한 사람들의 배경에는 잦은 실패들이 있었고 그러한 난관을 겪어내며 그 속에서 무궁무진한 성공을 쟁취해 냈다. 그들이 성공할 수 있었던 근본적인 요소는 실패로부터 원인을 찾아내고, 거기서 교훈을 얻은 데 있다. 이처럼 성공이란 우연히 이루어지는 것이 아니라 수많은 시행착오로부터 원인을 발견해 냄으로써 나타나는 성과와 같다.

셋째, 다른 사람의 실패를 진지하게 연구하다 보면 현재 자신의 상태를 자각할 수 있다
여기서 과연 내가 실패의 가치를 효과적으로 이용할 수 있는 사람인지 아닌지 다음의 네 가지 유형을 통해 살펴보자.

1. 실패를 통해 교훈을 얻지 못하고 매번 같은 실수를 되풀이한다. 이런 사람은 끊임없이 과오를 저지른다.
2. 비록 실패에서 교훈을 얻지는 못하지만 똑같은 실수를 되풀이하지 않는다. 그러나 실패의 메커니즘을 이해하지 못하기 때문에 다른 종류의 실수를 하게 된다.

3. 자신이 왜 실패하게 되었는지 연구하여 교훈을 얻고, 그 법칙을 이해한다. 이런 사람은 총명하다.
4. 자신이 했던 실수를 되풀이하지 않을 뿐 아니라 다른 사람이 했던 실수도 되풀이하지 않는다.

다른 사람이 실패한 경험을 바탕으로 성공적인 결과를 창출해 내고, 다른 사람이 깨달은 교훈도 자신의 것으로 만들 줄 알아야 한다. 네 번째 유형의 사람만이 실패의 가치를 가장 효과적으로 활용할 줄 아는 사람이다.

실패에 대한 뼈아픈 경험은 큰 자산이다. 실패를 경험해 본 사람에게는 남다른 기민한 주의력이 생겨 실수를 방지하려는 태도가 몸에 배이며, 돌발적인 위기 상황에도 대처할 수 있는 순발력이 있다. 물론 다른 사람들의 성공 경험은 가치 있는 것이지만 실패를 통한 교훈이란 원대한 재산과 같다. 타인의 성공 사례를 거울삼아 나를 채찍질하는 좋은 계기로 삼을 수 있고, 목표를 향해 노력하는 데 활용할 수도 있다. 그러나 성공을 경험하는 데 집착한 나머지 실패를 통한 교훈의 습득에 소홀한 사람은 인생의 낙오자가 될 수 있음을 명심해야 한다.

인생에 늘 성공만 있을 수는 없다. 그렇기에 실패를 겪은 후 얻는 성공은 그 무엇과도 비교할 수 없는 성취감을 안겨준다. 실패는 성공으로 가기 위한 이정표이며 전제 조건이다. 실패라는 발판을 딛고 올라설 때 비로소 성공에 점점 더 가까이 다가갈 수 있는 것이다. 시행착오라는 교훈은 '발전'으로 비약할 수 있는 자산임을 명심하라.

역할 모델을 찾아 배워라

사람은 누구나 최소한 한 가지 이상의 장점을 갖고 있다. 이런 사실을 기반으로 다음과 같은 시도를 해보는 것은 어떨까?

업무 처리에 탁월한 수완을 발휘하는 사람을 찾아 그 사람을 닮아 보는 것이다. 이는 그 사람의 능력이나 성격을 닮는 것을 말한다. 이를 위해서는 나보다 우수한 사람을 지표로 삼아 창조적으로 모방하되, 궁극적으로는 그 모방의 대상을 추월하고자 하는 의지가 필요하다. 성공한 사람을 벤치마킹하는 것은 자신이 도달하고자 하는 목표를 위해 능력을 향상시키고, 부족한 점을 개선함으로서 가치관이나 행동 양식의 변혁을 이루기 위한 것이다.

어려움에 빠지거나 어떤 일을 결정하지 못하고 주저하게 되는 순간, 그 사람이라면 이 고난을 어떻게 헤쳐 나갈 것인가를 생각해 보라. 그러면 아마도 문제를 해결할 답안이 떠오를 것이다. 만일 자신의 마음속에 그런 역할 모델이 없다면 지금이라도 그런 대상을 찾아 이러한 태도를 익히고 습관화해 보자. 마음속에 동경하는 대상을 한 명쯤 두어 그들의 장점을 본받고자 노력한다면 자신의 발전을 자극하는 데 도움이 될 것이다.

메모하는 습관을 길러라

사람의 기억력이란 한계가 있기 때문에 메모하는 습관을 기르는 것은 매우 중요하다. 자신이 해야 할 일을 잘 기록할수록 실수가 줄어든다. 또 메모를 했다 하더라도 중요한 일은 달력에 따로 표시해 둔다. 매일 이런 일을 반복하다 보면 중요한 일을 빠뜨리거나 잊어버리는 일은 절대 없을 것이다.

어느 시청의 공무원이 공문을 하나 잘못 처리하여 직속 상사와 시장에게까지 부주의한 사원이라는 낙인이 찍혔다. 당연히 그 해의 진급 심사에서 직급이 두 등급이나 낮아졌고, 월급도 오르지 않았으며, 휴가도 반납해야 했다. 한 번의 실수로 인해 톡톡히 대가를 치러야 했던 경우이다. 이는 작은 실수가 자신의 미래를 그르칠 수도 있다는 것을 보여주는 좋은 예이다.

인간의 두뇌가 아무리 좋다 한들 평소 메모를 잘하는 사람을 따라가진 못한다. 처리할 일이 무엇인지 정리하고, 그 일들의 우선순위를 기록해 놓으면 하루의 시간을 효율적으로 보낼 수 있고, 중요한 일을 그르칠 염려도 없다. 메모하는 습관을 기르는 것이야말로 일상생활을 순조롭게 풀어나가는 데 가장 기본이 된다.

또한 아이디어가 생명인 직업, 이를테면 작가, 디자이너, 광고 카피라이터의 경우에도 메모는 유용하게 쓰인다. 좋은 생각은 시시때때로 찾아오기도 하는 반면 아무리 생각해도 떠오르지 않는 경우가 있다. 그럴 때 과거에 적어 놓은 메모를 보고 아이디어를 얻어 생각을 이어 나갈 수 있으며, 때로는 그로 인해 뜻하지 않은 훌륭한 성과를 얻기도 한다.

지금 바로 가방이나 옷 주머니 등 언제, 어디서든 찾아 꺼내기 쉬운 곳에 메모지와 펜을 넣어두라. 이것이야말로 성공을 위해 당신이 가장 먼저 몸에 익혀야 할 습관이다.

MEMO

성공을 위한 일곱 가지 태도

다음은 성공에 한 발짝 더 가까워질 수 있는 일곱 가지의 업무 처리 방식이다.

첫째, 무엇이든 할 수 있다는 신념을 가진다

'나는 할 줄 아는 게 아무것도 없어!' 라는 생각은 버리자. 무슨 일이든 신념을 갖고 매진한다면 자신의 능력을 충분히 발휘할 수 있다. 무엇보다 성공할 수 있다는 강한 믿음을 가져야 한다. 그리고 '나는 무슨 일이든 잘할 수 있어!' 라고 계속 되뇌며 용기를 북돋아 보자.

둘째, 성공이라는 목표를 세우고 그 목표에 집중한다

성공한 사람들은 경솔한 언행으로 일을 그르치지 않으며, 원치 않는 방향으로 일이 전개되더라도 결코 흔들림이 없다. 그리고 앞을 향해 나아가면서도 돌아온 길을 다시금 돌아볼 수 있는 여유를 가지며, 어떤 일이든 쉽게 포기하지 않고 끝까지 매진한다.

사람이 발휘할 수 있는 최대 동력은 포기하지 않는 강한 끈기에서 비롯된다. 꿈을 이루기 위해 어떤 노력도 감수할 의지가 있다면 실패를 두려워 말고 앞으로 나아가라.

셋째, 실패를 두려워하지 않는다

실패가 반드시 나쁜 것만은 아니다. 오히려 성공보다 실패를 통해 배울 수 있는 교훈이 더 많다. 실패하고 넘어지고 멍들며 나아가는 것이 바로 인생이다. 실패는 많은 경험을 쌓게 해주고 지혜로움을 준다. 실패를 겪고도 성공한 사람들은 그 실패를 교훈 삼아 한계를 뛰어넘고자 부단히 노력했기 때문이다. 실패했다고 좌절해버린다면 진정한 패배자로 남게 될 수 있음을 명심하라.

넷째, 항상 긍정적으로 생각한다

어떤 일에 실패했다고 해서 자기 자신을 과소평가하지 말라. 이 세상에 완벽한 사람은 없다. 장애물에 부딪혀 깨지더라도 그 속에서 진정한 깨달음을 얻는다면 그것만으로도 큰 의미가 있음을 기억하자.

어려움에 부딪히면 실수에 연연하지 말고 그 경험을 좋은 기회로 삼아 용기를 갖고 극복해 나아가라. 한쪽 문이 닫히면 다른 쪽 문이 열리는 법이다. 이런 과정을 통해 다양한 경험을 쌓으면 언젠가는 큰 보상을 얻을 것이다.

다섯째, 인내심을 갖고 기다린다

차분한 성품의 소유자가 얻을 수 있는 것은 무한대이다. 하지만 조급한 성격은 미래를 위한 안정적인 기초를 세우는 데 도움이 되지 않는다. 반면 인내심은 균형 잡힌 시각을 갖게 해준다.

기억하라. 자신이 간절히 원하는 무언가는 오랜 시간이 흐른 뒤에 나타날 수 있으니 인내심을 갖고 기다리는 자는 그 즐거움을 맛보게 될 것이다.

여섯째, 보복하는 데 시간을 낭비하지 않는다

누구나 한 번쯤 다른 사람에게 상처를 받거나 업신여김을 당해 본 적이 있을 것이다. 이런 일이 반복될수록 우리는 쉽게 의기소침해 지고 침울해진다. 어떤 사람들은 분노에 차서 당한 만큼 갚아주겠 다는 생각에 사로잡히기도 한다. 하지만 보복은 시간을 낭비하는 행위일 뿐이다. 독기 어린 마음은 심리적으로도 그리 유쾌하지 않 을 뿐더러, 복수를 한다고 해서 상황이 달라지는 것도 아니기 때문 이다. 따라서 누군가에게 보복하려는 그 시간을 자기 자신에게 투 자하는 것이 훨씬 더 현명하다.

일곱째, 희생을 두려워하지 않는다

자신의 장점을 활용하여 다른 사람의 문제를 해결할 수 있도록 도 와준다면 자신에 대한 기대치가 더욱 높아질 것이다. 이런 일에는 집중력과 노력, 그리고 희생이 따른다. 당장 내게는 아무런 이득도 없는 일에 시간과 노력을 낭비할 필요가 있을까 싶겠지만, 장기적 으로 봤을 때 이는 매우 가치 있는 일이다. 당신의 노력을 할애해 베푼 선의는 다시 어떤 식으로든 당신에게로 돌아올 것이다.

MEMO

사소한 일도 소홀히 하지 말라

항상 사소한 것에도 주의를 기울인다면 부지불식간에 터질지 모르는 사고를 미연에 방지할 수 있다.

어느 날 늙은 목수가 사람들에게 수목 벌채 방법을 설명하고 있었다. 60년 이상 된 늠름한 나무는 둘레가 1미터도 넘었고 아주 단단해 보였다. 그는 나무가 쓰러질 방향을 정확히 확인한 후 나무를 베야 한다면서 이렇게 설명했다.

"나무는 항상 지지대가 약한 방향으로 쓰러지기 때문에 당신이 쓰러뜨리고 싶은 방향의 지지대를 감소시키면 나무를 잘 벨 수 있습니다."

그는 나무를 벨 때에는 무작정 도끼만 휘둘러서 되는 것이 아니라 손목의 스냅과 기교가 중요하다고 덧붙였다. 늙은 목수가 도끼를 몇 번 휘두르자 커다란 소나무가 '쿵!' 소리와 함께 쓰러졌다. 나무는 정확히 그 선 위에 쓰러졌고, 사람들은 그에게 박수갈채를 보냈지만 그는 무덤덤한 표정을 지으며 이렇게 말했다.

"오늘은 운이 좋았을 뿐입니다. 바람이 불지 않았으니까요. 항상 '바람'을 주의해야 합니다."

그로부터 몇 년 후, 사람들은 그 마을에서 신장이식 수술을 받은 환자가 갑자기 변사체로 발견된 것을 보고 그때 들었던 목수의 말을 떠올렸다. 그 환자는 신장이식 수술을 성공리에 마친 후 호전적인 회복 상태를 보였음에도 불구하고 돌연사 했던 것이다. 이로 인해 부검을 해보았더니 환자의 다리 부분에 있던 외상을 통해 침투한 세균이 폐까지 감염되어 사망했다는 결과가 나왔다. 건강한 사람에게는 대수롭지 않았을 상처였지만 그 환자에게는 치명적인 독으로 작용하였던 것이다.

그 늙은 목수는 사람들에게 이런 교훈을 남겼다. 사소한 실수가 때로는 엄청난 실패를 초래할 수 있으므로 아주 작은 부분이라도 결코 소홀히 해서는 안 된다는 것.

자만이나 교만은 성공에 큰 걸림돌이 된다. 자꾸 위로 올라가다 보면 자신도 모르게 우월감에 빠져 교만해지기 쉬우며, 이런 행동은 낭패를 가져온다. 따라서 지금 성공했다고 자만하지 말라. 냉정한 잣대를 기준으로 자신을 돌아보며, 교만이라는 함정에 빠지지 않도록 언제나 주의하라.

MEMO

부드러운 태도는 행운을 가져온다

호나 씨는 현재 스웨덴의 알프스나에 살고 있다. 하지만 그는 비엔나에서 오랫동안 변호사로 일하다가 제2차 세계대전 때 스웨덴으로 피난을 왔기에 당시엔 스웨덴어를 완벽하게 구사하지 못했다. 피난을 온 후 수중에 돈 한 푼 없던 그는 급하게 일자리를 찾아다녔고, 전쟁 중이라 좀처럼 추가 인력을 뽑지 않던 당시의 시대 상황으로 인해 추후 필요시에 충원하겠다는 답신만 돌아올 뿐이었다.

그런데 한 수출 회사는 달랐다. 그가 보낸 이력서에 대해 회사의 사장이 답신을 보내온 것이었다. 하지만 그 내용은 황당하기 그지없었다.

'당신은 나의 영업 방식을 전혀 이해하지 못한 것 같군요. 우리 회사로서는 나를 대신해서 편지를 보낼 비서가 필요 없습니다. 설령 그런 사람이 필요하다 해도 나는 절대로 당신을 채용하지 않을 것입니다. 당신이 쓴 스웨덴어는 오류 투성이이므로 제대로 된 언어라고 보기조차 어렵기 때문입니다.'

이 편지를 받은 호나 씨는 처음에는 자신을 무시하는 내용에 화가 나서 항의 편지를 쓰기 시작했다. 그러다가 문득 이런 생각이 들었다.

'잠깐, 이 사람의 말대로 내가 정말 스웨덴어를 엉터리로 썼다면 큰일이잖아. 어떻게 해야 하지? 제대로 공부하는 수밖에 없을 텐데 말이야. 그가 굳이 이런 편지를 보낸 것은 내게 면박을 주기 위한 것이라기보다 도움을 주기 위한 것임에 틀림없어!'

그는 이처럼 생각을 바꾸고 자신의 실수를 지적해 준 그 회사 사장에게 감사의 편지를 썼다.

'회사 일로도 바쁘실 텐데 손수 편지를 써서 보내주시다니 정말 감사합니다. 그리고 귀사에 비서가 필요하지 않다는 사실도 알게 되었습니다. 귀사의 영업 방식을 오해했던 점은 다시 한 번 죄송하게 생각합니다. 제가 처음 무작정 당신에게 편지를 보냈던 이유는 당신이 이 분야의 권위자이며 본받을 점이 많은 분이라고 소개 받았기 때문입니다. 그리고 제가 쓴 편지에 그렇게 많은 오류가 있었는지 몰랐습니다. 이 점은 매우 부끄럽게 생각하고 있습니다. 앞으로 스웨덴어를 제대로 배울 생각입니다. 그리고 저의 실수를 바로잡아 주시고 개선된 길로 나아갈 수 있도록 도와주신 점 다시 한 번 감사드립니다.'

그로부터 며칠 후, 뜻밖에도 호나는 그 수출 회사에서 일자리를 얻을 수 있었다.

"화를 못 내는 사람은 바보이지만, 화날 때 화를 내지 않는 사람은 총명한 사람이다."라는 말을 기억하라.

성급하게 화를 내지 않고 한결같이 온화한 태도와 이성적인 모습을 유지하기란 결코 쉽지 않다. 그러나 부드러운 태도는 분노로 인해 일어났을 악영향을 막아준다.

인맥은 귀중한 재산이다

인맥은 무엇보다도 귀중한 재산이다. 지금 같은 무한 경쟁 시대에서 원만하고도 폭넓은 인관관계를 형성하는 사람은 다양한 정보를 빨리 입수하기 쉬워 더 많은 성공의 기회를 쟁취할 수 있다.

클린턴 대통령이 경선에서 승리할 수 있었던 것은 평소 원만한 인간관계를 유지했기 때문이었다. 그에게는 미국 사회에서 중역을 맡고 있는 친구들이 많았다. 그들은 사소한 행동만으로도 미국 시민들에게 매우 큰 영향을 주는 위치에 있었다. 그들은 클린턴이 대통령에 당선될 수 있도록 지지해 달라며 적극적으로 홍보하는 데 일조했고, 대통령으로 당선된 클린턴은 이후 자신을 도와준 친구들에게 이렇게 말했다.

"친구란 내 인생에서 가장 큰 위안이 되는 든든한 존재이다."

미국의 작가 코닥은 이렇게 말했다.

"인간관계는 하루아침에 형성되는 것이 아니며, 그것은 수십 년 동안 쌓아온 결실이다. 만약 당신이 40세가 되어도 인간관계가 원만하지 못하다면 앞으로의 성공에 큰 차질을 빚게 될 것이다."

성공하고 싶다면 반드시 원만한 인간관계를 형성해야 한다. 혼자만의 능력으로는 위대한 비즈니스를 완성하기 어렵다. 그렇다고 다른 사람이 무작정 자신을 도와주기만을 바라서도 안 된다.

원만한 인간관계는 사회생활을 통해 스스로에게 끊임없는 자원과

정보를 제공해 준다. 따라서 인맥 관리에 성공해야 인생에서 더 많은 성공의 기회를 잡을 수 있다. 좋은 인간관계를 형성하기 위해서는 오랜 시간과 끊임없는 노력이 필요하며, 이는 하루아침에 이룰 수 있는 성질의 것이 아니다. 항상 진심 어린 행동과 깊은 관심으로 사람들을 대해야 관계를 더욱 돈독하게 다질 수 있음을 명심하라.

MEMO

5분의 여유

'5분의 여유' 란, 어떤 일을 행동으로 옮기기 전 적어도 5분의 여유를 두고 그 문제를 고민해야 함을 뜻한다. 단 5분 동안만이라도 문제에 대해 심사숙고하고 나서 행동한다면 무슨 일이든 해답을 찾을 수 있을 것이다.

누구든 고난에 직면하면 안절부절못한 채 불쾌한 기분을 떨쳐 버리지 못한다. 이럴 때면 그 일은 잠시 접어두고 다른 것에 집중하여 일단 복잡한 기분에서 벗어나자. 그리고 나서 나중에 그 문제와 다시금 마주한다면 한층 가벼운 마음으로 해결할 수 있을 것이다.

잡지나 가벼운 책을 읽으며 기분 전환을 하는 것도 좋은 방법이다. 그렇게 잠깐의 시간이 흐르는 사이 일에 대한 욕망도 다시 되살아날 것이다.

현재 정신이 산만하여 일에 집중하지 못한다면 다른 일을 하며 기분을 전환해 보자. 여기서 주목할 점은 단 5분만 여유를 갖더라도 충분히 기분 전환에 도움이 된다는 것이다. 일이 잘 안 풀린다고 해서 불평만 늘어놓는 것은 문제 해결에 아무런 도움이 되지 않으며, 오히려 집중력만 떨어뜨린 채 힘만 빼는 노릇이다. 뿐만 아니라 그러는 사이 결정적인 기회를 놓칠 수도 있고 일에 대한 흥미조차 잃게 될지 모른다.

이처럼 '5분의 여유' 를 습관으로 익힌다면 어떤 고난 앞에서도 의연하게 극복할 수 있을 뿐 아니라 문제를 순조롭게 풀어 나가는 자신을 발견할 것이다.

자신이 어떤 사람인지 분명히 알아야 한다

성공하기 위해서는 먼저 목표가 무엇이며, 그 목표를 실현하기 위해 어떤 과정을 거쳐야 하는지를 명확하게 정립해 두어야 한다. 자만하는 것도 금물이다. 그렇다면 성공을 위해 무엇이 필요한지는 어떻게 판단할까?

위대한 사람들은 우연히 탄생하는 것이 아니다. 성공하는 사람들은 인생에서 자신이 무엇을 원하는지, 어디로 가고자 하는지 늘 반문하며 목표 의식을 확고히 한다. 확고한 목표 의식은 그들을 올바른 방향으로 인도하며, 목표 지점까지 얼마나 가까이 갔는지 알려주는 지표가 된다. 이들은 현재에 만족하지 않고 미래를 위해 끊임없이 노력한다. 이를 위해서는 먼저 자신이 어떤 사람인지 분명히 알아야 한다.

오늘 할 일을 내일로 미루지 말라. 한 번 미루다 보면 나중에는 필요 이상으로 시간과 정력만 소비하는 결과를 낳게 된다. 차일피일 계속 미루다가 막상 처리하려면 마음이 다급해져 일을 수월하게 풀어가기 어렵다.

인생에서의 좋은 기회란 그리 쉽게 찾아오지 않는다. 설사 그런 기회가 오더라도 아주 순식간에 지나가고 말기에 놓쳐 버리는 경우 또한 많다. 예를 들어, 어떤 작가에게 영감이 떠올랐을 때 이를 일일이 기록하는 것이 귀찮아 미루다 보면 결국 그 영감은 뇌리에서 사라지고 말 것이다. 화가의 경우도 마찬가지다. 불현듯 떠오른 영감을 바로 화폭에 묘사하지 않으면 같은 영감을 두 번 다시 되살릴 수 없다.

이처럼 우리는 스스로 매순간 무엇을 해야 하는지를 분명히 인식해야 한다. 원하는 바를 이루기 위해 올바른 목표를 세우고, 즉시 실행으로 옮겨야 실현할 수 있는 것이다. 목표 달성을 향한 열망은 행동과 조화를 이루었을 때 성공할 수 있다.

인생에서의 목표 설정이야말로 성공을 위한 필수 요소이다. 목표가 명확하면 수많은 역경을 극복하면서 끝까지 전진할 수 있다. 뿐만 아니라 끊임없이 동기를 부여하고 의욕을 불러일으켜 일에 대한 능률과 효과도 증대된다.

MEMO

적을 만들지 말라

함께 일하는 사람들 간에 의견이 엇갈리는 경우가 많을수록 비즈니스는 어려움을 겪고, 인간관계 또한 위태롭기 십상이다. 누구나 자신과 다른 의견이나 관점을 가진 사람들이 주위에 있기 마련이다. 이런 상황에서는 서로 추구하는 바가 달라 마찰을 빚는 경우가 허다하게 일어난다. 하지만 이럴 때마다 의견이 다른 사람들을 적으로 간주하고 경쟁심에 불타 그 사람을 누르는 데 혈안이 된다면 심리적으로 불안하고 초조해져 일을 순조롭게 진행하기 어렵다.

혹자는 온갖 비열한 방법을 동원해서라도 자신보다 월등한 상대를 눌러 이기려고 한다. 그러나 그렇게까지 해서 상대방을 이긴다면 승리감을 만끽할지는 몰라도 당신과 상대방은 그 순간부터 적대적인 갈등 관계로 돌아서고 만다는 것을 명심해야 한다. 이것은 서로에게 불행만 가져올 뿐 결코 바람직하지 못하다. 게다가 다른 사람을 이기려는 행위란 자신이 추구하는 목표와 잠재력을 과소평가하는 데서 비롯됨을 알아야 한다.

만약 상대방이 매우 강력한 경쟁자라서 줄곧 그를 앞지르거나 이길 수 없다고 느낀다면 커다란 상실감과 실망감이 당신을 짓누를 것이다. 심지어 부정적인 방법을 동원하여 상대방을 해하려는 나쁜 의도까지 생각할 수도 있다. 하지만 이런 행동이나 마음가짐은 당신의 정서를 해칠 뿐이다. 굳이 다른 사람을 적으로 만들어 가면서 승리를 쟁취하는 것은 결과적으로 이득이 없다.

'친구가 많으면 많을수록 자신이 앞으로 나아갈 수 있는 기회가 많아진다.' 라는 말이 있다. 적을 만들기는 쉬워도 적을 친구로 만들기는 어렵다. 그렇기 때문에 가급적 주위에 적을 만들지 않는 것이 앞길을 순탄하게 이끄는 지름길임을 잊지 말아야 한다.

MEMO

항상 즐거운 마음을 가져라

'항상 즐거운 마음으로 일하라.'

리처드 카오치라는 작가가 최근 이에 해당하는 한 가지 조사를 실시했다. 그것은 즐거운 마음으로 일하는 수천, 수백 명의 사람을 대상으로 한 설문 조사였는데, 그들이 말하는 즐거움이란 사소한 것에서부터 시작된다는 결론을 얻었다. 그렇다면 과연 무엇이 그들을 즐겁게 일할 수 있도록 하는 걸까? 이에 대해 카오치는 다음과 같이 대답했다.

"즐거운 마음의 소유자에게는 '다섯 가지 좋은 습관'이 있다. 그 습관은 짧은 시간 안에 자신은 물론 주위 사람들까지 즐거운 기분이 들도록 전염시킨다."

다음은 그런 습관을 행동으로 옮길 수 있는 방법들이다.

첫째, 다른 사람을 진심으로 돕는다

운전을 할 때는 늘 양보하는 태도를 가져 보라. 특히 할인 마트 계산대 앞에 줄을 서서 차례를 기다릴 때 고령의 할머니, 할아버지들이 보이면 망설이지 말고 자리를 내드리자.

미국의 사회 심리학자 겸 철학 박사인 데이비드 마이더스는 이렇게 말했다.

"사람은 사회적 동물이기에 인맥 관리가 무엇보다 중요하다. 부족하나마 최선을 다해 다른 사람에게 도움을 주는 행동을 진정으로 즐길 수 있다면 견고한 인간관계를 유지할 수 있다."

다른 사람을 도움으로써 얻을 수 있는 것은 이뿐만이 아니다. 도움을 받은 사람들의 진심 어린 감사의 말 한마디는 지친 몸과 마음의 스트레스를 씻어주고 상쾌한 기쁨을 가져다 줄 것이다.

둘째, 친지들에게 때맞춰 안부를 묻는다

서른다섯 살의 회계사 브렌다 마이얼스는 일로 인한 스트레스가 너무 컸다. 그러나 친한 친구와 이런저런 이야기를 나누고 나면 금방 아무 일 없던 듯 즐거워졌다. 이런 심리 상태를 오랜 시간에 거쳐 조사한 결과, 친구란 즐거움을 얻는 데 없어서는 안 될 중요한 존재라는 걸 알 수 있었다. 즐거움을 누릴 줄 아는 사람은 친구에게 매일 안부 전화를 한다. 비록 단 5분 동안의 짧은 전화 통화라 할지라도 그 효과는 말로 표현할 수 없을 만큼 크다.

마이얼스는 이를 이렇게 표현했다.

"기쁨은 함께 누려 배가시키고, 근심 걱정은 나누어 반으로 줄이는 것은 바로 관심으로부터 비롯된다."

셋째, 자신에게 관대함을 베푼다

하루 종일 재수가 없다고 느끼는 날 먹고 싶은 음식을 마음껏 먹거나, 두 다리를 쭉 펴고 잠깐 동안 휴식을 취해 보자. 이런 행동으로 자신에게 즐거움을 부여하는 순간 당신의 마음은 긍정적으로 바뀔 것이다. 항상 즐겁게 사는 사람의 가장 큰 특징은 가끔씩 자신에게 관대함을 선사해 즐거운 기분을 충분히 만끽할 줄 안다는 것이다.

워싱턴 대학의 심리학 교수인 렌디 랄슨은 이렇게 말했다.

"자신에게 보상을 한다는 것 자체는 본인이 그것을 받을 자격이 충

분히 있음을 뜻한다. 이런 행동은 스스로의 자존심을 회복시키고,
이를 통해 즐거움도 찾을 수 있다."

넷째, 적당한 운동을 한다
엘리베이터 대신 계단을 이용하거나 버스에서 한 정거장 먼저 내
려 걷는 등의 가벼운 활동은 삶의 활력을 증가시킨다. 항상 즐겁게
사는 사람은 매일 이런 식으로 가벼운 운동을 한다. 카오치는 운동
이 팽팽하게 긴장되어 있던 신경을 효과적으로 이완시켜 홀가분한
기분을 느끼게 해 준다는 것을 발견했다. 그리고 5분 간의 한가로
운 산책은 정신을 맑게 하는 효과가 있다고 한다.

다섯째, 새로운 일을 시도해 본다
신문을 읽거나 낱말 퍼즐 맞추기, 특이한 물건 관찰하기, 새로운 방
법을 시도해 문제를 해결하기 등은 정신적 쾌감을 증진시킨다. 이
처럼 매사에 즐거움을 느끼는 사람은 항상 새로운 일에 도전하여
기쁨과 만족을 느낀다.

MEMO

자신만의 새로운 생각을 가져라

어떤 갈림길에서 멈춰 섰을 때 어디로 가야 하고, 어떻게 행동해야 할지는 스스로 결정해야 한다. 다른 사람의 의견에만 의지하다 보면 결국 자아를 잃어버린다. 무슨 일이든 자신만의 확고한 신념이 있어야 문제를 수월하게 해결할 수 있는 법이다.

어느 근면하고 성실한 농부는 자신의 과수원에서 큰 호박을 하나 수확하게 되었다. 그는 매우 기뻐하며 그 호박을 국왕에게 바치기로 결심했다. 국왕은 이 호박을 받고 그에 대한 보상으로 농부에게 준마 한 필을 하사했다.

이 소문이 다른 마을까지 퍼지자 어느 욕심쟁이 부자가 잔꾀를 부렸다.

'왕에게 큰 호박 하나를 바치고 준마 한 필을 하사 받았다고? 그렇다면 나 역시 준마 한 필을 국왕께 바치면 수많은 금은보화나 미인을 하사하시겠지?'

부자는 자신이 가진 것 중 가장 귀한 준마 한 필을 국왕에게 바쳤다. 이에 국왕은 매우 기뻐하며 신하에게 명령을 내렸다.

"예전 농부가 나에게 바친 그 귀하고도 큰 호박을 이 사람에게 하사하여라!"

환경에 따라 사람의 심리 상태 또한 달라지기 마련이다. 고유한 신념이나 줏대 없이 다른 사람의 생각과 행동만을 좇으며 사는 사람은 무슨 일이든 끝까지 책임지지 않고 회피한다. 이는 곧 신념을 상실한 채 살아가는 것과 다를 바 없다. 과연 이런 사람이 성공할 수 있을까? 설령 성공했다 해도 그것을 계속 유지할 수 있을까?

맑고 깨끗한 두뇌를 가지라는 것은 자신만의 새로운 생각을 지니라는 말이다. 당신의 두뇌 속에 다른 사람의 것이 아닌 당신만의 신선한 아이디어를 늘 보관해 두어라. 그것이 바로 당신의 가치를 높이는 일이다. 당신이라면 충분히 그럴 수 있다.

MEMO

스스로를 만족할 줄 알아라

사람들은 욕망의 최정점에 올라서도 만족하지 못하고 더욱 크고 많은 것을 갖으려고 안간힘을 쓴다. 끝을 모르고 위로만 향하는 욕망은 분수를 잃게 한다. 인간의 욕망이란 한이 없지만 평정심을 잃고 끝없이 치솟는 탐욕의 마지막에는 괴로움과 재앙만이 기다릴 뿐이다. 사람은 자신의 분수에 맞는 선에서 스스로 만족할 줄 알아야 하며, 이는 모두 마음먹기에 달려 있다.

어느 여름날 여유롭게 낚시를 즐기는 낚시꾼들 옆에서 여행객들이 해변의 경치를 감상하고 있었다. 한 낚시꾼이 대나무 장대를 들어 올리자 커다란 물고기 한 마리가 잡혀 올라왔는데, 크기가 1미터는 되어 보였다. 그 물고기는 마른 강가 위에서 쉬지 않고 팔딱팔딱 뛰고 있었다. 낚시꾼은 물고기의 입 안에 걸려 있는 갈고리를 빼내어 물속으로 되돌려 보냈다. 옆에 있던 구경꾼들은 이에 깜짝 놀랐다. 저렇게 큰 물고기로도 성에 차지 않아 그냥 돌려보낸 것이라면 대체 그는 얼마나 큰 포부를 갖고 있는 것일까 의아했던 것이다.

잠시 후, 낚시꾼이 대나무 장대를 또 한 번 휘두르자 약 60센티미터 정도 되는 물고기가 올라왔는데, 그는 이를 다시 놓아주었다. 그리고 다음번에는 크기가 채 30센티미터도 되지 않는 물고기가 잡혔다. 구경꾼들은 이번에도 그가 물고기를 놓아줄 것이라고 확신했다. 그런데 낚시꾼은 그 물고기를 조심스럽게 자신의 그물망에 넣었다. 구경꾼들은 그런 낚시꾼의 행동이 이해가 되지 않아 그에게 이유를 물었다. 그러자 낚시꾼은 의외의 대답을 했다.

"집에 있는 접시 중에서 가장 큰 접시가 30센티미터도 안 되요. 그러니 큰 물고기를 잡아도 접시에 담지 못하는데 무슨 소용이 있겠어요."

급속도로 경제발전을 이룩하는 현대사회에서 돈이 자신에게 어떤 효용가치가 있는지를 냉철히 생각해 본다면 인생관과 가치관을 바로잡을 수 있다. 돈은 우리의 마음을 풍요롭게 해주는 것이 아니라 현재의 생활을 좀 더 안락하게 변화시키는 수단일 뿐이다. 아무리 가진 것이 많아도 부족하다고 느끼면 그 사람은 가난한 사람이겠지만, 가진 것이 없어도 스스로 풍족하다고 느끼면 그는 부유한 사람이다.

MEMO

관용으로 대하라

사소한 일로 친구들과 싸우고 나서 벽을 쌓은 채 오랫동안 껄끄럽게 지내는 것은 아무런 도움이 되지 않는다. 그런 사람은 평생 양보와 관용을 뒤로한 채 이기심만 채우며 사는 경향이 있다. 관용은 상대방을 너그럽게 포용하고 잘못을 용서하는 것을 의미하며, 이것은 사람이 가장 기본적으로 갖추어야 할 덕목이다.

고대 그리스 신화의 헤라클레스가 어느 날 울퉁불퉁한 산길을 걸어가고 있었다. 그의 발밑에 어떤 자루 같은 것이 거치적거리자 화가 난 헤라클레스는 그 물건을 발로 짓밟아버렸다. 그런데 그 자루가 부서지기는커녕 오히려 부풀어 오르는 게 아닌가! 그는 더욱 화가 나 자루의 주둥이를 잡고 나무 몽둥이로 내리쳤다. 그러자 그 자루는 놀랍게도 더 커져서 길을 완전히 막아버렸다.

때마침 산 중턱으로 올라가던 성인이 그 광경을 보고 헤라클레스에게 말했다.

"친구여, 그것 자체를 잠시 잊어버리고 멀리 떨어지도록 하게. 그것은 '증오의 자루'이므로 관심을 끄면 원래대로 작아질 걸세. 하지만 화를 내면 낼수록 더 크게 부풀어 올라 당신의 앞길을 방해하는 적이 될 것이네!"

세상을 살다 보면 수많은 오해와 마찰을 겪어가며 특정 대상을 증오하게 될 수도 있다. 하지만 그 '증오의 자루'를 '관용'으로 가득 채워 보라. 각박한 삶을 살아가는 현대인일수록 관용의 미덕을 베풀 줄 알아야 한다. 마음이 옹졸하고 생각이 냉혹한 사람은 모든 것

을 얼어붙게 해 성공으로 가는 길목의 벽에 부딪혀 더 이상 나아가
지 못하고 만다.

증오는 성공의 방해자이다. 증오를 관용으로 감싸 안아 너그럽고
열린 마음으로 세상을 바라보는 화해와 수용의 자세야말로 당신의
앞길을 더욱 탄탄하게 만들 것이다.

MEMO

을 얼어붙게 해 성공으로 가는 길목의 벽에 부딪혀 더 이상 나아가

증오는 성공의 방해자이다. 증오를 관용으로 감싸 안아 너그럽고
열린 마음으로 세상을 바라보는 화해와 수용의 자세야말로 당신의

스트레스를 삶의 원동력으로 변화시켜라

적당한 스트레스는 모든 일의 원동력이 되며, 침착한 태도는 당신의 미래를 바꿀 수도 있다.

어느 회사의 한 부서에서 십여 년이 넘게 일해 온 중년 간부가 있었다. 그는 회사 내에서 어느 정도의 권력이 있었음에도 불구하고 교만하지 않았다. 항상 정직하며 청렴결백했고, 원활한 인간관계를 유지했다. 그런데 어느 날 그가 자신이 살아온 인생에 대해 솔직한 이야기를 털어놓았다.

"제가 대학을 다닐 때는 집안 사정이 여의치 않아 학업을 포기하고 고향으로 내려가 농사를 지어야만 했죠. 마지못해 농사짓는 길을 선택했던 겁니다. 당시에는 시대적인 상황 탓으로 인해 그런 고급 인력들이 많았습니다. 그렇다고 해서 그들은 농사를 짓는 자신의 처지에 낙담하지 않았고, 이를 자연스럽게 받아들였습니다. '흙에서 식량을 얻는다' 는 평범한 진리를 명심하고 미래에 대한 투자로 생각하며 즐겁게 일했습니다. 저 또한 그들을 본받아 항상 명분과 이성을 유지할 수 있었습니다. 사람은 저마다 소유해야 할 것과 소유하지 않아도 되는 것이 있죠. 이처럼 자신이 해야 할 일은 반드시 마무리해야 하며, 하지 말아야 할 일은 쳐다볼 생각도 말아야 합니다. 그리고 얻는 것이 있으면 잃는 것도 있기 마련이듯, 이미 잃어버린 물건에 대해 아까워하지도 후회하지도 말아야 합니다. 무언가를 얻었다고 해서 반드시 축하할 가치가 있는 것도 아니고, 잃어버렸다고 해서 꼭 불행하기만 한 것도 아니랍니다. 무슨 일을 처리하든 침착한 태도를 유지하여 적절하게 대응할 수 있다면 자신의 품격은 저절로 높아질 것입니다."

대부분의 사람에게는 스트레스와 슬픔으로부터 벗어나 새로운 사고를 받아들일 수 있는 능력이 있다. 우리는 종종 자신의 능력을 가늠하지 못하여 스스로를 하찮은 존재라고 인식하기도 한다. 이런 데서 오는 스트레스를 이성적으로 해결하려고 노력하면 그 긴장이 대뇌의 흥분을 증가시킨다. 이는 대뇌의 생리 기능을 높여주고, 사고에 대한 반응속도를 민첩하게 한다. 또 일상생활에서의 적당한 긴장과 스트레스는 신장을 수축시키고 강화하여 혈류를 증가시킨다. 이것은 각 조직에 혈액을 충분히 보내 신체의 기능을 활발하게 하여 심장 관련 질병을 억제하는 데 결정적인 역할을 한다. 따라서 적당한 긴장감은 신체 각 부분의 근육 활동을 증가시켜 신진대사를 강화할 뿐 아니라 체력 또한 보강하여 면역력이 증진된다.
우리는 살아가면서 갖가지 요인으로 인해 스트레스를 받는다. 물론 적당한 스트레스는 활력을 불어넣고 긴장감을 주는 촉진제가 되지만, 지나친 스트레스는 무시무시한 파괴력을 발산할 수도 있다. 따라서 스트레스를 정확하게 진단한 후 이를 적절하게 해소시켜야 성장의 원동력으로 발전시켜 나갈 수 있다.

나는 중요한 사람이다

살다 보면 누구나 한 번쯤은 고난을 겪게 마련이다. 이때 문제와 정면으로 부딪쳐 극복하려는 자세가 중요하다. 대개 사람들은 난관에 부딪히면 그 속에서 허우적댈 뿐 적절한 해결책을 찾지 못한다. 용기를 내어 자신이 중요한 사람이라고 외칠 수 있는 사람은 고난도 쉽게 극복할 수 있다는 것을 기억하라.

일본은 제2차 세계대전 이후 닥친 경제 위기 속에서 엄청난 수의 실업자와 함께 불황을 맞았다. 이때 도산 위기에 처한 한 식품 회사가 기사회생을 위해 직원의 3분의 1을 해고하기로 결정했고, 세 분야의 직원들이 해고 리스트에 올랐다. 첫 번째는 청소부, 두 번째는 운전기사, 세 번째는 아무런 기술도 없는 창고 관리원을 비롯하여 모두 30여 명이 거론되었다. 사장이 직접 그들에게 해고 의도를 설명하자 먼저 청소부가 이렇게 말했다.

"우리는 회사에서 중요한 사람들입니다. 만약 우리가 청소를 하지 않으면 깨끗하고 청결한 작업 환경이 갖춰지지 않을 텐데, 그런 환경에서 당신들은 일에만 매진할 수 있겠습니까?"

그러자 이번에는 운전기사가 이렇게 말했다.

"우리도 마찬가지예요. 이렇게 많은 상품을 운전기사도 없이 어떻게 시장으로 신속히 배달할 수 있겠어요?"

마지막으로 창고 관리원도 거들었다.

"우리도 중요하죠! 만약 이런 어려운 상황에서 창고를 지키는 사람이 없으면 여기에 있는 식품들이 모두 도난당할 텐데, 그래도 괜찮 겠습니까?"

사장은 그들의 말을 듣고 난 후 고심한 끝에 결국 아무도 해고하지 않기로 결정했다. 대신 그는 새로운 관리 대책을 제정했다. 회사 정문에 '나는 중요한 사람이다!' 라는 글을 써서 모든 사람이 볼 수 있게 했던 것이다. 그 결과 모든 직원이 스스로가 중요한 존재임을 깨닫고 전보다 더 열정적으로 자신의 일에 몰두하기 시작했다. 짧은 한 문장에 불과했지만 모든 직원이 이로부터 긍지를 느끼고 일에 더욱 적극적으로 임할 수 있었던 것이다. 그 후 회사는 급성장했고, 결국 일본을 대표하는 대기업으로 발돋움했다.

당신은 스스로가 중요한 사람이라고 생각하는가? 이에 대답하기를 주저한다면 앞으로는 "나는 중요한 사람이다."라는 말을 자신 있게 외칠 수 있도록 연습하자! 긍정적인 사고방식은 긍정적인 결과를 낳는 강력한 힘을 발휘한다. 그러한 자세를 갖춘다면 어떤 어려움이든 극복할 수 있을 것이다.

MEMO

유머는 가장 좋은 활력소이다

아프리카 속담에 이런 말이 있다.

"고뇌와 걱정은 할 필요가 없다! 우리는 종종 크고 작은 불쾌한 감정에 사로잡힌다. 이 모든 것이 피할 수 없는 일이라면 그냥 웃어넘겨라."

어느 연구 결과에 의하면 유치원에 다니는 아이들은 하루에 3백 번을 넘게 웃지만 성인은 고작 열일곱 번밖에 웃지 않는다고 한다. 이 말은 아이들이 어른보다 훨씬 더 즐겁게 산다는 것을 의미한다. 그렇다면 어른들은 왜 조금밖에 웃지 않는 걸까?

영화 '스타워즈'에서 궁지에 몰린 무사 제다이는 이런 말을 했다.

"사람은 이전에 습득한 지식 중 잘못된 것을 선별하여 과감하게 버릴 줄 알아야 한다."

이는 과거의 실수는 털어버리고 더 나은 미래를 위해 새로운 마음으로 준비해야 한다는 뜻이다.

웃음은 사람과 사람 사이의 소원했던 관계를 회복하는 데 대단히 효과적인 수단이다. 기업가 빅터 브루스는 웃음을 이렇게 묘사한 바 있다.

"웃음은 두 사람 간의 가장 짧은 거리이다."

웃음은 마음의 치료제일 뿐만 아니라 만병통치약이 되기도 하며 정신을 건강하게 한다. 웃음은 삶을 풍요롭게 하는 비결인 동시에 건강, 성공, 행복으로 가는 가장 쉬운 방법인 것이다.

미래를 변화시키기 위해 자신만의 유머 상자를 만들어 보면 어떨까? 자신만의 유머 상자에는 양서나 만화 캐릭터, 비디오테이프 등 당신의 흥미를 끌 수 있는 물건들을 찾아 넣는다. 예를 들어 어떤 영화의 우스꽝스러운 캐릭터만 생각해도 절로 웃음이 나는 것처럼, 일상생활에서 상실감을 느끼거나 머리가 복잡할 때 '유머 상자'를 열어 보고 다시 한 번 힘을 낼 수 있도록 말이다.

유머 감각은 아무도 모르게 비축해 놓을 수 있는 가장 좋은 활력소이다.

MEMO

말은 항상 신중히 하라

말을 하기 전 신중히 생각해 보는 자세는 매우 중요하다. 말을 너무 많이 하거나, 무슨 일이든 잘 생각해 보지 않고 무조건 '예스'를 외치는 것은 공든 탑을 순식간에 무너뜨릴 만큼 위험한 일이며, 결과적으로 신뢰를 잃을 수도 있다.

신뢰를 잃는 것은 순식간이다. 신뢰는 얻기도 힘들지만, 지켜 나가는 것 또한 결코 쉬운 일이 아니다. 그렇기에 말을 할 때는 항상 신중해야 한다. 누구에게나 쉽게 약속을 하고, 약속을 소홀히 여기거나 이행하지 않는다면 아무리 능력이 뛰어난 사람이라도 다른 사람들로부터 신뢰를 얻기 힘들다. 게다가 한 번 잃은 신뢰는 훗날 아무리 노력한다 해도 다시 회복하기 힘든 법이다. 정직과 성실이 선행되어야 신뢰를 쌓을 수 있으며, 경쟁 사회에서 신뢰를 싹틔우고 키워 나가는 것은 성공의 기초이다. 신뢰를 잃으면 모든 것을 잃는다 해도 과언이 아니다.

MEMO

다른 사람의 말에 귀 기울여라

어느 날 직장 동료와 술을 마시다가 상대방이 당신에게 근심을 털어놓았다. 그는 한 회사의 관리급 직책을 맡고 있다. 평소에 매우 활동적이며 무슨 일이든 꼼꼼하게 처리하느라 항상 바쁘고 고된 나날을 보낸다. 겉으로 보기에 그는 상사에게는 좋은 부하 직원, 부하 직원들에게는 까다롭긴 하지만 존경받는 상사였다. 그러나 사실 그는 쉴 틈 없는 업무량으로 인해 엄청난 스트레스를 받고 있었으며, 가정에서는 일에만 매달리는 남편이라는 부인의 질책과 잔소리로 머리가 아팠다.

당신이라면 그런 친구에게 어떻게 해주겠는가? 친구의 불평을 묵묵히 들어주고 적절한 충고와 위로를 건넨다면 그 친구는 마음의 안정을 찾을 수 있을 것이다. 어쩌면 그 친구는 누군가에게 자신의 근심거리를 털어놓은 것만으로도 기분이 한결 나아졌을지 모른다. 친구와 술집을 나온 후 별들이 가득한 밤하늘을 바라보며 거리를 함께 걸어라. 가벼워진 발걸음을 내딛는 친구는 콧노래까지 부를지도 모른다.

우리는 하루 종일 삭막한 콘크리트 건물 속에 들어앉아 치열한 일상에 시달리며 살아간다. 또한 사업에 실패하거나, 병에 걸리거나, 연애에 실패해 절망에 빠지는 등 여러 가지 힘든 일들에 치이며 살기도 한다. 하지만 이것이 바로 인생이다. 우리의 인생이란 달콤하지만은 않은 법, 쓰디쓴 좌절과 고통을 맛보며 겪어 나가는 것이 바로 인생살이이다.

우리는 살아가면서 시도 때도 없이 닥치는 난관들을 거부할 수도 없고, 예측할 수도 없다. 때로는 그 난관으로 인해 기분이 우울해지고 사기가 꺾여 신경이 예민해지고 정서가 불안해지기도 한다. 이런 사람에게는 그러한 심리 상태로부터 자유로워질 수 있는 통로, 즉 상담을 할 대상이나 불만을 해소할 방법이 필요하다.

상담할 대상이나 친구는 많을수록 좋다. 다른 사람들과 즐겁게 대화하고 친밀한 관계를 형성하면 곤경에 빠져 일을 그르쳤을 때 그들에게 이해와 양해를 얻을 수 있다. 만약 당신이 다른 사람에게 따뜻한 마음을 베푼다면 그들의 마음도 당신을 향하게 될 것이다.

사실 다른 사람의 불만을 경청하는 것은 동정과 이해심 이상의 희생이 따를 수도 있다. 하지만 그것을 희생이라고 생각하지 말고 오히려 다른 이를 도와줄 수 있는 좋은 기회라고 생각하는 것이 바람직하다. 이처럼 다른 사람의 말에 귀를 기울일 줄 알아야 상대방도 당신의 이야기에 귀를 기울일 것이다.

MEMO

논리적으로 말하라

언어는 사람들과의 의사소통 수단이자 메신저 역할을 한다. 사람들은 말이나 글로써 의견을 표현할 때 자신의 뜻이 정확하게 전달되기를 바란다. 그래서 어법을 지키고 적절한 단어를 사용해야 하는 것이다. 정확한 어법과 훌륭한 문장의 글을 보면 상대방은 당신의 풍부한 지식과 교양에 경의를 표할 것이다. 그러나 두서없이 단어의 의미조차 제대로 전달하지 못한다면, 아무리 당신의 용모가 번듯하고 차림새가 좋아도 상대방은 당신을 무식한 사람쯤으로 치부할 수 있다.

사람들과 대화할 때 논리적이고 명쾌하게 감정을 표현할 수 있다면 상대방에게 깊은 신뢰감을 심어줄 수 있다. 뿐만 아니라 사람들 간의 직접적인 연결 고리이자 의사소통 수단인 말을 어떻게 하느냐는 사회생활에서 인간관계를 돈독히 하는 데 중요한 영향을 끼친다. 그렇기에 일상생활에서 커뮤니케이션을 할 때 어법이나 단어를 적절하게 사용하는 것은 의사를 표현하는 데 매우 중요하다. 대화를 매끄럽게 진행하기 위해서는 어떤 식으로 말을 해야 할까? 우선 말하는 문장이 논리적이어야 한다. 말을 할 때에는 반드시 논리가 뒷받침되어야 하며, 모순을 드러내지 않아야 한다. 그렇지 않으면 신용을 잃어버릴 수 있다. 앞뒤가 맞지 않고 조리 없는 문장은 논리적인 사고를 제대로 구현하지 못함을 뜻한다. 따라서 정확한 의사 전달을 위해서는 올바른 단어의 선택과 논리 정연한 어법이 필요하다.

이를 위해서는 일차적으로 다양한 독서 체험이 필요하다. 독서를 통해 맥락의 흐름에 맞게 생각하는 훈련을 할 수 있으며, 상황에 맞는 언어를 적절히 구사하는 능력을 키울 수 있다. 가능하다면 실제로 여러 사람들과 토론식의 대화를 나누어보는 것도 좋다. 일정한 주제를 정해 놓고 서로 간의 다양한 주장과 그것을 뒷받침하는 근거를 제시하는 식의 대화를 나누다 보면 논리적인 사고를 자연스럽게 익힐 수 있는 동시에 지적인 만족감도 얻게 될 것이다.

MEMO

경쟁자를 사랑하라

'사랑'이란 우호의 표현으로서, 가족과 친구와 애인에 대한 애정의 말에 빠지지 않는 단어이다. 이 모든 것은 감정에 의하며 일종의 본능이기도 하다.

'원수를 사랑하라'는 말이 있다. 하지만 자신의 원수를 진정으로 포용할 수 있는 사람이 과연 얼마나 될까? 그러나 한 가지 분명한 것은 이러한 사람들은 언젠가 찬란한 빛을 발하리라는 것이다.

스포츠 경기장은 이런 특수한 감정을 가장 잘 표출해 내는 장소이다. 복싱 시합을 살펴보자.

시합을 알리는 종소리와 함께 두 선수가 사각의 링 위로 올라왔다. 둘의 실력은 비슷했다. A라는 선수는 얼굴에 부드러운 웃음을 띠고 예의 바르게 관중들을 향해 손을 흔들며 인사를 했다. 그의 뒤를 이어 B라는 선수가 인사했는데, 그는 지난 시합에서 A에게 패했던 데 대한 적대감을 그대로 관중들에게 드러냈다.

심판은 링 위에 오른 두 선수에게 인사를 시켰지만 B는 이를 뿌리치고 A를 노려보면서 시작종이 울리기만을 기다렸다. B의 무례한 태도에도 불구하고 A는 전혀 개의치 않고 웃어넘겼다.

B는 오로지 목숨을 다해 싸워 지난 시합에서의 치욕을 갚아주리라는 생각에만 사로잡혀 있었다. A를 비롯한 경기장 안에 있는 모든 사람이 B의 그런 살벌한 기세를 느낄 수 있었다. 하지만 경기를 관람하는 관중들의 눈길은 살기가 느껴지는 B보다는 프로다운 면모를 보이는 A에게만 집중되었고, 그를 전폭적으로 응원했다. 결국

모든 사람이 바라던 대로 시합은 A의 승리로 끝이 났다.

만약 이 시합의 승패가 선수의 의지만으로 결정된다면 결과는 뒤바뀌어야 했을 것이다. 하지만 승리를 가져간 사람은 처음부터 안정적인 심리 상태로 시합에 임했던 선수였다. 오기를 가지고 상대를 반드시 쓰러뜨리는 것만이 능사가 아니다. 선의의 경쟁은 서로를 북돋아 주며 같이 성장할 수 있는 기반을 마련해 준다.

우리는 경쟁자를 이해하고 사랑하려는 마음가짐을 결코 손해나 불필요한 노력이라고 여기면 안 된다. 비록 처음에는 실천하기 어려울지라도 경쟁자를 사랑으로 감싸 안을 수 있다는 암시를 걸다 보면 자연스럽게 실현할 수 있다. 그렇게 되면 자신에게 원수와도 같았던 사람 일지라도 거리낌 없이 편안한 마음으로 대할 수 있을 것이다.

MEMO

일의 우선순위를 정하라

사람은 일상생활에서 다양하고도 많은 일을 처리한다. 우리는 회사 일과 집안일만으로도 하루 24시간이라는 시간이 항상 부족하고, 시간에 쫓기다 보면 일이 잘 풀리지 않는다며 투덜대기도 한다. 하지만 이때 사물의 본질을 알고 사소한 문제를 떨쳐버린다면 작은 노력으로도 큰 효과를 볼 수 있다.

우선적으로 사물의 이치에 밝아야 한다. 이는 무엇을 먼저 처리하고, 무엇을 나중에 처리해야 하는가를 정확히 판단할 줄 아는 능력을 말한다. 여기서 반드시 기억해야 할 것은 가장 중요하고 복잡한 일부터 처리해야 한다는 것이다. 구체적인 계획도 없이 막무가내로 일을 처리하는 것은 효율성을 떨어뜨린다. 따라서 시간을 어떻게 관리하는지가 성공의 관건이다.

우리는 종종 일을 처리할 때 중요한 것과 부차적인 것을 제대로 구분하지 못할 때가 있다. 그래서 중요하지 않은 일을 먼저 처리하다 보면 정작 급한 일은 시도조차 하지 못한 채 귀중한 시간만 낭비하고 만다. 그러나 일의 우선순위를 정하면 질서 정연하게 일 처리를 하면서 적당한 긴장감까지 부여할 수 있다. 여기서 가장 중요한 것은 우선순위를 정하는 능력이다.

간단한 예를 들어보자. 지금 당신은 학생이다. 오늘 당신이 해야 할 일들로는 세탁하기, 목욕하기, 친구를 초대해 식사하기, 내일 있을 시험을 위해 복습하기 등이다. 이 중에서 가장 중요한 것은 내일 있을 시험에 대한 복습이고 나머지는 부차적인 것 즉, 그다지 시급하지 않은 것들이다. 그런데 만약 당신이 친구와 같이 식사를 하는 일을 먼저 선택하게 되면 금방 오후가 될 것이다. 그 다음 세탁을 하고, 목욕을 하고 나면 벌써 저녁이 되어버린다. 이럴 경우 시간이 부족해져 다음 날 있을 시험에 대비해 충분히 공부하지 못할 것은 뻔하다.

해야 할 일을 모두 적어본 후 그 중에서 가장 중요하고 시급한 일부터 수행하고, 자질구레한 일은 뒤로 미루자. 작은 일이든 큰일이든 항상 우선순위를 정하여 일을 처리하는 습관을 들이면 시간에 쫓기는 법 없이 모든 일을 순조롭게 풀어갈 수 있을 것이다.

MEMO

틀에 박힌 사고방식을 깨라

어느 유대인이 뉴욕에 있는 한 은행에 갔다. 담당자는 그 유대인의 고급 양복과 구두, 시계, 넥타이 핀 등의 차림새를 살피며 물었다.

"손님, 무엇을 도와드릴까요?"

"돈을 빌리고 싶습니다만."

"얼마나 빌려드릴까요?"

"1달러면 됩니다."

"지금 1달러라고 하셨습니까?"

"네, 전 1달러만 빌리고 싶습니다. 가능합니까?"

"네, 가능합니다만 담보가 있어야 합니다. 담보로 맡길 물건은 있으신지요."

"이것도 담보가 될 수 있을까요?"

유대인은 가방 안에서 한 무더기의 주식과 국채를 꺼내어 지배인의 탁자 위에 올려놓으며 말했다.

"모두 합쳐 50만 달러입니다. 괜찮겠습니까?"

"당연히 되고말고요. 그런데 정말로 1달러만 빌리실 겁니까?"

유대인은 그렇다고 대답하며 담당자로부터 1달러를 받아 들었다.

"저희 은행의 연이율은 6%입니다. 손님께서 1달러에 대한 연 6%의 이자를 지불하시면, 1년 뒤에 이 모든 주식을 반환받으실 수 있습니다."

"감사합니다."

이 말을 끝으로 유대인은 은행을 나왔다. 옆에서 지켜보던 은행의 지점장은 지금 벌어진 이 상황을 이해할 수 없었다. 50만 달러나 소유한 사람이 뭐가 아쉬워서 1달러를 빌려간단 말인가? 아무리 생각해도 그 이유를 알 수 없던 그는 허겁지겁 달려가 그 유대인 손님에게 물었다.

"저, 손님."

"왜 그러시죠?"

"사실 이해가 되지 않아서 그렇습니다. 손님께서 담보로 맡기신 금액은 자그마치 50만 달러나 됩니다. 손님이 원하신다면 은행에서는 30, 40만 달러도 거뜬히 빌려드렸을 텐데, 고작 1달러를 빌리신 이유가 무엇입니까?"

"사실 저는 그렇게 큰돈을 빌릴 필요가 없습니다. 50만 달러치의 주식과 국채를 보관하기 위해 다른 곳의 대여금고에 들러 그들의 임대료를 물어보았습니다만 임대료는 생각보다 매우 비싸더군요. 하지만 귀하의 은행의 임대료는 1년에 겨우 6센트밖에 하지 않으니, 제 주식을 보관하기에는 안성맞춤이죠."

이 유대인 상인은 틀에 박힌 생각에서 벗어나 새로운 방법을 모색하다가 증권을 은행에 보관하는 방법을 택했던 것이다. 이는 신용과 안전 면에서 신뢰할 수 있으며, 훨씬 저렴한 비용으로 보관할 수 있었기 때문이다.

일반적인 상식으로는 은행에서 담보 물건의 가치보다 훨씬 큰돈을 빌리는 것이 보통이다. 그러나 이 유대인 상인은 이런 고정관념을 허물고 탁월한 아이디어를 적용해 자신에게 이득이 되는 쪽으로 문제를 해결했다. 이처럼 생각의 방향을 전환하는 것은 의외의 효과를 발휘한다.

대부분의 사람은 새로운 방법을 찾기보다는 기존의 습관을 무의식
적으로 좇는다. 하지만 판에 박힌 사고방식을 철저하게 깨버리고,
능동적이며 창의적인 자세로 끊임없이 사고하며 생각의 틀을 다시
세우자. 이런 습관은 예상치 못한 어느 순간에 누구도 생각지 못한
해결책을 제시해 돌파구를 열어줄 것이다.

MEMO

무한한 상상력을 펼쳐라

항상 기발한 아이디어를 떠올리는 사람은 실패를 성공으로 바꾸는데 탁월한 능력을 발휘하며, 이런 사람이야말로 성공적인 미래를 개척할 잠재력이 있음은 두말할 필요도 없다.

어느 한 상인이 한여름에 털양말을 대량으로 사들였다. 동료들은 때에 맞지 않는 짓을 하는 그를 보고 미쳤다며 수군댔다. 그러나 그 상인은 남의 말에 아랑곳하지 않고 이렇게 확신했다.

"러시아는 겨울이면 항상 영하 몇 십 도까지 내려갈 정도로 추운 곳이다. 하지만 군인들은 추운 날씨에도 훈련을 받는다. 그들에게 털양말은 필수품인데, 왜 모두들 그 생각은 못하는 걸까?"

그 후 그는 무역상을 통해 러시아에 털양말을 수출하여 큰 이익을 보았다.

이처럼 기발한 아이디어는 사람들이 상상하지 못한 전혀 새로운 결과를 창출한다. 설령 그 기묘함을 이해하지 못하는 사람들로부터 미친 사람 취급을 받을지라도 이는 절대 낙심할 일이 아니다. 남들이 생각해 내지 못하는 획기적인 아이디어로 인해 당신의 가치는 더욱 상승하고, 사람들의 마음을 사로잡아 비즈니스에서 우위를 차지하게 될 것이기 때문이다.

살다 보면 누구나 당혹스러운 상황에 직면할 때가 있다. 이렇듯 어려운 때일수록 해결 방법을 가까이에서 찾아라. 한 발짝 떨어져서 전체적인 관점으로 문제를 바라보는 순간 색다른 아이디어가 떠오를 것이다. 비로소 생각을 바꿀 때 새로운 돌파구가 열려 위기의 순간이 행운의 순간으로 바뀔 수 있다.

일상생활 속에 획기적인 아이디어가 숨어 있는 법이다. 항상 눈과 귀를 열어두고 새로운 방법으로 생각하려는 노력을 기울인다면 다양한 경험을 통해 어느 순간 잠재된 아이디어가 빛을 발할 것이다. 그동안 실현 불가능하다고 느꼈던 것들이라도 상상력을 총동원하여 실험을 해보는 것은 어떨까? 인생에서 부딪히는 장애물들 앞에서도 마찬가지다. 이런 식으로 역경을 헤쳐 나간다면 두려움 없이 적극적인 삶을 펼칠 수 있다. 당신의 찬란한 미래를 위해 무한한 상상력을 펼쳐 보라.

MEMO

상대방의 관점에서 생각하고 배려하라

남자들이여, 혹시 하이힐을 신어본 경험이 있는가? 만약 있다면 어떤 느낌을 받았는가? 아마 걷기는커녕 불편함을 참지 못하고 벗어 던졌을 것이다. 그런데 여자들은 하루 종일 그 불편한 하이힐을 신고 일한다. 그런 여자들의 고충을 조금이나마 헤아려 보려는 노력을 해봤는가?

남자는 여성들이 직면하는 상황에 관심을 갖고 이해하려는 노력을 기울여야 한다. 그런 남자가 진정으로 매력적인 사람이다. 또한 여자도 남자들만이 갖는 고충을 이해하려는 노력이 필요하다.

서로 다른 차이를 인정하고, 상대방의 관점에서 생각하고 배려할 때 각자가 원하는 것을 얻을 수 있다. 이처럼 다른 이성을 진정으로 이해하려는 노력이 바탕이 될 때 비로소 모든 사람이 원하는 이상적인 관계를 이룩할 수 있으며, 조화로운 모습으로 살아갈 수 있음을 기억 하라.

MEMO

자신이 최고임을 믿어라

당신이 어떤 분야에서 세계 제일이 되겠다고 결심했다면 앞만 보고 전진하라. 인간은 이 지구상에서 각각 유일한 존재이다. 자신만의 독창적인 신념을 확고히 굳혀야만 뚜렷한 개성을 지닐 수 있다. 내가 바로 최고라는 생각을 항상 마음속 깊이 새겨두어라. 다른 사람에게 인정받기만을 바랄 것이 아니라 당신 스스로에게 자신감을 불어넣어라. 스스로를 믿고 인정하는 것보다 더 나은 격려는 없다. 자신에게 용기를 북돋우는 데 가장 필요한 사람은 나 자신임을 기억하라.

생각을 바꾸면 운명도 바뀐다. 스스로에게 용기를 불어넣어 굳은 믿음을 가지는 것이 자신감을 키우는 가장 좋은 방법이다. 자신감은 도전 의식을 끌어내고 잠재된 역량을 최대한 발휘하게 한다. 이것이야말로 가장 큰 성공 요인이다.

MEMO

소망을 열망으로 변화시켜라

사람은 누구나 마음속 깊은 곳에 자신만의 소망을 키우며 살아간다. 하지만 소망을 이루고자 하는 마음만 갖는다고 해서 행복한 미래가 보장되는 것은 아니다. 소망을 열망으로 바꿀 수 있는 사람만이 미래에 대한 원동력을 이끌어 내 원하는 바를 이룰 수 있다. 그렇다면 소망과 열망의 차이점은 무엇일까?

우리가 말하는 소망이란, 열망이라고 하기에는 2% 부족한 단계를 의미한다. 소망만으로는 행복한 미래를 꿈꿀 수 없지만, 열망은 글자 자체만으로도 에너지를 발하여 우리가 꿈꾸는 행복한 미래를 향해 힘차게 돌진할 수 있는 원동력을 부여한다. 따라서 강렬한 소망을 바탕으로 미래에 대한 계획을 세워 실천한다면 언젠가는 반드시 목표를 달성할 수 있다. 막연한 소망으로만 간직하던 것을 미래에 대한 뚜렷한 소신과 강력한 열망으로 전환하는 것이 무엇보다 중요하다. 소망을 열망으로 변화시켜 성공에 이르고 싶다면 먼저 자신의 역량이 빛을 발하도록 싹을 틔우는 데 골몰하라. 평소에 꿈꾸던 소망에 집중하는 동안 무의식중에도 스스로에게 계속 동기부여를 한다면 내가 바라는 것이 무엇인지, 무엇을 해야 할지에 대한 뚜렷한 방향을 잡을 수 있을 것이다.

삶에 대한 소망과 열망을 갖는다면 목표나 기대 없이 살아가는 인생보다 훨씬 값진 삶을 살 수 있다. 확고한 소신을 가지고 끊임없이 앞으로 나아가는 자세는 당신이 소망하는 목표를 반드시 이룰 수 있도록 이끌 것이다.

자 기 경 영 대 사 전   성공

많은 사람들이 성공을 원한다. 그러나 항상 소수의 사람들만이 그 열매를 딴다. 다들 성공만을 바라고 사는데 도대체 뭐가 그리 어려운 걸까? 이유는 간단하다. 대충대충 살아가면서 성공하기는 어렵기 때문이다. 사업에서 큰 성공을 이루고 자기가 원하는 꿈을 성취하기 위해서는 생각보다 훨씬 더 많은 노력이 필요하다. 노력 없이는 절대로 불가능한 것이 성공이다. 설령 힘겨운 노력이나 별다른 시련 없이 손쉽게 성공을 거두었다 해도 그것은 우연한 행운이 가져다준 일시적인 것일 뿐이다. 처음에는 그런 행운이 신선한 꽃처럼 여겨지겠지만 금세 시들어 버리고 만다.

당신이 바라는 것은 한철 아름다운 꽃 같은 성공이 아니라 영원히 유지되는 성공일 것이다. 그러나 그런 성공을 위해서는 고된 노력과 남다른 희생이 뒤따라야 한다. 그래야 비로소 그렇게 원하고 원하던 성공이 당신의 것이 될 수 있다.

이 글은 성공하기 위해서 반드시 알아야 할 소중한 지침들을 정리했다. 일시적이지 않고 지속 가능한 성공을 이루기란 쉽지 않다. 그런 성공을 위해서는 여러 가지 문제들을 해결해야 할 뿐만 아니라 자신만의 독특한 생각과 소양, 그리고 좋은 습관을 길러야 한다. 아울러 적극적인 삶을 살아야만 가장 훌륭한 성공을 거둘 수 있음을 이 글을 통해 깨닫게 될 것이다.

믿음을 가져라

자신감의 힘을 믿으라. 자신을 믿는 것, 자신감을 갖는 것이 바로 성공의 첫 단계다. 스무 살 때, 빌 게이츠는 하버드 대학을 중퇴하고 마이크로소프트사를 설립했다. 전 세계에서 가장 많은 돈을 가진 것은 아닐지라도, 그가 소유한 재산은 수백억에 달하며 미국 내 최고의 부자가 되었다. 빌 게이츠는 학창시절에 그리 뛰어난 학생은 아니었다. 그런데 학교를 그만두고 나서 그의 재능이 빛을 발하기 시작했다. 사실 빌 게이츠는 똑똑한 아이였던 것이다. 다만 그의 똑똑함이 다른 아이들과 좀 달랐을 뿐이다. 그만이 가진 똑똑함은 바로 그가 가진 남다른 자신감이었다. 그는 자기 자신을 믿었다. 자신이 무엇을 해야 하는지를 잘 알고 있었기 때문에 그 밖의 것들은 그리 문제가 되지 않았던 것이다.

어떤 사람은 그가 학교를 그만두는 것을 보고 바보짓이라고 비난했지만, 빌 게이츠는 끝까지 자신의 뜻을 꺾지 않았다. 보통의 자신감만으로는 엄두도 못 낼 그런 행동이었다. 빌 게이츠의 이런 천부적인 자신감은 어디에서 나온 것일까? 그것은 바로 자기 자신에 대한 완전한 믿음에서 비롯되었다. 자신에 대한 강한 믿음이 있었기에, 학교는 자기 발전에 방해가 될 뿐만 아니라 꿈을 실현시킬 수 없도록 만드는 곳이라고 생각했던 것이다. 결국 그의 생각이 옳았다. 그에게 있어 학교를 다니는 것은 실용적이지도 않고 유용하지도 못한 노동에 불과했다.

왜 성공한 사람들은 대부분 스스로에 대해 강한 자신감을 가지고 있는 것일까? 그에 반해, 왜 스스로에 대한 우리의 믿음은 마치 전력이 부족한 전등처럼 끊임없이 깜빡거리는 것일까?

2001년 5월 20일 미국의 세일즈맨 조지는 부시 대통령에게 도끼를 팔았다. 부루킹 연구소는 그를 '가장 훌륭한 세일즈맨'으로 선정하고 챔피언 벨트를 수여했다. 조지는 1975년 닉슨 대통령에게 소형 녹음기를 팔아서 받은 챔피언 벨트에 이어, 부루킹 연구소로부터 두 번째 벨트를 받은 것이다.

부루킹 연구소는 1927년부터 세계적으로 뛰어난 세일즈맨을 양성해내면서 세상에 이름이 알려졌다. 이 연구소는 해마다 학생들이 졸업할 시기가 되면 전통적으로 하나의 과제를 내주었는데, 클린턴 임기 때는 클린턴에게 속옷을 팔라는 과제를 냈었다. 8년 동안 많은 학생들이 시도했지만 클린턴에게 속옷을 파는 일은 성공하지 못했다. 그러다가 클린턴에 이어 부시가 대통령에 취임하자 연구소는 부시에게 도끼를 팔라는 것으로 과제를 바꾸었다. 이번에는 학생들이 아예 도전해 볼 생각조차 하지 않았다. 대통령에게 과연 도끼가 필요하겠는가? 또 대통령에게 무엇이 부족하겠는가? 설령 필요한 물건이 있다고 해도 직접 사지는 않을 것이며, 사고 싶은 물건이 있다고 해도 세일즈맨이 올 때까지 기다릴 리 없을 것이다. 모든 학생들이 이 사실을 잘 알고 있었다. 그러나 조지는 이 과제를 거뜬히 해냈다. 그것도 다른 사람들처럼 오래 고민하지도 않고 말이다. 기자와의 인터뷰에서 그는 다음과 같이 성공 내막을 밝혔다.

"저는 부시 대통령에게 도끼를 파는 일이 충분히 가능하다고 생각했습니다. 그가 소유한 농장에는 나무가 많잖아요. 그래서 저는 농장을 방문해 보고 싶다고 부시에게 편지를 보냈습니다. 실제로 그의 농장에는 말라 버린 나무가 많았지요. 또 대부분의 나무가 목질도 약하고 푹신하게 변해 버려 저는 그에게 작은 도끼가 필요하다고 생각했습니다. 그런데 새 도끼는 너무 가벼워서 무언가 부족했습니다. 마침 제게 적당한 도끼가 있었지요. 할아버지께서 쓰시던 그 오래된 도끼가 말라 버린 나무들을 자르기에 적당했습니다. 이런 이야기를 다시 편지에 써서 보냈습니다. 만약 대통령께서 관심이 있으시다면 제 주소로 답장을 달라고 말이죠. 그런데 며칠 뒤 대통령이 15달러를 보내주셨습니다."

부루킹 연구소가 밝힌 시상 배경은 이렇다.

"지난 26년 간 부루킹 연구소는 수많은 인재들을 양성했습니다. 그러나 단 한 번도 챔피언 벨트를 받은 사람은 없었습니다. 이 모두가 이 사람에게 챔피언 벨트를 주기 위해서였나 봅니다. 여기 우리의 챔피언 조지는 다른 사람들이 실현하기 어렵다고 생각하는 일에 자신감을 잃지 않았으며 끝까지 목표를 포기하지 않은 사람입니다."

부루킹 연구소의 홈페이지에는 다음과 같은 글이 실려 있다.

"문제는 일이 어려워서가 아니라 우리가 자신감을 잃었기 때문이다. 자신감이 없기에 일을 할 수 없다고 생각하는 것이다."

행운과 기회는 자신이 만드는 것이다

종종 사람들은 기회, 운이라는 말로 자신의 상황에 희망을 걸어보지만, 절호의 기회가 없다 해도, 대단한 운이 없다 해도 자신이 어떻게 노력해야 하는지를 잘 알고 어떻게 실력을 키워야 하는지 안다면 반드시 성공할 것이다. 운을 믿지 말고 스스로를 믿으면 지금껏 키워온 당신의 실력이 당신을 한 기업의 대표로 만들어줄 것이며, 부자로 만들어줄 것이다. 어디 그뿐인가. 모두가 부러워하는 사람으로도 만들어줄 것이다.

운이란 자기를 믿지 못하고 기회가 오기만을 바라는 사람들이나 간절히 바라는 것이다. 그러나 잊지 말라. 행운도 하나의 가능성이라는 사실을. 그래서 성공을 원하는 사람은 행운을 기다리지 않고 스스로 기회를 창조하고 행운을 만들어 간다. 그 사실을 모르는 실패한 사람들이나 일반 사람들 눈에는 성공한 사람들이 자신들보다 더 운이 좋다고 비춰지는 것이다. 그렇다면 행운이나 기회란 무엇일까? 홍콩의 유명한 영화배우 성룡의 이야기를 보자.

한 신문에서 성룡의 연수입이 몇 억대라고 보도했다. 또한 그는 그의 팬들이 세계적으로 퍼져 있을 정도로 유명하며, 아시아를 넘어 헐리우드 진출도 성공적이라고 보도했다. 많은 사람들, 특히 젊은 사람들은 그를 부러워했다. 사람들은 성룡의 성공이 대단히 운이 좋았을 뿐이라고 생각했다. 만약 평범한 사람도 성룡과 같이 운이 좋고 기회만 주어진다면 분명히 그처럼 성공할 수 있으리라고 생각했다. 기자와의 인터뷰에서 성룡은 사람들의 이런 생각에 대해 이렇게 일침을 가했다.

"지금의 성공은 사실 제가 마땅히 얻어야 할 것들입니다. 왜냐하면 제가 이룬 성공은 모두 최선을 다해 노력해서 얻은 것이거든요. 그 사람이 어떤 노력을 했는지 생각하지 않고 결과만 보아서는 안 됩니다. 세상에 그렇게 운이 좋은 사람이 어디에 있겠습니까? 어떤 사람이 많은 것을 갖게 된 것을 그 사람의 운이 좋다고 받아들이면 안 됩니다. 한 걸음씩 천천히 노력해서 얻은 거니까요."

성룡은 계속해서 오늘날 젊은이들이 가진 폐단을 비판했다.

"연예인이 되려면 다방면에 끼가 있어야 합니다. 제가 처음 미국에 갔을 때는 ABC도 몰랐습니다. 그런데 지금은 미국 텔레비전에서 생방송을 제안해도 얼마든지 할 수 있습니다. 누구나 가보지 않은 나라에 처음으로 가게 되면 그 나라의 말을 모릅니다. 언어는 못 알아들어도 상관없지만 먼저 능동적인 태도를 가져야 합니다.

예를 들면 저는 산동사람이지만 예전에는 산동지방 사투리를 전혀 못했습니다. 그러나 지금은 산동 사투리뿐 아니라 상해, 복건 사투리도 할 줄 알고 간단한 한국어와 일어도 할 줄 압니다. 홍금보와 같은 원로 배우들은 훌륭한 연기뿐 아니라 무대 위에서 춤도 추고 노래도 불렀습니다. 그리고 또 그 밖에 여러 가지 특기가 있었지요. 그러나 오늘날, 연예계에 입문한 젊은 친구들은 그만한 재능이 부족합니다. 비록 좋은 환경 속에서 어린 나이에 노래를 시작하지만 정작 노래 실력도 부족하고 가사를 쓰거나 악기를 다룰 줄도 모릅니다.

단지 예쁘고 잘생긴 외모만 가지고 운 좋게 누군가 자기를 띄워 주길 바랍니다. 이런 친구들의 인기는 상상할 수 없을 정도로 빨리 식어 버립니다. 우리가 이야기해야 할 것은 실력입니다. 운이란 다 해봐야 몇 년이지만 실력은 영원토록 당신에게 머물러 있기 때문입니다.”

그렇다. 우연히 생긴 운은 비누거품처럼 쉽게 날아가 버리거나 터져 버린다. 성룡의 말처럼, 운은 찾아와도 몇 년뿐이지만 실력은 영원히 사라지지 않고 당신과 함께 남아 있는 것이다. 이것이 바로 연예계에서 금세 인기를 얻고 유명해진 젊은 배우와 가수들이 유성처럼 재빨리 사라져 버리는 이유다. 성룡은 성공한 사람들의 행운은 실력에서 나왔다고 말했다. 그리고 실력은 스스로가 조금씩 부단히 노력해서 얻어지는 것이라고 생각했다.

연예인의 성장 과정을 이야기하는 프로그램에서 성룡은 아역 배우 시절에 대해 이야기했다. 무명이었던 그는 연기를 시작할 때 죽은 사람처럼 연기를 해야 했는데 첫날, 감독이 그에게 심하게 야단을 쳤다.

“야, 이 녀석아! 이미 죽은 사람이 배는 왜 움직이냐!”

그는 기가 잔뜩 죽어서 자신은 죽은 사람 연기도 제대로 하지 못한다고 생각했다. 그래서 그는 다음날부터 열심히 연습했다. 언제 숨을 내쉬고 언제 숨을 멈추며 또 언제 카메라가 죽은 사람에게 맞추어지는지를 하나하나 파악해 나갔다. 이렇게 연습량이 늘어나면서 실력이 쌓였고 마침내 그는 죽은 사람 연기를 훌륭하게 해낼 수 있었다.

행운은 자기가 만들어내는 것이다. 하루 종일 하늘만 쳐다보면서 일이 잘되기 바랄 수는 없지 않은가? 행운과 기회는 우연과 같다. 사실 성공한 사람들은 기회나 행운을 바란 적이 없었을 것이다. 단지 스스로 노력해서 기회를 찾아보고 기회를 만들어내서 잡았을 뿐이리라. 이제부터는 기회를 당신의 노예로 만들어 자신을 '평생토록 행운이 돌보는 사람'으로 만들어야 한다.

MEMO

믿음, 인내, 성공의 상관관계를 파악하라

쉽게 포기하지 않는 것은 수많은 위인들이 가진 자질 가운데 하나다. 아무리 대단한 사람이라 해도 어떤 문제나 어려움에 맞닥뜨렸을 때 쉽게 포기해 버린다면 절대로 성공할 수 없다. 포기하지 않기 위해서는 먼저 자기 자신을 믿어야 하며 절대로 자신에 대한 믿음의 끈을 놓아서는 안 된다. 그런 다음에 성공에 대해 끊임없이 생각하고 고민하면 언젠가는 당신이 바라는 성공이라는 열매를 딸 수 있을 것이다.

그렇다면 자기 자신을 믿기만 하면 저절로 성공하게 되는 것일까? 물론 그렇지 않다. 믿음은 성공을 이루는 수많은 것들 가운데 가장 중요한 역할을 할 뿐이다. 믿음과 더불어 좋은 생활 태도가 그 사람의 성공을 결정하기도 한다. 좋은 일이 생겼을 때 긍정적으로 생각하고 올바른 태도를 갖는 것은 대부분의 사람들이 할 수 있지만 문제가 생겼을 때 안정적인 심리 상태로 문제를 해결할 수 있는 사람은 그다지 많지 않다. 이것이 바로 성공한 사람과 실패한 사람의 차이다. 항상 운이 나빠 실패하게 되더라도 강한 태도로 맞서서 쉽게 포기하지 않는다면, 당신도 모르는 사이에 어느 새 성공이 당신 곁에 다가와 있을 것이다.

처음으로 강단에 서 본 경험이 있는 사람이라면 알겠지만, 대개 초보 강사들은 처음 강의할 때 사람들의 야유를 받곤 한다. 어수선하고 뒤죽박죽인 초짜 강사의 연설에 누가 박수를 보내고 싶겠는가? 하지만 나중에 크게 성공한 강사를 보면, 사람들의 야유를 받으면서도 이렇게 자기 자신을 격려한다.

'섣불리 포기하지 말자. 사람들이 야유를 보낼수록, 그렇게 강단을 내려올수록 나는 성공을 향해 한 걸음 더 다가서는 것이다. 실패할 때마다 나는 성공에 더욱 가까워진다.'

그러나 사람들의 야유를 참아내지 못한 채 굴욕감에 싸이게 된다면 그 사람은 분명히 성공하지 못할 것이다.

누구나 다 아는 유명한 영화배우 실베스터 스텔론은 영화를 통해 대중에게 강한 이미지를 심어주었다. 스텔론이 많은 남성들이 선망하는 전형적인 남성상이 될 수 있었던 것도 강한 이미지 때문이었다. 그러나 무명 시절에 그는 빈손으로 성공이라는 꿈을 품고 배우가 되기 위해 노력하고 또 노력했다. 1885번의 오디션에서 떨어졌으며, 500군데의 영화사에서 거절당했다. 떨어지고 거절당한 횟수만 보아도 그가 얼마나 많은 노력을 했는지 알 수 있지 않을까? 어느 날 한 감독이 그에게 이렇게 말했다.

"당신, 정말 영화배우가 되고 싶소? 그렇다면 먼저, 말하는 방법부터 배우시오. 그리고 당신의 모든 것을 고친 뒤에 다시 오디션을 보러 오시오. 왜 그러는 줄 아시오? 당신의 목소리는 너무 듣기 싫고 외모도 너무 추하기 때문이라오."

이 말을 듣고도 스텔론은 절대로 포기하지 않았다. 집으로 돌아온 그는 〈록키〉라는 제목의 각본을 쓰는 작업에 전념했다. 각본이 완성되자 그는 그것을 뉴욕의 유명한 에이전시에 보냈다. 그에게 관심을 보이는 곳은 단 한 군데도 없었지만 그는 굳은 의지를 가지고 계속해서 운명의 문을 두드렸다. 그의 노력에 운명의 신이 감동한 것일까? 마침내 한 영화 제작자가 3만 6천 달러에 그의 각본을 사겠다고 나선 것이다. 이제 문제는 주인공이었다. 제작자는 그 당시에 유명했던 배우를 주인공으로 캐스팅하고 싶어했다. 그러나 스텔론은 자기가 쓴 각본의 주연은 당연히 자신이 맡아야 한다며 그의 제의를 거절했다. 시간이 흘러 그는 이 일을 회상하며 이렇게 말했다.

"그 당시에 제 아내는 임신중이었습니다. 가진 거라고는 주머니 속에 있는 40달러가 전부였지요. 그 제작사가 제시한 3천 6백 달러를 요즘 시세로 환산하면 거의 3백만 달러가 넘는 돈이죠. 저는 정말 〈록키〉를 쓰는 데 심혈을 기울였습니다. 돈도 좋지만 주연은 당연히 제가 해야 한다고 생각했습니다. 그래야만 제가 원하는 결과에 도달하는 것이니까요. 이런 원칙 때문에 저는 제가 처음 가진 생각과 소망을 지금까지 지켜올 수 있었습니다."

쉽게 포기하지 않겠다는 결심과 믿음으로 스텔론은 결국 소망을 이루었다. 〈록키〉의 주인공은 당연히 그였으며 이 영화로 그는 전 세계적으로 유명해졌다. 이 한 편의 영화로 그는 헐리우드에서 떠오르는 스타가 되었고 미국의 영웅이 되었던 것이다. 한때 3천 6백 달러를 거절한 그는 오늘날 편당 2천 6백만 달러를 벌어들이는 배우가 되었다.

MEMO

잠재력을 개발하라

한 마을에 귀신이 돌아다닌다는 소문이 돌았다. 그곳 사람들은 저녁이 되면 문 밖에 나서지 못했다. 그러던 어느 날 한 농부가 늦게까지 일을 하고 밤이 되어서야 집으로 돌아가게 되었다. 손을 뻗어도 다섯 손가락이 보이지 않을 정도로 컴컴한 칠흑 같은 밤이었다. 공교롭게도 농부의 집은 묘지를 지나야만 했다. 그런데 그날 마침 누군가 묘지 구덩이를 파놓은 게 아닌가. 농부는 자칫 잘못해서 순식간에 그 구덩이로 빠져 버리고 말았다. 묘지 구덩이는 크기도 컸지만 꽤 깊어서 아무리 발버둥쳐도 혼자서 올라오기에는 무리가 따랐다. 농부는 날이 밝아오기를 기다리면서 어쩔 수 없이 그 구덩이 속에 앉아 있을 수밖에 없었다. 아침이 되면 누군가 자신을 구해주리라고 생각하면서.

그러다가 또 다른 농부가 그 구덩이에 빠졌다. 처음 구덩이에 빠졌던 농부처럼 이 농부도 열심히 구덩이를 기어올랐다. 이때 구덩이 한켠에 앉아 있던 먼저 구덩이에 빠진 농부가 입을 열었다.

"관두시오. 절대 못 올라갈 테니……"

농부는 그에게 괜히 힘 빼지 말고 자기처럼 기다리라며 충고해주었다. 그런데 그 말을 들은 농부는 귀신이 말하는 줄 알고 놀라서 온 힘을 다해 재빠르게 구덩이 위로 올라왔다.

이것이 바로 잠재력의 힘이다. 구덩이 속에 이미 들어앉아 있던 농부의 말을 들은 또 다른 농부처럼 잠재의식은 우리가 상상하지 못했던 일을 하게 한다.

잠재력을 잘 이용하면 당신이 원하는 일을 보다 쉽게 얻을 수 있다. 성공하기 위해서는 어떤 생각을 가지고 있는지가 중요하다. 그러나 더욱 중요한 것은 자신의 잠재력을 끌어낼 수 있는 방법을 찾는 것이다. 당신이 잠재의식을 잘 이용하는 사람이라면 잠재의식 속에 당신이 원하는 목표를 새겨 넣어라. 자신의 목표가 무엇인지 지시를 내리면 잠재의식은 그것을 반사적으로 받아들이게 된다. 그것이 진짜인지 가짜인지는 상관없다. 잠재의식은 당신이 명령한 대로만 실행하기 때문이다. 마치 회사에서 상사가 명령을 내리는 것과 같다. 아랫사람들은 정확하게 일을 처리하지만 궁극적으로 왜 그 일을 해야 하는지에 대해서는 정확히 알지 못한다. 물론 묻지도 않겠지만 말이다. 부하직원은 상사의 명령을 무조건 실행하기 때문에 소극적인 태도를 지닐 수밖에 없지만 어쨌든 남들보다 일 처리를 잘해야 한다. 잠재의식은 바로 이런 부하직원과 같다.

모든 변화는 잠재의식에서부터 시작된다. 잠재의식은 진짜와 가짜를 구별하지 않고 단지 반복적으로 상상하며 어떤 것이 실현된다고 믿을 뿐이다. 이처럼 잠재의식은 자기를 격려하는 힘이고 자신의 성공을 보다 순조롭게 하는 힘이다. 때로 사람들은 환상을 가진 사람을 비웃곤 하는데 환상을 가진 사람이 오히려 더 빨리 성공할 수 있다. 누군가 당신에게 헛된 꿈을 꾸고 있다고 충고한다면 그는 잠재력의 힘에 대해 모르는 사람이다.

"상상력은 지식보다 중요하다. 많은 사람들이 상상력은 말도 안 되는 허황된 것이라고 생각하지만 성공한 사람들은 가장 효과적인 방법이 바로 상상력임을 잘 알고 있다."

인류의 위대한 과학자 에디슨이 한 말이다.

미국 시카고 불스는 미국 프로 농구에서 여섯 번이나 우승했다. 시카고 불스팀이 우승한 어느 해, 코치는 모든 선수들에게 잠재의식을 강조하며 각자 자신이 가진 잠재력을 개발하라고 지시했다. 그리고 모든 훈련을 시작하기 전에 선수들에게 스스로에게 이렇게 외치라고 했다.

"오늘 경기는 반드시 이길 것이다!"

"이번 시즌에서 우리가 우승할 것이다!"

이런 외침이 끝나면 선수들에게 30분 동안 앉아서 그 말을 상상하게 했다. '이것을 훈련이라고 할 수 있을까' 하고 의아해하는 사람들이 많았다. 그러나 그는 미국에서 가장 효과적인 방법으로 선수들을 훈련시킨 성공한 코치 가운데 한 사람이었다. 그가 선택한 훈련법은 선수들의 잠재의식을 일깨우는 것이었다.

만약 자석처럼 강한 흡인력을 가진 사람이 되고 싶다면 자석의 음극과 양극처럼 두 가지를 시작점으로 해야 한다. 잠재력과 노력, 두 개의 기점이 다시 만날 때 속도는 더욱 빨라진다. 그 속도에 가속도를 가하고 싶으면 먼저 강한 자신감을 가져라. 강한 자신감이 당신의 꿈을 실현시켜 줄 것이다. 다시 말해서 자신을 믿으면 더욱 빠르게 성공할 수 있다.

그리고 이것을 반드시 기억하라. 세상에는 하나의 규칙이 있다. 내면의 생각을 바꾸어야 외면적인 부분도 변하여 안과 밖이 하나처럼 되는 것이다. 그렇게만 된다면 당신이 마음속으로 무슨 생각을 하든 그 생각이 밖으로 실현될 것이다. 당신의 내면이 절실히 성공을 바란다면 당신의 겉모습도 나날이 성공에 가까워지고 있을 것이다. 우승하고 싶다고 바란다면 우승에 가까워질 것이다. 만약 실패할 것 같다고 생각하면 실패하고 말 것이다.

유명한 권투 선수 알리는 딱 두 번 패했다. 이상하게도 그는 이 두 경기 모두에서 시합 전에 "내가 만일 지면……"이라는 말을 했다. 그 말 때문에 그는 정말로 두 경기 모두에서 졌다. 모든 사람이 자신을 믿고 자신의 우승을 바란다고 해서 우승할 수 있는 것은 아니다. 스스로를 가장 굳게 믿고 가장 절실히 바라는 사람만이 우승하는 것이다.

자신감이 없는 사람은 한눈에 쉽게 알아볼 수 있다. 따라서 아직 성공을 이루지 못했다 해도 성공한 사람처럼 자신감을 가져야 한다. 자신감이 넘치는 사람만이 성공할 수 있다. 자신을 격려하고 스스로에게 주문을 걸어 자기도 몰랐던 놀라운 잠재력을 끊임없이 개발해야 한다.

"나는 정말 대단한 사람이야."

"나는 열심히 노력하는 사람이며 훌륭한 인물이 되어 성공할 거야."

"나는 매일 즐겁게 사는 사람이야. 나는 매일매일 건강하고 기쁜 생활을 할 거야."

"세상의 모든 좋은 일은 모두 나에게서 시작되지."

"성공은 바로 나의 것이야."

만약 아직도 잠재력의 힘을 믿을 수 없다면, 오늘부터 당장 당신의 잠재력을 시험해 보라.

스스로 책임져라

스승과 제자 사이에 일어난 재미있는 이야기 하나가 있다. 어느 날 스승이 제자에게 성 안에 가서 귤을 사오라고 했다. 저녁 무렵에 돌아온 제자가 스승에게 불평하면서 이렇게 말했다.

"성 안의 사람들은 정말 나빠요. 귤을 너무 비싸게 팔잖아요. 그래서 하나도 안 샀습니다."

제자의 말을 들은 스승은 일부러 크게 한숨을 내쉬며 말했다.

"휴! 내 제자가 귤보다 멍청하니 실로 안타깝구나!"

제자는 스승의 말이 무슨 뜻인지 이해하지 못했다. 스승은 제자가 보는 앞에서 전에 사다놓은 귤 하나를 가져와 물었다.

"내가 이 귤을 던져 버리면 무엇이 나오겠느냐?"

"당연히 귤 즙이 나오지요."

"그렇다, 내가 만약 송곳으로 찌르면 무엇이 나오겠느냐?"

"그래도 귤 즙이 나오지요."

"내가 이것을 발로 밟으면 무엇이 나오겠느냐?"

"즙! 귤 즙이지요. 귤이 깨지면 나오는 건 당연히 귤 즙이라니까요!"

제자가 참지 못하고 화를 내며 대답하자 스승이 이어 설명하기 시작했다.

"외부에서 어떻게 취급하든 귤은 항상 귤 즙이라는 같은 모습으로 대한다. 이것으로 우리는 어떤 상황에서 어떻게 대처해야 하는지 알 수 있다. 결정은 항상 우리의 몫이다. 지금 네가 귤을 사오지 못한 책임을 다른 사람에게 돌리는데 그런 행동은 다른 사람에게 너의 능력을 주는 것과 같으니라."

스승의 말에 일리가 있다. 세상에서 가장 멍청한 짓은 다름 아닌 남에게 책임을 돌리는 것이다.

어떤 사람은 조건이 될 때까지, 준비가 될 때까지 책임지는 일을 미루어도 된다고 생각하지만 어느 세월에 본인이 원하는 상황이 갖추어질까? 정말 알 수 없는 일이다. 그렇다면 스승의 마지막 말은 무슨 뜻일까? 왜 남에게 책임을 돌리면 자신의 능력을 주는 것과 같다고 한 걸까? 당신이 항상 책임을 회피하고 나중으로 미룬다면 책임감을 키울 수 없어 결국 좋은 기회가 와도 놓쳐 버리고 말 것이다. 당신 덕에 항상 책임을 졌던 다른 사람은 책임감이 생겨 더 큰 일에 자신감을 가지고 도전할 것이다. 따라서 남에게 책임을 지우면 당신의 능력을 주는 것과 같다는 의미다.

사람에게는 이익은 쫓고 손해는 피하려는 본성이 있다. 보통 사람들은 잘못했을 때 다른 사람이 알아차리기 전에 핑계거리를 생각해 내서는 책임에서 벗어나려 한다.

그러나 성공한 사람들은 핑계를 대지 않는다. 성공한 사람들도 손해 보기를 싫어하는 것은 마찬가지다. 하기야 누가 손해 보는 것을 좋아하겠는가? 하지만 성공한 사람들은 조금 다르게 생각한다. 그들은 눈앞의 이익을 손해 보는 것보다 책임을 회피해서 생기는 손해가 더 크고 더 멀리까지 미친다고 생각한다.

지금, 당신이 당장의 손해를 피하려 한다면 아마도 당신 앞에는 더 큰 손해가 기다리고 있을 것이다.

사람이라면 일, 가족, 친구들에 대해 어느 정도의 책임감을 느껴야 한다. 당신이 꼭 해야 할 일을 하고 당신이 꼭 책임져야 할 일에 당연히 책임을 지며 당신이 가야 할 곳에 가야 한다. 그러나 사람들은 습관적으로 다양한 핑계거리를 찾아서 자신의 잘못을 덮고 책임을 피하려 한다. 이렇게 하면 문제를 피할 수 있으리라 생각하겠지만 결코 그렇지 않다.

가장 올바른 방법은 자신의 잘못을 직시하는 것이다. 잘못을 인정하고 당당하게 책임을 져야 하며 솔직하게 사과해야 한다. 더욱 중요한 것은 당신이 어떻게 책임을 맡는지, 또 실수로부터 어떤 교훈을 얻는지 사람들에게 보여주어야 한다는 것이다.

누구나 책임감 있는 사람을 좋아한다. 그리고 능동적으로 책임지려는 사람과 함께 일하고 싶어 한다. 그런 사람이어야 자기를 존중해 주고 자기를 도와 성공에 다가설 수 있기 때문이다. 성공한 사람들이 다른 사람에 비해 능동적으로 책임을 지려는 이유가 바로 여기에 있다.

MEMO

어떤 사람이 이런 문제를 냈다.

"상인에게 가장 값진 것은 무엇입니까?"

혹자는 황금과 보석이라고 했고 혹자는 부동산이라고 했다. 또 다른 이는 유동적인 현금이 제일이라고 했고 브랜드가 최고라고 한 사람도 있었다. 많은 대답들 중에서 가장 값진 것은 무엇일까? 그것은 바로 신용이다.

맹자는 믿음이 없으면 백성이 바로 설 수 없다고 했고, 공자도 말에 신용이 없는 자와는 사귀지 말라고 했다. 신용은 다른 어떤 것보다 값진 것이다. 옛날이나 지금이나 장사하는 사람들 중 일부는 신용이라는 대가를 치르면서까지 당장의 이익만을 추구하는데, 이것은 작은 이익 때문에 자신의 근본을 잃을 수 있음을 모르고 하는 행동이다. 현대사회에서 신용은 보이지 않는 고귀한 재산이다.

중국의 갑부 리지아청李嘉誠은 자신의 성공 철학을 이렇게 결론지었다.

"인간의 삶에서 가장 중요한 것은 신용을 지키는 일이다. 내가 당장 몇 십 억의 현금이 있다 해서 여러 가지 사업을 벌인다면 오히려 돈이 부족할 수 있다. 그러나 많은 사람들이 나를 찾는다면 돈 들이지 않고도 돈을 벌 수 있다. 이는 내가 사람들에게 신용을 지킨 결과이다."

일본의 야마이치 증권회사의 창시자 코이케도 신용에 대해 분명한 철학을 가지고 있다.

"인격 수양이나 사업이나 매한가지입니다. 이 두 가지에서 먼저 해야 할 일은 바로 신용을 지키는 것이지요. 신용은 나무의 뿌리와 같습니다. 뿌리가 없다면 나무의 생명에 대해서는 말할 나위가 없지요."

이는 코이케의 경험에서 우러나온 말이며 정말로 그는 신용 하나로 기업을 일으켰다. 스무 살 때 작은 가게를 열었고, 그 가게를 경영하는 것 말고도 기계 제조공장에서 판매직으로 일했다. 한때 판매가 순조로워 한 달이 채 안 되어 33명의 고객과 계약을 맺어 선금을 받기도 했다. 그런데 문제가 생겼다. 그가 팔던 제품을 다른 회사에서 싼 가격에 내놓은 것이었다. 같은 기능과 같은 품질의 제품인데 가격이 더 싸니 그는 당황스럽고 불안했다.

그는 계약서와 고객들의 선금을 가지고 3일 동안 33명의 고객을 일일이 찾아다녔다. 솔직하게 상황을 설명하고 자신과의 계약을 해지하자고 권했던 것이다. 어차피 같은 제품이라면 타 회사의 제품을 구입하는 편이 낫다는 말을 덧붙이면서 말이다.

그러나 자신과의 계약을 파기하라는 그의 말에 고객들은 한결같이 감동받았다. 결국 그와 계약을 취소한 사람은 단 한 명도 없었다. 오히려 그의 책임감과 신용에 감탄하고 그의 진솔한 인품을 존경하면서 더욱더 그의 고객이 되고 싶어 했다. 그리고 고객들은 주위 사람들에게 그를 추천하기까지 했다. 사람들 사이에서 입소문이 돌자 그의 제품을 사려는 사람들이 잇달아 그의 가게에서 물건을 사고 계약을 맺었다. 신용이 코이케에게 이 같은 재운을 불러일으킨 것이다. 결국 그는 대기업가로 성공하게 되었다.

어떤 사람이 한 가지 사실만을 속였다 해도 당신은 그 사람 자체를 믿지 못하게 될 것이다. 마찬가지로 당신이 판매하는 제품에 단 하나의 문제가 발견되더라도 고객들은 판매하는 전체 제품을 의심하게 마련이다. 하지만 신용만한 광고는 없다. 말과 행동이 똑같고 작은 것도 속이지 않으면 많은 사람들에게 신용을 얻을 수 있으니 그것이 바로 가장 효과적인 광고인 셈이다.

1835년 세계 대기업가 모건은 한 화재 보험회사의 주주가 되었다. 그러나 운 나쁘게도 그가 주주가 되고 얼마 지나지 않아 한 고객의 회사에 큰 화재가 발생했다. 만약 규정대로 손해배상을 해준다면 보험회사는 파산할 것이 분명했다. 이에 주주들은 하나씩 자신의 지분을 팔기 시작했다. 그러나 모건은 흔들리지 않았다. 그는 돈보다 믿음이 중요하다고 생각했다. 회사의 지분이 하나씩 팔리자 모건은 개인 소유의 부동산을 처리하고 사방에서 돈을 끌어 모아서 다시 회사의 지분을 사들였다. 그의 수중에 푼돈밖에 남지 않은 상황에서 그는 다시 주주를 구한다는 광고를 냈다.

그런데 놀랍게도 전보다 더 많은 사람들이 회사의 주주가 되겠다고 몰려들었다. 회사는 빠른 속도로 다시 일어서게 되었고 모건은 전보다 더 많은 이윤을 남기게 되었다. 사람들은 대부분 겉으로 드러난 부분만 보고서 모건의 보험회사가 순식간에 성장했다고 생각한다. 그러나 그런 성장 뒤에는 회사의 성장보다 더욱 가치 있는 모건의 진실한 믿음이 있었던 것이다.

사람들이 당신을 믿는 것보다 더 행복한 일이 있을까? 절대로 잊지 마라. 얼마나 많은 사람들이 당신을 믿느냐에 따라 당신이 얼마만큼 성공하느냐가 달려 있고, 얼마나 많은 기회를 잡을 수 있는지가 결정된다는 사실을 말이다. 사람들에게 믿음을 한번 저버리기 시작하면 다시는 당신과 어울리려 하지 않을 것이고 나아가 함께 사업을 하거나 일을 시작하려 하지도 않을 것이다. 진실한 믿음이 없는 사람은 언젠가는 반드시 문제를 일으키게 마련이다. 문제가 생길 수 있는 사람과 함께하는 것보다 믿을 만한 사람과 함께하는 편이 더 낫지 않겠는가? 말과 행동에 진실한 믿음이 있는 사람과 함께 일한다면 무슨 일을 해도 기운이 날 것이다. 그러나 항상 속이기만 하고 거짓말만 늘어놓는 사람과 함께 일을 한다면 아무리 강한 사람이라 해도 종이호랑이처럼 금세 맥이 빠져 버리고 말 것이다.

진실한 믿음을 가진 사람은 아름다운 장미꽃에 향기가 가득한 것과 같고 사막에 오아시스를 만난 것과 같다. 그러나 믿음이 없는 사람은 허리에 돈다발을 두르고 있어도 행복해할 줄 모르고 기뻐할 줄 모른다.

MEMO

현대사회에서 환영받지 못하는 사람은 절대로 성공할 수 없다. 즉, 지금 당신이 사람들에게 환영받는다면 비교적 큰 성공을 얻을 수 있다는 말이다. 시장경제의 관점에서 보면 사람들이 당신을 좋아하는 것은, 당신이 잘 팔리는 상품임을 뜻한다. 당신을 상품으로 가정할 때 잘 팔린다면 당신은 이미 성공한 것과 같다.

시장에서 잘 팔리는 이유는 딱 두 가지다. 하나는 사람들이 당신을 좋아하기 때문이고, 다른 하나는 당신이 필요하기 때문이다. 세계 최고의 판매왕이라고 불리는 조 지라드는 이렇게 말했다.

"고객이 당신의 상품을 좋아하게 하려면 먼저 당신을 좋아하게 해야 한다. 고객이 당신의 물건을 사는 이유는 바로 딩신이 좋기 때문이다."

사람들이 당신을 필요로 한다면 그것은 당신의 업무 처리 능력과 문제를 이해하는 능력을 이미 인정받은 것이나 다름없다. 게다가 사람들이 당신을 좋아한다면 당신은 계속 성공하리라는 보장을 받은 셈이다. 당신이 어떤 물건을 사러갔는데 필요하지 않지만 좋아하는 물건이라면 분명히 그 물건을 살 것이다.

그러나 좋아하지도 않고 필요하지도 않다면 절대로 구입하지 않을 것이다. 회사의 상사나 동료에게 당신이 쓸모있다면 그들은 당신을 필요로 할 것이다.

친구들에게도 마찬가지다. 당신이 유용한 사람이라면 친구들은 당신을 필요로 할 것이다. 누군가 당신을 필요로 하고 당신을 좋아한다면 그것은 바로 당신이 가치 있는 사람임을 말해주는 것이다. 다른 사람에게 필요한 존재라는 것은 커다란 행복이다. 반대로 세상에 자신의 존재를 인정하는 사람이 없다는 것은 참으로 슬픈 일이다.

사람들에게 환영받는 사람은 잘 팔린다. 연예인들이 물질적 풍요와 인기를 누리는 것을 보면 잘 알 수 있다. 그들은 대중에게 정신적으로 즐거움을 주고 있기에 부수적인 보답을 받고 있는 것이다. 가수의 노래, 배우의 연극, 작가의 책 등을 즐기면서! 대중은 생활에서 즐거움과 여유를 느낀다. 만약 이러한 욕구를 만족시키지 못하는 사람이라면 연예인이 될 수 없고 인기를 얻을 수도 없다. 그리고 그에 따른 물질적 보답 또한 받을 수 없다.

따라서 다른 사람이 필요로 하는 가치 있는 사람이 되어야 한다. 다른 사람이 필요로 하고 이용할수록 당신의 가치는 더욱 올라가게 마련이다.

또한 다른 사람이 당신을 필요로 할 때 적극적으로 도와라. 그를 돕는 것이 결국 스스로의 가치를 실현시키는 일이니까. 그러나 당신의 도움이 오히려 손해가 되었다면 사람들은 이후에 당신에게 도움을 청하지 않을 것이며, 그렇게 된다면 당신 또한 자신의 가치를 잃게 될 것이다.

따라서 남을 돕기 전에 자신의 능력을 기르는 것도 중요하다. 다른 사람이 필요로 하는 사람은 행복하다. 그러나 조금도 도움이 되지 않는 사람은 비참할 뿐이다. 남을 도울 수 있는 능력이 많을수록 사람들은 당신을 더욱 좋아할 것이다.

친구나 주변 사람들이 당신에게 도움을 청했는데 기대에 부흥할

만한 성과를 보여준다면 사람들은 당신을 훨씬 더 좋아하게 될 것
이다. 당신이 가는 곳마다 사랑을 받고, 다른 사람들이 당신에게 도
움 청하는 일을 즐거워한다면 당신의 일과 삶이 더욱 즐거워지지
않겠는가?

약속했으면 실천하라

종종 말로만 떠들어 대는 사람을 목격하곤 한다. 이런 사람은 말을 하고 나서 시간이 꽤 흘렀는데도 자기가 한 말을 실천할 기미를 보이지 않는다. 아예 행동으로 옮길 생각이 없는 것이다.

사람들은 생각보다 쉽게 누군가와 약속을 한다. 너무 쉽게 약속을 하기 때문일까? 그런 약속을 행동으로 옮기려는 습관이 없으니 말이다. 그러나 자신을 인재로 만들고 싶다면 달라져야 한다. 즉, 번지르한 말로 치장하지 말고 사소한 말 한 마디라도 실천하는 습관을 들여야 하는 것이다.

만약 실천은 뒷전이고 그럴싸한 말로 자신을 포장하는 데 급급하다면 얼마 지나지 않아 신용을 잃게 될 것이다. 따라서 이제부터라도 자신이 한 말을 반드시 지키는 습관을 키워야 한다. 일단 당신이 누군가와 약속을 했다면 아무리 큰 대가를 치르더라도 꼭 지키려고 노력하자. 그 약속이 당신의 능력이 미치지 못하는 것이라면 차라리 상대에게 솔직하게 말하고 이해를 구하는 편이 낫다.

진나라 말기에 계보라는 사람이 있었는데, 그는 한 번 승낙하면 황금 삼천 냥을 준다 해도 절대로 어기지 않았다. 다른 사람의 부탁을 한 번 들어주기로 약속하면 큰일이든 작은 일이든, 혹은 그 일이 어렵든 쉽든 다 들어주었다. 이런 그의 성품 때문에 사람들은 그를 믿고 존중했다.

춘추전국시대에 상앙商이라는 유명한 사람이 있었다. 오늘날까지도 상앙의 변법으로 잘 알려져 있는 그는 그 당시에 진秦나라 백성들에게 많은 지지를 얻었는데 여기에 그 비결이 있었다.

어느 날 그는 서쪽 성문에 커다란 나무를 세워 놓고 백성들에게 그 나무를 동쪽으로 옮기면 금 백 냥을 상으로 주겠다고 했다. 사람들은 그것이 무슨 뜻인지 몰라 의아해하면서 감히 시도해 볼 엄두조차 내지 못했다. 그런데 며칠 뒤 한 사람이 나무를 옮겨 보겠다며 나섰고, 정말로 서쪽에서 동쪽 성문으로 나무를 옮긴 게 아닌가? 상앙은 자기가 처음에 약속했던 대로 금 백 냥을 그에게 주었다. 이 광경을 지켜본 많은 백성들은 상앙을 믿기 시작했다. 그때부터 그가 제시한 변법도 왕성한 기세로 퍼져 나가 진나라는 점점 강국으로 탈바꿈했으며 마침내 여섯 나라를 병합하게 되었다.

당신은 다른 사람의 부탁을 승낙하기 전에 충분히 생각해 보아야 한다. 당신이 정말 완벽하게 그 일을 해낼 수 있는지는 물론이고, 주변의 상황과 다양한 변화 요인을 반드시 파악해야 한다. 당신이 잘 해낼 수 있다고 생각했더라도 여건이 안 되거나 상황이 변하면 일을 망칠 수 있기 때문이다. 시간과 상황은 항상 변하기 때문에 일단 여지를 남겨두어야 한다. 쉽게 호언장담하지 말라는 뜻이다.

어떤 사람은 입버릇처럼 이렇게 말한다.

"그 일은 내게 맡겨!"

"걱정 마, 아무 문제 없을 거야."

"고민할 필요 없어, 내가 다 해결해 줄게."

이런 식의 말은 정말 호언장담으로 그치고 마는 경우가 많다. 상대 앞에서는 이렇게 큰소리치면서 나중에는 이런저런 핑계를 대며 상대의 문제를 해결해주지 않곤 한다. 상대에게는 정말 무책임한 행동이 아닐 수 없다. 가볍게 하는 승낙치고 믿을 수 있는 승낙은 드물다. 쉽게 허락한다는 것은 앞으로 발생할 문제를 생각해 보지 않았음을 뜻하기 때문이다. 일단 가볍게 승낙했는데 나중에 일이 잘 못되기라도 하면 결국 사람들에게 불신감을 주게 된다. 이렇게 될 바에는 애초부터 불가능한 일에는 허락하지 않는 편이 낫다. 지금 당장 거절하기 곤란하더라도 당신이 솔직하게 말한다면 상대는 당신을 이해해줄 것이다.

MEMO

인간관계는 성공의 기본원칙이다

끼리끼리 모인다는 말이 있다. 성공한 사람도 예외는 아닌지라 성공한 사람들은 성공한 사람들끼리 어울린다. 따라서 어떤 사람의 참모습을 알고 싶다면 그 사람의 친구들을 보면 된다는 말이 있는 것 아니겠는가? 만약 당신의 주위 사람들이 모두 인재라면 사람들은 당신을 인재로 볼 것이다. 그러나 당신의 주위 사람들이 변변치 못하다면 사람들은 당신을 그렇게 볼 것이다. 사람들에게는 저마다의 생활 범위가 있다. 성공한 사람들은 성공한 사람들과 함께하고 싶어 한다. 자기와 비슷한 부류와 함께 있을 때는 항상 공통적인 화제가 끊이지 않고, 대화가 잘 통하기 때문이다.

빌 게이츠에게 워렌 버핏은 좋은 친구다. 빌 게이츠는 워렌 버핏의 유머 감각과 지혜로움에 반해 무슨 일이 생기면 마치 어린아이처럼 그에게 달려가 조언을 구했다. 뿐만 아니라 그들은 일 외의 이야기로 유쾌한 토론을 벌이기도 했다. 워렌 버핏은 간소한 생활을 즐겼는데 이런 영향을 받아서인지 빌 게이츠 역시 소박한 생활을 즐겼다.

성공한 사람들은 서로가 서로를 더욱 발전시키곤 한다. 예를 들어 한 유명인사가 책을 쓰면 대체로 다른 유명인사가 책의 머리말이나 서평, 추천사를 써주지 않던가? 일종의 마케팅 전략이겠지만 어쨌든 유명인사는 서로가 서로에게 보증수표라고 할 수 있다.

따라서 만약 당신이 성공하고 싶다면 성공한 사람과 함께하라. 그리고 그들을 도와주라. 성공한 많은 사람들도 그들이 성공하기 전에는 어떤 보답이나 대가를 바라지 않고 스스로 나서서 성공한 사람들의 일을 도왔다. 그러고 나서 당신이 어느 정도 성공한 뒤에는 성공한 다른 사람들이 당신을 도울 수 있도록 해야 한다. 그래야만 당신과 그, 모두가 더 큰 발전과 성공을 이룰 수 있다. 당신의 분야에서 최고가 되고 싶다면 현재 최고의 위치에 오른 사람과 가까이하며 그를 도와라. 그를 본받고 그와의 친분을 유지하면서 마지막까지 동반자가 되어야 할 것이다.

왜 성공한 사람들은 친구를 폭넓게 사귀는 걸까? 그것은 바로 인간관계가 성공적인 삶을 이끌어주기 때문이다. 상대가 어떤 직종에 종사하는지 또 그 사람이 성공했는지 못했는지와는 상관없이 인간관계는 성공하는 데 매우 중요한 역할을 한다.

당신이 많은 친구를 사귀고 좋은 관계를 유지하면 나중에 결정적인 도움을 받을 것이다. 인간관계는 고객을 관리하는 세일즈맨에게만 필요한 것이 아니다. 서비스업에 종사하는 사람이 아니더라도 집을 사거나 가전제품을 사는 이런 사소한 일에도 좋은 인간관계가 도움을 준다. 교사가 학생들과 좋은 관계를 맺는다면 자신의 업무에도 효율적일 뿐 아니라 학생들의 성장에도 도움이 될 것이니, 얼마나 바람직한 현상인가? 훌륭한 인간관계를 맺는 것은 성공한 사람들이 지키는 기본원칙이다.

가령 지금 두 사람이 당신에게 같은 물건을 팔려고 한다고 해보자. 두 물건의 가격이 같고 서비스도 같으며 품질도 같다면 당신은 누구의 물건을 사겠는가? 말할 필요도 없이 당신은 자기와 친한 사람, 혹은 당신과 관계가 좋은 사람의 물건을 선택할 것이다.

안타깝게도 어떤 사람들은 자신의 열정과 따스함을 감춘 채 다른 사람에게 냉정하게 대하기도 한다. 그러나 자기를 돕는 사람에게는 예의를 갖춰야 할 뿐 아니라 자기에게 도움이 될 만한 사람, 더 나아가 모든 사람에게 잘 대해주어야 한다. 언제 어떤 사람이 당신을 도울지 모르기 때문이다. 당신의 상황이 힘들어서 스스로 어떤 문제를 해결하지 못할 때 누군가의 도움을 받을 수 있도록 항상 대비해야 한다.

MEMO

여유가 있어야 발전한다

한비자의 한비자의 〈설림〉에 나오는 말이다.

"나무 조각의 핵심은 처음에 코를 크게 만들고 눈은 작게 만드는 것이다. 우선 코를 크게 조각하고 나중에 작게 만들어야 한다. 처음부터 코를 작게 조각해 놓으면 나중에 고칠 수가 없다. 마찬가지 이치로 눈을 조각할 때는 작게 해야 한다. 그래야만 나중에 크게 할 수 있다. 만약 처음부터 눈을 크게 만든다면 나중에 작게 만들 수 없다."

남을 돕는 것도 마찬가지다. 다시 말해서 일을 할 때는 고치거나 바꿀 수 있는 여지를 남겨두어야 한다는 말이다. 어떤 일을 할 때 다른 일이 일어날 가능성을 생각해 두어야만 실패하지 않는다. 다른 사람을 비판할 때도 여지를 남겨두어서 그가 고칠 기회를 주어야 한다.

반대로 누군가를 칭찬할 때도 여지를 남겨두고 앞으로도 계속 노력할 수 있도록 동기부여를 해주어야 한다. 계획을 세울 때도 마찬가지며 인생을 즐기는 때도 여지를 남겨두어야 삶의 균형과 조화를 이룰 수 있다. 여지가 있어야 나갈지 혹은 물러날지에 대해 생각할 여유를 가질 수 있다. 여유가 있어야 일이 극단적으로 치닫지 않고 지나치거나 한편으로 치우치지 않는다. 이것이 바로 자기를 지키는 중요한 방법이다. 어떤 일을 하거나 말을 할 때 이것을 반드시 기억하라. 생각하지 못한, 예상 밖의 일에 대응할 준비를 해야 스스로 곤경에 빠지지 않을 테니 말이다. 평소에 사람들은 극한 상황에 자주 부딪히게 된다. 예를 들어 친구와 약간의 마찰이 생겨 서로 기분 상해하면서 절교를 선언하기도 한다.

"오늘부터 나는 너랑 절교할 테야. 다른 사람들도 잘 봐둬. 다시는 애랑 나랑 연관시키지 말라구!"

그러나 이 말을 하고 나서 얼마 지나지 않아 그 친구를 다시 찾는 일이 생기곤 한다. 그것도 본인의 필요에 의해서 말이다. 이때 이미 했던 말을 후회해도 소용없다. 친구는 이미 상처받고 기분이 상해 있을 테니까.

지나친 말은 잔에 가득 담아 넘치는 물과 같다. 물이 이미 가득해 단 한 방울도 떨어뜨릴 수 없으며 만약 억지로 한 방을 떨어뜨리면 넘쳐 버리고 말 것이다. 또 바람이 잔뜩 들어간 풍선처럼 조금만 더 불면 금방 터져 버릴 것 같은 상황을 만들면 안 된다. 조금의 공간도, 어유도 없어서는 안 되는 것이다. 모든 일에는 예외라는 게 있다. 항상 뜻밖의 일이 생기기 때문에 여지를 남겨두어야 한다. 찻잔에 물을 조금 덜 담으면 다시 부어도 넘치지 않을 것이고, 풍선에 공기를 덜 불어 넣으면 터지지 않을 것이다. 인간관계의 이치도 이와 크게 다르지 않아 말을 하고 일을 할 때 공간을 남겨두어야 한다. 그래야만 예상치 못한 일에 맞닥뜨리더라도 비교적 수월하게 풀어갈 수 있다.

그렇다면 어떻게 해야 여지를 남겨둘 수 있을까? 일단 두 가지로 나누어서 여지를 남겨둘 수 있다. 하나는 바로 자기 자신에게 여지를 남겨두어야 하고, 다른 하나는 다른 사람에게 여지를 남겨두어야 한다. 전자에 대해서는 지금까지 이야기한 것이 전부다. 즉, 자신에게 여지를 남겨두는 것이 자기 발전에 도움이 된다. 그렇다면 이제 문제는 남에게 여지를 남겨두는 일이다. 남에게 여지를 남겨두는 일이 왜 중요할까?

다른 사람에게 여지를 남겨두면 다른 사람도 마찬가지로 당신에게 여지를 남겨둘 것이다. 또한 상대의 체면을 세워주면 상대 역시 당신의 체면을 세워줄 것이다. 상대에게 살길을 열어준다면 상대가 당신을 벼랑 끝에서 밀지는 않을 것이다. 또한 당신이 누군가에게 먹을 것을 주고 잘 곳을 마련해주며 따뜻하게 보살펴준다면 상대는 당신의 은혜에 고마움을 느끼고 보답하려 할 것이다. 당연한 이치가 아닌가?

마지막으로 부모들도 아이들에게 여지를 남겨놓아야 함을 가르쳐야 한다. 여지를 남겨놓는 일은 간접적으로 감사함을 배우는 일이기 때문이다.

MEMO

독창적으로 생각하는 습관을 지녀라

현대사회에서는 공부하지 않고는 리더가 되기 힘들다. 만약 평생토록 매일 꾸준히 공부하는 사람이 있다면 그는 분명히 커다란 성공을 이룰 것이다. 성공하는 사람들은 끊임없이 무엇인가를 배우기 때문이다. 그들은 배움을 통해 최대한 자기 자신을 발전시키기 위해 노력한다.

또한 성공한 사람들은 성공하고 나서도 여전히 배우려는 자세를 버리지 않는다. 자기가 열심히 배워야만 성공한 사람을 키워 낼 수 있기 때문이다. 그래서인지 성공한 사람들은 배우려는 태도를 생활 속에서 습관화시킨다. 그것이 바로 성공한 사람들이 계속해서 그 자리를 유지하는 비결이다.

 큰 성공을 원한다면 먼저 당신의 사고를 독창적으로 바꾸라. 그리고 그 독창적인 사고로 문제를 풀어나가라. 독창적으로 사고하는 방법은 바로 여러 가지 장점을 받아들여 자기 것으로 활용하는 것이다. 특히 일본 사람들이 이 방면에 뛰어난데, 그들은 세계 선진 국가들이 가진 최고의 기술을 받아들이고 그것을 바탕으로 그들만의 특색을 융합시켜 참신한 상품을 만들어낸다.

오늘날 일본은 뛰어난 제품으로 세계가 놀랄 만한 경제 강국이 되지 않았는가! 게다가 더욱 놀라운 것은 일본이 경제 강국이 되기까지 걸린 시간이 길지 않다는 점이다. 다음 이야기로 창조성이 무엇인지 생각해 볼 수 있을 것이다.

저녁 만찬 테이블에 중국인, 러시아인, 프랑스인, 이탈리아인, 독일인, 그리고 미국인이 앉아서 각기 자국의 전통문화에 대해 자랑하고 있었다. 서로 자기 나라의 문화가 우수하다며 다투었지만 미국 사람은 아무 말 없이 웃고만 있었다.

이들은 결국 역사적으로 의미가 있는 사물로 겨뤄보기로 하고 생각 끝에 자기 나라의 대표적인 술을 가져오기로 했다. 먼저 중국 사람이 옛 향기를 그대로 간직한 마오타이를 가져왔다. 병뚜껑을 열자 향기로운 술 향기가 사방에 퍼졌다.

이어 러시아 사람이 보드카를 가져왔고, 프랑스 사람은 샴페인을, 이탈리아 사람은 포도주를, 독일 사람은 위스키를 가져왔다. 다채로운 술이 나왔고 여러 술이 뿜어내는 향기 때문에 사람들은 정신이 없었다.

마지막으로 미국 사람의 차례가 되었다. 모두의 시선이 미국사람에게 맞춰져 그가 어떤 술을 내놓을까 궁금해하고 있었다. 미국 사람은 조용히 일어서서 모두가 가져온 술을 섞어 하나로 만들었다. 그가 웃으며 말했다.

"이게 바로 칵테일이지요. 우리 미국인의 핵심 정신을 상징합니다. 우리는 다양한 민족의 장점을 받아들이고 종합해서 새로움을 창조하지요. 우리는 언제든지 세계 문화를 받아들일 준비가 되어 있고 또 세계 문화의 지혜를 보여줄 수 있습니다."

역사가 200여 년밖에 안 된 나라가 세계 최고의 나라가 된 데는 필시 다른 나라를 뛰어넘는 무엇인가가 있었던 것이다. 그렇다. 모두의 장점을 흡수해서 자신의 것으로 만드는 사람은 어느 곳에서든 승리한다.

물론 모두의 장점을 알아보는 식견과 성공에 대한 포부를 갖추어야 하지만 말이다.

훗날 좋은 위치에 서고 싶다면 독창적으로 생각하는 습관을 지녀라. 열심히 공부하고 배우려는 습관만 가진다면 당신은 발전하는 현대사회와 보조를 맞출 수 있다. 아니 오히려 남들보다 앞서 나갈 수 있을 것이다.

MEMO

능력은 졸업장보다 중요하다

이미 성공을 이룬 사람들은 잘 알 것이다. 성공하기 위해서 믿어야 할 것은 단지 자신의 능력뿐이라는 사실을 말이다. 학력은 경력일 뿐이며 경력이 자기에게 능력을 가져다주지는 않는다. 만약 모든 사람의 학력과 능력이 동등하다면 이 사회에는 진정으로 성공한 사람이 존재하지 않을 것이다. 어떤 성공한 경영자는 이 점에 대해 분명하게 말하고 있다.

"학력이 높다고 맡은 일을 다 잘하는 것은 아닙니다. 오히려 높은 학력을 가진 사람이 별 쓸모없는 경우가 많지요. 인재를 볼 때 관건이 되는 것은 실질적 재능, 즉 능력입니다. 일전에 저는 몇 명의 박사를 채용했었는데, 그들의 능력은 제가 생각하던 것과는 달랐습니다. 이후부터 제가 인재를 채용할 때 중점을 두는 부분은 학력이 아니었습니다."

또 다른 경영자 역시 고학력의 문제점에 대해 날카롭게 지적하고 있다.

"학력이 높은 사람일수록 아는 것이 많고 사유의 폭도 넓지만 심리적 장애도 그만큼 깊다."

요즘 수많은 대학생들이 대학원 진학에 전력을 쏟고 있다. 이러한 현상이 결코 기쁜 일만은 아니다. 물론 대학원에 진학해서 열심히 공부하여 전공 분야의 학자가 되고 싶다면, 잘못 선택한 것은 아니다. 그러나 대학원을 통해 학자가 되려는 것이 아니라 학위를 받아 좋은 곳에 취직해서 높은 급여를 받는 것이 목표라면, 차라리 자기가 가장 좋아하는 직업을 택해 열심히 일하는 편이 나을 것이다.

생명의 유언의 저자는 졸업장에 대해 이런 생각을 밝혔다.

"만약 당신이 정말 직업을 위해 대학원에 가려 한다면 나는 소용없는 일을 한다고 본다. 왜냐하면 동굴 안에서 3년을 갇혀 사는 것보다 넓은 세상에서 1년을 지내는 것이 더 낫기 때문이다. 사회에서 남들보다 뛰어나기 위해서라면 대학에서의 4년으로 충분하다. 일전에 채용담당을 하면서 바보 같은 박사를 많이 보았다. 대부분 가짜 학위를 가지고 앞에서만 반짝 빛내려고 하는 그런 박사들 말이다."

일본의 기업들은 일반적으로 국립대나 명문대 졸업생만을 원하지는 않는다. 물론 국립대학 졸업생 중에는 뛰어난 인재가 많지만, 실제로 다른 사람들에 비해 더 많은 장애를 가지고 있기 때문이다. 즉, 그들은 온실 속에서 자란 수재들이기 때문에 단 한 번의 작은 풍랑을 만나면 바로 꺾여 버려 회사와 고난을 함께하기 어렵다는 것이 많은 기업들의 평가다.

그렇다면 성공한 사람들은 왜 능력을 학력과 졸업장보다 더 중요하게 여길까?

그리고 왜 학력이 높을수록 문제가 더 많다고 생각하는 걸까?

그 이유는 바로 학력이 높은 사람일수록 높은 지위에서 부유한 생활을 누리고 싶어하기 때문이다.

이 때문에 스스로를 정말 위대한 사람이라고 생각해서 하찮아 보이는 일은 아예 하지 않으려 한다. 그렇다고 하여 큰일을 맡으면 잘 처리해내는 것도 아니다. 한 마디로 눈만 높고 능력이 없는 것이다.

요즘 자녀는 부모의 모든 관심과 애정의 대상이 된다. 그러나 무조건 자녀에게 신경을 쓰고 무슨 일이든 다 들어준다면 아이들은 버릇없이 행동하고 결국 부모의 기대와는 반대로 성장하게 된다.

그러나 대부분의 부모가 자녀에 대한 관심을 줄이라고 하면 서운해 한다. 그러면 결국 애정을 제대로 조절하지 못해 자녀를 응석받이로 키우게 된다. 이런 부모는 아이들을 다루는 능력이 부족할 뿐 아니라 스스로 고통을 참아낼 줄 모르는 부모다.

온실 속에서 자란 고학력자가 갖는 또 다른 문제점은 바로 결단력 부족에 있다. 오랫동안 공부를 한 사람은 생각의 틀이 고정되어 버린다. 따라서 판단을 내려야 할 때도 한 가지를 정하지 못하고, 또 해결할 수 없는 문제를 끝까지 붙잡고 늘어지곤 한다.

자신을 돌이켜 보며 반성할 줄도 모르고 무조건 발휘하려고만 하는 사유능력은 오히려 질이 낮다. 또한 자신의 학력만 믿고 다른 사람에게 배우려고 하지 않아 자아 발전에 심각한 제약을 가하기도 한다.

회사는 학교와 다르다. 회사는 당신을 교육시킬 의무가 없기 때문에 당신에게 좋지 못한 일을 피해가도록 하지 않을 것이고, 당신에게 강제로 일을 시키지도 않을 것이다.

특히 사기업일 경우에는 항상 이익을 우선으로 하기 때문에 당신이 가진 졸업장이 아무리 훌륭하다 해도, 회사에 이익이 되지 않는다면 학력이 낮고 보잘것없는 졸업장을 가졌지만 능력과 경험이 풍부한 사람을 더욱 중요하게 생각할 것이다.

수많은 성공한 기업들은 인재를 찾는 일이 신발을 찾는 것과 같다고 한다. 세상에서 가장 아름답고 유명한 디자이너가 만든 신발이라도 자기 발에 맞지 않으면 무슨 소용이 있겠는가? 아무런 소용이 없는 것이다.

졸업장은 딱 삼 개월이면 그 효력이 떨어진다. 이 점을 잊지 마라. 지금부터라도 살아가면서 쓸모있는 지식을 배우지 않으면 결국 콧대만 높아져서 보잘것없는 능력을 지닌 사람이 될 것이다.

다시 말하지만 졸업장은 단지 종이에 불과함을 잊지 마라. 당신의 삶을 함께할 수 있는 것은 바로 능력뿐이다.

MEMO

반성의 힘으로 미래를 대비하라

학창시절에 열심히 일기를 쓰다가도 사회에 나가 일을 하면서 점점 일기장을 한쪽으로 치워둔 사람이 많을 것이다. 일을 하느라 바쁘기도 하고 또 글쓰기 연습을 해서 작가가 될 것도 아니니 일기 따위는 아무런 의미가 없다고 느껴질 테니까. 이제는 학생도 아닌데 일기를 써서 무엇 할까? 그러나 일기는 선생님께 제출하기 위해 쓰는 것만은 아니다. 또 생활 속의 자잘한 일을 쓰는 것만도 아니다. 학교를 졸업하고 사회에서 일을 하면서부터는 더욱더 일기 쓰는 습관을 길러야 한다. 자신의 행동을 반성해 보고 자신의 일을 더욱 효율적으로 하기 위해서다. 또한 자기가 세운 목표를 더욱 분명히 하고 더욱 즐거운 생활을 하기 위해 일기를 써야 한다.

일기의 가장 큰 장점은 글쓰기를 통해 자기를 반성할 수 있다는 것이다. 매일 스스로를 돌이켜보면서 글을 쓰다 보면 조금씩 발전해 가는 자신을 발견할 수 있다. 반성을 해야 다음에 발생하는 수많은 문제를 해결할 수 있는 것 아니겠는가? 그러나 반성할 줄 모르거나 반성하려 하지 않는다면 어떤 일을 처리할 때 꼭 문제를 일으키고 만다. 특히 여러 가지 일을 한꺼번에 관리하는 직위에 있을 경우에는 더욱 그렇다. 매일같이 시간에 쫓겨 늦은 밤이 되어서야 집에 돌아오면 이미 몸과 마음이 지쳐 스스로를 반성할 만한 여유를 갖지 못하게 된다. 하지만 이럴 때야말로 자신의 하루를 돌이켜보는 시간을 가져야 한다.

사장이나 상사 같은 지위에 있는 사람일수록 업무상 여러 문제가 생겼을 때 스스로 책임을 느끼지 않는다. 오히려 부하직원에게 모든 책임을 떠넘기면서 그들을 나무라곤 한다.

그러나 잘 생각해 보면 기업이나 회사에 문제가 생기면 그 원인이 사장을 비롯하여 결정권을 쥐고 있는 고위 계층에 있을 때가 더 많다. 만약 고위 관리자들이 스스로를 반성하지 않는다면 훗날 가장 큰 손해를 보는 것은 회사가 될 것이다.

예를 들어 한 부서에서 커다란 프로젝트를 맡았다고 하자. 그런데 누군가가 커다란 실수를 했다. 회사는 부서의 담당자가 모든 책임을 져야 한다고 했고 담당자는 그것을 인정할 수밖에 없었다. 하지만 책임은 회사의 고위층에도 있었다.

만약 그들이 결정을 내리지 않았다면 그 부서의 담당자는 그 프로젝트를 진행하지 않았을 것이다. 설사 고위층에서 정확한 결정을 내렸다 해도 담당자가 차후에 일이날 손해에 대해 미리 파악하지 못했다면 그 역시 고위층에 책임이 있는 것이다. 고위층의 잘못은 책임자를 잘 파악하지 못했다는 데 있다. 이럴 때는 마땅히 사람을 선택하는 안목에 대해 반성해 보아야 할 것이다.

성공의 길을 걷고 싶다면 더더욱 반성하는 습관을 길러야 한다. 또한 반성의 힘을 이용하여 그 반성이 자신의 성공에 도움이 되도록 해야 한다. 목표를 세우고 그에 맞는 계획을 짜서 곧바로 행동에 옮긴다 해도 당신이 자주 반성을 하지 않고 매일 계획한 것을 검토해 보지 않는다면, 성공하기 위해 투자하는 시간은 처음 예상했던 것보다 훨씬 더 많아질 것이다.

자기 삶을 반성하기만 해도 짧은 인생에서 성공에 이르는 시간을 절약할 수 있는데 사람들은 왜 자기 삶을 돌이켜보지 않는 걸까?

돌아서 가지 않을 수도 있는데 말이다. 당신은 매일 일기를 쓰면서 자신에 대해 물어야 한다. 아침에 일어나 마음속으로 이런 말을 하는 것으로도 커다란 도움이 될 수 있다.

오늘 하루 나의 목표는 무엇일까?
나의 중심 목표는 무엇일까?
오늘은 어디에서 새로운 것을 배울까?
오늘은 어떻게 해야 나 자신을 즐겁게 할 수 있을까?

그리고 늦은 저녁이 되면 또다시 스스로에게 이렇게 물으라.

나는 오늘 세운 작은 목표에 도달했는가?
나는 오늘 커다란 목표와 가까워졌는가?
나는 오늘 무엇을 배웠는가?
나는 오늘 어떤 부분에서 부족했는가?
나는 어떻게 해야 잘 해낼 수 있는가?
내일의 목표는 무엇인가?

만약 매일 스스로에게 질문하고 생각해 보면서 자신을 반성하고 고쳐나간다면, 틀림없이 크게 성공할 것이다. 또한 당신이 세운 커다란 목표도 반드시 이루어질 것이다. 오늘부터라도 당신은 반성을 통해 스스로를 발전시키고 그 반성의 힘으로 미래를 힘껏 밀고 나가라.

멀리 보는 안목을 길러라

다음 이야기는 어느 경영자가 실제로 겪은 것이다. 이 이야기의 주인공은 그의 친구인데, 사람들은 그의 친구를 김사장이라고 불렀다.

최근 몇 년 동안 여름이 오면 홍수가 나서 근처가 물에 잠기곤 했다. 김사장은 종이 파는 일을 했기 때문에 홍수가 나서 물에 잠기는 것을 무척 걱정했다. 어떤 것보다도 쉽게 물에 젖는 것이 종이의 속성이니 어쩌면 김사장은 당연한 걱정을 했는지 모르겠다. 여름철마다 매번 종이를 옮기기가 쉽지 않았지만 종이가 젖도록 방치할 수 없었던 김사장은 지하의 종이를 모두 1층으로 옮겼다. 그러고 나서 큰 홍수가 나면 밤새도록 침대에 앉아 창문 밖으로 물이 잠기는 것을 바라보는 게 전부였다. 그처럼 매일매일을 걱정과 근심으로 보냈지만 한동안 그렇게 큰 위험한 상황은 없었다. 그러나 행운이 항상 그의 곁에 머문 것은 아니었다.

어느 날 갑자기 홍수가 나기 시작했다. 물에 잠기지 않은 곳이 없었고 눈 깜짝할 사이에 집 앞에 작은 강이 생길 정도로 물이 불어났다. 어느 새 수위는 문간을 넘어섰고 김사장이 모래를 쌓아놓을 틈도 없이 가게 안의 비싼 종이가 물에 잠겨 버렸다.

김사장의 아내와 직원들, 심지어 어린 아들까지 동원되어 종이를 조금이라도 건지려고 노력했지만 소용없었다. 설령 물에 완전히 잠기지 않은 종이 뭉치가 있다 해도 맨 아래에 있는 종이에서부터 물기가 위로 올라오면서 물이 계속해서 가게 안으로 들어왔다.

모두들 어찌할 바를 몰라하면서 김사장만을 물끄러미 바라보고 있는데, 갑자기 그가 가게 밖 물 속으로 걸어 나가는 게 아닌가? 김사장 부인은 남편이 도와줄 사람을 찾아올 것이라고 했다. 그러나 몇 시 간이 지나도록 김사장은 돌아오지 않았다.

그런데 사실 김사장이 도와줄 사람을 불러온다고 해도 무슨 소용이 있을까? 가게의 종이는 이미 물에 젖었을 뿐 아니라 모래가 묻어 공장으로 돌려보낸다 해도 받아주지 않을 정도였으니 말이다. 어쩔 수 없이 가게의 모든 종이를 폐기처분해야 하는 상황이었다. 얼마 후 김사장이 돌아와 모두를 불러 난장판이 된 가게를 정리하고 이사하기로 했다. 그들은 오래된 아파트를 사서 1층부터 다시 공사를 했다. 그리고 그는 여전히 종이 장사를 했다. 이번에는 한꺼번에 대량으로 종이를 샀는데 전보다 훨씬 더 많은 물량이었다. 사람들은 김사장을 이해할 수 없었다. 매일같이 가게 직원들이 소곤대기 시작했다.

"사장은 물에 잠기는 게 걱정도 안 되나 봐요. 곧 망할 운이죠, 뭐."
직원들이 걱정한 것처럼 과연 얼마 지나지 않아 또다시 큰 홍수가 났다. 며칠 동안 큰 비가 오더니 곧이어 태풍이 불기 시작했다. 순식간에 강물이 넘쳐 온 도시를 덮쳤다. 길가에 세워둔 차도 물에 잠겼고 지하실은 수영장이 되어버렸다. 많은 사람들은 물을 피해 지붕으로 올라가기도 했다.

김사장의 식구들도 가게 앞에 서서 왼쪽 큰 길가가 물에 잠기는 것을 지켜보았다. 오른쪽의 길도 점점 바다로 변했지만 김사장의 아파트는 아무 일도 일어나지 않았다. 도시의 물이 서서히 빠지자 김사장은 큰 돈을 벌게 되었다. 대부분의 종이 가게들이 홍수 때문에 물에 잠긴 것이었다. 종이를 만드는 공장도 홍수를 피할 수는 없었다. 사람들은 급하게 종이를 필요로 했고 김사장은 인쇄소나 출판사에 다급하게 물량을 공급했다. 사람들은 현금을 들고 그를 찾아오면서 이구동성으로 그의 안목에 감탄했다.

"정말 식견이 대단하십니다! 실로 멀리 내다보고 적절한 곳을 찾았으니 말입니다. 이곳의 지대가 높은지는 어떻게 아셨습니까? 평소부터 알고 계신 건가요?"

김사장은 큰소리로 웃으며 말했다.

"간단합니다. 저번에 제 가게는 온통 물에 잠겼지요. 그때 제 눈으로 물건들이 잠겨 손쓸 수 없게 된 걸 보고는 마음을 바꿨습니다. 아예 못 쓰게 된 종이들은 생각하지 말자고요. 그리고 물길을 헤치고 나가 시내를 몇 바퀴 둘러보면서 어느 곳이 잠기지 않았는지 알아보았지요. 바로 이곳이 그 중 하나였답니다."

이처럼 사업에서 성공하려면 반드시 다른 사람들과는 확실히 다른 안목을 가져야 한다. 반드시 먼 미래를 내다보는 식견이 있어야 하는 것이다. 미래를 예상하는 그런 능력이 있다면 당신에게 큰 이익을 가져다주는 것이 무엇인지 당장 알아차릴 수 있을 것이다.

멀리 내다보는 능력은 대부분 개인적인 경험에서 나온다. 훌륭한 안목을 가졌다면 자신뿐 아니라 다른 사람의 경험을 통해 교훈을 삼고 자기에게 자양분이 되도록 해야 한다.

"높은 곳에 있어야 멀리 바라볼 수 있다."

이 말은 비단 등산에만 해당되는 게 아니라 사고하고 이해하는 데 있어서도 그대로 적용된다.

자신이 원하는 성공 모델을 찾아라

사람들은 흔히 모방의 힘은 무한하다고들 말한다. 그 이유를 생각해 보자. 당신이 어떤 일을 해보고 싶지만 아는 게 없다고 치자. 그러나 누군가 어떻게 했고, 또 어떤 방식으로 했다는 말을 들으면 자기 꿈을 실현시킬 수 있는 자신감이 생길 것이다. 사회에서 성공한 사람들의 삶이 보통 사람들에게 중요한 의미를 지니는 것은 바로 여기에 있다. 성공한 사람들은 다른 사람들에게 성공의 노하우를 알려줄 수 있기 때문이다.

사람들은 하루 안에 끝낼 수 있는 일이 그리 많지 않다고 생각한다. 쉽게 끝낼 수 없다는 생각에 도전조차 해보지 않지만, 사실 시작해 보면 하루 안에 완벽하게 끝낼 수 있는 일들이 생각보다 많다. 이렇게 불가능하다고 생각했던 일을 하루 안에 해내면 그것이 아주 작은 일이라 해도 자신감을 얻게 된다. 그리고 그 자신감이 조금 더 발전하면 성공한 사람들처럼 자신도 성공하리라는 생각이 드는 것이다.

예를 들어보자. 아주 먼 옛날 대부분의 사람들은 달에 가는 것이 불가능하다고 생각했다. 그러나 닐 암스트롱이 최초로 달에 착륙하고 나서 사람이 달에 가는 것이 불가능하다고 생각하는 사람은 없다. 필요한 물건들이 준비되고 신체적인 조건이 되면 누구라도 달을 향해 여행할 수 있는 것이다.

우리 주변에 많은 사람들이 장사를 해서 돈을 벌었고 성공도 했다. 원래 공무원이 되고 싶었던 사람, 계속 공부를 하고 싶었던 사람,

평범한 인생을 살고 싶었던 사람들조차 장사에 뛰어들어 전문가가 되려 했다. 누군가 장사를 해서 성공하기 전에는 모두 수수방관하면서 의심하기 시작했지만 여기저기에서 성공한 사람들이 나오자 사람들의 생각이 바뀌었다. 이처럼 모델의 힘은 많은 사람들을 도전하게 한다.

따라서 개인뿐 아니라 사회의 발전을 위해서라도 저마다 바람직한 인생 모델을 만들어야 한다. 자기보다 앞서 걸어간 인물을 선택하고 그가 평소에 어떤 습관을 가졌는지를 살펴보라. 평범한 사람들에게 도움을 주기 위해서라도 사회가 '훌륭한 청년', '우수한 경영자', '훌륭한 정치가' 등 성공한 사람을 선정해야 할 것이다. 성공한 사람들은 그렇지 않은 사람들에게 하나의 모델이 된다. 뿐만 아니라 성공한 사람들은 후세 사람들을 격려하고 사회에 빠른 발전을 가져다준다. 이 역시 성공한 사람들이 사회에 공헌해야 할 중요한 책임이기도 하다.

성공한 사람들은 모델이다. 당신이 성공하기 위해서는 반드시 당신이 모방해야 할 대상을 찾아야 하고, 대상을 찾았다면 그의 삶을 목표로 삼아 그가 성공한 길을 쫓아야 한다. 그러고 나서 당신의 목표를 이루면 당신은 당신의 모델보다 더 큰 성공을 이루게 될 것이다.

공자는 노자를 모델로 삼았다. 당태종 이세민은 자기의 모델을 진시황제로 삼았다. 모택동은 유년시절 증국번을 자기의 인생 모델로 삼았다. 물론 이들은 모두 성장한 뒤 자신들의 모델보다 훨씬 더 큰 성공을 이뤄냈다. 이처럼 성공한 사람들도 성공하기 전에는 모두 저마다의 인생 모델이 있었다. 그리고 그들이 정한 모델이 훌륭할수록 더욱 크게 성공했다.

따라서 성공하고 싶다면 반드시 인생의 모델을 찾아야 한다. 자신을 격려해주고 자신을 성장시킬 수 있는 모방의 대상을 찾아야 하는 것이다. 성공한 사람과 똑같은 성공을 바란다면 그 사람이 무엇을 어떻게 했는지 알아야 하기 때문이다.

MEMO

성공 욕구를 적극적으로 개발하라

"제비와 참새가 어찌 큰 기러기와 고니의 뜻을 알겠는가?"

이것은 옛부터 전해오는 명언으로, 오광吳廣과 함께 중국 역사상 최초의 농민운동을 일으킨 진승陳勝이 남긴 말이다. 대지주 밑에서 고용살이를 하던 농민에 불과했던 진승은 그 당시 사회에 불만을 느끼고 농민봉기를 일으키게 된다. 봉기 중 그는 결정적인 승리를 이루어내게 되고 강한 의지로 이뤄낸 성공으로 역사에 이름을 남기게 된다. 이 평범치 않은 혁명가는 "과연 왕후장상의 씨는 따로 있단 말인가!" 하는 의문을 갖게 한다. 노비인 자신의 삶을 그대로 받아들이지 않고 용기를 내서 운명에 도전한 것이다.

그렇다면 진승의 이야기가 우리에게 말하는 것은 무엇일까? 어떻게 운명은 모든 사람들에게 다르게 다가가는 것일까? 단지 자연의 이치와 조화가 사람들을 농락하여 많은 사람들이 한평생 평범하게 살아가도록 만드는 것은 아닐까? 정말로 이것이 많은 사람들이 평범하게 사는 진짜 이유일까? 이런 이유만으로 자기 삶의 모습을 충분히 이해할 수 있을까?

진승의 삶은 많은 사람들이 한평생을 평범하게 살아가는 진짜 이유가 무엇인지를 가르쳐준다. 즉, 사람들에게는 커다란 기러기, 고니와 같은 의지가 없고 하늘을 뚫고 올라갈 정도로 강한 욕망이 없어서 평생을 이 나무에서 저 나무로 날아다니는 제비나 참새가 되어버리는 것이다.

누군가가 스스로 가난하다고 생각한다면 그 이유는 치유할 수 없는 문제점이 본인에게 있기 때문이다. 또한 성공하고자 하는 강한 욕망이 부족하기 때문이기도 하다. 단지 배부르고 따뜻하기를 바란다면 배부르게 먹고 잘 자면 그만일 것이다. 이런 생각을 가지고 있다면 평생토록 성공하지 못할 것이다. 자신이 가지고 있는 작은 목표가 가족 모두를 가난하게 만들기 때문에 생활에 지장을 주지 않는 최소한의 물질적 충족만 이루어진다면 이런 사람의 생활은 항상 제자리걸음만 하게 된다. 이런 사람은 처음부터 새로운 일을 해볼 생각을 아예 하지 않기 때문이다. 그날그날 되는 대로 살아가며, 발전하고자 하는 욕구가 없기에 영원히 빈곤에서 벗어나지 못하는 것이다.

프랑스의 한 미디어에서는 한 젊은 미디어 거물에 대해 대서특필했다. 그는 초상화 장식을 판매했는데 십 년 만에 프랑스 50대 갑부 반열에 올랐다. 이 부자는 전립선암으로 1998년에 세상을 떠났는데, 그는 임종 전에 4억 300만 프랑의 주식을 보비니 의료원에 전립선암 연구를 위해 기부하겠다는 유언을 남겼다. 거금을 기부한 일 외에도 또 놀라운 일은 가난에서 벗어나고자 하는 사람 중 자기가 낸 수수께끼를 맞히는 사람에게 100억이라는 엄청난 장학금을 주겠다는 유언을 한 것이었다. 그런데 공식적으로 장학금을 수여하는 날에, 수수께끼인 "당신은 왜 가난한가?"라는 물음에 대해 정확히 답변하는 사람이 없었다. 변호사와 대리인은 하는 수 없이 추모일에 그가 생전에 거래하던 공중 부서의 감시 아래 보험금을 열었다. 그 속에 적힌 수수께끼의 답은 '가난한 사람은 성공에 대한 강한 욕망이 부족해서이다' 였다.

이것이 바로 부자의 야심이다. 이 말 한 마디가 커다란 범위를 수용하고 있다. 대다수의 사람들이 평생을 평범하게 보내는 까닭은 바로 욕구가 부족하기 때문이다.

자신의 운명에 만족하지 않는다면 성공하고자 하는 욕구를 적극적으로 개발해야 한다. 성공은 성공하려는 욕구에서부터 출발하기 때문에 욕구가 크면 클수록 성공할 가능성도 그만큼 커지는 것이다. 세상 모든 사람들은 무한한 잠재력을 가지고 있다. 다만 수많은 사람들이 운명의 노예가 되어 자신이 가진 잠재력을 소멸시키고 있을 뿐이다.

성공한 사람들이 성공할 수 있었던 것은 바로 그들이 지니고 있는 잠재력을 십분 발휘하고 성공의 길 위에서 강한 자신감과 의지로 어려움과 좌절을 극복했기 때문이다. 성공한 사람들은 성공하려는 욕구를 가장 높은 곳으로 정해 놓고 누구보다 먼저 떠오르는 태양을 보려고 한다. 그들은 징싱에서 아래를 훑어보며 자기가 오른 산이 작다고 느끼고 싶어한다.

성공하고 싶은 강한 욕구를 가진 사람은 훗날 반드시 넓은 모래사장에서도 뛰어난 재주를 드러낼 것이며, 커다란 파도도 거뜬히 이겨낼 것이다.

MEMO

건강을 잃으면 모든 것을 잃는 것이다

한 사람이 여러 가지 일을 동시에 할 수 있는 것은 몸이 그만큼 견딜 수 있기 때문이다. 몸은 모든 일을 해내도록 해주는 원천이며, 건강하지 않으면 일도 성공도 모두가 소용없다. 사람들은 특별한 병이 없으면 건강하다고 생각한다. 그러나 건강하다는 말은 간단히 병이 없는 상태만을 가리키는 것이 아니다. 과학적으로 보면, 건강은 생기발랄하고 기운이 왕성하며 생활의 질에 집중하고 생활의 정취가 있어야한다.

성공의 기쁨을 누리려면 반드시 건강한 신체를 가져야 한다. 병이 있어 침대에 누워 있어야 한다면 적진으로 돌진하도록 여러 사람을 이끌 수 없을 것이다. 모든 조건이 비슷한 상황이라면 자잘한 병으로 하루 종일 고생하는 사람보다는 충분한 힘을 가진 사람이 좀 더 쉽게 성공할 수 있다. 건강 상태는 자신뿐 아니라 자기가 하는 일의 원동력과 열정, 그리고 개인의 능력과 매력에도 커다란 영향을 미친다. 따라서 항상 먹는 음식과 운동 등에 신경을 쓰고 자신의 건강에 주의를 기울여야 한다. 건강한 신체를 가졌을 때야말로 성공에 쉽게 다가설 수 있고, 또 성공의 기쁨을 누릴 수 있다.

어떤 사람이 숫자 '1000'을 통해 인간의 네 가지 상태를 설명했다. 1은 건강한 상태를 나타내고 뒤의 0 세 개는 각각 성공과 재물, 그리고 사랑을 가리킨다. 만약 1이 없다면 뒤에 오는 세 개의 0 역시 아무런 의미가 없다.

최상의 건강을 유지하려면 어떻게 해야 할까? 그 방법은 사람마다 다르다. 똑같은 음식을 먹어도 사람마다 맛있고 맛없다고 느끼는 것과 같은 이치다. 나에게는 세상의 둘도 없는 진미일 수도 있지만 다른 사람에게는 독약처럼 느껴질 수 있다. 운동도 마찬가지다. 어떤 운동이 어떤 사람에게는 유익하지만 어떤 사람에게는 해로울 수 있다. 또한 운동을 많이 할수록 꼭 건강해지는 것도 아니다. 운동을 직업으로 하는 사람들 가운데 장수하는 사람이 많지 않은 것을 보면 그런 것 같다.

물론 어떤 것은 대다수의 사람들에게 보편적으로 적용되기도 한다. 예를 들면, 음식을 먹을 때 지나치게 많이 먹지 말아야 한다는 것, 식사할 때는 적게 먹고 천천히 꼭꼭 씹어서 먹어야 한다는 것 등이 그렇다. 사람들이 대부분 병이 나는 이유는 폭식 때문이다. 밥은 하루 세끼 꼭 먹고 먹을 때 지나치게 많이 먹으면 안 된다. 위가 상할 뿐 아니라 나날이 지방이 많아지기 때문이다. 음식을 머으면서 음식의 맛을 천천히 음미해 보는 즐거움을 알아야지 한입에 다 먹어치우려 하면 음식의 장점을 알지 못하게 된다.

그리고 항상 자신의 몸에서 보내는 뚜렷한 신호를 주시해야 한다. 왜냐하면 몸은 부족한 것이 생기면 곧바로 부탁하기 때문이다. 배가 고플 때 몸은 당신에게 식사하라는 신호를 보내고, 목이 마를 때 몸은 견디지 못하고 물을 마시라는 신호를 보낸다. 갑자기 병이 생겼다면 그것은 분명 어느 곳에서 기능을 정지했기 때문이다. 만약 감기에 걸렸다면 몸은 당신의 머리를 어지럽게 하고 콧물을 흘리게 할 것이다. 위나 장에 문제가 생겼다면 당신에게 고통을 전해주어 알려줄 것이다. 이처럼 몸은 사람들에게 경고함으로써 고통에서 벗어난다.

이미 언급했듯이, 병이 나지 않았다는 사실만으로 건강하다고 말할 수는 없다. 따라서 항상 스스로가 먹고 마시는 것, 또 최근에 지나치게 많이 애용하는 건강식품들에 각별한 주의를 기울여야 한다. 야채와 물을 많이 먹어야 할 때는 당신과 가장 잘 맞는 야채와 과일을 섭취하라. 당연히 신선한 과일 주스도 많이 마셔야 한다. 자연식품이 아닌 가공식품의 경우는 당신의 몸에 부담만 줄 뿐이다. 그러나 가공식품을 꼭 먹어야 할 경우라면 자연식품과 함께 섞어서 먹어라. 또한 설탕, 기름, 술과 같은 식품을 지나치게 많이 섭취하지 마라. 물론 전혀 먹지 않을 수는 없지만 당신 스스로 그 양을 줄일 수는 있을 것이다. 입에 좋다고 몸에도 좋은 것은 아니다.

건강을 유지하기 위해 매일 물을 많이 마시고 제시간에 휴식을 취하는 적당한 운동 역시 필요하다. 당신 주변에 건강에 대해 잘 알고 있는 사람이 있다면 직접 찾아가서 물어보자. 절대로 많은 시간이 필요한 게 아니다. 하루하루 행복하고 기쁘게 보내기 위해 또 성공하기 위해 당신은 먼저 열정과 충분한 의욕, 그리고 활기찬 생활의 맛을 느껴야 한다. 건강을 가졌다고 모든 것을 가진 것은 아니지만 건강을 잃으면 모든 것을 잃는다는 사실을 명심하라.

MEMO

꿈은 성공의 원동력이다

성공을 바라지 않는 사람도 꿈은 있어야 한다. 만약 당신이 커다란 성과를 올리고 싶다면 커다란 꿈이 필요하다. 마음속에 꿈이 있으면 누구나 적극적으로 생각하고 생각한 것을 곧바로 행동에 옮기려고 노력하기 때문이다. 그것이 바로 꿈을 실현하는 것이다.

따라서 성공을 당신의 머릿속에서 아름다운 경치나 매력적인 것으로 상상하고, 매일매일 자신의 눈앞에 성공이 펼쳐질 그 날을 그려 보는 것이 중요하다. 계속해서 꿈에 대한 갈망을 키워야 한다. 반복적으로 꿈이 실현된다고 상상하면 마음속에서 조용히 꿈이 실현되라고 말할 것이고, 다른 사람에게도 당신의 멋진 꿈을 당당히 이야기할 수 있게 될 것이다.

사람의 마음과 행동은 밀접하게 관련되어 있기에 적극적인 심리 상태는 당신을 적극적으로 생각하도록 할 것이고, 나아가 행동에 옮기도록 할 것이다. 적극적으로 생각하고 행동에 옮기려고 노력하면 당신은 항상 적극적인 심리 상태를 유지할 수 있다. 그러나 꿈조차 꾸지 못하는 사람에게 꿈을 실현해야 한다고 이야기할 필요가 있을까? 당신이 하루 종일 미래에 대한 꿈을 꾸고 있다고 비웃을 사람은 없다. 당신이 꿈을 꾸는 동시에 용감히 행동에 옮기기만 한다면 당신도 모르는 사이에 그 꿈이 당신 앞에 펼쳐질 것이다.

미국 패션계의 거물 랄프 로렌이 만든 폴로는 의류업계에서 대표적인 성공 모델이 되었다. 창시자 랄프 로렌은 어려서부터 꿈꾸기를 좋아했다. 그리고 또래의 아이들이 장난을 치며 놀 때 그는 길이 좋은 옷감과 나쁜 옷감, 진짜 가죽과 인조 가죽을 구별하는 일을 놀이로 삼았다. 중학교를 다닐 즈음에는 아르바이트로 돈을 벌어 그 돈으로 옷을 사며 자신의 패션 감각을 키워 나갔다. 그리고 앞으로 패션업계가 발전하기를 간절히 기도하고 또 기도했다. 그가 고등학교를 졸업할 때 기념 앨범에 랄프 로렌이 적었던 꿈은 바로 백만장자가 되는 것이었다.

학교 다닐 때나 졸업하고 나서도 그의 머릿속에는 항상 패션업계에 들어가겠다는 생각으로 가득 차 있었다. 비록 전문적인 기술과 지식은 부족했지만 그만이 가진 특유의 패션 감각으로 랄프 로렌은 의류 회사에 들어갔다. 그는 그곳에서 자신의 재능을 마음껏 발휘해서 그가 디자인한 제품들이 업계에서 주목을 받게 되었다.

랄프 로렌이 처음으로 디자인한 것은 폭이 넓은 넥타이였다. 당시에는 폭이 좁고 어두운 아이비리그 스타일의 넥타이가 유행했는데 랄프 로렌은 4.5인치나 되는 넥타이를 디자인한 것이다. 특유의 폭이 넓은 넥타이는 최고급 소재와 남다른 디자인 덕분에 유명인사들의 눈길을 끌었고, 곧 상류사회에서 큰 인기를 얻게 되었다. 이어 그 회사의 노먼 힐튼이 그의 재능을 높이 사서 폴로 패션 창립에 투자하게 되었다. 랄프 로렌이 뛰어난 재능을 발휘할 공간과 발판을 얻게 된 것이다. 폭 넓은 넥타이처럼 그는 더욱 대담하게 전통적인 디자인의 틀을 깼으며, 그 결과 남성복을 선도하는 선두주자가 되었다.

그렇다. 많은 사람들은 성공한 사람들이 성공할 수 있었던 가장 큰 이유를 '행운'이라고 생각한다. 정말로 행운만으로 성공할 수 있을까? 간단한 흥미에서 시작하여 자신의 패션 왕국을 만들고 나아가 패션계의 거물이 된 랄프 로렌은, 원래 전문적인 기술이나 좋은 배경이 있었던 게 아니다. 그래서 자신의 꿈을 실현하기가 더욱 어려웠을 것이다. 그러나 어렸을 때부터 꿈을 이루려는 강한 욕망과 생각을 행동으로 옮기는 과감성을 가진 그는 결국 많은 실패 없이 성공할 수 있는 유리한 환경을 만들 수 있었다. 사실 그가 맞은 기회와 행운은 스스로 만들어낸 것이다. 그에게 우연한 사건과 기회가 찾아온 것도 바로 그가 꿈을 꾸고 있었기 때문이다.

인간은 황금이 가득한, 그러나 열쇠로 잠겨진 방과 같다. 꼭 맞는 열쇠로 방문을 열기만 하면 황금을 얻을 수 있듯 인간은 무궁무진한 지혜를 쏟아낼 수 있다. 랄프 로렌의 이야기는 신화가 아니다. 그처럼 꿈을 꾸고 있다면 그의 삶이 곧 당신의 삶으로 탈바꿈하게 될 것이다. 꿈! 그것은 성공한 모든 사람이 성공으로 향할 수 있었던 원동력이다.

MEMO

다수의 힘을 중시하라

21세기의 대량 자본은 모두 단체로 유입된다. 그래서 성공하고 싶다면 반드시 단체의 힘, 다수의 힘을 빌려야 한다. 그 힘을 활용하면 많은 사람의 성공을 돕는 동시에 자신 또한 성공할 수 있다. 아무리 뛰어난 사람이라 해도 혼자서 성공했다는 말은 들어본 적이 없다. 무협 영화에 나오는 내공 깊은 고수라 해도 반드시 그를 도와주는 친구들과 스승이 있게 마련이다. 역사적으로도 큰 성공을 이룬 사람들 뒤에는 수많은 사람들의 도움이 있었다.

당신은 중국 역사에서 주변 사람들의 도움으로 성공을 이룬 한漢 나라의 고조高祖 유방留邦을 기억할 것이다. 그는 다수의 힘으로 성공한 전형적인 사람이다. 서민으로서 한량 출신이었던 유방의 주위에는 뛰어난 인재들이 많았다. 소하蕭何, 장양長良, 한신韓信 등 유방을 위해 목숨 걸고 싸울 용맹한 장수들이 있었던 것이다. 유방이 한 나라를 일으킬 수 있었던 것도 모두 이들 덕분이다.

"장막 안에 앉아 계책을 써서 천리 밖의 승부를 결정짓는 것은 짐이 장량을 당하지 못하고, 백성을 편안하게 하면서도 군량을 수송해 병사들을 굶주리지 않게 하는 것은 짐이 소하보다 못하다. 대군을 지휘하여 싸우면 반드시 이기고 공격하면 반드시 점령하는 데 있어서는 짐이 한신을 따르지 못한다. 짐은 바로 이러한 인재들을 잘 등용했기 때문에 천하를 얻을 수 있었다. 그러나 항우는 범증范增이란 인재가 있었으나 제대로 쓰지 못했기에 천하를 잃고 나에게 사로잡힌 것이다."

성공은 다른 사람의 도움 없이는 절대로 불가능하다. 당신이 회사를 차리거나 장사를 한다면 절대로 혼자 힘으로 운영할 수 없다. 적어도 아르바이트생 한 사람이라도 필요할 테니 말이다. 또한 회사의 지명도를 높이고 싶고 판매하는 상품의 가치를 높이고 싶다면 몇몇이라도 능력이 있고 안목이 있는 사람과 함께 일해야 할 것이다.

다수의 힘을 빌리는 것은 대장부 곁에 항상 세 명의 친구가 있는 것과 같다. 사실 세 명의 친구가 도와주는 일이 대장부라 해서 모두 다 가능한 것은 아니다. 그 사람이 인격적으로 다른 사람들을 끄는 매력이 있어야 하며, 대중의 마음을 깊이 꿰뚫을 줄 아는 사고력이 있어야 한다. 도와주는 일은 단지 겉으로 보이는 복종이나 굴복과는 전혀 다르기 때문이다. 사람들이 당신의 일에 아무런 보답 없이 적극적으로 나서기를 바란다면 무엇보다 당신이 먼저 사람들에게 노력을 기울여야 한다.

유방이 가진 가장 큰 매력은 바로 가난하든 풍족하든 항상 친구와 함께 했다는 점이다. 재물이 있을 때는 다같이 풍족함을 누렸고 사람들을 믿었으며 모든 일을 너그러이 이해했다. 그는 세속의 이익에 구속되지 않으려 했고 서른이 넘도록 방랑생활을 하면서도 굳이 출세하려고 애쓰지 않았다. 고통 없이 삶을 즐기는, 타고난 리더가 바로 그였다. 보잘것없는 신분에 가진 것도 없는 그가 친구들의 도움으로 결국 천하를 얻을 수 있었던 것이다.

난세 속에서 돋보인 유방은 목표가 큰 인물이었다. 겉보기에는 아무 근심 없는 서민 출신의 보통 사람 같았지만 사실 자기의 성공을 위해 항상 철저하게 계산하고 있었다. 그렇다고 유방의 재능이 뛰어나서 천하를 얻은 것처럼 보이지는 않는다. 그의 재능보다는 그의 성격이 바로 난세의 영웅을 만드는 데 결정적인 역할을 했을 것이다.

유방의 이야기는 지금까지도 많은 사람들에게 수많은 화젯거리가 되고 있다. 역사적 지식뿐 아니라 삶의 다양한 이치를 배울 수 있기 때문이다. 당신이 만약 어떤 성취를 이루고 싶다면 무슨 일에 종사하든지 자신의 마음을 툭 털어놓을 수 있는 친구를 사귀어야 한다. 또한 마음이 맞는 사람을 주변에 두는 것도 중요하다. 여러 사람의 힘이 모이면 큰일을 해낼 수 있다. 이는 성공하려는 사람이라면 반드시 갖추어야 할 요소이다.

MEMO

경제관념을 가져라

서양의 아낙네들은 젊었을 때 은행에서 돈을 빌려 인생을 즐긴 후 죽기 전까지 모든 빚을 갚는다고 한다. 그러나 동양의 아낙네들은 젊어서부터 저축하느라 인생을 고단하게 보내고 절약한 돈으로 자녀에게 많은 유산을 물려준다. 그래서인지 죽기 전까지도 자신의 삶을 제대로 즐기지 못한다. 최근 이와 같은 서양의 소비관념이 서서히 우리나라에도 유입되고 있다. 날이 갈수록 돈 없는 젊은 친구들이 돈을 물 쓰듯 쓰고 있으니 말이다.

한 미디어 회사에 종사하는 이아랑 씨는 올해 스물여섯 살로 패션에 민감하고 유행을 선도하며 자기만의 개성을 가지고 있는 미혼 여성이다. 그녀는 매달 꽤 많은 액수를 급여로 받는다.

얼마 전에 그녀는 사파이어 블루 빛깔을 띠는 세단을 구입하여 유명한 식당과 찻집을 드나들었다. 친구들과 여행을 가기도 하고 휘트니스 센터도 나가면서 매일매일을 바쁘게 즐겼다. 그녀에게 돈을 저축하는 일은 단지 생활을 고리타분하게 할 뿐이었으니 마치 동물원에 갇힌 작은 동물처럼 자유롭지 못하다고 생각했다. 그래서 그녀는 돈을 모으지 않았다. 자기 소유의 부동산도 없었고 독립할 나이가 되었는데도 부모님과 한 집에서 살았다.

이아랑 씨와 같은 독신 여성은 대체로 서른다섯 살 이하가 많으며 수입이 좋은 편이다. 그들이 중요하게 여기는 것은 생활의 즐거움이다. 자기 자신에게만 관심이 있고 다른 사람을 구속하거나 또 반대로 남에게 구속당하지 않으려 한다. 또한 그들은 대개 높은 교육을 받았고 생활에 대한 가치관이 뚜렷하다. 눈앞의 즐거움을 놓치지 않고 매일 다채로운 생활을 즐기는 게 바로 이들의 특징이다. 만약 당신도 이런 생활을 하고 싶다면 이들은 자기 분야에서 절대로 성공하지 못하리라는 사실을 먼저 기억하라. 생활을 즐기기 위해 많은 소비를 하는 이들은 당연히 부유해지는 것과는 점점 멀어지게 된다. 그날그날의 기분에 따라 내일 벌 돈까지 오늘 마구 써버리는 게 이들이기 때문이다. 아직 벌지 않은 돈까지 써버린다면 당장 내일 쓸 돈은 누가 마련해 주겠는가?

성공하기 위해서는 스스로 자본을 준비해야 한다. 자본은 비단 금전적인 문제만은 아니다. 능력과 경험, 그리고 지식 등을 미리 갖추어야 하기 때문이다. 항상 놀 생각만 하고 즐거운 기분이 들게 하는 일만 한다면 정말로 노력해야 할 시기에 노력하지 않아 나중에 후회하는 일이 발생할 것이다. 모두가 고생하지 않아도 될 때 혼자 고생 해야만 먼 훗날 정상에서 홀로 웃을 수 있다.

부동산업계에서 일하는 강아름 씨는 쇼핑 중독자다. 일단 유행하는 상품이 나오면 곧바로 백화점으로 향한다. 시간이 나면 거금을 들여 해외여행도 곧잘 다녀온다. 그녀가 가장 좋아하는 광고 문구는 바로 이것이다.

"여자라면 누구보다 자기에게 잘해야 되요. 그렇지 않나요?"

어떤 사람은 이런 사람들을 통해서 사회가 변화하고 있음을 느낀다고 한다. 사람들의 소비구조와 소비관념이 점점 바뀌고 있는 것이다. 물론 원활한 경제를 위해서는 돈을 아끼기만 해서는 안 된다. 또한 돈을 아끼기만 하고 인생을 즐기는 데 절대 쓰지 말라는 것이 아니다. 단지 계획적으로 소비하기를 바랄 뿐이다. 매달 많이 벌지 못하는 사람이 흥청망청 돈을 쓴다면 그의 말년은 당연히 괴롭고 고생스러울 수밖에 없다. 계획을 가지고 저축하고 절약해서 비교적 체계적으로 즐겨야 한다. 무슨 일이든 정도를 지켜야지 그렇지 않으면 지나치기 쉽다. 옛말에 과유불급이라고 하지 않던가! 지나치게 놀면 훗날 남들보다 더 힘들게 된다.

젊어서 고생은 사서도 한다고 했다. 젊어서 고생하면 남은 생이 행복할 것이다. 반대로 젊어서 열심히 놀면 남은 생이 고단하다. 당신은 이 말을 가슴속 깊이 새겨야 한다. 그리고 당신의 자녀에게도 이 교훈을 가르쳐주라. 만약 어려서부터 경제관념을 키워주지 않는다면 성인이 되어서도 그날그날을 즐기기만 하는 사람이 될 것이다.

MEMO

사람들은 해결방법을 찾기보다 핑계대기를 좋아한다. 미리 자신의 한계를 그어놓고 다른 사람에게 잘못을 뒤집어씌운 뒤 책임을 전가한다.

모든 일의 잘못은 자기에게 있는 게 아니라 다른 사람에게 있다고 생각하는 것이다. 왜 일을 완성하지 못했는지에 대해 이런저런 이유를 대곤 하는데, 이것은 해결할 방법을 찾아서 스스로 문제를 해결할 수 있음을 증명해 보이는 행동이 아니다.

그래서 이런 사람들은 일상생활 속에서 발생하는 갖가지 문제에 대한 책임을 모두 다른 사람에게서 묻는다. 심지어 어떤 사람은 무슨 일을 시작하기도 전에 핑계거리부터 만들어 놓는다. 혹시 일이 잘못되면 책임을 피하고 싶기 때문이다. 핑계를 만들면 자신이 손해를 입거나 다치지 않을 것이라고 단순하게 생각하면서 핑계거리를 만드는 능력을 키워 나간다.

사실 핑계는 자신의 능력이 부족하다는 점을 인정하는 것이다. 자신이 없기 때문에 어떤 일을 하든 먼저 다양한 이유를 만들어내는 것이다.

그러나 인재가 되고 싶다면 또 우수하고 탁월한 사람이 되고 싶다면 문제가 생겼을 때 핑계거리부터 찾지 마라. 그것은 좋은 방법이 아니다. 그보다는 해결방법을 찾는 습관부터 길러라.

잘 몰랐던 사실이겠지만 핑계는 항상 여러 가지 부수적인 문제를 만들어낸다. 핑계는 바다 한가운데의 빙산과도 같다. 빙산을 핑계라고 한다면 사람들은 대개 수면 위로 떠오른 부분만 해결하면 될 것이라고 생각한다. 수면 아래에 얼마나 커다란 빙산이 자리하고 있는지를 알아차리지 못한 채 말이다. 빙산처럼 핑계 뒤에 숨어 있는 문제들이 더욱 심각한 법이다. 당신이 핑계를 대면 누군가 희생하게 마련이고, 일 또한 늦어져서 포기하게 되는 등 다른 문제들을 잇따라 발생시킨다. 많은 문제들이 줄줄이 이어져 발생하게 되는 것이다.

또한 핑계는 '이것을 반드시 해내야겠다'는 의지가 부족해서 생기곤 한다. 반드시 하겠다는 다짐 대신 그저 '무엇인가를 하고 싶다'는 바람만 있는 것이다.

예를 들어보자. 당신이 이백만 원을 저축하려는데 단지 '하고 싶다'고만 생각한다면, 훗날 목표한 금액에 도달하지 못했을 때 핑계거리를 떠올리며 스스로를 위안할 것이다. 하지만 반드시 이백만 원보다 적은 백만 원이라도 통장에 넣어두리라고 다짐한다면 전력을 다해 계획을 짜고 방법을 생각해낼 것이다.

힘들게 노력했는데도 백만 원을 모을 수 없게 되었을 때라도 이런 사람은 핑계거리를 생각해내지 않는다. 이런저런 핑계거리를 생각해 보기 전에 왜 목표를 이룰 수 없었는지에 대한 이유를 먼저 생각할 것이기 때문이다.

따라서 일을 하기 전에는 분명하게 다짐을 해두어야 한다. 또한 당신은 그 일을 정말로 해야 하는지 아니면 단지 해보고 싶은 것인지를 분별해야 한다. 만약 꼭 해야 하는 일이라면 여러 가지 방법을 생각해 보자.

그러나 한번쯤 해보고 싶은 일이라면 자연히 이런저런 핑계도 함께 생각하게 될 것이다.

모든 일에 있어야할 것은 핑계가 아니라 결과라는 사실을 염두에 두라. 당신의 머릿속에 가득한 핑계거리를 없애기만 한다면 자잘한 문제들 또한 생기지 않을 것이다. 평생을 살아가면서 순풍에 돛 단 듯 순조롭게 보내는 사람은 없다. 실패의 정도가 크든 작든, 적어도 하찮은 손해라도 보면서 사는 게 인생이다. 그러나 현명한 사람들은 실패했을 때 실패하게 된 이유에 연연하지 않는다. 다른 원인을 찾아 자신의 책임에서 벗어나려 애쓰지 않는 것이다. 그러나 보통 사람들은 '실패는 병가지상사다' 라고 생각한다.

실제로 실패했던 것을 마음속에 새기는 사람은 많지 않다. 많은 사람들이 실패한 이유를 찾는 데 급급해한다. 간혹 어떤 사람들은 현실적으로 원인을 분석해 보기도 하는데, 그들은 '왜 실패했을까?' 하고 스스로에게 질문을 던지는 것으로 시작하여 실패 속에서 교훈을 찾는다.

그러나 대부분의 사람들은 필사적으로 자신의 실패에 핑계를 대며 스스로를 위로한다. 사람들에게 이렇게 말하는 것이다. 누가 늦게 해서, 누가 충분히 도와주지 못해서, 또 누군가가 몸이 안 좋아서, 운이 나빠서 그랬다는 등 끊임없이 핑계를 댄다. 그런 사람은 어쨌든 실패한 것은 내 잘못이 아니고 상황이 좋지 않았거나 누군가가 치명적인 잘못을 저질렀기 때문이라며, 이런 상황에서는 그 누구도 성공할 수 없었으리라고 생각한다. 또 어떤 사람은 자신의 능력을 탓한다. 자신의 능력으로는 그 일을 해낼 수 없다고 생각하며 책임을 회피하는 것이다.

"지금 생각 중이다."

"지금 준비 중이다."

"적당한 때가 될 때까지 기다리고 있다."

"기회가 좋을 때 시작하려고 한다."

이런 생각들도 핑계에 불과하다. 어떤 사람은 변명하는 것이 습관이 되어서 아무런 노력을 기울이지 않고 무조건 듣기 좋은 말로 얼버무린다. "지금 생각 중이야." 이런 식으로 자신을 변호한 뒤 한 달이 지나도 여전히 생각 중이고 서너 달이 지나도 생각 중이라 전혀 준비를 하지 못한다.

'그건 원래 그래', '난 원래 이렇다고!', '만약 그때 내가 이렇게 저렇게 했더라면 얼마나 좋았을까?' 처럼 가장 비극적인 말도 없을 것이다. 문제를 정확하게 직시하지 못하는 이유는 자신의 인생에 대해 책임감이 없기 때문이다. 이런 사람들은 훗날 뼈저리게 후회하게 된다.

성공하는 사람은 일단 일을 시작하고 실패한 사람은 그냥 바라기만 한다. 다시 말하면 성공하는 사람은 무슨 일이든 최선을 다해 노력하지만 실패하는 사람은 일을 시작하려는 시도조차 하지 않고 머릿속으로 그 일이 성공하기만을 바랄 뿐이다.

자신이 어떤 책임을 가지고 있는지 제대로 알고 있다면 누구에게나 당당하게 자신의 꿈을 이야기할 수 있다. 그런 사람은 곧바로 행동으로 옮기게 마련이다.

행동은 그야말로 개인의 능력만으로 할 수 있는 유일한 것이다. 충분히 고민하고 준비하는 것도 좋겠지만 고민과 준비 때문에 앞으로 나아가지 못하고 오랫동안 정지 상태에 있는 것도 좋지 않다. 다 아는 사실이겠지만 현대사회는 얼마나 빠르게 변화하는가? 눈 깜짝할 사이에 변화하는 시대이기에 모처럼 찾아온 기회 또한 놓치기 쉽다.

즉 시대와 좋은 기회는 당신이 완벽하게 준비될 때까지 조용히 기다려주지 않는다는 말이다. 따라서 고민을 하고 준비를 하는 것에도 일정한 기간을 정해 놓아야 한다. 그렇지 않으면 당신은 준비만 하고 고민만하다가 한평생을 보내게 될 것이다.

중국의 고사 중에 파부침주破釜沈舟라는 것이 있다. 옛날 항우가 진나라 병사들과 전쟁을 하게 되었다. 그러나 형세가 점차 불리해지자 항우는 병사들을 이끌고 강을 건넜다. 강을 건너면서 병사들에게 밥솥을 부수고 배를 침몰시키라고 명령했다. 후퇴할 길이 없는 상황에서 항우의 군대는 적과 최후의 결전을 벌이게 되었다. 병사 하나 하나가 모두 죽을 각오로 싸웠으니 당연히 항우의 군대가 승리했다. 사지에서 되살아난다는 말이 무슨 뜻인지 알게 해주는 이야기다.

사실 당신이 생각하는 것처럼 실패가 그리 두려운 것은 아니다. 정작 두려워해야 할 것은 실패 속에서 아무것도 깨닫지 못하는 자기 자신이다. 더욱더 심각한 것은 책임을 회피하기 위해 실패에 대한 변명거리를 찾는 데 열을 올리는 것이다. 그것이 바로 가장 큰 비극이다.

어떤 일을 하기 전에 도망갈 곳을 만들어 놓으면 일을 하면서도 여러 가지 변명들이 당신의 결심을 흔들어 버릴 것이다. 당신이 제아무리 굳게 마음을 먹었다고 해도 말이다. 계속 핑계거리 속으로 뒷걸음친다면 당신은 당신의 단 한 번뿐인 삶에서 패배자가 될 수밖에 없다. 사실 실패에서 교훈을 얻기가 쉬운 것은 아니다. 이것이 바로 성공한 사람들이 상대적으로 적은 이유이기도 하다. 그러나 실패 앞에서 꿋꿋하게 맞서지 못하면 더더욱 성공하기 어렵다.

실패하는 사람은 항상 실패한 변명거리를 마련하지만 성공한 사람은 반대로 어떻게 해야 문제를 해결할 수 있는지 최선의 해결책을 먼저 찾는다. 그렇다. 물론 객관적인 원인 때문에 계속되는 실패를 피할 수 없을 수도 있겠지만 대부분의 실패는 주관적인 원인에서 일어난다는 사실을 기억하라.

MEMO

성공의 환경을 만들어라

'맹모삼천孟母三遷' 처럼 부모가 자녀에게 좋은 환경을 만들어주는 것은 자녀의 미래를 위해 매우 중요하다. 왜냐하면 환경이 한 사람을 바꾸어 놓을 수 있기 때문이다. 사람들은 현재 자신이 처한 환경이 나쁘고 자신이 더 발전할 수 없도록 만든다고 불평한다. 이것저것 불만이 많아지는 것이다. 친구나 동료를 흉보고 상사를 험담하며 심지어는 주위에 핀 꽃을 보면서도 투덜거린다. 정말 당신이 처한 환경이 마음에 들지 않는다면 이렇게 불평하거나 욕할 필요가 없다. 환경을 바꾸면 그만이니까. 산이 내게 오지 않으면 내가 가면 되듯이, 당신이 발전하기에 좋은 환경을 만들면 된다.

농구 스타 마이클 조던의 성장기를 보자. 마이클 조던은 분명 NBA에서 성공한 농구선수다. NBA 농구선수들은 대체로 적어도 고등학교 때부터 농구팀에 소속되어 있다. 그러나 마이클 조던은 팀에 들어갈 기회가 없었다. 그래서 어느 날 자신이 직접 감독을 찾아가 자신을 선수로 받아들이지 않는 이유를 물었다. 그랬더니 감독이 이렇게 대답했다.

"자네는 키도 작고 기술도 부족하기 때문에 뽑히지 않은 거라네."

그러나 그는 포기하지 않았다. 기회를 얻기 위해 감독에게 다시 한 번 사정했다.

"감독님, 제발 저를 팀에 받아들여 주십시오. 연습 상대라도 좋습니다. 시합에 나가지 않아도 좋습니다."

그가 절실히 애원하자 감독은 하는 수 없이 그를 팀에 넣어주었다.

마이클 조던은 매 경기를 치를 때마다 수건을 가져다주고 음료를 사오는 등 자질구레한 일을 도맡아했다. 오늘날 가장 훌륭한 농구 스타가 바로 이렇게 시작한 것이다.

어느 날 아침 8시에 청소부가 농구 코트를 정리하고 있는데 잠을 자고 있는 한 흑인 소년을 발견했다. 청소부가 놀라서 그를 깨우기 위해 다가서자 소년이 벌떡 일어났다.

"아~안녕하세요. 저는 마이클 조던이라고 합니다. 제가 어제 저녁 늦게까지 연습을 했거든요. 너무 피곤해서 깜박 잠이 들어 버렸네요."

조던은 팀원들과 함께 연습하고 나서도 홀로 남아 늦게까지 연습을 했던 것이다. 훗날 마이클 조던은 1미터 98센티미터의 장신으로 자랐다. 그의 가족 중에는 1미터 80센티미터를 넘는 사람이 없었는데도 말이다. 그의 아버지는 마이클 조던의 키가 이렇게 자랄 줄은 상상도 하지 못했다고 한다.

"처음 감독님이 저를 받아주지 않았을 때 그 이유가 바로 키가 작아서였습니다. 저는 정말 필사적으로 키를 늘리기 위해 노력했습니다. 그리고 기술이 부족하다고 하셨을 때도 필사적으로 기술을 익히려고 연습했고요."

그 후 마이클 조던은 미국에서 가장 유명한, 그리고 가장 엄한 감독이 있는 대학으로 진학했다. 하루는 감독이 마이클 조던에게 휴게실에 가서 비디오테이프를 보고 오라고 했다. 아무 말도 해주지 않고 휴게실로 가라고 하자 조던은 이상하게 여겼지만, 감독이 시키는 대로 휴게실로 갔다. 비디오테이프를 보고 난 그는 울면서 감독님에게 말했다.

"감독님, 제 단점을 잘 알았습니다. 저는 무조건 공을 앞으로 가져가기에 바빴습니다."

감독이 그에게 비디오테이프를 보여준 뒤 그는 자신의 부족한 부분을 깨닫고 그 후부터 수비 연습에 매진했다. 조던은 행운아다. 만약 그가 그렇게 엄한 감독을 만나지 못했더라면 오늘날처럼 성공하지 못했을 것이다. 당시 같은 대학 농구팀에 있던 친구들 역시 NBA에서 뛰어난 선수가 되었다. 물론 그들 역시 마이클 조던처럼 엄격한 감독의 지도를 잘 참아냈기에 가능한 것이었다.

한 사람의 운명은 분명 그가 처한 환경에 의해 결정된다. 이 말이 틀리다면 맹자의 어머니가 세 번 이사한 이야기는 설득력이 없을 것이다. 물론 더러운 연못에서도 아름다운 연꽃이 피어나는 것처럼 열악한 상황에서도 성공하는 사람이 있겠지만, 정말 특수한 경우다. 환경, 환경은 대단히 중요하다.

당신은 하루하루를 즐겁게 생활하고 싶은가? 그렇다면 즐거운 사람들과 같이 생활하라. 하루 종일 얼굴을 찌푸리고 있는 사람과 함께 지낸다면 당신도 그처럼 우울하고 답답해질 것이다. 성공도 이와 같은 이치다. 따라서 당신은 반드시 성공할 수 있는 좋은 환경을 찾아야 한다. 성공한 사람들을 보면서 당신보다 나은 부분을 배워라. 만약 당신 주위에 성공한 사람이 없다면 당신은 어떻게 자신을 격려할 것인가? 물론 당신의 상상으로 성공한 모습을 그리면서 노력할 수 있겠지만 눈앞에 훌륭한 성공인사가 있는 것보다는 효과적이지 않다. 어떤 사람을 만나느냐가 당신의 일생에 큰 영향을 끼친다는 사실을 잊지 마라.

한 사람의 운명을 바꾸는 것은 그리 어렵지 않다. 그리고 많은 시간이 필요하지도 않다. 단지 좋은 환경에 한 걸음 다가서고 성공한 사람과 가까이 있으면 그것만으로도 충분하다. 성공하려면 먼저 성공한 사람과 함께해야 한다. 그래야 성공할 수 있는 방법을 파악할 수 있다. 그 다음에는 당신이 두 배의 노력을 하면 된다.

MEMO

자신을 명품으로 만들어라

'자신을 명품으로 만들어라' 라는 제목을 보고 많은 사람들이 이상하게 여길 것이다. 상품에만 있는 게 명품이라고 생각하기 때문이다. 그러나 오늘날과 같은 상품 경제시대에는 모든 것이 상품으로서 가치가 있다. 성공하려고 노력하는 사람 또한 스스로를 상품 가치가 있는 사람으로 만들어야 한다. 한 걸음 더 나아가 상품 가운데에서도 명품이 되어야 한다. 그렇다면 명품이란 무엇일까?

옷, 자동차, 전자제품, 생활용품 등 주위에 흔히 볼 수 있는 물건에는 모두 명품이 있다. 예를 들면 가전제품 중 명품이라 불리는 것은 삼성이나 엘지가 있겠고, 휴대폰의 명품은 삼성과 애플이 유명하다. 사람도 마찬가지로, 유명한 사람은 명품과도 같다.

비싼 명품을 사기 위해 필사적으로 돈을 버는 사람들도 있는데 명품을 가지면 자신의 품격이 한층 더 높아질 것이라고 생각하기 때문이다. 그들은 명품을 사려는 것처럼 '명품인' 도 필사적으로 쫓는다. 최근 연예인을 쫓는 사람들이 많아졌는데 가수의 팬이나 영화배우의 팬, 축구 팬 등이 바로 이러한 현상을 대표한다. 많은 사람들이 '명품인' 을 따라다니면서 스스로도 명품이 되기를 바라지만, '명품인' 이 되는 것도 소수만 가능하다. 상황이 그렇다 해도 '명품인' 을 쫓는 것보다 스스로를 명품으로 만드는 것이 더욱 쉽지 않을까? 어떤 의미에서 보면 성공은 스스로를 명품으로 만드는 일이다.

당신이 큰 길을 걸어갈 때 수많은 사람들이 구름처럼 몰려오면서 사인해 달라고 하고, 파파라치가 당신의 사생활을 캐내려고 혈안이 되었다면, 당신은 이미 성공적인 명품이 된 것이다.

이런 것들을 종합해 보면, 사람은 크게 두 종류로 나뉘어진다. 앞에서 말했듯이, 명품을 쫓는 대다수의 사람 가운데 하나가 되든지 그 사람들에게 부러움의 눈길을 받는 소수의 사람이 되든지 말이다. 만약 당신이 사람들에게 밀려가면서 사인을 받고 싶지 않고, 소수의 사람 가운데 하나가 되고 싶다면 자신을 명품으로 만들기 위해 노력해야 한다. 현재, 그리고 미래 사회의 유명한 명품이 되었을 때 노력에 대한 보상이 뒤따를 것이다. 물론 자신을 명품으로 만들기 위해서는 뛰어난 인재가 되어야 한다. 능동적으로 자신의 능력을 키워야 하며 적극적으로 자신을 알려야 한다. 가만히 있어도 좋은 기회가 올지 모르지만 그런 기회가 누구에게나 찾아오지는 않는다. 이런 사실을 알았다면, 기회를 기다리지 말고 당신이 먼저 기회를 찾아 나서라. 그리고 명품이 되기 위해 스스로를 포장하라. 또한 예쁘게 물건을 포장하는 것처럼 사람들이 매력을 느낄 수 있도록 자신을 가꾸라. 다른 사람도 가지고 있는 그런 매력이 아닌 당신만의 개성이 넘치도록 포장해야 한다. 그렇다고 지나치게 포장하면 안 된다. 과대 포장은 오히려 정반대의 결과를 가져오기 때문이다.

"급히 타오른 불은 급히 꺼진다."

이것은 중국의 유명한 소설가 장애령張愛玲이 한 말이다. 그녀 역시 이 말을 생활 속에서 실천하여 중국 현대문학사상 가장 유명한 여성 작가로 이름을 떨치게 되었다. 이처럼 당신도 자신을 명품으로 만들어야 한다. 먼 미래의 명품이 되려 한다 해도 지금 당장 서둘러야 할 것이다. 개성적인 명품을 만드는 핵심은 바로 다른 사람과는 다른 독특하고 전문적인 기술을 갖는 것이다. 정밀하고 심오한 전문성은 개인을 명품으로 만들어주는 지름길이다. 미국의 경영학자 피터 드러커의 지적처럼 개인이 가진 전문 기술의 수명이 한 기업의 수명보다 길다.

자기를 명품으로 만드는 일은 먼 여행길이 될 것이다. 끊임없이 새로운 지식을 배우고 업무와 관련된 지식도 더 많이 더 깊이 있게 공부해야 한다. 무엇보다 당신이 반드시 기억해야 할 것은 오늘 이후부터 쓸데없는 것에 시간을 낭비해서는 안 된다는 사실이다.

MEMO

카네기는 어렸을 때부터 동네에서 소문난 장난꾸러기였다. 빈민촌에서 살았던 카네기가 아홉 살 때 그의 아버지는 재혼을 했다. 새어머니가 집에 오고 나서부터 카네기의 집안 형편은 점점 나아졌다. 카네기가 처음으로 새어머니를 대변하는 자리에서 그의 아버지는 그를 이렇게 소개했다.

"여보, 잘 봐둬. 이 녀석이 바로 우리 동네에서 가장 유명한 말썽쟁이야. 정말 골칫덩이지. 모르긴 해도 내일 아침 당신한테 돌을 집어던지거나 나가서 한바탕 말썽을 부리고 돌아올 걸? 이 녀석은 정말 막을래야 막을 수가 없다니까."

새어머니는 미소 지으며 카네기에게 다가서서는 그의 머리를 가볍게 쓸어올리며 이렇게 말했다

"당신이 틀렸어요. 이 아이는 말썽쟁이가 아니라 동네에서 가장 똑똑한 아이인 걸요. 아직 가슴속에 담긴 열정을 어디에 쏟아야 할 지 모르는 것뿐이에요."

새어머니의 말은 카네기의 마음을 따뜻하게 했다. 갑자기 두 눈에서 눈물이 흘렀고 그 후로 카네기와 새어머니는 사랑과 우정을 쌓게 되었다. 새어머니의 따스한 말 한 마디가 그에게 용기를 주었던 것이다. 새어머니와 함께 산 후부터 카네기는 이웃사람들에게 칭찬받는 아이가 되었다. 그가 열네 살 되던 해에 새어머니는 그에게 타자기를 사주며 이렇게 말했다.

"어머니는 네가 작가가 될 수 있으리라 믿는다. 너에게는 이미 충

분한 재능이 있어."

새어머니의 생각대로 글을 쓰기 시작한 카네기는 지역신문에 글을 투고하며 새어머니의 열정을 즐겁게 받아들였다. 새어머니의 덕분에 그의 상상력은 나날이 개발되었고 창의력도 키워 나갈 수 있었다. 훗날 그는 20세기에 가장 영향력 있는 세계적인 인물이 되었다.

칭찬받고 격려받고 싶은 것은 인간의 본성이다. 사람들은 누구나 자신이 기울인 노력과 그로부터 얻은 성과를 인정받고 싶어한다. 특히 당신이 자녀를 둔 부모라면 자녀를 칭찬하고 격려해서 적극적인 태도를 가질 수 있도록 도와주어야 한다. 아이들 모두가 그렇겠지만 아이들은 부모, 혹은 주변 사람들로부터 부정적이고 훈계하는 듯한 말투보다는 칭찬을 받고 싶어한다. 다시 말해서 자녀를 이해하고 상황에 맞는 격려를 해주는 것이 당신의 자녀를 천재로 만드는 지름길인 것이다. 야단을 치는 대신 칭찬해주면 바보도 천재로 만들 수 있다. 만약 카네기의 새어머니가 그에게 따뜻한 말 한 마디를 건네지 않았다면 그렇게 유명한 카네기가 탄생할 수 있었겠는가? 야단만 치는 교육은 천재도 바보로 만든다. 그것을 잊지 마라.

자녀에게 뿐만 아니라 다른 사람에게도 칭찬하는 습관을 가져라. 누군가가 어떤 일에 매우 뛰어나서 아무도 그를 따라잡을 수 없다면 칭찬과 감탄이 저절로 터져 나올 것이다. 이런 상황에서 상대를 칭찬해주면 당신은 상대와 좋은 인간관계를 맺을 수 있다. 성공한 많은 사람들이 이 방면에 매우 뛰어나다. 어떤 사람은 단지 다른 사람을 칭찬해주는 재주 하나로 커다란 성공을 거두기도 한다.

미국 역사상 최초로 연봉 백만 달러를 넘게 받은 앤드류 카네기는 미국 철강회사의 대표이사였다. 그는 한 인터뷰에서 이렇게 말했다.

"당신의 사장은 어째서 백만 달러가 넘는 많은 돈으로 당신을 채용했습니까? 도대체 당신이 하는 일은 무엇이죠?"

"사실 저는 강철에 대해 아는 게 별로 없습니다. 다만 제가 할 수 있는 일은 한 가지뿐입니다. 바로 부하직원들을 격려해주는 거죠. 부하직원들이 최고의 효율을 낼 수 있게 하는 방법, 즉 진실이 담긴 칭찬과 격려를 아끼지 않고 해주는 것입니다."

다시 말하면 카네기는 직원들을 칭찬해주고 거액의 보수를 받았던 것이다. 카네기는 죽을 때까지도 다른 사람을 칭찬했다. 그의 묘지명에조차 이렇게 씌어 있을 정도다.

"여기에 그보다 더 뛰어난 부하들과 함께했던 카네기가 잠들다."

사람들은 누구나 진심어린 칭찬을 듣고 싶어한다. 물론 진심이 아니라고 해도 칭찬받는 사람이 그 사실을 모른다면 기뻐할 것이다. 진심으로 남을 칭찬하는 것은 당신의 속마음에서부터 상대에게까지 전해지는 법이다.

칭찬은 한 사람의 운명을 바꾸어 놓는다. 이탈리아 출신의 한 성악가의 전기에서 칭찬 하나로 완전히 뒤바뀐 삶을 목격할 수 있다.

그녀의 목소리는 천부적으로 타고났다. 어려서부터 그녀는 재능을 인정받아 또래의 우상이 되었다. 그녀의 아버지는 그녀를 더 큰 도시인 로마로 데리고 가서 젊고 유명한 음악교사에게 지도받도록 했다. 이 젊은 음악교사는 음악에 대한 조예가 깊었으며 한 음이라도 틀리면 반드시 잡아냈다. 엄격한 선생님 밑에서 훈련받은 그녀는 한 치의 실수도 용납되지 않았다. 그녀에게는 엄격한 선생님의 음악 재능이 존경의 대상이 되었고, 그런 마음이 커져 갈수록 선생님을 사랑하게 되었다. 매번 선생님 앞에서 노래할 때가 되면 그녀는 지나치게 긴장했다. 매일같이 반복되는 긴장감 속에서 그녀의 노래 실력은 점점 나빠지기 시작했다. 음악회관에서는 그녀를 부르지 않는 일이 잦아졌고, 몇 년이 지난 뒤 그녀와 젊은 교사는 결혼을 했다. 결혼생활을 하면서 그녀는 결국 자신의 음악을 포기하고 말았다. 그녀는 다른 여인들처럼 하루하루를 평범하게 보냈다. 그러던 어느 날 불행하게도 그 음악교사가 차에 치어 죽고 말았다. 남편이 죽고 그녀의 삶은 커다란 전환을 맞게 된다.

한 세일즈맨이 그녀의 집에 물건을 팔러 왔다가 우연히 그녀의 노래 소리를 듣게 되었는데, 그녀의 아름다운 목소리에 세일즈맨은 무척 감동했다.

"당신은 정말 아름다운 목소리를 가졌군요. 훌륭한 노래입니다. 이렇게 좋은 목소리를 가지고 왜 공연을 하지 않는 겁니까?"

"음악회관에서 더 이상 저를 부르지 않네요."

"정말로 공연을 하고 싶으신 거지요? 제가 지금 당장 음악회관에 가서 당신을 추천하겠습니다."

세일즈맨은 스스로 나서서 그녀의 재기를 돕기 위해 음악회관과 그녀를 다시 연결시켜 주었다. 그녀가 다시 무대에 서는 첫날, 세일즈맨은 많은 친구들을 음악회관으로 불러 그들을 앞줄에 앉히고는 그녀가 한 곡을 끝낼 때마다 열렬히 환호해주라고 부탁했다. 그리고 마지막에 꽃다발을 그녀의 품에 안겨주는 것도 잊지 않았다. 음악회관의 많은 사람들이 자기를 응원해주자 그녀는 서서히 자신감이 생겼고 계속 노래를 부르리라 결심하게 되었다.

그날 이후부터 그녀가 무대에서 노래하는 날이면 세일즈맨은 항상 앞줄에 앉아서 가장 큰 목소리로 그녀를 환호했다. 그리고 진심을 가득 담은 꽃다발을 안겨주었다. 세일즈맨은 이미 그녀를 사랑하고 있었던 것이다. 그의 진실한 격려로 그녀는 다시 전처럼 아름다운 노래를 부르게 되었고, 나날이 발전하여 이탈리아에서 가장 유명한 소프라노가 되었다. 그리고 그녀는 세일즈맨과 연인이 되어 부부의 연을 맺게 되었다.

그녀의 첫 번째 남편인 음악교사는 칭찬하는 기술을 몰랐다. 물론 음악에 대한 재능과 조예가 깊었을지는 몰라도 그녀의 천부적인 재능을 쓸모없게 만든 것이다. 그에 비해 음악에 대해 잘 알지 못했던 세일즈맨은 칭찬하는 기술을 잘 알고 있었다. 결국 그의 칭찬이 위대한 음악가를 탄생시킨 것이다.

살아가면서 당신은 효과적인 칭찬이 한 사람의 인생을 변화시킬 수 있다는 사실을 자주 보았을 것이다. 오늘날 유명한 작가치고 중·고등학교 시절에 글짓기를 잘해서 선생님께 칭찬받아 작가의 꿈을 키우지 않은 사람은 없을 것이다. 단 한 마디의 칭찬이 심오한 문학 세계로 이끄니, 칭찬의 힘이 실로 놀랍기만 하다.

칭찬, 그것은 당신이 쉽게 할 수 있어야 한다. 그리고 당신이 내뱉은 칭찬 한 마디가 다른 사람의 삶을 바꿔 놓는다는 사실도 잊지 마라.

관용을 베풀어라

관용은 사람과 사람 사이의 어색함과 거리를 완화시켜 준다. 그리고 사람들과의 의사소통을 원활하게 해주고 양쪽 모두에게 따뜻한 느낌을 준다. 그래서 관용은 생활 속에서 벌어지는 복잡하고 민감한 문제를 해결해주는 비장의 무기가 되곤 한다.

관용, 즉 너그러운 용서는 누구나 큰 어려움 없이 할 수 있지만 또 가장 쉽게 얻을 수 있는 미덕이기도 하다. 어찌 보면 실천하기 쉬운 미덕 같지만 관용만큼 성공에 크게 이바지하는 것도 없을 것이다.

한바탕 전쟁을 치른 후 두 사병이 아군을 잃어버려 산 속으로 도망치게 되었다. 그들은 며칠 동안 산 속에서 숨어 지내며 적군을 피하고 있었기 때문에 식량이 바닥나고 있었다. 그 두 사람 중 한 사람은 중년의 나이였고, 또 다른 사람은 아직 어렸다. 그들은 어디로 가고 있는지조차 인식하지 못하며 무조건 걷기만 하다가 다시 적군과 맞닥뜨리게 되었다. 힘껏 도망쳐서 두 사람은 가까스로 적의 추격을 벗어날 수 있었다. 그러나 도망치던 중 나이든 사병이 총에 맞았다. 다행히 상처가 깊지는 않았다. 날은 점점 어두워졌고 갑자기 다시 어디에선가 총소리가 들렸다. 두 사람은 또다시 황급히 도망치기 시작했다. 나이든 병사가 다시 총에 맞았으나 이번에도 하늘이 도왔는지 치명적인 상처는 아니었다. 안전한 곳을 찾아 숨을 돌리고 있는데 갑자기 어린 사병이 나이든 사병을 끌어안고 울기 시작했다. 나이든 사병은 울고 있는 그를 가만히 달래주었고 두 사람은 다시 힘을 내어 가까스로 산을 빠져 나와 아군을 만나게 되었다.

두 사람은 퇴역하고 나서도 자주 연락을 주고받으며 친하게 지냈다. 어느덧 세월이 가서 어린 사병도 나이가 들어 중년이 되었다. 중년이 된 어린 사병은 나이든 사병에게 당시 산 속의 일을 털어놓았다.

"사실 그때 제가 총을 쐈습니다. 갑자기 어머니가 너무 보고 싶었거든요. 식량은 떨어져 가는데 어머니를 다시 보지 못하고 굶어 죽을까봐 두려웠습니다."

"나도 알고 있었다네. 그때 자네가 내게 총을 쐈지. 하지만 그때 자네의 심정을 이해할 수 있었어. 우리에게는 식량이 충분치 않았지. 그런 상황에서 내가 아무리 조금씩 먹는다고 해도 견디기 힘들었을 거야. 나도 차라리 자네가 혼자 살아남아 부모를 만나는 게 더욱 가치 있는 일이라고 생각했다네."

어린 사병은 곧 눈물을 흘렸다.

이것이 바로 관용이다. 인간이 가진 고귀한 인품은 바로 관용을 통해서 드러난다. 비판과 비난은 오히려 상황을 악화시킬 뿐이다. 관용을 베풀 줄 알고 능력이 있어야만 성공할 수 있다.

관용은 당신의 마음을 더욱 즐겁게 한다. 누군가를 미워하는 것은 그 사람에게 승리할 힘을 보태주는 것과 같다. 왜냐하면 당신이 상대를 적이라고 생각하고 미워하는 마음을 가지면 잠을 자도 편치 않고, 입맛도 없어질 것이기 때문이다. 이렇게 되면 당신의 건강과 행복을 잃는 것은 시간문제다. 만약 당신의 적이 이런 상황을 알게 된다면 오히려 즐거워할 것이다. 다른 사람에 대한 미움은 그 상대를 고통스럽게 하는 게 아니라 오히려 스스로를 괴롭힌다. 그리고 그런 사실이 적에게는 큰 기쁨이 되는 것이다.

예수님이 인간에게 준 가르침이 '사랑'이 아니고 무엇이겠는가? 심지어 예수님은 원수까지도 사랑하라고 했다. 이 말을 단지 도덕적인 교훈으로만 생각할 게 아니라 당신을 건강하고 행복하게 해주는 충고임을 잊지 말아야 한다.

특히 사회에 첫 발을 내딛는 젊은이들에게 관용을 베푸는 것은 더욱 중요하다. 상대에게 관용을 베풀 때 자기에게는 기쁨이 되고 더 많은 성공의 기회를 잡을 수 있을 것이다. 관용은 기분을 우울하게 만들지 않는다. 원한이 많은 사람일수록 그 얼굴을 보면 주름이 가득하다. 마음속에 미움이 가득 차고 넘쳐나서 얼굴 표정으로 나타나는 것이다. 세상에 아무리 예쁜 사람이 있다 해도 너그럽게 용서하고 사랑할 줄 아는 마음을 가진 사람에게서 퍼져 나오는 아름다움만큼은 따라가지 못한다.

당신의 자녀에게 관용을 가르쳐주고 싶다면 먼저 당신이 생활 속에서 관용을 베푸는 모습을 보여주라. 수없이 생겨나는 복잡한 일들과 기분 상하게 하는 사람들에 대해 너그러운 마음씨를 보여주어서 아이들이 관용에 익숙해지도록 해야 한다. 그렇게 되면 다른 사람을 너그럽게 용서하는 관용적인 태도가 저절로 몸에 밸 것이다.

인내심을 키워라

아프리카의 대통령이 중국의 지도자 등소평에게 물었다.

"일을 처리하는 데 무슨 좋은 방법이 있으십니까?"

"인내지요."

일상생활에서 항상 접하는 인내심이 바로 그의 대답이었다. TV에서도 정치계의 거물을 취재했다.

"정치계에서 출세하려면 어떻게 해야 할까요?"

그는 기자를 물끄러미 쳐다보더니 조용히 대답했다.

"참는 거지요."

유리한 정치적 배경이나 화려한 경력을 쌓고 또 정치적인 결과물에 대한 이야기를 듣고자 했던 기자에게 그의 대답은 의외였다. 아마 그는 '인내'라는 인간의 본성을 설명한 것인지도 모르겠다.

인내심으로 출세의 길을 열지는 못하더라도 인내하면 사람다운 사람이 될 수는 있다.

사람들은 일을 하는 것보다 사람을 대하는 것이 더 어렵다고들 말한다. 사람을 대하는 일에 비하면 일을 잘하기는 오히려 쉬운 것이다. 단지 시간과 노력을 들인다면 무슨 일이든 대부분 만족스럽게 해낼 수도 있다. 시간과 노력이 충분한데도 일이 잘 안 되는 이유는 바로 사람과 사람 사이의 문제 때문이다. 사람과 사람 사이에 문제가 발생하면 원래 간단하던 문제도 더 복잡해지게 마련이다.

회사에서 구조조정을 하면 항상 좋은 자리에는 많은 사람이 지원한다. 너도 나도 한 자리를 놓고 싸워야 할 판이니 자연히 원만한 인간관계를 맺기 어렵게 된다. 때로는 상사가 압력을 가하고 때로는 아랫사람이 이리저리 연줄을 끌어오는 등 온갖 방법으로 당신을 무력하게 할 것이다. 마치 밧줄 하나에 수십 개의 매듭이 묶인 듯 사람 사이의 문제가 가장 풀기 어렵다. 특히 이익이 큰일일수록 더욱 복잡하다.

어려운 인간관계를 잘 처리하기 위해서라도 당신은 반드시 인내심을 키워야 한다. 마음에 안 드는 일이 있고, 듣기 싫은 말이 있고, 보고 싶지 않은 상황이 되었을 때 당신은 여전히 담담한 태도로 인내심을 보여주어야 한다.

TV나 라디오는 시청자들의 고민을 풀어주는 프로그램을 만들어 사람들이 전화를 하거나 인터넷으로 직접 참여할 수 있게 한다. 이 중 사람들이 가진 대부분의 고민은 인간관계이다.

하루 종일 일 때문에 심신이 힘들고 피곤한데 거기에 직장 상사나 친구, 또는 가족과의 문제로 고민하게 되니, 정말 인간사만큼 복잡한 것도 없으리라. 삶이 이처럼 힘들고 고단한데 그 누가 세상이 아름답게 보이겠는가? 당연히 세상을 부정적으로 바라보게 되지 않겠는가? 이런 상황인데도 화내지 않고 참을 수 있다는 것은 그 사람이 어떤 인격을 갖추었는지를 그대로 보여주는 것이 된다. 물론 인내하기가 쉬운 게 아니다. 그러나 반드시 인내심을 길러야 한다. 다른 사람에 대한 강한 미움은 당신이 참는 사이에 자연히 풀어질 것이다.

만약 당신이 남보다 더 잘 참을 수 있다면 당신이 바로 최후의 승자가 될 것이다. 인내심은 당신이 중간에 포기하지 않고 다른 사람에게 쉽게 꺾이지 않는다는 것을 의미한다. 당신이 한 번 참아낸다면 세 번은 더 참을 수 있다. 세 번을 참으면 살인도 면할 수 있다고 했다. 인내심도 다른 무엇과 비교할 수 없이 중요한 능력이며 습관이다. 인내심으로 당신의 성공 기초를 다져라.

MEMO

자율성이 최선이다

세상은 몇몇 사람만이 성공하고 대다수 사람들은 평생을 평범하게 살아간다. 자신의 운명이 성공한 사람에 비해 불공평하다고 생각하면서 말이다. 정말 그럴까? 성공하지 못하는 원인 가운데 하나는 자율성이 부족해서이다. 자신의 행동을 자제하지 못해서 성공의 방향에서 벗어나 버린다. 특히 자율성은 큰 성공을 이루고자 하는 사람이라면 반드시 갖추어야 할 소양이다. 이 자율성과 함께 남보다 더욱 엄격하게 자기를 통제하고 관리할 줄 안다면 금상첨화이리라.

친구들이 피자나 햄버거를 먹으러 갈 때 홀로 남아 더 많은 일을 할 수 있는가?

사람들이 집에서 가족들과 시간을 보낼 때, 여정이 피로하더라도 자진해서 출장을 갈 수 있는가?

다른 사람이 달콤하게 아침잠을 즐길 때 그들보다 먼저 일어날 수 있는가?

세상에 성공하고 싶지 않은 사람이 어디 있겠는가마는 어떤 것이든 그에 대한 대가가 있어야 얻을 수 있다. 성공도 절대로 예외가 아니다. 성공에 대한 대가가 바로 자율성이라고 말하고 싶다. 자율성은 사람이 가진 나약한 근성을 극복하게 해준다. 자율성이 약한 사람이 단기간에 잠시 성공할 수는 있지만 그 성공은 오래가지 못한다. 이렇게 반짝 빛을 내는 사람들의 근본적인 문제점은 바로 자율성을 잊어버린다는 데 있다.

이렇게 보면 세상에는 두 종류의 사람이 있는 듯하다. 한 부류는 타율적인 사람으로, 그들은 늘 다른 사람의 감시가 필요하다. 심하게는 억지로 강요해야 한다. 자기가 정말 하고 싶어서 하는 일이 아니면 능동적으로 나서서 일할 생각을 하지 못한다. 반대로 다른 부류는 자율적인 사람이다. 이들은 언제 어디서 무슨 일을 하든 다른 사람의 감시가 필요하지 않다. 자기가 무슨 일을 해야 하고 또 어떻게 해야 옳은지 잘 알고 있기 때문이다.

타율적인 사람은 성공할 수 없다. 그러나 자율적인 사람은 이미 성공한 사람이다. 그들은 단지 스스로가 더 큰 성공을 바라기에 계속 노력하는 것일 뿐이다. 그렇다면 무엇이 그토록 그들을 단련시키는 걸까? 그것은 바로 자기가 하고 싶지 않은 일이 무엇인지를 잘 아는 능력에서 비롯된다. 하기 싫은 것을 잘 알지만 성공을 위해서 반드시 해야 하는 일이기에 스스로에게 엄격하게 명령하는 것이다.

많은 집을 방문하면서 물건을 팔아야 하는 세일즈맨이 있다고 해보자. 그가 혹여 문전박대 당할까, 무시당할까 두려워 애초부터 고객을 방문하지 않는다면 절대로 실적을 올릴 수 없다. 이런 상황에서는 스스로에게 주문을 걸어야 한다.

"나는 더 많은 고객을 만나야 한다. 그리고 그들을 더 자주 찾아가야 그들이 내 상품을 살 것이고 그래야 내가 성공할 수 있다. 이것을 지금 바로 행동에 옮겨야 할 것이다."

스스로에게 주문을 거는 것에서부터 자기를 단련시킬 수 있다. 만약 낯선 사람을 대하는 데 자신이 없다면 능동적으로 여러 사람들과 사귀는 연습을 해야 한다. 인간관계를 늘리는 것 그것이 바로 자기를 단련시키는 방법이다. 돈을 벌었을 때 마음껏 쓰고 싶은 욕망을 극복하고 저축하려면 이렇게 말해보는 것도 한 방법이 될 수 있다.

"저축! 저축해야만 지금의 상황에서 벗어날 수 있다!"

이것이 바로 자신을 단련시키는 방법이다. 그 누가 이른 아침에 일어나고 싶겠는가? 그러나 성공하는 사람들이 가진 습관을 배우기 위해 스스로에게 당장 말해보자.

"빨리 일어나! 몸을 일으키고 그 다음에 바로 침대에서 뛰쳐나오라고!"

이것이 바로 자기 단련이다. 놀고 싶을 때 놀고, 자고 싶을 때 자는, 다시 말해서 하고 싶은 대로 해서 성공한 사람은 없다. 성공하기 위해서는 그 누구보다 자기 자신을 엄격하게 관리해서 해야 할 일은 반드시 하고 쓸데없는 일은 하지 말아야 한다. 그래야만 목표한 성공에 다다를 수 있다. 이런 자율성을 갖춘 삶이 바로 성공적인 인생이다.

그렇다. 이처럼 자율적으로 행동하는 일이 작고 보잘것없는 것이라고 여겨지면 결국 자기만 손해 볼 뿐이다. 세상의 시끄러운 일에 신경 쓰기 전에 자기 자신을 먼저 되돌아보자. 자기 자신에게 시선을 맞추고 엄격하게 자신을 제어해야만 성공하게 될 것이고 이상적인 인생을 살아가게 될 것이다.

전세계의 방송매체에서 가장 영향력 있는 사람은 빌 캐리이다. 그러나 지난 20여 년 전만 해도 중국인 왕안이 그런 사람이었다. 당신이 삼십대를 넘긴 사람이라면 분명 왕안에 대한 인상적인 기억이 떠오를 것이다. 마치 오늘날 캐리를 모르는 젊은 세대가 드문 것처럼 말이다.

왕안 박사는 한 인터뷰에서 자신의 어린 시절에 대해 이야기했다. 여섯 살이 될 즈음, 어느 날 밖에 나가 놀던 왕안은 나무 위에 있던 새집이 바람에 날려 땅에 떨어지는 것을 보았다. 황급히 그 새집으로 달려가 보니 어미새가 먹이를 물어다주기를 기다리던 새끼새가 입을 쭉 내민 채 쓰러져 있었다. 그 새끼새가 불쌍하다고 생각한 어린 왕안은 새끼새를 품고 집으로 돌아왔다. 그런데 현관 앞에서 불현듯 엄마가 하신 말씀이 생각났다.

"집에서는 동물을 키울 수 없다고 하셨는데, 어떻게 하지?"

어린 왕안은 할 수 없이 문 앞에 새끼새를 내려놓고 집으로 들어갔다. 어머니에게 불쌍한 새끼새의 이야기를 하고 집에서 키우게 해달라고 조르기 위해서였다. 한참을 조른 끝에 어머니가 허락했고 왕안은 새끼새를 집 안으로 들여오기 위해 얼른 현관문으로 뛰쳐나갔다. 그런데 새끼새가 보이지 않았다. 왕안은 그때 문 앞에서 어슬렁거리고 있던 검은 고양이가 아쉬운 듯 입맛을 다시는 모습을 목격했다. 그 순간 그는 상황을 알아차리고 상심해서 울었다.

새끼새의 일은 오랫동안 왕안을 슬프게 했다. 그러나 그 일이 그에게는 중요한 교훈이 되었다. 그것은 바로 자기가 확신한 일을 결정할 때는 절대로 망설이지 말아야 한다는 것이다. 정말 왕안은 그 일이 있은 뒤로 하는 일마다 모두 결단력 있게 실행했다. 물론 확실하고 정확하다고 판단한 일에 있어서는 말이다. 그는 절대로 검은 고양이에게 잡아먹힐 때까지 기다리지 않았다. 이에 왕안이 만든 컴퓨터 회사는 업계의 모범이 되었고, 그는 모든 중국인들에게 기적적인 존재가 되었다.

살아가면서 지난날을 되돌아보며 앞날에 대해 고민해야 하는 것은 당연하다. 그러나 이 시기가 지나치게 길어지면 성공의 기회를 잃을 수 있다.

세계 프로 권투 타이틀 매치에서 피터 아츠와 브랑코 시카틱이 맞붙게 되었다. 이 경기에서 브랑코 시카틱이 승리하여 허리에 챔피언 벨트를 두르면서 명언 한 마디를 했다.

"권투 선수가 반드시 하지 말아야 할 태도는 바로 우유부단함입니다. 때릴까 막을까 망설이지 말고 정확하게 보고 세게 치는 게 가장 훌륭한 선택이죠."

그렇다. 링 위에서는 도망갈 곳이 없다. 지고 싶지 않다면 우유부단하게 도망갈 길을 남겨두어서는 안 된다. 사람들은 항상 일이 잘못되면 도망갈 수 있도록 길을 남겨둔다. 그러나 인간의 본성은 백 가지 길 중에 아흔아홉 개의 길이 막혀 있고 단 한 길만이 뚫렸다면 뚫린 길로 전력을 다해 도망치게 되어 있다. 왜 항우가 사지에 몰린 병사들에게 배를 가라앉히고 밥 짓는 솥을 부수라고 명령했겠는가? 그것은 바로 병사들에게 도망갈 생각을 아예 하지 못하도록 하기 위해서였다. 죽고 싶지 않다면 목숨을 걸고 싸워야만 한다. 항우는 백 가지의 길에서 오직 뚫린 단 한 개의 길마저 막아 버린 것이다.

문제가 생겼을 때 사람들은 대부분 두 가지로 대처한다. 과감하게 처리하여 곧바로 문제를 해결하거나 분명하게 결정하지 못하고 나중에 해결하려 하는 것이다. 아쉽게도 대다수의 사람들이 전자를 택하지 못한다. 결단력 있게 문제를 해결하는 사람은 절대로 시간을 끌지 않고 해결하기 때문에 다음에 해야 할 일에 대한 준비를 쉽게 할 수 있다. 우물쭈물 망설이는 게 습관이 되어 버린 사람은 일을 그르치기 일쑤며 기회가 있어도 잘 잡지 못한다. 겉으로 보기에는 온화하고 유순해 보이지만 사실은 자신감이 결핍된 것이다. 실패 속에서 교훈을 찾지 못하고 위기를 극복하지 못하게 되면 점점 결단력 있는 행동도 하지 못하게 된다.

먹이를 사냥할 때 동물은 공격 대상에게 항상 과감하게 행동한다. 그래야만 먹잇감을 놓치지 않기 때문이다. 당신도 사냥감을 향해 과감하고 맹렬하게 돌진해야 하지 않을까?

MEMO

허영에 빠지지 마라

어느 날 산 속에 사는 사슴들이 모여서 논쟁을 벌였다. 주제는 바로 자기 몸에서 어느 곳이 가장 매력적인지를 이야기하는 것이었다. 먼저 큰 사슴 한 마리가 거만하게 고개를 흔들며 걸어 나와서는 우쭐댔다.

"내 생각에 나의 아름다움은 바로 뿔이야. 사람들은 내 뿔을 가장 아름답고 멋지다고 하지."

어린 사슴들이 그 말을 듣고는 크게 실망했다. 그들은 뿔이 다 자라지 않았기 때문이다. 약간 봉긋 솟아오른 것뿐이라 뿔이라고 말할 수 없었기에 큰 사슴의 뿔을 부러워했다. 이때 어린 사슴 한 마리가 물었다.

"그렇다면 우리에게는 매력적인 곳이 하나도 없나요?"

큰 사슴은 무시하듯 말했다.

"맞아. 너희들은 나에 비하면 잘난 곳이 하나도 없어. 특히 너희들의 사지는 작고 메말라서 보기 싫단다."

사슴들의 논쟁이 분분해질 무렵 어디선가 갑자기 사자 한 마리가 다가왔다. 놀란 사슴들은 사방으로 흩어져 도망을 쳤다. 어린 사슴들이 사자의 공격을 피한 뒤 뒤를 돌아보았는데 큰 사슴이 나무 사이에서 발버둥치며 살려달라고 소리쳤다.

"내 뿔이 나뭇가지에 걸렸어, 빨리 와서 나 좀 구해줘!"

궁지에 빠진 큰 사슴이 절망적으로 소리칠 때 사자는 그에게 다가갔고 결국……. 어린 사슴들은 못났다고 생각했던 덜 자란 뿔과

메마른 다리 덕에 목숨을 건질 수 있었다. 그러나 큰 사슴이 그렇게 뽐내던 뿔은 매력적이고 멋졌지만 결국 자신을 죽음으로 내몰았다.

대다수의 사람들은 헛된 명성을 좋아하고 부러워한다. 헛된 명성이 자신에게 꼭 맞는 칭찬이라고 여기고 성공했다는 만족과 기쁨을 누리는 데서 머물고 만다. 그러나 헛된 명성은 단지 모래 위에 쌓은 성과 같다. 아무리 장엄하고 아름다워도 너무나 쉽게 무너지는 것이다. 또한 허영을 좋아하는 사람은 쉽게 재앙을 불러온다. 누군가 허영을 탐낸다면 그는 주위 사람들을 원망하고 교만해져서 제대로 된 인간관계를 맺지 못할 것이다.

당신은 정말로 성공하고 싶은가? 만약 그렇다면 실질적인 명예를 위해 노력하라. 절대로 헛된 명성에 빠져 허우적거려서는 안 된다. 오직 실질적인 것이어야만 자신의 성공을 더 아름답게 해줄 것이다.

MEMO

남의 잘못에 질책보다는 칭찬을 하라

어떤 사람은 자신의 기준으로 남을 평가한다. 모든 일을 자기중심적으로 처리하고 자기가 생각하기에 옳은 일은 절대적으로 옳고 자기가 생각하기에 잘못된 일은 절대적으로 잘못되었다고 생각한다.

사실 객관적인 평가를 하고, 상대의 생각에 무조건 인정하기란 매우 힘들다. 사람마다 서로 다른 기준이 있기 때문에 당신이 좋다고 생각하는 것들에 다른 사람도 동의할 것이라고 생각하면 오산이다.

이런 속성 때문에 많은 사람들은 자기만의 기준과 판단으로 쉽게 다른 사람을 판단해 버린다. 별것도 아닌 일로 상대를 트집 잡는 일들이 벌어지는 것도 모두 자기만의 기준으로 상대를 바라보기 때문이다. 그러나 성공하고 싶다면 먼저 남의 잘못이나 단점을 지적하는 습관부터 고쳐야 할 것이다. 만약 그렇지 않으면 성공을 향한 발걸음이 늦어지게 되리라. 당신 앞에는 숱한 장애물이 놓여 있을 테니까.

그런데 이상하게도 사람들은 남의 잘못을 들추고 싶어하며 자기만의 시각으로 주변 사람들을 판단하는 것을 즐기기도 한다. 누군가 좋은 결과를 이루어냈을 때 진심으로 축하해주기는커녕 어딘가 부족하다느니 뭔가가 이상하다느니 하며 이러쿵저러쿵 함부로 말하는 것이다. 거기에 자기의 생각을 덧붙이면서 만약 자기 의견대로 했더라면 절대로 실수를 저지르지 않았을 것이라고 말하기까지 한다. 혹시 당신도 이런 부류의 사람은 아닌가? 당신이 그런 부류의 사람이 아니라 해도 당신 주위에서 이런 사람을 쉽게 목격할 수 있을 것이다. 어떤 사람이 좋은 소식을 가지고 와서 기뻐하면서 말하는데 오히려 별것 아니라는 표정을 짓는 사람 말이다.

"뭐가 그리 대단한 일이라고! 운이 좋았을 뿐이잖아. 누구라도 할 수 있는 일이야."

자기에게 그 일을 맡겼다면 더 잘했을 것이리라는 투로 말이다. 남의 잘못을 들추는 사람은 뒤에서 남의 성공을 비웃으며 자신이 더 뛰어난 듯 행동한다. 어쨌든 이런 부류의 사람들은 다른 사람이 좋아하고 또 잘하는 일에 찬물을 끼얹곤 한다. 이런 병을 갖기 쉬운 사람이 바로 상사나 리더다.

이들은 부하직원이 하는 모든 일을 감독하고 관리한다. 다시 말하면 상사의 허락이 있어야 밑에서 일하는 사람들이 일을 계속 진행할 수 있으므로 상사는 자신의 권력을 휘두른다. 즉, 많은 상사들은 부하직원들보다 자신의 능력이 뛰어나고 대단하다는 점을 보여주기 위해 아랫사람이 완벽하고 훌륭한 계획을 제시해도 꼭 문제점과 부족한 점을 지적해내곤 한다. 상사라는 지위에 오르게 되면 부하직원들과는 다른 판단 기준을 가지게 되므로 소수의 사람들만이 상사의 눈에 들 뿐이다. 어떤 상사는 시비를 가리지 않고 부하직원의 잘못을 지적하는 경우도 있다. 예를 들면 상사들끼리 모였을 때 부하직원이 화젯거리가 되는 경우다.

"우리 부서 사람들은 정말 너무 게을러. 사무용품 하나를 사오라고 시키면 일주일이나 지나야 사온다니까."

"우리 회사 김대리는 답답해 죽겠어. 반나절을 설명해도 이해를 못해요. 무슨 일을 두세 번은 더 설명해줘야 한다니까."

"이 부장은 머리가 있는지 없는지 정말 알 수가 없단 말이야. 하는 일마다 매번 틀리는데 도무지 머리를 쓸 줄 모른다니까."

이런 식으로 상사들은 부하직원들의 단점만을 꼬집어 말한다. 잘못해서 이런 말들이 당사자의 귀에 들어가기라도 하면 그 사람은 자존심이 상할 뿐 아니라 상사에 대한 반감까지 들 것이다. 인사 평가를 할 때가 되면 부하직원에 대한 험담이 더욱 심해진다. 그러나 그들은 부하직원에 대해 험담한다고 생각하지 않는다. 단지 어떤 평가가 이루어져야 하므로 부하직원을 평가하는 것이라고 생각할 뿐이다. 그러면 그때부터 부하직원의 더 많은 실수와 단점을 꼬집어내는 것이 상사의 책임이라고 생각하게 된다.

그러나 이 점을 잊지 말아야 한다. 상사도 마찬가지로 인간인지라 객관적인 판단을 하기 어렵다는 점을 말이다. 특히 상사들 가운데 실패한 삶을 살아가는 상사는 개인적인 감정을 농후하게 담고 사람들을 평가하는 습관이 있다. 사실 상사든 부하든 누구나 다른 사람을 칭찬하는 습관을 가져야 한다. 부하직원은 야단치는 상사보다는 칭찬해주고 격려해주는 상사를 더 좋아하며, 또 그러한 칭찬과 격려로부터 더욱 열심히 일할 수 있는 동기를 갖게 된다. 부하직원의 잘못을 들춰내기만 하는 상사들이 있다면 지금 당장 그 습관을 고쳐야 할 것이다.

만약 어쩔 수 없이 남의 잘못을 지적해야 한다면 냉정하게 다시 생각해 보고 깊이 따져보아야 한다. 아무리 나쁜 사람이라 해도 한두 가지 장점이 없겠는가? 대부분 스스로를 똑똑하다고 생각하는 사람들이 자신의 장점만 보고 다른 사람의 단점과 비교하면서 꼬투리를 잡곤 하는데, 그것은 자신의 장점으로 남의 단점과 비교해야 더 많은 험담을 할 수 있기 때문이다. 때로는 이런 험담이 아니라 부하 직원에 대해 상사가 진심으로 지적해주고 싶은 말이 있을 수도 있다. 그럴 때는 많은 사람들 앞에서 면박을 주기 전에 우선 객관적인 기준을 세워야 한다. 그렇지 않으면 함부로 말하기 쉬워 부하직원의 자존심을 상하게 할 수 있다.

남의 잘못을 들춰내면 자신의 지위가 더 높아지는 것도 아닌데 어떤 사람들은 자신의 지위가 더 높아진다고 생각한다. 그러나 당신이 남의 실수를 끄집어내면 상대도 마찬가지로 당신의 실수를 들춰낼 것이라는 사실을 명심하라. 반대로 당신이 남을 존중할 줄 안다면 상대도 역시 당신을 존중해줄 것이다.

꼭 필요하지 않은 질책으로 다른 사람의 능력과 성공을 깎아내린다면 모든 사람의 적이 될 수 있다. 불필요한 잦은 마찰과 충돌로 사람들의 인심을 잃기 쉽기 때문이다. 그렇게 되면 결국 그 사람은 주위에 아무도 없어 외톨이가 되고 만다.

누군가 자신의 분야에서 재능을 발휘하여 성공했다면 진심이 담긴 축하를 해주라. 만약 성공 배경을 잘 알지 못한다면 차라리 입을 다물라. 그 편이 가볍게 험담하는 것보다는 훨씬 낫다. 그리고 당신이 계획한 목표에 도달하려면 다른 사람의 실수와 잘못을 들춰내는 것보다 작은 것이라도 칭찬해주는 것이 더욱 유익한 행동이다.

스스로의 잘못을 인정하라

모든 사람이 실수를 하고 잘못을 저지른다. 그러나 모든 사람이 스스로의 잘못을 인정하지는 않는다. 사람들은 자기의 잘못을 인정하기 싫어하는데 그것은 바로 체면 때문이다. 사람들에게 체면은 너무나 중요한 문제다. 체면이 깎이느냐 마느냐는 그야말로 목숨이 오가는 문제와 비교될 만큼 중요하다. 지위가 높고 권력이 있는 사람일수록 더더욱 체면을 중시한다. 그들에게는 이미 체면 차리는 게 습관화되어 사람들 앞에서 자신의 잘못을 인정하기 어려워한다.

인간이라면 누구나 이런저런 실수를 한다. 결정을 잘못해서 실수를 하거나 판단의 착오로 문제를 크게 만들기도 한다. 틀린 정보를 곧이듣고 잘못을 저지르거나 순간의 감정을 참지 못해 충동적으로 실수를 하기도 한다. 그러나 사람들은 자신의 잘못을 인정하지 않으려 한다. 진정으로 성공한 사람들은 자신의 잘못을 솔직하게 인정할 줄 알지만 말이다. 그 때문에 성공한 사람의 삶이 많은 사람들에게 모범이 되는 것이다.

상사가 진실하게 자신의 과실을 인정한다면 아랫사람은 더더욱 잘못을 회피하지 못할 것이다. 외국인들처럼 항상 'Sorry'라는 말을 입에 달고 산다면 얼마나 좋을까? 외국인들은 길을 가다 마주오는 사람과 부딪치면 곧바로 'Sorry'라고 내뱉는다. 자신의 실수로 부딪쳤다면 당연히 사과를 해야겠지만 자신의 실수가 아닌데도 미안하다는 말을 습관적으로 한다.

그러나 우리나라 사람들은 그것이 몸에 배지 않았다. 아침에 출근하는 지하철에서 다른 사람의 발을 밟아도 사과를 하지 않곤 하는데, 붐비는 지하철이니 그러려니 하고 넘어가는 것이다. 반대로 자신이 누군가에게 발을 밟혔다면 상당히 기분 나빠한다. 다른 사람의 잘못에 사과를 받고 싶은 것이다. 마찬가지로 다른 사람도 당신의 잘못에 대해 사과받고 싶어한다.

미국의 전 대통령 닉슨은 워터게이트 사건으로 사임했다. 워터게이트 사건은 1972년 닉슨 대통령의 측근이 그의 재선을 위해 워싱턴의 워터게이트 빌딩에 있는 민주당 본부에 도청 장치를 하려 했던 정치 스캔들이다. 문제는 후에 밝혀졌지만 닉슨이 워터게이트 사건의 은폐에 사실상 관여했으며, 사건이 발생한 후 며칠 뒤 FBI에게 수사의 범위를 백악관에까지는 확대하지 말도록 지시했다는 것이다.

그는 분명히 잘못을 저질렀음에도 인정하지 않고 오히려 숨기려 했다. 결국 미국인들은 그를 용서하지 않았다. 그들은 진실하지 못한 사람을 좋아하지 않는다. 만약 처음부터 섹스 스캔들로 하마터면 무너졌을 클린턴처럼 닉슨도 자신의 잘못을 솔직하게 시인했더라면 대통령직을 사임하지 않았을지도 모른다.

솔직하게 인정하는 태도는 어렸을 때부터 습관이 되어야 한다. 그러기 위해서는 자녀가 잘못했을 때 부모는 자녀에게 자신의 잘못을 인정하고 책임질 수 있는 용기를 가르쳐주어야 한다.

세상의 그 누가 죄가 없겠는가? 죄를 지었다 해도 자신의 잘못을 알고 바로 고쳐서 올바르게 살아가면 되는 것이다. 설령 상대가 당신을 용서하지 않는다 해도 상대에게 솔직하게 잘못을 인정하면 적어도 마음만큼은 편안해질 것이다. 능동적으로 자기 잘못을 인정하는 것은 자기 잘못에 대해 책임질 수 있는 용기가 있다는 표현이기도 하다.

MEMO

<h1 style="text-align:center">유머 감각을 키워라</h1>

생활하면서 사람과 사람 사이의 교류를 하지 않을 수 없다. 그렇게 교류를 하다 보면 난처한 일이 생기게 마련이다. 그렇다면 어떻게 해야 그런 난처하고 복잡한 상황에서 벗어날 수 있을까? 그 해결책으로 유머가 가장 효과적인 방법이라고 말해주고 싶다.

성공한 사람들은 난처한 상황을 마주하게 되면 기지나 유머 감각을 발휘하여 쉽게 그런 분위기를 바꾸어 놓는다. 아무나 분위기를 바꿀 수 없기에 사람들은 유머 감각도 하나의 능력이라고 생각한다. 성공하기 위해서는 먼저 인간관계가 좋아야 하는데, 인간관계를 원활하게 하기 위해서 꼭 필요한 것이 바로 유머 감각이다. 성공을 위해 여러 가지 능력을 키워야 하지만 절대로 유머 감각을 빠뜨려서는 안 된다. 유머 감각이야말로 성공에 꼭 필요한 요건이기 때문이다. 이제 유머가 얼마나 큰 힘을 발휘하는지를 보자.

하루는 캐나다의 총리 피에르 트뤼도가 미국 대통령 레이건을 맞이했다. 레이건이 토론토의 한 광장에서 연설을 할 때 멀리 반미구호를 외치는 한 무리의 사람들이 나타났다. 그들 때문에 레이건의 연설은 여러 번 중단되었다. 트뤼도 총리는 매우 난처해하며 레이건에게 계속 사과를 했다. 그러자 레이건이 뜻밖의 말을 했다.

"제가 미국에 있을 때 이런 상황을 많이 봐와서 별로 놀랍지는 않습니다. 아마 이 사람들은 제가 미국에 온 것처럼 편하게 생각하라고 그러는 게 아닐까요?"

레이건의 이 농담 한 마디로 난처한 상황이 자연스럽게 사라졌다.

유머 감각을 가진 사람이 다른 사람에 비해 더 쉽게 성공하는 까닭은 무엇일까? 인간 세계는 곳곳마다 경쟁으로 가득 차 있다. 그래서 숱한 경쟁을 뚫고 최고의 자리에 오르는 일은 결코 쉽지 않다. 마치 운명의 여신이 성공으로 가는 길목을 지키고 서 있는 것과 같은 선택을 받아야만 그 길을 통과해서 성공에 이를 수 있는 것이다. 이 때, 보다 쉽게 선택받을 수 있는 길이 있다면 바로 유머 감각일 것이다. 유머의 힘을 이해하는 사람이야말로 여신의 선택을 쉽게 받을 수 있다. 어렵고 힘든 시기에 유머 감각을 발휘할 줄 아는 사람은 어떤 분위기든지 원활하게 하여 사람들의 사랑과 신임을 얻게 된다. 만약 당신이 사회에서 사랑받지 못하고 있다면 당신에게 유머 감각이 없는 것은 아닌지 되돌아보아야 한다.

웃을 줄 알아야 다른 사람을 웃게 할 수도 있다. 그리고 웃음의 화제를 다른 사람이 아닌 자기 자신을 대상으로 삼아야 한다. 그래야 효과적이고 또 쉽게 할 수 있다. 물론 그 누가 결점이 없고 단점이 없겠는가? 그러나 다른 사람의 결점을 들추느니 차라리 스스로를 망가뜨리는 편이 낫다.

한 직원이 이사장에 대해 좋지 않은 감정을 가지고 있었다. 어느 날 회의에서 직원은 이사장에게 물었다.

"이사장님, 이제야 이사장이 된 건데 그렇게 좋으십니까?"

"그렇답니다. 이사장이 되니 너무 좋네요. 왜냐하면 제가 이사장이 되었으니 우리 집안 형편이 더 좋아질 테니까요. 우리 와이프도 이사장 부인이 되니 즐겁지 않겠습니까?"

이사장은 직원의 비꼬는 말을 교묘하게 맞받아쳤다. 그리고 주변 사람들을 박장대소하게 만들었다. 심지어 질문을 던진 직원조차도 웃음을 참을 수 없을 정도였다. 유머는 자신과 상대의 거리를 좁혀주는 한 방법이며 겸손함을 보여주는 방법이기도 하다. 당신이 유머 감각을 발휘한다면 사람들과 더욱 쉽게 어울릴 수 있을 것이다.

한 대기업 사장은 짙은 눈썹에 큰 눈을 가져서인지 화를 내지 않을 때도 무서워 보였다. 어느 날, 그는 공장의 모든 매니저를 소집해 회의를 갖기로 했다.

그런데 지금까지 모든 공장의 매니저는 한 번도 사장을 직접 본 적이 없었다. 사장실에 들어서서 그의 얼굴을 보자 매니저들은 더욱 긴장해서 숨조차 가려 쉴 정도였다. 사장은 매니저들의 난처한 표정을 보고 가벼운 목소리로 말했다.

"제 아내가 종종 제게 이런 말을 합니다. 저는 회사의 책임자입니다만 직원들의 세세한 부분까지 책임질 수는 없다고 말이죠. 하지만 제가 종종 튀어나와 사람을 놀라게 한다는군요. 만약 저를 보고 놀라서 병이 나면 그건 바로 제 책임이라고 하네요."

공장의 매니저들은 크게 웃으며 곧바로 편안한 마음으로 그 자리를 지킬 수 있었다.

MEMO

목표는 크게 세우라

고등학교 때 호르스트 쾰러는 자기 방 벽에 이렇게 적어 놓았다.
'독일의 대통령 호르스트 쾰러.'
이를 본 친구들은 항상 그를 놀려대며 비웃었다. 심지어 한 친구는
그를 정신병자라고 욕하기도 했다.
"내 목표는 대통령입니다. 나는 대통령이라는 직책이 나와 가장 잘
맞는 직업이라고 생각했습니다. 사람이 분명한 목표가 없으면 삶
이 무료하고 평범해지게 되죠. 특히 정치계에 몸담고 있는 사람이
대통령에 대한 희망이 없다면 무능하다고 말할 수밖에 없습니다."
결국 그는 자신의 목표를 분명하게 이루어냈다.
독일의 대통령 호르스트 쾰러의 인생 목표는 분명했다. 그는 왜소
한 체구에 좋은 집안 배경이 없었다. 그리하여 대통령이 되겠다는
목표를 가지고 선거에 뛰어들었을 때 많은 사람들은 그를 좋은 시
선으로 보지 않았다. 한 잡지의 편집자는 자기의 부하직원들에
게 호르스트 쾰러를 취재하는 것은 단순히 시간 낭비며 그의 기사
를 싣는 것은 지면 낭비일 뿐이라고까지 했을 정도다. 그러나 분
명한 목표를 가진 그는 반드시 대통령이 되겠다는 자신감으로 가
득했다.
"나는 반드시 대통령이 될 것이다. 당신들은 나를 잘 지켜보아야
할 것이다! 만약 평생 단 한 가지만 이루려고 노력하는 사람이 있
다면 그는 분명 성공할 것이다. 나 역시 단 한 가지만을 바라고 있
다. 그것이 바로 독일의 대통령이 되어 국민들의 생활에 도움이 되

고자 하는 것이다."

결국 그는 대통령이 되었다. 재미있는 것은 처음에 그를 무시하고 얕보았던 편집자가 다음과 같은 기사를 썼다는 것이다.

"나는 일찍부터 호르스트 쾰러가 대단한 인물임을 알고 있었다."

결론적으로 말하면 성공한 사람들은 일찍부터 분명한 목표를 가지고 있다. 그들은 이 목표라는 큰 태양이 비추는 빛을 따라 그것을 이루기 위해 방법을 열심히 찾는다.

정말로 성공하고 싶다면 분명하고 세밀한 목표를 세워야 한다. 그래야만 당신 안에 잠재된 큰 능력을 끌어낼 수 있다. 부모가 성공하지 못했다면 젊어서 원대한 목표가 없었기 때문이다. 만약 자녀에게 어려서부터 큰 꿈을 갖지 않게 한다면 자라서도 성공하지 못한 부모와 다를 바 없는 인생을 살아갈 것이다.

축구를 할 때 골대가 없으면 아무리 공을 차 보았자 의미가 없다. 마찬가지로 농구 골대가 없다면 두 팀이 열심히 공을 잡아도 던질 곳이 없다. 목표가 중요한 것은 이처럼 축구선수나 농구선수에게 골대가 필요한 것과 같다. 목표가 없는 사람은 돛대 없는 배처럼 어디로 가야 할지 몰라 표류할 뿐이다. 그렇게 되면 인생이라는 바다 한 가운데에서 실망하고 좌절하게 될지도 모른다. 살아가면서 갈 곳을 잃고 평생을 방황하게 될지도 모르는 것이다.

목표를 잘 분석하라

제갈 량은 대업을 이루기 위해 큰 목표를 작은 목표로 나누어 실현시킨 전형적인 인물이다. 제갈 량이 살았던 시대와 오늘날과는 1800년이라는 시간적 거리가 있지만 제갈 량의 가르침은 당신의 목표를 실현시키는 데 꼭 필요한 부분을 일깨워주고 있다.

천 명이 채 안 되는 군사들을 이끌고 한 왕실을 재건하겠다는 유비의 커다란 목표를 들었을 때 제갈 량은 놀라지 않을 수 없었다. 그러나 유비의 인품에 크게 감동했고 이미 그를 도우리라 미음 먹었기에 그는 곧바로 여러 곳의 형세를 자세히 살피고 분석한 뒤 세 개의 작은 목표를 세워 실행했다.

하나는 먼저 형주荊州를 차지하고 그 다음으로 사천四川에 기반을 세운 뒤 마지막으로 천하를 아울러 왕실을 보좌하는 것이었다. 이것이 바로 제갈 량의 융중의 계책이다. 유비는 이런 제갈 량의 계획을 듣고 매우 만족해하며 그와의 만남이 늦은 것을 후회했다고 한다.

오늘날까지 전해진 역사적 사실로 볼 때, 과연 제갈 량의 세 가지 목표는 하나씩 이루어졌다. 그러나 안타깝게도 관우가 죽고, 유비가 수많은 병사를 일으켜 복수를 하고, 유비의 뒤를 이은 유선이 그다지 총명하지 못했던 일들로 인해 제갈 량은 마지막 목표를 실현시키지 못했다. 물론 결과적으로 유비가 최후의 목표를 달성할 수 없었지만, 제갈 량이 그를 위해 세운 계획은 아무것도 가진 게 없던 유비에게 천하의 삼분의 일을 갖게 해주었으니 이만해도 대단히 뛰어난 성과라고 볼 수 있다.

큰 목표에 빨리 도달하고 싶고, 큰 목표를 보다 수월하게 이루고 싶다면 큰 목표 아래 여러 개의 작은 목표를 세워서 실행하라. 코끼리를 한 입에 먹을 수 없고 밥 한술에 뚱보가 될 수 없다. 석자나 언 얼음이 하루 추위에 언 것이 아니듯 말이다. 단 한 걸음으로 원하는 곳에 가기는 힘든 법이다. 보폭을 크게 해서 뛴다고 해도 단 한 걸음에 갈 수 있는 거리에는 한계가 있다. 종종걸음을 치더라도 한 걸음씩 반복해서 나가야 한다.

사람들은 대체로 목표를 세울 때 지나치게 크고 먼 것을 잡는다. 그러나 목표가 너무 크고 멀면 실현 가능성을 확신할 수 없기에 중도에 지쳐 포기하고 만다. 그래서 성공한 사람들은 먼저 작은 목표부터 실현시킨 후 큰 목표를 완성해 나간다. 작은 목표를 실현하는 것이 바로 큰 목표를 실현할 수 있는 전제가 되고, 큰 목표의 실현은 작은 목표를 이룬 다음의 결과가 되는 것이다. 세계 마라톤 선수권 대회의 챔피언이 어떻게 목표를 나누어서 성공을 이뤄냈는지를 보면 작은 목표들이 얼마나 중요한지 더욱 잘 이해할 수 있으리라.

1984년 도쿄에서 열린 국제 마라톤 대회에서 무명의 일본 선수 야마다 모토히치가 최종 결승점에 일등으로 들어왔다. 기자들이 앞다투어 무명 선수에게 어떻게 훈련했는지, 우승 비결이 무엇인지를 물었다. 그의 대답은 간단했다.

"지혜로 우승을 했습니다."

사람들은 그의 우승이 단지 우연일 뿐이라고 생각했다. 마라톤 경기는 체력과 인내력을 겨루는 스포츠다. 기본적으로 신체조건이 좋고 거기에 강한 인내심이 있다면 그런 사람이 우승할 수 있는 것이다. 순발력과 민첩성은 그 다음 문제다. 그런데 지혜로 마라톤에서 우승을 차치했다는 말은 다소 억지스러웠다. 그 후 2년 뒤 이탈리아에서 국제 마라톤 초청 경기가 열렸고 일본 대표로 나간 야마다 모토히치가 또다시 우승을 차지했다. 기자는 다시 그에게 소감과 비결을 물었다. 그런데 이번에도 그는 똑같은 말을 했다.

"지혜로 우승을 했지요."

기자들은 그의 말뜻을 이해하지 못했다. 그 후 10년이 흐른 뒤 사람들은 야마다 모토히치의 승리 비결에 대해 궁금증을 풀 수 있었다. 그는 자서전에서 이렇게 밝혔다.

"매번 시합을 하기 전에 나는 차를 타고 코스를 한 바퀴 둘러본다. 자세히 주위를 살펴보면서 눈에 띄는 표지판과 건물들을 꼭 기억해 두었다.

예를 들면 첫 번째 표지는 은행이고, 두 번째 표지는 커다란 나무며, 세 번째 표지는 붉은 건물……. 이런 식으로 결승지점까지 눈에 띄는 것들을 기억했다. 경기가 시작되면 100미터 달리기의 속도로 첫 번째 표지를 향해 힘껏 뛰었다. 첫 번째 목표에 도착하면 다시 같은 속도로 두 번째 표지를 향해 뛰었다. 이렇게 몇 개의 목표를 나눈 다음 나는 40여 킬로미터를 아주 가볍게 뛰었다.

그러나 내가 처음부터 이런 방법을 시도한 것은 아니었다. 처음에는 40여 킬로미터 거리에 있는 결승점을 목표로 달렸다. 그러나 그 결과는 10여 킬로미터만 가도 힘들어 죽을 것 같았다. 남아 있는 거리가 너무 멀어 거기에 기가 눌렸던 것이다."

당신이 목표를 세우고 목표를 향해 노력할 때도 이렇게 해야 한다. 많은 사람들은 자신만의 목표를 세우지만 목표를 지나치게 높게 잡아 세부적인 목표로 나누기 힘들어한다. 이 때문에 목표를 실현하지 못하리라는 의심으로 앞으로 나아가지 못하는 것이다.

사실 모든 목표는 작은 목표로 나누어야 실현시킬 수 있다. 만약 당신이 올해 천만 원을 저축하는 게 목표라면 여러 분기로 나누어서 저축을 해야 할 것이다. 시간을 표준으로 한다면 열두 달로 나누고 천만 원을 모으기 위해 매달 얼마씩 저축해야 하는지를 정하는 것이다. 또 한 달을 나누어 매주 얼마를 쓰고 얼마를 저금해야 하는지를 정하는 것이다. 현재 당신이 얼마를 벌고 있는지 또 부수적인 수입이 있는지를 잘 따져보고 세부적인 목표를 세워야 한다. 물론 다른 여러 방법이 있을 것이다. 큰 목표를 위해 작은 목표를 세우는 방법만 잘 따른다면 당신이 세운 목표에 더욱 수월하게 다가설 수 있다.

기억하라. 어떤 목표든 우선 체계적인지 아닌지를 생각해 보고 그것을 완성하기 위해 얼마의 시간이 필요하지를 파악해야 한다. 때로는 실현 가능해 보이는 목표가 자세히 분석해 보면 평생 이루기 어려울 수도 있다. 물론 혼자 그 목표를 이루기가 힘들다면 다른 사람의 도움으로 목표를 실행하는 것도 좋은 방법이다. 그러나 반대로 실현 가능성이 없어 보이는 목표지만 매일 조금씩 노력하면 충분히 실현시킬 수도 있다.

근면하고 성실하라

중국의 유명한 학자 화나강華羅康에게는 좌우명이 있었다.

"근면함으로 모자람을 보충한다는 말이 인생의 가장 큰 교훈이다."

지금까지 성공한 사람 가운데 게으름을 피우지 않고 성실하게 노력하지 않은 사람은 없다. 어떤 사람은 1년 365일 내내 거의 똑같은 일을 반복하지만 피곤해하거나 지루해하지 않는다.

아침이 밝아오면 타자기 앞에서 일을 시작하는 이 사람. 그가 바로 미국의 소설가 스티븐 킹이다. 쇼생크 탈출, 그린마일 등 그의 많은 소설들은 시나리오로도 각색되어 세계적으로 그 명성을 날렸다. 스티븐 킹이 유명해지기 전에 그는 매우 가난한 생활을 했다. 전화 요금을 내지 못해 전화국에서 그의 전화선을 끊어 버렸을 정도였지만 나중에 그가 유명해지자 출판사에서 그와 계약을 맺으려는 전화가 끊이지 않았다고 한다. 가끔 그의 머릿속에 스토리만 구상이 되어 있다면 출판사에서는 고액의 계약금을 미리 지불하기도 했다. 오늘날의 그는 분명히 전세계의 부자들 가운데 한 사람이 되었다. 그러나 이렇게 성공했음에도 그는 여전히 성실하게 창작 활동을 하며 하루를 보내고 있다.

많은 출판사들은 왜 스티븐 킹과의 계약을 중요하게 여길까? 사람들은 왜 그의 소설에 열광할까? 사실 그의 성공 비결은 간단하다. 단 한 단어로 요약하자면 '근면'과 '성실'에 있다. 일 년 동안 그가 글을 쓰지 않는 시간은 단 72시간, 즉 사흘뿐이다. 다시 말하면 일 년을 통틀어 그가 쉬는 시간이 단 사흘뿐이라는 것이다. 생일, 성탄

절, 국경일에 그는 타자기에서 손을 떼고 다른 일을 하며 시간을 보
낸다.

대부분의 작가들은 영감이 떠오르지 않으면 계속 글을 쓰기보다는
다른 일을 하는 게 좋다고 생각한다. 그리고 또 그렇게 하고 있다.
그러나 스티븐 킹만큼은 다른 작가들과는 창작관이 달랐다. 글을
쓸 게 없어도, 좋은 생각이 나지 않아도 그는 매일 5천자의 글을 적
었다. 그가 처음 글을 쓸 때 한 선생님이 했던 습관을 따라하면서
그는 평생 동안 이 원칙을 지켜나가게 되었다고 한다.

"나는 영감이 떠오르지 않을까 걱정해 본 적이 없습니다."

만약 성공한 사람들에게 단 한 가지의 공통점만 남겨두라고 하면
그것은 바로 근면함일 것이다. 매일 아침 태양이 떠오를 때 가장 먼
저 따스한 미소를 보내는 것은 분명 부지런하고 성실한 사람에게
일 것이다. 사람들은 하버드 졸업생을 부러워하곤 한다. 하버드 졸
업생들이 미국뿐 아니라 전세계적으로 각계 각 분야에서 두드러지
는 활약을 보여주기 때문이다. 그러나 하버드 졸업생들은 학교를
다니면서 항상 이런 말을 듣는다.

"사회에 나가 언제 어디서든 네가 마음먹은 대로 하고 그에 마땅한
대우를 받고 싶다면 학교에서 햇빛 볼 시간은 없다."

그렇다. 하버드 졸업생에게 전해 내려오는 충고는 '추수 때 바쁘려
면 씨 뿌릴 때 바빠야 한다' 이다. 공부하자, 공부하자, 그리고 또 공
부하자.

인생의 성공과 행복을 얻는 것은 근면과 노력에서부터 나오는 것
이다. 근면과 노력은 보이지 않는, 즉 형태 없는 재산이자 큰 힘이
다. 장담하건데 게으름 피우지 않는 사람은 언젠가는 반드시 성공

할 것이다.

"부지런히 일해서 성공하지 못했다는 사람은 들어본 적이 없다."
한 성공인사가 한 말이다.

옛날 중국의 한 농부가 우연히 나무 그루터기에 토끼가 부딪혀 죽은 것을 보았다. 그 후 또 그런 식으로 토끼를 잡을 수 있을까 하여 농부는 아무 일도 하지 않은 채 하루 종일 그루터기만 지키고 있었다. 이것이 바로 수주대토守株待兎라는 고사다. 요행만 바라는 사람은 토끼를 잡으러 직접 나서지 않는다. 그러나 가만히 빈손으로 앉아서 하늘만 쳐다본다고 토끼가 떨어질까? 그럴 리 없다. 그렇게 그루터기만 지켰던 농부는 결국 굶어죽을 것이다.

당신은 절대로 노력 없이 얻으려 하지 마라. 오히려 부지런함과 성실한 생활 태도로 끊임없이 노력하고 또 노력해야 한다.

MEMO

자신을 세일즈하라

유년 시절에 앤드류 카네기는 매우 가난하여 교육을 받을 수 없었다. 그 때문에 그는 자라서 반드시 성공하겠다고 결심했다. 열여섯 살 때부터 물건을 팔기 시작한 카네기는 남들보다 두 배로 노력하여 좋은 성과를 올리기로 마음먹었다. 남들이 하루에 8시간을 일할 때 그는 16시간을 일했고, 그 결과 회사에서 '판매왕'이 되었다. 열여덟 살이 되었을 때 카네기는 회사의 매니저로 승진했고, 스무 살에는 사장이 되었다. 그리고 그는 자신의 힘으로 철강 회사를 설립했다. 카네기는 상품을 잘 팔았을 뿐 아니라 자기 자신도 잘 팔았다.

세계 제일의 부자로 꼽히는 빌 게이츠도 마찬가지다. 마이크로소프트웨어를 설립했을 당시에 빌 게이츠는 직접 대기업을 방문하면서 소프트웨어를 팔았다. 새로운 제품이 개발되면 그가 직접 전국, 전세계를 돌아다니며 판매했다. 1995년, 1999년 두 해에 걸쳐 중국 심천을 방문한 것처럼 말이다. 여러 방송 매체에서는 세계에서 가장 부유한 판매원은 바로 빌 게이츠라고 보도했다.

"우리 회사는 직원을 뽑을 때 컴퓨터에 대한 지식이 풍부할 뿐 아니라 세일즈 능력도 좋은 사람을 뽑습니다."

현재 대기업의 자녀들은 대부분 외국 명문대학교에서 공부를 한다. 그러나 그들이 졸업한 뒤 고국에 돌아왔을 때 부모가 곧바로 회사를 넘겨주지는 않는다. 먼저 영업부에서 시장의 관리를 파악하게 하고 경영자로서의 경력을 쌓게 한 뒤 경영자의 자리를 넘겨주는 것이다. 대기업 CEO들의 90퍼센트는 세일즈에서부터 시작하는데 이들은 모두 훌륭한 세일즈맨이었다. 그렇지 않았다면 절대로 성공할 수 없었을 것이다.

21세기에 당신이 반드시 갖추어야 할 능력 또한 세일즈 능력이다.

"제품을 잘 팔지 못하면 분명 여위어 피골이 상접할 것이다."

세계 최고의 세일즈맨인 지그 지글라의 말이다. 시장경제가 사회 전반을 주도하는 오늘날, 사회가 바라는 것은 뛰어난 능력을 보이는 인물이며, 그러한 인물이 되기 위해서는 세일즈 능력을 키워야 한다. 세일즈나 영업은 일상생활에 밀착되어 있다. 아주 흔한 예로 점심을 먹으러 맥도날드에 가보자. 점원은 당신이 주문하기도 전에 여러 가지 질문을 할 것이다.

"오늘 5번 세트 메뉴를 드시면 프렌치프라이를 드리는데요, 어떠세요?"

다른 패스트푸드점을 가도 마찬가지다.

"오늘 세트메뉴를 드시면 인형을 선물로 드립니다. 이걸로 드시겠어요?"

"저희 가게만이 선보이는 새로운 메뉴가 나왔는데요, 맛보시겠어요?"

시시각각 당신의 혼을 빼놓으며 던지는 질문은 모두 회사의 제품에 대한 판매이다.

고급 호텔이나 백화점도 마찬가지고 심지어 비행기를 탔을 때도 그렇다. 비행기가 상공을 나는 도중에도 승무원들은 담배, 양주, 화장품 등 국외 면세품을 팔기 위해 카탈로그를 가져다주며 자세히 설명을 한다.

사실 모든 사람은 세일즈를 하고 있고 또 반드시 해야 한다. 리더가 되려는 사람은 더더욱 그러하다. 부하직원들에게 업무에 대한 지식을 자세히 이해시키기 위해서는 판매할 때 홍보 능력이 반드시 필요하기 때문이다. 기업가 역시 사회에서 회사에 대한 좋은 이미지를 심어주려면 홍보 능력이 절실히 필요하다. 말단 직원이라 하더라도 자신의 능력을 보여주기 위해서는 뛰어난 홍보 능력은 필수적이다. 또 자녀에게 인생의 도리를 가르칠 때도 부모의 홍보 능력이 필요하며, 학생에게 책 속의 지식을 가르칠 때도 교사의 홍보 능력이 필요하다. 일자리 찾기가 갈수록 힘든 현실에서 홍보할 줄 모르는 사람은 더 말할 나위 없다. 왜냐하면 모두가 알다시피 면접 때 많은 경쟁자들과 함께 면접관에게 자신을 각인시켜야 하기 때문이다.

이처럼 세일즈가 생활 곳곳에서 이루어지고 있는데 여전히 세일즈맨을 경시하는 경향이 있다. 참으로 안타까운 일이다. 그러나 한 사람 한 사람이 모두 세일즈 능력, 마케팅 능력을 가져야 한다. 생각해 보라. 당신의 생각과 희망을 알리지 않으면 남에게 부탁할 때 상대가 당신의 뜻을 제대로 이해할 수 있겠는가? 상대에게 당신의 성취를 알리지 않는다면 당신을 돕도록 유도할 수 있겠는가? 상대에게 당신을 알리기 위해서라도 당신은 반드시 홍보 기술을 배워야 한다. 모든 일에는 홍보 기술이 필요하지만 안타깝게도 99퍼센트의 사람들이 이 사실을 잘 모르고 있다. 심지어는 마케팅 업무를 맡고 있는 사람들조차도 홍보 기술을 제대로 알고 있는 사람이 드물다.

왜 홍보 기술을 이해해야 할까? 기업가가 홍보를 잘하면 기업 이미지가 좋아질 것이기 때문이다. 부모가 홍보를 잘하면 자녀는 더욱 올바르게 자랄 것이며, 선생님이 홍보를 잘하면 학생은 공부에 더욱 흥미를 느낄 것이다. 홍보의 중요성을 이해하는 아내는 남편에게 더욱 사랑받을 것이고, 홍보를 잘하는 남성은 반려자를 찾기 쉬울 것이다.

상품을 광고하듯 자기를 광고하지 않는다면 어떻게 자신의 가치를 알릴 것인가? 첨단기술을 가진 기업이라 해도 제대로 홍보하지 못하면 창고에 제품만 가득 찰 것이다. 따라서 사람들 모두에게는 세일즈, 홍보 능력이 필요하다. 사람들 개개인은 세일즈맨이고, 이미 성공한 사람들은 유능한 세일즈맨이다. 물론 인생의 목표가 성공이 아닌 사람에게는 해당되지 않는 이야기다.

자녀를 성공시키고 싶다면 초등학교 때부터 자기를 광고할 수 있도록 부모가 도와야 한다. 자녀가 성장하기 전에 이 능력을 키워주는 게 좋다. 그러나 무엇보다 중요한 것은 부모가 먼저 생활 속에서 자녀의 본보기가 될 수 있도록 홍보 기술을 제대로 이해해야 한다.

MEMO

지금 바로 행동하라

다음은 미국 금융업계에서 크게 성공한 한 인사가 하버드 대학에서 했던 강연의 일부다.

"제가 아주 어렸을 적에 꿩을 잡으러 할아버지와 함께 숲에 갔습니다. 할아버지는 덫을 놓고 꿩을 잡는 법을 자세히 알려주셨지요. 덫은 마치 상자처럼 생겼는데 나뭇가지로 묶고 밧줄로 고정시켜 놓아 길게 맸습니다.

할아버지와 숨어서 보고 있었는데, 잠시 후 한 무리의 꿩이 다가왔습니다. 모두 열 마리였습니다. 몹시 배가 고픈 듯했습니다. 그 중 여섯 마리가 다가오더니 상자처럼 생긴 덫으로 들어갔습니다. 제가 막 밧줄을 낭겨서 가두려는 순간 다른 두 마리가 더 들어오려는 듯 했습니다. 그래서 저는 잠시 손을 놓고 기다렸지요. 나머지 꿩들도 덫 안으로 들어올지 모른다고 생각했거든요. 그러나 시간이 지나도 나머지 꿩들이 들어오려 하지 않았습니다. 그러다 상자 안에서 먹이를 쪼던 꿩 세 마리가 나가 버렸습니다. 그때 약간 후회했습니다. 다시 한 마리가 나가 버리면 그때 당장 밧줄을 당겨야겠다고 생각하고 있었는데 갑자기 두 마리가 더 나가 버렸습니다. 제가 만약 그때 밧줄을 당겼다면 한 마리라도 잡을 수 있었을 겁니다. 하지만 저는 다시 망설였습니다. 시간이 흐르고 제가 밧줄을 당기려고 했을 때는 이미 덫 안에 있던 모든 꿩들이 다 도망가 버리고 난 후였지요. 결국 저는 단 한 마리의 꿩도 잡지 못했습니다. 그렇지만 정말 중요한 인생 교훈을 얻었답니다. 그것은 바로 인간의 욕망은 쉽게 만족될 수 없다는 것이었습니다. 기회는 순간에 찾아왔다가 순간에 사라져 버립니다. 곧바로 행동에 옮기지 않고 우물쭈물하다 보면 원래 쉽게 얻을 수 있는 것도 잃어버리고 말게 되죠."

인생을 살아가면서 당신은 꽤 여러 번 기회를 맞게 될 것이다. 그 기회가 찾아오면 망설이지 말고 곧바로 행동하라. 그것이 성공으로 가는 지름길이다.

지금 바로 행동하면 할수록 당신은 적극적인 사람으로 변모할 것이다. 당신의 적극성으로 인해 더욱 다양한 경험을 쌓게 될 것이고, 학습 수용능력도 빨라질 것이며, 지금보다 훨씬 열정적인 사람이 되어 스스로 당신의 생활을 충분히 통제할 수 있을 것이다. 빠른 속도로 일을 처리하면 성공을 위한 여러 가지 일들의 효율성을 높이는 데도 유리하다. 무엇보다 빠르게 일을 처리한다면 당신은 단기간에 더욱 큰 성공을 얻게 될 것이다. 한 번 성공을 맛보고 나면 무슨 일을 하든 적극적이고 열성적으로 임하게 된다. 열정과 적극적인 태도는 당신이 하는 일의 효율을 높여줄 것이며, 이로 인해 당신의 사업은 더욱 번창하게 될 것이다.

많은 사람들은 일을 처리할 때 망설이며 단호하게 결정을 내리지 못하는데, 소수의 사람들은 그와 반대로 곧바로 처리해 버린다. 그렇게 곧바로 일을 처리하는 사람이 적기 때문에 성공한 사람들 역시 적은 것이다.

통계에 의하면, 퇴직한 뒤 경제적으로 독립할 수 있는 능력을 가진 사람은 스무 명 중에서 단 한 명뿐이라고 한다. 그 외의 열아홉 명은 저축한 돈으로 생활을 하거나 연금으로 보조받지만 아주 적은 액수에 지나지 않는다. 그러나 사정이 여의치 않는 사람들은 나이가 들어도 계속 일을 찾아야 한다. 이렇게 보면 경제적으로 독립할 수 있는 확률은 20분의 1이라고 할 수 있다.

노년의 경제적인 문제에 부딪히고 싶지 않다면 젊어서 성공을 향해 전력질주 해야 할 것이다. 지금부터라도 수확을 얻기 위해 씨 뿌리는 작업을 게을리하지 마라. 모든 일을 바로바로 처리하는 습관만 있다면 자신의 미래에 대해 걱정할 필요 없이 매일을 즐겁게 생활할 수 있다. 그러나 지금 바로 행동으로 옮기지 않는다면 어떠한 결과도 기대하기 어렵다. 어떤 식으로든 행동을 해야만 적어도 절반의 성공을 가져올 수 있다. 분명한 목표와 정확한 계획을 가지고 곧바로 행동에 옮겨보자.

MEMO

매일 조금씩 나아가라

사람들은 성공이 매우 어려운 일이라고 생각한다. 그러나 매일 조금씩 잊지 않고 실천하면 이루어지는 것이 성공이기도 하다. 세상의 모든 위대한 업적은 한순간에 이루어진 적이 없다. 조금씩 쌓이고 점차 발전하여 마침내 이런 노력들이 축적된 어느 날 그것이 겉으로 드러나 질적인 변화, 즉 성공을 가져오는 것이다. 성공은 마치 물이 흐르는 곳에 도랑이 생기는 것처럼 조건만 갖춰지면 자연히 이루어진다.

모두가 알다시피 전자제품, 가전제품, 자동차 할 것 없이 일본 기업이 만들어내는 상품들은 품질이 우수하기로 유명하다. 일본 제품들은 전세계에서 일류 반열에 올랐다. 일본 사람들은 왜 그토록 고품질을 중시하는 것일까? 그 이유는 미국의 품질관리의 대가인 데밍 박사에게 있다.

제2차 세계대전이 끝난 뒤 데밍 박사는 일본 기업의 초청으로 일본에 가게 되었는데, 그때 일본의 경제를 뒤흔들어 놓았다. 데밍 박사가 일본에 도착한 뒤 곧바로 일본 기업들에서는 '품질 제일' 이라는 원칙을 내걸었다. 그는 일본 기업들에게 이렇게 말했던 것이다.

"만약 일본 상품이 전세계에서 팔리길 원한다면 반드시 상품의 품질을 높이기 위해 계속 노력해야 할 겁니다."

그는 상품의 품질은 단지 표준에만 맞추면 되는 게 아니라 매일매일 조금씩이라도 품질을 높이도록 끊임없이 노력해야 한다고 생각했다. 당시에 수많은 미국인들은 데밍 박사의 이론을 비웃었다. 그러나 일본 사람들은 데밍 박사의 말을 따랐고, 그 결과 오늘날 세계적으로 찬란한 성공을 거머쥘 수 있게 되었다. 그들은 그 공로를 데밍 박사에게 돌리고 세계 기업 중 가장 혁신적인 경영 능력을 보인 기업에게 주는 '데밍 상' 까지 만들었다.

그 후 포드사가 10억 달러 이상의 손실을 입었을 때 포드사에서는 데밍 박사를 초청해 강연을 들었다. 데밍 박사가 포드사에서 했던 강연도 마찬가지였다. 제품의 품질을 높여야 한다는 것으로 시작하여 품질 향상을 위해 지속적으로 노력해 나간다면 다시 흑자로 돌릴 수 있다고 역설했다. 포드사는 당시 죽은 말을 사서 치료하듯 안 될 줄 알면서도 끝까지 최선을 다했다. 회사 전체가 데밍 박사의 말을 마치 규칙처럼 여기고 3년 간 노력한 끝에 재정 상태를 흑자로 돌릴 수 있었다. 그 후 포드사는 연간 60억 달러가 넘는 수익을 내게 되었다.

경제시장에서 사람은 일반적으로 두 종류로 나뉜다. 하나는 다른 사람을 앞서가는 사람이고 다른 하나는 앞서가는 사람을 따르는 사람이다. 남보다 앞선 사람은 영원히 다른 사람을 이끌 것이고, 반대로 남을 따르는 사람은 영원히 다른 사람의 뒤만을 따를 것이다. 시장에서 다른 사람이 하는 대로 따라한다면 당신이 아무리 그 일을 잘 해내도 결국은 모방에 불과할 뿐이다. 모방만으로는 어느 분야에서도 리더가 될 수 없다. 만약 당신이 시대를 앞서가고, 유행을 이끄는 리더가 되고 싶다면 모방이 아닌 창조를 해야 한다. 창조만이 남보다 앞설 수 있는 기회를 줄 것이다. 또한 창조로 다른 사람을 능가하려면 고민하고 또 고민해야 한다.

'내가 어떻게 노력해야 남과 다를 수 있을까? 어떤 식으로 해야 남

보다 잘할 수 있을까?'

남보다 앞선 사람은 매일 조금씩 발전한다는 원칙을 지킨다. 그들은 이미 다른 사람보다 앞서는 성공 습관을 가진 것이다.

미국의 한 자동차 세일즈맨은 최근 몇 년 동안 줄곧 회사의 최고 세일즈맨의 자리를 지켰다. 그는 매일 늦게까지 일하고 나서야 집으로 돌아갔다. 그의 방 책상 앞에는 다음과 같은 말이 적혀 있다. "오늘 내가 한 대의 차를 팔아야만 집에 돌아와 잠을 잘 수 있다." 그는 열심히 뛰어다니며 차를 팔았다. 그러나 안타깝게도 보통 사람들은 그처럼 매일 조금씩 꾸준히 하는 일이 없다. 단지 좀 더 잠을 잘 수 없을까? 좀 더 맛있는 점심을 먹을 수 없을까? 좀 더 편히 쉴 수 없을까? 좀 더 재밌게 놀 수 없을까? 좀 더 덜 일할 수 없을까? 일찍 퇴근할 수 없을까? 돈을 더 벌 수 없을까? 이런 생각들로만 가득하다.

그러나 한번 생각해 보자. 이런 생각을 가진 사람이 어떻게 발전하고, 어떻게 기회를 잡을 수 있으며, 또 어떻게 성공할 수 있겠는가? 나중에 큰 성공을 거두고 싶다면 스스로 관심이 있고 잘 할 수 있는 부분을 파악하여 매일 조금씩 지속적으로 해야 한다. 하루하루 당신의 노력이 쌓이게 되면 당신은 나날이 발전해 갈 것이다. 매일 1퍼센트, 혹은 더 적게라도 발전하면 개인에게, 단체에게, 한 기업에게 심지어 한 국가에게는 크나큰 발전이 된다.

적극적으로 살아라

일본의 시멘트 대왕이라 불리는 아사노 소이치로는 젊어서 무일푼의 몸으로 동경을 떠돌아다녔다. 동경의 거리를 떠돌던 그가 길에서 어떤 사람이 물을 파는 것을 보고 속으로 미칠 듯이 기뻐했다. 왜 그랬을까? 그는 동경이라는 곳이 물조차도 돈으로 사야 하는 곳이니, 자신도 그곳에서 살아남는 데 문제가 없겠다고 생각했던 것이다. 어쩌면 다른 사람은 물조차 팔아야 하는 동경이라는 도시에 대해 삭막하다고 느끼고 떠나려 했을지 모른다.

이처럼 한 가지 사실을 어떻게 보느냐에 따라 두 가지 다른 생각이 탄생한다. 마찬가지로 적극적인 태도로 문제와 현실을 직시하는 것과 소극적인 태도로 문제와 현실을 대하는 것은 서로 다른 결과를 가져오게 마련이다.

시골에 살던 두 젊은 청년이 있었다. 이 두 젊은 청년은 앞을 보면 밭이고 뒤를 보면 산밖에 보이지 않는 곳에 자신들의 운명을 걸어야 한다는 사실에 만족하지 않았다. 더 이상 시골에서 살 수 없다고 생각한 그들은 각자 고향을 떠나기로 마음먹고 기차역으로 향했다. 한 청년은 상해로, 다른 청년은 북경으로 가는 표를 샀다. 그런데 대합실에서 기차를 기다리던 두 청년은 갑자기 생각이 바뀌기 시작했다. 일전에 이웃사람의 말을 들어보니 상해는 외지 사람이 길을 물어도 돈을 받는 곳이고, 북경은 굶는 사람을 보면 음식을 주고 거기에다 낡은 옷이라도 가져다주는 곳이라고 했기 때문이다. 상해로 가려던 청년은 이렇게 생각했다.

"에이~ 그만두자. 상해는 길을 묻는 데도 돈을 줘야 하는 무서운 곳인데, 북경으로 가는 게 낫겠다. 돈은 벌지 못해도 적어도 굶어죽 지는 않을 테니까. 다행히 기차가 아직 안 왔길 망정이지 그렇지 않 았으면 불구덩이에 들어가는 거나 마찬가지였을 거야."
한편 북경으로 가려던 청년도 생각을 바꿨다.
"상해가 그렇게 좋은 도시구나. 길에서도 쉽게 돈을 벌 수 있는데 무슨 일을 하든 돈을 못 벌겠어? 기차가 아직 안 온 게 다행이군. 안 그랬으면 부자 될 기회를 놓칠 뻔했어."
이렇게 해서 그들은 서로 표를 바꾸게 되었다. 원래 북경으로 가려 던 청년은 상해로 갔고, 상해로 가려던 청년은 북경으로 향했다.
북경에 도착한 청년은 감탄했다.
"과연 중국의 수도군, 한 달 내내 아무 일도 하지 않았는데 굶지 않 았잖아. 정말 좋은 도시야. 은행에 있는 정수기에서 공짜로 물을 마 실 수 있고 마트에서 시식하는 음식들을 공짜로 배불리 먹을 수 있 으니 말이야."
상해에 도착한 청년도 감탄했다.
"과연 상해는 경제 도시야. 무슨 일을 해도 돈을 벌 수 있지. 길에서 도 화장실에서도 차가운 물만 줘도 돈이 되잖아. 한마디로 내가 기 운내서 뭘 하려고 마음만 먹으면 많은 돈을 벌 수 있는 거야."
시골 청년에게 있어서 흙은 가장 친숙한 자연이었다. 그래서 다음 날 그는 건설 현장에서 흙을 가져다가 모래와 나뭇잎을 넣은 흙을 만들어 '양화토'라고 이름붙여서 팔았다. 그날 그는 십만 원을 벌 었다. 일 년이 지나 그는 양화토 덕에 상해에 작은 집을 마련할 수 있었다. 그리고 그의 사업은 나날이 번창해서 곳곳에 분점을 내기 시작했다. 얼마 후 그는 북경에도 분점을 내기 위해 열차를 탔다. 그가 북경역에 도착했을 때 남루한 차림을 한 사람이 빈병을 가지고 그에게 구걸을 했다. 그가 빈병을 내밀었을 때 마주보게 된 두 사람은 어안이 벙벙했다. 5년 전 바로 시골의 기차역에서 표를 맞바꾸었던 사람이 바로 그였던 것이다.

두 사람의 사고思考 차이와 태도가 바로 운명의 천양지차를 가져온 것이다. 이처럼 적극적인 사고는 당신을 성공의 길로 인도할 것이나 소극적인 사고는 당신을 가난하게 할 것이다.

성공하고 싶다면 자신의 삶을 적극적인 사고로 가득 채워라. 그래야만 숨쉬는 공기조차 적극적인 분자로 가득 찰 것이다.

MEMO

미소를 지어라

성공한 모든 사람들은 항상 미소를 곁에 둔다. 만약 당신이 하루 종일 인상을 찌푸리고 있다면 사람들과 함께할 수 없을 것이다. 미소의 힘은 대단하다. 도움을 청할 때 미소와 함께하면 누군가의 부탁을 거절하기 힘들다. 고마운 마음을 표현할 때도 미소와 함께한다면 상대는 계속해서 당신을 도와주고 싶어 할 것이다. 우울할 때 미소를 지어보라. 당신의 근심을 한순간에 날려줄 것이다. 즐거운 일이 있을 때 짓는 미소는 당신에게 더 큰 기쁨을 가져다줄 것이다. 편안히 웃는 얼굴은 천 마디, 백 마디 말보다 효과적이다. 단지 미소만으로 마음을 표현하는 것인데도 그 무엇보다 효과적인 것이다.

표정은 어떤 옷을 어떻게 입었는지보다 더 중요하다. 특히 여성의 미소는 더욱 중요하다. 남자들의 경우에는 미소 짓지 않을 때 더욱 멋져 보이기도 한다. 소위 쿨하다는 표현이 그런 경우가 아닐까 싶다.

실베스터 스텔론은 무표정한 얼굴로 수천만의 소녀 팬들을 감동시켰다. 그러나 실베스터 스텔론이 웃고 싶지 않은 것은 아닐 것이다. 그도 미소 띤 표정을 좋아하지만 어려서 소아마비에 걸린 탓에 웃는 얼굴이 우는 얼굴보다 보기 싫기 때문이다. 이것이 바로 실베스터 스텔론이 쿨한 남성 이미지로 굳혀진 진짜 이유다.

성공한 사람들, 특히 리더에게는 미소가 정말로 중요한 무기 가운데 하나다. 구소련의 외교부 장관이 정치국의 회의에서 당 총 서기를 추천할 때 그 사람을 추천한 중요한 이유로 두 가지를 들었다. 하나는 그 사람이 강철같이 건강한 치아를 가졌으니 그가 강인할 것이라고 했고, 다른 하나는 항상 친절하고 상냥한 미소를 띠고 있기 때문이라고 했다. 나라의 지도층이 웃지 않으면 일이 망쳐질 수도 있다. 특히 국가의 큰일에 있어서는 말이다. 나라의 주요 지도층은 국민들에게 친절하고 자상한 모습을 보여야만 한다. 이처럼 미소는 상대를 자기편으로 만드는 가장 효과적인 방법이다.

일찍이 미국의 전 대통령 클린턴의 미소는 많은 유권자들의 마음을 사로잡았다. 그는 미국의 한 잡지에서 미국 십대 섹시 남성 중 하나로 뽑혔는데, 그 이유가 바로 그가 멋진 미소를 가졌기 때문이라고 한다.

사실 미소가 사람을 끄는 매력을 주기 위해서는 자신의 마음속 깊은 곳에서 저절로 나오는 것이라야 한다. 미소는 마음속의 아름다운 꽃이 얼굴로 피어나는 것이기 때문이다. 그렇다면 어떻게 해야 자연스러운 미소를 지을 수 있을까? 먼저 당신은 생활에 열정을 가지고 주위에 관심을 가져보아라. 그리고 무엇보다 열의를 다해 일하고 열정적으로 자신을 사랑하는 마음이 필요하다. 자녀를 행복하게 해주고 싶다면 미소 짓는 법부터 터득시켜라. 항상 미소가 가득한 얼굴로 대하면 아이들의 마음도 자연히 즐거워지고 매사에 적극적인 사람으로 변모할 것이다.

성공한 사람들은 미소가 주는 매력을 잘 알고 있다. 미소는 자신이 가려는 성공의 여정을 가로막는 여러 가지 방해물을 깨끗이 제거해 줄 것이다. 물론 미소는 아주 작은 기술이다. 전세계의 최고 세일즈맨인 조 지라드는 자신이 어떻게 미소를 짓는지에 대해 강연한 적이 있다. 그는 고객과 만났을 때 첫 대면에서부터 마치 정말 좋은 일이 있는 것처럼 미소를 짓고 시작한다.

정말 어려운 시기에 당신이 자연스러운 미소를 지을 수 있다면 사람들은 감동할 것이다. 달콤한 미소는 당신의 뛰어난 소양을 보여주는 것이며 매력을 한층 더 높여주는 것이다. 일터에서, 생활에서 미소가 필요할 때 자신이 가진 가장 아름다운 미소를 보여주라.

MEMO

앞줄에 앉는 습관을 길러라

누구나 이런 경험이 있겠지만, 회의에 참여했을 때나 대학시절 교양 수업시간에 맨 뒷줄에 앉고 싶었던 적이 있을 것이다. 뒷줄이 편안하기 때문이다. 만약 뒷줄이 찼다면 어쩔 수 없이 조금 앞으로 나아가 앉는다. 맨 앞줄에 앉게 된다면 그것은 정말 어쩔 수 없는 경우이거나 상사의 지시가 있었기 때문일 것이다. 사람들은 가장 앞줄에 앉는 사람이 주목을 받는다는 사실을 너무나 잘 알고 있다. 주목받는다는 것은 기분 좋은 일이겠으나 때로는 부끄럽고 긴장되는 일이다. 이런 심리 때문에 어느 강연장에 가더라도 앞줄보다 뒷줄이 먼저 차는 모습을 쉽게 목격할 수 있다.

이렇게 뒷줄에 앉고 싶어 하는 것에는 많은 사람들 사이에 끼여 일을 완성하려는 심리가 숨어 있다. 많은 사람들 속에서는 자신이 맡은 일을 실패하더라도 책임이 없어 보이기 때문이다. 이런 이유 때문에 뒷줄에 앉으려는 사람은 분명히 안정감을 느끼게 된다. 그러나 매번 뒷줄에 앉기만 한다면 자신이 너무 평범해지지는 않을까? 안타까운 것은 이런 습관이 부모의 언행이나 습관으로부터 키워졌다는 사실이다. 부모가 어떤 일을 시작하기에 앞서 두려워하고 모든 일에 소극적이면 자녀 또한 그러하다. 왜냐하면 어떤 부모인가에 따라 자녀의 인생 태도가 달라지기 때문이다.

그러나 인재가 되고 싶고 리더가 되고 싶다면 반드시 앞자리를 쟁취해야 한다. 왜냐하면 성공하는 사람은 옳은 일에 적극적으로 나서기 때문이다. 사실 모든 사람의 마음속에는 뛰어나고 싶은 욕망이 있고 기회를 잃고 싶지 않은 바람이 있다. 학창시절에 선생님의 질문에 대한 답을 알고 있지만 먼저 손을 들지 못하는 사람들, 다른 사람이 손을 들어 정답을 맞히고 선생님께 칭찬받을 때서야 후회하는 사람들은 먼저 태도를 바꾸어야 한다.

"휴~ 그럴 줄 알았어. 원래 내가 맞출 수 있는 문제인데. 분명히 잘 알고 있었는데……."

그러나 인생의 기회는 선생님이 내주는 문제처럼 자주 있는 일이 아니다. 자신이 직접 쟁취해야 하며 무작정 기다릴 수도 없는 일이다. 많은 부모들은 기회를 쟁취할 용기가 없었기에 인생의 수많은 기회를 놓쳤을 수도 있다. 그렇다고 자녀에게도 자신의 인생을 그대로 물려주기를 바라는가? 자녀의 성공을 바란다면 어려서부터 반드시 앞줄에 앉으려는 생각을 갖게 해야 한다. 자신이 젊어서 기회를 놓친 일을 안타깝게 생각하겠지만, 그보다 더욱 안타까운 일은 바로 당신의 자녀가 당신과 똑같이 기회를 놓쳐 버리는 일이다. 자신에게 말하라. 모임이 있을 때 앞줄에 앉지 말아야 할 분명한 이유가 없다면 반드시 앞줄에 앉자고 말이다. 또 자녀에게도 말해주라. 할 수 있다면 일어나서 발표하라고. 마치 정말 기쁜 일이 있는 것처럼, 정말 좋아하는 사람이 있는 것처럼 발표하고 싶을 때 주저하지 말고 하라. 형식적으로 예의를 차리기 위해 사양하고 권하는 식의 밀고 당기기는 아무런 소용이 없다. 겸손의 진정한 의미는 열심히 배우는 데 있지 소극적으로 도망치는 데 있는 게 아니라는 점을 기억하라. 용기를 내서 자기의 생각을 표현해야 발전할 수 있는 것이다.

어떤 일이더라도 잘 해내고 싶다면 지금부터 앞자리에 앉는 것을 생활의 규칙으로 정하고 실행하라. 매시간 아주 작은 행동에서도 기쁘게 생각하면서 계속 자신감을 키워야 한다. 앞자리에 앉으면 너무 튀지 않을까 걱정하는 사람도 있다. 물론 편안하지 않겠지만 하버드 대학의 연구 결과, 성공과 관련된 모든 것은 남보다 튀는 데 있다는 사실을 안다면, 항상 편안함만을 추구할 수는 없을 것이다. 기회는 자기가 쟁취하는 것이다. 행동으로 증명하고 싶다면 먼저 자기의 생각을 표현해야 한다.

MEMO

남의 말을 경청하라

남의 말을 잘 들어주는 것은 소리없이 상대에게 찬성의 뜻을 전달하는 것이고, 상대방의 호감을 얻는 방법이다. 사실 상대의 말을 들어주는 것은 말을 잘하는 방법 중 하나다.

이해할 때 입을 다무는 사람은 말을 잘하는 사람이다. 협상을 할 때 상대의 말을 잘 들어주는 것은 매우 유용하다. 왜냐하면 당신이 말을 많이 하면 할수록 상대에게 쉽게 약점이 드러나기 때문이다. 그러나 그 반대라면 당신은 자신의 약점을 폭로하지 않는 것이다. 협상의 왕이 되는 비결은 최대한 상대로부터 많은 말을 이끌어내는 동시에 입을 다무는 데 있다. 당신이 많은 말을 하면 반드시 상대가 당신의 모든 것을 알아차릴 것이다.

상대방이 당신에게 화가 나 있을 때 가만히 들어주면 저절로 화가 풀리기도 한다. 당신도 이런 상황을 경험해 본 적이 있을 것이다. 누군가 당신이나 당신이 한 일에 오해가 생겨서 당신에게 불같이 화를 낼 수도 있다. 이때 만약 상대처럼 당신도 흥분하고 거친 말을 내뱉는다면 결국 당신과 상대, 모두가 다칠 것이다. 그러나 당신이 말없이 가만히 앉아 있으면 상대는 어쩔 수 없다고 느낀다. 상대는 입을 다물고 있는 당신을 마치 나무토막으로 여길 테니, 나무토막에게 화를 내는 것은 소용없는 일이라고 생각할 것이다.

만약 당신이 누군가의 비밀을 알고 싶다면 그 사람이 말을 많이 하도록 유도하라. 한마디로 좋은 경청자가 되어주면 된다. 프로이트는 이렇게 말했다.

"만약 당신이 좋은 방법으로 다른 사람이 말을 많이 하게 한다면 그야말로 자신의 진실한 감정과 진실한 동기를 꾸며낼 수 없을 것이다."

상대로부터 정보를 얻고 싶다면 상대의 말을 기쁘게 들어주라. 상대는 당신을 사람들과 즐겁게 교제하는 사람이라고 여겨 속사정을 쉽게 털어놓을 것이다. 다른 사람과 교제할 때 가장 좋은 것은 상대의 말을 끝까지 들어주고 자신의 생각을 말하는 것이다. 가능한 상대의 말을 중간에서 끊지 말고 상대의 의견에 부정하지 말며, 상대가 가진 아주 사소한 문제를 들어 반박하지 말아야 한다. 말하고 싶다면 잠시 기다려라. 일단 상대가 말을 시작하면 자신도 모르는 사이에 여러 가지 개인적인 감정이 개입하게 되므로 자신의 의견을 말하기에 급급해지게 마련이다. 이때 당신이 적절한 시기를 틈타 간단한 말만으로도 상대에게 도움을 줄 수 있다. 사람들은 어려운 일이 생겼을 때, 새로운 정보를 들었을 때, 다른 사람이 몰랐으면 하는 일이 있을 때 처음부터 끝까지 자신의 모든 것을 털어놓을 수 있는, 가장 믿을 만한 사람을 찾는다.

상대의 말을 경청하는 것은 설사 당신과 아무 관계가 없는 말을 하거나, 혹 당신을 불편하게 하는 말이거나, 당신이 듣고 싶지 않은 말이라고 해도 정신을 집중한 채 끝까지 들어야 한다. 특히 충고일 경우에는 더욱 그렇다. 좋은 말, 특히 충고는 귀에 거슬리지만 당신에게는 이로울 것이다. 따라서 다른 사람이 당신에게 귀에 거슬리는 충고를 했다면 기쁘게 생각해야 한다. 그편이 당신이 성장하는 데 도움이 되기 때문이다.

경청하는 법을 배우는 것은 어떤 일이든 진지하게 듣는 데 있다. 그리고 당신이 들은 말을 취사선택하는 문제는 이후의 당신에게 달려 있다. 물론 경청하라는 말이 나무토막처럼 가만히 앉아 눈만 움직이고 있으라는 것은 아니다. 이해가 잘 가지 않는 부분이나 좀 더 자세히 듣고 싶은 부분이 있으면 다시 물어보아야 할 것이다.

"그 점이 가장 중요한데 좀 더 자세하게 설명해주실 수 있겠습니까?"

"저는 아직 잘 이해가 안 가는데요. 다시 한 번 말씀해주겠습니까?"

"원래 그렇게 된 거군요. 이제 알았습니다."

이처럼 상대에게 반응을 보여주어야 한다. 사실 반응은 보여주는 행위이면서 동시에 상대를 격려해주는 표현이기도 하다. 상대가 자신의 말을 주의깊게 듣고 있다고 느끼면 하나하나 자세히 설명할 것이다.

상대가 마음속에 감춰둔 걱정거리를 털어놓고 싶을 때 당신이 가장 좋은 경청자가 되어주는 것이 이상적인 경청이다. 상대가 마음속의 근심을 하나하나 털어놓으면 무거웠던 마음이 가벼워지고 점점 즐거워지면서 당신을 근심을 함께 나눌 진정한 친구라고 생각할 것이다. 설사 당신이 문제해결에 도움이 되지 못했다 해도 상대는 열심히 들어준 것만으로도 감동할 것이다. 어쩌면 상대의 말을 들어주는 것이 당신에게는 더욱 유익할 수도 있다.

미국의 심리학자 칼 로저스는 마음에 근심걱정이 가득할 때 가장 필요한 것은 "이미 벌어진 일인데 화낸다고 무슨 소용 있겠어. 그냥 잊어버려" 하는 식의 말이나, "넌 너 자신을 믿어야 해. 하루빨리 기운 내서 일어나." 라는 식의 격려가 아니라, 무슨 말을 해도 이

해하는 눈빛과 무슨 말을 해도 주의깊게 들어주는 인내심이라고
했다.

이것은 마치 몸에 난 상처와도 같다. 하루빨리 상처가 아물기를 바
라면서 자꾸 건드리다 보면 심해지게 마련이다. 마음속에 근심이
있는 사람도 마찬가지로 당신이 자꾸 위로를 하면 근심은 더욱 무
거워질 것이다. 상대는 단지 당신이 상대가 얼마나 고통스러운지
만 이해해주기를 바랄 뿐이다.

MEMO

계획을 짜고 그대로 실행하라

일본의 소프트뱅크 대표이사이자 세계 최고의 갑부인 일본 출생인 한국인 손정의는 계획을 통해 실천하라는 교훈을 잘 보여준 성공적인 모델이다.

손정의는 열아홉 살 때 이미 쉰 살까지의 인생 계획을 세워 놓았다고 한다. 이십대에는 업계에서 자신의 존재를 알리고 삼십대에는 1억 달러의 큰 사업에 투자할 자금을 벌고 사십대에는 중요한 사업 아이템 하나를 정해 모든 노력을 기울여 최고가 되는 것이었다. 그리고 오십대에는 사업을 완성하여 100억 달러가 넘는 기업으로 만드는 것이고, 육십대에는 사업을 물려주고 자신은 퇴임하여 노년을 보내는 것이었다.

실제로 손정의의 성공 이야기를 통해 그 자신이 세운 계획을 어떻게 실행하여 최종 목표를 현실화시켜 나갔는지를 알 수 있다. 놀라운 것은 그가 사장의 아들에서부터 성장하여 오늘과 같이 세계적인 부자가 되기까지에는 단 십여 년이라는 짧은 시간이 필요했다는 점이다.

계획을 가지고 돈을 버는 것은 부자들이 반드시 거쳐 가는 길이다. 계획을 가지고 성공으로 나아가는 것은 성공한 사람들에게 둘도 없는 선택이다. 계획은 모든 성공한 사람들이 반드시 가지고 있는 필수적인 것으로, 성공하고자 하는 모든 사람은 체계적인 계획을 통해 계획을 실현할 방법을 찾아야 할 것이다. 그래야만 꿈이 현실로 변할 수 있다. 성공한 사람 모두는 한결같이 어떤 계획을 가지고 있다. 계획 없이 얻는 성공은 마치 유성처럼 오랜 빛을 내지 못하고 금세 나타났다가 금세 사라진다. 돈을 많이 벌고 싶은 사람이라면 어떻게 해서 돈을 벌어야 하는지에 대해 구체적인 계획을 세워라. 성공은 먼 길을 달리는 자동차와 같고 당신의 생각과 재능은 네 개의 바퀴와 같다. 당신의 생각이 발전할수록 자동차는 더 오래 달릴 수 있고 또 더 빨리 달릴 수 있다. 그리고 당신의 열정과 욕망은 엔진과도 같다. 그리고 끈기와 결심은 연료와도 같다. 만약 엔진이 없다면 멋지게 장식한 자동차라 해도 단지 전시품이자 예술품에 지나지 않을 것이다. 실내에 놓고 감상하는 자동차는 보기에는 좋지만 실제로는 아무런 쓸모가 없다. 사람도 이와 마찬가지다. 마음속에 열정이 있다면 당신이 바라는 목표를 성공적으로 이루어낼 수 있다. 그러나 목표를 세우는 것보다 더 중요한 것은 계획을 짜는 일이다.

계획은 자동차에 비유하자면 계기판이자 브레이크이자 액셀러레이터이기 때문이다. 만약 이것들이 없다면 아무리 빨리 달린다고 해도 앞을 가로막고 있는 걸림돌과 충돌하게 된다. 따라서 계획이라는 것은 당신의 미래를 잘 조절할 수 있게 하고 또 당신에게 미래의 목표 도로를 벗어나지 않게 해줄 것이다.

성공한 사람들은 정확하게 계획을 짜고 그대로 실행한다. 정확한 계획이 있다는 것은 인생의 계기판과 브레이크가 있다는 것이다. 작은 일에서부터 하나씩 계획대로 실천해 나간다면 당신이 원하는 목표에 더욱 빨리 도착할 수 있을 것이다.

세밀한 관심이 성공과 실패를 결정한다. 이것은 여러 분야의 많은 인사들의 사례로 증명된 사실이다. 지금까지의 역사적 사실을 보면 무수히 많이 성공했던 사람들과 실패했던 사람들은 한결같이 세세한 부분에까지 신경을 썼는지 아닌지에 따라 결정되었다. 큰일을 이루고 싶고 성공하고 싶다면 반드시 세세한 부분도 중요하게 여기고 신경 쓰는 습관을 가져야 한다. 큰일을 한다고 작은 일을 제쳐두어서는 안 된다. 그 반대로 큰일을 하고 싶은 사람일수록 더욱 작은 일을 살펴야 한다. 큰일은 결국 무수히 많은 작은 일들이 이루어졌기 때문에 가능해진 것이다. 작은 일이 쌓이지 않았다면 큰일도 해낼 수 없었을 것이다.

세상에서 가장 훌륭한 세일즈맨 조 지라드는 세일즈맨이 되기 위해서는 판매하는 '제품' 보다 판매하는 사람의 '인품' 이 더욱 중요하다고 생각했다. 세일즈를 하려면 먼저 사람들을 사랑하는 마음을 가져야 하고 사랑하는 마음으로 모든 일을 중요하게 처리해야 한다고 생각했다. 한번은 어떤 부인이 조 지라드의 자동차 매장을 찾았다. 그녀는 흰색의 포드를 사고 싶다고 말했다.

"제가 지금 포드 자동차 매장에서 오는 길인데, 한 시간 정도 시간이 남아서 여기도 둘러보고 다시 가서 살 생각입니다만……."

조 지라드는 미소를 띠며 그녀를 반겼다. 부인은 그의 태도에 기분이 좋아져서 이런저런 이야기를 꺼냈다.

"사실은 제가 오늘 쉰다섯 번째 생일이랍니다. 그래서 제 자신에게 주는 선물로 자동차를 사려고 하는 거지요."

지라드는 예의를 갖추고 진심으로 그녀의 생일을 축하해주었다.

그리고 재빨리 부하직원에게 귓속말로 어떤 지시를 내렸다. 부인에게 여러 가지 자동차를 보여주면서 그녀가 사지 않는다고 했음에도 그는 열심히 설명을 해주었다.

"부인, 흰색을 매우 좋아하시나 봅니다. 이 차도 흰색인데 한번 구경해 보시죠."

이때 부하직원이 어디선가 헐레벌떡 달려오더니 꽃 한 다발을 지라드에게 주었다. 그는 건네받은 꽃을 부인에게 주면서 다시 한 번 그녀의 생일을 축하해주었다.

"어머, 고마워요. 정말 꽃을 선물받은 지가 오래되었는데……. 실은 좀전에 포드 자동차 매장의 직원은 제가 낡은 차를 타고 왔더니 약간 무시하는 듯 하더라구요. 새 차를 사지 못할 거라고 생각했는지 기다리라고 하고는, 자기는 가서 다른 업무를 봐야 한다며 한 시간 후에 오라더군요. 지금 다시 생각해 보니 사실 굳이 다시 가서 살 필요는 없을 것 같네요."

그녀는 결국 지라드가 추천한 자동차를 구입했다.

세세한 곳에 관심을 기울이면 다른 사람을 편안하게 만든다. 여기조 지라드가 세일즈에 있어서 훌륭한 성과를 올린 것처럼 그는 고객 한 사람 한 사람에게 무척 세심한 관심을 쏟았다.

작은 부분, 세세한 곳은 오늘날 사회에서 특히 기업과 서비스 업계에서 광범위하게 쓰이는 말이다. 세세한 부분이라는 말은 우리 생활의 모든 면에 존재하기에 소비자 혹은 대중에게 굉장한 매력을 준다. 당신이 하는 말 한마디, 한가지 일, 하나의 행동 등 모든 것은 작은 부분으로 구성되어 있다. 나뭇잎 하나가 떨어지는 것을 보고 가을이 다가옴을 알 수 있듯이 사소한 한 가지 일을 보고서도 장래에 있을 일을 예상할 수 있다. 실패는 대체로 아주 작은 부분에서 시작되고 성공도 마찬가지로 작은 부분을 통해서 얻어지는 것이다.

생활 속에서 가장 흔히 볼 수 있는 세세한 부분은 바로 문제의 핵심을 파악하는 것이다. 핵심을 파악하는 것을 기초로 하여 기회를 만들어내는 것이 바로 성공 비결이다.

MEMO

친구가 많은 사람이 더 많은 친구를 사귀고 친구가 없는 사람은 항상 혼자 지내곤 한다. 생활 속에서 이런 현상을 쉽게 발견할 수 있다. 고등교육을 받은 사람은 항상 고학력의 환경에서 생활하고 또 그곳에서 일을 한다. 성공한 사람은 더욱 성공하고 이미 부자인 사람은 더 많은 재산을 갖는다. 그러나 사람들은 그들이 어떻게 노력하는지 알지 못한다. 아주 간단한 이치인데도 말이다. 즉, 하나를 투자했으면 하나를 버는 게 당연하다. 따라서 돈이 많은 사람이 더 부유해지고 유명한 사람은 더욱더 명성을 날리는 것이다.

각종 보도매체와 경제계의 거물들은 유명한 사람에게 투자를 하는데 유명인사가 회사의 이미지를 대표해주기를 바라기 때문이다. 그 유명인사란 대부분 가수, 배우, 운동선수다. 이들은 이미 많은 사람들에게 얼굴이 알려져 있고 젊은 나이에 수십, 수백억을 벌어들이며 거기에 경제계의 투자로 더욱 많은 돈을 벌고 있다. 물론 미국 NBA의 농구선수들은 더 말할 것도 없다. 매해 연봉이 올라가든 내려가든 그들이 받는 금액은 이미 수백억에 달하기 때문이다. 근래 가장 많은 돈을 번 운동 선수는 아마 골프 선수인 타이거 우즈가 아닐까 싶다. 그는 이미 몇 번이나 최고의 자리에 올랐고 연 소득이 1억 달러에 달한다. 또한 유명한 기업들이 그가 자신의 상품을 광고해주기를 바라고 있다.

사실 사회의 각 분야에서 이런 현상이 일어난다. 좋은 일은 더욱 좋아지고 나쁜 일은 더욱 나빠진다. 사회학자 로버트 버튼은 이런 상황을 '마태효과'라고 했다. 신약성서 마태복음에 있는 구절 '무릇 있는 자는 받아 풍족하게 되고 없는 자는 그 있는 것조차 빼앗기리라'에서 유래한 것이다. 즉, 경제뿐 아니라 사회에서도 빈익빈 부익부 현상이 존재하는 것이다. 세상의 인재들, 자신을 뛰어난 사람으로 만들고 싶고 현재뿐 아니라 미래에도 명품이 되고자 한다면 더욱 성공해야 한다. 또한 성공의 정도에 따라 지난날 노력에 대한 보답도 자연히 따라올 것이다.

그렇다면 성공한 사람은 왜 더 크게 성공하는 것일까? 왜 빈익빈 부익부 현상이 존재하는 것일까? 자기 분야에서 최고로 성공한 사람은 날마다 눈부신 성과를 올리는 반면 왜 그의 동료들은 열심히 노력해도 그를 따라잡지 못하는 걸까? 그 이유를 크게 두 가지로 볼 수 있다.

첫째는 인지도, 지명도다. 오늘날 정보 전달의 기술은 대단한 발전을 이루었다. 같은 시간에 수백, 수만의 사람들이 눈앞에서 성공한 한 사람의 이야기를 볼 수 있을 정도로 말이다. 따라서 평범한 사람은 많은 사람들에게 자신을 알리려고 노력해야 한다.

예를 들어 평범한 사람과 유명인사가 책을 낸다면 그 내용이 질적으로 어떤 차이가 있든 없든 상관없이 유명인사의 책이 더 잘 팔릴 것이다. 왜냐하면 유명인사가 책을 내면 보통 사람보다 더 큰 주목을 받고 각종 매체에서 보도될 것이며, 그러면 결과적으로 더 많은 사람들이 그의 책을 더 자주 접하게 될 것이기 때문이다. 많은 사람이 책을 구입하면 그 수익은 유명인사에게로 돌아가게 된다. 영화와 음반 산업도 이와 크게 다르지 않다. 각종 차트에서 정상을 차지하는 인기 가수가 음반을 내면 무명 가수보다 더 많이 팔리는 것이 당연하지 않겠는가?

두 번째 이유는 바로 전문성에 있다. 최고로 성공한 사람의 능력과 지위는 어떤 사람도 대신할 수 없다. 왜냐하면 그 사람은 이미 자신의 분야에서 남보다 뛰어난 전공 지식과 경험을 가지고 있기 때문이다. 현재 당신이 성공할 수 있는가는 당신의 분야가 시장에서 가치 있고, 더 발전할 가능성이 있는지에 달려 있다. 당신이 몸담고 있는 분야의 시장가치가 클수록 당신은 더욱 성공할 것이다. 물론 방송 매체의 도움을 무시할 수는 없겠지만 말이다. NBA 농구선수들의 시장가치가 다른 어느 나라의 농구선수보다 높다는 사실을 당신은 잘 알고 있으리라. 당신이 계속 성공하고 싶다면 앞에서 말한 두 가지, 지명도를 높이고 전문성을 높이는 데 주력해야 할 것이다.

MEMO

자 기 경 영 대 사 전　Index

Index

ㄷ

ㄹ

ㅁ

ㅂ

ㅈ

Index

ㅊ

ㅋ

ㅌ

ㅍ

ㅎ

기타

Index